Nach dem mysteriösen Tod ihrer Eltern
zieht es Helena in die Heimat ihrer Mutter
nach Silent Creek, einer rätselhaften
Kleinstadt an der schottischen Küste.
Was die junge Studentin nicht weiß:
An diesem rauen Ort ist nichts normal.
In Silent Creek herrschen düstere Kräfte,
die Hel vor allem in Tyrael Burnett
zu spüren glaubt – ihrem hochmütigen,
geheimnisvollen und erschreckend
attraktiven Kommilitonen am Creek's College.
Ausgerechnet er rettet ihr jedoch in einem
verheerenden Moment das Leben.
Hel wird klar, dass dunkle Mächte wirklich
existieren und die Menschen bedrohen.
Und das Schlimmste:
Sie fühlt sie in sich selbst …

Wir produzieren nachhaltig

- Klimaneutrales Produkt
- Papiere aus nachhaltigen und kontrollierten Quellen
- Hergestellt in Europa

Lektorat: Larissa Bendl
Umschlagbilder: stock.adobe.com / © ZinetroN / © rawpixel
Umschlaggestaltung: Viktoria Bühling – Covered in Colours Buchdesign, Formlabor
Satz: Pinkuin Satz und Datentechnik, Berlin
Herstellung: Gunta Lauck
Litho: Margit Dittes, Hamburg
ISBN 978-3-551-32145-9

FSC www.fsc.org
MIX
Papier | Fördert gute Waldnutzung
FSC® C083411

AYLA DADE

THE WITCHES OF SILENT CREEK

UNENDLICHE MACHT

CARLSEN

Für Lena

To those who doubted me

Thank you for knockin' me down
'Cause these scars have just made me stronger
And your words, they don't matter now
So thank you, thank you for knockin' me down
– Lena Meyer-Landrut, thank you

NOTHING IS NORMAL IN SILENT CREEK

STAMMBÄUME

FAMILIE BURNETT
NEURALGIKER

- Greer Burnett ⚭ Alpin Burnett (†)
  - Gawain Burnett
    - Ghislaine Burnett Ansgar
  - Elsbeth Burnett ⚭ Dalziel Greenblood Burnett
    - Tyrael Burnett
    - Coraël Burnett
    - Archibald Burnett

- Baba Greenblood
  - Morag Greenblood
    - Dalziel Greenblood Burnett ⚭ Elsbeth Burnett
    - Athelstan Greenblood ⚭ Alana Greenblood
      - Didre Greenblood

FAMILIE ANDERSON
EMPATHEN

- Fryda Anderson ⚭ Arthur Anderson
  - Merlin Anderson
  - Isobel Anderson

FAMILIE WOODWARD
EMPATHEN

- Milania Woodward ⚭ Unsgar Woodward
  - Ëmille Woodward
    - Aleen Woodward

FAMILIE EVERSTONE
FORMWANDLER

- Baba Everstone
  - Birk Everstone
    - Maxwell Everstone
  - Felton Everstone ⚭ Tara Everstone
    - Kamryn Everstone
    - Sileas Everstone

FAMILIE ANSGAR
MEDI

- Baba Ansgar
  - Petah Sinclair ⚭ Sorrel Ansgar
    - Raven Ansgar
  - Duncan Ansgar ⚭ Imogen Ansgar
    - Dwyn Ansgar
    - Théodore Ansgar ⚭ Ghislaine Burnett Ansgar

HELENA

ACHT JAHRE ZUVOR

✧

»Nicht weinen.« Seine Stimme klang sanft und beruhigend, aber ich konnte die Tränen nicht aufhalten. Finlay strich mir das Haar aus dem Gesicht. »Es sieht nicht schlimm aus.«

»Du lügst!«

»Nein, wirklich.« In der Dunkelheit bildeten wir nur schwache Schemen vor dem Hintergrund der hohen Bäume, doch der Mond prangte voll und hell am schwarzen Nachthimmel. »Es macht dich zu etwas Besonderem.«

»Hör auf«, murmelte ich und wischte mir mit dem Handrücken über das Gesicht. Das dichte Blätterdach über unseren Köpfen tanzte im sachten Wind. »Ich bin ein Monster.«

»Dann bist du das hübscheste Monster, das ich kenne.«

Jetzt lachte ich. Finlay strahlte. Ich schlang die Arme um meinen Körper und betrachtete den Jungen neben mir. Die Strähnen seines goldenen Haars machten einen weichen Eindruck. Ich kannte niemanden, der so schön war wie er. Später wollte ich ihn heiraten. Das wusste ich ganz sicher.

»Ich habe dich vermisst. Mein … mein ganzes Leben ist zerstört, Finlay.«

»Ist es nicht. Es wird nur anders.«

»Ich vermisse meine Mom.«

»Nicht weinen«, wiederholte er. Mit seiner Hand malte er unbeholfene Kreise auf den Stoff der Jacke über meiner Schulter. »Es wird leichter. Du schaffst das, weil du stark bist.«

»Bin ich nicht«, flüsterte ich.

»Doch.«

»Woher willst du das wissen?«

»Weil du meine beste Freundin bist. Ich kenne dich schon *so* lange. Helena Iversen ist das stärkste Mädchen, das ich kenne.«

Eine dicke Träne tropfte von meiner Wange. Sie traf das Pferdebügelbild auf meiner Jeans. Mein Kinn zitterte. Ich zog die Beine an den Oberkörper und vergrub das Gesicht zwischen meinen Knien. Mir war bewusst, dass meine nächsten Worte unfair waren, aber sie rutschten mir trotzdem heraus. »Du warst nicht da, obwohl ich dich gebraucht habe.«

Stille kehrte zwischen uns ein, bis Fin erneut seine einzigartige Stimme erhob. »Was ist passiert, Helena?«

Eine Weile schwieg ich. Ein Frosch hüpfte in den trüben Teich vor uns. Irgendwann zuckte ich die Achseln. »Ich kann mich nicht erinnern.«

Bis auf das fürchterliche grelle Licht …

»Was hat dein Vater dir erzählt? Warum ist deine Mutter gestorben?«

Ich schluckte hart. »Wir waren zusammen. Mom und ich. Im anderen Wald, südlich von hier. Irgendjemand hat sich einen Spaß daraus gemacht, die trockenen Blätter auf dem Boden zu entzünden. Dad sagte, die Flammen haben uns eingefangen. Mom … Sie ist …« Ich rang nach Atem. »Und ich …« Ich verzog das Gesicht, um die Tränen zurückzudrängen. Fast zeitgleich spürte ich Finlays Finger, die sanft über meine Brandnarbe strichen.

»Du hast überlebt«, beendete er den Satz. Der melodische Ton seiner Stimme klang ehrfürchtig und in seinen Augen erkannte ich Stolz. Doch ich fühlte mich grauenvoll. Fast wünschte ich, die Flammen hätten mich mitgenommen.

»Ja«, flüsterte ich, die einzelne Silbe begleitet von tiefem Schmerz.

Finlay nahm mich in die Arme und drückte mich fest an sich. »Das war ein Wunder, Helena. Die Götter wollen, dass du lebst.«

Ich wusste nicht, wie lange wir uns in den Armen lagen. Irgendwann löste ich mich von ihm, denn ich musste etwas loswerden, was mir die ganze Zeit schon auf der Seele brannte. »Du könntest zu mir ziehen. Neulich meinte Dad, er würde alles tun, damit es mir wieder besser gehe.«

»Oh, Hel.« Finlay lächelte traurig. »Vielleicht eines Tages.«

Der Mond bettete seinen Schein auf Finlays bronzefarbenen Teint. Er war immer gut gebräunt. Ich fragte mich, wie das möglich war, wenn es in Schottland ständig regnete. Fin sah aus wie ein sonnengebrannter Prinz, und obwohl er nur ein Jahr älter war als ich, war er deutlich reifer. Vielleicht fühlte ich deshalb diese besondere Wärme in seiner Nähe. Er gab mir das Gefühl von Sicherheit. Die Tatsache, dass dies unser letzter Abend im Wald war, bis seine Familie das nächste Mal Urlaub machen konnte, verursachte einen brennenden Schmerz in mir. Seine Eltern führten eine Arztpraxis und konnten sich selten Zeit nehmen, um das Land zu verlassen. So hatte es mir Finlay zumindest erklärt. Bei dem Gedanken daran, ihn wieder gehen lassen zu müssen, verzog ich das Gesicht.

»Hör zu.« Fin nahm meine Hände und drehte mich so, dass er mir direkt in die Augen sehen konnte. »Deine Mom ist nicht mehr da, aber ich verspreche dir, dass ich niemals verschwinden werde, okay? Ich bin dein bester Freund, ich werde immer dein bester Freund sein, und wenn ich älter bin, gehe ich nie wieder weg.«

»Versprochen?«

»Bei meinem Leben«, sagte er. Dann wühlte er einen scharfkantigen Stein aus der Erde, hielt ihn prüfend ins Mondlicht und drehte den Handteller Richtung Himmel. Plötzlich senkte er den Stein und schnitt sich in die Haut.

Ich keuchte. »Finlay!«

»Jetzt du«, sagte er und hielt mir den Stein mit entschlossenem Gesichtsausdruck entgegen. »Es tut nicht weh.«

»Warum sollte ich das tun?« Mein Blick hing erschrocken an dem Blut in seinem Schnitt.

»Wir schließen einen Blutschwur«, sagte er. »Damit wir für immer zusammen sind. Auch wenn wir uns mal nicht sehen können.«

Ich zögerte. Der Schnitt machte mir Angst, aber nicht so sehr wie der Gedanke, nicht mehr zu Fin zu gehören. Also nahm ich den Stein, aber ich konnte mich nicht überwinden. »Mach du.«

Er schüttelte den Kopf. »Du musst. Sonst wirkt es nicht.«

»Der Schwur?«

»Ja. Es muss deine eigene Entscheidung sein. *Sei mutig,* Helena.«

Ich atmete tief durch, öffnete die Faust und schloss die Augen. »Okay.« Schnell schnitt ich mir in die Innenfläche. Es brannte kurz, ehe Wärme an die verletzte Stelle eilte. Als ich die Augen öffnete, färbte sich die Haut bereits rot. »Und jetzt?«

»Komm her.« Finlay rutschte näher an mich heran und hielt die Hand in die Höhe. Ein einsamer Blutstropfen folgte dem Pfad seiner Lebenslinie. »Sieh mich an.«

Ich hob den Kopf. Mein Herz machte einen seltsamen Hüpfer, den ich nicht einordnen konnte.

»Jetzt vereinen wir unser Blut, aber niemand von uns darf wegsehen, ja?«

Ich nickte. Mein Blick klebte an seinen großen Augen. Wie goldener Honig. Ich hätte ihn die ganze Nacht ansehen können und es wäre kein Problem gewesen. In der nächsten Sekunde spürte ich Finlays Hand an meiner. Unsere Wunden trafen aufeinander. Ein merkwürdiges Gefühl durchströmte mich. Es war, als würde mich reinstes Sonnenlicht fluten, und mein Herz sprang wild gegen meine Brust. Es war aufregend.

Er verschränkte die Finger mit meinen. »So. Jetzt sind wir für immer zusammen.« Doch während er mich ansah, erlosch sein Lächeln langsam. Am Ende wirkte er traurig. »Ich sollte dich nach Hause bringen.«

»Ich will nicht«, sagte ich leise.

»Du musst. Dein Vater macht sich sicher große Sorgen.«

Ich senkte den Blick und nestelte an meinem Jackenreißverschluss. »Wann werde ich dich wiedersehen?«

»Bald.« Er wirkte abwesender als zuvor. Sein Blick wanderte über das Blätterdach der Bäume, die Brauen zusammengezogen. »Versprochen.« Plötzlich löste er seine Hand aus meiner. Mit der gesunden kramte er in seiner Anoraktasche und holte etwas heraus, das aussah wie ein grauer Stein. Er sah mich an. »Der hier ist für dich.«

Mit gerunzelter Stirn nahm ich das kleine Ding entgegen und ließ es durch meine Finger gleiten, um die Form zu betrachten. »Ist das ein Drache?«

»Ja.« Endlich lächelte er wieder. »Er beschützt dich, wenn ich nicht da bin.«

Ich drückte mir das winzige Tierchen an mein Herz und schenkte Finlay den wärmsten Blick, zu dem ich imstande war. »Danke.«

Seine Augen fokussierten die furchtbare Narbe in meinem Gesicht. Ich senkte den Blick, doch er legte einen Finger unter mein Kinn, damit ich ihn wieder ansah. »Du bist eine Kämpferin, Helena. Schäme dich niemals. Für nichts. Und lass dir von keinem sagen, dass deine Narbe dich entstellt. Sie macht dich zu dem schönsten Mädchen der Welt.«

Finlay sprach immer auf diese altertümliche Weise. Er unterschied sich von den Jungs, die ich hier kannte. Jeder von ihnen grölte, machte dumme Scherze oder zog über die Mädchen her. Er nicht. Er war anders.

»Danke«, flüsterte ich erneut.

»Ich komme bald wieder«, sagte er, und ich hörte seine Worte noch, als ich längst in meinem Bett lag und durch das Fenster in die Sterne blickte. In dieser Nacht schlief ich seit langer Zeit mit einem Lächeln auf den Lippen ein. Doch der Abend im Wald sollte der letzte gewesen sein, an dem ich Finlay gesehen hatte. Er kehrte nicht zurück. Nie wieder.

Noch Jahre später waren Gedanken an goldenes Haar und edle Züge eines bronzefarbenen Gesichts der Auslöser für meine schlaflosen Nächte.

HELENA

HEUTE

✧

Meine Finger schmerzten. Mit aller Kraft umklammerte ich das rostige Geländer des wackligen Stegs, der mich auf das schottische Festland führen sollte. Hinter mir schnalzte jemand mit der Zunge.

»Wird das heute noch was?«

»Gleich«, presste ich hervor, wobei es mich große Mühe kostete, nicht zu würgen. Meine Augen huschten zur Gischt, die in sanften Wellen gegen den Kai schwappte. Ich stöhnte.

»Mach schon, Mädchen«, rief eine weibliche Stimme. Sie klang genervt. »Es ist sechs Uhr. Ich brauche meinen Kaffee, verdammt!«

Ich schloss die Augen. Zitternder Atem entwich mir. Meine Hände bebten, als ich sie vom Geländer löste, um einen Schritt vorzugehen. Der Wind wehte mir die übergroße Cordjacke um die nackten Knie. Ich hätte mir denken müssen, dass mich in Schottland keine Sommerhitze erwarten würde.

»Die hat sie nicht mehr alle«, murmelte die Person hinter mir. Gerade dachte ich noch, dass sie wütend klang, doch plötzlich spürte ich, wie mein Arm zur Seite gerissen wurde. Mein schützender, rettender, überlebenssichernder Arm!

Das rostige Geländer bohrte sich unangenehm in meinen Rücken. Ich keuchte. Mein Körper reagierte, als mein Verstand ihm vorschrieb, die Augen zu öffnen. Die Panik verschluckte den Schrei, der sich einen Weg aus meiner Kehle bahnte.

Vor mir erstreckte sich die Nordsee. Ein graues, verschlingendes Monster. Es war Furcht einflößend. So schlimm, dass ich nicht denken konnte, nicht atmen, nicht einmal leben. In dieser Sekunde existierte bloß das Meer, nur das Wasser, das mich in einen anderen

Moment katapultierte. Einen Moment, der dafür gesorgt hatte, dass ich heute hier stand.

»Hey.« Eine angenehm klingende weibliche Stimme drang durch den Nebel zu mir durch. »Es ist alles gut. Sieh mich an, okay? Hier.«

Das Geräusch von schnippenden Fingern erklang. Ich blinzelte, aber momentan waren meine Augen wie eine schlecht fokussierende Kamera. Es dauerte, bis mein Sichtfeld sich schärfte und ich die Frau vor mir erblickte. Kurze schwarze Haare umrahmten ihr spitzes Gesicht. Sie hatte Augen so hell wie der Himmel, in dem frische Wolken tanzten. Sie lächelte, und das war schön, denn das Meer war es nicht.

»Ist es das Wasser?«

Ich nickte. Sie auch. Wir waren uns einig. Wunderbar.

»Schließ die Augen und nimm meine Hand. Ich führe dich.«

Ich kannte sie nicht, aber meine Möglichkeiten waren begrenzt. Also vertraute ich ihr. Alles drehte sich, obwohl ich bloß schwarze Pünktchen vor meinen Augen sah. Aber ich erkannte den Strudel, schwarz in schwarz, ein riesengroßes, düsteres Chaos. Nach schrecklichen Sekunden mit schrecklichen Gedanken darüber, wie das hier ausgehen könnte, spürte ich festen Boden unter den Füßen.

Vor Erleichterung wimmerte ich. Gierig füllte ich meine Lungen mit der salzigen Luft. Ich öffnete die Augen, um der Frau zu danken, doch … sie war verschwunden.

Ich drehte mich im Kreis und suchte die Hafenpromenade ab. Seefahrer luden Kisten in ihre Fischerboote, bereiteten sich auf den Tag vor; hinter einem Zeitungswagen wedelte ein Mann mit blaugrau gestreifter Mütze und Regenjacke mit dem neusten Newspaper. »Die First Ministerin verkündet!«, rief er. »Kein stationiertes Militär in den Städten Aberdeenshires!«

Ich hatte über die Vorkommnisse in Aberdeenshire gelesen – vor allem rund um Silent Creek. Seit einiger Zeit verschwanden Menschen spurlos. Schon länger wurde über eigentümliche »Unfälle« berichtet, die genauen Ursachen der Tode meist unklar, doch das Verschwinden von Personen war neu.

Ein Zurren gesellte sich zur Hafenluft, als der Besitzer eines Fischimbisses seine Markise ausrollte. Neuankömmlinge der Fähre orientierten sich oder hetzten über den Hafen, doch egal, wo ich hinsah … die fremde Frau war fort.

»Eh, Henne!«, rief eine Stimme neben mir. Sie klang entnervt.

Ich wandte mich um und erkannte ein Crewmitglied der Fähre an seiner dunkelblauen Uniform. »Meinst du mich?« Es sah so aus, denn er trug meinen schweren Überseekoffer über die ungleichmäßig gesetzten Asphaltsteine. Ein rechteckiger Kasten, der alle Habseligkeiten enthielt, die mir noch geblieben waren. Mich verwirrte bloß, weshalb er mich mit einem Hühnchen verglich, bis mir einfiel, dass es der schottische Slang für »Mädchen« war.

Mit dem Kinn deutete er auf den Koffer in seinen Händen. »Haste auf dem Schiff vergessen.« Die Zigarette in seinem Mundwinkel wackelte bedrohlich. »Ist schwer, das Teil.«

Er wollte ihn absetzen, doch ich riss protestierend die Arme in die Höhe. »Nicht!«

Furchen gruben sich in seine Stirn, ehe er die schütteren Brauen zusammenzog. »Hä?«

»Nicht … absetzen.« Hastig streckte ich die Hände aus und nahm ihm den Koffer ab. »Tut mir leid. Ich … ja. Danke.«

Perplex musterte er mich. Schließlich nahm er seine Zigarette zwischen die Finger, verpestete die Luft mit ihrem giftigen Qualm und kehrte um. Ich lauschte dem tiefen Schallsignal eines ankernden Schiffs, während mein Blick zur angrenzenden Straße schweifte, um die Gegend nach einem gelben Haus abzusuchen. Ich sollte Nathaniel dort treffen. Er hatte gemeint, er mied den Hafen. Zu viele Leute. Nun, in dieser Hinsicht ähnelten wir uns schon mal.

Nach einer Weile fand ich den Weg, den er mir geschildert hatte. Eine aufsteigende, schmale Straße, die in einem Rundbogen verlief und zum Fähranleger führte. Die hohen Sohlen meiner Knöchel-Docs klangen dumpf auf dem Asphalt. Außer mir befand sich niemand in dieser Nebenstraße, doch in der Ferne vernahm ich den hellen Klang einer Glocke, die zum Betreten der Fähre aufrief. Ein rotgoldener Farbverlauf warf seine Pinselstriche an den Horizont, als die Sonne ihren Aufgang ankündigte.

Silent Creek war ein sonderbarer Ort. Alles schien still. Ich vernahm das Rascheln der Blätter, die sich in der seichten Frühlingsbrise wiegten, und den Singsang vereinzelter Vögel, der anders klang, als ich ihn von zu Hause kannte. Eine leise, melancholische Melodie. Sie begleitete mich, bis ich den vereinbarten Treffpunkt erreichte und wartete.

Die Minuten verflogen. Andere hätten gedacht, ich stünde allein vor dem verwaisten Lädchen mit rot-weißer Markise, in dessen Schaufenster zurückgebliebene Apothekergläschen Staub ansetzten. Aber ich wusste es besser. Ich wurde beobachtet. Nur wenige Minuten nachdem ich den Treffpunkt erreicht hatte, war er mir aufgefallen. Die Ärmel seines grauen Wollpullovers schmiegten sich um seine Ellbogen, schwarze Linien zierten die sehnigen Unterarme. Der Kontrast zwischen Tinte und blasser Haut war so enorm, dass er mich beinahe blendete. Der Typ hockte auf einem Baum auf der anderen Straßenseite und gaffte mich an.

Ich versuchte, eine nüchterne Maske zu wahren. Er sollte nicht denken, mich einschüchtern zu können. Obwohl er genau das tat. Mit jeder Minute, die verging, fühlte ich mich unwohler. Ich dachte an Jack the Ripper und wurde nervös. Die Lust, an meinem ersten Tag in dieser Stadt von einem gestörten Serienkiller angegriffen zu werden, hielt sich in Grenzen.

Feuchtigkeit bildete sich auf meinen Handflächen. Der Ledergriff des rustikalen Überseekoffers meines Vaters drohte mir zu entgleiten, weshalb ich meine Hände um das schmale Wildlederstück zu Fäusten ballte. Unter der Last spürte ich meine Muskeln brennen. Doch etwas in mir sträubte sich, den Koffer abzustellen; etwas in mir wollte sich nicht eingestehen, dass mein Aufenthalt in Silent Creek endgültig war.

Ich nahm den Koffer in eine Hand, kramte aus meiner Jacke den kleinen Stein, den ich immer bei mir trug, und strich beruhigend über seine Kerben. In all den Jahren, nachdem Finlay ihn mir geschenkt hatte, war er immer bei mir gewesen. Mein Anker. Ein Schutzbringer. Er gab mir das Gefühl von Sicherheit. Von Wärme. Das Gefühl, nicht allein zu sein. Obwohl ich es längst war.

Immer wieder wanderte mein Blick zu der hohen Eiche, die hinter dem Ziegelhäuschen auf der anderen Straßenseite in die Höhe ragte. Auf einem breiten Ast, halb verborgen zwischen dem dichten grünen Blätterwuchs, saß der blasse Typ und ließ mich nicht aus den Augen. Seinen Rücken hatte er gegen den breiten Baumstamm gelehnt, ein Bein angezogen, das andere lässig in der Luft baumelnd. Der Schnürsenkel eines seiner schwarzen Chucks hatte sich aus der Schleife gelöst.

Wir lieferten uns ein bitteres Blickduell, aber er sah nicht weg. Es schien ihn nicht zu interessieren, dass ich ihn bemerkt hatte. Sein wild abstehendes rabenschwarzes Haar verteilte sich auf der braunen Rinde, während er seine Unterlippe geistesabwesend zwischen Daumen und Zeigefinger knetete.

»Helena?«

Ich zuckte zusammen. Der Ledergriff entglitt mir, woraufhin der Koffer mit einem dumpfen Aufprall auf den Asphalt traf. Hastig bückte ich mich, um ihn wieder an mich zu drücken, ehe ich in das wettergegerbte Gesicht eines alten Mannes blickte. Tränensäcke prangten unter seinen wässrigen grauen Augen, ein deutlich hervortretendes Merkmal seiner dünnen Pergamenthaut.

»Nathaniel?«

Er nickte. In seinem Gesicht regte sich nichts. Die blassen Lippen waren zu einer schmalen Linie zusammengepresst. Ich musterte ihn genauer. Unter seinem schäbigen Pullunder trug er ein faltiges vergilbtes Hemd, das vielleicht einmal weiß gewesen war. Seine steife Jeanshose wirkte verwaschen und eine zu große Armbanduhr baumelte an seinem dürren Handgelenk. Die Zeiger lagen auf den falschen Zahlen. Sie bewegten sich nicht.

Mein Großvater machte einen bemitleidenswerten Eindruck.

Er trat einen Schritt vor. »Ich nehme deinen Koffer.«

Ich betrachtete seine langen Finger. Zögernd sah ich ihn an. »Aber nicht abstellen, okay?«

Nathaniel Iversen hinterfragte meine Aussage nicht. Aus seinem Mund ertönte bloß ein zustimmendes Grunzen. Ausdruckslos nahm er mir den Koffer ab, wobei sein Blick auf meiner Stirn ruhte. Ich drehte den Kopf weg. Die Brandnarbe in meinem Gesicht glühte, als hätte seine Musterung das verschlingende Feuer neu entfacht.

Eine unangenehme Sekunde verstrich. Ich vernahm das Pochen meines Herzens. Schließlich machte mein Großvater auf dem Absatz kehrt. Wortlos lief er die Straße hinab. Ich folgte ihm, doch in meinem Nacken prickelte es unangenehm. Der Drang, einen Blick über die Schulter zu werfen, war enorm. Ich gab mir größte Mühe, es auszublenden, doch je weiter ich mich entfernte, desto intensiver wurde das Kribbeln.

Als wir eine Gabelung erreichten und Nathaniel nach rechts abbog, war es unmöglich, *unmöglich,* das Bedürfnis weiter zu ignorieren. Langsam wendete ich den Kopf. Die weißblonden Strähnen meines Pferdeschwanzes streiften meine Cordjacke. Fast sofort fokussierten meine Augen den Ast der Eiche, die einsam hinter dem Ziegelhäuschen thronte. Nur Sekunden lagen zwischen diesem Moment und unserem letzten Blickkontakt, doch … der Typ war verschwunden.

»Wie war die Überfahrt?«

»Ganz okay«, presste ich hervor. Nathaniel musste nicht wissen, dass ich bloß zitternd auf meinem Sitzplatz gekauert und die Nacht damit verbracht hatte, dem Schnarchen meines Sitzpartners zu lauschen, um das Geräusch des schwappenden Wassers auszublenden.

Nathaniel grunzte, und damit schien sein Small-Talk-Versuch beendet. Nach einer Weile erreichten wir den Marktplatz der Stadt. Das Licht der Dreiflammenlaterne brach sich im gusseisernen Material einer imposanten Frauenstatue inmitten des quadratisch angeordneten Häuserwalls. Meine Schritte verlangsamten sich, während ich sie betrachtete.

Dies war keine normale Frau. Ihr Gesicht wirkte eigenartig, geradezu bizarr. Ich konnte nicht wegsehen. Die rechte Hälfte war gezeichnet durch unverkennbare Schönheit: detailliert herausgearbeitete Merkmale in dem hohen Wangenknochen, der Lippenhälfte und dem Auge. Die rechte Seite ihres Gesichts jedoch … Himmel! Selten hatte ich etwas derart Gruseliges gesehen. Je länger ich die eigentümlichen Symbole betrachtete, die mit fein säuberlicher Präzision in das Material eingearbeitet worden waren, desto unbehaglicher fühlte ich mich. Das Auge der rechten Gesichtshälfte war detailarm, ein düsteres Loch. Zerschundene Lippen kontrastierten zu der kunstvoll gearbeiteten Seite; ein langer Schlitz stellte die Nase dar.

Nathaniel war fast an der Statue vorbei, als er bemerkte, dass ich stehen geblieben war. Sein Blick glitt von mir zum Bildnis der Frau und wieder zurück. »Kommst du, oder was?«

Ihre einnehmende Aura fesselte mich. Es fiel mir schwer, mich abzuwenden. In meinen Nacken legte sich eine bedrückende Decke, als würde die Luft wispernde Worte zu mir herübertragen und sich an mich heften. Ein Schauder überkam mich.

Schließlich schüttelte ich den Kopf und folgte meinem Großvater. Als wir den Marktplatz auf der gegenüberliegenden Seite verließen und einen ansteigenden Weg nach links einschlugen, bemerkte ich, wie er unauffällig in meine Richtung schielte.

»Morrigan«, sagte er plötzlich.

Ich blinzelte. »Hm?«

»Die Statue im Zentrum. Ein Gedenken an die Totengöttin.«

»Oh.« Ich sah über die ramponierte Backsteinmauer hinweg, die den aufsteigenden Pfad begrenzte. Sie bewahrte uns vor einem Sturz von der ansteigenden Küste, reichte jedoch nur bis zum Ende des Weges. Unter uns erstreckte sich die endlose Weite des graublauen Wassers. Ich zog den Kopf zurück, doch der kurze Augenblick hatte gereicht. Meine Knie wackelten.

Ich musste tief durchatmen. Der salzige Duft der Meeresbrise stieg mir in die Nase. Mit der Fingerkuppe fuhr ich am rauen Fugenmörtel zwischen den Abrisssteinen entlang, den Blick starr geradeaus gerichtet. Ich hatte keine Ahnung, wer die Totengöttin war oder welchem Mythos sie entsprang.

»Morrigan«, wiederholte ich leise, um mich von dem Gedanken des Wassers abzulenken. »Klingt edel.«

Nathaniel nickte. Eine Möwe kreischte. Sie flog über uns hinweg und ließ sich auf der Spitze eines einsamen Masts nieder. Als der Pfad endete und wir uns in einer kleinen Siedlung vereinzelter Häuser wiederfanden, war meine Atmung einem angestrengten Keuchen gewichen. Mein Großvater hingegen verzog keine Miene.

Ich ließ den Blick über die schiefen, unsauber gezimmerten Häuser schweifen. In Silent Creek stand die Zeit still. Es war so *anders* als Deutschland. So *anders* als alle Städte, die ich je gesehen hatte. Silent Creek wirkte altertümlich und unzeitgemäß. Es war, als besuchte ich die Requisiten eines Filmsets, der auf dem vorangegangenen Jahrhundert basierte. Die Tatsache, dass ich an diesem Ort in wenigen Stunden zum ersten Mal das College betreten würde, erschien mir in dieser Sekunde völlig realitätsfern. Eher begegnete ich Smaug in seiner Einöde.

»Hier.« Nathaniel blieb neben einem rechteckigen Haus aus braunem Gestein stehen. Dreck zierte die äußeren Fensterläden und den verschnörkelten Rahmen, der die Tür umgab. Stürmische Tage schienen das weiße Holz mit Moder und Morast bedeckt zu haben. Ein Schornstein ragte aus dem mit bunten Ziegeln gepflasterten Dach. »Das ist mein Haus.«

Diesmal war ich diejenige, die bloß nickte. Mir fehlten die Worte, denn das Zuhause meines Großvaters wirkte wie ein Lost-Place-Gebäude.

Nathaniel ging voran. Ich nutzte seine Unaufmerksamkeit, um den Vorgarten zu inspizieren. Eine teils zerstörte Steinwand und eine ungepflegte Hecke umgaben die verdorrte Rasenfläche. Wirrer Efeu schlängelte sich um eine verwitterte Eisenbank. Durch den wuchernden Busch, der sie umgab, war der Sitzplatz kaum zu erkennen. Ich zählte fünf verwahrloste Pflanzen. Zwei von ihnen lagen samt Blumenerde auf dem Rasen, die Kübel leisteten ihnen zerbrochene Gesellschaft.

Dies war ein trostloser Ort.

Als mein Großvater den Schlüssel im Schloss drehte und die Tür öffnete, schlug mir ein fauliger Geruch mit solcher Unbarmherzigkeit ins Gesicht, dass ich würgen musste.

Es stank. Gott, es stank so sehr, dass ich mich *ernsthaft* fragte, ob Nathaniel jemanden in diesem Haus verwesen ließ. Doch als er den Lichtschalter betätigte und mein Blick über die Berge dreckigen Geschirrs wanderte, über die fest gewordene Kruste alten Kartoffelbreis und die weißgrüne Schimmelschicht auf den Resten eines Eintopfs, verwarf ich den Gedanken einer verdorrten Leiche.

Nathaniel Iversen lebte schlicht und einfach dreckig.

Mein Großvater mied meinen Blick. Für einen Moment betrachtete ich ihn, versuchte, in seinen Zügen Ähnlichkeiten zu mir zu entdecken, doch traf auf Fremdheit.

Er warf ein paar alte Zeitungen und Joghurtbecher von einer Truhe und stellte meinen Koffer darauf ab. »Hast du Hunger?«

»Nein, danke.«

Meine erste Lüge in Silent Creek. Sollte ich anfangen, sie zu zählen? Vermutlich nicht.

Nathaniel quittierte das Geräusch meines knurrenden Magens mit einem grimmigen Blick. »Setzen. Es gibt Frühstück.«

Fragte ich mich im ersten Moment noch, wo er Platz zum Kochen finden wollte, betete ich im zweiten, bloß dem Schimmeleintopf entkommen zu können. Ein Knarren begleitete mich, als meine Füße mich über die rustikalen Holzdielen durch den Raum trugen. Ich setzte mich an den runden Esstisch und beobachtete, wie er altes Essen von zwei Tellern kratzte und sie mit einer Spülbürste schrubbte. Aus einem Topf schöpfte er Essen hinein. Mein Magen zog sich zusammen.

Nathaniel kam zurück, setzte sich mir gegenüber und schob mir meinen Teller über den Tisch. Toast und Baked Beans. Ohne Schimmelschicht, Gott sei Dank.

Was für eine merkwürdige Situation! Dieser Mensch war mein Großvater, aber ich hatte ihn bis auf vergilbten, rissigen Bildern nie gesehen. Und plötzlich *wohnte* ich hier. Es war verrückt, etwas, das meine Eltern niemals erlaubt hätten. Aber sie hatten keine Möglichkeit, es mir zu verbieten. Sie waren tot. Alle beide.

Mit der Gabel deutete ich auf den antiken Herd, dessen Abzugshaube von einem Holzvorsprung verdeckt wurde. Pfannen und Töpfe baumelten an dessen Balken. »Antik, aber stilvoll. Hast du die Kücheninsel selbst gebaut?«

Seine grauen Augen blickten zu dem grob geschliffenen Möbelstück. Die quadratische Arbeitsfläche war zugemüllt, dennoch konnte ich die eingearbeiteten Kerben erkennen.

»Ja«, sagte er.

Ich ignorierte meinen Magen, der beim Anblick der Müllhalde um mich herum heftig protestierte. Mit angehaltener Luft tunkte ich den Toast in die Tomatensoße der Baked Beans. Schweigen hüllte uns ein, nur das Geräusch des Bestecks war zu hören, wenn es gegen das Keramik klirrte. Nach einer Weile hielt ich es nicht mehr aus. Das Schweigen. Den Gestank. Meine kreisenden Gedanken über mein neues Zuhause.

»Danke für das Frühstück.« Meine Stimme klang nasal, weil ich mich darauf konzentrierte, nicht durch die Nase zu atmen. »Wenn es in Ordnung ist, würde ich jetzt meinen Koffer auspacken, bevor ich zum College muss.«

Nathaniel wirkte erleichtert. Er erhob seinen dürren Körper, um die Teller abzuräumen. Die Stuhlbeine kratzten über den Holzboden.

»Und du bist sicher, dass du heute schon zum College willst? Du könntest auch morgen gehen.«

»Ich will nichts verpassen.«

Er presste die Lippen zusammen. »Warum bist du nicht schon letzte Woche angereist, wie wir es geplant hatten?« Mein Großvater kehrte mir den Rücken zu, während er vor den Geschirrbergen innehielt und zu überlegen schien, welcher Gipfel noch nicht zu hoch war, um zwei weitere Teller bei sich aufzunehmen. »Keine Nachricht, kein Wort, und auf einmal dein Anruf gestern Abend, dass du auf dem Weg seist.«

Ich zupfte an der Nagelhaut meines Daumens, weiterhin darauf bedacht, durch den Mund zu atmen. »Es gab Dinge zu klären.«

Ging man nicht gerade davon aus, dass es sich bei diesen »Dingen« um die Entscheidung drehte, die Minibar im Hotel zu plündern oder lieber etwas vom Chinesen aufs Zimmer zu bestellen, war dies eine glatte Lüge. Schon die zweite.

Nathaniel brauchte nicht zu wissen, dass ich es nicht über mich gebracht hatte, die ursprüngliche Fähre eine Woche zuvor zu nehmen. Er brauchte nicht zu wissen, dass es mich am ganzen Körper geschüttelt hatte, als ich mit meinem Überseekoffer am Hafen Amsterdams gestanden und das Wasser beobachtet hatte, das sich gnadenlos gegen den Fähranleger geworfen hatte. Und vor allem brauchte er nicht zu wissen, dass mein kleiner Körper von etwas über anderthalb Metern vor nackter Angst, den einzigen Ort zu verlassen, der mich mit meinen Eltern verband, geradezu *zerrissen* worden war.

Aber schließlich hatte ich es tun müssen. Wenn ich herausfinden wollte, weshalb meine Mutter Silent Creek hinter sich gelassen hatte, weshalb sie geflüchtet war und die schottische Küste niemals wieder hatte betreten wollen, konnte ich nicht weiterleben wie bisher. Wenn ich herausfinden wollte, wer sie gewesen war, musste ich diese Herausforderung annehmen. Zurück hätte ich sowieso nicht gekonnt. Mein Elternhaus hatte ich verkauft.

Und jetzt war ich hier, mit dem Vater meiner Mutter, in einer winzigen, düsteren Stadt; mein neues Zuhause war eine Müllhalde, alles schien von Wasser umgeben, und ich hatte keine Ahnung, wie es weitergehen sollte. Ich fühlte mich verlorener denn je.

Mit den Händen strich ich mir über die Seiten meiner Skinny Jeans, beobachtete, wie Nathaniel sich bewegte, wie das graue, schüttere Haar platt an seinem Hinterkopf lag und wie gleichgültig ihm dieser Dreckstall war, wie gleichgültig *ich* ihm war. Ich erhob mich, er nahm meinen Koffer und schritt voran die Treppe hinauf. Ich folgte ihm. Die Stufen knarrten. Als ich die obere Etage erreichte, kam mein Großvater aus dem Zimmer am Ende des Flurs. In einer unsicheren Geste wischte er mit den Handflächen über die Seiten seines Pullunders.

»Dein Koffer liegt auf dem Bett. Für den Fall, dass du … dass er den Boden immer noch nicht berühren soll.«

»Danke«, murmelte ich.

Er nickte. »Deine Collegeuniform hängt im Schrank.«

Langsam trat ich vor, legte die Handfläche ans Holz der angelehnten Tür und öffnete sie. Was auch immer ich erwartet hatte – nach der Unordnung im Rest des Hauses war es nicht *das*.

In diesem Zimmer herrschte penible Sauberkeit. Es war klein, sodass das schmale Einzelbett seitlich zum Fenster platziert worden war. Ich spürte es sofort. Schon im Bruchteil der ersten Sekunde, als ich den Raum betrat, überkam mich Gewissheit. Dieses Zimmer hatte meiner Mutter gehört. Es war ihr Stil. Alles schien mit Blumenmustern verziert. Die meerblauen Wände, der Matratzenüberwurf, die Pastellgemälde. Sogar die Zimmerdecke.

Meine Mutter hatte immer gemalt. Am allerliebsten Naturelemente. Wenn ich an sie dachte, erschienen Farbkleckse vor meinem inneren Auge. Sie sprenkelten ihr Gesicht. Dad hatte sie die Blüte seines Herzens, der Leben eingehaucht worden war, genannt. Bis es ihr genommen worden war.

Vorsichtig setzte ich mich. In meinem Hals bildete sich ein Kloß, während meine Hände über den Blumenstoff des Überwurfs strichen. Ich registrierte kaum, wie ich mich wie ein Fuchs neben meinem Koffer einrollte, eines der Zierkissen zwischen die Hände nahm und meine Nase darin vergrub. Ich wusste nicht, was ich erwartet hatte. Den Rosenduft meiner Mutter?

*Wie dumm, Helena. Wie d*umm. Sie war tot. Das wusste ich nur zu genau.

Trotzdem spürte ich die Eiseskälte, die brennende Enttäuschung, die mich flutete, als das Einzige, das ich roch, der schwache Lavendelduft des Weichspülers war. Ein raues Schluchzen brach aus mir hervor. Ich grub die Finger in das Kissen, während die aufkommenden Tränen meinen Körper schüttelten. Ihr Salz brannte sich in meine

Wangen, doch nichts auf der Welt hätte sie in dieser Sekunde aufhalten können.

Erinnerungen packten mich, zwangen sich mir auf, und ich sah ihr Lächeln, ihre weißblonden Haare, ihre feine Himmelfahrtsnase, die meiner so ähnlich war. Ich sah die Sorge in ihrem Gesicht, wenn ich stolperte oder mir wehtat, schmeckte das Erdbeereis, das wir regelmäßig im Garten geschleckt hatten. Die Erinnerung ihrer sanften Stimme brach über mich herein. Ich hatte vor Augen, wie sie mich abends in den Schlaf wiegte, ein zarter Singsang, während ihre Finger meine Kopfhaut kraulten. Fast war es, als spürte ich diese Berührung.

Jahrelang hatte ich meinen Vater *angefleht*, nach Silent Creek zu gehen. Ich hatte gebettelt, ihr Zuhause sehen zu dürfen, zu sehen, wo sie aufgewachsen war, *wie* sie aufgewachsen war. Ich hatte meiner Mutter nah sein wollen, näher, als ich es in Gedanken hatte sein können. An dem Ort, der sie zu dem selbstlosen, liebevollen Menschen hatte werden lassen.

Dad hatte sich geweigert. Doch jetzt war ich hier. Jetzt lag ich auf dem Bett, in dem meine Mutter die Sterne beobachtet hatte, die nachts durch das hohe weiße Fenster hereinschienen. Ich konnte nicht zählen, wie oft sie mir von ihnen erzählt hatte. Von der Magie des Himmels über Silent Creek und dem lebendigen, prickelnden Gefühl, das das Leben an der schottischen, rauen Küste in ihr entfacht hatte. Ich war der Meinung gewesen, wenn ich herkäme, ginge es mir genauso. Ich hatte angenommen, dieser Ort hielte Antworten bereit, nach denen ich immer gesucht hatte. *So* sicher war ich mir gewesen, dass ich ihn hier spüren würde – diesen Zauber des Lebens.

Jetzt war ich in Silent Creek. Und alles, was ich fühlte, war nichts.

TYRAEL

EINE NACHT ZUVOR

✧

Der Wind schlug mir unbarmherzig ins Gesicht. Es war eine raue Herbstnacht. Unter mir gab Exodia ein zufriedenes Grölen von sich, jedes Mal, wenn eine Böe sie aus der Bahn warf. Wenigstens sie hatte ihren Spaß.

Ich suchte die Verbindung zu meiner Macht, ertastete sie wie zarte Finger, die sich sachte auf den weißen Tasten eines Flügels niederließen, und wurde Herrscher meines eigenen Nervensystems. Stumm gab ich den Muskeln meiner Hand zu verstehen, dass sie sich lockern mussten – ansonsten würde die Kälte der Nacht verhindern, dass ich weiterhin in der Lage war, mich auf meiner Heralchiro zu halten. Meine Lust, meterweit in die Tiefe zu stürzen, hielt sich in Grenzen.

»Nieder!«

Mein Fledermausdrache reagierte sofort. Ich spannte die Muskeln meines Körpers an, als sie den hinteren Teil mitsamt ihrem Stachelschwanz in die Höhe stob, um zu einem Sinkflug anzusetzen. Während meiner ersten Flugstunden war es oft passiert, dass der Schwung mich über Exodias Kopf geworfen hatte – doch das war Jahre her. Inzwischen waren sie und ich eine eingeschworene Einheit.

Die Haare stoben mir aus dem Gesicht und meine Wangen schmerzten unter dem Druck des schnellen Fahrtwinds, ehe mein Flugwesen die Füße streckte. Als sie die grün bewachsene Fläche streiften, rissen ihre Krallen lange Abdrücke in die Erde. Die Wucht ihrer Landung ließ Exodia einige Meter vorwärtsstolpern. Ich übte einen routinierten Druck an ihrem Unsichtbarkeitshalsband aus, woraufhin sie gehorsam innehielt und sich auf ihrem Hintern niederließ.

»Braves Mädchen«, murmelte ich, gab ihr einen belohnenden Klaps auf die nackte graue Lederhaut und rutschte von ihrem Rücken.

Exodia hatte bereits den Kopf gesenkt und rupfte mit akribischer Präzision jeden noch so kleinen Grashalm aus dem saftigen Boden, doch ihre übergroßen Fledermausohren waren gespitzt. Meine treue Begleiterin achtete auf jeden Laut, bereit, uns vor Gefahren zu schützen. Auch die Pupillen bewegten sich rasch in ihren Kugelaugen. Bis auf ihr gieriges Schmatzen herrschte eine angenehme Stille. In der Ferne vernahm ich das seichte Schwappen der Wellen, die gegen das Festland brandeten. Gedankenverloren leckte ich mir über die Lippen. Ein feiner Salzfilm lag auf meiner Haut.

»Warte hier«, sagte ich, kehrte meinem Flugwesen den Rücken zu und schlenderte dem großen Hügel entgegen. Er war von einem kreisförmigen Graben umgeben. Je näher ich dem neolithischen Grabhügel kam, desto mehr überkam mich das unangenehme Gefühl von kalten Berührungen, die über meine Haut streiften – obwohl ich meine Jagdmontur trug. Es war unbestreitbar, was die Seelen mir sagten: *Du bist ein Eindringling und gehörst hier nicht her.*

Ich erreichte den Eingang. Kies knirschte unter meinen Füßen, ehe ich das stockdustere Innere betrat. Unter dem großen Grashügel verbarg sich Maeshowe – eine Grabstätte, erbaut aus tonnenschweren und meterlangen Sandsteinquadern. Nicht wenige von ihnen besaßen die Größe eines Autos. Steinpfeiler stützten das uralte Dach der Kammer. Ich entzündete ein Streichholz und ließ die Flamme auf meine mitgebrachte Fackel übergehen. Sekunden später füllte dämmriges Licht den hohen Raum.

Ich näherte mich dem Teil der Wand, an dem die täglichen Touristen in den Stein geritzte Hieroglyphen bewunderten. Der Sage nach hatten ausruhende Nordmänner vor Jahrhunderten an dieser Wand zotige Sprüche über Frauen hinterlassen oder mit ihren Besitztümern geprahlt, um ihre Langeweile zu vertreiben. Doch ich wusste es besser: Diese Runen entstammten der azlatekschen Sprache. Sie beinhalteten einen düsteren Zauber, der für unsereins verboten war. Kaum einer des Lichten Volkes würde die Oberen auf diese Weise hintergehen, denn keiner hatte Interesse daran, dem Ergebnis der schwarzen Magie zu begegnen. Schließlich kämpften wir jede Nacht aufs Neue gegen unsere Düsteren Brüder und Schwestern. Mein Volk wäre enttäuscht, wüssten sie, was ich hier regelmäßig tat. Aber ich hatte keine Wahl.

Die Flamme der Fackel knisterte. Sie warf den Schatten meines Gesichts auf das helle Gestein der Wand, während ich mit dem Zeigefinger über einzelne Runen fuhr.

»*Quoda suma, hoc sumare. Hoc suma, quod eris*«, murmelte ich, während ich nach meiner Fähigkeit tastete und mein Kraftfeld zwang, die dunkle Materie zu erreichen. Mein Inneres sträubte sich. Ich war nicht trainiert für diese Form von Magie, und dies war der einzige dunkle Zauber, zu dem ich in der Lage war. Es hatte mich Jahre meiner Zeit gekostet, ihn zu lernen.

»*Quoda suma, hoc sumare*«, wiederholte ich. *Was wir sind, werdet ihr sein.* »*Hoc suma, quod eris.*« *Was ihr seid, waren wir einst.* »*Tib ossa terra abiit.*« *Mögen deine Gebeine die Erde berühren.* »*Hic est Lachlan Tsibea.*« *Hier ist Lachlan Tsibea.*

Hitze flutete meinen Körper, zwang mich in die Knie. Meine Hand rutschte von der Wand. Ich presste die Zähne aufeinander, rief mir in Gedanken zu, dass ich nicht verbrennen würde, dass es aufhören würde. Ein paar Sekunden hielt sich die Qual, ehe sie ersetzt wurde durch eine Eiseskälte. Es war, als erfroren meine Nerven. In mir protestierte mein Chaos, wand sich wie ein leidendes Tier. Es war ein Schmerz, der mir bis ins Mark ging.

Ein Keuchen entrang sich mir, während ich benommen wahrnahm, wie sich einzelne Partikel in der Luft vor meinen Augen materialisierten. Die Pein der schwarzen Magie verebbte, während die entstellte Person vollendete Gestalt annahm.

Vor mir stand Lachlan Tsibea, Zugehöriger des Düsteren Volks und einer der letzten verbliebenen Nekromanten. Sein blutrotes Haar stand wie eine Krone von seiner gräulichen Haut ab. Etliche Krater entstellten sein Gesicht wie tiefe Narben. Ein säuerlicher Geruch ging von ihm aus und verteilte sich in der Grabkammer. Die

Gesichter unserer Düsteren Brüder und Schwestern wirkten wie die von Würmern und Maden zerfressene Haut einer Leiche mit den Konturen eines Totenschädels. Auch ihre Körper waren spindeldürr. Das Düstere Volk bestand beinahe nur aus papierner Haut und Knochen, denn die Anderwelt zehrte an ihnen.

»Tyrael Burnett«, sagte Lachlan und grinste. Seine Zähne waren spitz wie mörderische Dolche. »Was für eine unerwartete Freude.«

»Ich brauche deine Hilfe.«

»Bedauerlich«, murmelte Lachlan und begann, in der runden Stätte auf und ab zu schreiten. »Gerade wollte ich mich von der anstrengenden Jagd erholen und mich einem Schlummerstündchen hingeben.«

»Der aufgebaute Schutzwall lässt nach. Ich kann es spüren. Der Fluch zehrt an mir.«

Lachlan hielt in der Bewegung inne und gab ein tiefes Seufzen von sich. »Warum hast du bloß mich dazu auserkoren, mich dieser lästigen Angelegenheit anzunehmen?«

»Du weißt mehr über diese Art von Zauber als irgendwer sonst. Und du bist nicht wie sie.«

»Wie wer?«

»Der Rest des Düsteren Volkes.«

Lachlan grinste. »Oh, Junge. Ich bin *ganz genau* wie sie.«

»Nein.«

Lachlans tiefschwarze Augen bohrten sich in meine. Es konnte bedrohlich wirken, und manch anderer wäre vermutlich zurückgewichen, doch ich fürchtete mich nicht. In diesem Leben hatte ich nichts mehr zu verlieren.

»Und was geleitet dich zu dieser Annahme, Burnett?«

»Du bist hier«, sagte ich. »Du könntest die Magie abwehren, doch jedes Mal beantwortest du sie mit deinem Kommen.«

»Weil du mir wertvolle Stunden außerhalb der Anderwelt schenkst. Nach Mitternacht auf der Erde verweilen – so lange, bis die nächste Dämmerung anbricht und die Jagd vorüber ist. Wer wäre ich, dieses Privileg zu verwerfen?«

»Möglich. Aber ich denke, da ist noch etwas anderes.«

»Und das wäre?«

»Eine Eigenschaft der Azlata, die längst verloren zu sein scheint und weit über separierte Völker hinausgeht.«

»Sprich Klartext, Junge.«

Ich sah ihm tief in die Augen. »Loyalität gegenüber deinen Brüdern und Schwestern.«

Lachlan verbarg seinen Herzschlag vor mir. Er wusste, dass ich ihn beobachtete, und er wusste, dass ich gründlich war. Tyrael Burnett würde eine Situation niemals dem Zufall überlassen. Natürlich versuchte ich, eine Verbindung zu seinem Muskelsystem aufzubauen. Ganz egal, was ich über ihn dachte: Ich musste gewappnet sein. Aber Lachlans Macht war meiner nicht unähnlich. Bevor jemand wie er zuließ, dass ich seine Stimmung anhand des Pulses ausmachen konnte, verbarg er seine Organe mit gewissenhafter Genauigkeit.

»Ich hasse dich, Burnett.«

»Ich weiß.«

»Deine Familie ist Abschaum.«

»Nur mein Bruder.«

Er knurrte. »Dein Vater ganz besonders.«

»Weil er dich letzte Woche bis auf die Isle of Harris gejagt hat?« Ich lachte. »Das ist sein Job.«

»Ich habe keinen Menschen angegriffen!«, rief er. »Verrate mir, Burnett: In welcher Welt ist es gerecht, Unschuldige für die Fehler anderer zu bestrafen?«

»In dieser.«

»Du denkst, es wäre richtig?«

»Ich sagte, in dieser Welt ist es gerecht, aber ich würde nie behaupten, Freund dieser subjektiven Gerechtigkeit zu sein, Lachlan.« Er musterte mich argwöhnisch. Ich bewegte mich keinen Millimeter. »Gerechtigkeit ohne Gnade ist bloß Unmenschlichkeit.«

Lachlan spuckte auf den Boden. »Eure Oberen heucheln friedvolle Absichten, doch es ist ein perfekt inszeniertes Theater! Sie halten eure Fäden in der Hand und manipulieren euch wie Puppen.«

»Niemand manipuliert mich und niemand hält mich in der Hand.«

»Denkst du.«

»Weiß ich.« In einer schnellen Bewegung entledigte ich mich meiner Monturjacke und dem darunterliegenden Pullover. Der flackernde Schein der Fackel warf ein dämmriges Licht auf meinen muskulösen Torso. Ich deutete auf die tiefen Löcher in meiner Haut. »Mein Körper ist ein Schlachtfeld, Lachlan. Nichts weiter als eine zerstörte Ebene mit verlassenen Kratern längst explodierter Minen.« Ich funkelte ihn an. »Keiner wird jemals wieder die Kontrolle über mich haben. Ich gehöre mir.«

Die Sekunden verstrichen. Es war unmöglich zu sagen, ob Lachlan meine Narben musterte oder mein Gesicht. Seine pechschwarzen Augen ließen keine Bewegungseinschätzung zu.

»Leg dich hin«, sagte er plötzlich.

Ich lehnte die Fackel an einen Stein und tat es. Der feste Untergrund drückte kühl gegen meinen Rücken. Lachlan bewegte seinen langen Zeigefinger. Einen Augenaufschlag später grub sich eine kreisrunde Kerbe um meinen Körper herum in den Boden. Kurz glühte der schmale Graben grell auf, ehe knöchelhohe schwarze Flammen mich umgaben.

Der mächtige Nekromant schlich wie ein Raubtier um mich herum. Mein Körper wurde abwechselnd in Licht und Schatten gehüllt, jedes Mal, wenn die Flammen der Fackel aufzüngelten und wieder sanken. Fremde Worte verließen Lachlans Mund. Sie klangen wie ein eiskaltes Wispern in dunkler Nacht. Mit seinen Krallen zeichnete er die Kontur meines Körpers nach. In der Luft entstand eine teerartige Silhouette meiner selbst, und zwischen den einzelnen Schwaden erkannte ich giftgrüne Schlieren, die sich durch den Nebel fraßen. Sie trugen das Geräusch von kindlichem Gelächter mit sich.

Lachlan verzog das Gesicht. Mit der anderen Hand wirbelte er durch die Luft, malte glühende Runen in den verschleierten Dunst. Schwarze Adern traten in seinem Totenschädelgesicht hervor, je mehr er sich anstrengte. Sein Körper zitterte, doch er hörte nicht auf.

Hitze flutete meinen Körper. Binnen Sekunden war ich schweißgebadet. Der Düstere führte eine letzte Rune aus, murmelte Beschwörungsformeln und stieß plötzlich ins Leere, als schlüge er jemanden. Die glühende Zeichenfolge wisperte, wirbelte durcheinander und schoss auf mich zu. Sie grub sich in meinen Körper.

Ich unterdrückte einen Schrei, beugte den Rücken durch, presste die Zähne aufeinander. Es war, als würde jemand all meine Organe packen, zudrücken und sie mir entreißen. Doch Lachlan hatte mir erklärt, was er tat, bevor ich mich zum ersten Mal auf diesen Boden gelegt hatte: Er schuf einen künstlichen Schutz, der sich wie eine Festung in meinem Inneren aufbaute. Der Fluch wurde ausgeschlossen. Ihm fehlte die Macht, den Wall zu durchbrechen, doch ich spürte, wie er kämpfte. Und er würde nicht damit aufhören.

Lachlan ließ seine Hand sinken. Die schwarzen Flammen erloschen. Schwer atmend lag ich auf dem Boden, während die Welt um mich herum wankte. Es dauerte einen Moment, bis ich mich erheben konnte. Meine Beine waren zittrig.

»Das sollte eine Weile vorhalten«, sagte Lachlan.

Ich lehnte eine Hand gegen den Sandstein. »Wie lange?«

»Eine Weile«, wiederholte er.

»Die Abstände werden kürzer.« Es war eine Tatsache, die ich nicht länger leugnen konnte. Ich bückte mich, zog Pullover und Monturjacke über und wischte mir mit dem Ärmel den Schweiß aus dem Gesicht. »Der Fluch wird stärker.«

»Ich habe dir gesagt, dass es so kommen würde.« Lachlan wirkte unbekümmert, als sprächen wir über ein belangloses Thema, über das wir uns uneinig waren. »Je mehr Zeit vergeht, desto mehr Energien machen sich deine Kräfte zu eigen.«

»Was kann ich tun?« Zum ersten Mal in meinem Leben nahm ich einen Hauch von Verzweiflung zwischen meinen Worten wahr. »Es muss eine Möglichkeit geben. Du musst mich heilen, Lachlan.«

»Das steht nicht mehr in meiner Macht. Aber es gäbe einen Weg.«

»Nenn ihn mir. Ich würde alles tun.«

»Alles?«

»Alles.«

»Nun …« Lachlan hob die Fackel vom Boden auf und betrachtete die züngelnden Flammen. Seine papierne Haut schien so dünn, dass ich mir einbildete, der Lichtschein würde ihn durchleuchten. »Du brauchst die Unendliche Macht.«

Eine Sekunde verging, in der ich ihn perplex musterte. Dann brach schallendes Gelächter aus mir heraus. Der freudlose Klang erfüllte die uralte Grabstätte. »Mir war nicht bewusst, dass du heute zu Scherzen aufgelegt bist.«

»Oh, ich scherze nicht.« Seine schwarzen Augen fokussierten mich. »Es ist mein Ernst. Sofern du überleben willst, Burnett.«

Mein Lächeln erstarb. »Die Unendliche Macht ist seit Jahrhunderten verschwunden. Sogar die mächtigsten Azlata aller Zeiten waren nicht in der Lage, sie aufzuspüren. Natürlich nicht. Die Götter persönlich haben die drei Insignien versteckt, Lachlan. Niemand wird jemals im Besitz dieses Artefakts sein.«

»Du vergisst Syphrah Iversen, Junge.«

»Ich glaube kein Wort dieses lächerlichen Ammenmärchens«, zischte ich. »Die Iversens sind und waren seit jeher nichts als ein betrügerischer, wichtigtuerischer Clan ohne Sinn und Verstand. Stell mir eine Reihe Düsterer neben eine einzige Iversen – ich würde zu töten sie wählen.«

Lachlan grinste. »Dann wird es dich freuen zu hören, dass Helena zum Morgengrauen den Hafen erreichen wird.«

Ich verzog das Gesicht. Er lachte. Es klang kälter als der Tod.

»Was auch immer du von den Iversens hältst: Dein sogenanntes *Ammenmärchen* ist der einzige Anhaltspunkt, den du hast. Nutze ihn, wenn dein Leben dir etwas wert ist. Suche Major Thomas Weir und nimm ihm die Macht.«

»Niemand könnte je dazu fähig sein.«

Lachlans Miene wurde ernst. »Wenn es einer könnte, dann du, Burnett.« Er schnipste mit den Fingern und verschwand.

Ich blieb zurück mit meinen stürmischen Gedanken und der Flamme der Fackel, die zurückhaltend brannte, als schuldete sie der Situation eine ehrfürchtige Darbietung. Nichts ließ darauf schließen, dass ein Nekromant des Düsteren Volkes soeben ein mächtiges Ritual an mir vollzogen hatte. Hätte das Regiment auch nur den Hauch einer Vermutung gehabt, hätte ich mich mit meinem nächsten Atemzug bereits ins Exil verabschieden können. Ich ging eine Menge Risiken mit diesen heimlichen Treffen ein, doch Lachlan war mein einziger Hoffnungsschimmer in einer immer tristeren Welt. Und so lächerlich seine Worte auch geklungen hatten ... Ich wusste, dass er die Wahrheit sagte.

Wie eine trübe Sicht, die sich langsam klärte, dämmerte mir, dass ich keine andere Wahl hatte. Ob ich nun scheiterte oder nicht: Diese lebensmüde, hirnrissige Mission war mein letzter verbliebener Anker. Und das bedeutete, ich musste mich gegen die oberste Regel meines Volkes stellen. Käme dies ans Licht, machte ich mich des Hochverrats schuldig. Die Oberen würden mich hinrichten. Gnadenlos. Aber täte ich es nicht, wartete am Ende des Gehorsams ebenfalls die Totengöttin, um mich nach Tír na nÓg zu begleiten.

Meine Entscheidung stand fest. Ich würde das oberste Gesetz brechen. Von jetzt an zählten bloß Major Thomas Weir und die Unendliche Macht uralter keltischer Gottheiten.

Als ich nach draußen trat, spürte ich neue Hoffnung. Die kühle Luft kitzelte meine Wangen. Ich schwang mich auf Exodia und trieb sie in den Himmel. Dieser Flug unterschied sich von unserer Anreise. Zuvor hatte eine trübe Aura mich und meine Heralchiro begleitet. Sie hatte ständige Klagelaute von sich gegeben, die im schneidenden Wind verloren gegangen waren. Exodia hatte gespürt, dass etwas in mir aufgeben wollte.

Die heutige Nacht verabschiedete sich mit klarem Himmel. Das erste Mal seit langer Zeit fiel kein Tropfen Regen.

HELENA

✧

Das Gesicht meines Großvaters war hinter einer Zeitung verschwunden, als ich die Treppe herunterkam. Er hörte meine Schritte und ließ sie sinken. Ausdruckslos musterte er die Collegeuniform, bestehend aus einem rot karierten Faltenrock und einer weißen Bluse mit Puffärmeln.

Sie war scheußlich. Weiße Wollkniestrümpfe reichten bis über meine Knie. Die auf den Stoff des Rocks abgestimmte Fliege war am obersten Knopf zwischen den Seiten des Hemdkragens angebracht und gab mir das Gefühl, jemand hätte mich mit kitschigem Geschenkband verpackt. Ich blickte auf die klobigen schwarzen Schnürschuhe, die wirkten, als entstammten sie dem neunzehnten Jahrhundert. Schon jetzt vermisste ich meine gemütlichen Doc Martens. Das Outfit schien eine aus der Mode gekommene Version des Dark-Academia-Looks zu sein.

»Dein Blazer.« Nathaniels Blick huschte zu dem Kleidungsstück, dessen Kragen ich zwischen den Fingern hielt. Sein Saum wischte die staubigen Stufen der Treppe. »Warum trägst du ihn nicht?«

Ich erreichte das Ende der Treppe und zuckte die Achseln. »Heute soll es warm werden. Die App hat eine volle Sonne gezeigt.«

»App?«

»Auf meinem Handy.«

»Aha.« Er runzelte die Stirn. »Du musst deinen Blazer tragen.«

Ich lehnte mich mit dem Rücken gegen die massive Vitrine, auf deren Regalkante Bücher und Müll und Gläser und Müll und Kerzen und – Überraschung! – Müll sich gegenseitig den Platz stahlen.

»Es ist nur …« Resigniert blickte ich auf den Blazer, ehe ich wieder aufsah. »Mit dem Ding sehe ich aus, als würde ich einer Marschkapelle angehören.«

»Das ist absurd«, sagte er. »Was ist verkehrt an Manschetten?«

»Nichts, aber …« Ich seufzte. »Ich würde bloß gern meine eigenen Sachen tragen.«

Nathaniel legte die Zeitung beiseite und erhob sich. Er lief in die Küche, kehrte mir den Rücken zu und kam mit einer Kaffeetasse in der Hand zurück. »Das Creek's College hat Prinzipien, Helena.«

Ich verdrehte die Augen. »*Das* ist absurd. Wir leben im einundzwanzigsten Jahrhundert.« Mit den Händen strich ich über meine Uniform. »Wo bleibt die Selbstbestimmung?«

Sein Blick ruhte weiterhin auf mir, ausdruckslos und unbeeindruckt. Noch einmal nippte er an seinem Kaffee. »Am besten, du versuchst dich anzupassen. Es wäre nicht von Vorteil, den Bewohnern einen Grund zu geben, über dich zu reden.«

Resigniert ließ ich die Schultern sinken. »Adieu, Anonymität.«

Nathaniel starrte in seine Plörre. »Silent Creek ist anders. Aber du wirst dich daran gewöhnen.«

»Sicher.« Es fühlte sich an, als könnte ich niemals mit diesem Ort warm werden. Aber ja, vielleicht brauchte es Zeit. Ich schob den Gurt meines Jutebeutels höher auf die Schulter und wandte mich ab. »Bis heute Abend.«

»Sei vor Sonnenuntergang wieder zurück.«

Ich hielt in der Bewegung inne. »Weshalb?«

Mein Großvater fuhr mit der Fingerkuppe den Rand seiner Tasse nach. Das schwache Licht einer Gaslaterne warf einen unheimlichen Schatten auf ihn. »Zum Abendessen.« Er blickte auf seinen Fingernagel. »Das sind … *meine* Prinzipien. Abendessen um sieben. Halt dich dran.«

»Okay.« Einen Moment verharrte ich vor der Haustür. Meine Finger ruhten auf dem Türknauf, während ich meinen Großvater ansah. Doch er machte keine Anstalten, den Kopf zu heben. »Soll ich … ich meine, ich könnte das Haus aufräumen. Heute Abend. Es würde mich freuen, wenn ich dir dabei helfen –«

»Nein.« Sein barscher Ton ließ mich zusammenzucken. Die Tasse in seiner Hand zitterte. Kaffee schwappte über, bedeckte seine Finger und sprenkelte den Holzboden. Ich bezweifelte, dass er es aufwischen würde. »Ich mache das.«

»Ich könnte –«

»Ich mache das, Helena.« Er sah mich nicht an. »Nun geh. Du kommst zu spät.«

Ich reagierte nicht sofort. Doch als Nathaniel sich abwandte und träge in die Küche schlurfte, verließ ich das Haus. Gierig schnappte ich nach der salzigen Frühlingsluft. Für den Osten Schottlands waren die Sonnenstrahlen heute ungewöhnlich großzügig. Ich schob die Ärmel der grässlichen Bluse über die Ellbogen und durchquerte den verkümmerten Vorgarten. Mir war schleierhaft, wie mein Großvater in diesem Haus leben konnte.

Hier oben umgab die Klippen keine Begrenzung. Rauer Wind zerrte an mir, stob meine Strähnen durcheinander. Ponyfransen wehten mir ins Gesicht. Ich musste mir einen Pferdeschwanz binden und verabschiedete mich gleichermaßen von den Korkenziehern, die ich mir mit dem Glätteisen gemacht hatte. Ich genoss die berauschenden Kleinigkeiten der wilden Natur, auch das sanfte Schwappen der Gischt gegen die Klippenwand, solange ich das Meer nicht sah.

Aufmerksam nahm ich jedes Detail der rauen Umgebung in mich auf, bis mein Blick an einem kleinen Mädchen hängen blieb. Sie kniete nicht weit entfernt von mir an den Klippen. Ihre Knie ragten ein paar Millimeter über den Abgrund hinaus. Die Spitzen ihres feuerroten Haars streiften ihr Kinn. Sie beugte sich vor, um mit den Fingern eine Stelle losen Gerölls zu erkunden, und lachte, sobald die Steine in die Tiefe fielen. Ich jedoch sah mich panisch um. *Gehört dieses Kind zu niemandem?*

Ein weiteres Mal beugte sie sich vor – aber diesmal verlor sie das Gleichgewicht. Mein Herz überschlug sich. Ich rannte, so schnell ich konnte, sah, wie sie strauchelte, wollte brüllen, schreien, irgendetwas, aber das würde ihr nicht helfen, also rannte ich bloß noch schneller, betete, hoffte, bangte.

Nur noch drei Meter, dachte ich. *Drei, jetzt zwei, halt durch, Kleine, halt durch …*

*S*ie riss die Augen auf. Ihr Mund formte ein schreckgeweitetes, großes O. Abrupt blieb ich stehen. Schock flutete mein Herz. Es war zu spät.

Das Mädchen fiel in die Tiefe.

HELENA

✧

Der Schrei, den ich ausstieß, war markerschütternd. Er verlor sich über dem Meer, das nur Sekunden zuvor ein unschuldiges Kind verschlungen hatte. Atemlos stand ich da, Arme und Hände von mir gestreckt, als könnte ich sie fangen, als könnte ich noch verhindern, was gerade geschehen war. Trotz der Sonnenstrahlen hüllte mich eine unbarmherzige Kälte ein. Ihre eisigen Klauen lähmten mich. Es gelang mir nicht, über den Abgrund zu blicken.

Nur vage drang das Geräusch einer zuschnappenden Haustür durch meinen Nebel. Ich wandte den Kopf und entdeckte einen jungen Mann in schwarzem Rollkragenpullover. Sein strohblondes Haar stand ihm wild und ungezähmt vom Kopf – so wild wie sein Blick, der sich in meinen bohrte.

»Das Kind«, rief ich. »Es ist …«

Er ließ mich meinen Satz nicht beenden. Innerhalb von Sekunden befand er sich am Klippenabgrund. Zwischen uns beiden gefror die Zeit. Ich beobachtete ihn, beobachtete seine Züge und wartete mit angehaltenem Atem auf den Moment, der mir verraten würde, dass es endgültig war. Ich wusste nicht, mit was für einer Reaktion ich gerechnet hatte. Vielleicht mit loderndem Schmerz in seinen warmbraunen Augen. Was ich mit Sicherheit nicht erwartet hatte, war das amüsierte Grinsen, das sich in dieser Sekunde auf das hochattraktive Gesicht des Fremden stahl.

»Dein Drang nach Nervenkitzel wird mir inzwischen lästig.« Seine langen Finger umfassten den Klippenrand. Eine leichte Böe strich ihm die Haarspitzen aus dem Gesicht, ehe sie sich wieder über sein linkes Auge legten. »Und ich weiß nicht, was ich davon halten soll, Aleen Woodward.«

»Mit wem sprichst du?«, fragte ich irritiert.

»Mit meiner Tochter.«

»Wie bitte?«

Statt einer Antwort streckte er die Arme aus. Unter dem Stoff des Pullovers erkannte ich trainierte Muskelstränge. Eine erneute Welle der Panik überrollte mich, denn ich dachte, er wäre der Nächste, der in die Tiefe stürzte. Doch plötzlich kam ein roter Haarschopf hinter der Geröllwand zum Vorschein, auf dem kindlichen Gesicht ein breites Grinsen, während der Mann das Mädchen über die Klippen hob. *Was zum …*

Ungläubig starrte ich sie an. Ihr kleines Köpfchen lehnte an der Schulter ihres Vaters, und als sie meinen Blick bemerkte, verbarg sie das Gesicht an seinem Arm. Sie war jung. Ich schätzte sie auf nicht älter als fünf. Er hingegen schien in meinem Alter, aber seine Haltung, seine Gesichtszüge, *alles* an ihm wirkte so selbstbewusst, so graziös, dass ich mich ihm meilenweit unterlegen fühlte.

»Entschuldige.« Er klang, als ginge es hierbei um den letzten Kaffee, den er mir gestohlen hatte. »Aleens Verhalten kann beängstigend sein, wenn man sie nicht kennt.«

»Beängstigend?« Ich blinzelte. »Das war nicht nur *beängstigend.* Ich war … ich konnte nicht …« Wild gestikulierte ich mit den Armen. »Sie ist von der Klippe gestürzt!«

Er musterte mich nüchtern. »Aleen weiß, was sie tut.«

Wut baute sich in mir auf, flatterte im Inneren meiner Brust wie eine aufgebrachte Schwalbe. »Sie ist ein Kind! Wieso lässt du sie allein an diesem Abgrund spielen?«

Er verzog keine Miene. Sein nichtssagendes Grinsen lag nach wie vor auf seinen Lippen. Eine spannungsgeladene Stille erhob sich, in der ich mich auf seine Antwort vorbereitete, mir Worte zurechtlegte, mit denen ich ihn konfrontieren konnte.

Dieses Kind hätte tot sein können!

»Aleen weiß, was sie tut«, wiederholte er. Bevor ich etwas entgegnen, bevor ich überhaupt Luft holen konnte, kehrte er mir in beinahe Furcht einflößender Eleganz den Rücken zu und verschwand mit seiner Tochter im Haus.

Fassungslos sah ich ihnen hinterher, ehe mir erst der klägliche Zustand seiner Steinhütte bewusst wurde. Das Gebäude wirkte wie ein traditionelles Cottage längst vergessener Tage. Die weiße Trockensteinwand war verwittert, die Fenster klein und asymmetrisch. Stroh ersetzte ein herkömmliches Dach. Dieses Haus musste bereits wesentlich länger hier stehen, als Silent Creek existierte.

Meine nicht verrauchte Wut bewirkte, dass ich einen zittrigen Atemzug ausstieß. Er verlor sich im Wind. Mit vorsichtigen Schritten näherte ich mich dem Abgrund der Klippe. Beim Anblick der schwindelerregenden Höhe protestierten meine Beine. Mir entfuhr ein unterdrücktes Keuchen, doch sosehr es mich auch ängstigte … es war unmöglich, mich wieder abzuwenden.

Mit zarten Berührungen verteilte die weiß schäumende Gischt melancholische Küsse auf der Gesteinswand. Die ungefilterte Schönheit der Natur hypnotisierte mich. Ich fragte mich, wie etwas so Schönes gleichzeitig so beängstigend sein konnte, und war beunruhigt. Mein Blick suchte das Gestein ab und blieb an einem Vorsprung hängen, der aus der flachen Klippenwand herausragte. Es wirkte unnatürlich. Bizarr.

In meinem Kopf stürmten wirre Gedanken. Die Panik von gerade hielt sich in meinen Gliedern und schwächte nur langsam ab. Ich zog mich zurück, doch die Situation flimmerte weiterhin vor meinem inneren Auge. Das schockgeweitete Gesicht des Mädchens, als es gefallen war. Das Grinsen, als ihr Vater sie wieder über die Klippen gehoben hatte. Wie konnte es sein, dass die glatte Klippenwand nur diesen einzigen Vorsprung besaß – genau an dieser Stelle?

Ich zwang mich zur Ruhe. Mein Kopf überdramatisierte das Ganze. Das Kind lebte hier. Es kannte diesen Ort. Und trotzdem …

Gänsehaut breitete sich auf meinen Armen aus. Plötzlich wollte ich nichts sehnlicher als fort von diesen Klippen. Ich nahm den Pfad hinunter zum Stadtzentrum und verlor mich in den schmalen Gassen zwischen den Häusern, bis ich den Hafen erreichte. Der Geruch von Fisch und Seetang schlug mir entgegen und ein kühler Windzug ließ meine Oberschenkel frösteln. Eine Weile lief ich über die unsauber verlegten Pflastersteine des Kais, bis ein Gespräch zweier Seemänner zu mir herüberwehte. Sie unterhielten sich über ihre Boote hinweg. Beide trugen Fischerhüte und Angelwesten.

»Heute Abend ein kühles Blondes im *Queen's Cliff,* Ruphus?«

»Ich weiß nicht …«

»Komm schon, alter Sack. Morgen muss ich nach Stonehaven.«

»Ein andermal, Tom. Meine Frau wartet.«

»Ahh, so isses, Ruph, so isses.« Er gestikulierte mit einem Fischermesser durch die Luft. Die Sonne brach sich in dem Stahl. »Hinter jedem guten Seemann steht eine starke Frau – oder mehrere in vielen Häfen.«

Ich verzog das Gesicht. »Idiot.« Vielleicht übertrieb ich, aber seine Worte machten mich wütend. Sie erinnerten mich an meine erste Beziehung, in der ich auf üble Art und Weise hatte erfahren müssen, dass der Typ nur mit mir gespielt hatte. Finlay hätte so etwas nie getan. Finlay wäre … er wäre …

Ich kniff die Augen zusammen und vertrieb den Gedanken an ihn. Was hatte ich erwartet? Dass er mit einem Schild am Hafen stehen und auf mich warten würde, nachdem nie wieder ein Lebenszeichen von ihm gekommen war?

In seinem rostbraunen Boot verlagerte Tom das Gewicht, um sich mir zuzuwenden. Sein Gesicht wirkte aufgequollen, die Fischermütze drückte ihm ins Fleisch. Ekelhafte Gier spiegelte sich in seinen Augen, als er mit ihnen meinen Körper musterte.

»Ach ja?« Er gab ein dreckiges Lachen von sich, das über die Nordsee wehte. »Vielleicht würdest du anders denken, wenn du eine von ihnen wärst. Hätte nichts dagegen, Kleine.«

Ich blieb stehen und reckte das Kinn. »Hätte nichts dagegen, dir meine Antwort zu buchstabieren. Mit dem rostigen Fischermesser auf deiner Haut. Ganz langsam, damit du sie auch verstehst. Wie wärs, Tom – du und ich?«

Ruphus' bellendes Lachen schallte durch die Luft, rau wie die wilde See. Sein Kumpel hingegen murmelte wüste Beschimpfungen, die

Züge gezeichnet von purer Boshaftigkeit. Ich quittierte seinen Blick mit einem gehässigen Grinsen und wandte mich ab.

Das Creek's College lag am äußeren Rand der Stadt in den Highlands. Ich hatte mir den Weg bei Google Maps gepinnt. Über die Hafenpromenade lief sich die Meile rasch. Es schien mir surreal, an diesem Ort mein Collegeleben anzugehen. Als wäre ich bereit für die Zukunft und mein Leben sorgenfrei. *Surreal,* dass ich hier war, in Silent Creek, dem Ort, den meine Eltern wie die Pest gemieden, über den sie konsequent geschwiegen hatten.

Die Promenade näherte sich dem Ende. In der Ferne erkannte ich vier Turmspitzen einer Burg, die in den Himmel ragten. Nur schemenhafte Umrisse, grau und düster vor der aufgehenden Sonne. Ich schob die Hände in die Taschen meines Rocks und sah mich um, bis ein hölzerner Wegweiser meine Aufmerksamkeit erregte. In eines der drei Pfeilschilder waren die Worte *Creek's College* eingebrannt.

Eine ganze Weile folgte ich der Richtung. Die Pflastersteine der Hafenpromenade waren längst in einen Trampelpfad entlang der Küste übergegangen, links von mir die endlosen Weiten der rauen Highlands, rechts die Nordsee, über deren spiegelglatter Oberfläche in dieser Sekunde eine Möwe flog. Ihre Beine streiften die Wasseroberfläche.

Als die Fischerboote am Hafen Silent Creeks klein wie Spielzeugschiffchen wirkten, erreichte ich einen breiten Steinpfad. Und am Ende dieses Pfads, imposant und altehrwürdig, befand sich das jahrhundertealte Gebäude. Ein steinerner Rundbogendurchgang trennte den Pfad vom Innenhof des Colleges. Hinter dem historischen Gebäude tränkten die hohen Tannen eines Waldes den Horizont in düstergrüne Farbe. Der Anblick rief das Gefühl brachialer Schönheit in mir hervor, so überwältigend, dass ich in der Bewegung innehielt und den Eindruck auf mich wirken ließ. Eine leichte Brise küsste meine Wangen. Meine Lippen teilten sich.

Hinter mir näherten sich Schritte. Ich blickte über die Schulter und erkannte eine junge Frau mit traumhaften Haaren in fuchsfarbenen Tönen. Mit einem Lächeln auf ihrem Engelsgesicht und den ewig langen Beinen schritt sie in eleganten Bewegungen auf mich zu. Auch sie trug die grauenvolle Uniform des Colleges, doch an ihr wirkten die Kleidungsstücke perfekt.

»Hi«, sagte sie.

Ich war verwundert. »Ähm, hi?«

»Du bist klein.«

Okay? Waren alle Menschen in Silent Creek so offensiv? Wenn ich an meinen Großvater dachte, wohl kaum. Dieses Mädchen schien von der extrovertierten Sorte zu sein.

»Ähm«, wiederholte ich, diesmal sehr gedehnt. »Ein Meter achtundfünfzig. Größer als ein Wisent und fast so lang wie eine Robbe.«

»Was ist ein Wisent?«

»Ein Rind.«

»Interessant.« Sie strahlte mit der aufgehenden Sonne um die Wette. »Ich bin Isobel.«

»Helena.«

»Ich weiß.«

Ich blinzelte. »Woher?«

»Das hier ist Silent Creek. Hier sprechen sich auch Kleinigkeiten rum, weißt du.« Isobel musterte mich so eingehend, dass ich das Gefühl bekam, sie würde mich röntgen. Schließlich deutete sie mit dem Kinn auf meinen Blazer, der über meiner Schulter lag. »Du solltest ihn anziehen. Sonst könntest du Schwierigkeiten mit den Vorsitzenden des Studierendenwerks bekommen.«

»Im Ernst?«

»Im Ernst. *Ganz* strebsame Studierende, die ihre Aufgabe *ganz* genau nehmen.«

Seufzend ließ ich meine Tasche zu Boden fallen und schlüpfte in den Blazer, ehe ich mir den Gurt wieder über die Schulter legte.

Wir setzten uns in Bewegung. Isobel schloss sich mir an. Sie schien mir nicht mehr von der Seite weichen zu wollen. Einerseits verwirrte mich das, andererseits war ich dankbar.

»Was studierst du im Hauptfach?«

»Geschichte.« Zwei weitere Studierende überholten uns. Sie warfen mir einen schnellen neugierigen Blick zu. Ich schluckte. »Und du?«

»Psychologie. Drittes Semester.«

Wir erreichten den Steindurchgang. Seine geöffneten, doppelflügeligen Holztüren hießen uns willkommen und gemeinsam betraten wir den Innenhof. Ein schmaler Asphaltweg umrahmte die quadratische Grünfläche, auf der sich Studierende tummelten; sie alle trugen die gleiche Uniform. Gemeinsam wirkten sie wie ein Ameisenhaufen, der sich um ein klebriges Eis versammelte.

»Verrückt«, murmelte ich. Mein Blick wanderte die Fassade der Burg hinauf, die Geschichten vergangener Jahrhunderte in sich trug. Aufwendig verarbeitete Rundbogenfenster reihten sich aneinander, wechselten sich mit spitzdachigen Erkern ab, die aus den Wänden herausragten. Ich musste den Kopf weit in den Nacken legen, um bis zu den Türmen blicken zu können. »Das kann unmöglich ein College sein.«

»Willkommen in Silent Creek.« Isobel wirkte amüsiert. »Der Stadt, in der alles anders ist.«

Ich drehte mich im Kreis, nahm jeden Millimeter des historischen Bauwerks in mich auf, und spürte Isobels Finger, die sich um den Stoff meines Blazers legten. Sie zog mich beiseite, damit ein Studierender mit rötlichem Haar an mir vorbeikam.

»Danke«, murmelte er in Isobels Richtung. Er ging weiter, doch plötzlich warf er einen weiteren Blick über seine Schulter. Er hielt inne und musterte mich. »Du bist die Neue, oder?«

»Ja.« Ich umklammerte meinen Jutebeutel. »Helena.«

»Cool.« Seine Finger spielten mit der Spitze seiner Krawatte, während sein Blick auf mir ruhte. Länger als es höflich war.

Isobel schnalzte mit der Zunge. »Ist noch was?«

»Nope.« Er schenkte mir ein breites Grinsen. Schließlich deutete er auf das Gebäude. »Ich muss los. Vielleicht sieht man sich mal wieder, Helena.«

»Bestimmt.«

Isobel wartete, bis er hinter dem Durchgang verschwunden war, der zum anderen Teil des Hofs führte. Dann rümpfte sie die Nase. »Vertrau ihm bloß nicht.«

»Er wirkte nett.«

»Ja. Bis er bekommen hat, was er will.«

»So schlimm?«

»So schlimm.«

»Also ist er einer von denen, die es sich zur Aufgabe machen, jede Studierende ins Bett zu kriegen?«

»Nun ja, er schläft nicht mit ihnen.«

»Nicht?«

»Merlin lebt streng katholisch. Kein Sex vor der Ehe. Aber alle anderen Dinge probiert er nur zu gern aus.«

»Woher weißt du das?« Erst zögerte ich, aber Isobel war sehr offen an mich herangetreten, also würde ich wohl ähnlich offen mit ihr reden können. »Lief etwas zwischen euch?«

»Bei den Göttern!« Isobel verzog das Gesicht. »Nein, er erzählt es mir.«

»Er *erzählt* es dir?« Ich war verwirrt. »Wieso?«

»Er ist mein Bruder.«

»Oh.«

»Ja.« Sie seufzte. »So reagiere ich auch jedes Mal, wenn es mir wieder in den Sinn kommt.« Sie deutete auf eine Doppelflügeltür aus wuchtigem Holz. »Hier geht es in die Eingangshalle. Ich würde dich begleiten und dir alles zeigen, aber ich bin im Schwimmteam und das Training beginnt in …« Sie sah auf ihre Armbanduhr und verzog das Gesicht. »*Jetzt.* Es beginnt jetzt. Verflucht!« Isobel hob den Blick. »Treffen wir uns zum Mittagessen?«

»Gern. Wo?«

Sie hatte schon fast die Rasenfläche überquert, als sie mir einen Blick über die Schulter zuwarf. »Im Speisesaal!«

»Wo ist der?«

Doch Isobel war bereits auf der anderen Seite des Hofs und hörte mich nicht mehr. Mutlos ließ ich die Schultern sinken, öffnete meine Tasche und kramte nach dem Orientierungsschreiben.

»Sehr geehrte Miss Iversen«, murmelte ich. »… Ihre Matrikelnummer, eigenes Schließfach, Essenskarte … ah, hier. Ihr Collegepate ist in freudiger Erwartung, Sie kennenzulernen … Auszeichnungen, Bestnoten …« Ich überflog die lobenden Worte über den Typen, der zwei Semester über mir studierte, und prägte mir Schließfachnummer 280 ein. Meine Armbanduhr verriet mir, dass ich ihn in zehn Minuten dort treffen würde.

Die Eingangshalle war imposant und kühl. Eine breitläufige Treppe mit geschwungenem Geländer führte in den ersten Stock. Von dort aus ragten weitere in die höheren Etagen der Burg. Mein Blick glitt über die reichen Verzierungen der Wände; über zwei Rundbogendurchgängen thronten auf jeweils beiden Seiten steinerne Flügelwesen und Krieger. Sie sahen auf mich herab, als würden sie über jeden meiner Schritte urteilen. Ich musste mich zwingen, den Blick von den architektonischen Details abzuwenden und stattdessen die eingravierten Nummern der Schließfächer ins Auge zu fassen.

Ich lief die Reihen entlang, vorbei an den müden Gesichtern meiner Mitstudierenden. Missmutig stopften sie Bücher in ihre Taschen oder betrachteten eine frisch aufgetragene Schicht Lipgloss im Spiegel ihres Spinds. *274, 276, 278* … da!

Noch war niemand hier. Ich sah mich um. In einer nervösen Geste strich ich mit den Daumennägeln über das Orientierungsschreiben. Der Anflug eines Lächelns legte sich auf meine Lippen, wenn jemand vorbeilief. Kaum einer erwiderte es. Die meisten quittierten meinen Blick mit einem Stirnrunzeln, ehe sie sich abwandten. Ungeduldig tippte ich mit der Schuhspitze auf den Marmorboden, drehte mich von links nach rechts, stierte den Gang hinunter, wartete, starb fast vor Nervosität, wartete weiter …

»Weg da.«

Die Stimme musste mich meinen; sie erklang dicht hinter mir. Ich drehte mich um – und zuckte zusammen. Versehentlich riss ich mein Orientierungsschreiben ein.

»Oh«, sagte ich. »Du.«

»Oh.« Seine Miene war ausdruckslos. »Ich.«

Es war der Typ, der wie ein Affe auf dem Baum gehockt und mich beobachtet hatte. Ungeniert starrte ich ihn an. Einerseits, weil ich kaum glauben konnte, ihn hier wiederzusehen, denn er hatte *auf dem Baum gesessen* und mich *beobachtet*. Und andererseits, weil mich ein merkwürdiges Gefühl durchströmte.

Ich betrachtete seine symmetrischen Züge und hatte das Gefühl, ihn zu kennen. In mir regte sich etwas, aber ich kam nicht drauf. Und leider musste ich zugeben, dass der gaffende Affe über alle Maßen attraktiv war. Mit Sicherheit hatte er keinen einzigen Gedanken an seine Frisur verschwendet, denn sie war chaotisch wie nach dem Aufstehen. Dennoch wirkte sie so perfekt, dass ich am liebsten meine Hand ausgestreckt und durch die rabenschwarzen Strähnen gefahren wäre. Ich wollte herausfinden, ob sie so weich waren, wie sie aussahen.

Er bemerkte meinen Blick und in seinen karamellgoldenen Augen blitzte etwas auf. Sie waren unnatürlich hell. Ich fragte mich, ob er Kontaktlinsen trug. Muttermale übersäten seine linke Gesichtshälfte. Ich zählte sie alle. Es waren sieben. Was für eine schöne Zahl. Fast so schön wie er.

Während ich ihn musterte, zog er die dichten schwarzen Brauen zusammen. Aber ich hatte keine Zeit für so etwas Banales wie Augenbrauen, denn – Himmel – seine Lippen! Wie perfekt konnte ein Schmollmund sein?

»Hallo?«

Ich blinzelte. »Was?«

»Du sollst verschwinden.«

»Aber …« Es dauerte, mich aus meiner Blase zu befreien, in der ich ihn angesehen und mir unsere Traumhochzeit vorgestellt hatte. Langsam schüttelte ich den Kopf. »Ich treffe hier jemanden.«

Er erwiderte meinen Blick. Sekunden verstrichen. Mit jeder einzelnen wurde mein Mund trockener. Er verzog das Gesicht. Schließlich schob er mich beiseite und begann, an dem Schließfachrädchen zu drehen. Ja, wirklich. Er schob mich einfach beiseite!

Ich brauchte einen Moment, aber dann … »Das ist *dein* Spind?«

»Nein.« Er ruckelte an der Tür, die zu klemmen schien. Mit einem Quietschen sprang sie auf. »Ich habe bloß große Lust, die Pausenbrote der anderen zu klauen. Was für ein Adrenalinkick.«

»Hast du irgendein Problem?«

Ein freudloses Lachen verließ seinen Mund. Er nahm zwei Bücher aus dem Schrank und schloss die Spindtür. Der Ausdruck in seinem Gesicht war hart. »Du kreuzt hier auf, als könntest du das einfach *machen*. Als wäre es selbstverständlich, alles durcheinanderzubringen.« An seinem Kiefer zuckte ein Muskel. »Aber was sollte ich anderes von einer Iversen erwarten?«

»Vielleicht redest du Klartext, bevor weiterer Schwachsinn deinen Mund verlässt.« Ich war verwirrt. »Was zur Hölle sollte ich durcheinanderbringen, nur weil ich vor deinem Spind stehe?«

Meine Worte entlockten ihm tatsächlich eine Reaktion. Nur eine winzige Regung, der minimale Zug eines überraschten Ausdrucks, ehe sich seine Gesichtszüge wieder verhärteten.

Er meinte nicht die Schließfächer, Helena.

Wortlos wandte er sich ab und ließ mich stehen. Ich war so perplex, dass ich ihm mit offenem Mund hinterhersah.

»Hey!« Ich wich einem entgegenkommenden Studierenden aus und folgte ihm. »Warte!«

Er wartete nicht. Im Gegenteil. Seine Schritte gewannen an Tempo und meine Beine waren zu kurz, um mitzuhalten. Ich nahm zwei Stufen auf einmal und hechtete ihm hinterher. Das Geräusch der Sohlen dieser klobigen Schuhe hallte von den hohen Wänden wider. Ich gab mir Mühe, ihn zwischen dem Einheitsbrei der Uniformen nicht aus den Augen zu verlieren. Auf dem Treppenabsatz holte ich ihn schließlich ein. Ich keuchte, streckte eine Hand aus und umfasste seine Schulter. Was dann passierte, ging so schnell, dass ich es kaum mitbekam.

Er wirbelte herum. Sein Kiefer war angespannt und in seinen Augen schimmerte ein Ausdruck, den ich nicht mehr vergessen würde.

Er sah mich an, als wäre ich der Feind.

Raue Finger schlossen sich um mein Handgelenk. Ruckartig zog er es von seiner Schulter und meinen Körper dichter an seinen. Sein Gesicht war mir so nah, dass ich ein weiteres Muttermal über dem Schwung seiner Oberlippe erkennen konnte.

Nummer acht war winzig.

Ich spürte seinen Atem auf meiner Haut. Er roch betörend. Ein einzigartiger Duft nach Tannen und Zimt. Ich liebte Zimt. Es berauschte mich. *Er* berauschte mich. Noch nie hatte ich so viel Ablehnung und Zuneigung gleichermaßen in mir gespürt. Die Spitze seiner Nase berührte meine. Mein Herz überschlug sich. In meiner Brust rannte es um sein Leben.

Er erhob das Wort und betonte jede Silbe mit gedehnter Präzision. »Fass mich. Nie wieder. An.«

»Das sagt der Richtige.«

Unser Blickduell währte so lang, dass ich mich in den Sekunden verzählte. Nach einer gefühlten Ewigkeit rutschte die schwielige Haut seiner Finger von meinem Handgelenk. Meine Atmung hatte sich beschleunigt.

»Du bist mein Collegepate.« Zur Verteidigung hielt ich ihm das rissige Orientierungsschreiben vors Gesicht. Er betrachtete es nicht.

»Ich bin nichts, was sich mit dem Possessivpronomen deiner Person beschreiben ließe, Helena.«

Woher kannte er meinen Namen?

»Das ist nicht dein Ernst.«

Seine angespannte Mundpartie wirkte nicht ansatzweise, als würde er sich einen Witz erlauben.

Ich schnaubte. »Schön. *Schön!* Dann eben *der Collegepate, der mir zugeteilt wurde.* Mein Gott.«

»Such dir einen anderen.«

»Ich kenne niemanden!«

»Das ist nicht mein Problem.«

»Willst du mich verarschen?« Meine Nasenflügel blähten sich. Das Schreiben in meiner Hand zitterte. »Hier steht«, sprach ich langsam, mit bebender Stimme, »du wärst in freudiger Erwartung, mich kennenzulernen.«

»Druckfehler.« Sein zuckender Mundwinkel verlor die Kontrolle. »Ich bin in freudiger Erwartung, dich wieder loszuwerden.«

»Ach, wie witzig.«

Er reagierte nicht sofort. Zum ersten Mal, seit wir miteinander sprachen, bemerkte ich, wie sein Blick mein Gesicht hinaufwanderte und an meiner Stirn verharrte. Es machte mich rasend.

»Hör auf damit.«

»Was?«

»Du sollst aufhören, meine Verbrennung anzugaffen, als wäre ich ein verschrumpelter Nacktmull!«

Er trat einen Schritt zurück und … grinste. »Verschrumpelter Nacktmull?«

Ich seufzte. »Verrate mir nur, wo die Vorlesungssäle sind.«

Ganz langsam, als würden die Sekunden in Zeitlupe vergehen, neigte er den Kopf. Seine nächsten Worte flüsterte er, doch hinter jedem Wort stand eine solche Autorität, eine solche Dominanz, dass sich eine Gänsehaut auf meine Arme schlich.

»Wo bliebe der Spaß, wenn ich es täte?«

Und damit drehte er um und lief die Treppe hinauf. Kommilitonen verschluckten ihn in ihrer Mitte. Sonnenlicht fiel durch das hohe Fenster und brach sich auf seinem schwarzen Haar. Ich sah ihm nach, bis er hinter der nächsten Ecke verschwand. Erst dann stieß ich die Luft aus, von der ich nicht gemerkt hatte, sie angehalten zu haben.

Ich fuhr mir über das Gesicht und sah mich um. Die Eingangshalle leerte sich, die letzten Studierenden liefen an mir vorbei die Treppe empor. Mein Blick huschte zur riesigen Uhr an der Wand gegenüber. Der erste Block hatte vor wenigen Minute begonnen. Ich fluchte.

»Na, na«, hörte ich jemanden über mir. Ich sah auf. Merlin beugte sich über die Balustrade der oberen Etage, die Hände umfassten das Geländer in verkehrter Richtung. Seine roten Strähnen waren ordentlich zurückgekämmt. »Was für Worte aus deinem süßen Mund, Helena.«

Okay, er war ein Aufreißer. Trotzdem durchflutete mich Erleichterung, ihn zu sehen. Schnell schloss ich zu ihm auf.

»Kannst du mir sagen, wo ich die Seminarräume finde?«

Er lehnte sich mit der Hüfte gegen das Geländer, um sich mir zuzuwenden. »Zu welchem musst du?«

»Sekunde.« Ich wühlte in meiner Tasche, bis ich meinen Stundenplan gefunden hatte. »Hier steht, im Westflügel.«

Merlin legte seine Hand auf meinen Rücken und drehte mich in die entgegengesetzte Richtung. Mir entging nicht, wie sein Daumen über mein Schulterblatt strich. »Am Ende des Ganges links, dann die letzte Tür. Die große.«

»Danke!«

»Habe ich jetzt etwas gut?«

Er betrachtete mich mit einem Blick, als erhoffte er sich hinter einem alten Gobelin eine aufreizende Nummer mit mir. Meine Stauballergie wäre beglückt.

»Der nächste Kaffee geht auf mich?«

»Nicht ganz das, was ich mir erhofft hatte, aber …« Er grinste. »… klingt auch gut, *Helena.*«

Ich hängte mir den Jutebeutel über die Schulter. Mir gefiel nicht, in welchem Ton er meinen Namen aussprach. »Wir sehen uns.«

»Klar. Auf jeden Fall.«

Merlin hätte seiner Schwester nicht unähnlicher sein können. Ich beeilte mich, von ihm wegzukommen. Meine Schritte echoten im leeren Gang. Er war ewig lang und wirkte wie der Flur einer Kathedrale. Die letzten Meter rannte ich, meine Sohlen glitten über den Marmorboden, bis ich endlich die große Tür erreichte. Kunstvolle Eisenscharniere zierten das Holz; nach oben hin spitzte sie sich zu. Hinter ihr hörte ich die träge Stimme des Professors. Ich umfasste den gusseisernen Griff. Mein Herz schlug mir bis zum Hals. Tief durchatmend öffnete ich die Tür.

Der Saal verschlug mir die Sprache. Er war verwinkelt, mit Stützbalken, die in einem hohen Rundbogen von der einen Wand zur gegenüberliegenden führten. Unter ihnen füllten Holzpulte mit integrierter Sitzbank den Raum. Ein Kronleuchter mit langen Messingbeinen warf schwaches Licht auf die Köpfe der wenigen Studierenden. Sie starrten mich alle an.

»Verzeihung.« Ich lief an dem steinalten Professor mit Tweedweste und Fliege vorbei und gab mir größte Mühe, den Blick aufrecht zu halten. In der dritten Reihe fand ich einen freien Tisch. Schnell setzte ich mich, kramte meine Bücher aus der Tasche und platzierte sie vor mir. Als ich meinen Blazer auszog, bemerkte ich, dass ich schwitzte. Meine Wangen brannten.

»Nun gut.« Der Professor zupfte ein Leinentuch aus seiner Westentasche und tupfte sich die Stirn ab. Er deutete auf die Präsentation, die ein Diashow-Projektor hinter ihm ans Gemäuer warf. Ein Diashow-Projektor! Wie unpassend an diesem Ort. »Fahren wir fort mit der Biografie der Maria Stuart. Wir waren bei ihrer Rückkehr nach Schottland, nachdem ihr Mann verstarb. Über die französische Hafenstadt Calais führte ihr Weg …«

Innerhalb von Sekunden wusste ich, dass die Stimme des Professors einschläfern konnte. Ich gab mir größte Mühe, ihm zuzuhören. Aber es war unmöglich. Bald schon schweiften meine Gedanken ab. Ich dachte an Nathaniel, der in seinem Dreckstall lebte und sich nicht helfen lassen wollte. Ich dachte an Isobel und ihr porenfreies Gesicht ohne Verbrennungen. Und ich dachte an den dreisten Stalkeraffen. An alles, aber nicht an Maria Stuart.

Nach fünf Minuten musste ich einräumen, dass meine strebsamen Pläne sich verabschiedet hatten. Ich baute den dicken Wälzer der schottischen Geschichte vor mir auf und fischte mein Handy aus der Tasche. Natürlich gab es inmitten dieser Burgmauern keinen weltbewegenden Internetempfang. Missmutig knabberte ich auf meiner Unterlippe, während ich auf den grauen Ladebalken starrte.

Noch vor meiner Ankunft hatte ich mich in dem Online-Archiv registriert, in dem ich mehr über meine Vorfahren herausfinden konnte. Ich wusste nicht, ob etwas über meine Mutter gespeichert worden war, und bisher hatte ich Angst gehabt, tiefer zu graben. Schwer zu sagen, was mich zurückhielt, schließlich war ich bloß aus diesem Grund hergezogen. Ich hatte mein Elternhaus verkauft, um die horrenden Studiengebühren des Colleges zu bezahlen. Ich hatte alles aufgegeben, um herauszufinden, wer meine Mutter gewesen war – nur um bereits bei einem Online-Archiv den nicht vorhandenen Schwanz einzuziehen. So konnte es nicht weitergehen.

Ich strich mir die Strähnen meines Zopfs über die Schulter, während ich die Daten meiner Mutter eintippte und wartete. Starrte auf den Ladebalken. Es war furchtbar. Der Professor erzählte derweil von Lord Darnley und wie Maria ihn geheiratete hatte, ehe sie ihn ermordete. *Oh my, so offensive!* Die Seite hatte fertig geladen. Mein Herz pochte. Und sie ergab … Nichts. Keine Ergebnisse für Syphrah Iversen. Ich lehnte mich zurück. Meine Schultern sackten hinab.

»Verzeihen Sie die Unterbrechung, Professor Robertson. Aber diese Meinung ist der reinste Schwachsinn.«

Das Handy rutschte mir aus den Fingern. Mit einem dumpfen Aufprall landete es auf dem Pult. Köpfe wandten sich um, doch ich sah nur in eine Richtung. Rechts von mir saß der Stalkeraffe. *Wie habe ich ihn übersehen können?* Die hochgekrempelten Hemdsärmel schmiegten sich an die Haut über seine Ellbogen. Tinte bedeckte seine Unterarme wie schwarzes Blut. Ein schattierter Drache prangte auf dem linken; er besaß Fledermausohren und riesige Murmelaugen. Den anderen Arm verbarg der Typ hinter seinem Buch. Ich erkannte eine Krähe, gestochen im rauen Sketchlook.

»Was meinen Sie, Mr Burnett?«

Aha. Burnett also. Der Name passte zu ihm.

Der Stalkeraffe platzierte seine Unterarme auf dem Pult und beugte sich vor. Eine Strähne fiel ihm in die Stirn. Sein Profil war perfekt. Ich hasste mich für diesen Gedanken. Dieser Typ war eine Katastrophe. Doch zu behaupten, er wäre irgendetwas anderes als hochattraktiv, wäre eine glatte Lüge gewesen.

»Sie präsentieren Maria Stuart als eine liebenswerte Königin, die jeden liebte und von jedem geliebt wurde.« Lässig lehnte er sich auf dem Stuhl zurück. Er balancierte einen Kugelschreiber zwischen Daumen und Zeigefinger. Mir entgingen die schmachtenden Blicke meiner Kommilitoninnen nicht. »Gewiss, ihr Volk verehrte sie, aber es scheint mir recht gewagt, sie als Heilige darzustellen.«

Professor Robertson musterte ihn. Sein Daumen fuhr über die kleine Fernbedienung, mit der er seine Präsentation steuerte. »Und was genau verleitet Sie zu dieser Annahme, Mr Burnett?«

»Die Fakten, Sir.« Er legte die flache Hand auf das Buch mit dem Leineneinband, als enthielte es alle Antworten. »Stuarts Taten sind unbestreitbar, doch sie gab sich als unschuldig. Sie tat, als wäre sie eine Märtyrerin. Ich hingegen denke, Tyrannin wäre der passendere Begriff.«

Im Saal herrschte eine bedrückende Stille. Irgendwo brach die Mine eines Bleistifts. Professor Robertson öffnete den Mund, um etwas zu sagen, doch ich kam ihm zuvor.

»Und genau solche Vorurteile haben zu ihrer Hinrichtung geführt.« Ich nahm mir meinen Drachenstein aus der Rocktasche, strich über die Ohren, um mich zu beruhigen, und richtete mich in meiner Sitzbank auf. Dabei ignorierte ich meine brennenden Wangen. »Mr Burnett ist ein Paradebeispiel für die hochmütigen Personen der Vergangenheit, die über Maria Stuart urteilten. Wieso Menschen verachten, ohne sie zu kennen? Niemand hatte eine verdammte Ahnung, wer diese Frau gewesen ist.«

Wieder öffnete Professor Robertson den Mund, aber der Stalkeraffe war schneller. Seine Wangenknochen gewannen an Farbe. »Fakten sind Tatsachen, die belegt werden können. Daraus seine Schlüsse zu ziehen, ist alles andere als vorurteilshaft. Maria war eine Intrigantin. Eine Mörderin! Sie kehrte in ein Land zurück, von dem sie annahm, dass es ihre Heimat war. Aber sie hatte kein Recht, nach so vielen Jahren im schottischen Reich aufzutauchen und alles ins Chaos zu stürzen.«

»Sie war Schottin! Was konnte sie dafür, wenn ihre Eltern sich dazu entschieden hatten, das Land zu verlassen?«

Seine Mundwinkel verzogen sich. Er sah mich nicht an. Den Blick richtete er starr auf Professor Robertson. »Ihre Eltern mussten die Konsequenzen ihrer eigenen Taten spüren. Hätten sie sich nicht mit der Politik angelegt und ihre hinterhältigen Pläne verfolgt, wäre vielleicht etwas aus Maria geworden.« Er schnitt eine Grimasse. »*Vielleicht.*«

Nicht aus Maria. Aus mir. Ihm war klar, dass ich die Zweideutigkeit seiner Worte längst begriffen hatte. Was er über mich sagte, interessierte mich nicht. Aber meine Eltern …

Sein verbaler Angriff gegen sie trieb mir Tränen in die Augen. Mein Kinn zitterte, während ich sie zurückhielt. Ich schluckte. Der Kloß in meinem Hals bat mich loszulassen. Aber um nichts in der Welt hätte ich dem Typen diese Genugtuung gegeben. Ich erhob mich, warf Federmäppchen, Handy und Schreibblock in meinen Jutebeutel und schulterte ihn. Mit fahrigen Fingern schnappte ich nach meinen Büchern und dem Blazer.

Jeder im Saal beobachtete mich. Niemand sagte ein Wort. Das Holz der Dielen knarrte unter meinen Füßen. Vor seinem Pult hielt ich inne. Ich legte die Hände auf seinen Tisch und beugte mich weit vor. Er schreckte nicht zurück.

»Du und der Teufel«, zischte ich, den Blick starr auf seine hellen Augen gerichtet, den Mund zu einer gehässigen Linie verzogen, »du und er, Burnett, ihr gehört zusammen, und nichts, keine Sonne dieser Welt, könnte daran etwas ändern.«

Sein Mundwinkel zuckte. Als wäre das hier nichts weiter als ein Spiel. Als wäre mein Zorn etwas, das ihm Vergnügen bereitete. Ihn amüsierte. Es schien ihn nicht zu stören, dass jedes Augenpaar auf uns gerichtet war. Niemand unterbrach uns, nicht einmal Professor Robertson. Natürlich nicht. In diesem Sinne waren Menschen sensationsgeile Neandertaler.

»Ist das so, ja?« Er neigte den Kopf. Ein Grinsen zupfte an seinem Mundwinkel. Er beugte sich vor. Nur Millimeter trennten uns. Seine nächsten Worte kamen flüsternd. »Sieh genau hin, Iversen. Sieh genau hin, und ich wette, ich *wette,* das, was du erkennst, bist du selbst.«

Seine Worte waren reißende Klauen, die mein Herz zu fassen bekamen. Wir lieferten uns ein stummes Blickduell. In seinen Augen tanzten bronzefarbene Tupfer. Ich kannte diese Iriden. Ich wusste nicht, woher, aber ich kannte sie.

»Fahr zur Hölle«, zischte ich und ging.

✧ ✧ ✧

Ich verbrachte den restlichen Tag damit, in den Highlands zu wandern. Was bedeutete, dass ich die anderen Vorlesungen geschwänzt, Isobel sitzen gelassen und meine guten Vorsätze endgültig über Bord geworfen hatte. Wind schob sich durch die Sonnenstrahlen und kühlte meine Gedanken. Für das Chaos in meinem Kopf war es eine Wohltat. Die endlosen Weiten der schottischen Natur entfalteten ihre Wirkung und streuten einen hohen Anteil friedvoller Gedanken über die düsteren Rädchen meines Hirns.

Die Zeit verflog. Stunden vergingen, ehe ich mich auf dem Heimweg befand. Inmitten der gleißend grünen Umgebung fühlte sich die Zeit inexistent an. Vermutlich hätte ich die ganze Nacht damit zugebracht, meine Lunge mit der frischen Luft der wilden Highlands zu füllen – doch mein Magen knurrte unnachgiebig und meine Muskeln protestierten gegen das schwere Gewicht der Bücher in meinem Jutebeutel. Außerdem stahl sich das Gesicht meines Großvaters in meine Gedanken, der mir eingetrichtert hatte, zum Abendessen zu Hause zu sein.

Ich folgte einem Wegweiser zurück nach Silent Creek. Er führte mich in eine schmale Gasse, flankiert von bunten, krumm gezimmerten Häusern. Bauholzbalken durchsetzten die steinerne Fassade. Die Besonderheiten der Bauwerke waren faszinierend. Es schien unmöglich, sich an den verwinkelten Wänden sattzusehen. Manche von ihnen waren so schief, dass sie eine hypnotische Wirkung entfalteten. Ich musterte die schmalen Gassen, die sich nun zwischen den Häusern auftaten, bis plötzlich …

Abrupt blieb ich stehen. Hinter mir nahm ich ein Geräusch wahr.

Eine Art Rasseln, das die zuvor herrschende Stille durchbrach. Nervosität stahl sich in meine Nerven, ein unangenehmes Gefühl, das mir bis ins Mark schlich. Ich wandte den Kopf und sah mich um, versuchte, etwas in dem gedämpften Licht der untergehenden Sonne zu erkennen. Nichts. Ich nahm die zittrigen Hände aus den Taschen meines Blazers und hielt inne. Mein Blick huschte umher und überprüfte jeden Zentimeter. Pure Stille. Das Blut rauschte mir in den Ohren. Doch …

Da! Wieder etwas. Eine Bewegung neben mir. Nach Luft schnappend machte ich einen intuitiven Satz zurück, ehe ich in ein Paar hellgrüner Murmelaugen blickte. Meine Gesichtszüge entspannten.

»Hast du mich erschreckt.« Ich legte mir eine Hand auf die Brust und konzentrierte mich auf eine ruhigere Atmung. Vor der Tür eines pinken Hauses saß eine nacktweiße Sphynx-Katze. Ihre Musterung war eindringlich. Als wollte sie mir etwas mitteilen.

»Du kennst mich nicht, hm?« In einer langsamen, bedächtigen Bewegung ging ich in die Hocke. Ich legte die Ellbogen auf die Oberschenkel und begegnete ihr auf Augenhöhe. »Helena Iversen. Ich bin neu in Silent Creek. Mein Großvater lebt oben auf den Klippen. Nathaniel. Vielleicht sagt er dir was …« Ich machte einen kleinen Schritt vor. Die Katze fauchte. Ich wich zurück. »Schsch. Ich bin nett. Meistens zumindest. Mein Dad sagte immer, ich wäre wie ein Schwan. Beschützend und liebevoll. Eisern, wenn Bedrohung naht.«

Sie schüttelte sich, ehe sie mit der Pfote ausschlug.

»Was denn, du magst keine Schwäne?« Ein kleines Lächeln legte sich auf meine Lippen. »Ich auch nicht. Sie sind Furcht einflößend, oder?« Ich neigte den Kopf und blickte in die Ferne, hinaus in die Highlands. Ein rosa Schleier wob sich durch die Wolken. Meine Unsicherheit hatte sich gelegt, doch eine gewisse Unruhe blieb. Die Sonne verabschiedete sich. Ich sollte weitergehen.

Ein Seufzen verließ meinen Mund. »Vermutlich müsste ich dir Glück bei deiner anstehenden Mäusejagd wünschen, aber das tue ich nicht. Mäuse sind süß, sie haben ein Herz und sicher auch Familie, also hoffe ich, du findest keine.« Ich lächelte. »Bis bald, Kitty Cat.«

Die Katze gab einen Klageschrei von sich. Einen weiteren, als ich mich entfernte. Mein Magen rumorte, während meine Schritte in der schmalen Straße verklangen.

Plötzlich fuhr ein Ruck durch meinen Körper. Mir blieb die Luft weg, als sich breite Hände um meinen Hals schlossen und meinen Körper mit Wucht gegen die Steinwand des Hauses pressten. Beißender Whiskyatem drang mir in die Nase, gepaart mit einer strengen Tabaknote. Hände pressten mir kräftig gegen die Kehle. Die bunten Farben der Häuser verschwammen zu einem grellen Mosaik. Panisch schnappte ich nach Luft. Erfolglos.

»Wo bleibt dein vorlautes Mundwerk jetzt, Kleine?« In den Augen des Seefahrers von heute Morgen erkannte ich Wahnsinn. »Nicht mehr so mutig, hm?«

Meine Augen füllten sich mit Tränen. Stumm rang ich nach Atem. Der Überlebenstrieb in mir versuchte angestrengt, die Beine zu bewegen. Ich wollte ihm das Knie in die Weichteile rammen, gegen sein Schienbein treten, irgendetwas tun, doch er presste seinen massigen Körper gegen mich.

Tom lachte. »So hilflos.« Seine Zungenspitze leckte über meine Lippen. Ein Würgereiz überflutete mich, vermischte sich mit dem Drang, meine Lunge mit Sauerstoff zu füllen. Ich drehte den Kopf zu beiden Seiten und wimmerte, als ich plötzlich eine gefährlich scharfe Spitze an meiner Wange spürte. Abrupt hielt ich inne.

»Schsch«, flüsterte er dicht an meinem Mund, »nicht sträuben, Kleine, nicht sträuben. Wir wollen doch nicht, dass ich diesen letzten Teil deiner makellosen Haut auch noch verunstalte.«

Seine Messerspitze folgte der Linie meines Kinns. Wanderte hinab zu meinem Hals. Ich spürte sie überdeutlich. Nur eine falsche Bewegung und sie würde mich durchbohren. Die Klinge erreichte die zarte Haut, unter der mein Puls in rasantem Tempo schlug. Ich kniff die Augen zusammen und dachte an die Gischt, an Sonnenblumen und das Lachen meiner Mutter, an alles, das mich diesen Moment ertragen ließ.

Doch in der Sekunde, in der er die Hand bewegte, um seinen Druck zu verstärken, wurde Tom mit enormer Brutalität von mir gerissen. Mein Körper sackte auf den Asphalt. Ein stechender Schmerz schoss mir in die Knie. Nur vage vernahm ich die ächzenden Laute meines Angreifers. Das Blut pulsierte in meinem Schädel. Reine, ungefilterte Panik flutete meine Venen, ließ mein Herz in rasanten Schlägen gegen die Rippen hämmern. Gierig sog ich die Luft ein und hustete.

Ich hob den Blick, doch meine Haare hingen mir wirr ins Gesicht. Da war eine Silhouette, die Umrisse beschienen von den rotgoldenen Strahlen der untergehenden Sonne.

Meine Atmung ging schnell, mein Hals fühlte sich an wie grobes Schmirgelpapier. Geschwächt hob ich eine Hand, um mir die Haarsträhnen hinter die Ohren zu schieben, damit ich mehr erkennen konnte.

Neben dem grünen Gebäude, vor dessen Haustür ich Minuten zuvor noch mit einer Katze gesprochen hatte, lag der fette Seemann bäuchlings auf dem Asphalt. Er schrie und krümmte sich. Seine Finger kratzten über die Pflastersteine, seine Gesichtszüge waren qualvoll verzerrt. Über ihm, auf einem Bein kniend, kauerte ein Mann in einem schwarzen Mantel mit Reverskragen; einer von der Sorte, die ihn vor hundert Jahren noch als einen reichen Städtejungen ausgewiesen hätte. Sein Gesicht lag im Schatten. Aber seine bleichen Finger, die in leicht gekrümmter Haltung über die Wirbelsäule meines Angreifers strichen, wirkten wie ein Licht in dunkler Nacht.

Was zur Hölle passierte hier? Hatte er ihn verprügelt? Ritzte er ihm etwas in die Haut? Ja, ich glaubte schon. Er musste ihm über die Wirbelsäule ritzen! Aber ich konnte die Silhouetten der beiden in dem wabernden Nebel nur schwer erkennen.

Der markerschütternde Schrei, der Toms Kehle verließ, bescherte mir eine Gänsehaut. Ich hatte nicht gemerkt, dass ich mich zurückgezogen hatte, bis mein Rücken gegen die kühle Steinwand des Hauses hinter mir stieß. Zittrig bettete ich meine Hände auf die Knie und lauschte dem Nachhall der von Folter zeugenden Schreie. Sie verloren sich über den Dächern Silent Creeks.

Ein weiterer Klageschrei verging, ehe Tom verstummte.

»Ist er …« Mir entfuhr ein unterdrücktes Keuchen. »Ich meine … hast du …«

Der Fremde richtete sich auf. Das fahle Licht der Dämmerung fiel auf seine blasse Haut. Er drehte sich um und sah mich an. Das Rosawolkenlicht verteilte Küsse auf jedes einzelne seiner Muttermale auf der linken Gesichtshälfte, ließ sie strahlen, als wären sie ein längst vergessenes Sternbild, dunkle Tusche auf weißer Leinwand. Ein solches Gesicht war dafür bestimmt, niemals in Vergessenheit zu geraten.

Und, Himmel, ich hatte es nicht vergessen. Nicht für eine Sekunde, obwohl ich meinen Kopf angefleht hatte, es zu tun.

Burnett neigte den Kopf. Ein Grinsen zierte seine Lippen.

»Iversen, Iversen, Iversen.« Er näherte sich mir. Unverkennbare Anmut spiegelte sich in seinen Bewegungen; er besaß die Ausstrahlung eines Adligen. Als er mir so nah war, dass ich den Wunsch hegte, die Hand auszustrecken und mit dem Finger seine markanten Wangenknochen nachzufahren, ging er in die Hocke. Unsere Blicke trafen sich auf Augenhöhe. Ich verlor mich in dem hellen Braun seiner Iriden, so wild und ungezähmt wie tanzende Äste in der stürmischsten Nacht. »Wenn es mir zustünde, zu töten, *maledictus pulchritudo* … meine Wahl wäre auf dich gefallen.«

Die Worte, die er in den Abend hinaustrug, leise, fast flüsternd, hoben meine Welt aus den Angeln.

»Das stimmt nicht.« Ich war nicht in der Lage, den Blick von ihm abzuwenden, nicht in der Lage, die Gänsehaut zu vertreiben, die sich beim Klang der mir unbekannten Worte in meinem Nacken gebildet hatte. Seine symmetrischen Züge entfalteten eine hypnotisierende Wirkung auf mich. Kein gutes Zeichen, denn dieser Typ war boshaft. Trotzdem fühlte ich mich von seiner Anziehungskraft eingenommen. *Trotzdem* konnte ich meinen Blick nicht von ihm abwenden. »Du hättest mich nicht gerettet, wenn …«

Sein Grinsen, das er in diesem Moment aufsetzte, hatte etwas Raubtierhaftes. Er legte mir einen Finger auf die Lippen. Er war eiskalt. »Still, Iversen. Still. Ansonsten könnte es den Eindruck erwecken, du würdest behaupten, mich zu kennen. Und *das*«, sein Grinsen verschwand, »wäre ein schlimmer, schlimmer Fehler.«

Bevor ich in der Lage war, seine Worte in mich aufzunehmen, hatte er sich erhoben und verschwand in der zunehmenden Dunkelheit.

TYRAEL

✧

Das Geräusch der einrastenden Schlosstüren verklang im Foyer. Meine Gedanken rasten und ich war unruhig. Das, was in der Crooked Ave geschehen war, hätte nicht passieren dürfen. Ich sollte den Göttern für den Abendnebel danken. Helena hatte keinen blassen Schimmer, was mit Tom geschehen war. Sie konnte meine Macht nicht sehen. Dennoch war es leichtsinnig gewesen. Und dumm. So unfassbar dumm!

Ich warf meinen Mantel über die dreibeinige Garderobe, deren verziertes Ebenholz sich seit über einem Jahrhundert in dem Besitz der Familie Burnett befand. Festgetretene Erde bröckelte von den Sohlen meiner Lederstiefel und verschmutzte das Mosaikmuster der hellen Fliesen. Der Anflug eines Lächelns schlich sich auf meine Lippen, als ich an Didres Gesichtsausdruck dachte, ehe sie ein missbilligendes »Katsu« in meine Richtung schleuderte. *Geliebter des Drecks.*

Azlatek war uralt. Eine heilige Sprache. In Teilen ähnelte es Latein, doch es konnte nicht verglichen werden. Die Übersetzung azlatekscher Worte in die moderne Sprache war ein Hoheitsverbot unseres Gesetzes. In der Vergangenheit wurden Versuche gestartet, Übersetzungsbücher vom Regiment abgesegnet zu bekommen, doch es war im Nichts verlaufen. Das Regiment war eisern geblieben.

In regiment mits pakis. Das Regiment quält, damit du überlebst.

Aus dem ersten Stockwerk drangen Stimmen herunter. Ich nahm die rechten Stufen der zweiläufigen Treppe, fuhr mit der Fingerkuppe das glatt polierte Mahagoniholz des Mittelgeländers entlang. Auf dem Treppenabsatz blieb mein Blick an der Uhr haften. Die Spitze des großen Zeigers brannte, doch es waren keine verzehrenden Flammen. Sie blieben an Ort und Stelle, so lange, bis der Zeiger die heutige

Mondphase erreicht hatte. Abnehmender Sichelmond. Die glühende Spitze würde erlöschen. Was jeden Augenblick passieren könnte.

Ich war spät dran – und quittierte es mit einem Grinsen.

Ich ließ mir Zeit, schlenderte den langen Flur hinunter, vorbei an Baba Greers liebstem Teetisch. Versehentlich stieß ich ihn mit dem Fuß. Eine mit zarten Blüten versehene Porzellantasse fiel zu Boden. Es war ihre Lieblingstasse.

»*Bljersk!*« Der Fluch verließ meine Lippen, und keine Sekunde später stahl sich der unbarmherzige, missbilligende Blick Baldrian Burnetts in meinen Augenwinkel. »Verzeihung. Kommt nicht wieder vor, *nok'nok.*«

Er wusste, dass ich log. *Nok'nok* – Urgroßvater – Baldrian wusste über alles Bescheid, was auf dem ersten Linksflügel des Schlosses vor sich ging – immerhin war fast ein ganzes Jahrhundert vergangen, seit der goldene Rahmen mit dem Gemälde seines verlaufenen Aquarellfarbengesichts angebracht worden war.

Ich verdrehte die Augen. »Tu wenigstens *ein M*al so, als würdest du mir glauben.«

Ich hätte schwören können, sein Schnauben durch den Flur klingen zu hören.

Meine Finger schlossen sich um den kühlen Messingknauf der Doppeltür, die längst vergessenen Zeiten angehörte. Als ich sie öffnete, verstummten die Gespräche. Jedes Augenpaar im Salon richtete sich auf mich.

»Tyrael!« Meine Mutter erhob sich aus dem samtroten Ohrensessel. Würdevoll und anmutig richtete sie sich auf, die Spitzen ihrer pechschwarzen Haare streiften den Bund ihrer engen Lederhose. Elsbeth Burnett strahlte eine solche Autorität aus, dass der gesamte Raum zu pulsieren schien. »Wo hast du gesteckt? Du treibst mich in den Wahnsinn! Eines Tages werde ich dir noch den Kopf abreißen.«

Das Grinsen auf meinen Lippen wurde breiter. Ich steuerte den Beistelltisch an und klaubte eine Praline aus der Porzellanschale.

»Ich bitte dich. So oft ärgerst du dich darüber, dass Cora und Archie keinerlei Ähnlichkeit mit dir haben.« Lässig lehnte ich mich gegen den steinernen Kaminsims, überkreuzte die Beine und widmete mich in provozierender Gelassenheit der Pralinenverpackung. »Du würdest dich *nie* von dem einzigen Sohn trennen, der deine Schönheit weiterträgt, *maë*.«

Ihre Züge wurden weicher. In unserer Sprache war *maë* eine äußerst liebevolle Bezeichnung für Mütter. Für gewöhnlich wurde sie von Kleinkindern verwendet. Den Ausgewachsenen unserer Art fehlte es an diesem zarten Charakter. Es herrschte eine natürliche Auslese, und ein sensibles Herz war das leichteste Opfer in diesem Spiel, das sich unerbittliche Jagd nannte.

»Schönheit ist vergänglich«, sagte Coraël. Sie saß im Schneidersitz auf dem dick gewebten Perserteppich und kratzte sich mit dem Mittelfinger schwarzen Lack vom Daumennagel. Meine Schwester hielt den Kopf geneigt, sodass die dunklen Haarspitzen ihre Wangenknochen streiften. »Irgendwann wirst du dein Aussehen nicht mehr einsetzen können, um alles zu deinem Vorteil zu drehen.« Sie sah auf. Kühle Gleichgültigkeit schwebte über ihre Züge. Hätte der linealgerade Pony ihre Stirn nicht mit seinen schwarzen Fransen bedeckt, hätte ich jetzt beobachten können, wie eine ihrer dichten Brauen darauf weit hinaufwanderte. »Und dann kommst du angekrochen und bettelst darum, dass wir dir den Arsch retten.«

»Deine Sorge ist rührend.«

»Das ist keine Sorge.«

»Wie erleichternd. Ich fürchtete schon, von jetzt an *vorsichtig* durchs Leben gehen zu müssen.« Mit dem Finger fuhr ich die Linien des Pralinenpapiers nach. »Was für ein sinnloses Wort. *Vorsicht.*«

»Es wird der Tag kommen, an dem dein Leichtsinn sich gegen dich wenden wird, Bruder.«

»Möglich. Aber du und ich wissen, dass ich trotzdem gewinnen werde.« Ich lüpfte die Brauen. »Weil ich *immer* gewinne. Ich bin Tyrael, schon vergessen?«

Coraël öffnete den Mund, um etwas zu erwidern, doch Archibald unterbrach sie mit einem Schnauben. »Könnt ihr *priutas* euch nicht *ein* Mal benehmen, wie es von euch erwartet wird?«

Coraël grunzte. »Ich wusste nicht, dass ich ein Kerl bin.«

Grinsend drehte ich das Pralinenpapier zu einer Kugel und schnippte es meiner Schwester gegen die Stirn.

»Wenn unser gesetzestreuer Prinz behauptet, wir wären *Schwänze*, dann sind wir das. Lerne, dein Schicksal zu akzeptieren, Cora.«

Von seinem Platz im Chesterfield-Sessel funkelte Archie mich an. »Wie oft habe ich dir gesagt, du sollst azlateksche Worte nicht übersetzen? Zum Teufel, wann lernst du es endlich, Ty?«

»Archibald«, mahnte unser Vater. Seine breite Statur stand mit dem Rücken zu uns am Fenster, die Schulter berührte den Stoff der schweren, tiefroten Samtvorhänge. »Im Haus wird nicht geflucht.«

»Ach so?« Archies androgyne Gesichtszüge schnitten eine missbilligende Grimasse. »Zu fluchen ist unangebracht, aber Tyraels Gesetzesbrüche werden kommentarlos akzeptiert?« Er gab ein freudloses Lachen von sich und hob kapitulierend die Hände. »Natürlich. Verzeihung, mein Fehler. Es ist Tyrael. Was für ein dummer Gedanke, wir könnten gleichberechtigt sein.«

Dalziel Burnett wandte sich uns zu. Sein aschblondes Haar, das so gar nicht zu meinem passte, wies einzelne kahle Stellen auf. Zwischen den buschigen Augenbrauen hatte sich im Laufe seines langen Lebens die Zornesfalte so tief eingegraben, dass sie inzwischen dauerhaft dort angesiedelt war. Er knöpfte seine Leinenweste auf, entledigte sich seines weißen Hemds und nahm die schwarze Ledermontur vom Haken am Kamin.

»Es reicht, Archibald.« Der warme Lichtschein der Kronleuchterlampen erhellte Narben in allen Formen und Variationen auf dem definierten Oberkörper meines Vaters. »Benimm dich, oder ich schicke dich heute Nacht mit Mistgabeln in die Arena.«

»Dalziel!« Meine Mutter blickte grimmig drein, die Lippen fest zusammengepresst. Archibald konnte ein Drecksack sein, aber unsere Mutter würde ihn immer verteidigen. Jeden von uns.

Dad hob beschwichtigend die Arme. »Schon gut, Els. Lassen wir das.« Sein Blick glitt zu der Uhr über dem Steinkamin – die gleiche

Feuerkonstruktion wie im Foyer. »Cora, du übernimmst Banchory. Zusammen mit Merlin.«

Meine kleine Schwester stöhnte auf und schlug die Handflächen auf den Teppich. »Wir wurden schon letzte Woche zusammengesteckt!«

»Myrah will, dass ihr eure Feindseligkeiten beseitigt.« Unsere Mutter nahm ein Zopfgummi aus ihrer Monturtasche und band sich die langen Haare zusammen. »Von jetzt an kämpft ihr häufiger gemeinsam.«

Cora sank rücklings auf den Teppich und kauerte sich in Embryostellung zusammen. »Myrah kann mich mal.«

Dalziel hielt in seiner Bewegung inne, Elsbeth schnappte nach Luft und Archibald zog ein Gesicht, als erwöge er, seine eigene Schwester zu töten. Grinsend nahm ich mir eine weitere Praline und genoss die Show.

Mom ließ einen unruhigen Blick schweifen. Ihre nächsten Worte kamen flüsternd. »Nimm deine Worte zurück, Coraël! Niemand beleidigt Mitglieder des Regiments – besonders nicht in diesem Haus! Steh auf und bitte die Götter um Vergebung.«

Zwar stöhnte meine Schwester ein weiteres Mal, aber sie wusste, dass sie um diesen Punkt nicht herumkam. Widerwillig erhob sie ihre dürren Schlangenglieder und legte die Handflächen aneinander. Sie neigte den Kopf gen Himmel. Göttervergebung war ein lästiges Anhängsel unseres Daseins.

»*Sridle a déusa.*« Coras Augen öffneten sich. Helle Murmeln richteten sich auf meine Mutter. »Aber ich *hasse* Merlin Anderson, Mom! Er ist versnobt, arrogant und dumm.«

Bevor jemand etwas darauf erwidern konnte, öffnete sich die Tür des Salons. Baba Greers zierliche Gestalt erschien im Türrahmen. Trotz ihrer geringen Körpergröße wirkte sie Furcht einflößend, die fransigen Spitzen ihres grauen Haars fegten das uralte Parkett.

»Ihr sprecht über die Andersons?« Ihr perfides Grinsen entblößte eine unvollständige Reihe vergilbter Zahnstummel. »Was für eine bezaubernde Familie. So bezaubernd, dass ich ihnen gern meine Nägel ins Fleisch rammen und –«

»*Mamëm!*« Meine Mutter starrte ihre eigene entsetzt an, bevor sie einen weiteren Blick über die Schulter und hinaus aus dem Fenster warf. »Bei den Göttern, welche verfluchte Seele schleicht heute durch unser Haus? Muss ich dich erst daran erinnern, dass es *gegen das Gesetz* ist, Zwiespalt zu verbreiten?«

Greer zuckte bloß die knochigen Schultern. Ihre dunkle Seidenrobe warf Falten, als sie quer durch den Salon schritt. Mit ihren ledrigen Fingern stahl sie mir die Praline aus der Hand. Genüsslich warf sie sie sich in den Mund, und als sie sprach, zierten die braunen Schokoladenreste ihre Zahnstummel.

»Das *Gesetz.*« Ihr Ton war abwertend, als würde das Wort bloß deshalb ihre Lippen verlassen, damit sie darauf spucken konnte. »Gib mir das Gesetz und ich sorge dafür, dass es mir auf der Toilette für die Beseitigung meiner üppigen Mahlzeitreste dient.«

Ich lachte laut auf.

Mein Vater tauschte einen ungläubigen Blick mit seiner Frau und fuhr sich aufgebracht durchs Haar. »Genug mit diesem Firlefanz. Cora, du triffst dich mit Merlin in Banchory.« Sie öffnete den Mund, doch Dalziel kam ihr zuvor. »Keine Widerworte! Archie, auf dich wartet Isobel in Stonehaven.«

Mein vermaledeiter Bruder gab ein knappes Nicken von sich. Er sah niemanden an, als er sich erhob und mit dem gereckten Kinn seines runden Gesichts den Salon verließ.

»Er ist *so* melodramatisch«, murmelte Cora. »Sein Eintrag im Familienstammbaum sollte geändert werden. Aus Archibald Iskar Burnett wird *Burnetts Diva des Jahrhunderts.* Oder, nein. *Burnetts größte Diva seit der ersten Knochengeburt unseresgleichen.*«

Dad überging ihren Kommentar und wandte sich mir zu. »Tyrael, du triffst Ëmille im Zentrum. Er wird heute später eintreffen. Ein Zwischenfall mit Aleen.«

Ich horchte auf. »Was ist mit ihr?«

Neben mir grunzte Großmutter Greer. »Die Kleine ist mir nicht geheuer. Ein suspektes Ding.«

Mom warf ihrer Mutter einen weiteren missbilligenden Blick zu, ehe sie sich bückte, Coraël unter die Arme fasste und sie aus ihrer wieder eingenommenen Embryonalstellung riss.

»Nichts Schlimmes«, entgegnete Dad. »Sie hat wieder an den Klippen gespielt und sich eine kleine Verletzung zugezogen. Er ist mit ihr bei den Ansgars.«

»Okay.« Ich setzte mich in Bewegung und war schon fast aus dem Salon, als meine Mutter mich zurückhielt.

»Tyrael, noch eine Sache.« Ihr Blick fand meinen. Die ernste, regungslose Art, mit der sie mich ansah, bewirkte ein ungutes Gefühl in mir. »Myrah nannte mir ein Haus, auf das ihr heute besonders achtgeben solltet.«

»Welches?«

Ihr Blick wurde ernst. »Das Haus der Reynolds.«

✧ ✧ ✧

Der Abend war ein unbarmherziges Monster. Er verschluckte die Frühlingssonne und hinterließ nichts als kühle Böen. Gewaltsam rissen sie an meinen Beinen, die viele Meter über dem Boden in der Luft baumelten. Ich beobachtete das Cottage aus rustikalem Stein auf der gegenüberliegenden Straßenseite. Kniehohe Zaunbretter trennten es vom *Royal China*. Ein Mitarbeiter mit rotem T-Shirt öffnete die Tür des Schnellrestaurants. Eine Krähe hockte auf der Mülltonne, ehe er sie verscheuchte.

Ich wandte den Blick ab und sah zum mittleren Erkerfenster des Hauses. Es ragte aus dem Dach heraus, von einem grünen Spitzdach bedeckt. Hinter den Vorhängen saß eine zierliche Silhouette auf ihrem Bett und las in einem Buch. Ich stellte mir vor, wie ihre fein geschnittenen Fingernägel den Sätzen folgten, wie die Spitzen ihrer braunen Locken sich an die Seiten schmiegten.

Ich hörte Ëmille, bevor ich ihn sah. Meine Nasenflügel blähten sich, als sich seine Finger um den Vorsprung des Kirchturms legten.

Nur einen Augenaufschlag später erschien sein spitzbübisches Gesicht neben mir.

»Arbeite an deiner Lautlosigkeit«, sagte ich.

»Ich bin leise wie eine Gazelle.«

»Eher wie ein Elefant.«

Ëmille lachte. Er setzte sich nicht neben mich, sondern begann, auf dem schmalen Vorsprung zu balancieren. »Lautlos sind nur diejenigen, die Angst vor einem Angriff haben, Ty.«

»Lautlosigkeit verschafft dir Vorteile«, widersprach ich. »Es spart dir wichtige Zeit und schützt vor lästigen Begegnungen.«

»Wenn du meinst.« Ëmille lehnte sich mit dem Rücken gegen das Dach des Kirchturms. Er nahm einen Zahnstocher aus seiner Brusttasche und schob ihn sich zwischen die Zähne, während seine Augen die Umgebung untersuchten. »Irgendwas passiert?«

»Nichts.«

»Dir ist bewusst, dass Jaimes Haus nicht das einzige ist?«

»Ich habe alles im Blick.«

»Du hast nie *irgendetwas* im Blick außer Jaime.«

Ich verdrehte die Augen, zog ein Bein an und stützte meinen Unterarm auf das Knie. Hinter den Vorhängen konnte ich erkennen, wie Jaime sich bewegte. Sie schloss das Buch und lehnte sich aus dem Bett, um es auf ihren Nachttisch zu legen. Sekunden später erlosch das Licht.

»Du weißt, dass ich Bedrohungen spüren kann, Ëm.«

»Wir alle spüren sie. Was nicht heißt, dass wir weniger wachsam sein sollten. Wenn Myrah wüsste, dass du dich bloß auf deinen Instinkt verlässt, würde sie dir die Eingeweide ausreißen.«

»Ich habe alles im Blick«, wiederholte ich.

Er schnaubte. Stille kehrte ein. Dann: »Hast du von der neuen Iversen gehört?«

»Ja.« Der Wind wehte mir die Haare aus der Stirn. Zwei große Augen, blau wie das südliche Meer unter glänzender Sonne, dominierten meine Gedanken seit ihrer Ankunft in der Früh. »Und ich habe nicht das Bedürfnis, über sie zu sprechen.«

Ëmille ignorierte das. »Ich habe sie getroffen.«

»Aha.«

»Willst du wissen, was passiert ist?«

»Nein.«

»Aleen ist von der Klippe gestürzt. Wieder einmal.« Er spuckte seinen Zahnstocher aus und fing ihn mit Zeige- und Mittelfinger. »Das Iversenmädchen dachte, sie wäre tot.«

Zum ersten Mal, seit er das Thema angeschnitten hatte, horchte ich auf. »Hat sie gesehen, wie –«

»Nein.« Er ließ den Blick über die Straße wandern. »Sie hatte Panik vor den Klippen.«

»*Panik vor den Klippen.*« Ich lachte. »Das Mädchen ist die reinste Verschwendung.«

Die Art, wie Ëmille neben mir in die Hocke ging, zwei Finger auf den Vorsprung gestützt, die Haarsträhnen vom Wind gekitzelt, hatte etwas Raubtierhaftes.

»Es gibt Gerüchte, Ty. Über euch beide.«

»Ich gebe nichts auf Gerüchte.«

»Es wird erzählt, du hättest sie vor einem Seefahrer gerettet.«

Die Kirchglocke begann zu läuten. Die Lautstärke dröhnte. Ëmille verzog das Gesicht und bedeckte seine Ohren mit den Händen. Mein Blick war weiterhin auf das Haus der Reynolds gerichtet. Als die Glocken verklangen, fuhr ich mir durchs Haar.

»Der Buschfunk dieser Kleinstadt soll die Fresse halten. Sag ihm das, wenn er dich das nächste Mal erreicht.«

Ëmilles Kopf wirbelte nach links. Mit zusammengekniffenen Augen blickte er die schwach beleuchtete Straße entlang, scannte jeden Millimeter, die Brauen dicht zusammengezogen. Seine Alarmbereitschaft bewirkte, dass sich die Nervenbahnen meines Körpers in Spannung versetzten.

»Ich spüre nichts«, sagte ich leise, kaum hörbar, sodass kein Ton davongetragen werden konnte. »Was ist los?«

Ëmille sah noch immer in die Ferne. Ein paar Sekunden hielt sich seine Starre, bis er plötzlich die Schultern sinken ließ und die Anspannung aus seinen Gliedern wich. »Schon gut. Ich dachte, da wäre jemand.« In einer lässigen Geste zog er ein Bein an. Seine Finger spielten mit dem Reißverschluss seiner Monturjacke, als er den Kopf in schwachem Winkel in meine Richtung neigte.

»Kamryn hat euch gesehen.«

Ich schnaubte. »Diese Katze braucht ein Hobby.«

»Hör auf, Ty. Sie hat mir erzählt, dass du der Erste warst, dem sie berichtete, was in der Crooked Ave los war. Und laut ihren Worten bist du schneller gerannt als ein abgemagerter Hund, dem man einen Knochen vor die Schnauze hält.« Ëmille runzelte die Stirn. Mit der Spitze des Zahnstochers pikte er in den Stoff seiner Lederhose. »Seit Wochen bist du gereizt. Es fing an, nachdem uns eröffnet wurde, dass sie nach Silent Creek kommen würde.« Er sah mich an. »Was ist das mit dir und dieser Iversen?«

Als ich den Mund öffnete, um ihm zu sagen, dass ich mich einen Dreck um das Mädchen scherte, zerschnitt ein markerschütternder Schrei die kühle Abendluft.

ËMILLE

✧

Meine Finger klammerten sich um den Rand des Vorsprungs. Einen Atemzug später hing mein Körper in der Luft. Fünfzehn Meter freier Fall zwischen mir und dem Asphalt. Meine Stiefelspitze schabte am Turm entlang. Ich suchte nach einem herausragenden Ziegel.

Tyrael hangelte weit unter mir; in rasantem Tempo war er den Turm hinuntergeklettert. Seine Bewegungen waren flink, jeder Griff präzise und sicher. Der Typ konnte klettern wie ein Affe, und ich hätte lügen müssen, hätte ich behauptet, irgendwer könnte mit ihm mithalten.

Mein Blick glitt über die steinerne Turmwand. Für einen kurzen Moment schloss ich die Augen, um die Wirkung der schwindelerregenden Höhe zu vertreiben. Es war demütigend. Angst galt in der Erziehung unserer Art als niederes Gefühl. Es wurde ausnahmslos und auf brutale Weise ausgemerzt. Aber diese verfluchte Panik vor hohen Abstiegen hatte sich über Jahre hartnäckig gehalten.

»Komm schon, Ëm!«

Ich öffnete die Augen und begegnete Tyraels Blick. Er wirkte unruhig.

»Ein Schritt nach dem anderen. Es ist leicht.« Er machte eine kurze Pause. Etwas leiser fügte er hinzu: »Und ich würde dich nie fallen lassen.«

Ein weiterer Schrei zerriss die Luft. Endlich traf meine Stiefelsohle auf einen herausragenden Ziegel. Während das andere Bein noch immer ungesichert in der Luft hing, griff ich mit einer Hand nach der Eisenstrebe, die quer durch das Glockenfenster neben mir verlief. Hin und wieder glitt ich an der Turmwand hinab, um zu einem weiter entfernten Halt zu gelangen, und dann erhaschte ich einen kurzen Blick auf Tys Gesichtsausdruck: kein Anflug von Anstrengung oder

Angst. So funktionierte er nicht. Diese Gedanken, *fallen* zu können, sich etwas *brechen* zu können, vermutlich sogar *sterben* zu können, existierten in seinem undurchdringlichen Kopf nicht. Vielleicht klang es stupide, aber Ty dachte selten nach. Ty handelte. Und einen Kirchturm hinunterzuklettern, war für ihn normal. Es war *leicht*.

Beinahe lautlos trafen meine Stiefel auf den Asphalt. Tyrael verschwand bereits hinter dem Haus der Reynolds, als ich ihm nachjagte. Die leere Straße war erfüllt von Jaimes spitzen Schreien. Uns blieb nicht viel Zeit, bis einer der Nachbarn die Polizei verständigen würde. Und die wären so was von falsch an diesem Ort. Sie wären tot, bevor sie den Lauf ihrer Pistole auf jemanden richten konnten. Ty holte aus, um die Tür einzutreten. Doch bevor er sie überhaupt berührte, begann es, vor unseren Augen zu flimmern.

»Was ist das?«, fragte ich.

Tyrael verengte die Augen. Er streckte einen Arm aus, um mich zurückzudrängen. Die Luft vibrierte. Tys Finger näherte sich dem flimmernden Schimmer. Je näher er ihm kam, desto stärker wurde die Vibration. »Hörst du das?«

»Was?«

»Diese Stimmen.«

»Ich höre gar nichts außer Jaime.«

Tyrael spannte die Kiefer an. Aus seinem ausgestreckten Finger wurden fünf, als er sich mit der flachen Hand dem Strudel näherte. Plötzlich zog er sie zurück. Sein Blick verdüsterte sich. »Ein Totenzauber.«

»Oh, *bljersk!*« Mit meinem Stahlstiefel trat ich gegen die Backsteintreppe. »Fuck, fuck, *fuck!*«

»Kämpf dagegen an.« Ty schloss die Augen. »Gewähr ihnen keinen Eintritt.«

Zu spät. Ein düsteres Wispern erfüllte die Luft, drang in meinen Kopf, schreckliche Worte, qualvoll. Sie wurden lauter. Grausamer. Blendeten alles um mich herum aus. Ein gehässiger, eiskalter Singsang, gesprochen von toten Seelen, rachsüchtig und unglücklich. Ihre Stimme glich einem toten Zischen.

Geprügelt haben sie mich. Ein junges Mädchen. *Mit dem Gürtel ausgeholt und geschlagen. Wieder und wieder.*

Er kam mit einem Messer auf mich zu. Eine ältere Frau. *Rostig und blutig, Gier in seinen Augen, die Gier bösartiger Triebe, die er an mir ausließ.*

Sie sagten mir, wir gingen in die Stadt, um mir neue Hosen zu kaufen. Ein Junge. Noch klein. Er lispelte. *Stattdessen ertränkten sie mich im Loch Morar.*

Ihre Vergangenheit kroch in mein Innerstes. Sie vergiftete meine Gedanken, ergriff die Kontrolle über meine Gefühle. Um mich herum verschwammen die Farben.

Ich taumelte, verlor den Halt und stürzte von der Verandatreppe. Tyraels Finger streiften meine, doch er war nicht schnell genug. Mein Gleichgewicht geriet durcheinander. Nur vage nahm ich wahr, wie sich Tyraels Stimme zwischen die wispernden Worte der toten Seelen schob. Er kämpfte gegen sie an. Das grausame Wispern verlor an Intensität, als fegte Tyraels Gegenkraft sie davon. Doch bevor die Stimmen verschwanden, glitt eine Taubheit in meine Glieder. Meine Muskeln versagten mir den Dienst. Nur Sekunden später knickten meine Beine weg. Mit dem Hinterkopf schlug ich gegen einen festen Widerstand. Mein Körper sackte ins klamme Gras.

Er hat mir den Körper verbrannt.

»Schsch«, antwortete Ty. »Jetzt ist alles gut.«

Mit dem Bügeleisen. Jeden Zentimeter meiner Haut.

»Du bist jetzt in Sicherheit.«

Je lauter ich um Gnade bat, desto schlimmer tat er mir weh.

»Er kann dir nie wieder wehtun.«

ES TUT SO WEH!

»Die Götter werden dafür sorgen, dass er seine Strafe erhält.«

ICH WURDE VERBRANNT!

»Jetzt bist du frei. Jetzt bist du *sicher.*«

Meine Finger verkrampften. Sie gruben sich in die feuchte Erde. »Gib ihnen … mehr Liebe … Ty.«

»Ich versuche es.« Er wirkte ruhig, doch ich wusste, dass er an den Grenzen seiner Kräfte wandelte. »Sie lassen mich nicht!« Seine Stimme klang gedämpft. Als steckte er mit dem Kopf unter Wasser, während sein gemurmelter Gegenfluch zwischen den beruhigenden Worten an die Toten als klares Echo in meinem Kopf widerhallte.

Die Seelen wurden lauter. Ihr Klagelied schriller. Ich würde jeden Augenblick durchdrehen. Mein Kopf würde bersten. In dieser Sekunde wünschte ich nichts sehnlicher, als einer von ihnen zu sein. Ich presste mir die Handflächen auf die Ohren und biss die Zähne zusammen. Mein gebrochener Geist würde die Oberen anwidern.

Und plötzlich drängte sich zwischen die kämpfenden Stimmen in meinem Kopf eine weitere. Kalt. Eisern. Herzlos. Nur drei Worte, immer wieder. Schnell und durchdringend wie Stiche eines scharfen Messers, das sie benutzt hatten, um genau diese Worte in unsere Kinderhaut zu ritzen. *Se ka zterak.* Keine Schwäche.

»*Ty!*« Ich verwendete all meine Kraft, um den Wahnsinn in mir zurückzuhalten. »Ty, *bitte!*«

In meinem Kopf schwoll seine Stimme an. Sie wurde kräftiger, dominanter, und das Todeswispern … es verschwand. Mein Kopf klärte sich, eine klare, mächtige Freiheit.

Ein Würgen bahnte sich an. Meine zittrigen Glieder kämpften sich auf alle viere, ehe ich mich ins kühle Gras erbrach. Unter mir schaukelte die Welt. Mit dem Handrücken fuhr ich mir über den Mund und wischte das Erbrochene an meiner Ledermontur ab. Nur langsam schärfte sich meine Sicht.

»Komm.« Ty hielt mir seine Hand hin. »Wir haben keine Zeit.«

»Ich weiß.« Ich rieb mir über das schweißnasse Gesicht, ergriff Tys Finger und ließ mich von ihm auf die Beine ziehen. *Se ka zterak.*

»Wir kommen nicht rein.«

Tyrael knabberte an seinen Fingernägeln. »Es muss eine Möglichkeit geben.«

»Ty.« Ich gab ein freudloses Lachen von mir. »Vielleicht bist du in der Lage, gerade so einen Totenzauber abzuwehren. Aber sicher nicht, ihn zu zerstören.« Mit grimmiger Miene betrachtete ich die verfluchte Hintertür. Ein weiterer Schrei drang zu uns durch. Er zeugte von furchtbaren Qualen und Folter. Kurz schloss ich die Augen. »Wir müssen sie gehen lassen.«

Ty zuckte zusammen. »Nein.« In seinem Gesicht erkannte ich eine Entschlossenheit, die weit über das Irdische hinausging. Seine hellen Augen begegneten meinen, stachen aus der Dunkelheit hervor wie funkelnde Diamanten. »Jaime Reynolds wird *nicht sterben.*«

»Ty.« Ich bemühte mich um einen ruhigen Ton. Einfühlsam, aber endgültig. »Wir können ihr nicht helfen.«

»Bilde dir nicht ein, zu wissen, was ich kann und was nicht.« Seine Züge glichen einer felsenfesten Mauer, und der Ausdruck, der in sein Gesicht trat, war Furcht einflößend. »Wer bist du, mir zu sagen, wo meine Grenzen liegen?«

»Ty …«

»Fick dich, Ëmille.«

Er schritt zur Tür. Einige Sekunden blickte ich ihm nach, betrachtete seine athletische Silhouette, die sich durch die schwarze Montur nur schwach vom azurblauen Himmel abhob. Eine Eiseskälte erfüllte mich, wenn ich an die Stimmen der Toten dachte. Sie fraßen unsere Furcht, um sich zu nähren. Uns fehlte die Macht, gegen sie zu gewinnen. Der Gedanke, wie sie ein weiteres Mal die Kontrolle über meinen Kopf übernehmen, wie sie mich übermannen und meinen Körper zwingen würden, der Grausamkeit den Zutritt zu gewähren …

»*Bljersk!*« Ich holte die wenigen Meter auf und platzierte mich dicht hinter Ty. »Dafür schuldest du mir was, Burnett.«

»Ich schulde niemals irgendwem irgendetwas.« Ty streckte seine Handflächen aus. Menschen würden nur einen blassen Jungen erkennen, der ins Leere fasste, doch ich spürte die pulsierende Vibration. Die Luft übermittelte mir einen spannungsgeladenen Widerstand, die unnatürliche Verzerrung der Moleküle durch Nekromantie. Totenmagie.

»Ich brauche dich nicht.« Tys Finger krümmten sich. Ein aschfahler Schatten huschte über sein Gesicht. »Der Zauber ist schlampig ausgeführt. Wütende Seelen. Sie sind traurig. Ich spüre einen chaotischen Fluch. Sie sind … nicht besonders stark. Geh, wenn du willst.«

»Das ist eine Nummer zu groß für uns! Totenmagie …« Ich schüttelte den Kopf. »Der Gegenzauber ist gefährlich. Wenn wir ihn falsch durchführen oder nicht stark genug sind, um gegen die Seelen anzukämpfen, wendet sich unser eigener Zauber gegen uns!«

»Ich kenne die Auswirkungen, Ëmille.«

»Wir könnten draufgehen, *bljersk!*«

»Und?« Tys Blick war eisern. »Lieber sterbe ich bei dem Versuch, Jaime zu retten, als dass ich mit dem Wissen lebe, sie sterben gelassen zu haben. *Se ka zterak.*«

»Wir haben kaum Erfahrung mit Nekromantie! Es ist *unmöglich,* lebend hier rauszukommen!«

»Du kannst nicht wissen, was unmöglich ist, bevor du es nicht versucht hast. Wie ich schon sagte …« Er kniff die Augen zusammen und keuchte. Als er sie öffnete, bebten seine Hände. »Geh.«

Unruhig musterte ich ihn. Seine Augäpfel traten hervor. Rote Äderchen durchsetzten sie. Tys Hände begannen, sich in einem unnatürlichen Winkel zu krümmen. Sekunden später sackten seine Knie ein, als könnten sie ihn kaum noch tragen.

»*Bljersk,* Ty!« Ich spuckte ins Gras. »Allein für den Gedanken, dich das hier allein durchziehen zu lassen, will ich dir die Fresse polieren!« Ich stellte mich neben ihn auf die erste Treppenstufe und streckte die Arme aus. Im Kopf murmelte ich die Worte des Gegenzaubers. Die Luft um mich herum pulsierte. Alles, einfach alles an dieser Situation fühlte sich falsch, fühlte sich unnormal an. Der Kontakt zu Toten war gegen die Natur.

Nach einem Augenblick ließ die einnehmende Anspannung in Tys Körper nach. Seine Schultern sackten hinab, seine Gesichtszüge normalisierten sich. Ich nahm ihm einen Teil der Last ab, und auch wenn Ty es niemals zugegeben hätte, so erkannte ich in seinem knappen Nicken Dankbarkeit.

Die nächste Minute dehnte sich kräftezehrend und düster über uns aus. Es war einer der schlimmsten Abende, die ich seit Monaten erlebte. Grenzenlose Hoffnungslosigkeit keimte in mir, denn es passierte nichts. Je länger wir gegen den Zauber ankämpften, desto mehr beschlich mich das Gefühl, er wurde nur noch stärker. Eine feste Mauer, unmöglich zu durchbrechen.

»Ty!« Die wabernde Vibration ließ meine Lippen beben. »Es hat keinen Sinn! Wir müssen loslassen, sonst gehen wir drauf!«

Er schwieg. Der Druck in meinem Kopf war immens. Meine Hände sanken, verloren den Halt der dunklen Magie.

Das ist das Ende, dachte ich. *Es tut mir leid, Jaime.*

Doch plötzlich erfüllten mir fremde Worte die verpestete Luft. Diese Sprache hatte ich noch nie gehört. Wispernd und rau wie totes Laub und auf eine Weise doch so zart, als wäre jeder Satz nur ein vom Wind getragener Hauch.

Ich wendete den Kopf und erschrak. Der Zauber entglitt mir.

Es waren Tyraels Worte. Ich verstand nicht, was er sagte, aber … die Toten verschwanden! Es bahnte sich ein Kribbeln durch meine Glieder, als die Luft sich reinigte. Sie wurde klarer, bis plötzlich ein jämmerlicher Klagelaut über unsere Köpfe gellte. Ein Geräusch, so schrill und giftig und nicht von dieser Welt.

Der Gesang der Toten.

Das hässliche Wispern verklang endgültig. Und als lösten sie sich auf, als stürben sie noch einmal, troff eine teerartige schwarze Substanz aus dem Nichts zu Boden. Ätzende Klumpen schwärzten die Treppenstufen.

»Nicht berühren«, sagte Ty. Es war seltsam, ihn wieder in unserer Sprache zu hören. Ich starrte ihn an, doch er ignorierte mich. Mit einem großen Schritt seiner langen Beine stieg er über das Blut der Toten hinweg, doch ich senkte den Blick und beobachtete, wie die ätzende Flüssigkeit Blasen schlug. Mich beschlich das unangenehme Gefühl, die Reste des Fluchs gäben einen tiefen, leidenden Ton von sich. Er zog mich an, manipulierte mich, die Substanz berühren, sie *spüren* zu wollen.

Ich registrierte kaum, wie ich die Hand ausstreckte, langsam, bedacht, obwohl ich es so sehr wollte, aus einem Grund, der mir schleierhaft war. Nur noch ein Stück, ein paar Zentimeter, fast geschafft, los jetzt, *los* …

»Ëmille!«

Im Haus schepperte es. Ruckartig zuckte ich zusammen. Ich blinzelte, riss mich von der Substanz los und stürmte ins Haus. Irgendwo hörte ich Tyrael fluchen, doch es war zu dunkel, um ihn ausfindig zu machen.

»Ty!«, rief ich. Mich bemerkbar zu machen, war keine besonders glorreiche Idee, denn nur Sekunden später spürte ich eine lodernde Hitzewelle auf mich zurasen. Meine elementare Verbindung zur Luft lokalisierte das Feuer, teilte mir in übernatürlicher Geschwindigkeit mit, dass es von rechts kam. Instinktiv hob ich den Arm und holte aus, ein kräftiger Luftstoß, der die Flammen in die entgegengesetzte Richtung stieß. Jemand heulte auf. Ich hatte getroffen.

»Yep!« Ich grinste. »Sogar blind bin ich der *ab-so-lu-te* Wahnsinn.« Mit der Hand tastete ich mich an der Wand entlang. »Aha!« Ich betätigte einen kleinen Schalter, woraufhin ein schwacher Lichtkegel den ramponierten Raum erhellte. Der gläserne Couchtisch war zerbrochen, Scherben zierten das Parkett. In der angrenzenden Küche waren die Schranktüren aufgerissen. Es war das reinste Chaos. Mehl schwängerte die Luft und erzeugte einen weißen Nebel. Das verpestete Element protestierte in mir.

Und dann sah ich Ty. Er kämpfte gegen zwei Düstere. Sie attackierten ihn mit ihren Dolchen und Fähigkeiten. Tyrael tänzelte zwischen den Angriffen. Ich wollte ihm zu Hilfe eilen, doch neben mir bewegte sich etwas. Ruckartig fuhr ich zur Seite, ließ den Blick durch den weißen Mehlnebel schweifen, versuchte etwas zu erkennen, irgendetwas, das –

Da! Ein … *Mädchen?* Kein Kind, aber noch lange keine Frau. Zwei blonde Flechtzöpfe, große blaue Kugelaugen. Sie wirkte so lieb, dass es mich für einen kurzen Augenblick aus der Bahn warf.

Und dieser kurze Moment dauerte zu lang.

Das Mädchen drang in meinen Kopf ein. Wie eine unbarmherzige Schlange fraß sie sich gnadenlos in mein Hirn und lachte.

»Hallo, Schönling«, gurrte sie. »Ich frage mich, wie viel von deiner Anmut bleibt, wenn sich deine feinen Züge vor Schmerz verzerren, hm?«

Sie kam näher, während sich in meinem Kopf ein schriller Ton bemerkbar machte. Ich wurde starr. Der Tinnitus nahm mich ein.

Mit der Kuppe ihres Fingers strich sie mir über den Wangenknochen. »Wie ich deine Eleganz brechen werde, indem ich dich leiden lasse.« Sie kam noch näher, ihre Lippen streiften mein Ohr. »Bittersüße Qualen, an denen ich mich ergötzen kann.«

Die Schallwellen schwollen an. Es war kaum auszuhalten. So laut. So einnehmend. Unerträglich. Ich wollte bloß, dass es aufhörte, endlich aufhörte, wollte, dass mich jemand köpfte und mich nichts mehr hören ließ …

»So schön«, hörte ich ihre Stimme durch die Schallwellen, spürte ihren Finger, der nun über meine Lippen fuhr. »Leide für mich, Liebster. *Leide.*«

Mein Blick huschte zu Tyrael, doch er war noch immer eingekesselt und kämpfte mit dem Rücken zu mir. Der Ton, den ich in mir hörte, wurde reißend laut, viel zu grell, als dass ich es länger hätte ertragen können. Ich musste mich wehren. Die Psychokinetin war fast noch ein Kind und legte sich mit Ëmille Woodward an. Meine Fresse, was *dachte* sie sich?

»Tut mir leid, dich enttäuschen zu müssen, Süße.« Ich ging in mich, ertastete den Kern meiner Kraft und zwang ihn, die Schallwellen in den Hintergrund zu rücken. »Aber diese Sadomaso-Spielchen sind so gar nicht mein Ding.«

Mental erkundete ich ihren Geist, bis ich die Saat ihrer Energie aufspürte. Meine Fähigkeit fuhr mentale Klauen aus, um sie unter meine Kontrolle zu bringen. Es funktionierte. Die Schallwellen in meinem Kopf verebbten. Sie hatte keine Chance.

Als ihr das bewusst wurde, verschwand das überhebliche Grinsen in ihrem Gesicht. Das Mädchen fletschte die Zähne und versuchte erneut, in mich einzudringen, doch jetzt war ich vorbereitet und mein mentaler Schutzschild undurchdringbar. Ich blendete das Geschehen um mich herum aus und konzentrierte mich. Ich dachte an blutrünstige, übergroße Wölfe mit langen Zähnen, die das Maul aufrissen und sich auf sie stürzten. Das vertraute Kribbeln fuhr durch meinen Körper, als ich die Illusion in ihren Kopf pflanzte.

Abrupt ließ sie von mir ab. Panik verzerrte ihr hübsches Gesicht. Sie riss Augen und Mund auf und schrie, *schrie* aus vollem Halse, im Glauben, nicht ich, sondern die Wölfe stünden vor ihr und griffen sie an. Verzweifelt wirbelte sie herum. Sie rannte aus dem Haus, durch die noch geöffnete Hintertür, und als sie mit dem Fuß in der zerfressenen Backsteintreppe hängen blieb, erfüllte ein widerwärtiges Knacken die Luft. Sie strauchelte und landete mit der Stirn voran im Gras. Der Totenzauber verschlang sie.

»Ëm!«

Tyrael kam auf mich zu. Seine Gegner lagen auf dem Boden, einer von ihnen mit unnatürlich verdrehten Gliedmaßen, und der andere …

Er ertrank. Tyrael hatte sich mit seinem Element verbunden, das Wasser aus dem Küchenhahn angezapft und seinen Angreifer geflutet. In Schwallen lief es ihm aus dem Mund, troff auf den Boden und sammelte sich zu einer großen Pfütze.

Ty erreichte mich. Mehl hatte einen weißen Filter über sein schwarzes Haar gelegt. Er sah aus wie ein Geist.

»Jaime«, sagte er knapp, rauschte an mir vorbei und folgte den Schreien, die noch immer nicht nachließen. Ich jagte ihm hinterher, den schmalen Flur entlang, verband mich mit der Luft und stieß einen kräftigen Windzug von mir.

Jaimes Zimmertür flog aus ihren Angeln, und was ich sah, brachte die Welt um mich herum zum Wanken.

DIDRE

✧

Wasserbläschen verteilten sich über den weißen Marmorfliesen. Vom vielen Schrubben brannte mir der Arm. Ein paar Zimmer mit weniger Fliesen hätten der viktorianischen Villa der Andersons gutgetan. Zumindest was mich betraf.

Wind peitschte in den Eingangsbereich, als sich hinter mir die Haustür öffnete. Merlin kam herein. Bei seinen dreckverkrusteten Schuhen verzog ich das Gesicht. Er besaß das gleiche fuchsfarbene Haar wie seine Schwester, doch die Gesichtszüge strahlten nicht annähernd ihre Freundlichkeit aus. Merlin wirkte hochmütig, unhöflich und außerordentlich arrogant – das wahre Ebenbild seiner Mutter.

»Du bist im Weg, Walross«, sagte er.

Ich ignorierte den schmerzhaften Stich, der sich nach seiner Bemerkung in mein Herz bohrte. Neben mir war der Platz ausreichend, um an mir vorbei und durch die Zwischentür in die Lobby zu gelangen. Dennoch rutschte ich beiseite.

»Verzeihung.«

Merlin bedachte mich mit einem angewiderten Blick. Glücklicherweise hielt er weitere Kommentare zurück und stapfte in die Lobby. Seine Stiefel hinterließen schlammige Spuren auf den frisch gewischten Fliesen – wie ich es vermutet hatte.

Tief in mir spürte ich aufwallenden Zorn. Meine Hand, die den Lappen umschlossen hielt, bildete eine Faust. Wasser tropfte auf den Boden. Als ich es bemerkte, erschrak ich. Der Lappen fiel zu Boden. Ich sollte nicht zornig sein. Dies war mein Job. Die Andersons bezahlten mich, damit ich ihr Haus sauber hielt. Sie gaben mir eine Chance. Wegen ihnen wurde ich nicht ins Exil verbannt.

»Was machst du da?«

Ich sah auf. Isobel Anderson erschien auf dem Treppenabsatz, die zierliche Hand auf dem Geländer.

»Wonach sieht es aus?« Ich schenkte ihr ein erschöpftes Lächeln. »Ich wische den Boden.«

Sie runzelte die Stirn. »Als ich vor fünf Minuten nach oben gegangen bin, um meine Montur anzuziehen, sah es sauberer aus.«

Ich öffnete den Mund, nur um ihn wieder zu schließen. Isobels Augen verfolgten die Schlammspuren, die an der Tür des Wohnzimmers endeten. Ihre Züge verhärteten sich. »Dieses verdammte Arschgesicht.«

Sie blickte grimmig drein. Ihr Arm schoss in Richtung des Eimers, woraufhin sich das Wasser erhob. Mit einer schnellen Handbewegung ergoss Isobel es auf die Fliesen. Sie vollzog rasche, gekonnte Bewegungen, bis der Boden glänzte.

Es konnte so einfach sein.

Beschämt, dass sie mir hatte helfen müssen, knetete ich den Saum meines Kleides. »Danke.«

Der Teppich auf den Stufen der hohen Treppe dämpfte ihre Schritte. Ich wagte es erst, den Blick zu heben, als ihre Stiefel und die langen schlanken Beine, für die ich getötet hätte, in meinem Augenwinkel erschienen.

»Du bist keine Sklavin, Didre.« Sie legte mir eine Hand auf die Schulter. »Fühle dich bitte nicht minderwertig.«

»Ich *bin* minderwertig.« Isobel wollte widersprechen, doch ich schüttelte den Kopf. »Im Gegensatz zu euch kämpfe ich nicht. Ich benutze meine Kräfte nicht. Eure Mutter hat recht. Ich bin eine nutzlose Verschwendung.«

»Didre Greenblood!« Isobel baute sich vor mir auf. Sie verschränkte die Arme vor der Brust und verengte die Augen. »Es ist völlig egal, ob du kämpfst oder nicht. Dein Leben, deine Entscheidungen. Niemand ist weniger wert, weil er einen anderen Weg gehen möchte! Und, bei den Göttern, du bist eine verdammte *Greenblood!*«

Ihre Worte weckten eine wohltuende Wärme in meiner Brust. »Danke, Izzy. Aber deine Eltern …«

»… sind versnobte, grässliche Menschen.« Sie reichte mir eine Hand. Feine Goldringe zierten ihre Finger. Ich ergriff sie und erhob mich. Isobel strich mir eine widerspenstige Locke hinters Ohr, die sofort wieder zurückfiel. »Meine schöne, kluge, *starke* Didre wird mich doch nicht enttäuschen, indem sie etwas auf Fryda und Arthur Andersons Worte gibt, oder?«

Ein schüchternes Lachen huschte mir über die Lippen, ehe ich den Kopf schüttelte. Isobel strahlte. Es schien, als wollte sie mich in den Arm nehmen, doch in diesem Moment wurde die Tür des Wohnzimmers geöffnet. Frydas Ausstrahlung war eiskalt, Furcht einflößend und wunderschön. Sie hätte als Isobels Schwester durchgehen können. Ihre Wangen waren hohl, aber nicht auf eine unschöne, gar ungesunde Art; es wirkte ästhetisch. Ihre Augen bestanden aus tiefer Dunkelheit, in die ich nicht hineinzusehen wagte. Je länger ich ihrem Blick begegnete, desto mehr sträubte sich mein Inneres.

Fryda blickte ihre Tochter mit einer solchen Härte an, dass sich mir der Magen umdrehte.

»Was bildest du dir ein, uns warten zu lassen?«

Isobel presste die Arme an die Hüften. »Ich habe –«

»Mit dem Dienstmädchen gekaspert.« Sie verzog das Gesicht zu einer gehässigen Fratze. »Ja, ist mir nicht entgangen.«

»Verzeihung«, murmelte ich. »Es war nicht ihre Schuld. Ich habe sie aufgehalten.«

Fryda wandte sich mir zu. »Habe ich dich aufgefordert, mit mir zu reden?«

Als ich sprach, war meine Stimme dünn und kleinlaut. »Nein.«

»Dann tu es nicht. Du hast eine Aufgabe, und alles, was darüber hinausgeht, ist nicht angebracht.«

»Mutter!«

»Natürlich«, entgegnete ich.

Isobel schenkte ihrer Mutter einen zornigen Blick. »Es ist nicht in Ordnung, auf diese Weise mit ihr zu sprechen!«

»Du bist nicht in der Position, mir zu sagen, was in Ordnung ist und was nicht, Kind.«

»Aber –«

»Bei den Göttern, *Isobel!*« Fryda hob die Hand, holte aus und schlug ins Leere. Die manipulierte Luft verpasste Isobel eine schneidende Ohrfeige. Isobel keuchte. »Los jetzt! Ich dulde keine weiteren Verzögerungen.«

Der angehaltene Atem, den Isobel ausstieß, trug den eigentümlichen Duft tiefer Abneigung mit sich. Sie biss die Zähne zusammen, verspannte die Kiefer und folgte ihrer Mutter ohne weitere Widerworte ins Wohnzimmer. Ich sah ihr nach, bis die Tür ins Schloss fiel. Das Gefühl von Machtlosigkeit überkam mich.

Arthur Andersons ölige Stimme drang zu mir herüber, doch ich konnte kein Wort verstehen. Wenn ich mich in ihrem Haus befand, achteten Isobels Eltern penibel darauf, gedämpft zu sprechen. Und ich nahm es ihnen nicht einmal übel. Ich war eine von ihnen, aber gleichzeitig war ich es nicht. Wie sie war ich anders, *einzigartig* – aber wertlos.

Das drückende Gefühl in meiner Brust blieb. Ich durchquerte die kühle Lobby, verstaute Putzlappen und Eimer in der Kammer unter der Treppe und verließ das Anwesen, um mich auf den Weg zu den Ansgars zu machen. Es gehörte zu meinen Verpflichtungen, auf Aleen aufzupassen, wenn Ëmille zur Jagd aufbrach. Zwar zahlte er unregelmäßig, aber immer genug.

Festgetretene, grün bewachsene Erde führte mich zum Silent River. Ich näherte mich dem Stadtrand, als plötzlich …

»Didre.«

Warme Finger schlossen sich um mein Handgelenk. Ich erschrak. Schnell riss ich meinen Arm zurück, taumelte rückwärts und stolperte über einen Felsen, der den Pfad säumte. Ein stechender Schmerz durchzog mein Steißbein, als ich auf den Hintern fiel. Das Gras war unangenehm feucht.

Ich presste mir eine Hand auf die Brust. »A…Archie.«

»Ich wollte dich nicht erschrecken.« Er reichte mir eine Hand und zog mich mit einer Leichtigkeit auf die Füße, als wöge ich nicht mehr als ein zartes Federkissen. Im schwachen Dämmerlicht wirkten seine dunklen Sommersprossen wie fein getupfte Pünktchen eines Kunstwerks. »Alles in Ordnung?«

Ich nickte. »Verzeihung.«

»*Verzeihung?*« Er lachte. »Wenn ich mich nicht irre, müsste *ich* mich entschuldigen.«

»Baba Greenblood betont regelmäßig, sie müsste mir meine Schreckhaftigkeit mit Myrahs Feuerpeitsche austreiben.«

»Die Obersten Herrinnen besitzen einen perfiden Humor. Ich hingegen würde lieber deine rasante Reaktionsfähigkeit loben.« Er machte eine Bewegung mit der Hand. Vor meinen Augen erschien ein schwacher Luftzug. »Schneller als der Wind.«

Ich lächelte. »Archibald Iskar Burnett, du bist ein Charmeur.«

Er wippte auf den Füßen vor und zurück und grinste. »Wohin gehst du?«

Ich deutete auf den düsteren Tannenwald, dessen Kronen sich in den zartgoldenen Sonnenuntergang erstreckten. »Aleen ist bei den Ansgars. Ich hole sie ab.«

»Kann ich dich begleiten?«

»Natürlich.«

Wir setzten uns in Bewegung. Unsere Schuhe streiften das feuchte Gras. Ein Falke flog tief über den Himmel. Archie schenkte mir ein zögerliches Lächeln. »Hast du das von der Iversen gehört?«

»Ich habe einiges über Helena Iversen gehört, Arch.«

»Sie ist heute angekommen.«

»Auch das habe ich mitbekommen, ja.«

Er warf mir einen schnellen Seitenblick zu. »Was hältst du davon?«

Ich zuckte die Achseln. »Wenn ich dir meine Meinung darüber mitteile, wirst du wütend. Wir sollten nicht darüber reden.«

»Ich verspreche dir, ich werde nicht böse. Egal, was du sagst.«

Ich zögerte. Die weiche Erde federte meine Schritte ab. »Wir sollten nicht alles glauben, was uns das Regiment erzählt.«

Aus dem Augenwinkel erkannte ich, wie er die Stirn runzelte. »Aber es ist das Regiment, Di. *Das Regiment.* Die Oberen. Warum sollten sie uns anlügen?«

»Willst du meine ehrliche Meinung hören?«

Er nickte.

»Politik ist seit jeher undurchsichtig und machtgetrieben. In der Geschichte unseresgleichen wie auch bei den Menschen. Denk einmal an den Politischen Palast der Azlata und was für Geschichten immer wieder kursieren. Wir wissen nie, was wahr ist und was nicht.« Ich umfasste den Revers meines Mantels und zog ihn dichter an meinen Hals. »Wenn du mich fragst, sollten wir dringend überdenken, in welcher Hinsicht wir dem Regiment trauen. Die Geschichte über Syphrah … es erscheint mir durchaus leichtsinnig, so etwas für wahr zu halten, ohne je Beweise gesehen zu haben.«

Archie schnaubte. »Wie hätte ihr Verbrechen bewiesen werden können, wenn sie vorher geflüchtet ist?«

»Gegenfrage: Wie können wir *glauben,* was uns erzählt wird, wenn sie vorher geflüchtet ist?«

»Es ist das Regiment«, beharrte Archie. So lief es immer, wenn ihm die Argumente ausgingen. »Die Oberen sind vom Palast auserkoren worden, über die Azlata Schottlands zu herrschen. Ihre Worte sind Gesetz.«

Wir hatten Ghislaines und Théos Lehmcottage erreicht. Ich blieb stehen und seufzte. »In diesem Thema werden wir uns niemals einig.«

Archibald entgegnete nichts. Sein Blick ruhte lang und eindringlich auf mir. Ich ertappte mich dabei, die geschwungene Linie seiner vollen Oberlippe mit den Augen nachzufahren. Meine Wangen brannten. Schnell wandte ich mich ab.

»Es ist okay, unterschiedlicher Meinung zu sein«, sagte er. Seine Finger fuhren über meine Schläfe. Ich erschrak. Doch als ich aufsah, zog er die Hand zurück und zeigte mir einen Marienkäfer, der auf seiner Fingerkuppe krabbelte. Archie streckte den Finger aus und der Käfer flog als flatternder Punkt in der nach Regen riechenden Luft davon. »Unsere Meinungen sind frei, Didre. Wer wären wir, verurteilten wir einen ganzen Charakter für eine andere Denkweise als die unsere?«

»Solange er nicht bösartig denkt«, korrigierte ich.

Er nickte und ließ den Blick in die Ferne schweifen. Furchen gruben sich in seine glatte Haut, während er die Krone einer hohen Tanne beobachtete. Mir entging nicht, wie seine Muskeln sich anspannten. Sekunden später raschelte es und eine Krähe brach aus den Tannen hervor, erhob sich in die Weiten des Himmels. Seine Schultern entspannten sich. Er sah zu mir, ein Grinsen auf den Lippen, und neigte den Kopf.

»Ich habe etwas für dich.«

»Oh!« Ich blinzelte. »Aber … heute ist nicht mein Geburtstag.«

»Geburtstag, Weihnachten, Namenstag, Gedenken der Götter …« Archie schnaubte. »Immer diese geregelten Tage, an denen man seine Liebsten beschenken darf. Ich möchte es gern ständig tun. Wann immer ich will. Ist das so verwerflich?«

Seine Worte riefen ein angenehmes Ziehen in meinem Magen hervor. Dieses Gefühl sollte nicht existieren, und doch hieß ich es willkommen.

»Nein«, flüsterte ich. »Ganz und gar nicht.«

Grübchen zeichneten seine Wangen. Archibald kramte in der Tasche seiner Ledermontur, und als er sie zurückzog, blitzte etwas Goldenes auf, ehe er es in seiner Faust verschwinden ließ.

»Schließ die Augen.«

Eine Kröte hüpfte in den Silent Creek. Es plätscherte. Auf eine Weise war das Geräusch beruhigend, auf der anderen Seite wusste ich, dass der Frosch nun tot war.

»Okay. Öffne sie.«

Zuerst blinzelte ich gegen die hereinbrechende Dunkelheit an, bis ich das goldene Kettchen wahrnahm, das Archie mit jeweils einer Hand an beiden Enden vor meinem Gesicht baumeln ließ.

»Archie …« Meine Lippen teilten sich. Ich musterte den Rauchquarzanhänger. Er war von einem diamantendurchsetzten Goldring eingefasst. »Das ist … ich habe das … nicht verdient.«

»Du würdest mir ein Geschenk machen, wenn du sie trügest, Didre.«

»Aber …« Mein Herz warf sich gegen meine Brust. »Sie war teuer.«

»Das macht nichts. Ich habe Geld.«

Fürwahr. Die Burnetts waren ein ranghoher Clan mit einer beachtlichen Erbsumme. Zusätzlich führten Archies Eltern die renommierteste neurologische Arztpraxis in Aberdeenshire. Ich wusste all das, denn … Archie war mein Cousin. Wir waren gemeinsam aufgewachsen. Bei dem Gedanken rebellierte mein Magen.

Er schien meine veränderte Stimmung wahrzunehmen, denn plötzlich klärten sich seine Gesichtszüge und offenbarten eine mitfühlende Sorge. »Gefällt sie dir nicht?«

Es kostete mich große Mühe, gegen den Kloß in meinem Hals anzukämpfen. »Sie ist wundervoll, Arch.«

Er schien erleichtert. Mit einer Hand hob er meine üppige Korkenziehermähne an. Eine Gänsehaut kroch über meinen Körper, als seine Finger über mein Schlüsselbein strichen. Ich spürte jede Berührung, jeden Atemzug, der meine Haut streifte, hielt den Atem an, hörte mein Herz jubeln, meinen Verstand protestieren. Er legte mir die Kette um. Für einen Moment schloss ich die Augen. Als er sich zurückzog, war es Folter und Erleichterung zugleich.

»Für dich ist mir nichts zu teuer.« Archibald machte einen Schritt auf mich zu. Noch nie war er mir so nahe gewesen. So etwas passierte nur in meinen geheimsten Träumen, wenn ich allein war und mir erlaubte, meinen verbotenen Gedanken Raum zu geben.

»Archie«, flüsterte ich. Die Sicht vor meinen Augen flimmerte. War er das? Verzerrte er die Luft? Ließen seine Gefühle die elementare Kraft in ihm unkontrolliert werden? *Empfand* er ähnlich? Ich zählte seine Sommersprossen, betrachtete seine volle Oberlippe. Mir kam der erschreckende Gedanke, dass ich bereit war, die Regeln zu brechen. Schlimmer noch, ich würde –

»Didre?«

Archibald schreckte zusammen. Ich schnappte nach Luft, eine Hand auf der Brust, und blinzelte gegen die Dunkelheit an, bis ich die Person in der Tür erkannte.

»Ghislaine.« Es war nur ein Wort, aber es klang, als wäre ich am Hang die Klippen hinaufgesprintet.

Die Tür quietschte, als Ghislaine sie weiter öffnete. »Ist alles in Ordnung?«

»Ja. Ich …« Jetzt erst sah ich mich nach Archie um. Meine Gedanken bildeten einen tobenden Sturm auf der Suche nach Antworten, die diese Situation erklären konnten. Aber das war nicht nötig, wie ich jetzt erkannte, denn …

Archie war verschwunden.

Ich atmete tief durch und verschluckte mich. Leichter Schwindel vernebelte meine Gedanken.

»Alles in Ordnung.« Meine Hand wanderte meine Brust hinauf zu meinem Hals. Ganz automatisch schloss sie sich um den Rauchquarzanhänger. Mich beschlich das Gefühl, Ghislaine könnte meine Geheimnisse erkunden, wenn ich ihr die Kette zeigte. »Ich wollte Aleen abholen.«

Sie musterte mich. Ihr Blick war unergründlich. Hatte sie etwas gesehen? Schließlich trat sie beiseite und offenbarte hinter der offenen Haustür einen schwachen Lichtschein, der mich empfing.

»Komm rein. Aleen verunstaltet den Keller. Vielleicht kannst du sie davon überzeugen, dass wir kein Abenteuerpark sind.«

Für Ghislaine war ich unscheinbar. Die ängstliche, schüchterne Didre. Die Frau, die nie etwas anstellte – ein offenes Buch. Pazifistin in einem Volk, das für den Kampf geboren worden war.

Ich lächelte, als ich an ihr vorbeiging. Ich lächelte, als hätte ich nichts zu verbergen.

Was für eine dreckige Lüge.

HELENA

✧

Meine Füße trugen mich durch die düsteren Straßen Silent Creeks, während ich am ganzen Körper zitterte. Ich legte meinen Drachenstein von der einen in die andere Hand, versuchte, mich zu beruhigen, doch auch mein Talisman konnte mir heute nicht helfen. Finlays Geist blieb eben nur Finlays Geist.

Der beißende Whiskygeruch des Seefahrers hatte sich in meine Nase gebrannt und verfolgte mich. Nach jedem zweiten Schritt hielt ich inne, um einen Blick über die Schulter zu werfen. Jedes Geräusch nahm ich überdeutlich wahr, zuckte zusammen, wenn Blätter über den Asphalt raschelten, und hielt die Luft an, als in der Ferne ein Käuzchen schrie. Noch schlimmer waren die Gedanken an den Burnett-Typen, der mich gerettet hatte. An die Worte, die er gesagt hatte.

Wenn es mir zustünde, zu töten, maledictus pulchritudo … meine Wahl wäre auf dich gefallen.

»Hey, du!«

Ich fuhr zusammen und machte einen Satz beiseite. Dabei stieß ich mit dem Kopf gegen Morrigans Statue. Für einen kurzen Moment tanzten wilde Muster vor meinem inneren Auge.

»Oh, tut mir furchtbar leid. Ich wollte dich nicht erschrecken.« Eine zarte Hand legte sich auf meinen Oberarm. »Alles okay?«

»Geht schon.«

»Das wird gleich wieder.«

Ich wollte entgegnen, dass ich das bezweifelte, denn da tanzten *wirklich viele* Sterne, als plötzlich meine Schläfen pulsierten, sich mein Sichtfeld klärte und ich … ein weiteres Mal zusammenzuckte. Isobels Gesicht schwebte nur eine Nasenspitze entfernt von meinem, die Augen starr auf mich gerichtet.

»Ähm …«

Sie blinzelte und wich zurück. »Oh, entschuldige! Ich wollte nur nachsehen, ob du dich verletzt hast.«

Im Licht der dreiflammigen Straßenlaterne schimmerte ihre elfenbeinfarbene Porzellanhaut. Isobel wandte sich ab und sah in die Ferne, während sie ein dunkles Samthaargummi von ihrem Handgelenk zog. Mit ein paar gezielten Bewegungen band sie sich das fuchsfarbene Haar zu einem eleganten Hochzopf. Sie bemerkte meinen bohrenden Blick.

»Was ist denn?«

»Es ist nur … ich verstehe es nicht.«

»Was verstehst du nicht?«

»Das alles.« Ich machte eine ausladende Bewegung mit den Armen und sah mich um. »Diese Stadt ist gruselig und seltsam und *winzig*, aber ich treffe auf jemanden wie dich, die aussieht wie ein Model aus der Großstadt mit ihrer Wespentaille und den langen Beinen, und dann ist da«, ich ruderte mit den Armen, »… und er …«

»Verstehe.«

Ich runzelte die Stirn. »Wirklich?«

»Nein.« Sie lächelte. »Du warst nicht im Speisesaal. War es wegen der Sache mit Tyrael?«

Sein Vorname war also Tyrael. Ein merkwürdiger Schauer überkam mich, als sie den Namen aussprach. *Tyrael Burnett.*

»Woher weißt du davon?«

Ihr Blick ging über meine Schulter. Mit den Handflächen strich sie über ihre hautenge Lederhose. »Wie du schon sagtest: Die Stadt ist winzig. Neuigkeiten verbreiten sich schnell.« Sie verzog das Gesicht. »Vor allem, wenn es um ihn geht.«

»Ah.« Erschöpft beugte ich mich vor und presste die Stirn an meine Handballen. »Er hasst mich.«

»Tyrael hasst jeden.«

Ich ließ die Hände sinken und sah auf. »Ich habe ihm nichts getan. Er tut, als hätte ich ihn um sein Erstgeborenes gebracht.«

»Nimm es nicht persönlich.« Ich grunzte. Isobel seufzte. »Er ist schwierig. Aber irgendwo tief unter seiner dunklen Fassade besitzt er ein großes Herz.«

»Das ist nur schwer vorstellbar.« Mein Blick wanderte zum Mond, der hell und voll am Himmel stand und auf uns hinabsah. »Besser, ich gehe nach Hause. Mein Großvater killt mich.«

Isobel nickte. »Ich begleite dich.«

»Musst du nicht. Es ist nicht weit und –«

»Ich begleite dich«, wiederholte sie, diesmal mit Nachdruck, und streckte mir die Hand entgegen. Ich ließ mir von ihr auf die Beine helfen. Sie schenkte mir ein breites Lächeln. »Gehts?«

»Ja.« Die Kopfschmerzen waren verschwunden. Toms Angriff hatte eine brennende Kehle bei mir hinterlassen, doch auch dieses Gefühl war gewichen. »Sehr merkwürdig.«

»Findest du?« Isobel wahrte eine gerade Haltung. Sie setzte gezielte, elegante Schritte. »Manchmal empfinden wir Situationen als sonderbar, obwohl es bloß das Universum war, das den Moment beeinflusste.« Sie warf mir einen Seitenblick zu. »Wie du dich fühlst, ist eine Sache der inneren Einstellung.«

Zwischen uns kehrte Stille ein. Unter unseren Schuhen knirschte Kies. Ich hörte einen Raben kreischen. Mein Blick glitt über Isobel. »Bist du eine Goth?«

»Was?«

Wir bogen um die nächste Ecke. Ich deutete auf ihren Körper. »Dein Lederkostüm. Und die Stiefel. Doc Martens?«

Mit gerunzelter Stirn sah Isobel an sich hinab. »Doc Martens?«

»Deine Schuhe.«

»Oh! Ähm, nein. Ich glaube nicht.«

»Eine Fälschung?«

»Kann sein.«

»Von *Alibaba?*«

Sie runzelte die Stirn. »Wer ist das?«

»Ein Onlinehandel.«

»Ach, klar.« Das Lächeln, das sie mir zuwarf, wirkte unsicher. »Ja. Ja, ich denke schon.«

»Kannst du mir den Link schicken?«

»Wenn ich ihn finde.« Sie blickte über die Schulter und verengte für einen Moment die Augen. »Hör zu, wegen Tyrael …« Im Takt unserer Schritte tippte sie die Fingerkuppen aneinander. »Ich weiß, er ist heiß, aber tu mir einen Gefallen.«

»Welchen?«

»Verlieb dich nicht in ihn. Er würde dir das Herz brechen.«

»Oh, *verdammt,* Isobel!« Meine Stimme troff vor Ironie. Wir erreichten den Pfad, der schlangenförmig zu den Klippen hinaufführte. »Warum sagst du mir das erst jetzt? Im Seminar war er *so* schmeichelhaft, ein wahrer Charmeur, da ist es – *zack!* – direkt um mich geschehen.«

»Oh, nein. Nein, nein, nein!« Sie blieb stehen und legte mir die Hände auf die Schultern. »Helena Iversen, Tyrael ist nicht gut für dich. Er –«

»Ist das dein Ernst?«

Sie wirkte verunsichert.

Ich lachte. »Gott, Isobel, das war ein Scherz! Ich müsste an schlimmer Charakter-Geschmacksverirrung leiden, um mich in diesen Mistkerl zu verlieben.«

Meine neue Freundin wirkte erleichtert. Sie stieß die Luft aus und ließ die Hände sinken. »Gott sei Dank. Ich fürchte, ich habe ein leichtes bis mittelschweres Problem mit Ironie und Sarkasmus.« Sie verdrehte die Augen. »Dabei studiere ich die psychologischen Aspekte der Menschen.«

»Das passt gar nicht so zu dir.«

Wir erreichten die Siedlung der Klippe. Der Wind peitschte uns die Haare ins Gesicht. In der Ferne rauschten die aufgebrachten Wellen und schlugen gegen die Gesteinswand. Isobel warf mir einen amüsierten Seitenblick zu. »Welcher Studiengang hätte denn mehr zu mir gepasst?«

Ich zuckte die Achseln. »Modedesign oder Fotografie?«

»Oje. Bitte nicht.« Sie zog die Nase kraus. »Das wird auf dem Creek's College nicht einmal angeboten.« Ihr Blick blieb an dem elendig wirkenden Haus hängen, in dem der junge blonde Mann mit seiner lebensmüden Tochter lebte. Sie atmete tief durch, ehe sie sich abwandte und mir ein schwaches Lächeln schenkte. »Wolltest du schon immer Geschichte studieren?«

»Gott, nein. Will ich eigentlich immer noch nicht.«

»Aber du tust es.«

»Es war eine spontane Entscheidung.« Ich seufzte. »In Deutschland sollte es Molekulargenetik werden. Es war mein Traum. Hier am Creek's College reichte es nur für Geschichte. Ich musste mich entscheiden. Der Traumberuf oder meinen Wurzeln nachgehen.« Eine wilde Böe ließ meinen Rock flattern. Ich schlang die Arme um den Oberkörper. »Letzteres überwog.«

»Verstehe.« In Isobels Stimme erklang ein trauriger Unterton. »Aber es war die richtige Entscheidung. Du wirst sehen.«

»Ich bin … mir nicht sicher.«

Einen Moment spazierten wir die Klippen entlang, wobei ich strikt darauf achtete, keinen Blick in die Tiefe zu werfen, bis Isobel in plötzliches Gelächter ausbrach.

»Was?«

Sie schüttelte den Kopf. »Geschichte. Das ist so …«

»Ja, ich weiß.« Ich verdrehte die Augen. »Als ich das entschieden habe, war ich verzweifelt. Ich hätte mein Glück sogar als verruchtes Cowgirl in den Highlands versucht, wenn ich dafür hätte herkommen können.«

Isobels Mundwinkel zuckten. »Das ist absurd, Helena. So absurd, dass ich es mir nicht einmal bildlich vorstellen kann. Und glaub mir«, sie hob die Brauen, »meine Vorstellungskraft funktioniert *außerordentlich* gut.«

Ich lächelte. »Für die Cowboystiefel hätte es sich gelohnt.«

»Für die *Cowboys* hätte es sich gelohnt. Wenn es sie denn hier geben würde. Vielleicht eher Bisonboys?«

In dem Moment, als ich laut auflachte, flog die Tür unseres Cottages auf. Mit Schwung schlug sie gegen die Fassade, und der einzige Grund, weshalb sie nicht zurück ins Schloss fiel, war mein Großvater. Grimmig und düster baute er sich vor mir auf. »Es ist *nach* Sonnenuntergang, junge Dame.«

»Hallo, Nathaniel«, sagte Isobel. Sein Kopf ruckte in ihre Richtung. Isobel reckte das Kinn. »Ich habe Helena begleitet. Zu diesen Zeiten sollte sie nicht allein in der Stadt umherwandern.«

»Was du nicht sagst«, spottete er.

»Ich bin erwachsen.« Mein Blick ging zwischen Isobel und meinem Großvater hin und her. »Mit zwanzig sollte mir gestattet werden, allein rauszudürfen, oder?«

Isobel hob eine Braue. »Ist das so?«

Ich war perplex. »Verarschst du mich?«

»Nein.«

»Ich bin erwachsen«, wiederholte ich mit Nachdruck. »Ich kann machen, was ich will.«

»Nun.« Ein ernster Ausdruck dominierte Isobels Gesicht. Jeder lockere Zug von eben war verschwunden. »Dann wäre aber nicht passiert, was in der Crooked Ave passiert ist. Nicht wahr, Helena?«

Ihr Satz traf mich unvorbereitet. »Woher weißt du –«

»Was ist in der Crooked Ave passiert?« Der harsche Ton meines Großvaters kontrastierte zu dem Nathaniel Iversen, den ich am Vormittag kennengelernt hatte. Als Isobel schwieg, stürmte er mit einer Schnelligkeit vor, die mich zusammenfahren ließ. Er baute sich nah vor meiner neuen Freundin auf. Fast berührte seine Stirn die ihre, und als er sprach, spuckte er die Worte mit einer solchen Heftigkeit aus, dass sein Kinn bebte.

»*Was ist in der Crooked Ave passiert, Isobel Anderson?*«

Sie regte sich keinen Millimeter. Sie wich nicht zurück. »Helena steht neben dir.« Jede Leichtigkeit war aus ihrem Ton gewichen. Nun klangen ihre Worte unerschrocken und hart. »Wenn du es wissen willst, hör auf, sie auszublenden, als existiere sie nicht.« Isobel machte eine kurze Pause. »Diesen Fehler hast du schon einmal gemacht. Sei nicht so dumm, ihn zu wiederholen.«

Ihre Worte vertrieben jegliches Blut aus dem Gesicht meines Großvaters. Seine Autorität von gerade schwand. Plötzlich erkannte ich wieder den Nathaniel, den ich heute kennengelernt hatte: einen dürren alten Mann in schäbigem Pullunder, der nicht gebrochener und schwächer hätte wirken können.

Isobels Bewegung, als sie sich mir zuwandte, war von graziler Eleganz. Die glänzenden Strähnen fielen ihr über die Schulter. Von jetzt auf gleich tauchte das fröhliche Lächeln wieder auf. »Bis morgen, Helena.«

Damit verschwand sie. Ich war allein mit meinem Großvater, von dem ich nicht die leiseste Ahnung hatte, was er über mich dachte. Nur langsam neigte er sich in meine Richtung. Den Blick, den er an mir hinabwandern ließ, konnte ich unmöglich deuten. Ich begegnete ihm, unsicher, was hinter dieser grimmigen Fassade steckte, was für ein Mensch er war. Doch konnte ihn einfach nicht einschätzen.

Und in dieser Sekunde beschlich mich zum ersten Mal das Gefühl, dass Nathaniel Iversen längst selbst vergessen hatte, wer er war.

TYRAEL

✧

Es gab Tage, an denen ich daran zweifelte, ob ich ein Herz besaß. In dieser Sekunde wusste ich, dass ich mir die Frage nie wieder stellen musste. Als ich Jaimes Gesicht sah, wurde mir klar, dass in meiner Brust etwas schlug und darum kämpfte, nicht zu brechen.

Ihre weit aufgerissenen Augen waren eine Leinwand. Rote Linien für die geplatzten Äderchen, große Pupillen für das dunkle Loch, in das man sie gewaltsam gezerrt hatte; gemalte Folter auf reinweißem Papier. Wie ein Engel lag sie in ihrem Nachthemd auf den Laken, Arme und Beine von sich gestreckt, stocksteif, zu keiner Regung fähig, denn …

Eine Spur aus züngelnden Flammen malte ihren Körper nach. Nur eine Bewegung, egal mit welchem Körperteil, und sie würde sich verbrennen. Aber der Anblick des Feuers war nicht der Grund, der mir die Brust zuschnürte. Feuer war nichts Besorgniserregendes. Ich konnte es löschen. Nein, das, was mir die Kehle zuschnürte, war ihr Herz.

Ein länglicher Schnitt im Stoff ihres hochgeschnittenen Nachthemds offenbarte Jaimes helle Haut. Die Stelle, die ihr Herz verbarg, war eine Struktur aus purpurnen Linien, einige von ihnen zart und undeutlich, andere dick hervortretend. Unter diesem scheußlichen Netz der Adern, durch die ihr kostbares Blut floss, schlug ihr Herz.

Rasant. So laut, dass es im Raum widerhallte. So stark, dass sich das Organ bei jedem Schlag unter der Haut abzeichnete.

Das Werk eines unnatürlichen Eingriffs, der nicht von dieser Welt war. Nur Millimeter über Jaimes Körper schwebten die Hände eines Düsteren. Seine Finger bewegten sich, als zöge er an einem imaginären Seil. Ungeheure Anstrengung zierte sein Totenschädelgesicht. Hinter ihm, auf dem Boden vor Jaimes Bücherregal, lag ein Junge. Sein dürrer Oberkörper war nackt und sein Herz schlug ebenso stark wie Jaimes – doch es pumpte langsamer. Ich wusste, was hier geschah. Und, bei den Göttern, dieses Wissen brachte mich um.

»Nimm deine dreckigen Finger von ihr, bevor ich sie dir abschneide und in deinen verfickten Arsch schiebe!«

Jaimes Angreifer sah auf. Ein irres Grinsen legte sich auf seine Lippen. Als er sprach, betonte er jedes Wort mit einer provokanten Präzision. Sein Flüstern erklang deutlich in der Stille, nur unterbrochen von künstlichen Herzschlägen.

»*Zwing. Mich. Doch.*«

Ich tastete nach meinem Element, versuchte, eine Verbindung zu Wassermolekülen aufzubauen – erfolglos. Kein Wasser in der Nähe, dessen Quelle ich anzapfen konnte. Ich versuchte es ein weiteres Mal. *Irgendetwas* musste hier sein, Tränen oder Schweiß oder kaum greifbare Moleküle in dem vermengten Wasser in Jaimes Tagescreme, oder –

Meine Konzentration wurde jäh unterbrochen, als Flammen auf mich zuschossen. Eine sengende Hitzewelle hüllte mich ein. Ich war so in meinen Wahn vertieft, das Kribbeln gefundener Wasserpartikel zu ertasten, dass ich wusste, ich konnte nicht schnell genug reagieren. Meine Haut erwartete die fressenden Flammen. Stattdessen spürte ich einen scharfen, kühlen Luftzug, der meine Wange schnitt. Er traf das Feuer und blies es in die entgegengesetzte Richtung. Es richtete sich gegen seinen eigenen Meister. Vor Überraschung riss dieser die Augen auf. Nur knapp gelang es ihm, zur Seite auszuweichen. Mit enormer Heftigkeit brachten die Flammen Jaimes Fenster zum Bersten. Es regnete glitzernde Scherben, die wie feines Pulver zu Boden rieselten.

Ëmille warf mir einen Seitenblick zu. Er streckte die Hände, um seine Böe in Richtung unseres Angreifers zu lenken und ihn am Boden zu halten. »Was für ein Glück du hast, dass ich so ein Wahnsinnstyp bin.«

»Kümmere dich um ihn.« Ich hastete durchs Zimmer. Schlaff wie eine Stoffpuppe lag Jaime auf ihrer Matratze, das seidig braune Haar über die Kissen verteilt. Atemlos legte ich ihr eine Hand an die Wange. Sie war eiskalt. »Jaime. Wach auf, *bitte,* wach auf. Sieh mich an, sag irgendetwas, komm schon, Jaime, *komm schon!*«

Keine Regung. Ich fuhr mir mit der Hand über das Gesicht, bevor ich unter ihre Arme griff. Doch plötzlich stieß Ëmille einen unterdrückten Schrei aus. Mein Kopf wirbelte herum. Ëmilles Arme erschlafften. Die Böe löste sich auf, als seine Knie mit einem dumpfen Aufprall auf den Holzboden trafen. Er presste die Hände auf den Magen, seine eleganten Gesichtszüge verzerrt. Ëmilles Oberkörper bäumte sich auf. Er öffnete den Mund und plötzlich übergab er sich. Er hustete, keuchte und würgte.

Sein Angreifer lachte. Vor Ëmille ging er in die Hocke, legte den Zeigefinger unter sein Kinn und hob Ëmilles Kopf an. Der Düstere schnalzte mit der Zunge und entblößte scharfkantige, spitze Zähne, zerfressen von giftgrünen Flecken.

»*Unangenehm,* nicht wahr?«

Ëmille versuchte, sich loszumachen. Sein Angreifer reagierte mit einem kurzen Zucken seines Kiefers – und schon gab Ëmille einen gepressten Laut von sich. Er drückte sich die Hände an den Bauch. Ëmille zitterte am ganzen Körper. Das Gesetz schrieb vor, seinem Partner zu helfen. Aber Jaime war unschuldig und kraftlos. Es gelang mir nicht, die Verbindung zwischen ihrem und dem Herzen des Jungen zu trennen. Ich musste die Zeit nutzen, die ich hatte.

»Oh, na, na, nicht so zimperlich. Es geht noch viel schlimmer.« Ëmilles Gegner fuhr mit seinem dreckverkrusteten Fingernagel die Linie seines Kinns nach. »Es wird lustig, okay?«

Eine spannungsgeladene Stille erhob sich. In rasanter Geschwindigkeit murmelte ich die Worte, von denen ich hoffte, sie könnten den Fluch brechen. Die Luft über Jaimes Herz vibrierte. Ein kraftvoller Wall, der sich gegen seinen Sturz sträubte.

»Ty!« Ëmilles Stimme klang höher als sonst. »Hilf mir!«

Ich biss mir auf die Wangeninnenseite und zwang mich, meinen Gegenzauber nicht zu unterbrechen. Doch irgendetwas war merkwürdig. Ich murmelte die Worte, die ich kannte, und gleichzeitig tat ich es nicht. Es war, als wären sie mir fremd. *Wie war das möglich?*

Was auch immer passierte, es funktionierte. Ein gewaltiger Ruck durchfuhr mich, als das unsichtbare Band zwischen Jaime und dem Jungen riss. Sofort stellte ihr Herz die unnatürlich sichtbaren Schläge ein. Die Haut wölbte sich nicht mehr nach außen. Es pulsierte bloß tief in ihrem Inneren. Nun jedoch ruhig und schwach und –

»*Bljersk,* Ty, *fick dich,* du –« Ëmille unterbrach sich. Er keuchte, bevor er einen Schrei unterdrückte.

Ich wirbelte herum. Mein Partner hockte inmitten einer gelben Pfütze.

Der Düstere warf den Kopf in den Nacken und lachte schallend. Sein eiskalter Ton trieb mir einen Schauer über den Nacken. »Was für ein Vergnügen, Kontakt mit deiner Blase zu machen, mein Freund. Sie hat mir verraten, dass du dich *dringend* erleichtern solltest, also habe ich dir den Gefallen getan. Sag mir: Wie fühlt es sich an, wenn die eigene Pisse an den Beinen klebt? *Nass,* hm? Scheuert das Lederhöschen?«

»Erzähl du mir«, sagte ich, während ich Jaime auf die Arme hob und mich unserem Gegner zuwandte, »wie fühlt es sich an, sich vor seinen Feinden in die Hosen zu scheißen?« Ich tastete nach meiner Quelle, erweckte sie zum Leben und fokussierte sie auf seinen Körper. In dieser Sekunde, dieser kräftezehrenden Trance, besaßen meine Augen den Röntgenblick. Seine Hülle wurde transparent. Ungewollt gewährte er mir einen Blick auf sein Skelett, auf seine Muskeln und das Nervensystem. Mir war bewusst, dass dieser Angriff den Großteil meiner Energie aufbrauchen würde, aber es war notwendig. Ëmille war niemand, den man vor meinen Augen zum Narren halten konnte.

Die Luft um uns herum begann zu wabern. Als die geballte Macht meiner Kräfte auf meinen Gegner traf und er spürte, wie ich Nervenstränge und Muskeln in ihm stimulierte, weiteten sich seine schwarzen Augen. Seine Hand zuckte zum Feuer auf Jaimes Bett, um es gegen mich zu richten, aber Ëmille war schneller. Er richtete sich auf und trat ihm gegen den Arm. Ein widerliches Knacken erfüllte den Raum, ehe unser Gegner einen spitzen Schrei von sich gab und zu Boden ging. In der Sekunde, in der er die Embryostellung einnahm und seinen Arm umklammerte, spürte ich, wie seine Muskeln unter meiner Macht nachgaben. Dann lag er da, wimmernd in seinen Exkrementen. Ein lachhaftes Häufchen Elend.

Ich trat vor und sah auf ihn hinab. »Der einzige Grund, warum ich dich heute überleben lasse, ist der Welpenschutz deines Jungen. Ansonsten, und das *schwöre* ich dir, hätte ich dich in Stücke gerissen und meiner Heralchiro zum Fraß vorgeworfen.«

Nur widerwillig wandte ich mich von dem wimmernden Drecksack ab. Hätte ich ihn nur eine Sekunde länger angesehen, hätte mich nichts mehr zurückhalten können. Ich musste hier weg. Sofort.

Ich wandte mich Ëmille zu. Sein bronzefarbener, matter Teint war ihm aus dem Gesicht gewichen; zurück blieben eine kränklich wirkende Haut und rötlich graue Schatten unter den schief stehenden Augen.

»Jaimes Eltern sind dieses Wochenende auf der Isle of Skye.« Ich hielt ihm die Hand hin, um ihm aufzuhelfen. »Nimm dir eine Hose ihres Vaters aus dem Schrank.«

Ëmille blähte die Nasenflügel. Seine Gesichtszüge wirkten verzerrt. Ich kannte diesen Ausdruck. Er erschien, bevor wir uns in einen Kampf stürzten. Nur diesmal galt er nicht dem Feind.

Er spuckte mir vor die Füße. »Fahr zur Hölle, Burnett.«

»Du weißt, dass ich keine andere Wahl hatte.«

»Man hat *immer* eine Wahl.« Sein Kinn deutete auf Jaime, die weiterhin schlaff in meinen Armen hing. »Bring sie zu den Ansgars. Die restliche Jagd übernehme ich.« Er gab ein frustriertes Lachen von sich. »Um es mit deinen Worten auszudrücken: *Ich brauche dich nicht.*«

Ich gab keine Widerworte und wartete stattdessen, bis er die Tür erreichte. »*Se ka zterak,* Ëmille.«

Er hielt inne. »*Se ka zterak,* Tyrael.«

Ein grimmiger Blick. Und dann ging er.

✧ ✧ ✧

Meine Füße trugen mich durch das nächtliche Silent Creek. Der Himmel wachte düster über mich; mitternachtsblaue Tinte ergoss sich über die Straßen. Ich mied den Hafen, schlich durch Seitengassen und benutzte Abkürzungen. Ich spitzte die Ohren bei jedem Geräusch, und war es noch so unbedeutend.

Die kühle Luft entfachte eine Gänsehaut auf Jaimes Beinen. Ich hätte ihr die Bettdecke überlegen sollen. Mondlicht erhellte ihre vom Schreien trockenen Lippen, die rissigen Mundwinkel und dunklen Schatten, die sich unter ihrem dichten Wimpernkranz versteckten. Ich hatte meine innere Quelle mit ihrem muskuloskelettalen System verbunden. Ihr Puls war zu langsam.

»Bleib bei mir, Jaime«, flehte ich.

Lautlos trat ich aus einer Seitengasse heraus. Wir befanden uns auf dem Marktplatz. Mit ihrem menschlichen Auge blickte die Statue der Totengöttin Morrigan auf mich herab. Grimmig erwiderte ich ihren Blick.

»Das war nicht mein Werk.« Ich lief an ihr vorbei und drückte Jaime fester an mich. »Und wenn du sie nach Tír na nÓg holst, werde ich es dir nie verzeihen.«

Ein Luftzug blies mir entgegen, stärker als der vorherrschende Nachtwind. Als trüge er feinen Glassplittersand mit sich, überkam mich das Gefühl, etwas kratzte über meine Kopfhaut. Es dauerte nur einen Augenaufschlag, ehe der Moment verstrich.

Die Ansgars wohnten am Stadtrand. Hinter ihrer Siedlung aus Cottages und spitzdachigen Türmen erhoben sich die Tannen der Toten Wälder. Zwischen ihnen floss der schlangenförmige Silent River und teilte die Gebiete. Eine steinerne Rundbogenbrücke führte über ihn hinweg. Der Asphalt unter meinen Füßen wich festgetretenem Boden, ehe er in feuchtes Moos überging. Erdige, frische Duftnoten empfingen mich und federten meine Schritte ab.

Noch bevor ich das Cottage mit dem wellenförmigen Dach erreichte, dessen Lehmwände in einem friedvollen Terrakottaton gestrichen waren, flog die Tür auf. Eine Frau mit langen Beinen und einem pinken Jogginganzug, der von allen guten Göttern missbilligt worden wäre, schloss eilig zu mir auf. Der Wind blies ihr die dunklen Ponyfransen aus der Stirn, die ihr sonst regelmäßig in den Augen lagen. Ihr silberner Nasenring reflektierte das Mondlicht.

Ghislaine Burnett Ansgar verkörperte das radikale Gegenteil all dessen, was uns ausmachte.

»Ty.« Der Blick meiner Cousine streifte Jaime. »Was ist passiert?«

»Wo ist Raven?«

»Sie schläft. Théo hat Nachtdienst. Ich hole ihn und –«

»Nein.« Mein harscher Ton ließ sie zusammenfahren. Ich zwang mich, meine Emotionen zu zügeln, und fügte in ruhigerem Ton hinzu: »Raven. Ich brauche Raven.«

»Mein Mann ist fähig genug, sich um sie zu kümmern, Tyrael.«

»Ich vertraue ihm nicht.« Ich kehrte meiner Cousine den Rücken zu und näherte mich dem ersten Haus vor der Brücke. Seine drei Steintürme ragten in versetzter Höhe in den Himmel.

»Bei den Göttern! Warum hältst du dich niemals an die Regeln?«

Ich lachte trocken. »Das fragst *du* mich, Ghi?«

»Ich stehe dem Regiment missbilligend gegenüber, ja. Trotzdem tue ich, was von uns erwartet wird.«

»Ich auch.«

Mit auslandender Geste deutete sie auf das Turmhaus, das wir gerade erreichten. »Ganz offensichtlich nicht, Ty.«

Ich festigte den Griff um Jaime, als ich den eisernen Türgriff umfasste und kräftig gegen das Holz schlug. »*Ganz offensichtlich* geht es dich nichts an, Ghi.«

Sie lachte freudlos. »Oh, ich bitte dich. Deine Fehltritte gehen uns alle etwas an.«

Noch einmal umfasste ich den Eisengriff und schlug gegen die Tür. So fest, dass Ghislaine zusammenfuhr.

»Dann solltet ihr eure Prioritäten neu setzen.« Ich vernahm Schritte hinter der Tür und ließ die Hand sinken. »Mir scheint, ihr habt zu viel Langeweile.«

»Mir scheint«, zischte sie, die Arme vor der Brust verschränkt, »dass du ein sturer, egoistischer, kalter –«

Die Tür öffnete sich und unterbrach Ghislaine. Schummriges Licht der Deckenleuchte erhellte eine hochgewachsene, dürre Frau. Es brach sich in den silbernen Strähnen, die sich durch ihr schwarzes Haar woben und die eingefallenen Wangen umrahmten. Ihre violetten Augen ruhten auf mir.

»Es tut mir *so* leid, Sorrel«, sagte Ghislaine, bevor ich das Wort ergreifen konnte. »Tyrael weiß, dass Théo Nachtschicht hat, aber er weigert sich –«

»Ich muss zu Raven«, unterbrach ich sie.

Sorrel regte sich nicht. »Meine Tochter schläft.«

»Weck sie.« Als ich sah, wie die Haut an ihren Augenwinkeln Falten warf, fügte ich hinzu: »Bitte.«

Sorrel setzte einen Gesichtsausdruck auf, als erwöge sie, mir ohne ein weiteres Wort die Tür vor der Nase zuzuschlagen. Doch dann huschte ihr Blick zu Jaime, die in meinen Armen lag. Jaime, die inzwischen röchelte. Jaime, die kurz davor war, ihren letzten Atemzug auf der Türschwelle des dritten Turmhauses von Silent Creek zu nehmen.

Sorrel trat beiseite. »Kommt rein. Legt sie ins Behandlungszimmer. Raven wird gleich bei euch sein.«

Sogar unter ihrem geringen Gewicht knarrten die Treppenstufen. Ghislaine folgte mir den Flur entlang. Er war so schmal, dass ich Schwierigkeiten hatte, Jaime unbeschadet hindurchzutragen. Der Behandlungsraum befand sich über dem Wohnzimmer. Ein langes Bücherregal folgte der Höhe der Wendeltreppe. Der Rundbogen der Regaldecken und die Konstruktion der oval geschliffenen Möbelstücke schmiegten sich an die gewölbte Turmwand. Überseetruhen füllten den Raum. Sie waren morsch und rustikal. Der wenige Platz inmitten des Turms wurde ausgefüllt durch eine aneinandergedrängte Sitzgruppe, bestehend aus einem Flickensofa und mit Rosenstoff bedruckten Lehnstühlen.

Ghislaine schob sich an mir vorbei und ging voran. Ich folgte ihr die Wendeltreppe hinauf. Es dauerte nicht lang, bis weitere Schritte sich näherten. Keine Sekunde später erschien Ravens wirrer Haarschopf vor uns. Ihr Pyjama war zerknittert.

»Was ist passiert?« Schnellen Schrittes lief sie zu dem breiten Eichenholzschrank. Aus dessen Schublade kramte Raven eine Wolldecke heraus und legte sie auf den eisernen Behandlungstisch.

»Ein Nekrosefluch«, entgegnete ich, während ich Jaime ablegte. Ihre Gesichtsfarbe glich dem weißen Stoff ihres Nachthemds. »Ein Düsterer hat ihr Herz angezapft, um das seines Sohnes zu heilen.«

Ravens Augen weiteten sich. »*Nemi pa nemi*«, flüsterte sie.

Ich nickte. »Ja.« *Ein Leben für ein Leben.*

Ghislaine schlug die Hand vor den Mund. Als sie auf das Mädchen hinunterblickte, erkannte ich Tränen in ihren Augen. »Oh, *Jaime.*«

Behutsam legte Raven die Finger um den Schnitt in ihrem Nachthemd. Sie riss es auf. Es klang wie Gewitter in tiefster Nacht. Raven beugte sich über die purpurnen Äderchen auf ihrer Brust, fuhr mit dem Zeigefinger das dickste von ihnen nach. Sie hielt die Luft an, während sie dem Rauschen der Venen lauschte. Weder Ghislaine noch ich wagten es, uns zu regen. Eine bedrückende Stille breitete sich in dem runden Raum aus, legte sich über uns und erweckte eine innere Unruhe in mir.

Es kam mir wie eine Ewigkeit vor, bis Raven die Hände von Jaimes zartem Körper nahm und mich ansah. Ihre Augen besaßen die gleichen purpurnen Tiefen wie die ihrer Mutter. Ich erkannte unendliche Traurigkeit in ihnen. »Es wird schwierig, Ty.«

Eiseskälte durchfuhr mich. »Aber du kannst ihr helfen?«

Sie zögerte. »Ich weiß es nicht.«

»Was heißt das?« Ich ballte die Hände zu Fäusten. Meine Fingernägel bohrten mir ins Fleisch. »Ich brauche eine klare Antwort, Rave. Ich muss wissen, ob sie …«

»Ich gebe mein Bestes, Ty.« Raven legte die Stirn in Falten. »Aber ich kann nichts versprechen.«

Ihre Worte schnürten mir die Kehle zu. »Okay.« Ich atmete tief durch. »Ich werde warten.«

Raven nickte. Sie setzte sich in Bewegung, um verschiedene Substanzen aus dem Eichenschrank zusammenzusuchen. Ich setzte mich. Gerade wollte ich Jaimes Hand in meine nehmen, als Sorrel auf der Treppe erschien. Sie sah mich an. »Du musst gehen.«

»Mom.« Raven zog die Brauen zusammen, während sie ein Reagenzglas mit giftgelben Blüten musterte. »Lass ihn.« Sie legte das Reagenzglas auf den Kupferwagen neben dem Behandlungstisch und warf ihrer Mutter einen Seitenblick zu. »Er leidet.«

»Darum geht es nicht.« Sie unterbrach unseren Blickkontakt nicht. Etwas stimmte hier nicht. »Die Oberen haben mich kontaktiert. Sie fordern dich auf, sofort im Burnett's Castle zu erscheinen.« An ihrem langen Hals war deutlich zu erkennen, wie Sorrel schluckte. »Myrah will dich sprechen.«

Myrah will dich sprechen.

Diese vier Worte besaßen mehr Macht als der Wille, dem Mädchen beizustehen, an das ich gebunden war. Mein Blick traf die violetten Augen Ravens. Zwischen den Fingern ihrer rechten Hand klemmte eine Ingwerwurzel. In der anderen hielt sie ein flaschengrünes, verkorktes Gläschen. Ihre Züge spiegelten Mitgefühl wider.

»Hilf ihr«, sagte ich mit so viel Nachdruck in der Stimme, wie mir möglich war. Raven entgegnete nichts. Sie reagierte nicht, außer mich weiter anzusehen wie einen geprügelten Hund, der gnadenlos wieder fortgeschickt wurde.

Ich ließ Jaime zurück und ging.

HELENA

✧

Mein Großvater und ich lieferten uns ein stummes Blickduell. Ich wusste, dass er etwas sagen wollte, und er wusste, dass ich nichts sagen wollte. Er schlurfte in die angrenzende Küche, zwischen uns Sessel und Töpfe und angebrochene Flaschen mit orangefarbener Flüssigkeit. IRN-BRU stand auf dem Etikett. Ich sah mich in dem Raum um, der kaum einen sauberen Platz bot, und fühlte mich verloren.

Als Kind hatte ich geglaubt, meine Mutter zu kennen. Heute, neun Jahre nach ihrem Tod, wusste ich, dass ich keine Ahnung hatte. Silent Creek war ihre Heimat gewesen. Dieser verbitterte alte Mann ihr Vater, von dem sie mir Geschichten erzählt hatte. Keine von ihnen passte zu dem Nathaniel, den ich heute kennengelernt hatte. Geschichten voller Abenteuer und lachender Herzen. Ich war noch klein gewesen, aber die Sehnsucht in ihren Augen hatte sich auf ewig in mein Herz gebrannt. Die Trauer ihrer Seele hatte sich mir aufgedrängt, jedes Mal, wenn Mom sich gezwungen hatte, die Erinnerungen zu vertreiben.

Warum, Mom? Was ist in Silent Creek passiert?

Die Dielen knarrten, als Nathaniel mit zwei Lehmkrügen in den Händen aus der Küche trat. Mit dem einen deutete er in den hinteren Teil des Raumes. Flüssigkeit schwappte aufs Holz.

»Setz dich«, brummte er. »Tee.«

Ich räumte Zeitungspapier, eine leere Dose Kautabak und einen klebrigen Löffel von dem Chintz-Sessel und setzte mich. Der grünrot karierte Stoff erweckte einen gemütlichen Eindruck am gemauerten Kamin. Gäbe es den Müll und diese sonderbaren Flecken nicht, in denen sich Staub und Haare und nicht näher Definierbares verfangen hatten, hätte ich mich wohlgefühlt.

Nathaniel setzte sich neben mich. Das olivgrüne Samtsofa hatte seine besten Tage bereits hinter sich. Es sank tief ein. Mein Großvater schob zwei gestapelte Teller und einen Filzhut beiseite. Meine innere Ordnungsmaus sträubte sich, als Nathaniel die Teekrüge *ohne Untersetzer* auf den rechteckigen Sofatisch schob. Das edel verarbeitete Mahagoniholz ruckelte. Eigentlich war es egal. Die Oberfläche klebte ohnehin.

Nathaniel musterte mich, als würde er auf etwas warten. Schließlich schob er den Krug näher zu mir. Wegen der klebrigen Schicht gelang es ihm nicht, also hob er ihn an und platzierte den Krug nahe der Kante.

»Trinken. Ist gesund.«

Misstrauisch beäugte ich das Gebräu. Als mir der bittere Duft in die Nase stieg, rümpfte ich die Nase. »Was ist das?«

»Kräuter.«

Ach nee, Sherlock. »Was für welche?«

Er nahm einen großen Schluck. »Passionsblume. Brennnessel. Ingwer.« Kurz überlegte er, ehe er hinzufügte: »Kamille.«

Ich nahm den Krug in die Hand und probierte einen Schluck. Prompt verzog ich das Gesicht.

»Zu heiß?«

Ich schüttelte mich. »Eklig!«

»Eklig?« Er schien verwirrt. »Was trinkst du sonst für Tee?«

»Süßes Zeug. Blueberry Muffin oder Caramel Applepie.«

»Das sind Kuchen«, sagte er.

»Es gibt den Geschmack auch als Teesorten.«

»Das glaube ich nicht.«

»Doch, wirklich.«

»Wie absurd.«

»Warum?«

»Weil du den Kuchen einfach essen könntest.«

»Ich will ihn aber nicht essen. Der Geschmack reicht mir.«

Mein Großvater blinzelte, ehe er wiederholte: »Das ist absurd.«

Ich seufzte. Vorsichtig lehnte ich mich in dem Sessel zurück, während ich mich bemühte, den spakigen Fleck auf der Lehne zu ignorieren. Ich nahm einen weiteren Schluck, bevor Nathaniel und ich zeitgleich die Stimmen erhoben.

»Warum soll ich nach Sonnenuntergang nicht allein in der Stadt herumlaufen?«

»Was ist in der Crooked Ave passiert?«

Wir sahen uns an. Ich lächelte. Er nicht. Auch mein Lächeln erlosch, während ich den Blick auf meinen Krug senkte und mit dem Daumennagel über den rauen Lehm kratzte. Die weißblonden Spitzen einer Haarsträhne kitzelten meinen Handrücken.

»Ein Seefahrer wurde handgreiflich«, sagte ich.

Nathaniel machte eine merkwürdige Bewegung mit seinem Arm. Sein Ellbogen stieß gegen den Stoffschirm der Lampe neben ihm, woraufhin der blumenverzierte Porzellanfuß bedrohlich wankte. Er polterte seinen Krug zurück auf den Tisch. Ich war mir sicher, hätten die klebrigen Substanzen die Wucht nicht abgedämpft, wäre er zerschellt. Flinker als ich ihm zugetraut hätte, erhob er sich. Mit schnellen Schritten durchquerte er den Raum und riss seine Lederjacke von einem Haken. »Beschreib ihn.«

»Den Seefahrer?«

»Natürlich den Seefahrer! Wen sonst?«

Sofort dachte ich an Tyrael. An sein schwarzes Haar und die honigfarbenen Augen, die der Dunkelheit trotzten.

»Helena?«

»Tut mir leid.« Ich umklammerte meinen Krug fester. »Mach dir keine Gedanken. Es ist alles in Ordnung. Jemand … jemand hat sich um den Seefahrer gekümmert.«

»Gekümmert?« Nathaniel hielt inne, einen Arm schon in der Lederjacke, die andere Hand noch am Kragen. »Wer?«

Irgendetwas in mir wollte es ihm nicht verraten. »Ich weiß nicht. Ein Mann.«

»Wie sah er aus?«

Ich zuckte die Achseln, dabei wusste ich ganz genau, wie er aussah. »Dunkle Kleidung, groß und seltsam.«

Nathaniel grunzte. Und obwohl ich gedacht hätte, meine karge Beschreibung würde meinem Großvater endgültig die Nerven rauben, schien er beruhigt. Zumindest so beruhigt, dass er seine Jacke auszog, sie an den Haken hängte und sich wieder neben mich aufs Sofa setzte.

Er beäugte mich kritisch. »Geht es dir gut?«

»Ich denke schon.« Je länger ich über den Vorfall nachdachte, desto unwohler fühlte ich mich. Ich wackelte mit den Zehen. Schob den großen über den kleineren. Die Geste beruhigte mich. »Ich möchte einfach nicht mehr daran denken.«

Er nickte. »Trink den Tee. Der hilft.«

Widerwillig nahm ich noch einen Schluck. Ich zog die Beine an und setzte mich in den Schneidersitz. Nachdenklich fuhr ich mit dem Finger den Rand des Kruges nach. »Warum soll ich nach dem Sonnenuntergang nicht allein in der Stadt unterwegs sein?«

Seine Fingerknöchel verhärteten sich. Auf der papiernen Haut seines Handrückens erschienen dicke Äderchen.

»Wegen solcher Vorfälle wie heute, Helena. Silent Creek kann gefährlich sein.«

»Wegen der Seefahrer?«

Nathaniel zögerte. »Auch.«

»Weshalb noch?«

Er stieß die angehaltene Luft aus und erhob sich. »Nichts weiter.«

»Du erwartest nicht, dass ich dir das glaube, oder?«

Ein Holzscheit knackte. Flammen züngelten höher und warfen eine angenehme Wärme auf meine Haut. Nathaniel brachte seinen Krug in die Küche und quetschte ihn zwischen ein Obstschälchen und den Rand des Waschbeckens. Die Schale fiel zu Boden und zerbrach.

»Du solltest dich ausruhen«, sagte mein Großvater. »Heute war ein langer Tag.«

»Vermutlich hast du recht.« Ich zwang mich zu einem weiteren großen Schluck des Tees, in der Hoffnung, er würde meine Gedanken betäuben, und ließ den leeren Krug auf dem Couchtisch stehen. »Gibst du mir noch das WLAN-Passwort?«

Nathaniel starrte mich an.

»Für das Internet. Ich muss meine Seminardokumente downloaden.«

Er starrte weiter.

Ich seufzte. »Schon gut. Ich nutze einfach den Hotspot meines Handys.«

Er nickte, doch ich glaubte, Nathaniel Iversen hatte nicht die geringste Ahnung, wovon ich sprach.

Mit einem zaghaften Lächeln auf den Lippen erhob ich mich. »Gute Nacht.«

Mein Großvater erwiderte mein Lächeln nicht. Stattdessen pfriemelte er an einem losen Faden seines Pullunders und murmelte unverständliche Worte. Als er an dem Faden riss, löste sich eine Maschenreihe und hinterließ ein weiteres Loch in der Baumwolle. Mit einem drückenden Gefühl in der Brust wandte ich mich ab und verschwand in meinem Zimmer.

Ich hatte meinen Koffer noch immer nicht ausgepackt. Er lag bloß da, ein geöffnetes Chaos aus Kleidung, Erinnerungen und einer ungesunden Anzahl Kinder Buenos. Unter einem Paar weißer Chucks und meinem Sailor-Moon-Pyjama (der mir noch immer passte, weil ich nach meinem dreizehnten Geburtstag nicht mehr gewachsen war) lugte eine weiße Spitze hervor. Unser Familienfotoalbum. Mit schmerzendem Herzen nahm ich es heraus. Ein Kinder Bueno fiel auf mein Bein und rutschte auf den Überwurf. Ich blätterte auf die erste Seite. Es war, als schlüge ich mir selbst ins Gesicht.

Von den vergilbten Seiten schenkte mir meine Mutter ihr breitestes Lächeln. Tesafilm hielt das Foto an Ort und Stelle. Ihre Haare ergossen sich über ihre Schulter wie die Strähnen eines Engels. Sie hatte Augen wie das Meer, nur schöner. Sanfter. Eine Sonnenblume klemmte hinter ihrem Ohr. Sie lachte, als wäre alles gut. Sie lachte, als würde sie gleich sagen, dass ich nicht schmollen sollte, weil das Leben schön war.

In dem Moment, in dem mein Kinn zu zittern begann, vibrierte mein Handy. Ich atmete tief durch, vertrieb den Druck in meinem Hals und kramte das iPhone aus der Blazertasche. Eine E-Mail vom College. Besser gesagt von Professor Robertson. Schon die ersten Zeilen ließen ein Geschwür in meinem Magen heranwachsen, jede weitere fütterte dieses Ding, und zum Ende lebte ein Monster in mir, das mich fressen wollte. Den schlimmsten Satz wiederholte ich. Auch ein drittes Mal las ich ihn. Immer wieder, weil ich es nicht glauben konnte.

… das heutige Verhalten zwischen Ihnen nicht tolerieren kann, verpflichte ich Sie zu einer gemeinsamen Hausarbeit. Bitte überdenken Sie Ihre Meinungen und führen Sie anhand neuer Ansätze zusammen, welche Charaktereigenschaften Maria Stuart ausmachten und wie viel Einfluss die Gesellschaft auf ihr öffentliches Bild hatte.

Mein Blick wanderte zu dem anderen Empfänger dieser E-Mail, obwohl ich es schon wusste. Natürlich tat ich das.

Ich war mir ziemlich sicher, dass Tyrael Burnett in dieser Sekunde niemand war, dem man begegnen wollte.

TYRAEL

✧

Coraël lief mit gerecktem Kinn über den Kiesweg auf mich zu. Sie baute sich vor mir auf. Gerötete Haut zierte ihre blassen Wangen. In der Früh hatte Cora sich die Lippen schwarz bemalt, doch die Strapazen des Tages hatten das meiste fortgewischt.

»Ich war noch nicht im Haus«, sagte sie. »Maxwell und ich sahen Myrah kommen, als wir über den Silent River flogen.«

»Maxwell?« Ich runzelte die Stirn. »Was ist mit Merlin?«

Cora wandte den Blick ab. Sie zuckte die Achseln. »Er hatte nichts dagegen, dass ich mit Sileas tausche.«

Ich verdrehte die Augen. »Halte dich an die Regeln, Cora. Fang nicht so an wie ich.«

»Was ist schlimm daran, so sein zu wollen wie du?«

»Alles.« Ich strich ihr einen gelben Marienkäfer aus dem Haar und hob ihr Kinn an, damit sie meinem Blick begegnete. »Coraël Burnett, ich werde dich verfluchen, wenn du mich als Vorbild nimmst.«

Sie lachte. »Deine Flüche wehre ich blind ab, Bruderherz.«

»Wie ich sehe, hat schon zu viel von mir auf dich abgefärbt.« Ich schob sie beiseite, um weitergehen zu können. »Du sollst lernen, auf deinem Heralchiro zu fliegen, und nicht auf einem neunjährigen Jungen, der sich in einen riesigen Adler verwandelt.«

»Mein Heralchiro kann mich nicht ausstehen.«

»Weil er dich kaum kennt. Du kümmerst dich zu wenig.«

Sie reckte das Kinn. »Maxwell und ich sind ein Team.«

»Ich halte nichts von einem Team.«

»Nicht jeder will Einzelkämpfer sein, Ty.«

»Bedauerlich.« Ich warf ihr einen warnenden Seitenblick zu, als sie mir weiterhin folgte. »Du bleibst draußen, Cora.«

Sie schüttelte den Kopf. »Ich begleite dich.«

»Du wirst nichts verpassen. Archie wird dir mit Freude jedes grausame Detail in bildhafter Sprache wiedergeben.«

»Archie kann mich mal kreuzweise.«

»Cora.« Eindringlich sah ich sie an. »*Bleib draußen.*«

»Was will Myrah von dir?« Sie schob sich eine ihrer kurzen Strähnen hinters Ohr. Ein vergessenes Glockenblümchen fiel zu Boden. »Hast du gegen die Regeln verstoßen?«

Ich hob das Glockenblümchen auf, steckte es ihr hinters Ohr und lächelte. »Ich verstoße doch niemals gegen die Regeln.«

Sie biss sich auf die Unterlippe. »Kann ich dir helfen?«

»Ja. Schnapp dir deinen kleinen Adlerfreund und bleibt diesem Anwesen fern, bis Myrah es wieder verlassen hat.«

Coraël presste die Lippen aufeinander, doch sie nickte. Meine Schwester würde mich nicht aus den Augen lassen, bis die Haustür hinter mir ins Schloss gefallen war. Ich seufzte.

In der kühlen Eingangshalle begegnete mir Archibald. Er lehnte am Treppengeländer. »Sie wartet im Festsaal.«

Ich lief an ihm vorbei, ohne ihn eines Blickes zu würdigen. »Der Festsaal, ja? Melodramatisch wie eh und je, unsere Myrah.«

Er folgte mir. Der Hall seiner Schritte gesellte sich zu meinem. »Zügle deine Wortwahl, Bruder. Du kannst nicht erwarten, dass sie deine Sperenzien gutheißt.«

»Meine *Sperenzien.*« Ich lachte. »Wie schön, dass jeder zu wissen scheint, was ich treibe, außer mir selbst.« Aus dem Augenwinkel erkannte ich, dass der Reißverschluss seiner Lederjacke nur bis zur Hälfte zugezogen war. Rote Flecken zierten seine Brust. Ich runzelte die Stirn. »Hast du gekämpft?«

»Was?«

»Ob du kämpfen musstest, Archie. Heute.«

Wir bogen um die Ecke, vorbei an einem schweren Gobelin, dessen geknüpftes Bild die Schlacht bei Prestonpans zeigte.

»Nein.«

»Hast du einen Ausschlag?«

Archie zog die Brauen zusammen. »Wovon sprichst du?«

Ich deutete auf seine Brust. »Von den Flecken und … *ist deine Hose geöffnet, Archie?*«

Mein Bruder sah an sich hinab, und fast sofort erschienen weitere Rötungen, die seinen Hals hinaufwanderten.

Ich verschluckte ein ungläubiges Lachen. »Du warst in der *Dunkelhöhle?* Hast du deine mysteriöse Partnerin dafür bezahlt, dass sie dich rangelassen hat, oder gibt es in Kirkhaven tatsächlich eine Frau, die sich zu deinem verbitterten Charakter hingezogen fühlt?«

Das ruckartige Zurren des Reißverschlusses seiner Jacke hallte im hohen Flur nach. Mein Bruder hatte den Kiefer fest angespannt. Es verlieh seinem rundlichen Gesicht einen sonderbaren Ausdruck. Ich konnte nicht aufhören, ihn schamlos anzustarren.

Archie nestelte an seinem Hosenknopf, ehe er auf die nächste Tür deutete. »Wenn ich bitten darf.«

»Wenn du *bitten* darfst?« Ich sah von der Tür des Festsaals zurück zu Archibald. »Bist du mein Bruder oder das Regiment?«

»Mach dich nicht lächerlich. Du weißt, dass bloß das weibliche Geschlecht dazu bestimmt ist, zu regieren.«

»Und genauso gut weiß ich, dass du seit jeher hoffst, diese Regel möge sich ändern.«

Er reckte das Kinn. »Sollte ich jemals für das Regiment arbeiten, wirst du trotzdem mein Bruder bleiben, Tyrael.«

»Ach, Archie.« In gespielter Enttäuschung schüttelte ich den Kopf. »Wie sollst du jemals ins Regiment aufgenommen werden, wenn du die heiligen Schriften missachtest?«

»Ich würde nie gegen das Gesetz verstoßen!« Wut spiegelte sich in seinen weichen Zügen. Die nächsten Worte spuckte er beinahe aus. »Im Gegensatz zu dir.«

»Ich fürchte, du hast es gerade getan.«

Verwirrung mischte sich in seinen Zorn. Ich beugte mich vor, so nah, dass sich unsere Nasenspitzen beinahe berührten, neigte den Kopf und flüsterte: »Das vierte Gesetz, Archie, wie lautet es?«

Er hob den Blick. Ich erkannte, dass er verstanden hatte. Ein bitteres Lächeln legte sich auf meine Lippen, als ich die Hand auf den

Türknauf legte. »Du sollst nicht lügen. Aber du, lieber *Bruder*, bist der schlimmste Lügner, den ich kenne.«

Damit trat ich in den Festsaal, ungeachtet dessen, ob Archibald mir folgte. Ich wusste, er würde es tun. Um nichts in der Welt würde er verpassen wollen, was Myrah zu sagen hatte. Und ich behielt recht. Knapp hinter mir schlüpfte er hinein. Stühle und Tische des Festsaals waren beiseitegeschoben worden. Sie stapelten sich an den hohen Wänden, verdeckten die Gemälde der jahrhundertealten Burnett-Vorfahren. Am Ende des Saals, zentral positioniert, wartete Myrah. Ihr untersetzter Körper war in ein giftgrünes Fischschuppenkleid gehüllt, das silbergraue Haar zu einem langen Zopf geflochten. Ihr Lächeln heuchelte Begeisterung. Vielleicht war es sogar echt. Myrah fand eine perfide Befriedigung darin, sich an Leid zu ergötzen.

»Tyrael.« Ihre Stimme kalt. »Was für eine Freude.«

Meine Eltern knieten neben ihr, den Blick gen dunkles Parkett gerichtet. Ich wusste, dass ihre Anwesenheit angeordnet worden war. Sie *sollten* das hier erleben.

»Ich würde gern behaupten, die Freude sei ganz meinerseits, Myrah. Doch ich fürchte, ich würde gegen das vierte Gesetz verstoßen.« Ich grinste. »Das wollen wir doch beide nicht, oder?«

Ihr Lächeln glich einem Zähnefletschen. »Knie nieder!«

Ich betrat die Mitte des Saals und stemmte die Füße fester in den Boden. »Im Leben nicht.«

Verärgerung blitzte in ihren hellen Iriden auf. Sie glichen der Farbe von poliertem Elfenbein. »Muss ich dich erst zwingen?«

»Ich fürchte, ja.«

Die Schultern meiner Mutter versteiften sich. Aber ich war Tyrael Burnett. Ich gehorchte nicht. Und das wusste sie. Myrah zog die Klauenhand zurück und legte die Fingerkuppen beider Hände aneinander. Bevor sie das Wort erhob, atmete sie tief durch.

»Nun, Tyrael. Es macht keinen Unterschied, ob du stehst oder kniest. Ich werde dich ohnehin bestrafen.«

»Wie schön.« Ich lächelte. »Verrätst du mir auch, wofür, oder ist dir einfach danach, deine psychotischen Triebe an mir auszuleben?«

Jetzt war es mein Vater, der zusammenzuckte. Hinter mir schnappte Archie nach Luft. Myrah hingegen verzog keine Miene. »Du hast einen Menschen getötet.«

Für einen Augenblick setzte mein Herz aus. Eine Seltenheit.

»Das«, ich neigte den Kopf, »ist mir neu.«

Ihre Lippen formten ein bitterböses Lächeln, als hätte meine Antwort sie zufriedengestellt. Langsam setzte sie sich in Bewegung. Das klackernde Geräusch ihrer Schuhe drang durch den hohen Saal, während sie um mich herumschlich.

»Uns erreichte die Nachricht, dass ein gewisser Seefahrer namens Tom Haydnwitch leblos in der Nordsee trieb. Und an seiner Haut, mein lieber Tyrael«, sie blieb stehen und entblößte grässlich scharfe Zähne, »klebte deine Magie.«

»Du weißt, dass ich ihn nicht getötet habe.«

»Weiß ich das?« Gespielte Überraschung übertünchte ihre Bösartigkeit. »Ich fürchte, du irrst dich.«

»Ich bin nicht für seinen Tod verantwortlich. Ich habe ihn gequält, ja. Mehr nicht. Er dürfte nach ein paar Stunden wieder putzmunter durch die Stadt gelaufen sein.« Die stundenlange Nachwirkung der Folter war wichtig gewesen. Ansonsten hätte er Helena verfolgt. Da war ich mir sicher. »Ich habe seine Nerven gespürt. Er war betrunken. Vermutlich auch dann noch, als er ins Meer hinausgefahren ist. Der Sturm ist heute Nacht gnadenlos. Komm schon, Myrah. Zähl eins und eins zusammen.«

»Immer diese Mutmaßungen.« Sie hob ihren Zeigefinger und betrachtete ihn, als gäbe es etwas Besonderes an der Kuppe zu entdecken. Ihr Gesicht nahm einen träumerischen Ausdruck an. Ihre Lippen teilten sich und an der Spitze ihrer Kralle entzündete sich eine Flamme. »Ich vertraue den Fakten, Tyrael. Und die besagen, dass deine Magie an seinem Körper klebte, als er tot im Wasser trieb. Gibt es Zeugen, die deine Aussage belegen können, dass nicht du sein Mörder warst?«

Ich presste die Lippen aufeinander. »Nein.« Ich würde den Teufel tun, Helena Iversen um Hilfe anzubetteln. »Keine Zeugen.«

Sie grinste. »Dachte ich mir. Entledige dich deiner Montur und erhalte deine gerechte Strafe, Tyrael Burnett.«

Ich zögerte nur eine Millisekunde. Meine Finger waren ruhig, als ich den Reißverschluss öffnete und die Monturjacke zu Boden fiel. Mein Blick begegnete der Gier in Myrahs Augen. Sie machte eine schlaufenähnliche Bewegung. Für einen kurzen Moment erstrahlte der Saal in glühendem Licht. Ein Zischen kroch über die Wände. Myrahs Feuerpeitsche erschien aus dem Nichts. Wie eine Schlange glitt sie über den Boden, wispernd, drohend, bereit, ihre grausame Macht zu demonstrieren.

Ich ballte die Hände zu Fäusten, nicht gewillt, den Blick abzuwenden. Myrah lachte und riss den Arm in die Höhe. Sie lachte, als sie ausholte, ihre hungrigen Züge hinter ihren Flammen erhellt, die durch die Luft züngelten. Die Peitsche traf meine Brust.

Ich schrie.

ËMILLE

✧

Mein Haus roch nach gebuttertem Popcorn. Es gefiel mir nicht. Ich hasste Butter. Und ich hasste Popcorn.

Mein Blick blieb an der Glasschüssel auf dem Couchtisch hängen, in der noch vereinzelte Körner und Zuckerreste klebten. Didre Greenblood sah auf, als die Tür ins Schloss fiel. Sie stand vor der einfach gezimmerten Arbeitsplatte und spülte Geschirr. Ihre dunklen Augen bohrten sich in meine. Zur Begrüßung schenkte sie mir ein warmes Lächeln, stellte das Wasser ab und legte die gusseiserne Pfanne auf das Abtropfblech.

»Aleen und ich haben uns einen gemütlichen Abend gemacht. Ich habe ihr aus *Moby Dick* vorgelesen.« Sie deutete auf die ausgebreiteten Wolldecken auf dem Palettensofa. Die Auflagen bestanden aus festem Leinen, gefüllt mit Schafswolle, die ich einem Bauern in Aberdeen abgekauft hatte. Unter dem Wirrwarr aus Wolldecken erkannte ich ein kleines zusammengerolltes Knäuel. »Sie ist eingeschlafen.«

»Kein Problem. Ich trage sie rüber.«

Der Boden knarrte, als ich den Raum durchquerte. Starker Wind pfiff durch die Ritzen der Fenster. Zaghaft ließ ich die Hände unter die Decken gleiten und hob Aleen hoch. Ihre zarten Glieder waren warm und schlaff, und ihr Gesicht strahlte eine engelsgleiche Ruhe aus. Ich trug sie in das angrenzende Zimmer. Ihr Schlafzimmer war das zweite und letzte in diesem Haus, ein winziges Quadrat mit integriertem Erker. Er diente als ihr Bett. Didre hatte Aleen einen Blümchenvorhang genäht, den sie zuziehen konnte, wenn sie ihre Ruhe wollte.

Vorsichtig legte ich sie auf die Auflagen und breitete die Federdecke über ihr aus. Ihre roten Strähnen verteilten sich auf dem weißen Kissen. Einen Augenblick hielt ich inne und sah auf sie hinab; ich musterte ihre Lippen, die sich im Schlaf teilten, ihre zarten Finger, die auf der Bettdecke lagen und zweimal kurz zuckten, ehe sie sich auf die Seite rollte. Sie war so zerbrechlich. So fragil. Und doch das gefährlichste Wesen, das ich kannte. Aleen könnte uns alle vernichten, einschließlich sich selbst, und ich hatte keine Ahnung, wie ich das ändern konnte. Ich wusste nur, dass ich jeden umbringen musste, der von ihrer Macht erfuhr.

»*Tratve fi, tratve li*«, murmelte ich. *Träume fein, Träumelein.*

Ich schlich in das Wohnzimmer zurück und schloss die Holztür.

»Alles in Ordnung?«, fragte Didre.

Ich lachte. »Bei mir ist doch immer alles in Ordnung.«

Was für eine beschissene Lüge. Ich hatte mich eingepisst, meine Hose scheuerte und alles in mir sehnte sich danach, ein Bad zu nehmen, um mir dieses erniedrigende Erlebnis aus dem Hirn zu brennen.

Sie schlüpfte in ihren Mantel und blickte zu Boden. »Ich habe das Gefühl, das ist nicht die Wahrheit, Ëm.«

»Manchmal vergesse ich, wie scharfsinnig du bist.« Mit großen Schritten durchquerte ich den Raum bis zu meinem schmalen Bett. Das klapprige Eisengestell hatte ich in den hintersten Winkel neben dem Esstisch gequetscht. Die Truhe vor dem Kopfteil barg meine Kleidung. Ich wühlte nach frischer Unterwäsche und als ich welche fand, schlüpfte ich aus meiner Ledermontur. Didre wandte sich ab.

»Du bist schamlos, Ëmille Woodward.«

Lachend verschwand ich im angrenzenden Badezimmer, doch für ein ausgiebiges Bad war ich zu müde. Schnell wusch ich mich und kehrte in frischer Unterwäsche zurück ins Wohnzimmer. Ich griff nach einem T-Shirt und zog es mir über den Kopf. »Gibt nichts, wofür ich mich schämen bräuchte, oder?«

»Nicht jeder ist scharf darauf, deinen nackten Körper zu sehen.«

»Das kann ich mir nur schwer vorstellen.«

Sie verdrehte die Augen, verschränkte die Arme vor der Brust und starrte ins Leere. »Ich werde nun gehen.«

»Okay. Danke, dass du auf sie aufgepasst hast, Di.«

»Es gehört zu meinen Pflichten.«

Die Hitze des Kaminfeuers erreichte meine Beine, als ich mich aufs Sofa warf. Nachdenklich musterte ich Didre. Sie wippte in ihren Wanderschuhen vor und zurück. Die Beine steckten in einer Strumpfhose, die größtenteils von ihrem Leinenkleid bedeckt war.

»Müsste es ja nicht. Wenn du kämpfen –«

»Stopp!« Ruckartig hob sie eine Hand, um mich zu unterbrechen. Ihre Augen blitzten auf, doch nur Sekunden später vertrieb ein beschämter Ausdruck das feurige Temperament. »Entschuldige. Ich wollte nicht … es ist nur …«

»Hör auf, dich zu entschuldigen. Weshalb bist du so unsicher?«

»Weil ich schwach bin, Ëm.«

»Wer sagt das?«

Ihr entwich zittriger Atem. »Jeder.«

»Ich nicht.«

»Aber alle anderen.«

»Auch das ist nicht wahr.«

Didre schlang die Arme fester um ihren Oberkörper. »Aber sie denken es. Ich bin nicht blind. Ich sehe die abwertenden Blicke, wenn ich auftauche, und ich höre das Getuschel. Vielleicht bin ich unsicher, Ëmille, aber nicht dumm. Ich weiß, was die anderen über mich denken, und sie haben recht. Ich *bin* schwach.«

»Stimmt.« Sie zuckte zusammen, als hätte ich sie geschlagen, und senkte den Blick. Ich setzte mich aufrecht hin. »Du bist schwach darin, an dich zu glauben, Di. Aber ich verwette meinen Schwanz darauf, dass in dir eine Königin steckt, die darauf wartet, endlich aus ihrer Dienstmädchenrolle befreit zu werden.«

»Ëmille.« Didre errötete. »Sprich nicht so vulgär.«

Ich lachte. »Schön. Ich würde auch jeden anderen begehrenswerten Körperteil darauf verwetten. Welchen willst du? Mein Engelsgesicht? Meinen Adoniskörper? Oder vielleicht meine hellen Raubtieraugen? Freie Wahl für dich, Didi. Such dir einen aus. Ich werde gewinnen.«

Im schwachen Licht leuchtete ihr Gesicht scharlachrot. »Wenn du nur halb so anständig wärst, wie du selbstverliebt bist, wärst du längst nicht mehr allein.«

»Wie kommst du darauf, dass ich nicht anständig wäre?«

Didre warf mir einen amüsierten Blick über die Schulter zu, während sie zur Haustür ging. »Oh, *bitte*. In etlichen Nächten kommst du erst Stunden nach der Morgendämmerung nach Hause. Denkst du tatsächlich, dass ich dir glaube, jedes Mal würde die Jagd länger dauern? Das Düstere Volk verschwindet immer zur gleichen Zeit.« Als sie die Tür öffnete, erschien ein verwegenes Grinsen auf ihren Lippen. »Was auch immer du treibst, Ëm. Es ist alles andere als anständig.«

Mit ihren Worten fiel die Tür ins Schloss. Stille empfing mich, nur unterbrochen vom Knistern der züngelnden Flammen im Kamin. Ich sank zurück in die Kissen. Nach der heutigen Nacht genoss ich die Ruhe in meinem Kopf. Es war niemand mehr da, der mir das Hirn vergiftete. Regentropfen prasselten gegen die Fenster. Wenn ich genau hinhörte, nahm ich das Rauschen der Wellen von draußen wahr, die gegen die Klippen stießen. Meine Lider wurden schwer. Ich schloss die Augen und gab mich dem wabernden Delirium hin, bereit, ein paar Stunden zu schlafen, nur ein kleines bisschen …

Es klopfte. Instinktiv fuhr ich hoch und war binnen Sekunden im Angriffsmodus. Doch als es ein zweites Mal durch den Raum klang, entspannte ich mich. Ich kannte dieses leise, zaghafte Geräusch.

Beinahe lautlos erhob ich mich, durchquerte den Raum und öffnete die Tür. Das Licht des Mondes fiel auf ihre helle Haut und brach sich in den elfengleichen Zügen. Regen hatten ihre Kleidung durchnässt; fuchsfarbene Strähnen klebten ihr im Gesicht.

Ihr Blick wanderte an meinem Körper hinab und blieb an der gewölbten Stelle meiner Boxershorts hängen. Isobel schluckte. »Hi.«

»Hallo.«

Eine Pause entstand, in der wir uns bloß ansahen. Schließlich umspielte ein Lächeln ihre Lippen, auf das mein Magen mit einem merkwürdigen Ziehen reagierte. »Lässt du mich rein?«

Ich trat einen Schritt beiseite. Regen tropfte von ihrer Montur. Ich ging ins Bad und kam mit einem Handtuch wieder.

»Danke.« Isobel nahm es entgegen, trocknete sich das Haar und schlüpfte aus ihren Stiefeln. Ein wohliges Seufzen verließ ihren Mund, als sie sich mit ausgestreckten Beinen vor den Kamin setzte. »Archibald Burnett ist der anstrengendste, nervigste und unzuverlässigste Partner, den man sich vorstellen kann.« Sie warf den Kopf in den Nacken und schloss die Augen. »Und *der* will für den Palast arbeiten. Ist klar. Bevor er davon träumt, sollte er in Erwägung ziehen, seine Schichten durchzuziehen.«

»Sprich leiser. Aleen schläft.«

»Tut mir leid.«

Ich legte mich aufs Sofa. Isobel versuchte sich an einer gelassenen Miene, doch mir entging nicht, wie ihr Blick mehr als einmal zu der Beule in meinem Schritt wanderte.

»Archie ist flatterhaft«, bestätigte ich. »Im ersten Moment ist er hinter einem und im nächsten verschwunden. Aber wenn du dich auf andere verlässt, hast du sowieso verloren, Izzy.«

Sie zog eine Braue in die Stirn. »Seine plötzlichen Verschwindemanöver könnten dafür sorgen, dass jemand draufgeht. Auch du.«

Ich lachte. »Nichts könnte dafür sorgen, dass ich draufgehe.«

»Klar.« Sie verdrehte die Augen. »Der unsterbliche Ëm.«

»Nein. Clever genug, sich nicht töten zu lassen.«

»Dumm genug, zu glauben, dass ihm nichts etwas anhaben könnte.«

»Wenn du mich für dumm hältst«, ich beugte mich vor, »warum bist du dann hier?«

Sie senkte den Blick.

Ich grinste und lehnte mich zurück. »Ja. Dachte ich mir, dass keine Antwort kommt.«

Ihr Kopf fuhr hoch. »Dann sag mir, dass ich gehen soll.« Zorn loderte in ihren grünen Augen. »Sag mir, dass du mich nicht hierhaben willst, und ich gehe.« Ich hielt ihrem Blick stand. Als ich nichts entgegnete, nahmen ihre Züge einen herausfordernden Ausdruck an. »Ja. Dachte ich mir, dass keine Antwort kommt.«

Einen Moment ruhte mein Blick auf ihr, dann erhob ich mich und schritt durch den Raum. »Was willst du, Isobel?«

Sie zupfte an ihrem Ärmel. »Jedenfalls nicht zu Hause sein.«

»Ist etwas passiert?«

»Passiert nicht immer etwas?«

Ich setzte mich auf den Esstisch, nahm einen Apfel aus der Schüssel und biss hinein. »Du solltest anfangen, dich mit deinen Eltern zu arrangieren.«

Sie warf mir einen wütenden Blick zu. »Meine Eltern wollen über mich bestimmen, Ëm. Würdest du dich mit jemandem arrangieren, der dir vorschreibt, wie du zu leben hast?«

Ich grinste. Es fühlte sich unangebracht an. Erschreckend wie Donner an einem warmen Sommerabend. »Ich würde niemandem die Macht geben, über mich zu bestimmen, Isobel. Niemandem.«

»Ich auch nicht. Deshalb bin ich hier.«

»Du bist hier, weil du in meiner Nähe sein willst.« Der Apfel knackte, als ich erneut hineinbiss. »Ich hasse Lügner. Bleib bei der Wahrheit.«

»Ich habe nicht gelogen.«

Ich drehte den Apfel zwischen den Fingern. »Du lässt alles mit dir machen. Und deine gelegentlichen nächtlichen Ausflüge sind deine kleine Rebellion, wenn Mommy und Daddy nicht hinsehen.«

Sie erhob sich. Ihre Strähnen waren getrocknet, die Hitze des Feuers hatte ihr Wellen ins Haar gezaubert.

»Dann sag mir, wie zur Hölle ich das tun soll, Ëm. Du weißt, was für eine Macht die eigenen Eltern über uns haben!«

»Weiß ich das?« Ich hob eine Braue und musterte den Apfel. Er war angebissen, mit fauligen Stellen. Er war wie ich. »Vielleicht frage ich meine zu den Einsamen Schwestern verbannte Mutter, ob es stimmt. Oder meinen Vater, der sich nach ihrem Fortgang das Messer in die Brust rammte.«

Isobels Gesichtszüge entgleisten. »Gott, Ëm. Es tut mir leid.«

»Warum?«

»Weil …«

»Wenn du erst darüber nachdenken musst, was dir leidtut, hast du keine Ahnung. Raube dieser Geste nicht den Wert, indem du dich leichtfertig entschuldigst, ohne zu wissen, wofür.«

Mit dem Finger fuhr Isobel die Laterne auf dem Kaminsims nach. Sie gab vor, den eisernen Henkel zu begutachten. Ich warf den Apfel in den Eimer neben der behelfsmäßigen Küchenarbeitsplatte und erhob mich. Geräuschlos, weil diese raubtierhaften Bewegungen tief in mir verankert waren, durchquerte ich den Raum. Als ich vor Isobel stand, lehnte ich mich mit der Schulter gegen den Kaminsims. Ich legte einen Finger unter ihr Kinn. Das Feuer spiegelte sich in ihren Iriden.

»Ich möchte dich hassen, Ëm.«

»Es wäre besser, du tätest es.«

»Ich kann nicht.«

»Ich weiß.«

Sie senkte den Blick. Ihre Lider flatterten, ehe sie aufsah. »Wie lange soll das noch so gehen? Wie lange soll ich dir so offensichtlich hinterherlaufen und immer wieder hinnehmen, dass du mich von dir stößt?«

Ich neigte den Kopf. Ihre Haut war zu weich unter meinen rauen Fingern; die spürbare Komponente unserer verschiedenen Welten. »So lange, bis du einsiehst, dass du und ich nicht sein können.«

Ihr Kinn zitterte. »Wer sagt das?«

»Das Gesetz des Lebens.«

»Es gibt kein Gesetz des Lebens, Ëmille!«

Ich lächelte. Mein Daumen wanderte höher und strich ihr über den Wangenknochen. »Für mich schon, Redpie.« Ich ließ die Hand sinken und mein Lächeln schwand. »Ich werde dir niemals das geben, was du von mir möchtest.«

Sie keuchte. »Wie kannst du mich ansehen, als wäre ich *alles für* dich, und dann so etwas sagen?«

»Auf welche Weise ich dich ansehe, ist deine Interpretation. Ich jedoch kann dir versichern, dass ich dich ansehe und *nichts* sehe. Nur ein beliebiges Mädchen unseres Volkes, deren katholische Pfarreltern wohlhabender und konservativer sind, als ihnen guttut.«

Sie gab einen Laut von sich, der nach einem unterdrückten Wutschrei klang. Ruckartig streckte sie den Arm aus. Nur eine Millisekunde später spürte ich die wasserveränderte Luft.

Ich war schneller als sie. Instinktiv hob ich die Hand und das Wasser verharrte. Ich spürte den Widerstand ihrer Kraft und presste meine Hand gegen den Druck, bis das Wasser nachgab und den Boden flutete.

Hochmütig lächelte ich auf sie hinab. Unsere Nasenspitzen waren einander so nah. Ich roch die subtile Note ihres Blütendufts. Er mischte sich unter den Geruch von Kampfschweiß, Ruß und einem feinen Salzfilm. »Was für ein aussichtsloser Versuch, Redpie.«

Isobels Atmung ging schnell und schwer. Ich spürte sie auf meinen Lippen. »Mit dir ist es immer aussichtslos, Ëm. Aber wer wäre ich, wenn ich aufhören würde, zu hoffen?«

Ich konnte ihre Nähe nicht ignorieren. Wenn zwischen uns Distanz lag, gelang es mir. Aber nicht, wenn ich sie *spürte,* wenn ich sie *roch,* und wenn ihre verdammten Elfenzüge nur Millimeter von meinem Gesicht entfernt waren.

Ich beugte mich vor. Meine Lippen streiften ihre. Sie hielt den Atem an. Doch als ich merkte, dass sie mehr wollte, dass sie sich ebenfalls vorbeugte, um aus dieser zarten Berührung etwas Bedeutungsvolles zu machen, zog ich mich zurück.

»Geh, Isobel.« Ich entfernte mich von ihr und öffnete die Tür. Der Sturm hieß uns willkommen. »Geh und hör auf zu hoffen.«

Sie stand noch immer an derselben Stelle wie gerade. Sie blinzelte, als wüsste sie nicht, was uns unterbrochen hatte. Doch als Erkenntnis ihre Züge glättete, erkannte ich, wie sehr ich sie verletzt hatte. Ruckartig wandte Isobel sich ab. Sie blickte in den anderen Teil des Raumes, aber ich war mir sicher, dass sie ihn nicht sah. Dann rauschte sie an mir vorbei, ohne mich noch eines Blickes zu würdigen. Ich schloss die Tür und dachte nicht mehr an Isobel Anderson.

Ich war ein Dieb. Ich war bettelarm und Vater einer Tochter, die mir jeden Tag genommen werden konnte. Ich war der elternlose Sohn und ein Mann ohne Ausbildung. Ein Mann, der auf der Straße groß geworden war.

Ich war einiges, aber nichts, das Isobel verdient hätte.

HELENA

✧

Der Klang der tickenden Zeiger der Uhr erfüllte die hohen Wände der Bibliothek. Verschnörkelte Messingelemente zierten das Zifferblatt. Es war halb elf. Der Idiot kam zu spät.

Frustriert schob ich den Stuhl zurück; die Beine kratzten über das gebohnerte Parkett. Ich suchte die Regalreihen ab, bis ich die schottische Geschichte des sechzehnten Jahrhunderts fand. Mein Finger wanderte über die breiten Buchrücken. Mit stummen Lippenbewegungen las ich die Titel. Gerade nahm ich *Geschichten der schottischen Gesellschaftsbilder, 1520–1586* heraus, als ich aus dem Augenwinkel erkannte, wie eine hochgewachsene Person neben dem Regal erschien.

Mit nüchterner Miene blätterte ich in dem Buch. »Du bist zu spät.«

»Kam etwas dazwischen.« Tyrael lehnte sich gegen das Regal. Die oberen Knöpfe seines Hemds waren geöffnet. Seine Krawatte fehlte. Es machte mich rasend, aber ich wusste nicht, weshalb.

»Du denkst, du kannst das einfach machen, oder?«

»Was?«

»Alles.«

»Ich weiß nicht, was du meinst.«

»Wie du mit mir sprichst. Dein hochmütiges Verhalten. Mich in der Bibliothek sitzen lassen und zu spät kommen, denn, oh, ist ja nur Helena, die geht mir am Arsch vorbei, cool.«

»Cool?«

»Aber weißt du, was?« Ich fuhr zu ihm herum, die gesammelten Bücher an die Brust gedrückt. »Ich akzeptiere das nicht.«

»Grundgütiger.« Sein Mundwinkel zuckte. »Helena *akzeptiert es nicht.*«

Ich verengte die Augen. »Du kannst wieder gehen. Ich mache das allein. Dann kannst du sehen, wie du das Professor Robertson –«

»Alles klar, bis dann.« Er drehte sich um und entfernte sich mit federnden Schritten, als hätte ich ihm ein Geschenk gemacht.

»Hey!« Ich lief ihm hinterher. »Wo willst du hin? Du kannst nicht einfach gehen!«

Er blieb stehen und sah mich an. Sein Gesichtsausdruck spiegelte theatralische Überraschung. »Nicht? Aber, Sekunde, wie war das noch?« Er tat, als würde er überlegen. »Ach, genau. *Helena akzeptiert es nicht.* Weißt du, deine Worte haben mir Angst eingejagt. Deshalb gehe ich jetzt und verkrieche mich in einer dunklen Ecke. Ich möchte gern in Ruhe weinen.«

Ich presste die Lippen aufeinander. Mein Gesicht brannte.

»Du bleibst hier. Wenn du jetzt gehst, Tyrael, dann schwöre ich dir, dass ich dich anschwärzen werde.«

»Du lieber Himmel!« Er fasste sich an die Brust. »*Anschwärzen!* Bitte, Mylady, lasset Gnade walten. Ich bin voller Furcht.«

Ich entgegnete nichts. Stattdessen funkelte ich ihn an, wirbelte herum und kehrte zu der Regalreihe zurück. Er folgte mir. »Das brauchen wir nicht«, sagte er, als ich *Religionspolitik im Zeitalter Maria Stuarts* herausnahm.

»Das kannst du nicht wissen.«

»Doch.«

»Aha. Hast du es gelesen? Nein. Also lass diesen Hochmut und –«

»Ich habe es gelesen.«

»Ja, klar.«

»Es geht hauptsächlich um den fünften Grafen von Argyll und darum, was für einen Einfluss er auf das politische Zeitalter während der Regentschaft Maria Stuarts hatte.« Seine Lippen formten den Ansatz eines von sich selbst überzeugten Lächelns. Es war entwaffnend. Und heiß. Gott, wie ich ihn hasste. Ihn und sein bescheuertes Lächeln.

»Ist dein Leben so langweilig, dass du deine Freizeit damit verbringst, dicke Wälzer aus vergangenen Jahrhunderten zu lesen?«

»Manchmal.« Er hob den Arm über den Kopf und stützte ihn gegen ein Regalbrett. Mein Blick blieb einen Moment zu lange an seinem Bizeps hängen. »Aber vielleicht lese ich einfach gern.«

»Das kann ich mir nicht vorstellen.«

»Warum?« Er zog die Unterlippe zwischen die Zähne und ließ sie wieder los. Mein Unterleib reagierte mit einem Kribbeln, das ich definitiv nicht guthieß. Als ich bemerkte, wie mein Blick seinen Mund fokussierte, konzentrierte ich mich wieder auf die Buchtitel.

»Ich weiß nicht. Du wirkst nicht so.«

»Und ich habe dir gesagt, du sollst dir nicht einbilden, mich zu kennen.« Tyrael stieß sich von dem Regal ab, fuhr mit dem Finger über die Bücher und zog schließlich einen blutroten Einband heraus. Eine Hand unter dem Buch, eine darüber, präsentierte er es mir. *Maria, Königin von Schottland, Mörderin Lord Darnleys. »Das* brauchen wir.«

»Warum war mir das klar?« Ich seufzte. »Dir ist bewusst, dass Professor Robertson uns gebeten hat, unsere Meinungen zu überdenken und eine *neue* Charakterisierung zu erstellen?«

Er nahm zwei weitere Bücher aus dem Regal. »Nicht ganz, Iversen. Wir sollen unsere Meinungen nicht *aufgeben,* sondern zusammenführen.«

»Das ist dasselbe.«

»Ist es nicht. Ich bevorzuge Präzision.«

»Schön.« Ich lief an ihm vorbei den Gang hinunter. Er folgte mir. Ich warf ihm einen Seitenblick zu. »Wenn du willst, verrate ich dir *präzise,* wie sehr du mir auf die Nerven gehst.«

»Helena, Helena, Helena.« Tyrael ließ sich mir gegenüber an den Holztisch neben dem Torbogenfenster fallen. Sein schwarzes Haar glänzte im Sonnenlicht. Er setzte ein künstliches Lächeln auf und beugte sich vor. »Eine Lüge ist ein Symptom der Angst. Wusstest du das?«

Ich schlug das erste Buch auf und tat, als läse ich das Inhaltsverzeichnis. »Ich habe keine Angst vor dir.«

»Solltest du aber.«

Ich hob den Blick. »Ich lasse mir nicht sagen, was ich tun soll und was nicht, Tyrael.«

Er wusste, dass ich seine Worte von gestern wiedergegeben hatte, und grinste. Es war das erste Mal, dass es nicht gehässig wirkte. »Mutig, Iversen. Aber vor allem töricht.«

Ich schüttelte den Kopf und blätterte im Buch, bis ich die richtige Seite gefunden hatte. »Du hättest mir in der Crooked Ave nicht geholfen, wenn du mir etwas antun wollen würdest.«

»Handlung und Wille sind zwei völlig verschiedene Dinge.«

Langsam sah ich auf. Er blickte aus dem Fenster, tippte seinen Kugelschreiber in stetem Rhythmus gegen seine volle Unterlippe. Staubpartikel tanzten vor seinem Gesicht. Ich tat, als würde ich sie mustern, doch in Wahrheit betrachtete ich sein Profil. Die geschwungenen Lippen. Seine gerade Nase, deren Spitze sich leicht gen Himmel reckte. Und dann diese markanten Wangenknochen.

»Wenn du willst, gebe ich dir ein Foto von mir. Du kannst es mit nach Hause nehmen.«

Ich errötete und wandte mich ab. »Danke, kein Bedarf.«

»Zwei.«

»Was?«

Er ließ den Kugelschreiber sinken. »Ich zähle deine Lügen, Iversen. Eins, zwei, Lügen war'n es erst, drei, vier, es wird auf einmal mehr, fünf, se–«

»Hör auf! O Gott, ich hasse diese Melodie.«

»Ach was.« Er hob eine Braue. »*A Nightmare on Elm Street* macht dir Angst, aber *ich* nicht?«

»Ja.« Ich legte die Hände auf beide Seiten des geöffneten Buches und zog die Brauen in die Stirn. »Hast du dir Freddy Krueger mal angesehen? Seine Finger sind Messerklingen, Tyrael. *Messerklingen.* Und sein Gesicht ist …« Ich stockte. Das nächste Wort wollte mir nicht über die Lippen kommen.

»Verbrannt?« Seine Stimme war leise und zaghaft. Nicht zu vergleichen mit dem Ton, den er sonst anschlug. Und seine Augen … Zum ersten Mal wirkte der Ausdruck in ihnen nicht geschliffen kalt, sondern weich. Sie blickten direkt in meine. Nicht zu meiner Stirn, obwohl ich wusste, dass er daran dachte, obwohl ich *wusste,* dass meine eigene Verbrennung zwischen uns schwebte und präsent war. Eine große Frage, die nach Antworten schrie.

Ich entgegnete nichts. Meine Lippen teilten sich.

»Wir sollten …« Ich räusperte mich und wandte den Blick ab. »Lass uns anfangen.«

Meine Stimme rüttelte ihn wach. Es dauerte zwei träge Augenschläge, bis er reagierte. Tyrael zog ein Buch zu sich heran und schlug es auf. Er beugte sich tief über die Seiten. Seine Finger ruhten auf dem Papier. Jetzt erkannte ich das Tattoo seiner rechten Hand, das ich zuvor nicht gesehen hatte. Es war ein toter Baum. Die kahlen Äste endeten auf seinem Handrücken. Vögel erhoben sich aus den Kronen und erstreckten sich bis in die Fingerspitzen. Dieses Bild war so düster, so melancholisch und gleichzeitig so voller Hoffnung, dass ich nicht imstande war, meinen Blick abzuwenden.

Irgendwann tat ich es. Und obwohl wir zusammen an dieser Hausarbeit arbeiten sollten, obwohl wir unsere Meinungen ausdiskutieren und die Fakten für neue Ansätze nutzen sollten, verlief der Rest der Stunde schweigsam.

✧ ✧ ✧

»Du siehst fertig aus. Warte, musstest du Kröten sezieren?«

»Was?«

Isobel nahm sich ein Tablett und schritt am Buffet entlang. Der Speisesaal befand sich hinter einer wuchtigen Holztür am Ende des Ostflügels im Erdgeschoss. Rustikale Holztische füllten den Saal, dessen Wände bis zur Hälfte mit rotem Mahagoniholz getäfelt waren. Sonnenlicht fiel durch die Kathedralfenster in der darüberliegenden Steinwand und flutete die Köpfe der Studierenden.

»Es ist ein offenes Geheimnis, dass Professor Robertson Kröten züchtet.« Isobel lud sich zwei Äpfel auf ihr Tablett und blieb unschlüssig vor dem Orangensaft stehen. »Wenn seine Studierenden ihm nicht gehorchen, müssen sie zur Strafe Sezierarbeiten machen.«

»Das ist widerlich.« Ich griff nach einem Scone und einer Flasche IRN-BRU. Inzwischen hatte mich das schottische Getränk neugierig gemacht. »Wieso tut er so was?«

Isobel ließ den Orangensaft aus und entschied sich für Kokosmilch. »Er steht auf die Professorin für Biologie. Das weiß jeder. Ständig erledigt er Aufgaben für sie.«

»Will sie das?«

»Ja, klar. Sie nutzt ihn schamlos aus.«

Ich folgte Isobel durch den Saal. Sie steuerte einen Tisch nahe dem Hofausgang an, an dem Zwillingsmädchen saßen.

»Woher weißt du das?«, fragte ich.

Isobel warf mir einen amüsierten Seitenblick zu. »In Silent Creek weiß jeder *alles,* Helena.«

Die Zwillinge sahen auf, als wir uns setzten. Sie hatten exakt das gleiche Gesicht, nur ihre Haarfarbe unterschied die eine von der anderen.

»Hi«, sagte das Mädchen, das mir gegenübersaß. Ihr weißblondes Haar glich meinem. Ich hingegen wäre niemals in der Lage gewesen, es so kunstvoll zu flechten wie sie. Das Mädchen wirkte wie eine Hauptdarstellerin aus *Vikings.* Mit der Gabel pikte sie in den Salat und deutete mit einer Garnele auf mich. »Helena, oder?«

»Ja.«

Sie nickte. »Ich bin Sileas. Sileas Everstone. Und ich habe schon *so viel* über dich gehört. Es freut mich, dich kennenzulernen. Deine Augen sind der Wahnsinn. Stechend blau. Benutzt du Kontaktlinsen? Und hast du –«

»Sileas«, unterbrach Isobel sie mit amüsiertem Unterton. »Fahr wieder runter. Du sollst Helena nicht überfallen.«

»Verzeihung.« Sileas schob sich die Garnele in den Mund und verschlang sie in Rekordzeit. Ob sie überhaupt kaute? »Manchmal bin ich sehr dynamisch.«

Isobel biss in ihren Apfel. »Manchmal?«

Sileas zuckte die Achseln. »Mal mehr, mal weniger, aber weniger ist immer noch zu viel für die meisten. Ergibt das Sinn? Ich glaube schon. Also, für mich. Und dann auch für andere, oder?«

Ich blinzelte. »Wahrscheinlich schon.« Mein Blick glitt zu ihrer Schwester. Sie war zierlicher. Ihre Finger schlossen sich fest um den Messinglöffel. Sie sah mich mit einem Ausdruck an, als wäre ich das Furchteinflößendste, das sie je gesehen hatte.

»Und wer bist du?« Ich war der Hoffnung, wenn ich sie ansprach, würde sich ihre Spannung lösen. Fehlanzeige. Sie wirkte nur noch verschreckter.

»Kamryn.« Ihre Stimme war wie ein hauchdünner Faden. Plötzlich wandte sie sich schockiert ab, als wäre ihre Antwort ein schlimmer Fehler gewesen. Sie beugte sich über ihre Schüssel. Die dunkelblonden Haare fielen ihr wie ein Vorhang vor das Gesicht. Einige Strähnen landeten im Eintopf.

Verwirrt blickte ich zu Isobel. Sie schüttelte knapp den Kopf und verdrehte die Augen, was ich als linguistisches Pendant für *So ist sie, hat nichts mit dir zu tun* deutete.

»Wie siehts aus, Sileas«, rief ein Junge an einem anderen Tisch. Die Spitzen seiner Dreadlocks fielen über die Stuhllehne. Er kippelte, während er über die Schulter zu ihr herübersah. »Tanzt du morgen auf dem Städtegedenkfest mit mir?«

Sileas wandte nicht einmal den Kopf. »Im Traum nicht, Brandon.«

»Das kannst du nicht sagen!«

»Ich kann alles sagen.«

»Das nicht.« Er grinste. »Ist nämlich schon passiert.«

Sie hob die Hand und zeigte ihm über ihre Schulter hinweg den Mittelfinger, lächelte aber.

»Städtegedenkfest?«, fragte ich.

»Es findet einmal im Jahr statt«, entgegnete Sileas. Sie spießte eine weitere Garnele auf. »Immer am dreizehnten September. Wir gedenken Silent Creeks, in das die verletzten Krieger der Schlacht von Prestonpans flüchten konnten.«

»Und was passiert da?«

Isobel strich sich eine rotblonde Strähne hinters Ohr. Ihre Nase warf Fältchen, als sie lächelte. »Gute Musik. Volkstänze oder auch ganz normale. Lampions, die wir steigen lassen, um dem Universum einen Wunsch mitzuteilen. Essen und Getränke.«

»Du kannst auch kommen«, flüsterte Kamryn. Obwohl ihre Stimme so zart war, zuckte ich leicht zusammen. Ich hatte ganz vergessen, dass sie noch da war. Kamryn wirkte verängstigt. Vorsichtig schlürfte sie die Brühe von ihrem Löffel. Eine Kartoffel flippte in ihren Mund. Sogar darüber erschrak sie.

»Ich weiß nicht.« Ich nahm einen Schluck IRN-BRU und genoss das Prickeln auf meiner Zunge. »Irgendwie käme es mir nicht richtig vor. Ich bin erst seit gestern hier. Vielleicht könnte es gewisse Leute verärgern, wenn ich komme.«

»Mit ›gewisse Leute‹ meinst du Tyrael?«

»Sileas!« Isobel warf ihr einen warnenden Blick zu.

Doch diese zuckte nur die Achseln. »Ich frag doch nur.« Sie beugte sich über den Tisch zu mir und legte beide Handflächen flach auf die Oberfläche. »Ich habe davon gehört. Von dir und Ty, meine ich. Von der Auseinandersetzung im Seminar. Und von eurem Streit in der Eingangshalle. Er wurde dir als Collegepate zugeteilt und hat sich *geweigert?* Der Typ ist so ein Idiot. Wie reagiert er, wenn er dich sieht? Hat er merkwürdige Dinge gesagt –« Sie unterbrach sich, als Kamryn ihr mit dem Ellbogen in die Rippen stieß.

Ich lehnte mich auf meinem Stuhl zurück und strich über die Falten in meinem Rock. »Professor Robertson hat uns für ein Projekt zusammengetan. Wegen der Sache im Seminar. Gerade eben sollten wir uns in der Bibliothek treffen.«

»Bei den Göttern.« Isobel legte den Kopf in den Nacken und zwickte sich in die Nasenwurzel. »Das ist ein Albtraum.«

Sileas hingegen schenkte mir einen mitfühlenden Blick. »Tut mir leid. Mach dir nichts draus. Es ist seine Art.«

»Was meinst du?«, fragte ich.

»Na ja, weil er nicht aufgetaucht ist.« Sie kratzte sich die Wange.

Zwei rote Striemen erschienen auf ihrer makellosen Haut. »Es hat nichts mit dir zu tun. Gut, eigentlich *weiß* ich, dass es mit dir zu tun hat, aber das macht er auch mit anderen. Ihm ist nämlich alles egal, nicht nur du, und –«

»Aber er ist aufgetaucht.«

Sileas' Garnele fiel zurück in den Salat. »Oh.« Ihr Blick huschte zu Isobel, die jetzt frustriert die Luft ausstieß. »*Das* ist wirklich ein Albtraum.«

Ich runzelte die Stirn. »Was ist los mit euch?«

»Besser, du hältst dich von Tyrael fern«, nuschelte Kamryn. Sie sah mich nicht an, während sie in ihrer Schüssel stocherte. Eine Haarsträhne, die vorher im Eintopf hing, klebte ihr nun an der Wange. »Er könnte dir wehtun.« Sie beugte sich noch tiefer über die Schüssel und fügte etwas leiser hinzu: »Deinem Herzen.«

»Leute.« Ich stellte meine Flasche IRN-BRU auf dem Tisch ab und sah in die Runde. »Ich werde mich nicht in Tyrael verlieben.«

Niemand antwortete. Sileas blickte auf ihre Hände. Isobel starrte auf Brandons Hinterkopf, als würde er einen spannenden Film zeigen. Kamryn fuhr eine Maserung im Tisch nach. Sie glaubten mir nicht. Doch bevor ich etwas sagen konnte, erschien Merlin an unserem Tisch. »Helena?«

Isobel stöhnte. Ich wandte mich ihm zu. »Ja?«

»Verschwinde, Merlin«, sagte seine Schwester.

Er ignorierte sie. »Professor Robertson hat mich geschickt, um dich zu holen. Er möchte mit dir sprechen.«

»Oh, okay.« Überrascht griff ich nach meiner Tasche und erhob mich. »Hat er gesagt, worum es geht?«

»Nein. Aber es scheint dringend zu sein.«

»Alles klar.« Ging es um das Projekt mit Tyrael? Hatte er mit unserem Professor darüber gesprochen, dass er es abbrechen wollte und die schlechte Note hierfür in Kauf nahm?

»Bis später«, sagte ich zu den anderen und folgte Merlin nach draußen. Isobels Bruder warf mir immer wieder lächelnde Blicke zu, während er mich über den Hof begleitete. Vögel zwitscherten und erhoben sich in den Himmel. Sie erinnerten mich an Tyraels Tattoo. Nur nicht so traurig.

»Er ist dort hinten.«

»In dem Anbau?«

»Ja.«

»Was ist da?«

»Seminarräume.« Er zupfte an meiner Bluse, um mich davor zu bewahren, gegen den Rücken einer Studentin zu laufen. Er grinste. »Wo er die Kröten züchtet.«

»Was freut dich denn so?«

Er fuhr sich mit der Hand durchs Haar und kratzte sich im Nacken. »Keine Ahnung. Vielleicht dieser kurze Weg mit dir über den Hof.«

Ich wusste nicht, was ich entgegnen sollte, also setzte ich ein unsicheres Lächeln auf. Wir erreichten den Anbau. Merlin öffnete die Tür und schob mich hinein. Penetranter Chlorgeruch drang mir in die Nase. Ich blinzelte. Erst jetzt realisierte ich, wo wir uns befanden. Er hatte gelogen. Im Anbau waren keine Seminarräume. Hier war das Schwimmbad.

Ich schnappte nach Luft und strauchelte rückwärts. Ich wollte bloß weg hier, doch plötzlich stieß ich gegen etwas Festes. Merlin.

»Reingefallen«, sagte er. »Bereit für die Taufe?«

»Was?« Es war mehr ein Hauch als ein Wort.

»Am Creek's College werden Frischlinge getauft, Helena.«

Bevor ich seine Worte realisierte, warf er mich über die Schulter. Ich keuchte. Im Schwimmbad brandeten Gelächter und Jubel auf. »*Taufen, taufen, taufen*«, brüllten die Studierenden im Chor.

Ich schrie. Ich kreischte. Ich hämmerte mit meinen Fäusten gegen seinen festen Rücken. Meine Stimme brach, doch ich schrie weiter. Niemand half mir. Jeder lachte. Sie hatten keine Ahnung.

»Bitte«, flehte ich. Lautlose Tränen tropften auf die Fliesen, während Merlin mich zum Wasser trug. Ich wehrte mich mit dem ganzen Körper, doch er war stark und breit und ich nur etwas mehr als anderthalb Meter klein. Ich war verloren. Schwarze Lichter explodierten vor meinen Augen. Meine Glieder kribbelten. Jeder Gedanke in meinem Kopf war wie weggeblasen. Ich hatte Todesangst. Das Gelächter klang ewig weit weg. Ich nahm bloß einen panischen Sturm um mich herum wahr, eine Schulter unter mir, und plötzlich war ich schwerelos.

Mein Körper landete im Wasser. Es verschlang mich. Alles leuchtete grässlich blau – und plötzlich rot. Ich sah meinen Vater in seinem Bett. Seine aufgeweichte Haut. Ihm lief Wasser aus den aufgerissenen Augen. Wasser aus dem Mund. Es war überall. *Ich werde sterben. Ich werde ertrinken. So wie er.*

Blau, blau, rot.

Dann spürte ich etwas. Finger, die sich um meinen Arm legten und an mir zerrten. Die Farben änderten sich. Ich sah nicht mehr nur Blau, sondern auch Weiß, wie die Wände der Schwimmhalle. Nach zwei weiteren qualvollen Sekunden, in denen mein Vater starb und ich starb, weil mein Vater starb, tauchte ich auf. Gierig schnappte ich nach Sauerstoff, als ich in die Luft gehoben und auf die Fliesen geworfen wurde. Rock und Bluse klebten nass an meinem Körper.

Ich hörte ihre Worte dicht an meinem Ohr. »Schließ die Augen, Helena.«

Die Stimme kam mir bekannt vor. Sie wirkte friedlich. Ich tat, was sie sagte, und einen Moment später lag ihre Hand oberhalb meiner Brust. Wärme durchströmte mich. Sie zog ihre Hand zurück und ich schnappte gierig nach Luft. Ich konnte wieder atmen. Meine Lunge war frei. *Wie ist das möglich?*

Um mich herum herrschte Stille. Das Gelächter von eben war verstummt. Und dann … ein kollektives Keuchen. Ich hob den Kopf und sah, wie das Mädchen ausholte, bevor ihre Faust Merlins Gesicht traf. Das Mädchen schlug ihn! Es knackte. Und dann war da tatsächlich Blut.

Sie wirbelte zu mir herum. Unsere Blicke trafen sich und meine Atmung stockte. Es war das Mädchen, das mir bei meiner Ankunft in Silent Creek an Land geholfen hatte. Sie trug die Collegeuniform.

Was ist gerade passiert?

DIDRE

✧

Über Silent Creek brach bald die Abenddämmerung herein. Ich hielt mich abseits des verwitterten Karussells und umklammerte meinen Met. Diese Uhrzeit war mir nicht geheuer. Erst recht nicht, wenn Aleen hier herumgeisterte. Aber heute war das Städtegedenkfest, da blieb man nicht zu Hause. Überall tummelten sich die Bewohner Silent Creeks, die sich sonst in ihren Häusern verschanzten. Kinder strahlten auf dem Karussell, während ich mich bemühte, zwischen all den Menschen nicht aufzufallen.

Aleen im Auge zu behalten, war nicht schwer. Sie trug ein Basecap mit dem roten Logo des Aberdeen Football Club. In diesem Moment hüpfte sie auf das ramponierte Reh des Karussells, umfasste die Kordelstange und lachte, als es sich ruckelnd in Bewegung setzte. Mit Sicherheit hatte die Melodie einst rhythmisch und heiter geklungen, doch heute ähnelte sie dem verzerrten Titelsong eines Horrorfilms. Das Karussell quietschte, der umgrenzende Zaun war brüchig. Einige von uns hielten ihn regelmäßig intakt, doch nächtliche Kämpfe sorgten dafür, dass es nie lange währte.

»Jemand sollte dieses Ding endlich abreißen.« Ein pechschwarzer Haarschopf erschien neben mir. Und hinter Coraëls hochgewachsener, schmaler Statur lungerte Maxwell Everstone in seiner wahren Gestalt. Wirres Haar umgab sein rundliches Gesicht. Die wenigen Glühlampen des Karussells schienen schwaches Licht auf die blauschwarze Farbe seiner wilden Locken. Der neunjährige Junge klammerte die Hände an Coras Taille und versteckte sich hinter ihrem Rücken.

Coraël hielt mir eine rot-weiße Papiertüte entgegen. »Auch?«

»Nein danke.« Entschlossen schob ich ihren Snack beiseite. Die Leibspeise unseresgleichen hatte mich nie für sich gewinnen können, doch jeder, den ich kannte, vergötterte Krähenfleisch. Ganz besonders Füße – inklusive Beine. Mir kam das Würgen.

Cora zuckte die Achseln und schob sich ein zartes Filetstück in den Mund. »Du verpasst etwas.«

»Ich bin glücklich mit meinem Met.«

Ein verzückter Laut entschlüpfte ihren Lippen. »Wenn du wüsstest, was für eine Wirkung –«

»Ich kenne die stärkende und euphorisierende Wirkung der Krähen. Auch ich habe die Erziehung unseres Volkes genossen.«

»War doch nur Spaß.« Sie biss in ein Krähenbein, als handelte es sich um eine Gummischlange. »Natürlich bist du eine von uns.«

»Mir scheint, ihr alle vergesst diese Tatsache äußerst gern.«

»Sei nicht unfair, Di. Ich habe dich nie verurteilt.«

Das stimmte. Dennoch erwischte ich mich hin und wieder bei dem Gedanken, ob sie es getan hätte, wäre ich nicht wie eine Schwester gemeinsam mit den Burnetts in ihrem Zuhause aufgewachsen.

Es versetzte mir regelmäßig einen Stich, wenn ich an meinen Vater dachte. Athelstan Greenblood, Dalziels Bruder und damit zweiter Sohn der Morag Greenblood, galt nahezu als Heiliger. Damals war er hinter seinem Rücken als Sankt Athelstan betitelt worden. Er war derjenige, dem es gelungen war, das Düstere Volk nach seinem ersten Ausbruch aus der Anderwelt vor fünfzehn Jahren zurückzuverbannen. Wäre er noch hier gewesen, hätte es niemand auch nur gewagt, über mich zu tuscheln. Doch vor elf Jahren war er verschwunden. An seinem Tod bestand kein Zweifel, denn sein Zauber hatte sich aufgelöst. Das Düstere Volk hatte seinen nächtlichen Weg zurück in unsere Welt gefunden und meine Mutter war kurze Zeit später in dem verqueren Glauben aufgebrochen, Athelstan lauere noch unter uns. Ihr lebloser Körper war in den Highlands geborgen worden.

»Ich habe, worum du mich gebeten hast«, sagte Cora.

Überrascht wirbelte ich zu ihr herum. »Wirklich?«

»Ja.« Ihr Blick glitt in die Ferne. Sie betrachtete die Tannenkronen der Toten Wälder. Nicht weit entfernt beobachtete uns eine aufmerksame Krähe. Vermutlich missbilligte sie den Verzehr ihresgleichen. Ob diese Krähe ein Düsterer war und in wenigen Stunden Unruhe in ganz Aberdeenshire stiften würde?

»Aber es sind nicht viele, Di. Der Zauber war … Ich weiß nicht, ob es reicht.« Coraël zog ein Reagenzglas aus ihrer Manteltasche. »Sag nie wieder, ich halte dich nicht für eine von uns.«

»Ich danke dir.« Rasch nahm ich das Gläschen entgegen und verstaute es in meiner Tasche.

Aleen hüpfte von dem ramponierten Reh und rannte über das brüchige Laub zu uns.

»Max!« Sie stupste dem Jungen hinter Coraël gegen die Schulter. »Kommst du mit zum Karussell?«

Er erschrak und wich zurück.

»Aleen«, tadelte ich sie. »Nicht so forsch.«

»Aber ich habe etwas am Karussell entdeckt!« Sie streckte erneut die Hände nach ihm aus und rüttelte an seiner Regenjacke. »Komm schon, Max!«

»Stopp!« Cora hob einen Arm und schob Aleen beiseite. Unter ihrem Blick verging dem Mädchen das Lächeln. »Er will nicht. Maxwell mag keine Abenteuer, okay?«

Aleen nickte. Unsicher blickte sie zu mir. Ich streckte einen Arm aus und drückte das kleine Mädchen an meine Seite. »Wollen wir uns die Akrobaten ansehen?«

Ihre Augen funkelten. »Ja!« Keine Sekunde später schlüpfte sie bereits unter meinem Arm hindurch und rannte über den Platz.

Mein Blick folgte ihr, ehe ich seufzte. »Dieses Kind besitzt die Energie von Hunderten.« Mit einem entschuldigenden Lächeln verabschiedete ich mich von Cora und setzte zum Gehen an, doch …

»Warte.«

Ich drehte mich halb rechts, um ihrem Blick zu begegnen. Das Karussell startete eine neue Runde und hüllte uns in seine verzerrten Klänge.

»Was auch immer du vorhast, Di … sei vorsichtig. Diese Art von

Magie ist gefährlich.« Cora runzelte die Stirn. »Respektiere die Grenzen.«

Zwischen uns entstand eine pulsierende Aura. Die Luft verhärtete sich und flimmerte wie an einem heißen Sommertag. Schließlich lächelte ich. »Sicher.«

Coraël machte den Eindruck, als bereute sie inzwischen, mir geholfen zu haben. Rasch setzte ich mich in Bewegung, bevor sie auf die Idee kommen konnte, mir das Gläschen wieder zu entreißen. Den Kampf würde sie gewinnen – das wussten wir beide.

Das Städtegedenkfest war voller Menschen. Viele Bewohner Aberdeenshires reisten für diesen Abend an, um Silent Creek für seine heldenhafte Soldatenaufnahme nach der Schlacht von Prestonpans zu danken. Ich sah in ihre Gesichter und spürte, wie mein Mundwinkel zuckte. Wenn diese Personen den wahren Grund gewusst hätten, weshalb die verletzten Jakobiten überlebt hatten, hätte ihre Angst sie daran gehindert, auch nur einen Schritt in die Richtung unserer Stadt einzuschlagen. Natürlich gab es Gerüchte. Es wurde getuschelt – ständig und seit Jahren. Jedoch hätte es keiner gewagt, den Geschichten Glauben zu schenken. Wir waren ein Mythos. Aber Mythen waren nichts anderes als die Summe vieler Ängste, die sich vor der Realität sträubten. Wir weilten direkt unter ihnen und niemand hatte eine verdammte Ahnung.

Ich kam an Sileas vorbei. Ihre flinken Hände jonglierten mit Feuerkegeln, während sie Flammenzungen in die dämmrige Luft spuckte. Ihr Publikum jubelte und schenkte lauten Beifall. Ein rotgoldener Schimmer glänzte auf Sileas' aufwendig geflochtenem Haar. Sie hatte den Lidschatten in einem glitzernden Goldton passend zu ihrem Element gewählt. Nach jeder ausgespuckten Flamme strahlten ihre Augenlider wie die Sonne. Die Männer warfen ihr bewundernde Blicke zu.

Im Vorbeigehen beugte ich mich zu ihr. »Du genießt das viel zu sehr, nicht wahr?«

Sileas grinste, während sie die Flammenkegel durch die Luft wirbelte. »Ich werde dieses Fest nicht allein verlassen, Di.«

»Oh, sicher.« Der Anflug eines Lächelns erschien auf meinem Gesicht. »Verrate mir morgen, wie spaßig deine neue Eroberung die blutrünstige Jagd gefunden hat, ja?«

Sie verdrehte die Augen. »Ich hasse, wenn du das machst.«

»Was?«

Sileas spuckte eine weitere Flamme. »Mich auf den Boden der Tatsachen zurückholen.«

»Das sagt Ëmille auch immer.«

»Oh, preiset den Herrn. Das Arschgesicht hat ein Mal im Leben recht.«

Ich lachte und ließ Sileas zurück, um zum Akrobatikzelt zu gehen. Hinter ihm erhoben sich die Türme der Ansgars düster vor den endlosen Weiten der entfernten Highlands. Keine der bunten Farben, in denen der Festplatz leuchtete, spiegelte sich auf dem Silent River. In stummer Dunkelheit floss er hinein in die Toten Wälder. Einen Augenblick folgte mein Blick dem Strom, bis ich das Gefühl hatte, in tiefe Finsternis gehüllt zu werden.

Ich betrat das Akrobatikzelt. Zwischen den vielen Menschen hielt ich Ausschau nach Aleen, doch die Personen tummelten sich dicht an dicht. Viele von ihnen trugen Baskenmützen oder Basecaps. Nach einer Weile geriet ich in Panik, bis ihr roter Haarschopf in der Menge aufblitzte. Die Anspannung wich Erleichterung. Sie hatte das Basecap abgenommen und saß auf einem Brett zwischen Kamryn und Tara Everstone, in den Händen eine Tüte Popcorn.

Die Zwillinge waren ihrer Mutter wie aus dem Gesicht geschnitten. Sie hätten ohne Probleme als Drillinge durchgehen können. Ich setzte mich zu ihnen. Auf der Bühne rekelte sich Ghislaine anmutig zwischen mehreren Bändern. Ihr langes dunkles Haar schwang offen in der Luft, als sie den Kopf nach hinten überstreckte. In der nächsten Sekunde lockerte sie einige Bänder und ließ sich in einer eleganten Spirale gen Boden fallen. Die Zuschauer schnappten nach Luft, und als Ghislaine im letzten Moment eines der Bänder befestigend um ihren Körper schlang, atmeten sie erleichtert auf. Die Menge jubelte.

Ich beugte mich zu Tara, die entzückt die Hände ineinanderklatschte. »Wäre es in Ordnung, wenn ich Aleen kurz bei euch lasse?«

Tara nickte und legte mir eine Hand auf die Schulter, ohne ihren Blick von der Bühne zu nehmen. »Geh nur, geh.«

Ich erhob mich und verließ das stickige Zelt. Mein Blick schweifte zu dem Lagerfeuer am Fuß der Toten Wälder. Personen tummelten sich um die begrenzenden Backsteine des Feuers. Sie hielten ihre Stöcke über die Flammen und warteten auf ihr fertiges Stockbrot. Ich erkannte Isobel unter ihnen. Im Schneidersitz saß sie neben einem Mädchen mit weißblondem Haar und einer unschönen Brandnarbe, die sich über Stirn und Schläfe zog. Sie hatte einen sonderbaren Kleidungsstil. Ihr Oberkörper steckte in einem übergroßen weißen Pullover, der übersät war mit Wörtern und Sprüchen. An den Beinen trug sie eine dazu passende Baggy-Jogginghose. Der Gummibund endete über ihren kurzen Docs mit hoher Sohle. Ihre Hände verschwanden in den langen dunklen Ärmeln ihres Pullovers.

Als mein Blick den Rest ihres Gesichts musterte, schnappte ich nach Luft. Erschrocken wich ich zurück. Ihre eisblauen Augen hatten eine hypnotische Wirkung. Das Lächeln auf ihren Lippen erlosch, als sie meinem Schock begegnete. Jeder kannte Syphrah Iversen. Ihr Gesicht war in unseren Geschichtsbüchern verewigt. Sie war eine Betrügerin gewesen. Syphrah hatte Hochverrat begangen, indem sie sich gegen das Lichte Volk gewandt und eines der drei heiligen Götterartefakte gestohlen hatte: die Unendliche Macht. Aber das hier konnte unmöglich Syphrah sein. Sie war tot. Und da erst begriff ich – natürlich!

Es war ihre Tochter Helena.

Isobel hob den Kopf und blickte in meine Richtung. Ein Lächeln erschien auf ihren herzförmigen Lippen. Sie winkte mich heran. Das feuchte Gras benetzte meine Stiefel, während ich mich ihnen näherte, und das Stimmengewirr des Fests geriet in den Hintergrund. Ich war angespannt, als ich mich neben Isobel niederließ. Helena glich ihrer Mutter bis aufs Haar.

»Hallo«, flüsterte ich, um Baba Greer nicht zu verärgern. Es war suspekt: Greer verabscheute alles und jeden außer sich selbst und ihren Enkel Tyrael, aber wie jedes Jahr saß sie an diesem Feuer und erzählte mit solcher Inbrunst von der Geschichte dieser Stadt, als wäre es ihre Lebensaufgabe.

Isobel wippte mit ihrer Schulter gegen meine. »Krähenfüße?«

»Nein. Bah.«

Helena linste an Isobels Profil vorbei, um mir ein zögerliches Lächeln zu schenken. »Gut, dass ich nicht die Einzige bin, die diesen Fraß widerlich findet. Ich dachte schon, mit mir stimmt etwas nicht.«

»Pscht!«, zischte Baba Greer.

Wir schwiegen, bis Greer wieder in ihre Geschichte vertieft war. Irgendwann zuckte Isobel die Achseln und flüsterte: »Ich finde eine perfide Befriedigung in dem Gedanken, diese Krähe war eventuell ein Düsterer.«

Ich erstarrte. Helena blinzelte. »Ein Düsterer?«

Jetzt hielt auch Isobel im Kauen inne. Sie machte große Augen und schluckte das Krähenbein herunter. Ich erkannte, wie die Rädchen in ihrem Kopf arbeiteten, und kam ihr zuvor.

»Isobel macht sich einen Spaß aus Märchen. Sie stellt sich gern vor, die Krähen kämen aus düsteren Parallelwelten.«

Helena grunzte belustigt. »Haben die Krähen auch Superkräfte, die sie anschließend auf dich übertragen?«

Eine verräterische Röte kroch auf Isobels Wangen. Dieses Gespräch rutschte ungewollt in ein Thema, das wir dringend vermeiden sollten.

»Es …«, begann sie, und mich beschlich Panik, denn Isobel war nie gut darin gewesen, sich herauszureden. Doch glücklicherweise grätschte Baba Greer dazwischen.

»Halt den Rand, Mädchen!« Ihr Gesichtsausdruck glich dem einer fauchenden Löwin. Passenderweise waren ihre Fingernägel lange, gebogene gelbe Krallen. »Und du …« Ihr Blick wanderte weiter zu Helena, die sich versteifte und ihren Stock umklammerte. Er brach entzwei. Sie tat mir leid. Baba Greers Stimme war undurchschaubar und kalt wie der Nebel der Toten Wälder. »Was weißt du über die Schlacht bei Prestonpans?«

Helena blinzelte. Die Frage schien sie zu überrumpeln. Es war offensichtlich, dass sie eher damit gerechnet hätte, Greer würde sie ins Feuer werfen. »Es, ähm … war ein Jakobitenaufstand. Die Anhänger des Adelshauses Stuart wollten ihrem vom Thron vertriebenen König Jakob dem Zweiten zurück zu seiner Macht verhelfen. Darum auch der Name. Jakob-iten.«

Greer blickte auf ihre schrumpeligen Finger. Als Helena nicht weitersprach, hob sie überrascht den Kopf. »Das wars schon?« Helena nickte. »Pah!« Greer spuckte ins Gras. »Und du willst Syphrahs Tochter sein?«

Helena zuckte zusammen. Schmerz huschte über ihre Züge.

Greer verengte die Augen und deutete mit ihrem Stummelfinger auf sie. »Schön. Dann hör jetzt gut zu, kleine Iversen.« Ihre Stimme klang wie eine rasselnde Natter, die sich über feuchtes Laub schlängelte. »Über Jahrhunderte bemühte man sich, den mühelosen Sieg der Jakobiten gegenüber Truppen der britischen Krone zu übermitteln. Was für ein Ereignis das gewesen war! Zum Ende der Schlacht verzeichnete die Jakobitenarmee lediglich dreißig Gefallene. Doch betrachten wir die verstorbenen Soldaten der britischen Regierungstruppen, könnten wir stutzig werden.«

Die Augen der Personen, die sich um das Feuer tummelten, klebten an Baba Greers eingesunkenen Lippen. Sie besaß diese Wirkung auf andere, deren man sich nicht entziehen konnte.

»Dreihundert Gefallene, fünfhundert Verwundete und über eintausend Gefangene. Damit war die komplette Truppe in die Hände der Jakobiten gefallen, obwohl diese nicht viel mehr Mann aufwiesen als sie. Nun, Kind, wie war das möglich?«

Isobel raschelte mit der Krähentüte. Das Feuer stob Funken in den kalten Abend.

Helena zögerte. »Ich weiß es nicht.«

Erst betrachtete Baba Greer sie mit einem ernsten Gesichtsausdruck. Doch plötzlich bleckte die alte Frau ihre braungelben Zahnstummel und gab ein langsames Lachen von sich. »Du weißt es nicht!« Sie lachte noch lauter. Rau wie bellender Husten. Helena wirkte verunsichert. Dann hielt Baba Greer abrupt inne, ihre Lippen eine todernste Linie. Sie schnappte sich in einer blitzschnellen Bewegung das Stockbrot ihres Nachbarn und warf es Helena an den Kopf. »Hast du deiner Mutter nicht zugehört, als sie dir von den Sagen Silent Creeks berichtete?«

Helena reagierte zornig. »Meine Mutter hat mir nichts berichtet.«

Isobels Finger verstärkten ihren Griff um die Krähentüte, ich hielt den Atem an und Baba Greer …

Sie grinste. »Was für eine kluge Frau, deine Mutter.«

Ich schnappte nach Luft. Greer machte keinen Hehl aus ihrer Abscheu gegenüber unseren Oberen, doch öffentlich in einem guten Ton von Syphrah Iversen zu sprechen, war neu. Wenn es anderen unseresgleichen zu Ohren gekommen wäre, hätte Greer mit einer hohen Strafe der Oberen rechnen müssen.

»Es gibt Gerüchte über diese Schlacht«, fuhr sie fort, ohne Helena aus den Augen zu lassen. Sie wirkte wie eine Löwin kurz vor dem Angriff. Isobel zog ein fettiges Krähenbein aus der Tüte und schob es sich in den Mund.

»Die Jakobiten sollen schwer verwundet worden sein. Unter Befehl ihres Truppenführers zogen sie sich in ein verstecktes Örtchen jenseits der Toten Wälder zurück. Sie hofften, in den Ruinen Erholung zu finden. Schon nach kurzer Zeit war klar, dass kaum einer von ihnen überleben würde, bis ihnen plötzlich ein Wesen erschien. Es erkannte die Not und entfernte sich, um mit vielen anderen ihresgleichen zurückzukehren.«

»Ein Wesen?«, fragte Helena. Die Flammen erhellten ihre Brandnarbe, als erkannte das Feuer in ihr einen Freund. »Was kann ich mir darunter vorstellen?«

»Nun, augenscheinlich waren es Menschen. Doch sie konnten die verwundeten Körperteile der Krieger mit ihren bloßen Händen heilen. In nur wenigen Sekunden.« Baba Greer grinste erneut, doch es erinnerte an ein Zähneblecken. »Es war wie ein Wunder.«

»Hexen!«, rief ein Jugendlicher mir gegenüber. Isobel und ich versteiften. Greer knurrte. Doch der Junge ließ sich nicht verunsichern. »Die Wesen waren Hexen!«, wiederholte er.

»So wollten sie nicht genannt werden«, zischte Isobel. Ich legte eine Hand auf ihre Schulter, doch sie schüttelte mich ab und funkelte den Jungen an. »Dieses Wort ist eine Beleidigung!«

»Woher weißt du das?«, fragte ein Mädchen, das im Schatten saß. »Du hast sie wohl kaum persönlich getroffen.«

»Es gibt Überlieferungen«, sprang ich Isobel zur Seite.

Helena wurde blass. »Und wie bezeichneten sich diese … Wesen?«

»Azlata«, sagte Greer. Beim Klang des Wortes flutete eine Wärme meine Venen und hinterließ ein wohliges Kribbeln. Neben mir lächelte Isobel.

»Was konnten sie?«, fragte Helena.

»Es wurde von unterschiedlichen Kräften berichtet. Einige von ihnen heilten die Soldaten. Andere zogen mit ihnen in die Schlacht gegen die britische Regierungstruppe. Überraschenderweise gewannen die Jakobiten nun verlustfrei und binnen kürzester Zeit. Zu Ehren der Azlata wurden ihre Ruinen restauriert und Häuser erbaut. Viele der Jakobiten zogen zu ihnen. Silent Creek entstand.«

Stille kehrte ein. Zu hören war nur das Knistern der Flammen und der Schrei einer Krähe, die sich in den dunklen Himmel erhob. Ich folgte ihrem düsteren Schemen. Bald brach die Jagd an.

»Was für ein Schwachsinn!«, rief plötzlich der Junge. »Es gibt keine Hexen.«

Isobel knirschte mit den Zähnen. »Sie *waren* keine Hexen!«

»Sie taten, was Hexen taten«, erwiderte eine junge Frau neben dem Typen. »Ein anderer Name lässt sie nicht augenblicklich etwas anderes werden.«

Der Junge hob eine Braue. »Sie haben nicht einmal existiert, Lou. Das sind nichts als Schauergeschichten.«

Isobel legte eine Hand ins Gras. Sie verengte die Augen. Ich erkannte, wie ihre Finger zuckten – und ahnte Ungutes.

»Isobel«, zischte ich, doch sie ignorierte mich. Ihre Augen fokussierten den Jungen, der Tau unter ihren Fingerkuppen vibrierte – ich spürte die veränderten Moleküle, wenn Magie auftauchte. Greer ebenso. Doch im Gegensatz zu mir wirkte die alte Frau äußerst zufrieden mit der Situation.

Sekunden später entspannte Isobel sich. Ein Lächeln legte sich auf ihre Lippen. »Wenn du so große Angst vor den Legenden hast, solltest du nach Hause gehen.«

Er lachte abfällig. »Oh, ich habe keine Angst.«

»Ach, nicht? Aber du hast dich eingenässt.«

Jeder Kopf drehte sich zu ihm. Er trug eine Cargohose, auf der Isobels Wasserfleck deutlich zu erkennen war. Das Gesicht des Jungen wurde hochrot, während das Mädchen neben ihm beschämt zur Seite sah. Er erhob sich wortlos und ging, sie folgte ihm, und Isobel wirkte zufrieden.

Ich stieß ihr tadelnd gegen den Arm, doch sie schnalzte bloß mit der Zunge und wandte sich an Helena. »Der Legende nach zogen die ersten Azlata um sechzehnhundert her. Sie ließen sich im alten Schloss nieder. Es steht in den Highlands kurz hinter dem Stadtrand Silent Creeks und gehört den Burnetts.«

Mir entging nicht, wie Greer die Augen verengte.

Isobel warf ihre Krähentüte ins Feuer. »Komm, ich zeig dir das Grab eines Burnett-Herren. Es hieß, er war ein Azlata.«

»Isobel«, mahnte Greer.

Doch Helena hatte bereits ihre ausgestreckte Hand ergriffen und ließ sich auf die Beine ziehen. Ihr Gesicht glühte vor Aufregung. Die beiden verschwanden in Richtung der Toten Wälder.

Greers Blick bohrte sich in meinen. »Bring dieses störrische Mädchen zur Besinnung, Didre.« Sie sah ihnen nach. In ihren weißen Augen spiegelten sich die düstergrünen Tannen. »Es ist zu früh.«

Die Personen rund um das Feuer warfen sich verwirrte Blicke zu. Ich hingegen nickte, kam auf die Beine und folgte den beiden. Der Friedhof war uralt. Er war inmitten der Toten Wälder errichtet worden, nicht weit entfernt vom Anfangspfad. Dieser Bereich galt als ungefährlich. Trotzdem kroch mir eine Gänsehaut über den Nacken, als der dicht wabernde Nebel mich in sich aufnahm. Ein leises Wispern begleitete mich. Es wurde stärker, je tiefer die Tannen einen verschluckten. Schon bald wehte auch Isobels Stimme heran.

»Dies hier sind die Herrengräber. Schau mal hier, die verzierten Symbole im Stein. Sie verraten, welcher Familie man angehörte.«

»Wo ist das Burnett-Grab?«, fragte Helena.

»Dort vorne. Siehst du die Dornen? Das ist ihr Symbol.«

Ich schloss zu ihnen auf und fasste Isobel am Ellbogen. »Bringen wir sie zurück.«

Doch Isobel schüttelte den Kopf und entzog sich mir. »Sie hat ein Recht darauf, hier zu sein, Di.«

Ich biss die Zähne zusammen und überlegte, was ich tun konnte. Es war nicht gerade Greers beste Idee gewesen, mich zu schicken. Ich war eine Schisserin. »Isobel …«

Sie ignorierte mich und blieb vor einem imposanten Grabstein stehen. »Hier.«

Helena betrachtete ihn. Ihre Hände hatte sie in den Taschen ihrer Windjacke vergraben. Schließlich beugte sie sich vor und strich über verwittertes Moos, das sich in den Namen gefressen hatte. »Charles Finlay Burnett.« Beim Klang des Zweitnamens hielt sie einen Moment lang inne. Still betrachtete sie die verzierten Dornen, bis sie plötzlich zu uns herumwirbelte. Die weißblonden Strähnen blitzten hell im düsteren Nebel. Irgendwo stimmte ein Rabe ein Klagelied an. »Ich muss euch etwas fragen.«

»Klar«, sagte Isobel. »Was?«

»Es …« Helena atmete tief durch, blickte in die neblige Ferne und fuhr sich über den Nacken. Ein Windstoß ließ das Laub rascheln. Sie wirkte verzweifelt. »Damals gab es jemanden in meinem Leben, der … er war mein bester Freund und, also, er kam aus Silent Creek. Aber irgendwann verschwand er.« Sie schluckte. »Er hieß Finlay.« Beim Klang des Namens brach ihre Stimme. »Wisst ihr etwas über ihn?«

Isobel und ich tauschten einen Blick miteinander. Wir waren gewarnt worden, dass Helena diese Frage stellen könnte.

»Er ist tot«, flüsterte ich und schloss die Augen, um dem Schmerz in ihren Zügen zu entkommen. Es brachte nicht viel, denn ich hörte dennoch das gequälte Wimmern, das sich aus ihrer Kehle schlich. Als ich die Augen wieder öffnete, erkannte ich, wie Isobel ihr eine Hand auf den Rücken legte.

»Es tut mir so leid, Hel. Finlay ist vor Jahren umgekommen. Es war ein furchtbarer Unfall. Er … er stand uns allen sehr nah.«

Unzählige Facetten des Schmerzes huschten über ihre Züge. Helena presste sich die Fingerknöchel auf die Lider und nickte. An ihrem Hals pochte die Schlagader in rasantem Tempo. Sie schluchzte, während Isobel beruhigende Worte murmelte.

»Lasst uns gehen«, sagte ich. »Es wird bald Zeit, Isobel.«

Sie nickte und ließ die Hand sinken. Wir wollten uns in Bewegung setzen, doch …

»Wartet.« Helenas Augen wurden rund und groß, während ihr Blick über meine Schulter schweifte. »Was ist das?«

»Was?« Isobel drehte sich um. Ich tat es ihr nach und blinzelte gegen den düsteren Nebel an.

»Das Grab.« Helena schlich vorwärts. Ihr Herz pochte so kräftig, dass meine innere Fähigkeit, welche auch immer in mir schlummerte, jeden einzelnen Schlag vernahm. »Meine Mutter. Da steht der Name meiner Mutter.«

Ich betrachtete den verwitterten Grabstein. Das Symbol der Iversens war nicht nur in das raue Gestein graviert worden. Nein. Wie eine Schlingpflanze rankten sich die Disteln um den Stein. Es war … unmöglich, dass sie an diesem toten Ort wuchsen. Und unter ihnen der geschichtsträchtige Name: Syphrah Iversen.

»Ich kann verstehen, dass es schmerzt«, flüsterte Isobel.

Helenas Herz schlug bloß noch kräftiger. Ich spürte, dass der Sauerstoffwert in ihrem Blut sich für einige Sekunden reduzierte.

»Nein«, murmelte sie erstickt. »Das ist nicht möglich. Sie wurde in Deutschland begraben.«

Ich verzog mitfühlend das Gesicht. »Trauer kann dazu führen, einiges durcheinander–«

»Ich bin nicht dumm!« Helena wirbelte zu mir herum. Plötzlich wirkte sie wesentlich größer. Etwas Feuriges blitzte in ihren Augen auf. Ihre Hände formten sich zu Fäusten. »Ich bin auf ihrer Beerdigung gewesen! Ich habe an ihrem Grab geweint! Ich habe es mit Blumen versorgt! Ich –« Sie presste die Zähne in die Unterlippe, während ihre Augen in Tränen schwammen. Ihre Stimme versiegte. Sie drehte sich um, beugte sich vor und wischte die Distelranke von dem Namenszug ihrer Mutter. In dem Moment, in dem sie den Stein berührte, geschah etwas.

Grelles Licht brandete auf. Schützend schlug ich eine Hand vor die Augen. Isobel taumelte rückwärts. Ich erkannte bloß Helenas schockgeweitetes Gesicht und den wabernden Nebel, der sich wie ein Strudel um sie herum drehte. Sie schrie.

In der nächsten Sekunde war Helena verschwunden.

ËMILLE

✧

Unter mir schlug mein Heralchiro mit seinen kräftigen Flügeln durch die Luft. Es stürmte. Der kalte Wind zerrte an meinen Gliedern. Jedes Mal, wenn wir eine Wolke durchbrachen, wurde meine Haut klamm. Ich hätte die Luft manipulieren und sie von mir stoßen können, aber dann hätte es nichts gegeben, was mein Flugwesen am Himmel gehalten hätte.

Souverän entkam er den Wolken. Windschneider machte seinem Namen alle Ehre. Ich blinzelte gegen die mir entgegenschlagende Luft an; meine Finger umklammerten die Zügel. Das Halsband war Pflicht für jeden Fledermausdrachen, bevor er zum ersten Mal den Himmel überquerte. Kikki, die Jüngste der Oberen im schottischen Regiment, versah die Bänder mit einem komplizierten Luftzauber, den sogar ich nicht verstand. Sobald es um den Hals des Heralchiros lag, veränderte das Band die Luftmoleküle um ihn herum auf eine Weise, die das riesige Tier mitsamt seinem Reiter unsichtbar wirken ließ. Für mich allein wäre es unbrauchbar gewesen, denn der Zauber war mit den Blutgefäßen des Tiers gekoppelt. Eine Meisterleistung.

Ich presste meine Knie in die Kuhle zwischen seinen Rippen und dem Schulterblatt und war dankbar für die wärmende Feuermontur. Nathaniels Erfindung war genial. Es ging das Gerücht um, die Oberen versuchten seit Jahren, den Zauber dahinter zu ergründen – doch erfolglos. So war das Regiment gezwungen, ihn weiterhin für diese Uniform zu bezahlen, um sie jedem Reiter nach absolvierter Flugprüfung zu überreichen. Ich konnte mir nicht vorstellen, wie die Azlata es damals ertragen hatten, ohne diesen Luxus zu reisen.

Windschneider ging in die Schieflage, um der dunklen Wolke vor uns zu entgehen. Ich wurde eins mit seiner Bewegung. Sachte drehte ich die linke Hand. Es war nur eine minimale Rotation der Zügel nötig, um das riesige Tier zu steuern. Windschneider reagierte sofort. Er flog nach Westen.

»Braver Junge«, murmelte ich.

Der Flug ging steiler; die Erde näherte sich. Wir hatten Edinburgh erreicht. Der Wind blies mir die Haare aus dem Gesicht und trieb mir Tränen in die Augen. Beinahe lautlos landete Windschneider auf dem flachen Dach der imposanten Residenz der First Ministerin. Er war leichtfüßiger als Exodia, die jede Landung wie einen Flugzeugabsturz klingen ließ. Schnell warf ich einen Blick hinunter in den Charlotte Square. Vor dem Asphalt des Bute House küssten sich unzählige Kraftfahrzeuge die Ärsche, ein glänzender Hintern teurer als der andere.

Ich kraulte Windschneider hinter den Ohren. Er schnurrte.

»Warte hier auf mich.«

Windschneider bedachte mich mit seinen Murmelaugen. Jedes Mal, wenn er blinzelte, wechselte die Farbe seiner Iriden. Er rieb sein wuchtiges Kinn über meinen Kopf, ehe er mit der rauen Zunge über mein Gesicht schleckte. Lachend drückte ich seinen Kopf beiseite und wischte mir mit dem Ärmel den Seiber fort, und Windschneider streckte zufrieden die Vorderbeine, um sich wie ein Hund im Körbchen einzukringeln.

Rasch entledigte ich mich der Feuerrüstung und schlüpfte in den teuren Anzug, den ich erst kürzlich einem hochrangigen Dreckskerl von Lord gestohlen hatte. Er hatte es für angebracht gehalten, seine Frau zu betrügen. Ich hatte es für angebracht gehalten, neben dem Anzug auch etwas von seinem Gold mitgehen zu lassen. Karma, Baby.

Regen wollte auf mich niederprasseln, doch ich ließ ein Luftvakuum über meinem Kopf entstehen und lenkte die Tropfen von mir ab. Wachsam beobachtete ich den Charlotte Square. Sobald ich einem Passanten begegnete, musste ich meine Magie verbergen. Ich hatte nur wenig Lust, den Oberen die Macht zu geben, mein Leben zu beenden oder mich auf ewig ins Exil zu verbannen. Kein Azlata hätte es gewagt, die erste Regel der Gesetze zu brechen: *Du sollst schweigen über dein Blut.* Doch der Abend schien mir friedlich gesinnt. Erst vor dem viktorianischen Anwesen der First Ministerin gebot ich meiner Fähigkeit Einhalt und klingelte.

Ein Bediensteter mit geschniegelt glattem Haar öffnete. Auf seinem Gesicht zeigten sich keinerlei Anzeichen, dass er mich kannte oder ich zu der ansässigen Feierlichkeit geladen war.

»Ja, bitte?«, fragte er.

»Guten Abend, Sir. Ich bitte um Verzeihung, was meine Verzögerung betrifft. Das Wetter, Sie wissen.«

Er runzelte die Stirn. Mein souveränes Lächeln blieb.

»Ëmille Woodward, Sir.« Im selben Atemzug, in dem ich meinen Namen aussprach, grub ich mir mit meiner Empathenfähigkeit einen Weg in seinen Kopf. Verwirrung schlug mir entgegen, gepaart mit Misstrauen. Fetzen seiner Gedanken klangen in meinem Geist wider. *Betrüger,* dachte er. *Scotland Yard rufen. Anwesende beschützen. Verstärkung.*

Meine Fähigkeit umschmeichelte diese Gedanken, als würde sie einen fliederfarbenen Schimmer über sie legen. Seine Zweifel gerieten in den Hintergrund. Es war, als würde ich sein Misstrauen streicheln, ehe ich ein warmes Empfinden in ihm entstehen ließ. Ein pulsierendes Gefühl strömte durch meine Venen und laugte mich aus mit jedem Zentimeter, den ich mehr in seinen Geist eindrang. In meinem Kopf machte sich ein leichtes Dröhnen bemerkbar, als ich mir bildlich vorstellte, wie er mich bereits einige Male begrüßt und freudig empfangen hatte. Ich pflanzte ihm diesen fälschlichen Gedanken in seine Hirnrinde. Mit jeder Sekunde, die verstrich, konnte ich beobachten, wie sich seine Züge klärten.

»Mr Woodward, natürlich!« Er öffnete die Tür etwas weiter und trat beiseite. »Nur herein, nur herein! Es ist mir eine Freude, Sie wiederzusehen. Ich geleite Sie in den Festsaal.«

Er führte mich über den langen, mit Teppich ausgelegten Flur. Er war antik möbliert, mit etlichen Ölgemälden an den mit Stuck verzierten Wänden. Vor einer weißen Flügeltür hielt er inne. Stimmengewirr und Klänge klassischer Musik drangen zu mir.

»Der Festsaal, Sir.« Der Bedienstete öffnete mir die Tür und ließ mich ein. Ich bedankte mich mit einem knappen Nicken und betrat den Saal.

Babyblaue Farbe verlieh den Wänden etwas Freundliches. Auch hier lächelten die in Öl gemalten Frauen aus den goldverzierten Rahmen auf mich herab. Ich mischte mich unter die Menge. Manche der hochrangigen Personen tanzten einen langsamen Walzer oder unterhielten sich mit einer Champagnerflöte in der Hand, andere saßen an den runden Tischen und bedeckten das weiße Leinentuch vor sich mit ihren Spielkarten.

Ich machte die First Ministerin an einem Tisch am Ende des Raumes aus. Sie hatte ein absurd langes Gesicht. Die High Lady hob eine Champagnerflöte an ihre Lippen und lachte. Dabei brach sich das Licht des Kronleuchters auf dem tropfenförmigen Anhänger ihrer Halskette. Der Schein brachte den silbernen Marmor zum Glitzern. Ohne näheren Grund beschlich mich eine Gänsehaut.

»Ëmille«, hörte ich eine Stimme sagen. Ich sah zur Seite und erkannte eine Frau an einem der Tische. Sie hielt ein Kartenblatt in der Hand, warf sich das dunkle Haar über die Schulter und lächelte. »Wie schön, dich zu sehen.« Mit einem Blick in die Runde ihrer Spielkameraden legte sie das Blatt auf den Tisch. »Ich bin raus. Teilt euch meinen Anteil.« Sie erhob sich und kam mit einem betörenden Lächeln auf mich zu.

»Hallo, Maya.« Ich begrüßte sie mit einem Handkuss. Ihr Lächeln wurde breiter. »Ich hatte gehofft, dich hier zu treffen.«

Die Ministerin für Kinder und junge Erwachsene war eine kluge Frau. Fast tat es mir leid, dass ich diese Intelligenz beleidigen und sie hintergehen musste. Sanft tastete ich nach Mayas Fingern, verschränkte sie mit meinen und legte die andere an ihre Hüfte. Wir bewegten uns langsam zum Takt der eleganten Melodie. Ich roch ihr sinnliches Parfum und spürte die Zuneigung, die mit ungefilterter Macht durch ihre Adern schoss. Ihre Aura war so offen, dass die Empathenfähigkeit in mir vibrierte. Meine Schläfen pochten. Ich wünschte, ihre Gefühle mir gegenüber wären subtiler. Sie bereiten mir Kopfschmerzen.

»Ich habe nachgedacht«, sagte sie, nachdem ich sie an der Hand herumgedreht hatte.

»Ach ja?«

Sie nickte. »Es ist merkwürdig, dass du mir deine Handynummer nicht geben möchtest.«

»Darüber haben wir bereits gesprochen, Maya.«

»Aber es ist unglaubwürdig, Ëmille. Zeig mir *einen* Menschen auf europäischem Boden, der kein Handy besitzt.«

»Dort, wo ich herkomme, leben wir nach veralteten Sitten.«

»Du bist doch kein Amish.«

Ich lachte. »Silent Creek ist das Amish der Schotten.«

»Oh, hör auf.« Sie schnalzte mit der Zunge und schob sich die große Hornbrille höher auf die Nase. »Ich kenne Menschen in Silent Creek und sie besitzen Handys.«

»Ich nicht.«

Für gewöhnlich hätte ich meine Kräfte nicht für eine Lappalie wie diese gebraucht, aber ich konnte nicht riskieren, meine kostbare Zeit für eine sinnlose Diskussion über Handys zu verschwenden. Schnell tastete ich nach ihrem Geist, erspürte das Misstrauen und ersetzte es durch Verständnis. Ihre gerunzelte Stirn klärte sich, die Züge wurden weicher. In mir machte sich Müdigkeit breit. Der mehrmalige Gebrauch unserer Kräfte innerhalb kürzerer Zeit erschöpfte unsereins.

Ich lächelte. »Komm mit.«

Maya folgte mir. Niemand beachtete uns, als wir uns durch die geöffnete Flügeltür in die angrenzende Bibliothek begaben. Ich stellte sicher, dass wir einige Regale hinter uns ließen, ehe ich Maya herumwirbelte und gegen eines von ihnen drückte. Ein Seufzen entkam ihr, als ich meine Lippen auf ihre legte.

»Ëmille«, flüsterte sie, positionierte eine Hand auf meinem Rücken und presste meinen Körper dicht an sich. »Du hast mir so gefehlt.«

»Du mir auch«, log ich.

Mit der rechten Hand strich ich über ihren Körper, die andere vergrub ich in ihrem Haar. Hastig schob Maya ihren Rock höher, ehe sie an meinem Hosenknopf nestelte. Ich ließ sie gewähren, doch als ich ihr in schnellen Stößen gab, was sie wollte, blitzten unerwünschte Bilder vor meinem inneren Auge auf. Fuchsfarbenes Haar. Sommersprossen. Helle Haut.

Meine Stöße wurden wütender. Mayas Finger klammerten sich an den Saum meiner Anzugjacke. Ich versuchte, mich auf ihre flackernden Lider zu konzentrieren, ihre geteilten Lippen und die lustvollen Laute, doch letztendlich erreichte ich den Höhepunkt aufgrund meiner Gedanken an Isobel Anderson.

Ich zog mich aus Maya zurück, schloss die Hose und fuhr mir durchs Haar.

»Alles in Ordnung?«

Ich nickte.

Sie runzelte die Stirn. »Ich … bin geschützt, falls dir das Sorge bereitet.«

Einen Augenblick war ich verwirrt, bis mir bewusst wurde, was sie meinte. Maya konnte nicht ahnen, dass der Neuralgiker-Zirkel sich um die Verhütung unseresgleichen kümmerte. In der Welt der Menschen gab es keine magischen Methoden, um sich mit den Organen und dem Nervensystem zu verbinden – im Leben der Azlata schon. Ich war gesund und ich war geschützt. Zu jeder Zeit.

Gedankenverloren rieb ich mir über die Stirn. »Oh. Ja. Gut.«

»Ëmille …« Maya biss sich auf die Unterlippe. In der Ferne wehten die klassischen Töne der Feier heran. »Ich hatte gehofft, dich heute zu treffen, weil ich eine Überraschung für dich habe.«

»Ach ja?« Ich neigte den Kopf und grinste. »Nun, es war eine äußerst gelungene Überraschung, Maya.«

Sie kicherte und schlug mir gegen die Schulter. »Nicht das!«

»Eine zweite Runde?« Theatralisch nestelte ich an meinem Reißverschluss. »Na gut.«

»Oh, Ëmille!« Sie lachte wieder. »Bleib ernst.«

»Ausnahmsweise. Was für eine Überraschung hast du für mich?«

Maya zog ein Blatt Papier aus ihrer Rocktasche. Sie überreichte es mir. Ich entfaltete es und erkannte als Erstes das Symbol des Amts für Kinder und junge Erwachsene. Meine Augen huschten über die Druckerschwärze der Buchstaben. Ich schluckte. Einerseits fühlte ich mich erleichtert, andererseits wie ein beschissener Dreckskerl. Maya hatte keine Ahnung, dass sie mich von nun an nie wiedersehen würde.

»Danke«, flüsterte ich in die Stille hinein.

Sie lächelte. »Niemand wird je erfahren, dass Aleen nicht deine leibliche Tochter ist, Ëmille. Die Papiere sind original. Ich habe es in den Systemen speichern lassen. Es ist nicht mehr rückgängig zu machen. Von jetzt an musst du dir keine Gedanken mehr darüber machen.«

Ich beugte mich vor und legte meine Lippen auf Mayas Stirn. Wir hatten uns schon öfter geküsst, doch dieser Kuss war der erste, der mir etwas bedeutete. Ich hatte nie behauptet, ein Heiliger zu sein.

»Sehen wir uns im Festsaal?« Maya hauchte mir einen letzten Kuss auf den Mundwinkel. »Ich gehe mich kurz frisch machen.«

Ich nickte und sie verschwand mit einem Lächeln auf den Lippen. Ihre Schritte verklangen in der stillen Bibliothek.

Ich wollte gerade gehen, als mein Blick auf ein geöffnetes Buch fiel. Staubig und wuchtig lag es auf dem hölzernen Tisch neben mir. Meine Augen fokussierten das schwarz-weiße Bild in der Mitte. Ich runzelte die Stirn und trat näher. Langsam fuhr ich mit meinem Finger über die Karikatur. Ich kannte den dunkel gekleideten Mann. Jeder Azlata kannte Major Thomas Weir.

Er hatte im siebzehnten Jahrhundert gelebt und den Ruf gehabt, ein vom Teufel besessener Hexer zu sein. Über die Zeit hinweg hatten sich Legenden über ihn verbreitet, doch niemand wusste, wie viel Wahrheit sie enthielten. Es hieß, James Watt hätte die Dampfmaschine nur mithilfe von Thomas Weir erfunden. Genauso wie es sich beim Entdecker Penicillins nicht um den Arzt Alexander Fleming gehandelt haben soll, sondern um Thomas, der in ihm weiterlebte. Er solle bestialische Aufstände und blutrünstige Schlachten mittels einer Handbewegung im Keim erstickt haben.

Die Geschichten rund um den Mann, der als psychisch gestörter Hexer eingesperrt worden war, nahmen kein Ende. In unserer Ausbildung bekamen wir beigebracht, dass er ein mächtiger Azlata war, der noch immer unter uns weilte. Die Oberen hielten an der Aussage fest, er habe Syphrah Iversen getötet, um ihren Betrug zu rächen. Major Thomas Weir sei der wahrhaftige Träger des wertvollsten göttlichen Artefakts – der Unendlichen Macht, und …

Ich war seit Jahren auf der Suche nach ihm.

Was hatte Major Thomas Weirs Geschichte in der Bibliothek der First Ministerin verloren?

Bedächtig schloss ich das Buch. Staub wirbelte in die Luft. Ich schob den leinengebundenen Wälzer in das Regal und kehrte in den Festsaal zurück. Dort setzte ich mich zu Maya an den Tisch und spielte Karten. Ich lachte, als wäre ich einer von ihnen, und ich trank Champagner, als gäbe es nichts anderes, das mich beschäftigte.

Jedes Mal, wenn ich in das von Sorgenfalten übersäte Gesicht der höchsten Lady Schottlands blickte, verhärtete sich mein Plan. Ich musste herausfinden, was sie wusste. Jeder Hinweis, der mich der Unendlichen Macht näher brachte, war wertvoll.

Es war nur eine Frage der Zeit, bis Gerüchte über mich laut würden. Gerüchte über Emille Woodward, die männliche Hure der First Ministerin von Schottland.

Es kümmerte mich nicht.

HELENA

✧

Ich löste mich auf. Mein Körper verschwand. Pure Schwärze umhüllte mich. Meine Augen waren geöffnet, aber ich schwebte in Dunkelheit.

In mir breitete sich Panik aus. Ich schrie, aber es blieb still. Was war geschehen? War ich tot? Nein. Unmöglich. Ich spürte meinen Körper, doch … irgendetwas war anders. Ich fühlte mich leichter. Und definitiv bewegte ich mich. Es war, als würde ein heftiger Strom mich mitreißen. Ein schneidender Luftzug zerrte an mir.

Plötzlich lichtete sich die Dunkelheit. Ich blinzelte. Nur langsam klärte sich die Sicht vor meinen Augen. Es dauerte einen weiteren Moment, bis ich das graubraune Puzzle zuordnen konnte: Unter mir erstreckte sich eine zerstörte Stadt. Alles wirkte brüchig. Es herrschte eine schreckliche Hitze. Rote Flüsse flossen durch die rissige Einöde der Erde. Beim näheren Hinsehen erkannte ich, dass es sich um blubbernde Lava handelte.

Ich blickte an mir hinab, doch statt meines Körpers entdeckte ich schwarzes Gefieder und weite Flügel, die mich am Himmel hielten. Ich kreischte. Es klang wie der erstickte Schrei eines Vogels. Ich musste träumen. Vermutlich litt ich unter Halluzinationen oder einer besonders schweren Psychose. Ich war versucht, mir in den Arm zu kneifen, aber … ich hatte keinen. O Gott.

Es widerstrebte mir, den Gedanken überhaupt zuzulassen, aber … ich war eine Krähe. *O Gott!*

Panische Laute entkamen meinem Schnabel. Was zum … ich hatte einen Schnabel!

Ich streckte mich, versuchte, dem Körper dieses Vogels zu entschlüpfen, ungeachtet dessen, dass ich Hunderte Meter fiel und mir in einer brennenden Hölle das Genick brach, würde es mir gelingen.

Mein strampelnder Krähenkörper vergaß, mit den Flügeln zu schlagen, und verlor das Gleichgewicht. Ich ruderte einige Meter in die Tiefe, gab einen erstickten Schreckensschrei von mir und stieß gegen die Kuppel eines Turms aus glühendem Sandstein.

Ich sauste hinab in die sengende Tiefe. Nur vage spürte ich, dass die Hitze schwand. Doch bevor ich den Grund hierfür ausmachen konnte, verlor ich das Bewusstsein.

✧ ✧ ✧

»Helena.«

Der raue Klang meines Namens drang wie durch einen dichten Nebel zu mir hindurch. Langsam spürte ich auch meine Glieder wieder. Eine bleierne Schwere lag auf ihnen, und plötzlich nahm ich brutale Schmerzen in meinem Körper wahr. Ich schrie. Diesmal gellte meine Stimme laut und klar durch die salzige Luft. Der Klang erleichterte mich.

»Helena!«

Ich schlug die Augen auf. Vor mir schwebte Tyraels Gesicht, während hinter ihm ein Sternenmeer am nachtschwarzen Himmel glitzerte. Die Kronen der Toten Wälder waren nicht zu erkennen, doch hinter mir thronte ein etwas heruntergekommenes, kleines Schloss.

»Wo sind wir?«

»Burnett's Castle.«

»Bei dir zu Hause?«

»Nee. Heißt nur zufällig so.« Sein Mundwinkel zuckte süffisant. »Natürlich mein Zuhause.«

Wie kann das möglich sein? Unbedacht streckte ich die Hand aus und krallte die Finger haltsuchend in Tyraels Lederjacke, während ich wimmerte, weinte, schrie. Ich hatte solche Schmerzen! Überraschenderweise ließ er mich gewähren.

»Wo sind Didre und Isobel?«, presste ich hervor.

Er runzelte die Stirn. »Woher soll ich das wissen?«

»Sie waren bei mir.«

»Wann?«

»Eben. Davor.«

»Wovor?«

»Bevor ich geflogen bin.«

Tyrael musterte mich ausdruckslos. Wahrscheinlich hielt er mich für verrückt. »Ich werde dich jetzt berühren. Nicht erschrecken.«

»Nein!« Ich hob die Hand und schlug nach ihm, doch Tyraels Reflexe waren rasant. Er wehrte meine Faust ab, als handelte es sich um eine störrische Fliege. Ich weitete die Augen und riss mich los. Brennender Schmerz schoss durch meine Wade.

»Fass mich nicht an! Lass mich … lass mich in Ruhe!« Ich presste eine Hand auf meinen Oberschenkel und wimmerte. Ich legte die Handflächen auf die kühle Rasenfläche unter mir, um von ihm wegzurutschen, doch vergebens. Schon der erste Versuch ließ mich vor Schmerz aufheulen. Und Tyrael, dieser Scheißkerl! Um seine Mundwinkel legte sich tatsächlich der Anflug eines Grinsens.

»Lachst du?« Fassungslos starrte ich ihn an. »O mein Gott – ist das dein Ernst? Du –« Ich unterbrach mich, als ein neuerlicher Schmerz über mich hereinrollte.

Provozierend zog Tyrael eine Braue in die Stirn. »Lässt du mich dir jetzt helfen?«

»Du kannst mir nicht helfen. Ich muss in ein Krankenhaus.« Ich biss mir auf die Unterlippe. »Oder in ein Irrenhaus.«

»Du würdest dich wundern, was ich alles kann, kleine Iversen.«

»Hör auf, mich so zu nennen.«

»Wie?«

»Kleine Iversen.«

»Aber du bist klein.« Sein Grinsen wurde breiter. Er machte einen Schritt auf mich zu. »Und eine Iversen.«

»Fass mich nicht an!«

»Glaub mir, ich würde dich lieber hier liegen lassen und verschwinden.« Er beugte sich über meinen Körper und strich mit dem Finger in quälender Langsamkeit über jeden Zentimeter. Mir schlug das Herz bis zum Hals und mein Magen zog sich verräterisch zusammen.

»Oh, keine Sorge, das glaube ich tatsächlich.«

Er erreichte meinen Oberschenkel. Ich versuchte, mein wild klopfendes Herz zu ignorieren, aber erfolglos.

Tief atmete ich durch. »Warum tust du es nicht?«

»Was?«

»Mich zurücklassen.«

Tyraels Hand ruhte unter meinem Oberschenkel, als er zu mir aufsah. Die Berührung brannte. Sie würde mir für immer im Gedächtnis bleiben. Ich entdeckte silberfarbene Tupfer in seinen goldenen Iriden. Sie strahlten mit den Sternen um die Wette. »Kümmere dich um Leidende, ignoriere nie die Not.«

»Wie bitte?«

»Das elfte und letzte Gebot der festen Gesetze.«

»Ich verstehe kein Wort.«

»Natürlich nicht.« Er senkte den Blick auf seine Hand. »Dein Bein ist gebrochen.«

Ich stöhnte. »Das ist ein Albtraum.«

»Ist es nicht.«

»Ich will nicht operiert werden. Ich habe Angst vor Narkosen. Was, wenn ich nicht mehr aufwache und –«

»Du wirst nicht operiert.«

»Weil du mir vorher das Bein abhackst?« Ich gab ein hysterisches Lachen von mir. »Willkommen bei *Misery.*«

Tyrael grinste. »Soll ich?«

Ich funkelte ihn an. »Wenn du willst, dass ich dich umbringe.« Da lachte er auf. »Das ist mein Ernst. Unterschätz mich nicht, nur weil ich klein bin.«

»Ich wäre dir auch dann noch voraus, wenn du ein blutrünstiges Fleischmonster und zweihundert Meter groß wärst, Helena.« Für eine kostbare Sekunde grub sich ein belustigtes Grübchen in seine Wange. Ich spürte einen enttäuschten Stich, als es wieder verschwand.

Tyrael schob den Stoff meiner Jogginghose über mein Knie. »Interessante Kleidungswahl.«

»Das ist Poesie.«

»Was?«

»Die Sprüche auf dem Stoff. Es sind poetische Quotes.«

Er legte den Kopf schief und las: »I suppose I love my scars?«

Ich zuckte die Achseln. »Sie haben mich in diesem Leben länger begleitet als irgendjemand sonst.« Trauer überwältigte mich, als ich an Finlay dachte. »Und jemand sagte mir einmal, ich solle meine Narben lieben.«

Tyraels Finger zuckten an meiner Haut, woraufhin ich aufsah. Und erschrak. Denn seine Züge … sie wirkten verzerrt. Als hätte er Schmerzen.

»Alles in Ordnung?«, fragte ich.

Er schluckte, doch entgegnete nichts. Sah mich bloß an. Irgendwann, als mein Herz schneller raste als ein Jaguar und ich kaum imstande war, seinem intensiven Blick noch eine Sekunde länger standzuhalten, wandte er sich ab. Der Griff um mein Bein lockerte sich. »Fertig.«

»Fertig?«

»Ich habe deine Nerven betäubt.«

»Was?«

Er seufzte. »Bist du schwer von Begriff?«

»Nein, aber …« In diesem Moment spürte ich, was er meinte. Mein rechtes Bein war tatsächlich … taub. Ich spürte keinerlei Schmerzen. Meine Kinnlade sackte hinab. Ich drückte meinen Finger in jede erdenkliche Stelle meines Beines, aber – nichts!

Starr vor Schock sah ich zu Tyrael auf. »Was …?«

»Ich habe doch gesagt, ich kann dir helfen.«

»Wie hast du …« Die Erkenntnis traf mich wie ein Schlag. »O mein Gott. Das Grab auf dem Friedhof. Isobel meinte, der Burnett wäre einer von ihnen gewesen.«

»Einer von wem?«

»Du … du bist ein Azlata!«

Er gab ein leises Lachen von sich. Es verlor sich in der weiten Stille der Nacht. »Macht jetzt ohnehin keinen Unterschied mehr, ob du es weißt oder nicht.«

Mein Mund war staubtrocken. »Warum?«

Tyrael wirkte amüsiert. »Weil du als Krähe vom Himmel geflogen bist, Helena. Denkst du, jemand kann dir jetzt noch weismachen, an diesem Ort wäre alles normal?«

Es stimmte. O mein Gott. Diese Märchen waren wahr! So wenig ich es auch glauben wollte … er hatte recht. Ich hatte mich in eine verdammte Krähe verwandelt. Hier war nichts normal. Ganz und gar nicht.

»Du hast …« Ich blinzelte. »Das hast du gesehen?«

»Gesehen?« Er grunzte. »Beinahe hättest du mir das Genick gebrochen, Iversen.«

»Oh.« Ich biss mir auf die Unterlippe. »Entschuldige.«

Tyrael runzelte die Stirn. »Wie ist das passiert?«

»Was?«

»Warum hast du dich verwandelt?«

»Es war … es muss ein Traum gewesen sein.« Ich kniff die Augen zusammen, um mich zu erinnern. »Ich war auf dem Friedhof und habe den Grabstein meiner Mutter berührt. Danach war alles schwarz, und plötzlich bin ich über eine zerstörte, brennende Stadt geflogen. Ich bin gefallen und, wie es aussieht, Hunderte Meter entfernt wieder aufgewacht.«

»Eine brennende Stadt?« Tyrael verengte die Augen. »War es … Warte. Was hast du da?«

»Wo?«

Er schob mir die Strähnen über die Schulter. Nicht nur er schauderte, als seine Fingerkuppe über meinen Hals strich, sondern auch ich. Die Berührung war wie ein offenes Funkenfeuer in meinem Körper.

»Bei den Göttern.« Sein Atem streifte mein Ohr. »Das Zeichen des Düsteren Volks.« Ich keuchte aufgrund des Kribbelns zwischen meinen Schenkeln. Ehrlich gesagt hatte ich seine Worte nicht einmal verstanden. Ich wünschte nur, er würde sie wiederholen, damit ich dieses Gefühl noch einmal erleben konnte.

»W…was?«

Seine Finger verharrten an meinem Hals. Ich konnte die einzelnen Pigmente seiner geschwungenen Oberlippe ausmachen, jedes einzelne Muttermal betrachten. Seine Augen glitzerten wie flüssiges Gold unter der Mittagssonne. Als er sprach, klang seine Stimme leise – und nicht nur das. Sie klang fassungslos.

»Du besitzt das Mal des Düsteren Volks, Helena.«

Es dauerte einen Moment, bis seine Worte mich erreichten. Ich war zu sehr von seinen Augen abgelenkt. Nur langsam tastete ich nach meinem Hals und … spürte eine raue Erhöhung auf der feinen Haut. Wie eine Narbe. Mit dem Finger malte ich sie nach. Sie war präsent – und ich bekam eine Panikattacke. Hektisch schnappte ich nach Luft, während der Boden unter mir zu schaukeln schien.

»Was ist das?« Der Ton meiner Worte schallte hell und spitz in die Nacht hinein. »Tyrael, *was ist das?*«

Er betrachtete mich wie ein seltenes Fundstück, das er ergründen wollte, und benetzte sich mit der Zungenspitze die Lippen. »Ich habe keine Ahnung.«

»Du hast *keine Ahnung?* Ich bin gerade zu einer Krähe geworden und wurde von irgendeiner kranken Macht gebrandmarkt, Tyrael!« Ich wurde hysterisch. In meinem Nacken bildete sich kalter Schweiß. »Ich will wissen, was es mit diesem verdammten Düsteren Mal auf sich hat!«

Sein Blick war todernst. »Ich fürchte, du bist ein Todesser.«

Sein Witz kam so unerwartet, dass ich ihn nur anstarren konnte. Mir fehlten die Worte. Ich glaubte, ich stand unter Schock. Anders konnte ich mir nicht erklären, wie es mir gelang, nicht völlig auszuflippen. Tief atmete ich durch. Das konnte nicht wahr sein. Das alles … es musste ein verfluchter Scherz sein.

Plötzlich spürte ich Tyraels kalte Berührung an meiner Hand. Mit einer Sanftheit, die ich ihm niemals zugetraut hätte, nahm er meine Hand von meinem Hals.

»Sieh mich an.«

Ich schüttelte den Kopf.

»Helena, sieh mich an.«

Ich tat ihm den Gefallen. Bedauerlicherweise musste ich weinen. Dicke Tränen rollten mir über die Wangen, ohne dass ich sie hätte aufhalten können. Mein Kinn zitterte.

Tyrael verzog den Mund. »Kannst du damit aufhören?«

»Womit?«

»Mit dem Weinen.«

»Denkst du, ich kann das steuern?«

»*Ich* kann meine Emotionen steuern.«

»Tja, schön für dich. Herzlichen Glückwunsch, du bist Superman. Ich nicht.« Fahrig wischte ich mir über das nasse Gesicht. Es kamen weitere Tränen und das frustrierte mich. Ich wollte sie erneut beiseitewischen, doch Tyrael hielt mich auf, indem er nach meinem Handgelenk griff. Langsam ließ er es sinken. Seine Züge verzerrten sich. Er wirkte, als hätte er Schmerzen. »Okay, hör zu. Dir wird bald alles erklärt, aber du musst wissen, dass dieses Zeichen an deinem Hals nicht gut ist.«

Ein verzweifeltes Lachen mischte sich unter meine schluchzenden Laute. Ich blickte gen Himmel und holte tief Luft. »Fantastisch.«

»Die Azlata wurden vor Jahrhunderten separiert. Das Lichte Volk, also wir, lebt auf der Erde. Das Düstere Volk in der Anderwelt. Die Götter waren wütend, weil die Düsteren die Herrschaft an sich reißen und jeden unterwerfen wollten. Also wurden sie verbannt und mit dem Zeichen versehen, damit jeder sie erkennen konnte.«

Ich sah Tyrael lange an. »Bitte lass das einen Witz sein.«

»Ich mache keine Witze.«

»Du hast eben über Todesser gescherzt.«

Sein Mundwinkel zuckte. »Okay, manchmal. Aber das jetzt ist mein Ernst.«

»Also willst du mir sagen, ich bin eine von ihnen?«

»Na ja …« Er erhob sich und blickte in die Ferne. »Keine Ahnung. Das Düstere Volk kann zur Krähe werden. In dieser Form ist es ihnen möglich, tagsüber in unserer Welt zu sein.«

»O Gott.« Ich vergrub das Gesicht in den Händen und schüttelte den Kopf. Wieder und wieder. »O Gott, o Gott, o Gott!«

»Aber es würde keinen Sinn ergeben.« Gedankenverloren blickte er in die Ferne. Seine Hände steckten in den Taschen seiner schwarzen Hose. »In menschlicher Form kann das Düstere Volk der Anderwelt nur nachts entkommen. Du wiederum lebst auch tagsüber in unserer Welt.«

»Jetzt vielleicht nicht mehr.« Bei der Vorstellung verkrampfte sich mein Magen. Verzweifelt blickte ich auf. »O Gott, ich will nicht in der Anderwelt leben!«

»Wirst du nicht«, murmelte Tyrael, ohne mich anzusehen. Sein Ton klang nicht überzeugend. Nachdenklich blickte er ins Gras und knabberte auf seiner Unterlippe, ehe sein Blick wieder zu mir wanderte. Erneut fuhr er sich durchs Haar. »Komm mit.«

»Wohin?«

Er bückte sich, schob seine Arme unter meinen Körper und hob mich an seine Brust. »Zur Heilerin.«

»Das kann alles nicht wahr sein.« Ich schloss die Augen und atmete seinen erdigen Tannengeruch ein. Ein bisschen beruhigte er mich. »Nichts von alledem ist möglich. Ich schlafe, habe einen sehr realistischen Traum, werde gleich aufwachen und – Autsch!« Ich riss die Augen auf und zog die Brauen zusammen. Tyrael hatte mir in den Arm gekniffen. »Was sollte das?«

Er grinste. »Ich weiß, es muss ein überwältigendes Gefühl sein, in meinen Armen zu liegen, aber du träumst nicht.«

»Du bist ein Scheißkerl.«

»Ich weiß.«

»Lass mich runter.«

»Nö.«

Wir liefen über die grüne Weite, die bereits zu den Highlands zählen musste. In meiner Brust hämmerte mein Herz wie wild. Isobel und Didre … Was war mit ihnen geschehen? Waren sie ebenfalls quer über das Land geschleudert wurden? O Gott. Das war verrückt. So dermaßen verrückt!

Mir fiel auf, dass Tyrael die Wege durch Silent Creek mied. Er umrundete die Stadt durch die Highlands, bis vor uns die hohen Kronen des Toten Waldes erschienen. Der Mond warf großzügiges Licht auf den Silent River, doch das düstere Wasser verschluckte es gänzlich. In der Ferne hörte ich vereinzeltes Stimmengewirr, das vom Städtegedenkfest zu uns herüberwehte. Ich vermutete betrunkene Nachzügler.

Im Gehen rieb meine Wange über das kalte Leder von Tyraels Jacke. Mein Blick lag auf den angespannten Zügen seines Kiefers. »Kann ich dich etwas fragen?«

»Lieber nicht.«

»Tyrael.« Ich seufzte. »Warum hasst du mich?«

»Tu ich nicht. Ich will nur nichts mit dir zu tun haben.« Mir entfuhr ein Schnauben. Tyraels Gesichtsausdruck wurde grimmig. »Meinen Hass spare ich mir für wichtige Personen auf, Helena.«

»Ach, wie schön. Lass mich runter.«

»Nein.«

»Du sollst mich runterlassen, Tyrael.«

»Kümmere dich um Leidende, ignoriere nicht die Not.«

»Ich gebe einen Scheiß auf eure verdammten Regeln. Lass mich runter!«

Tyrael verzog die Lippen zu einem Grinsen. »Mir gefällt deine Einstellung.« Er betrat die Stufen eines Turms, umfasste einen Messingring und klopfte gegen die alte Holztür. »Aber du solltest dir unbedingt etwas klarmachen, Helena.«

»Oh, keine Sorge. Mir ist bereits bewusst, dass du ein Arschloch bist.«

Tyrael wirkte ernst. Sein Blick galt nicht mir, sondern der Tür vor uns, ehe er sprach. »Ich würde niemals jemanden leiden lassen, in dessen Adern lichtes Blut fließt.« Er schluckte, bevor er kaum hörbar hinzufügte: »Ganz egal, was zwischen uns steht.«

Mein Kinn zitterte schon wieder. Ich blickte in den von Sternen übersäten Himmel und erinnerte mich an Zeiten, in denen ich dachte, an friedlichsten Orten strahlten sie am hellsten. Was für eine Lüge.

Kurz schloss ich die Augen. »In mir fließt kein lichtes Blut. Und ich habe auch nie etwas dafür getan, dass jetzt etwas zwischen uns stehen könnte, Tyrael.«

»Oh, Helena.« Er lachte leise. Der freudlose Klang verlor sich in der Dunkelheit der Nacht. »Ich wünschte, du hättest recht.«

»Warum?«

Er sah auf mich hinab. Ich erkannte Wut in seinen Zügen und erschrak. »Weil ich dich dann töten dürfte, *maledictus pulchritudo.*«

Bevor ich etwas entgegnen, bevor ich die Tragweite seiner Worte überhaupt begreifen konnte, wurde die Tür geöffnet. Ich blickte in ein spitzes, bronzefarbenes Gesicht. Das Mädchen mit den violetten Augen lächelte. *Violett!* Sie trat beiseite.

Tyrael hob eine Braue. »Wohin, Raven?«

Das Mädchen schob sich eine dunkelbraune Strähne hinter das Ohr. Sie war mit silbernen Akzenten durchsetzt. »Was fehlt ihr?«

Er streckte mich ihr entgegen wie ein unangenehmes Geschenk, das er schnell loswerden wollte. »Gebrochenes Bein.«

»Okay. Zum Sofa ins Wohnzimmer.« Raven schenkte mir ein ermutigendes Lächeln. »Keine Sorge. Brüche sind leicht. Es wird nicht lang dauern.«

Ich nickte, obwohl ich überhaupt nicht klarkam. Tyraels schwere Schritte brachten das Holz unter seinen Stiefeln zum Knarren. Wir betraten das runde Wohnzimmer. Mein Blick fiel auf dürre Schemen, die sich über zwei Personen beugten. Die ältere Frau hob kurz den Kopf, ehe sie sich wieder ihrer Patientin widmete. Ihre Finger glitten über die blutende Stirn des Mädchens. Zurück blieb nur eine saubere, offene Wunde, die wie durch ein Wunder wieder zusammenwuchs. Ich keuchte, woraufhin der männliche Partner der Frau zu mir sah. Sein Blick war eindringlicher – ich erkannte eindeutige Abscheu. Schnell wandte ich mich ab und blinzelte gen Turmdecke, als Tyrael mich auf das Sofa legte. Raven kniete sich neben mich. Noch immer lächelte sie. »Welches Bein ist es?«

»Das rechte«, sagte ich.

»Ich muss deine Hose ausziehen.«

»Was?«

»Damit ich das Bein heilen kann.«

Mein Blick glitt zu Tyrael. »Dreh dich um.«

Er sah mir nur nüchtern in die Augen, zuckte die Achseln und wandte mir den Rücken zu. Schließlich stand er mit verschränkten Armen neben uns und starrte Löcher in die Wand. Raven half mir mit der Hose und beugte sich über mich. Ihr entging nicht, dass ich immer wieder zu Tyrael linste. Ich trug eine pink gepunktete Unterhose und wollte auf *keinen* Fall, dass er sie sah. Es wäre mein Untergang.

Raven platzierte eine Hand auf meinem Oberschenkel. »Mach dir nichts aus seiner Art«, murmelte sie. »Tyrael ist schwierig.«

»Er ist ein Scheißkerl.«

Sie lachte leise, während ihre Finger versteiften. Wäre mein Bein nicht betäubt gewesen, hätte ich vermutlich unter dem festen Druck aufgeschrien. »Ja, manchmal.«

»Ich kann euch hören.«

Ich presste die Zähne aufeinander. »Ist mir bewusst.«

Im Schein des schwachen Lichts erkannte ich, wie er die Augen verdrehte.

»Okay«, sagte Raven nach einer Weile. Sie ließ von meinem Bein ab. »Die Knochen haben sich gefunden.«

»Wie bitte?«

Ihr Lächeln schien sich in ihr spitzes Gesicht gebrannt zu haben. Sie half mir, wieder in die Hose zu schlüpfen. »So nennen wir es, wenn der Heilungsprozess eines Bruchs geglückt ist. Dein Bein ist wieder vollkommen gesund.« Sie blickte zu Tyrael. »Kannst du ihr die Betäubung nehmen?«

Sein Blick richtete sich noch immer gen Decke, als würde er dort etwas suchen. Es dauerte einen Moment, bis er sich regte. Grimmig kam er zu uns herüber und wiederholte die Prozedur seiner Berührung. Diesmal war seine Nähe nicht so intensiv, weil ich sie nicht spürte. Er mied jeden Blick, bis er seine Hand zurückzog.

Ein Kribbeln durchströmte mein Bein. Es fühlte sich an, als wäre es eingeschlafen gewesen und erwachte nun. Tyrael entfernte sich sofort. Aus dem Augenwinkel nahm ich wahr, wie er sich der Wendeltreppe näherte, die das Bücherregal einfasste.

»Wie gefällt dir Silent Creek?«, fragte Raven.

Ich streckte mein Bein, schüttelte es aus. Die Schmerzen waren verschwunden. Unfassbar! »Es … Ich …«

Raven lachte. »Verstehe. Du wirst dich an alles gewöhnen.«

Unauffällig strich ich mir die Strähnen vor die brennende Stelle an meinem Hals. Ich war panisch.

»Es ist sicher beängstigend. Aber du musst dir keine Sorgen machen. Es liegt dir im Blut.«

»W…was meinst du?«

»Nun, dieses Leben. Deine Mutter …«

Mein Herz machte einen Sprung. Plötzlich schien alles Sinn zu ergeben. Zwar war es ein unfassbar abstruses Puzzle, aber die Teile fügten sich. »Sie … sie war auch eine Azlata?«

Raven nickte. Vage nahm ich wahr, dass die ältere Frau und der Mann von ihren Patienten aufsahen und mir verstohlene Blicke zuwarfen. Auch Raven entging es nicht. »Syphrah war …«

Die nächsten Worte blieben ihr im Hals stecken, denn plötzlich … ergoss sich eine dampfende Wassersalve über Ravens Hand.

»Raven!«, rief die ältere Frau, die in dieser Sekunde eine grünliche Tinktur auf die Stirn ihrer Patientin aufgetragen hatte. Raven schrie, sprang auf, taumelte. Vor Schreck krallte ich die Finger in das Flickensofa.

Ihre feine Haut schlug Blasen. Raven verzog das Gesicht und wimmerte. Ihre gesunde Hand zitterte, als sie mit ihr über die verbrannte Haut fuhr. Zentimeter für Zentimeter heilte sie. Tränen liefen aus ihren violetten Augen. Ich saß kerzengerade auf dem Sofa. Mir war der Mund aufgeklappt, doch jedes Wort blieb mir im Halse stecken. Auf der anderen Seite des Raumes ließ der Mann von seinem Patienten ab und bewegte seine Hand in rasanter Geschwindigkeit. Aus dem Gestein der Wand raste eine tödliche Spitze. Um ein Haar hätte sie Tyrael durchbohrt, doch dieser machte einen schwindelerregenden Doppelsalto und landete gekonnt auf dem Sims des Turmfensters. Ich vergaß zu atmen. Das war das Attraktivste, was ich je gesehen hatte.

»Ich bringe dich um, du Arschgesicht von Burnett! Wie kannst du es *wagen*, meine Tochter anzugreifen? Wir sind das *Neutrale* Volk!« Ravens Vater war außer sich. Er machte eine werfende Bewegung mit seiner Hand. Die brennenden Holzscheite aus dem gemauerten Kamin flogen auf Tyrael zu. Funken landeten im Teppich.

Tyrael ließ die ausgestreckte Hand kreisen und formte sie zu einer Faust. »Wie dumm von dir, Petah.« Wasser erhob sich aus dem Eimer, der neben Sorrels Patientin stand. Tyrael bewegte die Hände, woraufhin sich das Wasser auf das Feuer zubewegte. Die Flammen erloschen, es zischte, zurück blieben nur verkohlte Holzscheite. Beinahe landeten sie auf der Patientin der Frau. Den violetten Augen nach zu urteilen, hielt ich sie für Ravens Mutter. Sie holte aus, machte eine vorpreschende Bewegung mit ihrem Unterarm und schmetterte die Holzscheite in entgegengesetzte Richtung.

»Sorrel –« Doch seine Frau schnitt Petah das Wort ab.

»Genug!« Sie atmete heftig. »Bei den Göttern – *was ist hier los?*«

Tyrael hockte wie ein erwischter Dieb im Fenstersims. Er hatte die Kiefer fest aufeinandergepresst. »*Das* wüsste ich auch gern.«

Raven keuchte und hielt ihre inzwischen wieder gesunde Hand in die Höhe. »Ist das dein Ernst? Du hast mich verbrannt!«

»Und du weißt genau, warum.«

Stille kehrte ein und plötzlich zierte Erkenntnis Ravens maushafte Züge. Sie ließ die Hand sinken – und mit ihr den Kopf. Statt ihrer beruhigenden Wirkung spürte ich nun unendliche Trauer, die auf mich überging.

Tyrael bebte. »Zufälligerweise bin ich soeben auf die Leiche in deinem Behandlungszimmer gestoßen. Sag mir doch …« Seine Nasenflügel blähten sich bedrohlich auf, und sein festgetackertes falsches Lächeln wirkte gruselig. »Wann hattest du vor, mir zu sagen, dass Jaime tot ist?«

Raven ließ sich aufs Sofa sinken. Sie vergrub das Gesicht in den Händen und schüttelte den Kopf. »Es tut mir so leid, Ty. Sie … ich …« Raven schluchzte. »Es war zu spät!«

Tyrael schnaubte. Er wendete den Blick ab. Ich versuchte, seinen Ausdruck zu deuten, doch es war unmöglich. Tyrael war eine stabile Kriegsmauer aus festem Beton. Seine Hände waren zu Fäusten geballt. Schließlich zischte er. Wassertropfen stoben aus seinen Fingern. Vermutlich unkontrolliert. Er stieß gegen das Turmfenster, woraufhin es aufsprang.

Raven zuckte zusammen. »Tyrael, es tut mir so –«

»Spar dir deine Worte für diejenigen, die es interessiert, Raven.« Sein Blick glitt zu mir. Er zögerte, malmte mit den Kiefern. »Ich warte draußen auf dich.« Dann sprang er aus einer Höhe von über zwei Metern aus dem Fenster. Ich hörte nicht, wie er aufkam.

Unsicher blickte ich zu Raven. Mein Herz raste. Gerade war ich Zeugin der verrücktesten, unglaubwürdigsten Situation aller Zeiten geworden. Ich konnte nicht behaupten, dass mein Verstand solide damit umging. Mir war schwindlig.

»Wer … wer war Jaime?«

Raven wischte sich über das Gesicht und atmete tief durch. »Ein Mensch. Vor einer ganzen Weile hat Tyrael … etwas Dummes getan.«

»Etwas Dummes? Was denn?«

Sorrel zischte. Falten gruben sich um ihre Mundwinkel. »Dies ist nichts für unser Heim. Wir sind neutral.«

Raven nickte. Sie strich sich die Strähnen hinter die Ohren, richtete sich auf und musterte ihre verheilte Hand. »Nicht wichtig. Aber zur Strafe beschlossen die Oberen und der schottische Ausschuss des Palasts, Ty an einen Menschen zu binden. Er sollte sein Leben mit Jaime verbringen und hatte keine Chance, etwas dagegen zu tun. Ich weiß noch, was für eine große Sache das gewesen ist. Tyrael war jung damals. Dreizehn. Bei der offenen Zeremonie hat er geschrien wie ein Tier und sich gewehrt. Danach ist er für ein paar Jahre verschwunden und niemand hat je wieder etwas von ihm gehört. Seine Familie ist umgekommen vor Sorge.«

»O mein Gott«, flüsterte ich. »Wo ... wo war er?«

»Raven«, mahnte Petah. »Pass auf, was du ihr erzählst.«

Sie zögerte. Zuckte die Achseln. »Nach drei Jahren war er wieder da. Von dem Zeitpunkt an schien er sich gefügig an Jaime zu heften. Doch vor ein paar Tagen wurde sie angegriffen und ...«

»... sie hat es nicht geschafft«, vervollständigte ich ihren Satz.

Raven schüttelte den Kopf. Sie rieb sich die Stirn. »Ich weiß nicht, was Ty fühlt. Niemand weiß das. Tatsache ist, dass seine Zuneigung Jaime gegenüber auf einem Zauber basierte. Unmöglich zu sagen, ob er trauert – oder überhaupt noch irgendeine Emotion verspürt, wenn er jetzt an sie denkt.«

»Ganz bestimmt«, flüsterte ich. Mein Blick glitt zum Fenster, hinter dem er verschwunden war. »Ich bin mir sicher, das Herz ist stärker als jeder Zauber.«

Raven faltete die Hände im Schoß. Ein trauriges Lächeln umspielte ihre Mundwinkel. »Und ich bin mir nicht sicher, ob Tyrael ein Herz besitzt.«

»In dem Jungen ist kein Platz für Liebe«, murrte Sorrel.

Verwirrt wandte ich mich an Raven. Mir schwirrte der Kopf. »Danke ... danke für deine Hilfe.« Vorsichtig erhob ich mich. Meine Knie waren etwas wacklig, aber sonst schien ich stabil. Raven verabschiedete mich mit einem Lächeln.

Ich verließ den Turm und folgte der düsteren Stille. Tyraels Silhouette hob sich im Schein des Mondes vor dem Silent River ab. Wortlos gesellte ich mich zu ihm.

»Sie hat es gesehen«, sagte er.

»Was?«

»Dein Zeichen. Raven hat es gesehen.«

Mein Herz verpasste einen Schlag. »Woher weißt du das?«

»Ich weiß es einfach.« Er wandte mir die Schulter zu und lief in

Richtung Stadt. »Komm. Um diese Uhrzeit ist Silent Creek gefährlich. Ich bringe dich nach Hause.«

Ich zögerte. Doch schließlich folgte ich Tyrael. Und während wir eins mit der Dunkelheit wurden, dachte ich darüber nach, wie er mir in der Crooked Ave das Leben gerettet hatte. Ganz egal, dass er immer wieder von dieser Regel der festen Gesetze anfing.

Weshalb auch immer er diese Abneigung gegen mich empfand …

Ich wäre lieber auf der Stelle tot umgefallen, als zu glauben, dass Tyrael Burnett kein Herz besaß.

TYRAEL

✧

Meine Emotionen sangen leise und das beunruhigte mich. Ich sehnte mich nach Melancholie. Alles in mir hätte um Jaime Sullivan trauern sollen. Stattdessen spürte ich nichts als Gleichgültigkeit. Es war, als hätte ich Jaime nie gekannt.

Helena schnaufte, während sie versuchte, mit mir Schritt zu halten. »Tyrael?«

»Hm?«

»Müssen wir über dieses Gestein wandern?«

»Ja.«

»Warum?«

Mühelos hüpfte ich über das Geröll einstiger Klippen. Der Mond spiegelte sich im Wasser der Nordsee, die im Schutz der Nacht die Melodie sanfter Wellen von sich gab.

»Weil das Düstere Volk sich nicht bei Silent Creeks Bucht aufhält und ich nicht den Drang verspüre, dich im Kampf vor ihnen zu beschützen.«

»Sehr edel.«

»Wenn du weniger reden würdest, kämest du leichter voran.«

»Ich denke nicht, dass ich –« Der Rest ihres Satzes ging in einem spitzen Schrei unter. Sofort wirbelte ich herum – und schnaubte. Helena war an feuchten Algen abgerutscht. Im ersten Moment versuchte sie, das Gleichgewicht wiederzufinden, doch im zweiten sackte sie weg. Ihr Körper landete im flachen Wasser der Bucht. An dieser Stelle hätte Helena mühelos stehen können, doch stattdessen … schrie sie, als würde sie abgestochen. Wild schlug sie um sich, schluckte Wasser, wurde hysterischer.

»Was zum …« Ich runzelte die Stirn. »Steh auf!«

Sie reagierte nicht. Immer wieder versuchte sie, das Wasser von sich zu schlagen, und japste auf, wenn es ihr Gesicht berührte. In einer routinierten Bewegung hob ich beide Arme und presste sie gegen einen Widerstand. Eine molekulare Schneide befehligte die Verbindung und gebot dem Wasser, zu weichen. Von mir bis zu Helena bahnte sich ein schmaler Weg. Wie ein Häufchen Elend hockte sie im Schlick, um sie herum Algen, Geröll und einige Krebse. Sie zitterte vor Kälte. Ihre Zähne klapperten aufeinander. »D-danke.«

»Komm.«

Helena blickte von links nach rechts. Es wirkte, als wollte sie sich zwischen der geteilten Nordsee so klein wie möglich machen. Das Mondlicht erhellte ihre Brandnarbe. Manche Typen am College nannten sie »die verschrumpelte Neue«. Merlin gehörte auch dazu, obwohl er kurz zuvor rumposaunt hatte, er würde sie ins Bett bekommen. Überraschenderweise hatte ich dem Drang nachgegeben, die Muskelgruppe seiner Mundpartie lahmzulegen. Für den Rest des Tages war er sabbernd durch die Korridore gelaufen.

»Ich kann nicht!« Helena vergrub das Gesicht in den Händen, presste die Knie an ihre Windjacke und verbarg sich vor der Welt. Und plötzlich dämmerte mir, was los war: Sie hatte Angst vor dem Wasser.

Ich rang mit mir. Dann fluchte ich – »*Bljersk*« –, sprang von meinem Felsen und lief zu ihr. Mit einer Hand hielt ich die geteilte Nordsee an Ort und Stelle, die andere reichte ich ihr. Es war ein enormer Kraftakt, zu dem kein anderer meiner Verbündeten in der Lage gewesen wäre. »Steh auf.« Helena hob den Kopf. Sie zögerte und ich seufzte. »Du erlebst gerade hautnah, wie ich das Wasser befehlige, Helena. Denkst du, ich lasse dich ersaufen?«

»So abwegig ist der Gedanke nicht.«

»Auch wieder wahr.«

»Ich habe Angst.«

»Ich weiß.« Ich ging vor ihr in die Hocke und sah ihr in die Augen. »Angst ist eine Reaktion, die du nicht kontrollieren kannst. Aber soll ich dir ein mächtiges Gegenmittel verraten?«

Sie nickte. Plötzlich verlor ich mich in ihren weichen Zügen. Die Brandnarbe hatte einen Teil ihrer rechten Braue gefressen. Eine salzige Böe stob eine Strähne auf die Haut unter ihrer Nase. Ich streckte einen Finger aus und strich sie beiseite. Dabei fuhr mein Daumen über ihre Oberlippe.

Helena schauderte. »Tyrael …«

»Ja?«

»Das … das Gegenmittel. Meine Angst. Du wolltest …«

Schlagartig verschwand der Nebel, der sich über meinen Verstand gelegt hatte. Ich zog die Hand zurück und erschrak über mich selbst. »Wenn du deine Angst besiegen willst, musst du Entscheidungen treffen.«

Sie senkte den Blick. »Was für Entscheidungen?«

»Mut.« Aus irgendeinem verrückten Grund wollte ich ihr weiterhin in die Augen sehen. Ich legte meinen Finger unter ihr Kinn und hob ihr Gesicht an, bis ihr Blick sich in meinen bohrte. »*Sei mutig,* Helena.«

Sie blinzelte, als hätten meine Worte etwas in ihr bewegt. Kurz zog sich mein Magen zusammen, doch schließlich klärten sich ihre Züge wieder. »Ich versuche es.« Erneut senkte sie die Lider. »Aber ich –«

»Sieh mich an.« Helena öffnete die Augen. Sie waren blau wie das hellste Stückchen Himmel über watteweißen Wolken. »Indem du *denkst,* kannst du die Angst nicht überwinden.« Ich ließ meinen Finger sinken, erhob mich und streckte ihr erneut meine Hand entgegen. »Aber indem du *handelst.*«

Helena sah mich lange an. Ich dachte schon, sie würde sitzen bleiben und ich müsste sie aus dieser Bucht heraustragen, doch irgendwann atmete sie tief durch, nickte und ergriff meine Hand. Sie ließ sie nicht los, ehe wir das Gestein erreicht hatten. Es waren drei lange, furchtbare Sekunden. Dann sog ich das Wasser aus ihrer triefenden Kleidung, bis sie getrocknet war.

»Das wird das Erste sein, was ich lernen möchte«, sagte Helena.

»Ich bezweifle, dass Wasser dein Element wird.«

Sie setzte ihre Schritte mit Bedacht, während sie mir weiter über das Geröll folgte. »Warum?«

»Weil ich nichts spüre. Keine molekulare Verbindung zu dir.«

»Und bei anderen schon?«

»Ja.«

»Bei wem?«

»Was?«

»Wer gehört noch zu … zu den Azlata?«

Wir liefen über einen schmalen Sandstreifen, bevor wir den Klippenanstieg in Angriff nahmen. »Das wirst du noch früh genug erfahren.«

»Du kannst es mir auch jetzt sagen.«

Ich seufzte. »Bist du immer so redselig?«

»Bist du immer so mürrisch?«

»Ja.«

Sie lachte. Und es berührte mich. Über diese Erkenntnis erschrak ich so sehr, dass ich einen kurzen Augenblick innehielt. Helena gab einen dumpfen Laut von sich, als sie in mich hineinlief. »Was ist?« Panisch sah sie sich um. »Werden wir angegriffen?«

»Nein. Komm, weiter.«

Ich spürte die Wärme in meiner Brust noch immer, als wir den erdigen Pfad zum Burnett's Castle entlangschritten. Im düsteren Hintergrund verschwanden die Wipfel der schottischen Hügel hinter waberndem Nebel.

»Lebst du hier?«, fragte Helena, als wir den mit Backsteinen umfassten Teich in unserem Innenhof passierten. Knorrige Äste wehten im sanften Wind. Es war, als würden die kahlen Bäume miteinander tuscheln. Eine Trauerweide rieb ihre hängenden Ärmchen lustlos über den brüchigen Asphalt.

»Nein. Ich bringe dich in eine geheime Folterkammer, damit ich dich nie wiedersehen muss.«

Sie warf mir einen nüchternen Seitenblick zu. »Bei dir weiß ich nicht, ob das vielleicht der Wahrheit entspricht.«

»Gut so.« Ich grinste. »Fürchte mich, kleine Iversen.«

Sie schnaubte. Das warme Licht der dreiflammigen Laterne warf sich auf ihren Körper. Ich erwischte mich dabei, wie ich ein weiteres Mal ihre Brandnarbe musterte.

»Ist was?«

Mit einem Kopfschütteln wandte ich mich ab und schritt die Treppe zu der doppelflügeligen Holztür voran. »Ich erfülle meine Pflicht und bringe dich zu den clanhöchsten Azlata. Meine Familie kann dir alles über unsere Herkunft erzählen. Im Anschluss …« Ich öffnete die Tür und hielt sie ihr auf. »… gehen wir wieder getrennte Wege.«

Sie zuckte die Achseln. »Soll mir recht sein.«

Wir betraten die Eingangshalle. Zögerlich sah Helena sich um und immer wieder rieb sie sich über den Arm. Sie wirkte so verletzlich und angreifbar, dass mir der Gedanke, jemand wie sie sei eine Azlata, völlig fremd erschien.

»Ich wäre gerade lieber daheim«, sagte sie. »Nathaniel wird durchdrehen.«

»Dein Großvater wird auch hier sein.«

»Wie bitte?« Helena folgte mir die breite Treppe hinauf. Unsere Schuhe hinterließen Dreck in den Fasern des Teppichs. »Warum sollte er?«

»Weil er ein Azlata ist.«

Sie rannte beinahe in mich hinein. »*Wie bitte?*«

»Wusstest du das nicht?«

»Ob ich das *wusste?*« Mit ihren kurzen Beinen hatte Helena Mühe, mitzuhalten. »Bis vor wenigen Stunden dachte ich, die Bewohner Silent Creeks wären bloß fanatische Anhänger irgendeiner Sekte!« Helena murmelte ein paar Worte, die sich anhörten wie ein Stoßgebet. Fahrig rieb sie sich über das Gesicht. »Das ist verrückt. Vollkommen verrückt.«

Ich bewahrte Helena vor einem Zusammenstoß mit einem antiken Garderobenschrank, indem ich sie beiseitezog. »Jedenfalls würde es mich wundern, wenn die Ansgars ihm keine Nachricht darüber hätten zukommen lassen, dass ich dich herbringe.«

»Die Ansgars?«

»Ravens Familie. Die Heiler.«

»Ah.« Ihr Blick wanderte über die hohen Burgwände, musterte die Gemälde und betrachtete das altehrwürdige Mobiliar. Bewunderung schlich sich in ihre Augen. »Ist euer Zuhause ein Treffpunkt für euch … *uns* Azlata?«

»Mir wäre lieber, du hättest dich nicht korrigiert, aber ja.«

Aus dem Augenwinkel erkannte ich, wie sie das Gesicht verzog. Die Sohlen ihrer Stiefel quietschten auf den gesäuberten Fliesen. Es machte mich wahnsinnig.

»Zehn Minuten.«

Wir bogen in den nächsten Korridor ein. »Was?«

»So lange hast du es geschafft, nett zu sein.«

»Ich bin nicht nett.«

»Danke für die Erinnerung. Wir sollten ein Spiel daraus machen.«

Ich hob eine Braue. »Für jede Minute, die ich nett bin, hältst du dich einen weiteren Meter von mir fern?«

Sie funkelte mich an. Ich lachte.

»Gut, zweiter Versuch: Wenn ich einen *ganzen Tag* lang nett zu dir bin, darf ich das Stuart-Projekt allein machen.«

»Vergiss es, Burnett.«

Wir erreichten die Tür. Gedämpftes Stimmengewirr drang zu uns. Ich beugte mich zu Helena hinunter, bis ich ihrem Gesicht viel zu nah war. Ich roch den Schlick der Bucht, erkannte ihre Nervosität in der unsicheren Bewegung ihrer Mundwinkel. »Spielverderberin.«

Sie wollte etwas erwidern, doch ich öffnete die Tür. Die Stimmen dahinter erstarben abrupt. Etliche Augenpaare richteten sich auf uns. Nicht nur meine Familie war anwesend. Auch Isobel und Ëmille, der aussah, als wäre er vom Winde verweht worden, sowie Nathaniel. Klein und untersetzt stand er auf dem Perserteppich und hatte die Hände zu Fäusten geballt. Sileas saß neben Cora in meinem liebsten Ohrensessel. Hinter ihr balancierte eine Sphynx-Katze die zarten Pfoten auf der schmalen Lehne. Wenn so viele Azlata sich der Jagd enthielten, mussten die ausländischen Clans in die Stadt gerufen worden sein, um die Menschen vor dem Düsteren Volk zu schützen. So etwas passierte selten. Der Gedanke, es wurde für Helena getan, war … na ja, es war eine Verschwendung.

All diese mächtigen Wesen begafften das viel zu normale Mädchen neben mir mit gieriger Neugier in den Zügen. Helena klammerte die Finger um die Ärmelaufschläge ihrer Windjacke. Sie stand im Zentrum der Aufmerksamkeit und wirkte wie ein angeschossenes Reh im Scheinwerferlicht.

»Danke, mein Sohn.« Elsbeth Burnett saß in ihrem Lehnstuhl. Im Kamin neben ihr fraßen sich hohe Flammenzungen in die Holzscheite. Das Feuer präsentierte meine Mutter abwechselnd in Licht und Schatten. Sie legte die Fingerspitzen aneinander und beugte sich vor, um Helena zu mustern. Dabei fiel ihr langes dunkles Haar in zarten Wellen bis auf ihre Oberschenkel. Meine Mutter trug die Ledermontur der Azlata, was bedeutete, dass sie frisch von der Jagd kam. In ihren Ohrläppchen glitzerten rebellische Ringe.

»Helena Iversen.« Ein schmales Lächeln lag auf ihren Lippen. Sie trat jeder Situation nüchtern gegenüber. »Nun lernen wir uns endlich kennen.«

Helena zupfte an dem Rollkragen unter ihrer Windjacke, um ihn sich bis ans Kinn zu ziehen. »Es, ähm, freut mich, Ma'am.«

»Elsbeth.«

Ein zartroter Schimmer legte sich auf Helenas Wangenknochen. An ihrem Hals schlug ihr Puls in rasantem Tempo. Sie versuchte, dem Blick meiner Mutter standzuhalten, doch er war eisern. Nach einem stummen Moment, in dem nichts zu hören war außer einem blubbernden Pfeifengeräusch und dem Knistern des Feuers, entschied sich Helena für die Sicherheit ihrer schwarzen Doc Martens. Von irgendwoher drang ein krachendes Geräusch zu uns. Der Saal vibrierte. Über unseren Köpfen erzitterte der Kronleuchter bedrohlich, woraufhin mein Vater ein entnervtes Seufzen von sich gab. Mit seinem wildblonden Haar und den blauen Augen erinnerte er mich jeden Tag aufs Neue an einen nordischen König. Ich hätte ihm nicht unähnlicher sein können.

»Zum letzten Mal, Tyrael.« Sein Blick bohrte sich in meinen. »Deine Heralchiro ist kein Schoßhündchen!«

»Dalziel …«

»Nein, Els. Dieser verdammte Fledermausdrache zerstört jeden Winkel unserer uralten Mauern!«

»Sie hat Hunger«, sagte ich. »Wenn ich nur kurz –«

»Du bleibst hier«, schnitt meine Mutter mir das Wort ab. »Diese Konferenz wird wichtig.«

Erneut krachte es. Staub rieselte von der Decke. Neben mir zuckte Helena zusammen.

Mein Vater schloss kurz die Augen. »Ich verfluche dieses eigensinnige Tier.«

»Keine Sorge.« Ich grinste. »Exodia ist darauf trainiert, nur Archies Zimmer auseinanderzunehmen.«

»Ich hoffe, du scherzt«, entgegnete Archibald. Er stand neben dem Diwan im hinteren Teil des Saals. Beunruhigung brachte Chaos in seine androgyne Gesichtsform. »Du solltest lernen, ihr Temperament zu zügeln, Tyrael.«

»Warum? Bist du besorgt, sie könnte die Liebesbriefe deiner Verehrerin aus der *Dunkelhöhle* fressen?« Ich bettete meine Schläfe an die Backsteine des Türbogens. »Verrate es mir, Arch. Wie hast du es geschafft, dass ein Wesen mit Verstand sich zu dir hingezogen fühlt? Kirkhaven hin oder her.«

Neben ihm auf dem dunklen Stoff des Diwans senkte unsere Cousine Didre den Kopf. Ihre kräftig roten Locken ergossen sich auf ihre Arme, die in einer dicken Wollstrickjacke steckten.

Archie öffnete den Mund und wollte etwas erwidern, doch mein Vater brachte ihn mit einem Zischen zum Schweigen. »Schluss mit diesen Albernheiten.« Dalziel verengte die Augen, als er zu mir und Helena sah. »Schließt die Tür hinter euch.«

Helenas Blick wanderte von Isobel zu Sileas. Ihre Lippen teilten sich. Hilflos sah sie zu mir, woraufhin ich eine Braue hob.

»Ich bin nicht dein Babysitter, Prinzessin.«

Meine Aufgabe endete hier. Also schob ich mich in den Raum, ungeachtet dessen, ob sie mir folgen würde, und gesellte mich zu Ëmille. Er lehnte an der Wand neben den karmesinroten Samtvorhängen, in den Händen ein Glas dampfenden Met.

»Was macht sie mit ihren Haaren?«, murmelte er.

Mein Blick glitt zu Helena. Sie krallte ihre Finger in die Haarspitzen und zog beide Seiten überkreuzt vor ihren Hals.

»Keine Ahnung«, log ich.

»Wie merkwürdig.«

»Das Mädchen ist eine Iversen, Ëm. Was hast du erwartet?«

Die hochgewachsene Gestalt meiner Mutter erhob sich vor dem Kamin. Sie spielte mit dem Feuer, indem sie es von einer Fingerspitze zur nächsten hüpfen ließ. »Also, Helena. Was für ein … ja, besonderer Moment.«

»Wage es nicht, sie zu verurteilen, Elsbeth.«

»Willst du mich beleidigen, Nathaniel?«

»Nein.« Der alte Mann verengte die wässrigen Augen. »Aber dich vor dummen Entscheidungen bewahren.«

»Sprich nicht auf derartige Weise mit meiner Frau«, mischte sich mein Vater ein. Er stand im Schatten, doch für einen kurzen Moment huschte der Flammenschein einer von der Decke baumelnden Laterne über sein zerfurchtes Gesicht und erhellte die Kampfnarbe über seiner Nase.

»Ich erinnere euch an längst vergangene Zeiten, Dalziel.« Nathaniel schnalzte mit der Zunge und schritt auf dem dicken Teppich auf und ab. Seine lichten Strähnen legten sich wie struppiges Pferdehaar in seinen Nacken. »Heute bereut ihr die Dinge, nicht wahr?« Über das Gesicht meiner Mutter huschte ein düsterer Ausdruck. »Verurteilungen passieren schnell. Reue hingegen währt ewig. Trefft eure Entscheidungen mit Bedacht.«

»Ich denke, wir sind uns alle einig, dass die hier Anwesenden keinen Bedarf an Verurteilungen unseresgleichen haben.« Die Aussage kam von Baba Greer. Sie hockte im breiten Fenstererker neben mir und paffte eine Pfeife. Der Rauch stieg in die Luft und verlor sich in der oberen Empore. Am Ende des Raumes steckten Archibald und Didre die Köpfe zusammen und tuschelten aufgeregt miteinander. Neben ihnen lag Aleen in Decken gewickelt auf dem Diwan und schlummerte. Und während ich so dastand und die anderen beobachtete, brach eine unerwünschte bleierne Müdigkeit über mich herein. Träge blinzelte ich. In letzter Zeit wurde er merklich schlimmer. Der Fluch.

»Sorry, aber ich muss jetzt mal unterbrechen.« Isobel eilte durch den Raum, um Helena in die Arme zu schließen. Dabei verschluckte ihre groß gewachsene Statur den kleinen Körper fast vollends. »Ich habe mir Sorgen gemacht!« Sie streckte sie von sich. »Alles in Ordnung? Wo bist du gewesen?«

Helena strich sich in akribischer Präzision die Haare vor den Hals. Fast hatte ich Mitleid mit ihr. *Fast.* »Ich weiß es nicht. Aber es ist alles in Ordnung. Ich bin bei Tyrael gelandet.«

»Tyrael?« Cora schlug die Beine übereinander und musterte Helena schamlos. »Dann klingt es ganz und gar nicht danach, dass alles in Ordnung ist.« Ein paar lachten. Sie neigte den Kopf. »Mal ehrlich: Warum sollte irgendeine Macht dich ausgerechnet zu meinem Bruder katapultieren?«

»Zufall«, sagte ich, woraufhin Cora abfällig schnaubte.

»Nichts, was in deine Hände gerät, ist Zufall, Brüderchen.« Sie betrachtete die einzelnen Eisenschnallen an ihrer Lederhose. Das Material diente dem Schutz vor Dopplerkreaturen. »Du ziehst Chaos an wie Götter ihre Bewunderer.«

Darauf erwiderte ich nichts, denn sie hatte recht. Eine unangenehme Stille entstand, bis Nathaniel sich seiner Enkelin zögerlich näherte, um ihr die Jacke abzunehmen. Helenas Finger umklammerten ihren Rollkragen. Wenn man nicht wusste, weshalb sie das tat, wirkte es absurd.

»Setz dich.« Mit dem Arm deutete Nathaniel auf einen Sessel, wobei er mit ihrer Jacke eine Kerze traf, die auf dem runden Tisch gestanden hatte. Der weiße Stumpen rollte über den Teppich und warf seine Flammen auf die einzelnen Fasern. Mein Vater gab ein entnervtes Seufzen von sich.

»Verzeihung.« Nathaniel löschte das Feuer mit dem Schwung seiner Hand und drückte Helena anschließend in den Sessel. Ihre Füße berührten nicht einmal den Boden.

»Sie sieht ständig zu dir«, murmelte Ëmille nach einem Moment. »Hast du ihr den Kopf verdreht?«

»Halt den Mund.«

»Ich mein es ernst. Was hast du mit ihr gemacht?«

»Nichts.«

»Klar.« Ëmille grunzte. »Was, meinst du, ist mit ihrem Gesicht passiert?«

»Frag sie, nicht mich.«

Er seufzte. »Ich wünschte, du würdest mit mir tratschen. Ständig bist du ernst.«

»Klatsch und Tratsch sorgt für unruhige Gemüter, Ëm.«

»Falsch.« Grinsend legte er die Handflächen auf den Sims hinter sich und zog seinen breiten Körper hinauf. Er setzte sich in den Schneidersitz. »In einer Welt voller Tod und Verderben bewahrt es dich davor, durchzudrehen.«

Und Baba Greer bewahrte mich vor einer Antwort.

»Bei den Göttern.« Sie linste durch ihren fettigen Vorhang an Haaren zu Helena hinüber. »Ich habe es schon vorhin gedacht. Du bist deiner Mutter wirklich wie aus dem Gesicht geschnitten. Kannst du dich an sie erinnern, Kind?«

»Ja«, sagte Helena.

Greer dachte gar nicht daran, den Blick von Helena abzuwenden. Ihre hölzerne Pfeife hing bedrohlich locker in ihrem Mundwinkel und erlosch mit einer letzten düsteren Rauchwolke. Greer schnippte mit den Fingern, woraufhin sie wieder erglühte, und pustete den Qualm durch ihre eingefallenen Lippen. Ein sengender Geruch nach Krähenkadaver entfaltete sich. »Hat sie jemals etwas über eine Unendliche Macht gesagt?«

»*Maëma*«, mahnte Elsbeth.

Archibald stieß sich von der Wand ab und nahm eine solide Haltung ein. »Ich würde es vorziehen, wir sprächen inmitten dieses geschichtsträchtigen Hauses nicht über Syphrah Iversen.«

»Und ich würde es vorziehen, du hieltest den Mund, Froschgesicht.« Coraël wippte mit ihrem Plateauschuh in der Luft und musterte ihre kohleschwarzen Fingernägel. »Wenn es dir schwerfällt, sag Bescheid. Ich kann ihn dir mit Erde stopfen.«

»Coraël«, rief Dalziel, »sprich nicht in diesem Ton mit deinem Bruder!«

Helena beugte sich an der hohen Lehne ihres Ohrensessels vorbei, um Archibald einen wütenden Blick zuzuwerfen. »Willst du vor mir über meine Mutter herziehen?«

Er presste die Kiefer aufeinander und musterte sie. »Syphrah war eine Verräterin.«

»So redest du nicht über meine Tochter, Archibald Burnett!« Nathaniel bewegte die Hand durch die Luft und nutzte die Flammen im Kamin, um eine Feuerwelle durch die Luft sausen zu lassen. Die heiße Luft schlug Archibald entgegen.

»Verzeihung«, nuschelte er wenig überzeugend und verschwand wieder im Schatten, wo er Didre etwas ins Ohr flüsterte. Sie verzog den Mund und schüttelte knapp den Kopf.

Etwas Weiches strich an meinen Beinen entlang. Ich sah hinunter und erkannte die nackte Sphynx-Katze. Sie erzitterte, und Sekunden später wabbelte und wuchs ihr Körper. Plötzlich wurden ihre Pfoten zu Händen und Füßen. Ihre Ohren schrumpften, wurden ersetzt durch menschliches Fleisch, bis ein Mädchen mit weit auseinanderstehenden Augen, einer kleinen Nase und einem schmalen Gesicht vor mir stand. Sie trug ein weißes Kleid, das ihre Knie umschmeichelte.

Helena keuchte. Sie presste sich die Hand an die Brust und holte schnappartig Luft. »*Kamryn?*«

Sileas' Zwillingsschwester wandte sich ihr zu. Ein zögerliches Lächeln erschien auf ihrem Gesicht. »Hallo.«

»Das warst *du?*« Helena wirkte entsetzt. »*Du* warst an dem Abend in der Crooked Ave?«

»Yep.« Sileas warf sich eine Handvoll Kartoffelchips in den Mund. Die Tüte knisterte auf ihrem Schoß.

Kamryn zuckte die Achseln und schlang die dürren Arme um den Körper, als wollte sie sich vor den ganzen Blicken schützen. »Ich habe Tyrael Bescheid gegeben.«

Helena nestelte unentwegt an ihrem Rollkragen. »Das ist verrückt. Ich meine …« Sie sah in die Runde. »Was passiert hier?«

In mir wallte der jähe Drang auf, sie in den Arm zu nehmen. Es kam derart überraschend, dass ich nach Luft schnappte. Ëmille quittierte diese Geste mit einem Stirnrunzeln, wandte sich jedoch ab, als ich ihm mit einem drohenden Blick antwortete.

Im Saal breitete sich eine gespenstische Stille aus. Nathaniel blickte auf seinen schäbigen Pullunder, Isobels Blick klebte an Ëmille, Greer paffte ihre Pfeife, Archie und Didre verstummten und meine Eltern tauschten einen bedeutungsschweren Blick.

»Na ja«, begann Cora, »deine Mutter war eine von uns.«

Sileas nickte. »Deshalb liegt es nahe, dass du auch eine Azlata bist.« Ich hörte den bewundernden Tonfall aus ihrer Stimme heraus. »Vermutlich eine sehr mächtige. Syphrah war –«

»Sileas«, flüsterte Kamryn mahnend.

»Aber es muss doch nicht sein«, murmelte Helena. »Vielleicht bin ich ganz normal. Ich habe keine Kräfte. Ich …«

»Und wie erklärst du dir, was an Syphrahs Grab geschehen ist?« Isobel warf sich das fuchsrote, lange Haar über die Schulter. Auch Ëmilles sehnsüchtiger Blick entging mir nicht. »Denkst du, Menschen teleportieren durch die Weltgeschichte?«

»Aber … warum ist es geschehen? Was *macht* mich zu einer Azlata?«

»Die keltischen Götter.« Meine Mutter durchschritt den Saal. Sie umfasste das feine Porzellan einer Kanne und goss Tee in eine vogelförmige Tasse. »Sieben der keltischen Gottheiten waren besonders, Helena.« Meine Mutter bot ihr die Tasse an. Helena nahm sie entgegen und wechselte in den Schneidersitz. Schlick bröckelte auf den Chintz-Sessel. Ihre tiefblauen Augen klebten an den Lippen meiner Mutter.

»Sie hatten besondere Kräfte und hoben sich von anderen ab.« Elsbeth hob die Hand, um an den Fingern zu zählen. »Belenus ist unser Urgott. Er war ein Heiler. Der zweite von ihnen strahlte am hellsten: Lugh, der Gott der Sonne. Er beschenkte die Welt mit der

Schöpfung neuer Wesen und purer Lebenskraft. Durch seine Himmelsgabe war es ihm möglich, in die Köpfe anderer einzudringen und psychische Qualen hervorzurufen. Tailtiu, die Festgöttin und Verbündete der Erde. Ihr waren mächtige Kräfte zu eigen, denn sie sorgte für die Wiedergeburt vergangener Leben.«

»*Ave Tailtiu*«, flüsterte Sileas. Kamryn wisperte lautlose Worte und malte mit den Fingern das heilige Kreuz vor ihrem Körper.

»Und der vierte Gott?«, fragte Helena.

Jetzt war es Greer, die antwortete. »Dagda.« Das Wort klang, als würde sie auf den Gott spucken. »Eigenwillig, experimentierfreudig und gefräßig. Hat sich aus dem Kessel Nimmerleer bedient und sich einen Spaß daraus gemacht, sich mit toten Seelen zu verbinden. Dieser Verrückte.«

»Also ist er der Gott der Düsteren?«, fragte Helena, woraufhin Ëmille den Kopf in den Nacken warf und schallend lachte. Jedes Augenpaar wandte sich ihm zu.

»Wie erheiternd!« Er hob die Arme und wirkte amüsiert. »Dagda, der König der Düsteren? Kommt schon! Die Vorstellung ist absurd!«

Coraël spielte mit den bunten Zierkugeln in den Spitzen ihres schwarzen Bobs und grinste. »Anu hätte ihn zerfleischt.«

»Wer ist Anu?«

»Sie gilt als Mutter der anderen, weil sie über sie alle wachte. Der Legende nach war auch sie es, die dem Rest unserer Gottheiten durch die Züchtung heiliger Nerven das Leben schenkte. Anu sah sich selbst als Königin.«

Isobel warf Helena einen Seitenblick zu. »Das fand Brigid nicht so gut. Dagdas Tochter. Zwischen ihnen soll es wohl Spannungen gegeben haben, weil Brigid wie ein leuchtender Pfeil war, der jede Düsterheit erhellte. Brigid galt als diejenige, die sich um ihre Brüder und Schwestern kümmerte. Sie konnte sich in jeden hineinversetzen, weil sie eine übernatürliche empathische Macht besaß, und wollte daher die Königin sein.« Sie zuckte die Achseln. »Durfte sie aber nicht.«

»Und dann noch die Siebte und Letzte von ihnen«, sagte Nathaniel mit pfeifendem Unterton, als hätte er Angst davor, ihren Namen auszusprechen. Er blickte zu seiner Enkelin, in deren Augen sich das Kaminfeuer spiegelte. »Morrigan.«

»Morrigan«, wiederholte Helena sanft, als wollte sie den Namen auf der Zunge kosten.

Nathaniel nickte. »Die Göttin des Totenreichs. Zur Hälfte leblos, zur Hälfte lebendig. Dunkel und hell. Sie lebt in ihrem Reich. Unsere Totengöttin nimmt leblose Seelen in Empfang und Leidenden das letzte Lebenslicht, um sie auf ihrem dreibeinigen Pferd nach Tír na nÓg zu bringen.«

»Tír na nÓg?« Helenas Finger umklammerten die Vogeltasse so fest, dass sich ihre Knöchel weiß färbten. »Ist das eine Stadt?«

»Ein grünes Tal in einer anderen Welt«, sagte mein Vater. Mit dem Finger fuhr er über den eisernen Feuerdolch an seiner Hüfte, dessen Material glühende Striemen einfassten.

»Morrigan wandelt durch die Welten«, sagte Ëmille. »Und ist die Herrscherin über Tír na nÓg und Cruachain, zwei Reiche Avalons, der Anderwelt. Dort, wo die toten Seelen und die Düsteren leben und der Baum Avalons Wurzeln schlägt.«

»Was … was ist der Baum Avalons?«

»Der Baum, der alle Welten miteinander verbindet«, sagte Cora. »Himmel, Hölle, Erde. Er steht für das Leben an sich und die Wiedergeburt. Wir Azlata schöpfen von seiner Kraft. Seine Äste gelten als Knotenpunkte, die den Zugang zu anderen Welten ermöglichen. Es wird auch gesagt, dass der Baum geheimes Wissen enthält, weil er alles sieht. Deshalb beherbergen seine Tore die Ixod Veritas.«

»Ixod … was?«

»Zecken«, sagte Isobel. »Riesige, fette Zecken, die dich angreifen, wenn du es wagst, den Baum Avalons zu betreten. Aber wenn du sie bezwingst …« Sie zuckte die Achseln. »… steht dir die Antwort auf eine Frage zu. Egal, um was es geht.«

Cora schnaubte. »Ja, aber zu was für einem Preis?«

»Wieso?« Helena sah sie an. »Was fordert diese Zecke?«

Cora blickte auf ihre Fingernägel, ein grimmiges Lächeln auf den Lippen. »Das Leben einer Person, die der Fragensteller von ganzem Herzen liebt.«

Helena klappte der Mund auf. »Das Ding tötet jemanden, nur weil es eine Frage beantwortet?«

»Nicht töten«, murmelte Sileas. »Schlimmer. Niemand weiß es mit Gewissheit, aber es wird gesagt, dass die Personen am Ende …«

»… so gut wie hirntot sind«, vervollständigte Cora ihren Satz. Sie starrte ins Leere. »Rammt mir einen Dolch ins Herz, wenn mir so etwas jemals passieren sollte.«

»Wird es nicht«, sagte meine Mutter. »Schluss mit diesen Gedanken. Die Ixod Veritas spazieren nicht einfach aus dem Baum Avalons heraus.«

Zu meinem Erstaunen gab Nathaniel ihr mit einem Nicken recht. »Diese Zecken sind Nebensache. Der Baum ist vor allem für eines wichtig: die Verbindung zu unseren Elementen. Wir schöpfen unsere Kraft der Natur aus seinen Wurzeln.«

Helena blickte auf ihre Hände, als erwartete sie, ihr Element würde sich plötzlich offenbaren. »Und wie funktioniert das?«

»Energien«, sagte Baba Greer. Ihr Qualm verhüllte ihr Gesicht noch immer fast vollständig. »Noch vor unserer Geburt erreichen die Zweige des Baumes Avalons die magische Verbindung der Gottheiten in uns. Seine Blüten hinterlassen ihre Spur in Form einer Naturgabe. Deshalb beherrscht jeder Azlata neben seiner von den Göttern gegebenen Macht auch noch ein Element.«

»Verstehe«, murmelte Helena. »Und die … die Mächte … sind die auch willkürlich?«

»Nicht ganz.« Mein Vater lehnte einen Fuß an den gemauerten Kamin und betrachtete Helena. »Für gewöhnlich wird die Macht über Generationen weitergegeben und hält sich in der Familie. Sie ist erblich bedingt. Es kann aber auch sein, dass Generationen übersprungen werden. Passiert seltener, ist aber schon vorgekommen.«

»Wie bei Ghislaine«, flüsterte Kamryn. Die plötzliche Aufmerksamkeit verschreckte sie. Nervös fuhr sie sich über die Brust, die

Augen geweitet, aber zu Boden gerichtet. »Sie ist eine Burnett, aber keine Neuralgikerin, sondern Heilerin.«

»Meine eigene Cousine.« Ich tat, als würde ich mir einen Dolch ins Herz rammen, und seufzte theatralisch auf. »Eine Verräterin!«

Meine Mutter warf mir einen strengen Blick zu.

»Und wir … wir stammen also von diesen Gottheiten ab?«, fragte Helena. Ihre Hände zitterten, und als sie einen Schluck aus ihrer Porzellantasse trank, schwappte Flüssigkeit auf ihre Jeans.

»Wir Azlata sind die Kinder dieser sieben keltischen Gottheiten«, wehte Greers Stimme aus der teerartigen Rauchwolke heraus. Helena versuchte, einen Blick auf sie zu erhaschen. Doch Greer blieb eine dunkle, untersetzte Silhouette. »Jede Gottheit opferte einen Knochen, um ein Volk ihresgleichen zu erschaffen. Aus dem Schenkel des Belenus entstanden die Mediaten. Unsere Heiler. Das neutrale Volk. Sie halten sich aus jedem Kampf raus. Lugh entledigte sich seines Schlüsselbeins und schuf Psychokineten. Ihre Macht besteht einerseits aus dem Eindringen in unsere Psyche, damit sie uns mit Schallwellen in den Wahnsinn treiben können, andererseits aus der Telepathie. Dinge bewegen, ohne sie zu berühren.«

»Dann gibt es noch die Empathen«, ergänzte Ëmille. »Isobels Clan. Und meiner. Wir entstammen dem Ellbogen Brigids.«

Hel verzog unwillkürlich das Gesicht. Sogar ich musste zugeben, dass das widerlich klang.

»Tailtiu verabschiedete sich von ihrer sechsten Rippe und überließ uns die Gabe der Formwandlung.« Sileas deutete auf ihre Schwester, die in dieser Sekunde leichtfüßig auf die breite Kommode hüpfte, um sich dort niederzulassen. Manchmal vergaß Kamryn, dass sie sich nicht in ihrer Katzenform befand. »Jeder von uns bekommt schon mit der Geburt das Wesen in sich zugeteilt, zu dem wir imstande sind uns zu wandeln. Kamryn ist eine Katze. Ich bin ein Komodowaran.«

»Ein *Komodowaran?*« Helena fielen beinahe die Augen aus dem Kopf. »Du kannst zu einer Echse werden?«

Sileas grinste. »Soll ich's zeigen?«

»Bloß nicht«, murmelte meine Mutter und zwickte sich in die Nasenwurzel. »Keine Reptilien in meinem Haus, wenn möglich.«

»Exodia würde sich freuen.« Ich wackelte mit den Brauen. »Sie sehnt sich nach einem Spielfreund, Sileas.«

Die blonde Everstone schnaubte und zwirbelte sich ihren seitlichen Flechtzopf um den Finger. »Vergiss es, Ty. Exodia ist wie eine hyperaktive Sechsjährige im Spieleparadies.«

»Was ist mit diesem gefräßigen Dagda?«, fragte Helena. »Wen hat er erschaffen?«

»Die Doppler«, kam es voller Abscheu von Didre. Es war ungewöhnlich, dass sie sich an einer unserer Besprechungen beteiligte. Sie hatte den Blick gesenkt und betrachtete ihre Hände. »Dafür hat er seinen Stummelschwanz geopfert.«

»Seinen Stummelschwanz?« Helena wirkte verwirrt. »Was meinst du – oh!« Sie verzog das Gesicht. »Igitt!«

»Igitt trifft es gut.« Isobel lachte. »Du musst dir unsere Geschichtsbücher durchlesen. Die Karikaturen sind widerlich.«

»Lieber nicht.« Bei dem Gedanken rümpfte Helena die Nase. »Was können die Doppler?«

»Sich ganz offensichtlich verdoppeln. Und sie sind in der Lage, Helferkreaturen aus dem Jenseits zu rufen. Tote Seelen, die an ihrer Seite kämpfen«, sagte Didre. »Aber sie können nur eins von beidem. Entweder Helfer kreieren oder sich verdoppeln. Zu mehr reicht ihre Kraft nicht aus.«

»Ich hasse es, ihnen zu begegnen«, sagte Isobel. »Sie stinken nach Tod.«

»Isobel«, mahnte Ëmille, ohne sie anzusehen. »Verspotte nicht die Seelen der Anderwelt.«

Ihr Hals färbte sich rot. »Ich verspotte sie nicht. Ich sage die Wahrheit.«

»Sie stinken tatsächlich«, sagte Cora. »Jedes Mal muss ich mir das Würgen verkneifen.«

»Und Anu?«, fragte Helena, woraufhin die Stimmung augenblicklich ernster wurde. »Wen hat sie erschaffen?«

»Meinen Clan«, entgegnete ich. »Die Neuralgiker.«

Helena fing meinen Blick ein. »Und ihr könnt die Nerven anderer kontrollieren?«

»Auch«, sagte Greer, nuckelte an ihrer Pfeife und wackelte mit ihren verhornten, nackten Zehen. »Aber wenn es drauf ankommt, können wir sehr unangenehm vorgehen. Wir bemächtigen uns der Sehnen und Muskeln, können die Nerven bis aufs Übelste reizen und den Körper steuern.«

Helena staunte. »Einfach so?«

»Nichts funktioniert einfach so«, spottete Greer. »Jedes Eindringen in andere Körper erfordert hartes Training, Mädchen.«

»Und jeder Zauber laugt uns aus«, ergänzte mein Vater.

»Verstehe.« Helena wirkte überfordert. Ich konnte nur erahnen, was die vielen Informationen in ihr anrichteten.

»Morrigan gab ihren Fingerknochen.« Nathaniel gesellte sich ans Feuer. Flammenschein erhellte sein ledriges Gesicht, nur Sekunden bevor es in einen tiefen Schatten gehüllt wurde. »Sie erschuf das mächtigste Volk: die Kinder der Nekrose. Durch die Kraft der Toten können sie die Zellen und Organe ihrer Feinde absterben lassen. Sie sind … äußerst stark. Und sehr selten. Von ihnen gibt es heute kaum noch welche. Zwei Handvoll, wenn überhaupt.«

Ein Schauder erfasste Helenas Körper. »Aber sie leben nicht hier, oder?« Gedankenverloren rieb sie sich über ihre Brandnarbe. »Die Bösen leben in Cruachain? Einem … einem Teil der Anderwelt?«

Nathaniel nickte. »Wir alle waren ein Lichtes Volk, bis drei der Zirkel sich dazu entschlossen, ihre Macht auszunutzen. Sie wollten die Herrschaft an sich reißen und hierfür die drei magischen Artefakte unserer Schöpfer stehlen: Unantastbarkeit, Unsterblichkeit und die … die …« Das Wort blieb ihm im Halse stecken. Er verzog das Gesicht.

»Die Unendliche Macht«, sagte ich.

Nathaniel nickte. »Doch die Götter kamen unseren Brüdern und Schwestern zuvor. Sie verbannten die drei Zirkel in die Anderwelt. Von dort an gehörten die Psychokineten, die Doppler und der Nekrose-Clan nicht mehr zum Lichten Volk. Der Sage nach versteckten die Götter die drei Insignien in Gegenständen verschlossen an Orten, die niemals jemand finden sollte.«

»Aber deine Tochter hat sie gefunden.«

»Halt die Fresse, Arch«, sagte Cora.

Er verdrehte die Augen. »Ich frage mich, was mit euch los ist. Stellt sich hier jeder gegen die Aussagen der Oberen? Bin ich der Einzige, der ihnen Gehorsam leistet?«

»Du bist der Einzige, der ihnen die Füße leckt«, sagte ich. Nathaniel hatte die Augen zusammengekniffen. Seine Lippen zuckten.

Ich stieß mich von der Wand ab und seufzte. »Diese Tat forderte den Göttern alles ab. Sie gaben ihre Lebenskraft für unseren Schutz und mussten sterben.« Ich sah Helena tief in die Augen. Sie schluckte. »Ihr Tod darf nicht umsonst gewesen sein. Es ist unsere Aufgabe, die Menschen vor dem Düsteren Volk zu beschützen.« Ich trat einen Schritt auf sie zu. Sie teilte die Lippen. Ihre Atmung ging schneller. »Und du gehörst jetzt zu dem Lichten Volk, Helena.«

Langsam schüttelte sie den Kopf. »Unmöglich.«

Wir lieferten uns ein langes Blickduell. Keiner von uns beiden schien imstande wegzusehen. Um uns herum herrschte Stille.

»Wir werden sehen.« Die Stimme meiner Mutter zerschnitt unseren Blickkontakt wie eine messerscharfe Schneide. Abrupt wendete ich mich ab. Ich fing Ëmilles Blick auf. Er hatte eine Augenbraue gehoben. Ein Grübchen bohrte sich in seine rechte Wange. Ich kümmerte mich nicht weiter um ihn und gesellte mich zu Greer in den Erker, bis ihr wabernder Krähenkadaverdampf mich in sich aufnahm.

»Du wirst sie trainieren und du wirst nett zu ihr sein«, murmelte Greers todeskalte Stimme nach einer Weile.

Ich gab ein eisiges Lachen von mir. »Im Leben nicht, Baba.«

Sie wandte sich mir zu. In der nächsten Sekunde blies meine Großmutter mir eine Rauchwolke ins Gesicht. »Und ob, Ty-Ty.«

»Sie besitzt das Mal der Düsteren.«

»Ganz recht. Das Mädchen weiß nicht, wie mächtig sie ist.«

»Ist sie nicht.« Ich schnaubte. »Sie ist eine Schisserin.«

»Bei den Göttern, dann treib es ihr aus!« Blitzschnell umklammerte Baba Greer mein Kinn mit ihren kurzen dicken Fingern. Sie kam mir sehr nahe, und als ich ihren säuerlichen Kadaveratem riechen konnte, sagte sie: »Ich bin Greer Burnett, Junge, und ich werde den Teufel tun, dieses Kind in die Hände der Oberen zu geben. Haben wir uns verstanden?«

Ich sah ihr lange in die weißen Augen, bevor ich antwortete. »Ja, Baba.«

Sie grinste. »Sehr schön.« Ihre Finger rutschten von meinem Kinn. »Und nun geh. Ich spüre deine Schwäche.«

»Meine Schwäche?«

»Deine Nerven sind ermüdet, Tyrael. Ich habe keine Ahnung, was du hinter unserem Rücken treibst, und ich will es auch nicht wissen. Geh und kümmere dich drum. Wir können keinen geschwächten Azlata in unserer Mitte gebrauchen.« Ihr Blick erdolchte mich. »Nicht unter den Burnetts und erst recht nicht jetzt.«

Ich nickte. Benommen nahm ich wispernde Klagelaute wahr, die sich aus dem Krähenrauch erhoben. Die Kadaverpfeife war eine berauschende Droge und Baba Greer war der Sucht erlegen. Einige glaubten, der Dampf ließe sie langsam verrückt werden, doch ich gehörte nicht dazu. Es gab niemanden, vor dem ich zurückschreckte, aber Baba Greer fürchtete ich. Mit mir war etwas nicht in Ordnung und das spürte sie.

Ich verließ den Saal und machte mich auf den Weg zu jemandem, von dem ich hoffte, er könnte mir helfen. Denn wenn nicht, und das spürte ich mit Sicherheit, wäre es nur eine Frage der Zeit, bis Morrigan mich holen und ich Avalon mit meinem Tod beehren würde.

HELENA

✧

Meine Nase streifte beinahe das Geschichtsbuch, während ich die klein gedruckten Zeilen mit dem Finger nachfuhr. Stumm murmelte ich die gelesenen Worte vor mir her, die Stille nur durchbrochen von kratzenden Federn eines Füllhalters und der steten Bewegung der Uhrzeiger. Müdigkeit ließ meine Lider schwer werden. In der Nacht hatte ich keinen Schlaf gefunden. Wieder und wieder hatten sich die Gedanken in meinem Kopf gedreht, gepaart mit meinen unruhigen Bewegungen, wenn ich mich unter der Federbettdecke gewälzt hatte.

Aus Nathaniel war gestern kein weiteres Wort mehr herauszubekommen gewesen, nachdem wir das Anwesen der Burnetts verlassen hatten. Ich hatte wissen wollen, weshalb meine Mutter geflohen war, doch er hatte sich geweigert, es mir zu sagen. »Fehlt mir noch, dass auch du mit diesen Hirngespinsten belästigt wirst«, hatte er gemeint.

Ich fühlte mich verloren. Als hätte ich nicht bloß meine Heimat verlassen, sondern auch mich selbst. Mein Verstand weigerte sich, die Wahrheit anzunehmen. Ich gab mir große Mühe, jedes Wissen über die Azlata in den Hintergrund zu rücken, obwohl ich *gesehen* hatte, dass sie existierten. Die mächtigen Wesen waren echt, und ich ein Teil von ihnen, doch trotzdem konnte ich es nicht glauben. Ich *wollte* es nicht glauben.

Der Gedanke, in mir sollten übernatürliche Kräfte stecken, war lachhaft. Ich war nichts Besonderes. Nie gewesen. Ich war Helena. Klein, nicht besonders hübsch, bis auf meine Brandnarbe unspektakulär unauffällig. Und jetzt sollte ausgerechnet ich einer uralten Gottheit entsprungen sein?

Ich beendete den Absatz über Maria Stuart, in dem über eine gespaltene Persönlichkeit philosophiert wurde, die sich nach der Ermordung ihres Privatsekretärs und Liebhabers Riccio bei ihr manifestiert haben könnte. Tyrael war bereits eine halbe Stunde über der Zeit. Ich bezweifelte, dass er noch kommen würde.

»Hallo, du.« Isobel erschien an meinem Tisch. »Wie schön zu sehen, dass du noch lebst.«

»Was meinst du?«

»Na ja …« Sie setzte sich mir gegenüber und zog eines der Stuart-Bücher zu sich heran. Mit gerunzelter Stirn schob sie es wieder von sich. »Nach der gestrigen Konferenz war ich besorgt, die Erkenntnisse könnten dich erschlagen.«

»Haben sie auch.« Ich wünschte mir nichts sehnlicher als einen starken Kaffee. »Ich schwanke zwischen Wahnsinn und Unglaube.«

»Und wie ist der aktuelle Stand?«

»Wahnsinn.«

»Tja, Fehlanzeige.« Sie grinste. Sekunden später sah ich, wie das Wasser in meiner Flasche sich hob und senkte wie in einer Lavalampe.

»Isobel!« Blitzschnell ließ ich sie in meinem Jutebeutel verschwinden und vergewisserte mich, dass niemand der Anwesenden etwas mitbekommen hatte.

Meine Freundin kicherte. »Keine Sorge. Jeder würde glauben, die Trägheit durch das Lernens hätte ihm oder ihr einen Streich gespielt.«

»Von dieser Trägheit kann ich ein Lied singen.« Ich nahm das Buch vor mir und stapelte es auf die anderen, ehe ich mich erhob. »Gehen wir in den Speisesaal. Mein Kopf braucht Koffein.«

»Liebend gern. Mich gelüstet es nach Milch.« Isobel schnappte sich die Hälfte meiner Bücher und half mir, sie zurück in die Regale zu schieben. »Wo ist Tyrael?«

»Keine Ahnung.«

»Ist dieses Stuart-Projekt nicht euer gemeinsames Ding?«

»Ja.«

Sie verdrehte die Augen. »Dieser Idiot.«

»Es ist mir egal. Ehrlich gesagt bin ich froh, wenn er nicht kommt. Es ist angenehmer ohne ihn.«

Isobel steuerte den Mittelgang an. Ich folgte ihr. Unsere Schritte echoten von den hohen Wänden und die Kronleuchter hüllten die Buchrücken in warmgoldenes Licht.

»Tyrael ist ein mächtiger Azlata, und das weiß er. Irgendwann wird sein Hochmut ihm noch das Genick brechen.«

»Er interessiert mich nicht«, entgegnete ich, woraufhin Isobel lachte. Ich warf ihr einen Seitenblick zu, als sie mir die Tür zum Korridor aufhielt. »Was?«

»Oh, er interessiert dich *brennend,* Helena.«

»Stimmt nicht.«

»Es ist nicht zu übersehen.« Hinter uns fiel die Tür ins Schloss. »Ehrlich gesagt konnte ich deine Blicke, die du ihm gestern zugeworfen hast, irgendwann nicht mehr zählen.«

Hitze kroch mir den Kragen meiner weißen Bluse hoch. Ich nestelte an der rot karierten Fliege, um sie zu lockern, und räusperte mich.

Isobel wich einem vorbeihetzenden Mädchen aus und schenkte mir dann ein Grinsen. »Ach, weißt du, ich verstehe das. Ty ist hochattraktiv. Das zu leugnen, wäre dumm. An mir ist sein düsterer Charme vorübergegangen, den Göttern sei Dank. Das Creek's College hingegen wimmelt von Verehrerinnen unseres verruchten Bad Boys.«

»Ich gehöre nicht dazu«, beharrte ich, drückte mir die ausgeliehenen Bücher an die Brust und folgte Isobel die breite Holztreppe hinunter.

Es war offensichtlich, dass sie mir nicht glaubte. Sie wedelte mit der Hand durch die Luft. »Wie du meinst.«

Mir entging nicht, wie ein paar der männlichen Blicke an ihr kleben blieben. Isobel hatte ihren Uniformrock bis über die Knie gekürzt, die Bluse war über ihrem Bauchnabel verknotet, in dem ein blau glitzerndes Piercing steckte. Ihr Gesicht war elfengleich und makellos. Neben ihr fühlte ich mich wie ein verloren gegangener Waschbär in einer Nonnentracht.

Wir erreichten den Speisesaal. Zuallererst fiel mein Blick auf ein Mädchen, das allein an seinem Tisch saß und eine Suppe löffelte. Ihre schwarzen Haarspitzen waren mit bunten Kugeln durchsetzt, die bei jeder Bewegung ein wildes Farbenspiel vollführten. Ich erkannte, wie sie die Knie aneinanderdrückte und die Fußspitzen nach innen gedreht hatte, sodass die klobigen Uniformschuhe sich berührten. In den hohen Kniestrümpfen wirkten ihre dürren Beine wie Zahnstocher.

Es wunderte mich, dass ich die familiäre Ähnlichkeit zuvor nicht wahrgenommen hatte, nachdem dieses Mädchen mir bei meiner Ankunft und auch bei der Taufe im Schwimmbad geholfen hatte. Gestern im Anwesen der Burnetts hatte es mich wie der Schlag getroffen, sie wiederzusehen. Ich hatte versucht, ihr meine stumme Dankbarkeit entgegenzubringen, doch sie hatte meinen Blick gemieden.

»Cora isst gern allein«, sagte Isobel.

»Warum?«

Isobel zuckte die Achseln. »Frag mich nicht. Außer mit Maxwell Everstone hängt sie mit niemandem ab.«

»Vielleicht reicht es ihr.«

Wir liefen zum Buffet. Isobel zog skeptisch eine Braue in die Stirn, während sie nach der Milchkaraffe griff. »Cora ist achtzehn. Max neun. Sie ist nicht auf den Mund gefallen. Er stumm.« Sie füllte ihr Glas mit Milch und seufzte. »Die meiste Zeit verbringt der Junge in Adlergestalt.«

»Er wird seine Gründe haben«, sagte ich, kramte meinen Thermosbecher aus dem Jutebeutel und füllte ihn mit Kaffee. Dabei wunderte ich mich selbst über meinen gelassenen Tonfall. Wir sprachen über einen Jungen, der sich in einen Adler verwandelte, als wäre es tatsächlich *normal.* »Muss aufregend sein, mit einem Adler abzuhängen.«

»Mhm. Keine Ahnung. Der Junge ist … Was ist das?«

»Was?«

Mit dem Zeigefinger deutete Isobel auf meinen Hals. Mein Puls beschleunigte sich schlagartig. Während meiner schlaflosen Nacht war ich der hoffnungslosen Mission entgegengetreten, in Nathaniels Saustall von Zuhause irgendetwas zu finden, mit dem sich das Mal an meinem Hals bedecken ließ. Als ich es nach der Konferenz endlich im Spiegel meines Frisiertischs hatte betrachten können, wäre mir fast das Herz stehen geblieben.

Direkt unter dem linken Ohr, am Atlaswirbel des Schädels, entstellte ein spitz zulaufendes Kreuz meine Haut. Es war kleiner, als ich vermutet hatte, dafür aber pechschwarz und hervorgehoben. Jeden Winkel des Cottages hatte ich durchkämmt, bis sich in der hintersten Ritze des Badezimmerunterschranks eine verblichene Tube Make-up hatte finden lassen. Sie musste meiner Mutter gehört haben – und damit vermutlich jahrzehntealt sein. Das Düstere Zeichen, das ich darunter verborgen hatte, juckte schon den ganzen Morgen.

»Fleckiges Make-up.« Ich strich das Haar schützend davor und setzte mich an den ersten freien Tisch, den wir erreichten. Mir entging nicht, dass Isobel mich weiterhin musterte. Doch sie schwieg und biss in ihren ersehnten Apfel.

Unauffällig durchkämmte mein Blick den Saal.

»Er ist nicht da.«

»Was?«

»Tyrael.« Sie musterte ihren Apfel, ehe sie erneut hineinbiss. »Er kommt nie in den Speisesaal.«

»Nie?«

»Nie.«

»Und wann isst er?«

»Wann schläft er, Helena? Wann trainiert er? Wann lernt er? Fragen über Fragen.« Sie warf sich das lange Haar zurück und spielte mit dem blauen Edelstein in ihrem Ohr. »Niemand weiß, was er treibt, und du tätest besser daran, es nicht zu versuchen.«

Stirnrunzelnd nahm ich einen Schluck Kaffee. »Er war auch nicht im Geschichtsseminar.«

Isobel musterte mich kritisch. Dann seufzte sie. »Okay, Helena.« Sie beugte sich vor und sah mir in die Augen. »Ich verrate dir jetzt eine elementare Grundregel. Und ich will, dass du sie dir ins Hirn brennst und nie wieder vergisst, wenn dir dein Leben kostbar ist.«

»Wie dramatisch.« Ich schwenkte den Kaffee in meinem Becher und hob belustigt eine Braue. »Dann erzähl mal.«

»Tyrael spielt nicht nach den Regeln. Die Regeln spielen nach Tyrael.«

»Aha.«

»Ich meine es ernst.« Isobel legte eine flache Hand auf den Tisch und vertiefte den Blick. »Wenn er nicht zum Seminar kommt, kommt er nicht zum Seminar. Wenn er tagelang verschwindet, verschwindet er tagelang. Und wenn irgendjemand versucht, ihm zu sagen, was er zu tun hat …« Sie nahm den abgeknabberten Apfelstrunk, warf ihn auf den Boden und zertrat ihn. Der helle Saft sprenkelte den Boden, bevor Isobel die Flüssigkeit mit einer subtilen Bewegung ihrer Hand verschwinden ließ. »Verstanden?«

»Du übertreibst.«

Isobel zuckte die Achseln und lehnte sich zurück. »Finde es selbst heraus, wenn du willst. Ich habe dich gewarnt.«

»Wovor gewarnt?«, fragte Sileas, die in diesem Moment den Tisch erreichte. Sie schob einen voll beladenen Teller auf die Holzfläche und trat beiseite, um Kamryn Platz zu machen. Ihre Zwillingsschwester war wie immer ihr stummer Schatten.

»Vor Tyrael«, sagte Isobel.

Sileas horchte auf. »Was hat er angestellt?«

Kamryn setzte sich lautlos, die Hände im Schoß gefaltet.

»Nichts«, entgegnete ich.

»Das geht nicht.« Sileas schob sich eine Kohltasche in den Mund. Sie schmatzte genüsslich, ehe sie sich die fettigen Finger leckte. »Tyrael stellt *immer* etwas an.«

Ich lachte leise. »Isobel tut, als wäre er der letzte apokalyptische Reiter.«

»Der Vergleich passt«, flüsterte Kamryn.

Seufzend zog ich meine Bücher heran und erhob mich. »Genug von Tyrael. Ich muss los. Gleich beginnt die Vorlesung über keltische Sagen.«

»Interessant«, murmelte Isobel. »Erzähl deinen Kommilitonen, du *bist* die keltische Saga, Baby.«

Ich schenkte ihr ein breites Grinsen, drückte die Bücher an den zugeknöpften Blazer meiner Uniform und verließ den Speisesaal. Das laute Stimmengewirr verschwand, je mehr ich der wuchtigen Holztür den Rücken kehrte. Sonnenlicht stahl sich durch die hohen Kathedralfenster und flutete die karmesinroten Ornamentfliesen des Foyers. Hin und wieder kamen mir Studierende entgegen, manche von ihnen hatten wie ich dicke Wälzer in den Händen. Einen Moment verharrte mein Blick an einem großen Acrylgemälde, auf dem eine einsame Frau vor einem türkisblauen Meer stand und traurig auf den Betrachter blickte. In den Händen hielt sie eine verblühte Hyazinthe.

In der Eingangshalle war nicht viel los. Ich drehte an dem Zahlenrad meines Spinds und zog daran, doch die Tür klemmte.

»Soll ich helfen?«

Ich hob den Blick und sah in Merlins grüne Augen. Wut züngelte in mir auf, doch ich registrierte zufrieden, dass Coraëls Faustschlag gesessen hatte. Eine bläuliche Schwellung zierte Merlins spitze Nase.

»Danke, aber nein.« Ich funkelte meine Spindtür an und schlug mit der Faust auf eine lädierte Stelle unter dem Zahlenrad. Meine Haut platzte auf. Super.

Merlin seufzte, schob meine Hand beiseite und drückte gegen die Tür, ehe er sanft daran zog. »Gewalt ist nicht die Antwort.« Die Spindtür sprang auf und er lächelte. »Sei einfühlsam.«

»Sagt der Richtige.« Ich legte meine Bücher hinein, schloss die Tür und wollte gehen, doch …

»Helena, warte.« Seine Finger umschlossen mein Handgelenk. Ich entzog es ihm und wirbelte herum. »Du hast mich ins Wasser geschmissen!«, rief ich. »Ich hatte eine Scheißangst!«

»Es tut mir leid! Es war die Taufe und …« Er verzog den Mund. »Ich habe gedacht, du findest es lustig.«

»*Lustig?*« Ich blinzelte. »Merlin, ich habe geschrien!«

»Alle schreien, bevor sie ins Becken fliegen. Aus Spaß.«

»Tja, ich nicht.« Seine Nähe bereitete mir Unbehagen. Ich schlang die Arme um meinen Körper. »Ich habe dich angefleht, mich runterzulassen.«

Merlin wirkte betroffen. »Entschuldige, Helena. Ich meine es ernst. Es tut mir leid, aber ich kann es nicht ungeschehen machen. Gib mir eine zweite Chance.«

In mir regte sich der Drang, ihn zum Teufel zu schicken. Ich sollte verschwinden. Aber dann hörte ich die Stimme meiner Mutter, als eine Erinnerung in mir wachgerüttelt wurde. Sie trug mich auf dem Arm und ich vergrub meine Nase in ihrem offenen Haar, um den herrlichen Sonnenduft einzuatmen.

»Ich will, dass du etwas Wichtiges beherzigst, Hel.« Hel. Mom hatte mich immer nur Hel genannt.

»Was denn, Mommy?«

»Wut kommt leicht und Wut kommt schnell. Aber du kannst keinen Frieden spüren, wenn der Zorn jeden Platz einnimmt. Sei ein gutes Mädchen, Hel. Versuche, jedem zu vergeben, der aufrichtig darum bittet.«

Für einen Augenblick schloss ich die Augen und als ich sie wieder öffnete und Merlins angeschwollenes Gesicht betrachtete, spürte ich fast so etwas wie Mitleid in mir aufwallen. Fast. »Okay. Ich vergebe dir.«

Seine Schultern sackten erleichtert hinab. »Danke. Ich *schwöre*, ich werde dich kein zweites Mal enttäuschen.«

Zu mehr als einem schwachen Lächeln war ich nicht imstande. »Du solltest keine Versprechungen machen, von denen du nicht weißt, ob du sie halten kannst, Merlin.«

»Aber ich weiß es«, beharrte er grinsend. Doch es wich einer ernsteren Miene. »Isobel hat mir von der Konferenz erzählt.«

»Wa…« Einen Moment blinzelte ich perplex, bis es mir wie Schuppen von den Augen fiel. Merlin war einer von *ihnen*. »Oh. Ich hatte ausgeblendet, dass du ihr Bruder bist.«

»Ja, das passiert häufiger.«

»Also … bist du auch ein Azlata?«

Merlin nickte.

Ich rieb mir über das Gesicht und stieß die angehaltene Luft aus. »Das ist verrückt. Vollkommener Wahnsinn. Wie –«

»Komm mit.« Seine Finger berührten meinen Ellbogen, um mich in den westlichen Korridor zu führen.

»Merlin, was –«

»Warte, gleich.« Er ging voran und zog mich mit sich. Ich stolperte hinter seinen großen Schritten her, bis er einen schweren Gobelin beiseiteschob und wir in einem düsteren Gang verschwanden. Ein quadratisches Gitterfenster ließ ein paar wenige Sonnenstrahlen herein. Sie brachen sich in einer schwachen Pfütze am Boden.

»Wohin führt der Weg?«

»In den Festsaal. Ist eine Abkürzung und muss vor Jahrhunderten ein Dienstbotengang gewesen sein. Jedenfalls …« Merlin öffnete die Schnallen seiner Wildledertasche und zog ein Buch heraus. Der königliche Einband war mit Ornamenten verziert. Es strahlte Adel und Anmut aus. Merlin reichte es mir. »Für dich.«

Vorsichtig nahm ich es entgegen. Die Seiten waren schwer und schillerten in einem goldenen Farbschnitt. Ich öffnete den Buchdeckel und entzifferte einen archaischen Schriftzug.

»Das Alte und Neue Testament der Azlata«, las ich.

»Es ist eine Bibel unseresgleichen«, sagte Merlin. »Sie enthält die elf festen Gesetze der letzten azlatekschen Kinder, das Blutige Zeitalter, die Viktorianischen Jahre und die Neumoderne.« Er zögerte. »Das Buch endet mit dem Verrat deiner Mutter.«

Ich spürte einen Stich im Herzen. »Dasselbe hat Archibald Burnett gestern auch gesagt.«

»Was meinst du?«

»Über meine Mutter. Dass sie eine Verräterin war.« Ich umklammerte das Buch, bis meine Finger schmerzten. Erst dann blickte ich zu ihm auf. »Merlin … was hat sie getan?«

Er zögerte. »Ich denke nicht, dass ich derjenige sein sollte, der dieses Gespräch mit dir führt.«

»Niemand sagt mir irgendetwas. Aber ich bin … ich bin ihre Tochter. Ich will wissen, was passiert ist. Ich …« Die Worte blieben mir im Hals stecken. Auf mein Gesicht stahl sich ein flehentlicher Ausdruck. »Bitte.«

Er haderte mit sich, doch schließlich knickte er ein. »Also gut.« Mit der Hand fuhr er sich über den Nacken und warf einen ernsten Blick in die Düsternis. »Unsere Götter erschufen drei heilige Insignien, in denen sie ihre Mächte aufbewahrten.«

Ich nickte. »Unsterblichkeit, Unantastbarkeit und die Unendliche Macht.«

»Genau.« Merlin sah wieder zu mir. »Niemand darf nach ihnen suchen. Dieses Gesetz ist das allerwichtigste, Helena. So wichtig, dass es nicht einmal in den elf Geboten enthalten, sondern eine eigenständige Regel ist.«

»Und meine Mutter hat es getan?«, fragte ich.

Merlin benetzte seine Lippen mit der Zungenspitze. »Syphrah wollte eine Revolution gegen das schottische Regiment des Palasts starten. Deine Mutter wollte die Oberen stürzen, Helena. Es hieß, sie wurde größenwahnsinnig, stahl die Unendliche Macht und plante, jeden zu vernichten, der sich ihr in den Weg stellte. Um es zu verhindern, setzte Myrah eine öffentliche Exekution an.«

»Myrah?«

»Die Oberste des schottischen Regiments. Syphrah sollte am 13. Dezember 2001 hingerichtet werden.«

Einen Moment schwirrte das Datum in meinem Kopf umher, ehe ich den Atem anhielt. »Das ist einen Monat vor meiner Geburt!« In Merlins Augen stahl sich ein mitfühlender Schimmer, aber ich war fassungslos. »Sie wollten meine Mutter töten, während sie mit mir schwanger war?«

»Nicht ganz.« Er biss sich auf die Unterlippe. »Der Plan war, sie zu töten, aufzuschneiden, dich auf die Welt zu bringen und in der Obhut der Oberen aufwachsen zu lassen.«

»Sie … *aufzuschneiden?*« Ich keuchte. In meinen Augen brannten Tränen. »Und meine Mutter nahm das alles in Kauf?«

»Nicht wirklich.« Merlin lachte trocken auf. »Syphrah war den Oberen immer einen Schritt voraus. Sie floh, und die Oberen waren nicht in der Lage, sie aufzuspüren.«

»Aber warum?«, fragte ich. »Wenn das schottische Regiment

tatsächlich so mächtig ist, wie alle sagen, weshalb sollten sie eine einfache Azlata nicht aufspüren können?«

»Das ist die Frage aller Fragen, Helena.« Merlin lehnte sich gegen die Steinwand und überkreuzte die Beine. »Die einzig logische Antwort liegt auf der Hand.«

»Die Unendliche Macht«, flüsterte ich.

Merlin nickte. Er streckte die Hand aus und fuhr mit dem Finger über eine der Eisenstreben im kleinen Quadratfenster. »Überlieferungen besagen, der untote Geist eines mächtigen Azlata konnte sie aufspüren und töten. Es heißt, die Totengöttin Morrigan persönlich hätte ihn geschickt, damit er ihr das mächtige Artefakt nehmen und verschwinden konnte.«

Ich hatte kaum Erinnerungen an den Tod meiner Mutter. Wenn ich an den Tag vor zwölf Jahren zurückdachte, spürte ich eine unendliche Trauer in mir aufwallen. Aber da war noch mehr. Tief in mir brodelte etwas Uraltes, etwas Mächtiges, sobald ich an ihren Verlust dachte. Es war, als würde meine Seele wüten.

Merlin streckte die Hand aus und wischte mir eine Träne fort. Sie hinterließ eine salzige Spur auf meiner Wange.

»Es tut mir leid«, sagte er. »Ich wünschte, ich hätte dir die Erinnerungen an deine Mutter nicht vergiften müssen. Aber ich bin mir sicher, du bist nicht wie sie, Helena.«

Zitternder Atem entwich mir. Meine Schläfen dröhnten, und ich war verwirrt. Bisher hatte mich jedes Mal Glück durchflutet, wenn irgendjemand meine Art mit der meiner Mutter verglichen hatte. Ich wusste nicht, wie ich mit der plötzlich veränderten Sicht auf sie klarkommen sollte. Merlins Worte versetzten mir einen heftigen Stich.

»Ich brauche jetzt Zeit für mich.« Gedankenverloren hob ich das antik gebundene Buch. »Danke, dass du es mir gegeben hast.«

»Eins noch«, sagte Merlin, als ich mich bereits zum Gehen gewendet hatte. Ich drehte mich um. Sein Gesicht lag im Dunkeln. »Du solltest dich von Tyrael fernhalten.«

»Warum?«

»Er ist nicht gut für dich.« Merlin trat aus dem Schatten. An seinem Kiefer zuckte ein Muskel. »Er wird dich verletzen.«

»Das würde ich nicht zulassen.«

Er lachte leise. »Ganz egal, was du tun würdest, Helena. Tyrael wäre schneller.«

Eine Weile sah ich ihn an. Er regte sich nicht. Mir war klar, dass er es ernst meinte, genau wie Isobel, doch es änderte nichts. Irgendwann zwang ich mich zu einem knappen Nicken, schob den staubigen Gobelin beiseite und verschwand im Korridor zum Westflügel. Der Vorlesungssaal für keltische Sagen befand sich in der obersten Etage. Mir schwirrte der Kopf. Ich dachte an meine Mutter, an die Azlata, an Tyrael … Es widerstrebte mir, mir den Gedanken einzugestehen, doch ich sehnte mich nach seiner Nähe. Und das ergab keinen Sinn, denn alles, was er mir entgegenbrachte, bestand aus Distanz und Abneigung.

Meine Schritte hallten von den hohen Wänden wider. Ich kam an einem Buntglasfenster vorbei. Für einen Moment wurde mein Körper in etliche Farben gehüllt und –

Ich stieß einen erstickten Schrei aus, taumelte rückwärts und stolperte über meine eigenen Füße, denn etwas fiel von der meterhohen Decke. Vor Schreck fiel ich auf den Hintern. Im ersten Moment dachte ich, ein Kronleuchter wäre gerissen, bis der dunkle Schemen in raubtierhafter Lautlosigkeit vor mir in der Hocke landete.

»Hallo, kleine Iversen.« Tyrael grinste. »Habe ich dich erschreckt?«

»Bist du *irre?*« Mein Jutebeutel war mir von der Schulter gerutscht, doch es kümmerte mich nicht. Vielmehr konzentrierte ich mich darauf, meinen überdimensionalen Puls zu beruhigen. »Du hättest mir beinahe das Genick gebrochen!«

»Was für ein aufregendes Unterfangen, meiner Familie beichten zu müssen, die leibhaftige Tochter Syphrahs auf dem Gewissen zu haben.« Die Farbspektren des Buntglases fielen auf Tyraels porenfreies Gesicht. Gelb auf dem Hals, blau in den Haaren. Er neigte den Kopf. »Welch lustige Unterhaltung. ›Mom, Dad, Baba Greer. Ich muss beichten, denn ich habe gesündigt. Wie ein Affe bin ich Helena Iversen auf den Kopf gesprungen.‹« Er verzog das Gesicht. »Ein jämmerliches Ende für die Hoffnung Silent Creeks.«

»Die Hoffnung Silent Creeks?«

»Lächerlich, nicht wahr?« Tyrael erhob sich und blickte aus dem Kathedralfenster. Das Gold seiner Augen schimmerte. »Manche sind der Meinung, deine Mutter hätte dir den Aufenthaltsort der Unendlichen Macht verraten. Du wärst in ihrem Auftrag gekommen, um die Düsteren auf ewig in die Anderwelt zu verbannen.«

»Das ist tatsächlich lächerlich.« Ich wollte nach meinem Jutebeutel greifen, doch Tyrael hielt mich auf. Blitzschnell lag seine Hand auf meinem Arm. »Was ist das?«

»Was?«

Er griff nach der Bibel. »Woher hast du dieses Buch?«

»Merlin hat es mir gegeben.« Ich wollte es ihm wegnehmen, doch er zog seine Hand zurück. Ich funkelte ihn an. »Er hat es mir geschenkt. Gib es mir wieder.«

»Merlin«, spuckte er aus und warf das Buch in meinen Schoß.

Ich schob es in meinen Jutebeutel und erhob mich. »Klingt, als könntest du ihn nicht sonderlich leiden.«

»Ich kann niemanden leiden, Helena.«

»Ja, richtig. Ich vergaß.« Ich musterte ihn. Tyrael wirkte müde. Dunkle Ringe lagen unter seinen Augen, und wenn ich mich nicht irrte, schien seine Haut eine Nuance blasser. Seine Haare standen wild durcheinander. »Du warst nicht im Seminar. Und auch nicht in der Bibliothek.«

»Ich hatte zu tun.«

»Soll ich das Projekt allein beenden?« Nachdenklich betrachtete ich die Ledermontur, ehe mein Blick über seine abweisenden Züge huschte. Tyrael wirkte immer *so* wütend. »Das wäre kein Problem für mich. Ehrlich gesagt wäre es sogar –«

»Nein. Nächstes Mal bin ich da.«

»Tyrael …«

»Nächstes Mal bin ich da«, wiederholte er nachdrücklich.

Mein Blick wanderte gen Decke, doch sie war so hoch, dass ich nur Dunkelheit erkannte. »Besitzt du eine weitere Superkraft, von der ich wissen sollte?«

»Was?«

»Bist du Spider-Man?«

»Wie bitte?«

»Iron Man?«

»Wovon zum Teufel sprichst du?«

»Du bist gerade von der Decke gesprungen, Tyrael.«

»Ach, das.« Jetzt grinste er. »Es birgt gewisse Vorteile, die Nerven und Muskeln zu kontrollieren. Ich kann sie butterweich werden lassen, wenn ich will. Ein wirksames Sprunggerät.«

»Hast du keine Angst?«

Einen Moment hielt Tyrael inne, als hätte er mich falsch verstanden. Dann warf er den Kopf in den Nacken und gab ein bellendes Lachen von sich. Es war so einnehmend, dass es den gesamten Korridor füllte. »Nein, Helena.« Er wirkte unendlich amüsiert. »Ich habe keine Angst.«

»Interessant, aber …« Der Rest des Satzes ging in einem spitzen Schrei unter, denn plötzlich schlang Tyrael einen Arm um mich. »Hey! Was hast du vor?«

»Vertraust du mir?«

»Natürlich nicht!«

Er grinste. »Gut so.« Er vergewisserte sich, dass sich niemand in diesem Gang befand. Dann hüpfte er – einmal, zweimal, mit jedem Sprung gewann er an Höhe, bis unsere Körper plötzlich rasend schnell durch die Luft schnitten. Ich klammerte mich an ihn und wollte kreischen, doch Tyrael presste mir seine Hand auf den Mund.

Als wir die Burgdecke erreichten, dachte ich, dass ich sterben würde. Hier waren nichts als Staub und gurrende Tauben, die in den winzigen Mauerluken hockten. Keine Spur von einem Vorsprung, auf dem wir uns hätten niederlassen können. Was in mir den unangenehmen Gedanken manifestierte, wie mein Körper auf dem weit entfernten Boden aufschlug. Doch plötzlich streckte Tyrael seinen freien Arm aus und krallte die Hand an die Kante eines Fenstersimses. Seine bloßen fünf Finger hielten unsere Körper in der Luft!

Wie eine Klette klammerte ich mich an seinen Körper, vergrub mein Gesicht in seinem Pullover. Er roch nach frischer Luft, nach Tannen und Zimt. Er roch himmlisch.

Tyrael lachte. »Dein Leben hängt am seidenen Faden. Ich könnte dich loslassen und es wäre vorbei.«

Und schon war die Wirkung seines himmlischen Dufts dahin.

»Dass du diesen Gedanken witzig findest, macht mir mehr Angst als die tatsächliche Höhe.«

Er tat, als würde er seinen Griff lockern. »Nur eine *winzige* Bewegung …«

»Das würdest du nicht tun.«

»Ach.« Er bettete das Kinn auf meinen Kopf. »Glaubst du das?«

Ich zögerte nicht eine Sekunde. »Ja.«

Er schwieg. Und dann spürte ich, wie er die Muskeln in seinem Arm anspannte. Plötzlich zog er unsere Körper mühelos auf den Fenstersims.

Ich lächelte, obwohl alles an mir zitterte. »Sag ich doch.«

»Ich war gnädig.« Die Ernsthaftigkeit seiner Stimme verlor sich, als er mein Lächeln erwiderte.

Tyrael streckte ein Bein aus und drückte mit dem Stiefel gegen das uralte Fenster. Es öffnete sich mit einem quietschenden Laut. Wind stob herein und verwehte mir das Haar. Ich roch die salzige Luft der nahen Nordsee. Unter uns erstreckte sich die endlose Weite der schottischen Highlands. Es war atemberaubend.

Tyrael nickte mit dem Kinn in Richtung der entfernten Hügel. »Vor der Höhe hast du keine Angst?«

Ich schüttelte den Kopf, während mein Blick wie gebannt an der rauen Schönheit der Natur klebte.

»Aber vor Wasser?«

Mit den Augen verfolgte ich einen Falken, der über den Himmel flog. Er verschwand hinter den grünen Bergen. »Mein Vater ertrank vor meinen Augen.« Tyrael schwieg. Ich sah ihn nicht an, als ich hinzufügte: »War er auch ein Azlata?«

»Nein.«

»Verstehe. Gestern ist mir einiges bewusst geworden. Ich frage mich nur …« Ich biss mir auf die Innenseite meiner Wange. Mit dem Finger strich ich über den rauen Stein des Fenstersimses. »Er muss angegriffen worden sein. Eines Nachts wurde ich wach. Im Haus ging etwas vor sich. Ich stürmte ins Schlafzimmer, doch als ich bei ihm war, konnte ich nichts mehr tun. Dad … sein Körper …« Die Bilder der Erinnerungen brachten einen brutalen Schmerz mit sich. Kurz schloss ich die Augen. »Überall war Wasser. Es troff aus seinen Augen, seinem Mund.« Jetzt sah ich ihn an. »Ich werde diesen Anblick nie wieder vergessen, Tyrael.«

Er öffnete den Mund, nur um ihn wieder zu schließen. Doch dann: »Es tut mir leid, dass du das erleben musstest.«

»Ja«, murmelte ich. »Mir auch.«

»Du kannst jemanden bitten, dir die Erinnerungen zu nehmen. Ëmille oder Isobel wären dazu in der Lage.«

Kurz dachte ich darüber nach. Es waren verlockende Gedanken. Keine Albträume mehr, die mich nachts plagten. Keine Gewissensbisse, weil ich zu spät gekommen war, um ihm zu helfen.

Es überraschte mich selbst, als ich den Kopf schüttelte. »Ich will mich rächen. Ich will herausfinden, wer ihn getötet hat, und ihm genau dasselbe antun. Schlimmer, wenn möglich.« In dem kleinen Fenstererker klang meine Stimme plötzlich tiefer. »Das kann ich nur, wenn ich den Moment nicht vergesse und mir vor Augen rufe, was ich für einen seelischen Schmerz gespürt habe.«

Tyrael nickte. Ich bildete mir ein, Anerkennung in seinen funkelnden Augen zu erkennen, doch als ich genauer hinsah, war der Ausdruck bereits verschwunden. Er rutschte näher an das geöffnete Fenster und lugte hinaus. Die seidenen Strähnen seines pechschwarzen Haars wiegten sich im Wind. Er sah mich an und der Anflug eines Lächelns zierte seine Lippen. Mein Herz hüpfte. Ich wusste nicht, was mich mehr verwirrte.

»Vertraust du mir?«

Ich zögerte. »Ja.«

»Auf einmal?«

»Ja«, wiederholte ich.

Sein Blick ruhte einen Moment zu lange auf mir. »Welch törichte Entscheidung, Helena.« Blitzschnell griff er nach meinem Arm und zog mich an sich. Ich keuchte, als seine Lippen nur Millimeter von meinen entfernt waren. Tyrael musterte mich. Ich spürte seinen Atem auf meiner Haut. Mit dem Finger fuhr er über meine Brandnarbe. »Wie absolut und unwiderruflich töricht.«

Ich war wie gelähmt von seinem Anblick. Es fühlte sich wie ein Privileg an, Tyrael aus dieser Nähe zu betrachten. Ich klammerte die Finger in die Lederjacke über seinem Bizeps, als fürchtete ich, er würde mich jede Sekunde von sich stoßen.

»Je törichter die Überzeugung, umso fester«, sagte ich.

Ein leises Lachen entkam seinen Lippen. Fast spürte ich die prickelnde Melodie auf meinen eigenen. Blitzschnell wirbelte er mich herum. Ich keuchte, als ich mit dem Rücken gegen seine feste Brust stieß. Er schlang die Arme um meinen Oberkörper und … warf sich aus dem Fenster.

Mein körpereigener Automatismus wollte einen gellenden Schrei von sich stoßen, doch Tyrael befehligte meine Nerven. Ich spürte, wie seine Macht es mir verbot. Kein Laut verließ meinen Mund, doch mein Magen machte einen dreifachen Salto, als hätte sich ein Haken in mich gebohrt und fest daran gezogen. Wind schnitt meine Haut, bis mir Tränen in die Augen stiegen. Wir stürzten in einem beachtlichen Tempo in die Tiefe und … es kümmerte mich nicht. Ich vertraute einem Wesen, das einer uralten Gottheit entsprungen war, mordlustige Nächte verbrachte und mir insgeheim den Tod wünschte.

Ich war ganz offensichtlich verrückt geworden.

Plötzlich stieß Tyrael einen lauten Pfiff aus. Der helle Ton verlor sich in der zerrenden Luft. Und dann, aus dem Nichts, schoss ein langer Schatten über den Himmel. Ich dachte an eine vorbeirauschende

Wolke, bis der Schemen in Furcht einflößender Nähe an uns vorbeipreschte. Wieder wollte ich schreien – erfolglos. Tyrael lachte. Es dauerte keine weitere Sekunde, bis wir mit harter Wucht auf einem festen Rücken landeten.

Vor mir ragte ein spitzer Stachel aus der gräulichen Lederhaut des Wesens. Ich hätte aufgespießt werden können! Tyrael griff um mich herum, umschlang mich mit seinen Armen und legte seine Finger in gekonnter Präzision um den Stachel. Dabei musste er seine Wange an meine betten. An meiner Haut spürte ich, wie er die Lippen zu einem Grinsen verzog.

»O mein Gott, Tyrael!«

»Ich danke vielmals. Aber von jetzt an reicht nur Tyrael aus.« Ich verdrehte die Augen und spürte die Bewegung seiner Brust, als er amüsiert gluckste. »Und? Hast du Angst?«

»Nein.« Und das war die Wahrheit. Langsam glaubte ich, den Verstand zu verlieren. »Ist das …«

»Exodia. Mein Schoßhündchen.« Tyrael richtete sich auf und spreizte die Beine, um sein Flugwesen anschließend mit den Hacken anzutreiben. Das Tier gewann an Höhe und mit ihr auch an Geschwindigkeit. Frostige Kälte umhüllte mich. Der Wind zerrte an mir. Mit einer Hand klammerte ich mich an den Stachel, mit der anderen hielt ich meinen Faltenrock an Ort und Stelle.

»Was hast du vor?«

»Frag nicht, Helena«, entgegnete er. »*Fühle.*«

Und das tat ich. Es war unglaublich. Ich bildete mir ein, eins mit der Natur zu werden. Meine Sinne waren geschärft. Ich nahm jedes Streicheln des Windes überdeutlich wahr, jeden Vogel, der uns auswich, jeden Winkel der rauen Schönheit Schottlands.

Der Fledermausdrache verlor an Höhe, als die spiegelnde Oberfläche eines Sees unter uns erschien. Funkelnde Sonnenstrahlen ließen ihn glitzern. Ich erkannte den großen Schatten des Flugwesens. Es streckte die Beine aus, bis seine Krallen das Wasser durchbrachen. Exodia gab einen wohligen Laut von sich. Er war brechend laut. Unter uns vibrierte ihr gesamter Körper.

Ich senkte den Blick auf Tyraels Hand, die mich fest an seine Brust presste, und gab mir Mühe, ruhig zu atmen. Seine Fingernägel waren abgeknabbert. An der Haut zwischen Daumen und Zeigefinger prangte ein Muttermal.

Plötzlich schlug mein Herz schneller. Ich erwischte mich dabei, sie berühren zu wollen. Bevor ich länger über diesen erschreckenden Gedanken nachdenken konnte, ging Exodia in einen Steilflug über. Ich stieß einen spitzen Schrei aus.

»*Scaria cux!*«, rief er.

»Was?«

Der lachende Laut, der seine Lippen verließ, streifte mein Ohr und bescherte mir eine Gänsehaut. »Das heißt, du bist ein Angsthase!«

Ich holte aus und stieß ihm mit dem Ellbogen in den Magen. Er lachte bloß noch lauter – als hätte ich ihn gekitzelt. Plötzlich stoben Moos, Erde und Gestein in die Luft. Etwas Spitzes streifte meine Wange und hinterließ ein kühles Brennen auf meiner Haut. Der krachende Aufprall Exodias riss einen Krater in den grün bewachsenen Hügel.

Wir hatten das Festland erreicht.

HELENA

✧

Wir waren fast eine Stunde in der Luft. Hätte Tyrael nicht die ganze Zeit über seine Arme um meinen Körper geschlungen und das Tier eine sonderbare Hitze ausgestrahlt, wäre ich vermutlich erfroren.

»Wo sind wir?«, fragte ich.

»In Ardnamurchan.« Tyrael drückte mich weiterhin an sich, und als er von Exodia rutschte, zog er mich mit. Wir landeten im hohen Gras. Tyrael ließ mich los – und sofort spürte ich eine Leere, die sich in mir auftat. Er entfernte sich einige Schritte. Es war eine atemberaubende Aussicht. Wir standen auf einem der Berge, deren Gipfel den Anschein machten, in einer grauen Wolkendecke zu verschwinden. Weit unter uns erstreckte sich ein trüber See. »Der wilde Westen. Hier ist nie eine Menschenseele.« Er lachte leise. »Nur verrückte Schafe, die meinen, der Arena hin und wieder einen Besuch abstatten zu müssen.«

»Der Arena?«

»Dreh dich um. Sie ist genau hinter dir.«

Ich tat, was er sagte – und erstarrte. Für einen Augenblick fühlte ich mich in eine andere Zeit zurückkatapultiert. Zwölfte Klasse, Kursfahrt Italien, Rom: der Besuch des Kolosseums. Ich hatte die riesige Ruine schon aus der Luft gesehen, sie jedoch für eine alte Burg gehalten.

»Wow«, murmelte ich. »Hiervon habe ich nichts im Internet gelesen, als ich die Sehenswürdigkeiten recherchiert habe.«

»Weil die Arena nicht gelistet ist«, sagte Tyrael. Er schritt an mir vorbei und steuerte den quadratischen Steingang an, der in die kreisrunde Arena führte. Ich folgte ihm. »Es ist das Zuhause unserer Flugwesen.«

»Wie kann es sein, dass sie noch keiner entdeckt hat?«

»Weil nie jemand herkommt.«

»Aber wieso?« Wir befanden uns nun im Zentrum der Arena. Staunend ließ ich den Blick über die etlichen Drachen schweifen, die in den Abteilen der Ränge lungerten wie Pferde in ihren Boxen. Manche fraßen Heu, andere knabberten an einem Salzstein. »Diese Fledermausdrachen müssen doch auffallen.«

»Würden sie, wenn sie nicht unsichtbar wären.«

»Unsichtbar?« Ich runzelte die Stirn. »Aber ich sehe sie.«

»*Du* bist auch kein Mensch.« Er deutete auf Exodia, die in diesem Moment ihre Flügel streckte und sich in den Himmel hob. »Siehst du ihr Halsband?« Ich nickte. »Es ist mit einem Zauber versehen, der die Blutbahnen des Tiers mit den Molekülen der Luft verbindet. Sie wird gebrochen.«

»Die Luft wird gebrochen?«

»Stell dir vor, ich würde einen Kreis in die Luft malen, und dieser Kreis würde dadurch mehrfach dupliziert und an das Original geklebt.«

»Wie die Form einer Blume?«

Tyraels Mundwinkel zuckte. »So in der Art. Das passiert etliche Male, so lange, bis das Flugwesen vollkommen verborgen ist. Und diese Arena umgibt derselbe Schutz. Menschen sehen bloß flimmernde Luft, wie an einem besonders heißen Tag.«

»Aber warum können *wir* sie sehen?«

»Weil wir Azlata sind.« In seiner Stimme klang ein gewisser Stolz mit. »Unser Gehirn funktioniert anders. Ein bestimmter Hirnbereich sorgt für eine viel feinere Wahrnehmung der Moleküle. Deshalb können wir auch Verbindungen zu den Elementen aufbauen. Trickzauber wie diese funktionieren nicht bei uns.«

»Klingt nach einem sehr mächtigen Zauber«, sagte ich.

Er nickte. »Kikki ist eine Meisterin der Luft.«

»Kikki?«

»Dritte und jüngste der Oberen.«

»Ah.« Trotz der kühlen Luft schwirrte mir der Kopf. »Das heißt …

Wenn ich diese Arena und die Heralchiros sehen kann, wäre das ein Beweis dafür, dass ich eine von euch bin?«

Tyrael hob eine Braue. »Daran zweifelst du noch?«

Unsere Blicke trafen sich. »Ja.«

»Dann hör auf damit.« Für einen kurzen Augenblick blitzte ein winziger Sonnenstrahl durch die Wolkendecke. »Du bist nicht normal, Helena. Verabschiede dich von diesem Gedanken. Ab sofort unterstehst du dem Palast der Azlata und ihrem schottischen Regiment. Dein Leben wird darauf ausgerichtet sein, Menschen zu beschützen. Darum sind wir hier.«

»Wie meinst du das?« Panisch sah ich mich um. »Muss ich gegen jemanden kämpfen? Jetzt?«

»Es ist helllichter Tag.« Tyrael verdrehte die Augen. »Die Düsteren tauchen zur Dämmerung auf – schon vergessen?«

»Ach ja.« Erleichterung fiel über mich herein, doch sie wurde gedämpft durch den Gedanken, dass es unweigerlich auf Kämpfe hinauslaufen wird. Ein Schauer überkam mich. »O Gott, ich kann das nicht. Im Ernst. Ich habe nicht einmal die erste Karateprüfung bestanden!« Ich biss mir auf die Unterlippe. »Vielleicht könnte ich eine Waffe bekommen. Bei deinem Vater habe ich gestern einen Dolch gesehen. Obwohl ich vermutlich eher eine Gefahr für jeden darstellen würde. Oh, verflucht. Das ist ein Albtraum. Ich bin absolut unbrauchbar, Tyrael.«

»Stimmt.«

Ich starrte ihn an. »Ich hasse dich wirklich, Burnett.«

»Danke, gleichfalls.« Er blickte gen Himmel und verzog kurz das Gesicht, als müsste er sich zusammenreißen. Schließlich seufzte er. »Aber darum sind wir hier. Im Schutz der Unsichtbarkeit. Damit ich dich trainieren kann.«

»Du?« Ich blinzelte. »Mich trainieren?«

»Ja.« Kurz glitt sein Blick zu Exodia, die ihren Rundflug beendet hatte und sich in einer der Kammern niederließ. »Normalerweise übernehmen Abgeordnete des Regiments die Ausbildung im Palast, aber die beginnt früh. Meist mit den ersten Anzeichen.«

»Und wann treten die auf?«

Tyrael zuckte die Achseln. »Mit vier oder fünf. Du bist eine Ausnahme.«

»Allerdings.« Ich biss mir auf die Unterlippe. »Warum?«

»Warum was?«

»Warum haben sich bei mir keine Anzeichen bemerkbar gemacht?«

»Vermutlich haben sie das«, sagte er. »Aber es liegt nahe, dass Syphrah deine Kräfte im Keim erstickt hat.«

»Im Keim erstickt? Was soll das bedeuten?«

»Du stellst zu viele Fragen.«

Ich schnaubte. »Vermutlich, weil die Erkenntnis, plötzlich die Ausgeburt irgendwelcher Knochen uralter Gottheiten zu sein, Antworten erfordert!«

Tyraels Züge blieben trocken. »Ich bin nicht dafür zuständig, mit dir über deine Mutter zu reden, Iversen.«

Der Satz hatte gesessen. Er schmerzte. So sehr, dass ich zwei Schritte rückwärts machte und mir fahrig über die Brust rieb. Wieder einmal dachte ich an Finlay. An seine einfühlsamen Worte und die Fähigkeit, meine Seele zu beruhigen. Der Gedanke an ihn bereitete mir innere Qualen. Mir entfuhr ein erstickter Laut, woraufhin Tyrael sich mit der flachen Hand über das Gesicht fuhr.

»Es bedeutet, dass deine Kräfte nicht gefördert oder unterdrückt worden sind. Deine Macht versteckt sich ängstlich und roh in irgendeinem Winkel deines Körpers.«

Benommen nickte ich. Tyrael streckte die Hand aus und fuhr mit einem Finger über meine Wange. Ich zuckte zusammen. Er zeigte mir Schlamm, den er fortgewischt hatte, und grinste. »Keine Sorge. Mit mir als Trainer holst du schnell auf.«

»Oder ich bekomme einen Selbstwertkomplex«, murmelte ich. Unwillkürlich rieb ich mir über den Magen. Seine Berührung hatte etwas in mir ausgelöst. »Was … was ist mit keltischen Sagen? Die Professorin wird merken, dass ich nicht da bin.«

»Baba Greer?« Er lachte. »Sie hat mich angewiesen, ihre Vorlesungen zu nutzen, um dich zu trainieren.«

»Deine Großmutter ist meine Professorin?«

»Ja. Ich gebe dir meine Mitschriften aus dem ersten Semester.«

»Warte. Ich soll das gesamte Semester schwänzen?«

»Ja.«

»Aber ich schreibe eine Klausur!«

»Wie gesagt: Ich gebe dir meine Mitschriften. Baba Greer wird ohnehin wohlwollend in der Klausur sein, egal, wie du abschneidest. Sie hat einen Narren an dir gefressen.«

Ich verzog das Gesicht, denn ich hatte mich auf diesen Kurs gefreut. Tyrael verengte die Augen. Er machte einen Schritt auf mich zu. Mein Herz reagierte jedes Mal mit einem aufgeregten Flattern, wenn er sich näherte. Kein gutes Zeichen.

»Du solltest dir klarmachen, wie wichtig dieses Training ist, Helena. Dein Alltag rückt ab jetzt in den Hintergrund. Nichts ist so wichtig wie der Schutz der Menschheit. Außerdem steht dir eine Zeremonie bevor. Die Oberen werden dich prüfen, damit du in das Lichte Volk eintreten darfst. Schon sehr bald.«

»Wie bitte?«

Er zuckte die Achseln. »Standardprozedere. Aber ich denke, du wirst in dieser Zeremonie nicht versagen wollen.«

Ich grunzte. »Vielleicht ware das besser für uns alle.«

Er hob eine Braue. »Könntest du mit dem Wissen leben, Menschen vor Ungeheuern retten zu können, wenn du dich nur ein bisschen mehr angestrengt und die Zeremonie bestanden hättest?«

Er hatte recht. Ich würde nicht mehr tatenlos zu Hause sitzen können, in dem Wissen, dass jeden Abend zum Einbruch der Dämmerung Wesen erschienen, die sich am Blut unschuldiger Personen labten und sie töteten. Ich schloss die Augen. Bevor ich sie wieder öffnete, atmete ich tief durch. »Gut. Was soll ich tun?«

Tyrael öffnete den Reißverschluss seiner Monturjacke und reichte sie mir. »Anziehen.«

Stirnrunzelnd nahm ich sie entgegen. »Wieso?«

»Die wichtigste Regel lautet: Du musst dich gut fühlen.«

»Und das tue ich mit deiner Jacke?«

»Du frierst.«

Tyrael hatte recht. Die ganze Zeit schon hatte ich das Gewicht von einem auf das andere Bein verlagert und die Arme um meinen Oberkörper geschlungen. Der dünne Blazer wärmte nicht im Geringsten. Also schlüpfte ich in die schwere Lederjacke. Eine nach Salz duftende Böe verwehte mein Haar und gelangte unter meinen Rock, doch ich fröstelte nicht mehr. Tyraels Jacke strahlte eine Wärme aus wie ein dicker Fellparka. Er musterte mich.

»Was?«

»Nichts.« Er wandte den Blick ab. Seine nächsten Worte waren neutral, doch aus seinem Mund klangen sie hart. »Welcher Gedanke gibt dir Sicherheit?«

»Wie meinst du das?«

»Wenn es dir nicht gut geht«, sagte er, scharrte mit der Stiefelspitze im Sand und mied meinen Blick weiterhin. »Was bewahrt dich davor, durchzudrehen? Irgendein Gedanke, an den du dich klammerst, der dir das Gefühl gibt, alles ist gut?«

Ich dachte nach. Doch je tiefer ich in mich ging, desto komplizierter wurde es. Mir fiel kein Gedanke ein, aber …

»Es ist eher ein Gegenstand.«

»Hast du ihn bei dir?« Ich nickte. »Zeig ihn mir.«

Ich ließ die Hand unter den Saum der übergroßen Lederjacke gleiten, um in meine Rocktasche zu greifen. Sobald meine Finger sich um den kleinen Stein schlossen, wurden all meine Zweifel und Ängste von einer wärmenden Zuversicht vertrieben. Und als die Figur in meiner Handfläche von einem durchbrechenden Sonnenstrahl beleuchtet wurde, traf mich die Erkenntnis wie der Schlag.

»Er war einer von uns«, flüsterte ich.

Tyrael schwieg. Ich fühlte mich benommen. Wie in Trance starrte ich auf den geformten Stein, der inmitten dieser Arena die Heimat seinesgleichen gefunden hatte. Nur mit dem Unterschied, dass die Heralchiros um mich herum *lebten.* Doch es bestand kein Zweifel. Ich erkannte die spitzen Fledermausohren, die riesigen Kugelaugen, den stacheligen Schwanz. Als ich irgendwann die Lider hob, war

Tyraels Gesicht eine ausdruckslose Maske. Teilnahmslos betrachtete er meine Hand. Ich hätte ihm auch eine tote Fliege zeigen können.

»Das ist es?«, fragte er.

Ich schloss die Finger um meinen Stein und drückte ihn, so fest ich konnte. Die kleinen Zacken stachen mir in die Haut, doch es war mir egal. »Ja.«

»Gut. Fangen wir an. Du wirst deinen Glücksbringer die ganze Zeit über bei dir behalten. Es ist wichtig, dass du einen Anker hast, um dich zurückzuholen. Komm mit.«

Ich lief ihm hinterher. »Von wo zurückzuholen?«

»Wohin auch immer dein Verstand dir entgleiten mag, wenn das Chaos in dir wütet.«

»Was?«

Er seufzte. »Zu Anfang ist es schwer, die Kontrolle über die Macht zu halten. Du weißt noch nicht, wie du nach ihr greifen oder sie in Schach halten kannst. Wenn sie ausbricht, macht sie mit dir, was sie will. Wie ein nicht dressiertes Pferd.« Tyrael führte mich in die Mitte der Arena. Er ging auf die Knie, legte seine Hand in den Sand und strich in sanften Bewegungen über den Boden. Das wiederholte er mehrere Male, bis er plötzlich innehielt. »Hier. Stell dich auf diesen Punkt.«

»Warum?«, fragte ich. »Was ist da?«

»Bestimmte Energien des Universums sind mit dem Erdkern gekoppelt. Sie wandern in Linien über die Erde, bis sie an einem Punkt tiefer gehen und sich mit dem Ursprung des Planeten verbinden.«

»Und hier ist so ein Punkt?«

»Ja.«

»Saugt er mich ein?«

Tyrael sah mich an. »Was?«

»Ob der Punkt mich einsaugt.«

Er sah mich immer noch an. Ich bemerkte, wie er es sich verkneifen wollte, doch einen Moment später lachte er auf. »Wenn du ganz unartig bist, vielleicht.«

»Das fällt mir in deiner Nähe besonders leicht.«

»So ein Pech.« Sein Lächeln wurde breiter. »Dabei dachte ich, ich hätte dir klargemacht, wer von uns beiden der Böse ist.«

Ich biss mir auf die Unterlippe, woraufhin sich ein merkwürdiger Ausdruck in seine Augen stahl. Er wirkte wild. Beinahe animalisch. Tyrael machte einen winzigen Schritt auf mich zu, und dieser hatte mehrere Reaktionen zur Folge: einerseits mein Herz, das sein Tempo rasant beschleunigte, andererseits Tyrael, dessen eigene Bewegung ihn sofort dazu veranlasste, wieder innezuhalten. Als hätte ich ihm eine Ohrfeige verpasst, wandte er ruckartig den Kopf ab und schluckte.

»Alles in Ordnung?«

Tyrael schwieg. Langsam stieß er die Luft aus. Als er mich wieder ansah, war der unbeschwerte Ausdruck von eben verschwunden. »Der Punkt fördert deine Kräfte.«

»Der …?« Ich blinzelte. »Oh.« Für einen Moment hatte ich diesen bescheuerten Energiepunkt sogar vergessen. »Okay.«

»Ich werde versuchen, dich emotional zu erreichen, Helena. Sehr wahrscheinlich werden dich einige meiner Aussagen wütend machen. Das ist der Sinn der Sache. Ich muss deinen Geist aufwühlen.«

»In Ordnung.«

»Es kann passieren, dass sich die Macht in dir selbstständig macht. Dann nicht erschrecken, okay? Sonst verängstigst du sie.«

»*Ich* verängstige meine Macht?« Ungläubig starrte ich ihn an. »Sie ängstigt wohl eher mich!«

»Sie ist sensibler, als du dir vorstellen kannst.« Der Ton, in dem er über die Magie sprach, war beinahe zart. Ich erwischte mich bei dem Gedanken, er würde mir mit dieser Stimme Worte ins Ohr flüstern. Schlagartig kroch eine Hitze in meine Wangen. Ich verdrängte den Gedanken.

»Warum tust du das?«, fragte ich.

»Was?«

»Mich trainieren.« Ich vergrub das Kinn im Kragen seiner Jacke. »Du meintest, wir würden getrennte Wege gehen. Schon vergessen?«

»Ich habe meine Meinung geändert.«

»Einfach so?«

»Ja.«

»Das glaube ich dir nicht.« Ich verengte die Augen. »Du bist gegen deinen Willen hier, oder?«

»Niemand ist in der Lage, mich zu etwas zu zwingen, Helena.«

»Dann tust du jemandem einen Gefallen«, beharrte ich. »Oder du hast eine Wette verloren.«

»Eine Wette?« Seine Lippen formten ein schiefes Lächeln. »Sind wir wieder auf der Highschool?«

»Du weißt, was ich meine.«

»Immer diese vielen Fragen.« Er seufzte ergeben. »Meiner Großmutter liegt etwas an dir. Sie bat mich um Hilfe, weil sie meint, ich wäre der Beste. Zufrieden?«

»Ansatzweise. Zumindest liefert es mir eine Erklärung, wo du dein übersteigertes Selbstbewusstsein herhast.« Ich gab mir größte Mühe, meine Enttäuschung zu überspielen. Etwas in mir hatte gehofft, er wäre aus freien Stücken hier. Resigniert senkte ich den Blick und betrachtete den kleinen Flugdrachen in meiner Hand. Ich umschloss ihn mit meinen Fingern und sah auf. »Fangen wir an.«

»Bist du bereit?«

»Ich denke schon.«

Tyrael musterte mich. Er war derart schön, dass es beinahe wehtat, ihm in die Augen zu sehen. Doch plötzlich verunstaltete ein reißender Zorn seine attraktiven Züge. »Du solltest dich schämen!«

»Was?« Ich blinzelte. »Wofür?«

»Du hättest deiner Mutter helfen können. Stattdessen warst du zu feige und hast die mächtige Kraft in dir ignoriert.«

Ich schnappte nach Luft. Seine Worte waren wie ein Kübel Eis, der sich in mir entleerte. Ich wollte vor ihm zurückschrecken, doch Tyrael streckte blitzschnell den Arm vor und hielt mich an Ort und Stelle. Seine Berührung entfachte ein unangenehmes Brennen, doch als ich versuchte, mich loszureißen, wurde sein Griff bloß noch fester.

»Wenn du nur ansatzweise wertvoll wärst, wenn die Götter etwas *von dir halten würden,* hättest du deine Macht aufgerufen, um ihr zu helfen.« Er spuckte in den Sand. »Wie konntest du es wagen, ausgerechnet die Person sterben zu lassen, die im Besitz der Unendlichen Macht gewesen sein sollte? Ist dir bewusst, dass *du* dich damit zur Schuldigen machst, wenn die Düsteren irgendwann die Kontrolle übernehmen sollten?«

»Hör auf.«

»Ist dir klar, Helena, dass es *dein* Fehler wäre, wenn die Menschheit vernichtet wird?«

»Hör auf«, wiederholte ich, diesmal mit Nachdruck.

»Natürlich ist dir nichts von alledem bewusst.« Das Lächeln auf seinem Gesicht war boshaft. »Du bist nichts weiter als eine störrische Iversen, nutzlos, eigensinnig, selbstsüchtig.« Sein Blick huschte zu meiner linken Gesichtshälfte. »Verunstaltet.«

»HÖR AUF!«

»Aber es ist die Wahrheit, Helena.« Tyrael machte ein theatralisch betroffenes Gesicht. »Eine furchtbare Erkenntnis, nicht wahr? Verrate mir …« Er kam einen Schritt näher und sah auf mich herab. Ich spürte seinen ruhigen Atem auf meiner Stirn. »Hatte je ein Junge einen zweiten Blick für dich übrig?«

Die Steinfigur drückte mir unangenehm fest in die Handfläche. Finlays sanfte Stimme bahnte sich einen Weg in meine Erinnerungen. *Schäme dich niemals für deine Narbe und lass dir von keinem sagen, dass sie dich entstellt. Sie macht dich zu dem schönsten Mädchen der Welt.*

Mir entfuhr ein ersticktes Schluchzen. »Ja.«

»Er meinte es nicht ernst«, sagte Tyrael. »Sicher wollte er dich bloß nicht verletzen.«

Mein Kinn zitterte. In meinem Hals steckte ein dicker Kloß. Tyrael sprach genau die Worte aus, die seit jeher an mir zehrten. Er brachte die einzig stabile Mauer, an die ich mich seit Jahren klammerte, zum Wanken.

»Das stimmt nicht.« Der Schmerz war so groß, dass ich die Augen schließen musste. »Er … er meinte es ernst.«

»Ach, glaubst du das?« Tyrael klang rau wie die düsteren Tannen der Toten Wälder. Er kam noch näher. Seine Lippen streiften meine Stirn. Es war eine bittersüße Berührung. »Wo ist er jetzt, Helena? Er muss dich verlassen haben, nicht wahr?«

In meinem Magen spürte ich den aufgewühlten Donner zu Beginn eines Sturms. »Er ... Er ist tot.«

»Hat euch dieser Grund entzweit?« Tyrael war nicht behutsam. Ich wusste, es war nötig, doch langsam verwischten die Grenzen. »Hast du ihn verloren, weil er gestorben ist?«

»Ich ...« Verzweifelt schnappte ich nach Luft. Meine Schläfen dröhnten. Irgendwo schlug ein Heralchiro mit seinem Schwanz gegen den Sandstein. Der Boden erzitterte.

»Na also, wie ich sagte.« Tyrael lächelte freudlos. »Er hat dich schon früher verlassen. Du warst ihm schlichtweg egal.«

Da holte ich aus und schlug nach ihm. Tyrael reagierte blitzschnell. Seine Bewegungen verschwammen, so rasch wehrte er meine Hände ab. Er umfasste meine Handgelenke. Ich versuchte, mich loszureißen, aber er war stärker, also holte ich mit dem Bein aus. Doch auch diesem Angriff entging Tyrael.

»Ich hasse dich!«

»Ist mir egal.«

»Verdammter Scheißkerl!«

»Ich habe schon Schlimmeres gehört.«

Ich sammelte all meine Kraft und versuchte, ihn von den Füßen zu reißen, doch ich bewegte mich keinen Millimeter. Tyrael konnte mich mit einem einzigen Finger an Ort und Stelle halten. Schließlich gab ich auf. Ich ließ die Schultern sinken und weinte. Als Tyrael meine Arme losließ, ging ich in die Knie und vergrub mein Gesicht in beiden Händen.

»Was hast du gerade gefühlt?«, fragte er.

Ich antwortete nicht.

»Sag es mir, Helena.«

»Wut.«

»Was noch?« Ich schüttelte den Kopf. »Nichts mehr?«

»Trauer.« Ich rang mit mir. »Schmerz.«

»Hast du deine Macht gespürt?«

Ich überlegte. Tyraels Beleidigungen hatten mich abgelenkt, dennoch war mein Inneres wachsam gewesen. Ich ließ die Hände sinken und setzte mich in den Sand. »Ich glaube nicht.«

»Du glaubst?«

Ich zog die Beine an den Körper. Der graue Saum meines Faltenrocks umschmeichelte meine Waden. Stumm betrachtete ich den Heralchiro in meiner Hand.

»Helena?«

»Ich weiß nicht. Da war ein Gefühl in meinem Magen, aber …« Ich zuckte die Achseln. »Ich denke, es war bloß Wut.«

»Und bist du immer noch wütend?«

»Natürlich.« Ich funkelte ihn an. »Tut dir überhaupt leid, was du gesagt hast?«

Tyrael runzelte die Stirn. Er ging in die Hocke und bettete seine sehnigen Unterarme auf seine Oberschenkel. Als er den Kopf neigte, strich eine Böe ihm eine rabenschwarze Strähne aus der Stirn. »Sollte es mir denn leidtun?«

»Du hast verletzende Dinge gesagt, Tyrael.«

»Es diente einem Zweck. Und das wird es auch in Zukunft tun.«

»Ja, aber …« Frustriert hob ich die Arme, nur um sie wieder sinken zu lassen. »Sind dir Gefühle anderer so egal?«

Tyrael drehte den Kopf und blickte in die Ferne. »Nicht immer.«

»Aber meine?«

Sein Schweigen war Antwort genug. Und es schmerzte.

Ich wandte mich ab, als hätte er mich geohrfeigt. »Verstehe.«

»Helena …«

»Nein, schon gut.« Ich rappelte mich auf, wischte mir mit dem Handrücken eine zurückgebliebene Träne vom Wangenknochen und fokussierte die ruhenden Heralchiros. »Ich würde jetzt gern zurück.«

Er erhob sich ebenfalls. Die Ärmel seines dunklen T-Shirts flatterten im Wind. »Wir haben gerade erst angefangen.«

Frustriert presste ich die Lippen aufeinander. Tyrael senkte den

Blick und betrachtete die Steinfigur in meiner Hand. »Die Oberen wären noch viel härter mit dir, Helena.«

»Das bezweifle ich.«

»Sie würden dich bis auf die nackte Seele ausziehen, bevor sie erbarmungslos zustächen.« Er machte eine kurze Pause. »Keiner von ihnen würde aufhören, nur weil du es verlangst.«

»Willst du, dass ich dir die Füße küsse?«

Eine Weile musterte er mich. Unmöglich zu deuten, was mir sein Blick sagen wollte, doch ich war mir sicher, eine gewisse Traurigkeit zu erkennen. »Lass uns weitermachen.«

Wir übten bis spät in den Abend. Stundenlang gab ich mich Tyraels Versuchen hin, meine Macht zu erreichen. Er probierte es mit Ansätzen, die glückliche Erinnerungen in meiner Kindheit hervorrufen sollten. Mit Nostalgie und Affirmationen. Er drang sogar in mein Nervensystem ein, weil er selbst ertasten wollte, was in mir vorging. Zwar machte er mich weiterhin wütend mit Hohn und Spott, aber er erwähnte meine Mutter nicht mehr. Und meine Brandnarbe auch nicht.

Zum Einbruch der Dämmerung traten wir den Rückflug an. Wir wechselten den ganzen Weg kein Wort miteinander. Als ich im Bett lag, weinte ich schon wieder. Ich war eine Versagerin. Tyrael hatte recht, mit dem, was er sagte: Wäre ich stark genug, hätte meine Macht sich an dem verheerenden Tag selbstständig gemacht und meiner Mutter geholfen.

Vielleicht betrachteten mich die Götter tatsächlich als eine Verschwendung.

DIDRE

✧

Die Toten Wälder waren gefährlich. Irdische mieden sie seit jeher. Wer sich zwischen den meterhohen Stämmen der Bäume verirrte, kehrte nicht zurück. Nie wieder.

Ich war ein Angsthase. Eine große Schisserin. Ich schreckte vor allem zurück und hatte mich selbst der Demütigung hingegeben, als einzige Azlata Silent Creeks nicht an der Jagd teilzunehmen. Somit wunderte es mich nicht, dass mein ganzer Körper schlotterte, während ich den schmalen Pfad in den Wald entlanglief.

Dieser Abschnitt war ungefährlich. Hier würde mir nichts passieren. Der Nebel waberte nur schwach; im fahlen Schein des Mondes konnte ich meine Hände noch erkennen und meine Schuhe bei jedem Schritt, den ich ging. Ich vernahm das Rascheln im Dickicht, hörte Mäuse, die sich ins Geäst verkrochen, und tapsende Pfoten schleichender Füchse. Tiere spürten unsere Macht. Sie hatten Angst vor uns und nahmen sich in Acht. Eine Eule füllte die Nacht mit beruhigenden Lauten.

Ich trat auf einen Tannenzapfen. Er knackte. Meine Finger umschlossen das Reagenzgläschen in meiner Manteltasche. Ich hielt es fest, als fürchtete ich, es könnte sich auflösen, und beschleunigte meine Schritte. Prüfend warf ich einen Blick auf meine Armbanduhr. Bald war es so weit. In wenigen Minuten würde der Mond in den nächsten Zyklus wechseln.

Die Einsamen Schwestern machten sich jede Mondphase zu eigen, um in die Tiefen der Mysterien einzutauchen und zu sehen, was niemand sonst zu sehen bekam. Sie waren Azlata, die sich einer höheren Macht verschrieben und alles zurückgelassen hatten, um dem Universum zu dienen. Ich hatte einige Bücher gewälzt, um ihr Vorgehen zu verstehen. Ihre Intelligenz musste ein göttliches Wunder sein.

Doch das Einzige, das für mich nun wichtig zu wissen schien, war der Neumond. Wenn ich es richtig verstanden hatte, war er elementarer Bestandteil von analysierender Magie. Wollte man tiefere Erkenntnis erlangen, stärkte der Neumond diesen Prozess und nährte ihn mit universeller Kraft. Ich hoffte, er würde auch mir zur Seite stehen.

Der sichere Pfad näherte sich der Grenze. Ich erkannte die ersten kahlen Stämme hinter einem dichter werdenden Nebel. Tote Bäume ließen ihre trauernden Äste hängen, doch weit hineinblicken konnte ich nicht. Je näher ich dem Nebel kam, desto kälter wurde es. Eine Atemwolke entstand vor meinem Gesicht und verlor sich in der eisigen Luft. Es war, als hörte ich ein Wispern. Die Geräusche der Tiere waren verstummt. Bis hierhin wagte sich niemand vor, der über eine funktionierende Amygdala verfügte. Ich musste wahnsinnig sein.

Der Anfang einer Furcht einflößenden Stille begann am Ende des sicheren Pfads. Ich hielt inne, bevor der Nebel mich berühren konnte, und blickte gen Himmel. Der Mond war fast ganz verschluckt. Eine kühle Brise wehte mir eine widerspenstige Locke ins Gesicht. Ich strich sie beiseite und nahm den Sonnenstein aus meiner Tasche. Sie waren nichts anderes als geschliffene schwarze Turmaline, die das Licht der Sonne absorbiert und gespeichert hatten. Die mächtigsten Feuerkrieger unserer Zeitgeschichte waren tot. Lange war niemand mehr in der Lage gewesen, sich mit der Glut der ewig weit entfernten Sonne zu verbinden, um das Licht im Mineral des Turmalins zu speichern. Die Lichtquellen waren selten. Mein Vater hatte mir meinen geschenkt. Ich hütete ihn wie einen Schatz.

Sanft strich ich über die spiegelglatte Fläche und murmelte: »*Ox solaris.*«

Helles Licht strömte aus dem Stein. Ich setzte mich neben einen wuchernden Baumstumpf, wischte vertrocknetes Moos beiseite und legte den Stein ab. Dann nahm ich das Reagenzglas aus meiner Tasche und hielt es ins Licht. Die drei dünnen Haare im Inneren schimmerten schwarz. Vorsichtig entkorkte ich das Glas und zupfte eines von ihnen heraus, darauf bedacht, es fest zwischen den Fingerkuppen zu halten, ehe ich das Gläschen wieder zustülpte.

Mein Magen rebellierte mit einem unangenehmen Druck. Ich schluckte schwer. Mir war von Anfang an bewusst gewesen, dass diese Prozedur mental schmerzen würde. Doch nur, weil ich jeden in dem Glauben ließ, an mir wären die göttlichen Kräfte vorübergezogen, hieß das nicht, dass ich keine besaß. Ich war in der Lage, meine Macht aufzurufen. Ein Stück weit wusste ich auch, wie ich sie anwenden konnte. Aber ich wusste nicht, *was* für eine Macht ich besaß.

Mein Chaos war anders. Und diese Andersartigkeit war der Hauptgrund für meine Zurückhaltung. Erführen die Oberen, was für eine wilde Fähigkeit in mir rumorte, wäre ich nichts weiter als das Objekt eines brutalen Experiments. Sie würden mich zu den Einsamen Schwestern schicken und grausame Prozeduren an mir vollführen. Ich wollte nicht mit den anderen kämpfen, weil ich ganz einfach überleben wollte.

Ich drehte das Haar in meinen Fingern und betrachtete es. Das Haar meiner Mutter. Coraël hatte es aus ihrem Grab besorgt – nicht ohne gegen die schützende Magie der Burnetts anzugehen. Ich verengte die Augen, tastete nach dem schlummernden Wesen in mir und weckte es mit einem leichten Stups. Es grollte. Zu lange hatte ich nicht mehr gewagt, mich ihm zu nähern. Meine Macht und ich waren wie ein ungeübter Reiter und ein störrischer Hengst. Er wollte reiten, manchmal versuchte er es, doch die Angst vor einer Katastrophe blieb.

»*Socium*«, murmelte ich. »*Socium capil.*« *Finde das Haar.*

Mein Inneres vibrierte. Ich hatte Schwierigkeiten, meinen Körper unter Kontrolle zu halten, während meine Macht versuchte auszubrechen. Es war jedes Mal ein Kampf, die Kraft zurückzudrängen und nur das zuzulassen, was ich von ihr verlangte.

Ich biss die Zähne zusammen. Hinter meinen Augen entstand ein unerträglicher Druck. Mein Körper ratterte wie ein rustikales Fahrrad, bis – *plötzlich!* – alles stabilisierte. Als hätte ein Fisch in den Köder gebissen und die Angel gestrafft. Ich war starr und kontrolliert, richtete meinen Fokus auf das einzelne Haar. Um mich herum verschwamm alles. Ein Tunnelblick entstand. Das Haar war gestochen scharf, der Hintergrund eine verwaschene Sammlung gräulicher Farben.

»*Alto spec*«, flüsterte ich. *Gehe tiefer als der Schein.* Meine Stimme klang weit entfernt. Sie war dunkler als sonst. »*Alto nocto.*« *Tief in die Dunkelheit.*

Meine Macht war heute guter Laune. Sie gehorchte. Ich spürte ihr aufgeregtes Gemüt, als sie vorpreschte. Es verlangte mir alles ab, sie zu führen. Sie war wie ein kleines Kind, das wild drauflosrannte. Säure kroch meine Kehle hinauf, als ich die ersten Moleküle wahrnahm. Sie waren schwer und düster, umgaben das Haar wie Ameisen eine süße Hingabe. Da war es wieder. Dieses Wispern, das mich oft begleitete, mal lauter, mal leiser, meistens stumm. Jetzt war es erschreckend laut.

Ich verzog das Gesicht. Keuchende Laute verließen meinen Mund, während ich all meine Kraft dafür aufwendete, mein Chaos nicht zu verlieren und gleichzeitig dem Schmerz dieser Stimmen zu trotzen.

Und dann hörte ich es. Das Lachen meiner Mutter. Hell und klar. Ich zuckte zusammen. Beinahe hätte ich die Kontrolle verloren. Der Schock meines Erfolgs traf mich unerwartet.

»*Alto*«, sagte ich schnell. *Tiefer.* »*Creatio mi ego!*« *Die Zeugung meines Wesens.*

Mein Chaos kreischte. Ich zuckte mit dem Kopf, um es zurechtzuweisen. Es wich mit einem erschreckten Laut zurück, ehe es – diesmal kontrollierter – wieder vordrang. Ich war weder Geist noch Verstand. Ich war Energie, schwirrte in einem Strom außerhalb der festen Materie, irgendwo zwischen hier und jetzt.

Es forderte mir alles ab, die dichte Traube schwarzer Moleküle nicht zu verlieren, während alles an mir zerrte wie ein nicht aufzuhaltender Sturm. Mit einem tiefen Grollen drang meine Macht in verbotenes Territorium ein. Ich spürte den Widerstand des Unerlaubten. Doch ich war stärker.

Plötzlich befand ich mich in einem teerartigen Dunst. Seine Schlieren brannten auf meinem Körper. Ich erkannte unscharfe Silhouetten. Einmal glaubte ich, das lächelnde Gesicht meiner Mutter vorbeirauschen zu sehen. Ich hörte ein männliches Lachen, eine große Hand, die ins Nichts griff. Es ging alles so schnell. Ich wollte tiefer gehen, mehr erkennen, mehr erfahren, doch als ich meine Macht befehligte, wurde ich wie vom Druck einer Explosion zurückgeschleudert. Der Dunst verschwand. Ich war wieder in dem Strom zwischen hier und jetzt, doch die Moleküle waren fort.

Hektisch wühlte mein Geist nach den anderen beiden Haaren, die mir blieben, in der Hoffnung, einen zweiten oder dritten Versuch zu wagen, doch plötzlich störte etwas den Prozess. Ein Druck auf meiner Schulter. Unerwartet schnell wurde ich meinem energetischen Zustand entrissen; meine Macht kreischte und wich zurück.

»Didre?«

Mein Körper wankte, als ich die höhere Ebene verließ. Keuchend riss ich die Augen auf. Vor mir entdeckte ich das runde Gesicht der Person, die mein Herz in den Händen hielt, ohne es zu wissen.

»Archie!« Ich erstarrte. »W...was machst du hier?«

»Ich habe die Spur eines Düsteren verfolgt.« Er musterte mich besorgt. »Ist alles in Ordnung?« Er ging in die Hocke, um mit mir auf Augenhöhe zu sein, und strich sanft über meine Unterlippe. Die Berührung brannte. »Du blutest. Und, meine Güte, du schwitzt ja!«

»Es ist alles in Ordnung.« Erst jetzt huschte mein Blick zu dem Baumstumpf. Das Haar zwischen meinen Fingern war verschwunden, das Innere des Reagenzglases leer. Graue Asche benetzte das Glas. Ich stieß die angehaltene Luft aus. Meine einzige Hoffnung war dahin.

Archibald folgte meinem Blick. »Didre, was ...«

»Ich weiß nicht, was passiert ist«, log ich. »Ich war spazieren und fand dieses Glas. Es war gefüllt mit einem Puder. Als ich es öffnete, verlor ich das Bewusstsein. Ich ... fühle mich erschöpft.«

Archibald runzelte die Stirn. Er nahm mir das Glas aus der Hand und musterte die Asche. »Merkwürdig.«

Aus dem nebligen Bereich der Toten Wälder erreichte uns eine

Brise. Sie verwehte Archibalds Haar und hinterließ feinen Puder auf seiner Nase. Es war der Frost des Nichts. Die eisgekühlte Luft, die zwischen den Toten Bäumen sichtbar wurde. In Schmetterlingsform verdeckte er Archies dunkle Sommersprossen. Ich streckte die Hand aus und wischte ihn fort, woraufhin Archibald den Blick hob.

»Du solltest mich nicht auf diese Weise berühren«, murmelte er.

»Ich weiß.«

»Und doch tust du es.«

»Ja.«

Er benetzte seine Lippen mit der Zungenspitze und ließ das Reagenzglas sinken. »Du bist meine Cousine, Di.«

»Fühlst du nicht auch etwas zwischen uns?«

Er runzelte die Stirn. »Nein. Das wäre widernatürlich.«

»Ja. Vermutlich.« Seine Zurückweisung schmerzte. Langsam atmete ich aus. »Es tut … mir leid. Ich bin benommen. Ich … denke nicht, dass ich zurechnungsfähig bin. Vergiss den Moment. Der Zauber …«

»Vermutlich der Gesang der Schlafwinde«, murmelte Archie und nickte. Er senkte den Blick und schwenkte die Asche im Reagenzglas. »Jemand muss sich einen Scherz mit dir erlaubt haben.« Grimmig blickte er zu dem Bereich der kahlen Bäume. »Oder wollte dich absichtlich in den Tod führen.«

Der Gesang der Schlafwinde war die materialisierte Melodie schneeweißer Kraniche. An kalten Tagen rieselte das Pulver auf die Erde und wurde von den Menschen fälschlicherweise für Frost gehalten. Durch unsere sensible Verbindung zu den Molekülen waren wir imstande, den gräulichen Unterschied zu erkennen. Auf ausländischen Märkten und in der *Dunkelhöhle* in Kirkhaven, einer Art Bordell, in dem zwielichtige Geschäfte gemacht wurden, wurde er zuhauf verkauft und fand eine beliebte Anwendung bei Schlafproblemen, auch wenn überdosierte Mengen zu Schwindel und Ohnmacht führten.

Abwesend nickte ich. »Nun, gut, dass du mich gefunden hast, bevor es zu spät war.«

»Bei den Göttern, Di.« Archibald nahm meine Hand. »Ich will mir nicht ausmalen, was hätte passieren können.«

»Ja«, murmelte ich. »Ich mir auch nicht.«

Er führte mich aus dem Wald und begleitete mich bis zu dem Anwesen der Burnetts, in dem auch ich zu Hause war. Den ganzen Weg über spürte ich eine schlimme Enttäuschung, gepaart mit unendlicher Erschöpfung.

Ich schlief sofort ein und hatte eine traumlose Nacht. Für wenige Stunden ruhte der Tod in mir. Er warnte mich davor, erneut in seine Sphären einzugreifen.

Ich ignorierte ihn.

TYRAEL

✧

Die letzten Wochen hatten an meinen Nerven gezehrt. Helena hatte keine Fortschritte beim Training gemacht. Überhaupt keine. Ein paar von uns, unter ihnen Fryda Anderson, Coraël, Archie, Ėmille und meine Eltern, hatten mich aufgesucht, weil sie die Vermutung hegten, Helena verberge etwas. Ich hatte geschwiegen und behauptet, keinen Schimmer zu haben. Warum ich das getan hatte, war mir schleierhaft. Das Mädchen hätte mir egal sein sollen. Ich hätte sie verabscheuen sollen. Stattdessen spürte ich nach jedem verdammten Training mehr, wie etwas in mir schwächelte, wenn es darum ging, meine Wut auf sie zu übertragen.

Ihr Verhalten war natürlich auffällig. Sie trug jeden Tag eine dicke Schicht Make-up auf ihren Hals auf, doch die tintenschwarze Farbe des Mals war so kräftig, dass es sich scheinbar erst verdecken ließ, wenn sich Helenas blasses Gesicht stark von dem orange fleckigen Hals abhob.

Bald war Helenas Zeremonie zur offiziellen Aufnahme ins Volk angesetzt. In den Korridoren des Colleges hielt sie den Kopf stets gesenkt, die Haare wie ein Vorhang zu beiden Seiten ihres Gesichts, und von Tag zu Tag gruben sich tiefere Ringe in die feine Haut unter ihren Augen. Sie wurde stiller. Grauer. Sie schien fast nicht mehr da.

Regen tränkte meinen schwarzen Mantel, als ich mich von Exodia schwang und mit den Stiefeln auf den rutschigen Dachziegeln auftraf. Ich bückte mich sofort, legte mich auf den Bauch und robbte voran zum Dachfenster. Es war Nacht. Die Straßen rund um den Grassmarket in Edinburgh waren wie ausgestorben. Dennoch war Vorsicht geboten. Entdeckten mich Passanten, gäbe es Schwierigkeiten. Ich müsste fliehen, und in den nächsten Tagen wäre *The Scotsman* voller Berichte von Menschen, die behaupteten, einen mysteriösen Mann gesehen zu haben, der im Nichts verschwunden war.

Angesichts der Tatsache, dass ich mich auf dem Dach des ehemaligen Zuhauses von Major Thomas Weir befand, würden die Bewohner Edinburghs sich die Mäuler über diese Kuriosität zerreißen. Noch heute berichteten viele, der einstige brutale Nekromant, der eine widerwärtige, inzestuöse Beziehung zu seiner besessenen Schwester Grizel geführt hatte, wäre von den Toten auferstanden und würde sein Haus in der Victoria Street regelmäßig heimsuchen – selbst wenn jahrzehntelang geglaubt worden war, es wäre abgerissen worden.

Erst kürzlich war bekannt geworden, dass eine Quäker-Gemeinschaft die geschichtsträchtigen Gemächer, in denen der Teufel persönlich gelebt haben solle, in ihren Neubau integriert hatte. Sein Schlafzimmer sei die heutige Toilette des Gebäudes. Wenn die Gerüchte stimmten, beleuchtete hin und wieder ein nächtlicher Lichtschein die Fenster und warf Schatten okkulter Formen an die Wände. Mir kamen auch Geschichten zu Ohren, in denen sein legendärer Gehstock, der ihn stets begleitet hatte, nachts durch die Straße geflogen sei und nach seinem Meister gerufen habe.

Ich hielt all das für lächerlich. Sollte Major Thomas Weir tatsächlich von den Toten auferstanden sein, hätte er wohl kaum Freude daran empfunden, eine Toilette heimzusuchen. Aber weil ich ansonsten keinen Ansatz hatte, wo ich meine Suche nach ihm fortsetzen konnte, war ich hier.

Ich trat das schmuddelige Dachfenster ein. Glas splitterte ins Innere. Es erforderte einige Mühe, meinen Körper durch die kleine Öffnung zu quetschen, doch schließlich landeten meine Stiefel in perfekt manipulierter Leichtigkeit auf den brüchigen Holzdielen des Dachbodens. Es war stockfinster. Ich nahm meinen Sonnenstein aus der Tasche.

»*Ox solaris.*«

Gleißendes Licht erhellte den weiten Raum. Staubflocken stoben durch die Luft. Es roch nach Moder und Feuchtigkeit. An den Wänden reihten sich kaputte Tische und Stühle, eine alte Tafel, rostige Eisenstreben und sonstiger Müll. Bei jedem Schritt, den ich machte, knarrten die Dielen. Die Dachluke war unter einer dicken Staubschicht versteckt. Ich öffnete den Haken, machte mir jedoch keine Mühe, die Treppe herunterzulassen. Stattdessen sprang ich mühelos in den Flur.

Die vorigen Nächte hatte ich mich mit der Aufgabe herumgeschlagen, den Vorsitzenden des Quäker-Hauses ausfindig zu machen. Ich hatte ihm und seiner Frau Kranichpuder in die Nase gegeben und mich durch Berge von Unterlagen in seinem Büro gekämpft, um an die Innenumrisse des Gebäudes zu gelangen. Der Geduldsfaden meiner Mutter war abgelaufen. »Jeden Tag kreuzt du zu spät bei deinen Jagdpartnern auf, Tyrael! Es reicht mir!«

Nun, was sollte ich sagen? Es kümmerte mich nicht.

Aufmerksam passierte ich die Flure, beleuchtete jede Wand und fuhr hin und wieder Maserungen in den Bodenfliesen nach, wenn ich glaubte, etwas Auffälliges zu erkennen. Doch nichts deutete auf paranormale Schwingungen hin. Als ich die Tür zur Toilette erreichte, deren Raum früher einmal zu Weirs Gemächern gehört hatte, hielt ich inne. Ich schloss die Augen und legte eine Hand auf die kühle Holzfläche. Tief atmete ich durch und konzentrierte mich auf das höhere Wesen meines Ichs.

In mir rekelte sich etwas, als hätte ich einem Tier mit einer weichen Feder über die Nase gestrichen. Impulse fraßen sich durch meine Nerven. Hier war Magie in der Luft. Ganz eindeutig.

Die Tür knarrte, als ich sie öffnete. Ich trat ein und sah mich um. Toilette, Dusche, Waschbecken, ein winziges Fenster. Es roch nach beißendem Reiniger. Ich untersuchte die Fliesen, in der Hoffnung, in den dahinterliegenden Steinwänden einen Ursprung der Magie zu ertasten. Meine Fingerkuppen kribbelten. Ich spürte einen feinen, knisternden Film, der meine Hand wie einen passenden Magneten anzog. Doch der bloße Kontakt nützte nichts.

»*Ub es tú?*« Ich murmelte Formeln eines Verfolgungszaubers, der meine Nerven befehligte, ein anderes Nervensystem aufzuspüren.

Diese Art von Zauber war nicht leicht – und funktionierte nicht ohne Weiteres. Ich brauchte einen Hinweis, an den sich meine Nerven klammern konnten. Heute verband ich sie mit der Magie, die in den Wänden gurrte. »*Ub es tús domino?*« *Wo ist dein Meister?*

Ein Druck baute sich zwischen mir und den Fliesen auf. Er schwoll an, presste sich gegen mich wie ein aufgeblasener Ballon, der mich zurückdrängen wollte, doch ich hielt dem Ganzen stand. Plötzlich zog sich ein langer Riss durch die Fliesen. Sie brachen. Einige von ihnen bröckelten auf den Boden und hinter ihnen klaffte ein faustgroßes Loch in der Steinwand. Zu sehen war … nichts. Und auch die Magie war nicht mehr zu ertasten. Sie hatte sich verflüchtigt. Ich zog die Hand zurück und fluchte.

»Burnett«, gurrte da eine Stimme hinter mir. Blitzschnell wirbelte ich herum – und blickte in das ausgemergelte Totenkopfgesicht einer Düsteren. Ihre Augen waren kohlrabenschwarz, die Zähne spitz wie messerscharfe Dolche. Lappige Haut lag über ihren Schädelknochen. »Was für eine Ehre.«

»Oh, welch *liebliche* Gesellschaft zu später Stunde«, entgegnete ich und grinste. Dabei hörte ich Baba Greenbloods peitschende Stimme im Ohr, als sie die sechsjährigen Kinder, die wir gewesen waren, ihrem gnadenlosen Training unterzog. *Jede schwache Reaktion war die Munition der Düsteren und unser Tod.* »Zu schade, dass ich dir in wenigen Sekunden das Hirn aus dem Schädel saugen werde.«

Die Düstere lachte. Es klang wie eine Raspel auf rauem Stein. »Ich hörte von deinem Übermut, doch mir scheint, in deinem Kopf herrscht nichts weiter als nüchterne Leere.« Sie verzog die Lippen. »Ein Jammer, denn er ist *wirklich* schön. Ich sollte ihn aufbewahren, nachdem ich dich geschlachtet habe, was meinst du?« Sie spielte mit ihren Flechtzöpfen und kicherte. »Ich könnte ihn als Tischlämpchen verwenden, wenn ich mir deinen hübschen Stein schnappe und ihn dir in den Schädel quetsche.«

Noch während sie sprach, drang ich in ihren Geist ein. Ich ertastete ihre Zellen, von den Göttern verflucht, grau und klumpig, drang weiter vor zu den wichtigen Nervensträngen, die in ihr Gehirn führten. Aber sie lachte bloß und wehrte mich mit einer kurzen Bewegung ihrer Augen ab. *Eine Psychokinetin,* dachte ich. Sie hatte jeden Winkel ihres Geistes unter Kontrolle und konnte ein Eindringen wie meines mühelos abwehren.

Ich musste zurückrudern und es mit dem Nervensystem ihres Herzens versuchen. Doch ich spürte ihren Gegenangriff bereits. Ihre dunklen Augen waren weit aufgerissen, die kaum vorhandenen Lippen grotesk verzerrt, während sie in meinem Geist wühlte. Ich presste die Zähne zusammen und gab unterdrückte Schmerzenslaute von mir. Es war, als würde das Gehirn in meinem Kopf hin und her schaukeln, jede Bewegung eine höllische Pein, die mir Sicht und Verstand raubte. Dennoch zwang ich meinen Geist, nicht die Kontrolle abzugeben. Mit aller Kraft drängte ich den Schmerz beiseite, tastete nach Wassermolekülen. Die Verbindung zu meinem Element war müheloser und nicht so kraftaufwendig wie der Weckruf meiner mentalen Fähigkeit. Das einzige Wasser, das ich ertasten konnte, floss in den Rohren – aber mein Element sträubte sich. Irgendetwas schwebte in der Luft, vor dem es sich fürchtete.

Die Schallwellen in meinem Hirn nahmen zu. Ich krümmte mich, presste mir die Handflächen an die Schläfen und biss die Zähne zusammen. Das Sichtfeld vor mir verschwamm, und in der nächsten Sekunde war ich nicht mehr im Flur des Quäker-Hauses, sondern in einer nasskalten, dunklen Kammer. Nur ein Hauch von Sonnenlicht kämpfte sich durch das winzige vergitterte Quadrat im Gestein der Mauer. Ich blickte hinab auf einen mageren Jungen. Bis auf seine schmutzige Unterhose lungerte er nackt in der Ecke. Sein Körper war blutverschmiert. Er hatte die Arme um die Brust geschlungen und zitterte, als ihm gegenüber eine mit Eisen durchsetzte Holztür geöffnet wurde. Vor ihm ging eine schlanke Frau mit hellen Haaren in die Hocke, neigte den Kopf und lächelte.

»Hallo, mein Süßer.«

Der Junge trat mit dem nackten Fuß nach ihr, doch erreichte sie nicht. Die schwarzblauen Ketten, die seinen Hals, die Handgelenke und auch die Knöchel umschlossen, klirrten.

»Na, na.« Sie streckte einen Finger aus und legte ihn in eine tiefe, noch blutige Fleischwunde. Der Junge heulte auf vor Schmerz. Im nächsten Moment steckte sie sich ihren Finger in den Mund, schloss die Augen und seufzte wohlig. »So gut.«

Ein wutverzerrter Laut huschte über die Lippen des Jungen. Immer wieder warf er den Kopf nach vorn, fokussierte die Frau, wollte seine Macht wecken, doch zwecklos. Er war ihr schutzlos ausgeliefert.

Die Frau schenkte ihm ein engelsgleiches Lächeln. »Morgen geht es weiter, mein Liebster. Ich verstehe, dass du wütend bist, aber irgendwann wirst du verstehen.« Ihr Gesicht näherte sich dem des Jungen. Er wich nicht zurück, aber in seinen Augen erkannte ich Angst. »Du schaffst den Grundstein einer neuen Ära«, flüsterte sie ihm ins Ohr. »Du wirst berühmt für deine heldenhafte Tat, das Werk der Götter zu revolutionieren, Tyrael.«

Das war zu viel. Mehr wollte ich nicht sehen. An mehr wollte ich nicht erinnert werden. Mit allem, was ich war, kämpfte ich gegen die Bilder an, murmelte Gegenzauber, die ich nicht hören konnte, weil ich in dem Gefängnis meiner Vergangenheit verharrte. Doch plötzlich verschwamm die Sicht vor meinen Augen, bekam Risse wie ein Störsignal. Das Bild teilte sich mit der Gegenwart, mit dem eingefallenen Gesicht der Düsteren, die mich noch immer mit einer grotesken Fratze fokussierte. Als sie merkte, dass ich dabei war, ihren Angriff zu durchbrechen, intensivierte sie den Druck. Doch ich hielt dagegen an, erhöhte das Tempo der Gegenzauber.

Ich war kurz davor, sie aus meinem Kopf zu schmeißen, als die imaginäre Leine, mit der sie sich an meinen Geist krallte, jäh brach. Die Düstere wurde von den Füßen gerissen und mit Wucht gegen die Wand geschleudert. Ich kämpfte noch mit meiner Balance, drängte die Übelkeit zurück, die sich in meinen Hals geschlichen hatte.

Doch – da! Eine riesige gelbe Tigerpython glitt über den Boden. Sie öffnete das Maul und grub ihre spitzen Giftzähne in den Hals der Düsteren. Schwarzes Blut spritzte auf den Boden. Die Düstere gab gurgelnde Geräusche von sich und sackte in sich zusammen. Mit ihrem Tod sickerte auch der Rest ihres Einflusses aus meinem Verstand. Meine Sinne schärften sich. Ich betrachtete die Tigerpython, die in diesem Moment einen zischenden Laut ausstieß und zu mir herumwirbelte.

»Hallo, Kikki.« Ich nuschelte. Doch als wäre das ihr Stichwort gewesen, bäumte sich die Schlange auf. Ihre glänzende Lederhaut verzerrte sich, eine grässliche Mischung aus Reptil und Körperteilen, bis eine kurvige Frau mit rundem Gesicht und zwei krausen grünblauen Zöpfen vor mir stand. Sie trug die ehrwürdige Uniform der Oberen: einen karmesinroten, knöchellangen Pelzmantel mit goldbestickten Ärmelaufschlägen. Die Kapuze ruhte schwer und eindrucksvoll auf ihrem Rücken.

»Deine Hilfe wäre nicht nötig gewesen. Ich war kurz davor, ihren Angriff zu beenden.«

»Mitnichten, Tyrael.« Sie lächelte nicht. »Die Düstere war eine Leibgardistin Baals. Vielleicht wäre es dir gelungen, sie für einen kurzen Moment in Schach zu halten, doch ich bezweifle, dass sie dich lange hätte gewähren lassen.«

»Und ich bezweifle, dass du weißt, wie stark ich bin.«

Hätte Archibald gehört, wie ich mit der dritten und jüngsten der Oberen sprach, wäre es ihm eine Freude gewesen, der Verwandtschaft zwischen uns abzudanken und zu leugnen, mich je gekannt zu haben.

»O doch, das weiß ich«, sagte Kikki. Sie musterte die Wände des Gebäudes mit neutraler Miene. »Aber du bist nicht das mächtigste Wesen dieses Planeten, Burnett. Auch wenn du davon sehr überzeugt scheinst. Tut mir leid, dich enttäuschen zu müssen.«

Erst als ich das Licht des Sonnensteins dämmte, fiel ihr Blick auf mich. Mit langsamen Schritten kam sie auf mich zu. Ihr schwerer Umhang streifte über den Boden.

»Was treibt dich an diesen Ort, Tyrael?«

»Pure Neugierde«, sagte ich. Kikki rümpfte die Nase, als röche sie meine Lüge. Als sprächen wir über das Wetter, fügte ich in lockerem Unterton hinzu: »Und dich?«

»Deine Anwesenheit.« Ihre Stimme klang abfällig. In ihrem Gesicht war kein Hauch von Farbe zu erkennen. Das Blut der Oberen war durchsetzt mit einem grellen Licht, bestehend aus der fließenden Kraft eines uralten Zaubers, der dafür sorgte, dass sie länger lebten. »Denkst du, wir lassen dieses Gebäude unbewacht, Tyrael Burnett?«

»Warum?« Ich lachte. »Glaubt ihr an die Gerüchte, Thomas Weir würde seiner Toilette einen nostalgischen Besuch abstatten?«

Ihre Miene blieb ungerührt. »Deine Art ist mir lästig, Junge.«

»Mach dir nichts draus.« Mit bloßen Fingern schnappte ich eine Fliege, die mir bereits zum zweiten Mal um die Ohren geflogen war. Ich steckte sie mir in den Mund. Fliegen besaßen wertvolle Säuren, die der Regenerierung unserer Kräfte half, und sie waren zufriedenstellend würzig. »Du bist nicht die Einzige.«

Kikki zischte. Mich durchfuhr ein Ruck, der mich augenblicklich starr werden ließ. »Ich könnte dich mit dem Schnipsen meiner Finger töten.«

Ich war nicht in der Lage, zu antworten. Ich war erstarrt.

Kikki schob das Kinn vor, wobei ihre viel zu große Unterlippe ihre obere beinahe verschluckte. Mit einer Handbewegung gab sie mich wieder frei. »Hab Respekt!«

»Ich habe Respekt vor jenen, die ihn sich verdienen, Kikki.«

Kurz erkannte ich eine Regung in ihrem Gesicht. Ein leichtes Runzeln ihrer Stirn, ehe sich ihre bleiche Haut wieder glättete.

»Ich weiß nicht, was du hier wolltest, und ich habe keinen Bedarf, es zu erfahren.« Sie machte einen Schritt rückwärts. »Aber lass dir eins gesagt sein: Wären es in dieser Nacht an meiner statt Myrah oder Baba Greenblood gewesen, die auf deine Präsenz gestoßen wären, würde dieser Abend nicht so glimpflich für dich enden, wie ich es dir gewähre.«

»Ich habe nichts getan«, entgegnete ich ruhig. Aber sie hatte recht. Baba Greenblood war eiskalt und berechnend. Ihre Tochter, Didres Großmutter Morag, war schon bekannt für ihr fehlendes Gewissen, aber Baba Greenblood … die Obere war dem noch meilenweit überlegen.

»Oh, Tyrael.« Zum ersten Mal legte sich ein schwaches Lächeln auf Kikkis Lippen. »Ich hüte mich vor übereilten Verurteilungen. Doch eines möchte ich loswerden: Verkaufe mich nicht für dumm. Solltest du weiterhin auf die Jagd nach Major Thomas Weir gehen, wird es meiner Ersten und Zweiten nicht gefallen. Ich spüre Gnade. Für Myrah bedeutet dieses Wort hingegen nichts weiter als eine Beleidigung unserer Herkunft und Baba Greenblood tötet schneller, als um so etwas wie *Gnade* überhaupt gebettelt werden kann.«

Ein drohender Laut verließ ihre Lippen. »Ich erinnere dich an deinen geleisteten Schwur, die oberste Regel unseresgleichen zu beherzigen.« Ihre nächsten Worte klangen wie das Zischen einer Schlange. »Deine vergötterte Helena musste fern von ihrer Herkunft aufwachsen, weil ihre Mutter Hochverrat begangen hatte. Syphrah ist uns erfolgreich entwischt. Ein zweites Mal wird uns dieser Fehler nicht passieren. Wir werden dich töten, bevor du auch nur ansatzweise in die Nähe eines Artefakts kommst.«

»Helena ist nicht meine Vergötterte.«

»Ach, Tyrael.« Kikki schnalzte mit der Zunge. »War dir der Angriff auf Jaime nicht Beweis genug?«

Zum ersten Mal seit Beginn unserer Unterhaltung rutschte mir das Herz in die Hose. »Was?«

»Du denkst, du wärst allem und jedem überlegen. Aber das Universum schläft nicht, Junge.« Ihr intensiver Blick ruhte auf mir. Ich hatte das Gefühl, ihre weißen Augen durchbohrten mich. »Es tat, was du von ihm verlangtest.«

»Ich habe nie verlangt, Jaime töten zu lassen!«

»Nicht direkt. Aber der Zauber, mit dem wir dich an sie gebunden haben, war zweitrangig. Helenas Ankunft hat sich gegen euch gewendet, und von dem Zeitpunkt, an dem du sie erblickt hast, sandte etwas in dir stumme Signale in die höheren Ebenen, die gegen das Band zwischen dir und Jaime kämpfen sollten. Das Universum hat geantwortet. Die Götter ebenfalls.« Sie neigte den Kopf. »Sie haben dir jemanden geschickt, der Jaime tötete.«

»Ich verstehe nicht …«

»Oh, du verstehst. Du kennst den Grund, Tyrael.« Kikki band ihren Umhang fester. »Geh in dich. Und weil ich heute guter Laune bin, will ich dir einen Tipp geben: Was war zuerst da? Das Ei oder das Huhn?«

Und mit dieser Frage verschwand die mächtige Luftmeisterin. Sie schnipste mit den Fingern, verband sich mit ihrem Element und ließ sich von den Molekülen treiben. Kikki hatte recht. Ich kannte den Grund. Und es hatte keinen Sinn, es vor mir selbst länger zu verleugnen.

Das Ei war zuerst da gewesen. Und das Ei war Helena.

HELENA

✧

Regen prasselte gegen das Fenster. An der Wand polterte die Heizung. Seit gestern Abend war sie ausgefallen. Nathaniel hatte versucht, sie zu reparieren, aber … na ja. Feuerbeschwörungen lagen ihm eher. Er hatte mir angeboten, zu ihm ins Wohnzimmer zu kommen und mich am Kamin zu wärmen, doch ich hatte abgelehnt. Unsere Beziehung zueinander war noch kühler geworden, denn er wollte nicht ein einziges Wort davon hören, dass ich in das Lichte Volk eingegliedert werden sollte.

Ich saß im Schneidersitz auf der federnden Matratze meines Bettes. Das übergroße Shirt der Ramones verschluckte mich. Es hatte meiner Mutter gehört. Der Saum war ausgefranst, einzelne Fäden kitzelten meine Beine. Ich hatte die Tennissocken bis zu den Waden gezogen, um dem Frösteln entgegenzuwirken, aber erfolglos. In der einen Hand hielt ich meinen Drachenstein, in der anderen ein zerknittertes Stück Papier. Ich betrachtete das verblichene Foto meiner Mutter. Sie trug die Uniform des Creek's Colleges und die sonnenblonden Haare offen; die einzelnen Strähnen ergossen sich über ihre Schultern. Leider hatte sich ihr offensichtliches Selbstbewusstsein nicht in meine Züge geschlichen.

Es schien ewig her, seit ich mit Finlay im Wald über ihren Tod gesprochen hatte. Vielleicht war das ein Fehler gewesen. Vielleicht hatte das Schicksal die Energien ihres Todes auf ihn gelenkt, um auch Finlay aus meinem Leben zu reißen. Es klang schwachsinnig, aber inzwischen erschien mir nichts mehr unmöglich.

Gedankenverloren strich ich über das Foto. Mein Herz klopfte plötzlich schneller und in mir brandete eine Wärme auf. Sie flutete meine Venen. In meinem Nacken bildeten sich feine Schweißtropfen, obwohl die ausgefallene Heizung zuvor noch der Grund für eine schlimme Gänsehaut gewesen war. Ich ließ das Foto los – und die Wärme erlosch.

Meine Lippen teilten sich. Euphorie durchströmte meine Adern. War das ein erstes Zeichen für meine Macht? Ich setzte mich aufrecht, berührte das Foto meiner Mutter ein weiteres Mal, und … Da! Es passierte schon wieder!

Schnell kramte ich in meinen Erinnerungen nach irgendeinem von Tyraels verletzenden Sätzen, die dem Zweck dienen sollten, mich emotional aufzuwühlen. Ich entschied mich für einen der schlimmeren. *Hatte je ein Junge einen zweiten Blick für dich übrig? Wo ist er jetzt, Helena? Er muss dich verlassen haben.*

Der quälende Gedanke an Finlay schnürte mir die Kehle zu, doch ich sperrte ihn nicht aus. Ich gab mich dem Schmerz hin und ließ meiner Enttäuschung Raum. *Emotionen sind wichtig,* hatte Ty gesagt. *Je intensiver, desto besser.* Zum ersten Mal erlaubte ich mir, wütend auf Finlay zu sein. Wütend, weil er mich verlassen hatte. Wütend, weil er nicht bei mir und in Sicherheit geblieben war. Es war befreiend, meine Gefühle zuzulassen und sie nicht länger zu unterdrücken.

Die Wut mischte sich mit unendlicher Trauer und etwas anderem, das ich als Sehnsucht interpretierte. Über die Jahre hatte ich mich verliebt in die Illusion einer Person, von der ich mir vorgestellt hatte, sie würde mich besuchen kommen. Ich war in einen Geist verliebt gewesen. Diese Erkenntnis war wie ein Vorschlaghammer, der gegen eine feste Backsteinmauer donnerte.

Etwas in mir zerfiel und hinter diesem meterhohen Wall erstrahlte die Sonne in ihrer ganzen Pracht. Kurz bekam ich das Gefühl, in ihren Strahlen zu verglühen. Doch als ich die Augen aufschlug, war es nicht die Sonne hinter meinen geschlossenen Lidern, sondern …

Feuer. Mein Zimmer … Es stand in Flammen. Sie züngelten an den alten Eichenmöbeln, den Bettpfosten, der Tapete. Ich saß gefangen auf der Matratze, doch das Feuer ging nicht auf mich über.

Ich schrie. Und sah meine Mutter. Eingekesselt von einer verzehrenden Feuermauer. Hoch wie Türme. Flammen, die groteske

Fratzen zogen. Das traurige Lächeln meiner Mutter, bevor die erste Flamme auf ihren Körper überging. Spürte meine Angst.

»Helena!« Die Zimmertür flog auf. Meine schreckliche Erinnerung endete jäh. In der Tür stand Nathaniel. Klein, aber Furcht einflößend. Von seiner jämmerlichen Erscheinung war nichts mehr übrig. Das Feuer spiegelte sich in seinen Augen. Er hob die Arme, wirbelte sie durch die Luft und zog sie an seinen Körper. Die Flammen, die sich an den Wänden hochgefressen hatten, sanken in sich zusammen. Als fürchteten sie sich vor ihm. Nathaniels Bewegungen waren ein wilder Tanz. Mit schockierter Faszination beobachtete ich, wie das Feuer verschwand.

»Bei den Göttern.« Schwer atmend lehnte er an der Türzarge. »Was ist passiert?«

»Ich w-weiß nicht.« Mein Körper stand unter Adrenalin. »Das Foto …« Fahrig sah ich mich um, doch es war verschwunden. »Ich habe es berührt und plötzlich …«

»Komm mit.«

»Wohin?«

»Nach unten.« Seine Lippen bildeten eine grimmige Linie. »Ich schulde dir ein paar Antworten, Helena.«

Wallende Aufregung durchflutete mich. Ich folgte ihm und setzte mich in den Flickensessel neben dem Kamin. Überquellende Müllsäcke, alte Zeitschriften und etliche Kabelreste verdeckten die Holzdielen. Nathaniel kochte Kräutertee, reichte mir eine dampfende Tasse und ließ sich in das Ledersofa sinken.

»Deine Mutter wollte nicht, dass du deine Kräfte jemals entfaltest.« Er blickte in seine Plörre. »Ich habe sie dafür verurteilt. Deshalb hat sie … haben wir …« Er schüttelte den Kopf. »Aber ich wollte mein Verhalten wiedergutmachen. Bevor du kamst, bat ich jeden der anderen zu schweigen. Du solltest nichts von den Azlata erfahren.«

»Aber warum?«, fragte ich. Eine Fliege landete auf meinem Cordrock. »Es ist nicht *fair*. Genau wie ihr wurde ich auserwählt, einer höheren Macht zu dienen. Aber ihr habt über mein Leben entschieden, bevor ich selbst die Chance dazu bekam. Jetzt bin ich hier, jetzt weiß ich Bescheid, doch im Gegensatz zu den anderen bin ich vollkommen wertlos.«

»Du bist nicht wertlos«, zischte er. »Und du bist auch nicht wie die anderen Azlata.«

Ich schnaubte. »Weil ich meine Macht nicht aufrufen kann.«

»Nein.« Seine Augen folgten einem Kräuterblatt in seinem Tee. »Weil du keine Knochengeburt bist.«

Ich sah auf. »Was?«

Aus der Uhr an der Wand sprang ein Kuckuck. Nathaniel griff nach einer geöffneten Dose IRN-BRU und warf sie dem hölzernen Vogel gegen den Kopf. Reste des Getränks sprenkelten meine Wange. Ich wischte mir mit dem Ärmel über das Gesicht. Der Vogel zog sich zurück in seine Uhr.

»Du hast gehört, was die anderen dir über unsere Abstammung erklärt haben. Einst entstanden die ersten der Völker durch die Knochengabe der Götter. Jeder Nachfahre war also eine Knochengeburt. Du hingegen entstammst einer anderen Linie.«

»Welcher?«

Nathaniel lehnte sich in seinem Sofa zurück. »Du bist eine direkte Nachfahrin der Totengöttin.«

»Ich … *was?*«

»Morrigan gab ihre Gaben nicht bloß durch ihre Knochen weiter, sondern auch durch die wahrhafte Zeugung eines Kindes. Dieses Kind wuchs heran und gründete eine Familie. Und so weiter und so weiter.« Er nippte an seinem Tee. »Das Netz der Iversens hat sich verbreitet und von der direkten Linie entfernt. Doch unsere …«

»Warte.« Ich stellte meinen Tee ab. »Willst du mir sagen, die Totengöttin ist meine UrurURgroßmutter oder so was?«

Nathaniel brummte. »Ein paar Hundert Urs mehr, aber ja. Du bist göttlichen Ursprungs.«

»Das … Das ist …« Ich zitterte. »Das ist unmöglich.«

»Das Mögliche vom Unmöglichen trennt bloß ein schwacher Schimmer der Irdischen, die sich weigern zu glauben, es gäbe etwas

Höheres als sie.« Er beugte sich vor und sah mir tief in die Augen. »Jedes Märchen ist wahr, Helena.«

Mir fehlte etwas, woran ich mich klammern konnte, also griff ich wieder nach meiner Tasse. »Stimmt … stimmt es?«

»Stimmt was?«

»Die Geschichten über meine Mutter. Dass sie die Unendliche –«

»Schwachsinn!« Nathaniel knallte seine Tasse auf den Tisch und starrte ins Feuer. Die Flammen hoben seine tiefen Falten deutlich hervor. »Deine Mutter war … sie hatte ein reines Herz. Das reinste von allen. Der Vorwurf des schottischen Regiments des Palasts war unbegründet.« Kurz senkten sich die Flammen im Kamin und hüllten das Gesicht meines Großvaters in Schatten. Als er sprach, klang seine Stimme düster. »Irgendwann werden die Götter die Oberen für die Jagd nach meiner Tochter büßen lassen.«

»Also musste Mom *grundlos* fliehen?«

Nathaniel nickte. »Es stimmte, dass sie im Streit mit den Oberen lag. Das war kein Geheimnis. Syphrah ächtete die brutale Vorgehensweise des Palasts. Sie plädierte für eine Demokratie der Azlata, für Gerechtigkeit und Verständnis. Das schottische Regiment plante, sie ins Exil zu verbannen, und setzte ihre Abgeordneten auf sie an. Unsere Oberen.«

»Ins Exil?«

»Vom Lichten Volke ausgeschlossen und der Kräfte beraubt«, sagte er. »Aber deine Mutter war eine mächtige Azlata. Sie hätte sich niemandes Willen gebeugt, der auf keiner nachvollziehbaren Grundlage keimte.« Eine Weile schwieg Nathaniel. Es war, als hinge er längst vergangenen Zeiten nach, und ich sagte kein Wort, weil ich ihm diesen Moment nicht rauben wollte.

Irgendwann atmete mein Großvater tief durch und nahm einen weiteren Schluck Tee. »Die Oberen ärgerten sich über ihre Aufstände. Sie fürchteten sich vor einer Revolution. Zu diesem Zeitpunkt hatten sich viele auf die Seite meiner Tochter gestellt.« Grimmig zog er die weißen Brauen zusammen. »Bis die Oberen das Gerücht streuten, Syphrah hätte die Unendliche Macht gestohlen und gegen die höchste Regel verstoßen. Plötzlich wendete sich das Blatt. Ihre Freunde, ihr eigenes Volk, *fast jeder,* mit dem sie aufgewachsen war, wendete sich gegen sie. Und bevor der Palast eine öffentliche Hinrichtung vollziehen konnte, floh Syphrah.«

Obwohl ich neben dem Feuer saß, kroch eine Gänsehaut über meine Arme. »Warum wurde sie nie aufgespürt?«

»Ich weiß es nicht.«

»Meinst du, es ist möglich, dass sie die Unendliche Macht tatsächlich gefunden hatte?«

»Auf keinen Fall.« Mein Großvater schüttelte den Kopf. »Niemand wird jemals in der Lage sein, das Artefakt aufzuspüren. Allein die Vorstellung ist lächerlich.«

Doch seine Worte passten nicht zu seinem Gesichtsausdruck.

Etwas an ihm wirkte merkwürdig.

HELENA

✧

Es ließ sich an einer Hand abzählen, wie oft Tyrael in den vergangenen Wochen im Seminar erschienen war. Hin und wieder kam er in die Bibliothek, immer kurz bevor ich zur nächsten Vorlesung musste. Dann schob er ein paar Seiten über den Tisch, auf denen ich seine geschwungene, fast schon kalligrafische Handschrift erkannte. Jedes Mal ergründete er in seiner azurblauen Tinte Vorgehensweisen Maria Stuarts und zu meiner Überraschung blieben Tyraels Analysen sachlich fundiert. Er distanzierte sich von seinen anfänglichen Vorurteilen der Königin gegenüber und begann, die Gesellschaft infrage zu stellen.

In den letzten Wochen hatten unsere einzigen Interaktionen darin bestanden, dass ich mich von ihm hatte beleidigen lassen müssen, um meine Hauptkraft zu finden. Was noch immer nicht passiert war. Das Training war mühsam und laugte mich aus, weil wir stets bis tief in die Nacht hinein arbeiteten. Das war eigentlich nicht Teil des Plans. Tyrael sollte an der Jagd teilnehmen und ich um sieben zu Hause sein. Aber ihn schien es nicht zu interessieren und Nathaniel hatte es aufgegeben, mich von den Azlata fernzuhalten.

Trotz des vielen Trainings war ich meiner Macht nicht näher gekommen, doch wenigstens wusste ich nun, wie ich meine elementare Verbindung fand. Heute wartete ich mit einem kribbeligen Gefühl in meiner Magengegend auf ihn. Ich wollte ihm zeigen, was ich geschafft hatte. Ihn beeindrucken. Den Stolz in seinen Augen erkennen, wenn ich ihm meine kleine Flamme zeigte.

Die Bibliothek des Creek's Colleges war wie ausgestorben. Ich war die Einzige, die an einem der runden Tische saß, den Kopf tief über eine Ansammlung dicker Bücher gebeugt. Unser Aufsatz erreichte die letzten Züge. Damit ich ihn Montag abgeben konnte, musste ich noch das Resümee verfassen. Gerade ging ich in einem weiten Kleid mit langen Puffärmeln und aufgestickten Sonnenblumen dem Leben Maria Stuarts auf den Grund, während der alljährliche Entstehungstag des Colleges im Festsaal der Burg gefeiert wurde.

Schnell warf ich einen Blick über die Schulter, vergewisserte mich, dass niemand hier war, und entzündete eine kleine Flamme. Ich hielt sie dicht an meinen Körper und wärmte mich, während ich mir mit der anderen Hand das Buch heranzog und den nächsten Absatz las. Doch etwas brachte mich ins Stocken. Ich las den Absatz noch zwei weitere Male, bis mir bewusst wurde, was es war.

1570 beugte sich Elisabeth nach weiteren etlichen Verhandlungen dem Willen Karls IX. von Frankreich, Maria erneut den schottischen Thron zuzusprechen. Dies war keineswegs eine leichtfertige Entscheidung für die Königin Englands, was sich in ihrer Beharrung auf die Unterzeichnung des Vertrages von Edinburgh manifestierte. Trotz der achtzehn vergangenen Jahre in grausamer Gefangenschaft sträubte Maria sich, diesem nachzugeben. Es folgten weitere Verhandlungen, doch mit jeder verhärtete sich der Unwille Marias zur Ratifikation.

Gefundene Tagebucheinträge berichteten von einem großen Einfluss einer unbekannten Person, mit der Maria eine enge Bindung hegte. Es gab Gerüchte über die Identität des Menschen, der ihr eigenes Schicksal derart manipuliert hatte, dass Maria selbst einer Hinrichtung mehr zugetan war als der Unterzeichnung der Verträge von Edinburgh. Spätere Überlieferungen behaupten, dass es sich bei ihrem geheimnisvollen Vertrauten um keinen Geringeren als Major Thomas Weir gehandelt habe. Dies scheint, dem späteren Geburtsdatum Weirs zufolge, haltlos, was die These jedoch keinesfalls ihres interessanten Effekts entbehrt.

Major Thomas Weir. Erst gestern Abend war ich über den Namen gestolpert, als ich mir Moms Geschichte in der Bibel der Azlata durchgelesen hatte. Gerüchten zufolge war er ein mächtiger Gesandter der Götter gewesen, dazu aufgefordert, meiner Mutter die Unendliche Macht abzunehmen und sie zu töten. Ich runzelte die Stirn.

»Halluziniere ich?«

Vor Schreck fuhr ich zusammen. In perfekt sitzendem schwarzem Anzug stand Tyrael im Mittelgang und musterte mich. Die Laternen hüllten ihn in einen schwachen Schein. Ich erkannte einen tiefen Schnitt unterhalb seines Kiefers. Auch die Ringe unter seinen Augen nahmen zu. Dennoch sah er verführerisch aus. Er erinnerte mich stark an Thomas Shelby aus *Peaky Blinders.* Kein Wunder, dass jede Frau ihn anhimmelte.

»Feuer also?«

Ich lächelte. Tyraels Augen leuchteten auf. Seine Reaktion ließ etwas in mir flattern. Schmetterlinge, die ihre Flügel im ersten Frühlingsleuchten ausbreiteten und den Himmel mit bunten Farben zierten.

»Ich habs raus«, sagte ich. »Und es ist gar nicht schwer!«

»Ich habe nie gesagt, dass es schwer ist.« Er grinste. »Nur du hast getan, als müsstest du dich einer Opfergabe darbieten.«

»Du bist *so* dramatisch.« Mein Blick fiel auf die zarte Flamme in meiner Hand. »Aber sie ist zu klein.«

»Wie du.«

Ich funkelte ihn an. Sein Grinsen wurde breiter.

»Hey, ich habe nicht gesagt, dass es *schlecht* ist, oder?«

»Das gab der Kontext her.«

»Ein Kontext kann einiges hergeben, wenn man es drauf anlegt. Ich hingegen vermute, dass er nur das widerspiegelt, was sich in den eigenen Sorgen manifestiert.«

Ich spielte mit der Flamme in meiner Hand. »Vermutlich hast du recht.« Seine Worte erinnerten mich an die Beleidigungen, die er mir in der Arena an den Kopf geworfen hatte. An die dadurch aufgeflammten Selbstzweifel. Ich löschte das Feuer und nahm die Figur des Fledermausdrachen aus meiner Umhängetasche.

»Ich kannte ihn.«

Verwirrt blickte ich auf. »Wen?«

Tyrael deutete auf die Figur. »Finlay.«

Ich erstarrte. Den Namen aus seinem Mund zu hören … es war

wie Folter und Glück zugleich. Schmerz, weil die Erinnerung an ihn wehtat. Freude, weil er nicht vergessen war. Weil ich endlich mit jemandem über den Jungen sprechen konnte, der mein sicherer Hafen gewesen war. Mein bester Freund. Und zuletzt auch meine schlimmste Illusion.

»Du … Was?«

»Ich kannte ihn«, wiederholte Tyrael. Er stieß sich vom Regal ab und kam näher. Mit jedem Schritt, der auf dem gebohnerten Parkett verklang, hüpfte mein Herz schneller. Mein Körper spielte sein eigenes Spiel und ich fürchtete, ich kannte die Regeln nicht.

Tyrael setzte sich neben mich. Er nahm mir den Stein aus der Hand. Dabei strichen seine Fingerkuppen über die Haut der Innenfläche. Mein Magen zog sich zusammen. Während er die Figur musterte, beobachtete ich jeden Millimeter seines Gesichts. Das leichte Zucken seines Kiefermuskels, als er über die Fledermausohren strich. Der Anflug eines Lächelns auf seinen blutroten Lippen, als er die Kugelaugen betrachtete. Das geheimnisvolle Funkeln in seinen Augen, während er den Stachelschwanz nachfuhr.

Ich wollte meine Hand ausstrecken und ihn an seinem Hals berühren. Dort, wo die ersten drei Knöpfe seines Anzughemds geöffnet waren. Ich wollte die vier roten Striemen am Anfang seines Schlüsselbeins nachfahren. Ich wollte so vieles, doch ich gewährte mir nichts.

»Es tut mir leid, was ich gesagt habe.«

»Was genau?«

Er gab mir die Figur zurück. »Bei unserem ersten Training. Dass kein Junge dich je interessant gefunden hätte. Das ist nicht wahr.« Tyrael sah mich an. »Er war in dich verliebt, Helena.«

Ich hielt die Luft an. »Woher … woher weißt du das?«

»Er hat es mir gesagt.«

Die Zeit schien stillzustehen. Ich war nicht in der Lage, auch nur ein Wort von mir zu geben. Tyrael schien dies nicht zu entgehen, denn er fuhr fort.

»Finlay war … mir sehr wichtig. Er war ein großer Teil meines

Lebens. Sein Tod kam für alle unerwartet. Wäre nicht passiert, was passiert ist …« Ein schmerzlicher Ausdruck huschte über Tyraels edle Züge. »Er hätte dich niemals allein gelassen, Helena. *Niemals.*«

In meinen Augen schwammen Tränen. Ich schob den Fledermausdrachen zurück in meine Tasche und betrachtete meine Hand. Abwesend fuhr ich die feine Narbe des Schnitts nach, der einst so viel bedeutet hatte.

»Es ist acht Jahre her. Ich sollte ihn längst vergessen haben. Stattdessen erwische ich mich in den unbedeutendsten Momenten dabei, wie sein gebräuntes Gesicht plötzlich vor meinem inneren Auge erscheint. Oder das goldbraune Haar.« Ich zwickte mir in die Nasenwurzel, um die Tränen zurückzudrängen, und schüttelte den Kopf. »Er sah aus wie ein verdammter Prinz.«

Tyrael lachte leise. »Das hörte er oft.«

Eine Weile schwiegen wir. Gedankenverloren tastete ich nach der Erhöhung auf meinem Hals, fuhr das Düstere Zeichen nach, wie ich es so häufig in letzter Zeit tat.

»Macht es dir Angst?«

»Ein bisschen.« Ich dachte nach. »Aber nicht das Mal, sondern eher die Ungewissheit darüber, wer ich bin.«

»Helena Iversen, Tochter der Syphrah, Nachfahrin Morrigans.«

Ich hob eine Braue. »Das wusstest du?«

»Jeder weiß es.«

»Warum hat es mir keiner gesagt?«

Tyrael zuckte die Achseln. »Wenn dein sehnlichster Wunsch wäre, ein Oger zu sein, und plötzlich triffst du jemanden, der einer ist, es aber nicht weiß – würdest du ihm die Genugtuung geben, deinen Traum zu leben?«

»Ja«, sagte ich sofort. »Natürlich!«

»Nun, dann wärst du ein äußerst reizender Oger-Fanatiker. Dir sollte das Recht zugesprochen werden, einer zu sein.«

»Du hättest es mir sagen können. Dir ist doch alles egal.«

»Stimmt.« Er zögerte. »Aber du warst es auch.«

»Was?«

»Mir egal.« Seine Antwort war wie ein Faustschlag in den Magen. Sie traf mich mit Wucht. So hart, dass ich die Augen schließen musste. Als ich sie wieder öffnete, wandte ich mich mit einem Nicken ab. Ich wollte meine Unterlagen auf dem Tisch sortieren und Tyrael ausblenden, doch plötzlich spürte ich seinen Zeigefinger auf meinem Unterarm. »Du frierst.«

Mich durchfuhr ein Schauder. »Es ist kühl hier.«

»Nimm meine Jacke.«

»Was?«

Tyrael schlüpfte aus seinem Jackett. »Mir wird nicht kalt. Du kannst sie anziehen.« Er legte sie mir über die Schultern. Überrumpelt schlüpfte ich in die Ärmel. Die Jacke war zu groß.

»Wird das jetzt zur Gewohnheit?«

Tyrael lehnte sich in seinem Stuhl zurück. »Wenn du möchtest.«

Hitze schoss in meine Wangen. Ich räusperte mich. »Wegen des Stuart-Aufsatzes …«

»Ich habe mich schon gefragt, wann du davon anfängst.«

»Ab Montag ist es ja vorbei.«

»Jammerschade.«

An meinen Lippen zupfte ein Lächeln. »Nein, hör zu. Ich bin über etwas gestolpert und wollte dich um Rat fragen, weil es … nun ja, es betrifft meine Mutter, und ich möchte ihrer Vergangenheit auf den Grund gehen, deshalb …«

»Sag schon, Iversen.«

Ich zeigte ihm den Absatz im Buch. »Hier. Da steht etwas über Major Thomas Weir. Ich habe seinen Namen in der Bibel der Azlata gelesen und es hieß, er soll meine Mutter ermordet haben. Aber zu Stuarts Zeiten lebte er noch gar nicht. Was hältst du davon?«

Ich hätte nicht erwartet, dass Tyrael sich meiner Frage mit einer solchen Ernsthaftigkeit annehmen würde. Er schnappte sich das Buch, die Stirn in tiefe Falten gelegt.

»Tyrael?«

Der vorsichtige Ton, in dem ich seinen Namen ausgesprochen

hatte, rüttelte ihn wach. Blinzelnd schob er das Buch von sich. Sein nüchterner Ausdruck war zurück. »Märchen.«

»Meinst du?«

»Natürlich. Menschen spinnen gern ihre eigenen Mysterien. Sie brauchen etwas, das sie von ihrem langweiligen Leben ablenkt.«

»Möglich.« Doch etwas an seinem Tonfall ließ mich aufhorchen. Er sprach eine Spur zu schnell, das Desinteresse zu gewollt. Ich musterte ihn. Nichts ließ darauf schließen, dass er weiter über Maria Stuart sprechen wollte. Tyrael wirkte müde. Die Haare fielen ihm wild in die Stirn, und als mein Blick länger auf ihm ruhte, erkannte ich, wie er ein kaum hörbares Seufzen von sich gab. »Warum bist du hier?«

Er sah mich an. »Wo soll ich sonst sein?«

»Auf der Jagd?«

»Ich *bin* auf der Jagd, Süße.«

Ich ignorierte die Wärme in meinem Magen. »Wie meinst du das?«

Abwesend krempelte er seine weißen Hemdsärmel hoch. Mein Blick wanderte über die schwarzen Symbole auf seiner Haut. Die sehnigen Muskelstränge waren über und über mit Tinte bedeckt. »Ein paar von uns sind auf der Feier eingeteilt. Ich soll auf dich aufpassen.«

»Oh.« Seine Worte waren wie ein Schlag in den Magen. »Das brauchst du nicht.«

»Nein?« Er schien belustigt. »Möchtest du die Düsteren mit deiner niedlichen Flamme bekämpfen?«

Ich atmete tief durch. »Du hast recht. Jetzt ist nicht die Zeit für falschen Stolz. Es ist nur …«

»Was?«

Ich zuckte die Achseln. »Kein schönes Gefühl, zu wissen, dass ich einen Babysitter brauche. Und dann auch noch dich.«

»Wieso? Was ist mit mir?« Tyrael grinste. »Ich finde mich ziemlich überragend, weißt du.«

Ich verdrehte die Augen. »Vergiss es.«

Eine Weile kehrte Stille zwischen uns ein, nur unterbrochen vom Ticken der antiken Uhrzeiger. Im dämmrigen Licht strahlten selbst die Bücher etwas Unheimliches aus. Von den heruntergebrannten Kerzenstumpen ganz zu schweigen.

»Du siehst hübsch aus.«

Mir stockte der Atem. Ich starrte ihn an.

»Was?« Er lachte. »Soll ich es wieder zurücknehmen?« Langsam schüttelte ich den Kopf. Sein Lächeln wurde breiter. »Gut. Hätte ich auch nicht gemacht.«

»Warum sagst du mir das?«, fragte ich.

Er zuckte die Achseln. »Ich mag Wahrheiten. Sie sind erfrischend zwischen den Lügen dieses Lebens, findest du nicht?«

Ich schwieg.

»Mir gefallen deine außergewöhnlichen Outfits.« Sein Blick glitt über den Saum meines Kleides, das an den Knien endete, über meine nackten Beine bis zu meinen Füßen, die in weißen Turnschuhen steckten. »Passt zu dir.«

»Normal gefällt mir nicht«, sagte ich.

»Natürlich nicht. Du bist ja auch eine Iversen.«

Ich wusste nicht, was er damit meinte. Aber als er mir die Hand reichte und wir uns erhoben, hatte ich weiche Knie. So hatte ich mich zuletzt gefühlt, nachdem Finlays Lippen meine Stirn berührt hatten. Ich hätte nicht gedacht, es je wieder zu erleben. Auf dem Weg zum Festsaal wollte ich Tyrael das Jackett zurückgeben, doch er winkte ab. »Lass es an.«

»Aber sie werden alle starren.«

»Wer?«

»Die anderen.« Er wirkte immer noch verwirrt, also fügte ich hinzu: »Auf der Party.« Es vergingen zwei Sekunden, in denen Tyrael mich musterte, bis ihm ein raues Lachen entfuhr. Ich runzelte die Stirn. »Was ist so witzig daran?«

»Iversen, Iversen, Iversen.« Er beugte sich vor, bis unsere Nasenspitzen sich beinahe berührten. Mir entfuhr ein überraschter Laut, doch er ging unter in einem weiteren leisen Lachen Tyraels. Ich spürte seinen Atem auf meiner Haut. Zwischen meinen Schenkeln pulsierte es. Ich presste sie zusammen und gab mir Mühe, das Verlangen in mir zu ignorieren, doch vergebens. »Und wenn die Götter persönlich mich verfluchen. Mir ist vollkommen egal, wer was über mich denkt, Helena.«

Meine Atmung ging schnell. Tyrael senkte den Blick, als würde ihm genau das gerade bewusst werden. Auf einmal hob er die Hände. Ich dachte schon, er wolle mein Gesicht umfassen, doch stattdessen strich er in quälender Langsamkeit über den weiten Ausschnitt meines Dekolletés. Ich erschauderte. Doch Tyraels Finger wanderten nicht tiefer, wie ich es insgeheim gehofft hatte, sondern zu seiner Jacke. Er knöpfte zwei mittlere Knöpfe des Jacketts zu. Mit einem Ausdruck, den ich nicht deuten konnte, betrachtete er die Kreation seiner Anzugjacke über meinem voluminösen Sackkleid.

»So hübsch.« Er sah mich an. Mir entging nicht, wie seine Augen meine Brandnarbe musterten. Und plötzlich spürte ich seine Finger. Mit einer Zärtlichkeit, die ich ihm niemals zugetraut hätte, strich er über die verbrannte Haut. Ich konnte nicht atmen. Unmöglich. In mir glühte jede einzelne Nervenbahn, während mein Herz den Versuch startete, meiner Brust zu entkommen.

»Tyrael.« Noch eine Sekunde und ich würde unter seiner Berührung verglühen. Entweder das oder ich müsste damit leben, meine Lippen auf seine gedrückt zu haben. Beides keine sonderlich rosigen Aussichten. »Die Party. Wir … wir sollten gehen.«

»Ja.« Er zog seine Finger zurück und musterte sie mit gerunzelter Stirn, als wüsste er nicht, was sie gerade getan hatten. »Sollten wir.«

Den ganzen Weg zum Festsaal schwiegen wir. Der intime Moment war erloschen. Stattdessen fühlte es sich an, als wäre Tyrael mein Leibwächter. Er schien akribisch darauf zu achten, mindestens einen Meter hinter mir zu laufen, und als wir den großen Raum mit den feiernden Studierenden erreichten, verlor ich ihn innerhalb von Sekunden aus den Augen.

Schottischer Rap erfüllte den Saal. Die Musik passte nicht zu den antiken Tischen und Stühlen mit ihren filigran geschwungenen

Beinen und den schweren Samtvorhängen vor den Fenstern. Auf den Tischdecken verteilt glitzerten Messingtassen und -krüge, vermutlich gefüllt mit Honigmet und Wein. Ich ließ den Blick über die Studierenden schweifen, als sich plötzlich jemand an meinen Arm klammerte.

»Helena!« Isobel strahlte. »Ich dachte, du kommst nicht mehr.«

»Ich musste in der Bibliothek noch etwas nachschlagen.«

Sie verdrehte die Augen. »Du nimmst diesen Aufsatz viel zu ernst.« Sie musterte Tyraels Jackett und verzog den Mund. »Oder den Typen, mit dem du daran arbeiten sollst.«

»Es ist nicht, wonach es aussieht.«

»Ja.« Sie lachte. »Klar.« Isobel schüttelte sich das Haar über die Schulter. Das Rot reflektierte einen perfekten Glanz. Sie trug ein knöchellanges fliederfarbenes Seidenkleid mit tiefem Ausschnitt. Funkelnde Diamanten baumelten an ihrem Ohr. Sie präsentierte sich mir von allen Seiten. Beim Anblick ihrer hohen Absätze war ich froh über meine gemütlichen Turnschuhe. »Wie sehe ich aus?«

»Als kämst du gerade von der New Yorker Fashion Week.«

»Ist das gut?«

»Mehr als gut. Du bist der Wahnsinn, Izzy.«

Sie strahlte. »Danke!« Ihr Blick glitt zu dem blonden Azlata, der mit seiner Tochter bei mir in der Siedlung wohnte. Er musste Ëmille sein. Tyrael hatte ihn öfter beim Training erwähnt. Seine muskulöse Gestalt lehnte in einem grauen Anzug an der Wand hinter dem Buffet. Er ließ den Blick über die Menge schweifen. Isobel betrachtete ihn voller Sehnsucht in den Augen.

»Du kannst zu ihm gehen, wenn du willst.«

»Was?«

»Zu Ëmille.«

»Oh, nein.« Sie zögerte. »Nein, auf keinen Fall.«

»Wieso nicht?«

»Ëmille hat kein Interesse an mir.«

»Hat er das gesagt?«

»Oft.« Sie lächelte traurig. »Da sind Sileas und Kamryn. Komm.«

Die Zwillinge trugen dasselbe minzfarbene, spitzenbesetzte Kleid. Sileas sang den Rapsong mit, als wir sie erreichten.

»Oh, hi!« Sie fiel erst Isobel in die Arme, dann mir. »Nettes Outfit.«

Ich wurde rot. »Das hat nichts zu bedeuten.«

»Ich frage mich viel eher, *warum* du es trägst.« Sileas nippte an ihrem Met. »Sollten wir etwas wissen?«

»Nein.« Die Hitze in meinem Kopf stieg an. Meine Wangen glühten. Ich wandte mich ab und schnappte mir den Metkrug auf dem Buffet, um mir ebenfalls einen Kelch einzugießen. »Das Jackett hat einen absolut pragmatischen Hintergrund.«

»Der da wäre?«

»Mir war kalt.«

»Aha«, sagte Isobel. Sie und Sileas tauschten einen Blick. Kamryn starrte in ihren Wein und murmelte stumme Worte vor sich hin. Ich fühlte mich unwohl unter der Musterung und war dankbar, als ich Coraël entdeckte. In einem dunklen Zweiteiler gekleidet saß sie an einem Tisch und wippte mit ihrem Plateauschuh zum Takt der Musik. Unsere Blicke trafen sich.

»Entschuldigt mich«, sagte ich zu den anderen und setzte mich in Bewegung.

Im Saal war es höllisch warm. Ein Feuer knisterte in einem Kamin in der Wand. Die schwitzenden Leiber der tanzenden Studierenden taten ihr Übriges. Ich schlüpfte aus dem Jackett und setzte mich zu Cora an den Tisch.

»Helena Iversen.« Ein verschmitztes Grinsen legte sich auf ihr schmales Gesicht. »Die legendäre Tochter, jahrzehntelang verschollen im Nichts. Was für eine Freude.«

»Du könntest deine Verwandtschaft zu deinem Bruder nur schwer leugnen, weißt du.«

Sie seufzte. »Ja. Bis auf die Augen sieht er aus wie mein Ebenbild.«

»Ich meinte nicht das Aussehen.«

»Ich weiß.« Ihr schwaches Lächeln wirkte mystisch, während sie mit ihren Fingerkuppen über die kinnlangen Spitzen ihrer schwarzen Haare strich. »Also?«

»Also … was?«

»Du bist hier. An meinem Tisch.« Eine der Glasperlen, die in ihre Strähnen gewoben waren, klirrte gegen ihren Basaltring. »Warum?«

»Ich wollte mich bedanken«, sagte ich. »Für deine Hilfe bei meiner Ankunft. Und im Schwimmbad.«

Sie stieß einen schweren Seufzer aus. »Ich fürchte, die Dankbarkeit ist eine Last, die ich verpflichtet bin zu ertragen. Nicht wahr?«

»Ähm …«

»Nun, gern, Helena. Ehrlich gesagt hast du mir einen Gefallen getan.« Ihre Mundwinkel zuckten. »Schon lange träumte ich davon, Merlin eine runterzuhauen.« Sie wandte sich ab und ließ den Blick durch den Raum schweifen, bis sie an Isobels Bruder hängen blieb. Er tanzte mit einem Mädchen, das ich aus meinem Geschichtsseminar kannte. »Er hätte dich nichts ins Wasser werfen sollen.«

»Er wusste nicht, dass ich Angst hatte.«

Sie schnaubte. »Ich habe deine Schreie bis in die Umkleidekabine gehört.« Cora sah mir in die Augen. Nach einer Weile wanderte ihr Blick tiefer und verharrte unterhalb meines Kinns. »Ich weiß es.«

»Was?«

»Von dem Zeichen der Düsteren an deinem Hals.«

Augenblicklich schnürte sich mir die Luft zu. »Hat Tyrael … Hat er dir verraten …«

»Nein. Mir ist es schon während der Konferenz aufgefallen. Dein Haareziehen war nicht sehr subtil.« Nach einer kurzen Pause fügte sie hinzu: »Tyrael weiß davon?«

Ich nickte langsam, während ich gegen die Panik ankämpfte, die sich in mir hocharbeitete.

»Merkwürdig.«

»Wieso?«

Das Mädchen betrachtete mich eine ganze Weile. Geistesabwesend befeuchtete sie ihre schwarz bemalten Lippen mit der Zungenspitze. »Ich hätte nicht für möglich gehalten, dass er so etwas für sich behält.« Sie zögerte. »Vor allem, wenn es um dich geht.«

»Ich verstehe nicht …«

»Mein Bruder kann dich nicht besonders leiden.« Ihr Blick huschte zu dem Jackett in meinen Händen. »Dachte ich zumindest.«

»Du hast angenommen, er würde mich verraten?«

»O ja. Auf jeden Fall.« Coraël war keine Person, die jemandem etwas vormachte, so viel war sicher. »Aber ich stecke nicht in seinem Kopf. Tyrael fährt seine eigenen Launen.«

»Und du … verachtest mich nicht?«

Sie runzelte die Stirn. »Wofür denn?«

»Für das Mal.«

»Nein.«

»Denkst du, ich bin böse?«

»Nein«, wiederholte Cora, wobei ein leises Lachen ihren Lippen entschlüpfte. Die Vorstellung schien sie zu amüsieren. Sie spielte mit dem Septum in ihrer Nase. »Baba Greer hat recht.«

»Womit?«

»Du könntest zu einer Waffe werden.«

»Ich denke nicht, dass ich eine Waffe sein will.«

Cora nippte an ihrem Met. »Der Wille ist ein Sklave, Helena. Er tut, was die Vernunft gebietet. Wir müssen kämpfen, also wird unser Wille geformt.« Sie sah mich an. »Du könntest ein nützliches Machtinstrument sein, also *willst* du zur Waffe werden. Früher oder später beugen wir uns alle dem Willen der Götter, im Glauben, etwas Besonderes zu sein. Der Verstand spielt mit uns. Oder das Universum mit unserem Verstand. Wer weiß das schon.«

»Aber wie könnte *ich* nützlich sein?« Ich warf einen schnellen Blick über die Schulter, ehe ich mich vorbeugte. »Die einzige Macht, zu der ich imstande bin, ist eine Flamme in meiner Hand!«

»Wer das Küken unterschätzt, wird niemals dem Hahn begegnen. Oder auch: Ein Funke wird zum Inferno. Ein Tropfen zum Tsunami. Ein Luftzug zum Hurrikan und eine winzige Bewegung der Erde zum tödlichen Beben. Jede Schöpfung kann gewaltig werden.«

»Ich denke, ihr überschätzt mich«, sagte ich. »Mein Großvater entstammt der gleichen Linie wie ich und er ist nichts weiter als ein einfacher Azlata. Meine Mutter war nichts weiter als eine Azlata und auch ich bin nichts weiter als eine, zugegeben sehr untrainierte, Azlata. Ihr könnt –«

»Dein Großvater«, unterbrach mich Cora, verengte die Augen zu Schlitzen und umklammerte ihren Met, »ist mehr, als du dir je vorstellen könntest.«

»Wie meinst du das?«

»Er ist ein mächtiger Neuralgiker« Cora zog die Beine an und wechselte in den Schneidersitz. Der Rock ihres Kleides verbarg gerade so ihren Slip. »Ich würde behaupten, mächtiger noch als Tyrael. Die Trauer um seine Tochter hat ihn schlichtweg im Griff. Und was Syphrah angeht …« Sie warf einen Blick durch den Saal und blieb an einer Person im Schatten hängen. Beim genaueren Hinsehen erkannte ich, dass es Tyrael war. Er beobachtete uns. »Ich bin kein Anhänger der Gerüchte, Helena. Ich denke, niemand wäre imstande, die Unendliche Macht aufzuspüren. Aber es muss einen Grund gehabt haben, weshalb das Regiment eine einfache Azlata fürchtete.« Ihr Blick bohrte sich in meinen. »Und warum Syphrah es für angebracht hielt, deine Kräfte im Keim zu ersticken.«

Ich dachte über ihre Worte nach. Doch je mehr ich mich mit dem Gedanken auseinandersetzte, *ich* könnte etwas Besonderes sein, desto lächerlicher wurde die Vorstellung.

»Eigentlich müsste ich eine Neuralgikerin sein. Außer, die Generationen wurden übersprungen.« Ich biss mir auf die Unterlippe. »Denkst du, ich bin eine Formwandlerin?«

»Weil du zur Krähe geworden bist?«

Ich nickte.

Cora schüttelte den Kopf. »Nein. Max glaubt, da steckt etwas anderes hinter.«

»Dein Adlerfreund?«

»Ja. Er spricht Gebärdensprache. So sagte er mir, Formwandlerkräfte ließen sich nicht unterdrücken. Sie kommen früh. Schon in den ersten Lebensmonaten. Ein natürlicher Prozess, der nicht aufzuhalten ist.«

»Aber was bin ich *dann?*«

»*Ego suma, qui suma. Ego erit, qui erit*«, entgegnete Cora. »Ich bin, wer ich bin. Ich werde sein, wer ich sein werde.« Sie zuckte die Achseln. »Die Götter entscheiden, Helena.«

»Verzeiht«, unterbrach uns da eine warme Stimme. Ich sah auf und begegnete Merlins Lächeln. »Aber tanzt du mit mir, Helena?«

Unschlüssig sah ich zu Cora. Sie lehnte sich in ihrem verschnörkelten Eisenstuhl zurück und nippte an ihrem Met. »Geh. Deine Gesellschaft war lang und ich sehne mich nach Einsamkeit.«

»Ähm, okay«, murmelte ich und ergriff seine Hand. Inzwischen waren die Rapsongs den anfänglichen Klängen einer schottischen Ballade gewichen. Ich kannte dieses Lied. Meine Mutter hatte es oft gehört. *The Water Is Wide* handelte von einer tiefen Sehnsucht und dem Wunsch, den Weg in die Heimat wiederzufinden.

Merlin legte eine Hand an meine Hüfte, während er meine andere weiterhin in seiner hielt. An Tyrael wirkte alles wild und rau, wie ein gekentertes Schiff in stürmischer Nacht, das sich trotz der Widrigkeiten über Wasser hielt. Merlin hingegen … er wirkte einfach *ordentlich.* Von seinen akkurat gezupften Brauen über das zurückgekämmte Haar zu dem frisch gebügelten Hemd. Merlin hätte den perfekten Politiker abgegeben.

Er lächelte. »Wie geht es dir, Helena?«

»Durchwachsen«, antwortete ich.

»In den letzten Tagen habe ich mir Sorgen um dich gemacht.«

»Ach ja?«

»Mir war, als würdest du viel mit dir herumtragen.«

»Ich hoffe nur, die Zeremonie zu überstehen.«

»Wirst du«, sagte er. »Wenn ich dir einen Tipp geben darf …«

»Ja?«

Er verzog den Mund. »Du solltest dich von einigen Azlata fernhalten, um die Gunst der Oberen nicht zu verspielen.«

»Fernhalten?« Ich runzelte die Stirn. »Von wem?«

Er führte mich an einem anderen Tanzpaar vorbei. »Didre Greenblood, zum Beispiel.«

»Wer ist sie?«

»Die Cousine der Burnetts. Eine Tragödie. Ihre Urgroßmutter ist das zweite Mitglied der Oberen, die Mutter war eine getreue Greenblood, ihr Vater ein reinblütiger, hoch angesehener Burnett. Jeder dachte, Didre wäre das neue Wunderkind.« Er schnaubte. »Als ob. Hat keine Kräfte und kämpft nicht. Sie ist eine Verschwendung. Die Götter lachen über sie.«

»Also … bin ich auch eine Verschwendung?«

Er wirkte verwirrt. »Du?«

»Mir fehlen noch immer Kräfte.«

»Mit dir ist es etwas anderes«, sagte er. »Du musst erst trainieren. Es ist verständlich.«

»Und wenn keine kämen?« Ich sah ihm aufmerksam in die grünbraunen Augen. »Würdest du dann ähnlich über mich reden?«

Merlin antwortete nicht. Es war offensichtlich, wie unangenehm ihm das Thema war. »Lass uns über etwas anderes sprechen.«

»Ich denke nicht, dass ich mich gerade weiter mit dir unterhalten will, Merlin.« Ich löste mich von ihm. »Mir gefällt nicht, wie du andere verurteilst.«

Er seufzte. »Wir können uns Sanftmut nicht erlauben, Helena. Der Sinn unserer Existenz ist der Schutz der Menschen. Eine schwache Azlata …« Er unterbrach sich.

»Ist wertlos?« Ich schnaubte. »Egal, ob Mensch, Tier oder Azlata: Wir alle besitzen ein Herz, das wir richtig nutzen sollten, Merlin.«

Ich erkannte Verzweiflung in seinem Blick. Er wusste, dass er es sich verspielt hatte. Doch seine Hände ruhten noch immer auf meinen Hüften, obwohl ich meine längst von seinen Schultern genommen hatte. Und noch während ich ihn ansah … änderte sich meine Stimmung. Die Verärgerung wich Wohlwollen. Ich spürte Glück.

»Merlin«, murmelte ich, näherte mich ihm und bekam das überwältigende Gefühl, ihn küssen zu wollen. *Was ist hier los?* Seine Lippen schwebten vor meinen, er senkte den Kopf und –

»Nimm deine verdammten Pfoten aus ihrem Kopf, Junge.«

Das gute Gefühl schwand jäh. Zurück blieb nur die Härte an Abneigung, die ich aufgrund seiner Worte für ihn empfunden hatte.

Merlin wandte den Kopf ab und blickte in das faltenübersäte Gesicht Baba Greers. Ihre eingesunkenen Lippen waren zu einer wütenden Fratze verzogen. Mir war, als böge sich ihre krumme Nase noch ein Stück weiter.

»Du hältst dich für den Größten, nicht wahr, Anderson?« Greer hob einen Stummelfinger und knurrte. »Wird Zeit, dass du lernst, mit Ablehnung umzugehen. Schimpfst dich hinter seinem Rücken über Tyrael aus, während du deine Gabe gegen deinesgleichen richtest.«

Merlin verengte die Augen zu schmalen Schlitzen. »Grausamkeit ist dein Zuhause, Greer. Nicht meines.«

»Oh, Junge. Wann verstehst du endlich?« Es kostete mich Mühe, den beiden zu folgen. Sie hatten die Stimmen gesenkt. »Jeder von uns ist grausam. Denkst du, unser Geist übersteht das tägliche Mitansehen und Ausführen schlimmster Taten mit Leichtigkeit?«

Sie bleckte die Zähne. Ein freudloses, raues Lachen entschlüpfte ihrer Kehle. »Nein, Merlin. O nein. Selbst diejenigen von uns, die das sensibelste Herz besitzen, verlieren irgendwann das Empfinden für Menschlichkeit. Grausame Zeiten erfordern grausame Taten. Aber du, Junge, wendest dein göttliches Chaos an, um dir Zuneigung zu verschaffen. Du schützt die Menschen nicht, du *zwingst* sie, dich zu mögen. Und jetzt auch noch Helena – eine von uns! Wie weit willst du gehen, bis dir bewusst wird, dass du dein eigenes vermaledeites Hirn bearbeiten solltest, um zu heilen, was deine Eltern dir angetan haben?«

Merlin verzog das Gesicht. »Ich werde Morrigan danken, wenn sie dich über die Brücke nach Avalon führt, *altes Weib.*«

Das sechste Gesetz. *Zeige Respekt und ehre stets die Älteren.*

Unwillkürlich entflammte ein winziges Feuer in meiner Hand. Ich erschrak und taumelte rückwärts, versuchte, die Flamme abzuschütteln. Baba Greer fokussierte mich. Mit einer kaum sichtbaren Bewegung ihrer Hand sandte sie mir einen Luftzug. Das Feuer erlosch. Merlin sah von mir zu Baba Greer, ehe er auf dem Absatz kehrtmachte und den Festsaal verließ. Die alte Azlata blickte ihm hinterher und schnalzte mit der Zunge.

»Leid kann ein gutes Herz schneller vergiften als ein Tropfen Gift.« Sie sah mich an. »Komm, Mädchen.«

Mit wild klopfendem Herzen folgte ich ihr. Meine Handinnenfläche prickelte. Ich warf einen Blick über die Schulter und entdeckte Tyrael, der noch immer im Schatten lauerte.

Baba Greer führte mich in den Dienstbotengang, den Merlin mir gezeigt hatte. Nach wie vor roch der Flur nach Moder und Feuchtigkeit. Im dämmrigen Licht einer Eisenlaterne erkannte ich Spinnweben, die sich über die Decke zogen. Der Ärmel meines Kleides riss, als ich mich an einem Nagel schürfte. Baba Greer wühlte in der Tasche ihres Umhangs. Er war aus olivgrünem Pannesamt. Einen Moment später hielt sie mir ihre Pfeife unter die Nase. »Feuer.«

»Wie bitte?«

»Ich brauche Feuer.«

»Oh.« Ich ging in mich, tastete nach der Verbindung zu dem heißen Kern in meinem Inneren und teilte ihm mit, was ich von ihm verlangte. Keine Sekunde später leckte eine Flamme an der Kuppe meines Zeigefingers. »Hier.«

Ich entzündete ihre Pfeife, während Baba Greer einen weiteren Samtbeutel aus dem Inneren ihres Umhangs hervorzauberte. Dann stopfte sie schwarze Federn, rot getränkte Klumpen und eine Kralle in die kleine Öffnung. Baba Greer nahm einen tiefen Zug aus der Pfeife und seufzte wohlig, als sie den Rauch in die Luft paffte.

»Nun, was ist deine Hauptmacht, Mädchen?«

Ihre Frage überrumpelte mich. »Ich … ich weiß es nicht.«

»Spürst du nichts?«

»Nein«, entgegnete ich langsam. »Gar nichts.«

»Was sagt Tyrael?«

»Nichts.«

»Mhm.« Ein unangenehmer Geruch füllte den Gang, während Baba Greer ihren schlierigen Dunst verteilte. Jedes Mal, wenn sie einen Zug nahm, verschwanden die Iriden ihrer Augen unter dem Oberlid. »Gibt es etwas, wovor du dich fürchtest?«

Was war der Sinn dieses Gesprächs? Worauf wollte Greer hinaus?

»Vor, ähm, Wasser.«

»Warum?«

Ich schluckte. »Mein Vater, er …«

»Das ist nicht der Grund«, sagte sie.

»Was?«

»Dein Vater ist ertrunken und du denkst, deshalb fürchtest du das Wasser. Aber ich glaube nicht daran.« Zorn überkam mich. Baba Greer bleckte die Zähne zu einem grauenvollen Grinsen. »Wo der Verstand aufhört, beginnt die Wut, Helena Iversen.«

»Ich habe *miterleben* müssen, wie mein Vater ertrank!« Meine Atmung ging schneller. »Warum sollte ich es hinnehmen, wenn Sie über meine Gefühle mutmaßen?«

»Weil ich recht habe. Kinder der Azlata sind kaum empfänglich für Ängste. Es sei denn …« Sie paffte an ihrer Pfeife. »… sie fürchten sich vor den Empfindungen ihrer Macht und projizieren dieses Gefühl auf andere Umstände, um ihr Chaos zu leugnen.«

»Wie bitte?«

»Ich glaube«, sagte Baba Greer, nahm einen weiteren tiefen Zug und blies mir den Rauch stark ins Gesicht, »dass dich Schuldgefühle plagen. Irgendetwas ist an diesem Abend passiert. Und ich spreche nicht von dem Wasser.«

»Wollen Sie damit sagen, mein Vater wurde nicht angegriffen?«

»O doch, wurde er.« Sie sagte das, als ginge es um etwas Belangloses wie den Tabakverkauf an einem Kiosk. »Aber der Überfall an sich wäre nicht imstande gewesen, dich derart zu verängstigen. Es muss etwas gewesen sein, das *in* dir geschah. Denk nach, Helena. Was hast du an jenem Abend gefühlt?«

»Ich will nicht daran denken.«

Greer musterte mich. Sie befeuchtete ihre Unterlippe. Die Zungenspitze war kohlrabenschwarz. »Nimm einen Zug.«

»Was?«

Sie hielt mir die Pfeife entgegen. »Du sollst einen Zug nehmen. Fülle deine Lungen mit der Essenz der Krähen, Helena.«

Ich starrte die alte Frau an. »Nein.«

»Doch.«

»Warum?«

»Es wird dir helfen, deinen Kern zu finden.«

Argwöhnisch musterte ich die Pfeife. Ringe qualmten aus der Spitze und verloren sich in der Luft. Ich rümpfte die Nase. Als Baba Greer sie mit Nachdruck in meine Richtung hielt, nahm ich sie entgegen. Die Pfeife war schwer. Mir war, als ließe sie die Nerven meiner Hand vibrieren.

»Zieh dran«, murmelte Greer. Nur langsam hob ich die Spitze an meinen Mund, benetzte sie vorsichtig mit meinen Lippen. Ich warf einen zögerlichen Blick zu Baba Greer, die zustimmend nickte, und zog den Dampf tief in meine Lungen. Sekunden später fiel sie mir aus der Hand und landete auf dem Erdboden. Ich hustete. Meine Kehle brannte, als würde sie verätzen. Doch plötzlich verflüchtigte sich das Gefühl und wich einer bleiernen Schwere, die in jeden Winkel meiner Glieder sickerte. Ich sackte zu Boden. Ein benebelnder Rausch legte sich über meine Glieder.

»Und jetzt«, nuschelte Baba Greer an meinem Ohr, »denk an jenen Abend zurück, Helena.«

Panik kroch durch meine Glieder. Als der durchweichte Körper meines Vaters vor meinem inneren Auge auftauchte, entwich mir zittriger Atem. Das Wasser quoll ihm in Strömen aus allen Poren. Aber dann passierte etwas Merkwürdiges. Der Moment dehnte sich aus. Ich spürte mehr als früher. Etwas in mir regte sich. Wie ein schleimiger Klumpen, dem Klauen wuchsen, mit denen er sich in meinen Geist hakte.

Ich nahm die Umgebung anders wahr. Schwarze Schlieren waberten durch den Raum und mein Vater, er … er lebte noch. Da war etwas in seinem Inneren. Die Schlieren bewegten sich, bahnten sich eine Spur von mir zu meinem Vater, hüllten ihn ein.

Plötzlich bebten schwache, unregelmäßige Schläge in mir. Ein Fremdkörper. Es war das Herz meines Vaters. Aber gleichzeitig spürte ich, wie es aufgeben wollte. Da war die seltsame Gewissheit, ihm nicht mehr helfen zu können. Ich konnte nicht sagen, woher dieser

Gedanke kam, aber ich *wusste,* dass es stimmte. Mein Vater hing am seidenen Faden seines Lebens und litt fürchterliche Qualen, aber die Götter gewährten ihm keine weitere Chance. Es war vorbei. Und sobald dieser Gedanke in mir Gestalt annahm, spürte ich, wie der Klumpen ausschlug.

In der nächsten Sekunde erstarb das schwache Beben in mir. Das Herz meines Vaters hatte aufgehört zu schlagen und der Klumpen kringelte sich zusammen. Er hatte seine Aufgabe erfüllt.

Schlagartig riss ich die Augen auf. Rasselnder Atem entwich mir. Die bleierne Schwere des Rauchs verebbte.

»Ich habe meinen Vater getötet«, stieß ich aus, die Augen geweitet. »Die Angst, sie … o Gott. Sie hat sich auf das Wasser übertragen, weil ich *verdrängt* habe, was wirklich geschehen ist. Ich …« Mit rasendem Herzen sah ich mich nach Baba Greer um, doch sie war verschwunden. Ich war allein in dem säuerlich riechenden Gang, umgeben von den letzten Resten eines gräulichen Dampfs.

Aber … da war etwas! Im schwachen Schein erkannte ich einen Schemen, bevor er sich in den Schatten zurückzog. Die Stille um mich herum wurde mit jedem Augenaufschlag, der verging, bedrückender.

»Baba Greer?« Vorsichtig lief ich ein paar Schritte zu der Stelle, über der noch der Rest einer dunklen Wolke schwebte. Eine leichte Brise kam mir entgegen. Sie wehte einen bestialischen Gestank herbei. Ich würgte. Irgendwo raschelte es. Gänsehaut kroch mir über den Körper. Und dann –

»Oooh«, gurrte eine hohe Stimme. »Jackpot!«

Urplötzlich rammte sich mir etwas in den Magen. Ich flog hintenüber und landete hart auf dem Rücken. Der Schmerz vernebelte mir die Sicht. Blinzelnd sah ich auf und erkannte ein Wesen, von dem ich sofort wusste, was es war: eine Düstere. Ihr Kopf glich einem Totenschädel, die Haut blätterte ab wie verbranntes Papier und ihre Lippen formten eher einen Schlund als einen Mund. Ich erkannte einen Schlagring an ihren Fingern.

Sie rümpfte die Nase. »Du stinkst. Nach Verlangen. Nach tiefen

Gefühlen.« Sie gackerte. »Oooh, ich liebe verknallte Mädchen! Sie schmecken himmlisch!«

Plötzlich machte sie einen Satz und landete vor mir. Ihr Totenschädel war nur Zentimeter von meinem Gesicht entfernt. Mit einer Hand schlug sie gegen meine Brust und drückte mich auf den Boden. Mit der anderen ließ sie ihren dreckverkrusteten Fingernagel über meine Wange fahren. Ich spuckte ihr ins Gesicht. Sie lachte. Mit ihrer schorfigen Hand wischte sie meinen Speichel beiseite und leckte ihn sich von den Fingern.

Sie seufzte. »Du schmeckst noch besser, als du riechst.«

Als ich in ihr grauenvolles Gesicht blickte, sah ich, dass sie nicht allein war. Plötzlich trat eine weitere Gestalt aus dem Schatten hervor. Und da erst kreischte ich, denn …

Die Gestalt war die Leiche meines aufgeweichten Vaters.

TYRAEL

Stumm und bewegungslos verbarg ich mich im Schatten des Saals und musterte die unbeschwerten Gesichter der feiernden Studierenden. Sie waren ausgelassen, streckten die Arme mit ihren Bechern in die Luft, während sie die Hüften zur Musik bewegten und teilweise mit geschlossenen Augen die Köpfe bewegten. Der Gedanke, nach der Dämmerung die Kontrolle abzugeben, ja sogar die Augen zu schließen, erschien mir völlig weltfremd. Ich konnte mich nicht mehr an einen Moment erinnern, an dem ich nicht wachsam wie ein Adler gewesen war. Noch heute spürte ich die brutalen Schläge der Oberen, wenn mein junges Ich im Training nur eine Sekunde unaufmerksam gewesen war. Baba Greenblood war gnadenlos.

Ein langsamer Song begann. *The Water Is Wide.* Die Melodie kroch über die Wände direkt in mein kaputtes Herz. Ich beobachtete, wie Helena mit einem schüchternen Lächeln zu Merlin aufsah. Seine Hand fuhr sanft über ihre Hüfte. Diese Geste löste eine hohe Welle an Unbehagen in mir aus, doch ich war auch nicht imstande, wegzusehen. Nach jeder Bewegung strich der Saum ihres Kleides über die feine Haut oberhalb ihrer Knie. Das paillettenbesetzte Mieder betonte ihre kurvige Taille. Ich wagte es nicht, einen Blick auf ihr freiliegendes Dekolleté zu werfen. Es hätte mir den Boden unter den Füßen weggerissen. Einer der Gründe, weshalb ich ihr in der Bibliothek meine Jacke gegeben hatte. Meinen Augen zu verbieten, was sie sehen wollten, war die reinste Folter.

Ich registrierte eine kaum merkliche Bewegung neben mir. »Hallo, Coraël.« Mein Blick ruhte weiterhin auf Helena. Ihre Haare fielen ihr in sanften Wellen über die Schulter. Immer wenn Merlin sie unter einem Kronleuchter über das Parkett führte, erhaschte ich einen Blick auf jedes Detail ihrer Brandnarbe.

»Spüre ich da etwa ein Flattern in deinem Körper?«

Ich ignorierte Coras Bemerkung. »Hast du Spaß heute Abend?«

Sie schnaubte. »Das Gefühl all dieser betrunkenen Nerven bereitet mir Kopfschmerzen.«

»Frag Ëmille, ob er sie lindert.«

»Nein.« Sie seufzte. »Mir ist gerade nicht nach seinem extrovertierten Gemüt.«

»Dann Isobel.«

Cora verzog den Mund. »Sie kann mich nicht leiden.«

»Isobel kann jeden leiden.«

»Mich nicht.«

»Hast du sie gefragt?«

»Nein. Ich spüre es.«

»Ich denke, dein Selbstwertgefühl zieht den Schleier zwischen euch, Cora.« Ich warf ihr einen kurzen Seitenblick zu. »Du solltest endlich aufhören, sie um ihr Aussehen zu beneiden.«

»Ich beneide sie nicht.« Auf der bleichen Haut ihrer Wangenknochen erschien ein blassrosa Schimmer. »Wie auch immer. Max scheint mir ein wesentlich feinfühligerer Zuhörer.«

»Max ist stumm.«

Meine Schwester funkelte mich an. »Er kommuniziert auf seine eigene Art. Er ist noch lange nicht *stumm,* nur weil er keine Worte von sich gibt, Tyrael.«

»Wie auch immer«, sagte jetzt ich.

»Du weichst mir aus.«

»Womit?«

»Deine Nerven, Ty. Sie flattern.«

»Schwachsinn.« Doch ich wusste, sie hatte recht. Und ich verfluchte mich dafür, weil ich nicht in der Lage war, sie zu beruhigen. Die fehlende Kontrolle bereitete mir Unbehagen.

»Das ist wohl deins.« Meine Schwester reichte mir mein Jackett. Wortlos nahm ich es entgegen. »Was geht in dir vor, Bruder?«

»Finge ich davon an, bekämst du Albträume. Und ich schätze, das gehört nicht zu den Aufgaben eines großen Bruders.«

»Ich bitte dich.« Cora verdrehte die Augen. »Kein Traum könnte schlimmer sein als alles, was ich bisher sehen musste.«

Ich schwieg. Meine Schwester folgte meinem Blick und betrachtete Helena, die sich in diesem Moment von Merlin löste. Sie seufzte. »Denkst du nicht, es ist an der Zeit, mit ihr zu reden?«

»Nein.«

»Aber –«

»Ich sagte Nein, Coraël.«

Sie schnitt eine wütende Grimasse. »Du sabotierst dich selbst. Du fragst dich, weshalb du schwächer wirst, verschwindest des Nachts, in dem sinnlosen Versuch, ein Düsterer möge dir den Fluch austreiben – ja, Tyrael, ich *weiß* es, ich bin nicht dumm, schau mich nicht so an –, und überträgst deinen Kummer auf Helena, die nichts von alldem weiß, und dann fragst du dich noch, wo du deine Stärke wiederfindest?« Cora verzog das Gesicht. »*Bljersk*, die Lösung ist direkt vor dir. Du weigerst dich, sie anzunehmen!«

»Helena ist nicht die Lösung.« Kurz verengte ich die Augen. »Weiß sonst noch jemand von mir und Lachlan?«

»Das ist natürlich deine einzige Sorge.« Sie schnaubte. »Nein, Ty. Ich denke, ich bin die Einzige, die weiß, dass du gegen das fünfte Gesetz verstößt.«

Ahnde die Dunkelheit – Du sollst keinen Kontakt zum Düsteren Volk pflegen, der über die Vernichtung der Einzelnen hinausgeht.

»Was Myrah nicht weiß, macht sie nicht heiß.«

Cora spielte mit ihrem Septum. »Zugegeben, ich finde diese Regel dumm. Auch unter dem Düsteren Volk gibt es Ausnahmen, die den Frieden herbeisehnen.« Sie sah mich an. »Lautet unser Motto nicht ›Tu, was du willst, solange es keinem schadet‹?«

»Meine Rede«, sagte ich. »Aber dieser Gedanke scheint den Oberen fremd, Cora. Für sie gibt es nur Schwarz und Weiß. Das Regiment ist blind für die vielen Nuancen eines Farbspektrums.« Ich schenkte ihr ein schwaches Lächeln. »Deine Art, tiefer zu blicken, macht mich sehr stolz.«

Meine Schwester reagierte mit einem für sie untypischen, sehr seltenen Strahlen. Ich wuschelte ihr durchs Haar. »Du bist mir viel zu ähnlich.« Doch in diesem Moment spürte ich Magie und wendete mich ab. Da erkannte ich den Ursprung: Merlin nutzte seine Kräfte gegen Helena. Auch die anderen wurden aufmerksam. Mir entging nicht, wie Ëmille sich von der Wand hinter dem Buffet abstieß und einen mahnenden Schritt in Merlins Richtung machte.

»Oh, dieses Arschgesicht«, zischte Cora.

Ich wollte mich gerade in Bewegung setzen, als sich Baba Greers füllige Silhouette in mein Blickfeld schlich. Einen Augenblick später erlosch Merlins Macht. Ich hörte nicht, worüber sie sprachen, aber ich spürte Greers wütende Aura wie einen warmen Luftdruck, der mir unbarmherzig entgegenschlug. Merlin verschwand, und kurz darauf auch Baba Greer und Helena.

»Wo gehen sie hin?«, fragte Cora. Ich entgegnete nichts, presste bloß angespannt die Kiefer zusammen. Ich würde Baba Greer mein Leben anvertrauen, aber ich wusste auch, dass sie verrückt war. Ihre Ideen waren nicht immer die besten. Helena war noch nicht so weit, Begegnungen mit paranormalen Praktiken zu machen.

»Was war das denn?«, hörte ich Ëmille sagen. Er hatte unseren Winkel in der Ecke erreicht. Auch Sileas, Kamryn und Isobel bahnten sich einen Weg durch die Tanzenden und kamen auf uns zu.

»Das Ergebnis eines verzweifelten Typen, der nicht bekommen hat, was er wollte«, entgegnete ich.

Ëmille sah mich an. »Hast du sie tanzen gesehen?«

»Ja.«

»Und?«

»Was und?«

Er hob die Brauen. »Hat es dich gestört?«

Wenn mir eines an dem Empathenjungen auf die Nerven ging, dann seine unerschöpfliche Neugier bezüglich der Gefühle anderer. Und er wurde nicht müde, sie zu ergründen zu versuchen, egal, wie häufig ich ihn abwies.

»Nein.«

»Weißt du, was ich besonders an meiner Macht liebe?« Ëmille grinste. »Ich kann es *spüren,* wenn du die Nerven deines assoziativen Kortex manipulierst, um deine Lügen zu verdecken. Ich muss nur ein Mal in dein Hirn blicken und fühlen, wie es vor Aktivität glüht, und schon präsentierst du mir deine Unwahrheiten auf dem Silbertablett.«

Anerkennung schlich sich auf seine von sich selbst überzeugten Züge. »Gott, was wäre ich eine Bereicherung für das schottische Gericht. Natürlich. Hinter *diesen* Muskeln könnte unmöglich eine Enttäuschung stecken.« Anschließend zupfte er tatsächlich sein Hemd aus dem Bund der Anzughose und präsentierte seinen gebräunten Oberkörper. In dem Moment erreichten uns die anderen. Isobels Haut nahm die Farbe ihrer Haare an. Es wurde schlimmer, als Ëmille einen Fussel von seinem oberen Bauchmuskel kratzte.

»Weißt du, was Baba Greer mit Helena vorhat?«, wandte Sileas das Wort an mich. Sie spielte mit ihren geflochtenen Zöpfen und wirkte besorgt. »Ich habe kein gutes Gefühl dabei.«

»Nein«, sagte ich. »Ich auch nicht.«

Kamryn trat von einem Bein aufs andere. Ihre Finger nestelten an ihrer Umhängetasche. Sie fischte eine Walnuss heraus und musterte sie. »Ein Schuh.« Ihre Finger ertasteten eine weitere. Kamryn nickte. »Episiotomie-Schere.« Sie neigte den Kopf. »Vielleicht auch Kinesiologie.«

»Gibt es Fortschritte mit ihrer Macht?«, fragte Isobel.

Ich schüttelte den Kopf. »Keine. Zu ihrem Element findet sie eine Verbindung, aber die Hauptmacht bleibt ein Rätsel.«

»Endoplasmatisches Retikulum«, murmelte Kamryn und fuhr die Kerben einer weiteren Nuss nach.

»Kam.« Mit einem entnervten Lächeln wandte sich Sileas an ihre Schwester. »Kannst du das lassen? Du machst mich wahnsinnig.«

»Es beruhigt mich«, flüsterte Kamryn.

»Du …« Sileas seufzte. »Gut. Mach weiter.«

Doch als Kamryn die nächste Nuss untersuchen wollte, zuckte sie zusammen. Mit einem dumpfen Aufprall landete die Nuss auf dem

Boden. Wir alle hatten es gespürt: einen plötzlich veränderten Luftdruck, der sich wie feine Säure auf unsere Haut legte.

Und dann ging alles sehr schnell. In der einen Sekunde feierten die Studierenden noch, eine Menge voll strahlender Gesichter und verschwitzter Körper, in der nächsten kreischten sie sich die Seelen aus dem Leib. Der Grund war kein anderer als die Menge an Düsterer, die in Krähenform durch die Fenster barsten und über den Köpfen der Studierenden flogen.

»*Bljersk!*«, rief ich in dem Moment, in dem das Düstere Volk seine grauenvollen Körpergestalten annahm.

Ëmille zischte. »Wird eine verflucht lange Nacht, in der ich mich durch die ganzen Menschenhirne wühlen muss, um sie *das* wieder vergessen zu lassen.«

Wir stürmten los. Es war ein verdammtes Chaos. Tische stoben auseinander, Stühle flogen durch die Luft. Die Düsteren lachten. Menschen schrien. Ich erkannte ein Mädchen aus meiner Vorlesung, das mich mit schreckgeweiteten Augen anstarrte, als ich mir das Wasser eines Krugs zu eigen machte und eine Flamme löschte.

»Verpiss dich, du Dreckiger!«, rief Sileas zornentbrannt und stürmte in Richtung eines Düsteren, der mit fokussiertem Blick in den Kopf eines Jungen namens Brandon eindrang. Er krümmte sich vor Schmerz, zuckte, und die Beine knickten ihm weg. Sein Geist wurde aufs Übelste gefoltert. Noch während Sileas rannte, verwandelte sie sich in einen riesigen Komodowaran mit einem langen Schwanz. In letzter Sekunde stieß ich eine Studentin beiseite, die beinahe von dem peitschenden Ding getroffen wurde.

»Pass auf die Menschen auf, Sileas!« Doch sie hörte mir nicht zu. Ihre Reptiliengestalt pirschte zu dem Düsteren. Im nächsten Moment riss sie das große Maul auf und bohrte ihre scharfen Zähne in den Körper des Feinds. Brandon schrie und kroch auf allen vieren von Sileas weg. Der Komodowaran schüttelte den Körper des Düsteren im Maul wie ein wilder Hund einen gejagten Hasen. Schwarzes Blut tränkte die Tanzfläche, ehe die Leiche zu Asche zerfiel. Er würde nun auf ewig in Avalons schlimmster Gegend weilen.

»Tyrael, pass auf!«, schrie Ëmille. Ich wirbelte herum und blickte in die hässliche Fratze eines Gegners, flankiert von zwei seiner Ebenbilder. Die Kopien warfen sich auf mich und gruben ihre Zähne in mein Fleisch wie tollwütige Tiere. Der Doppler nutzte den Moment, um seinen schwarzen Dolch zu ziehen.

»Ein Reim, nur für dich allein: Sag bye-bye, kleiner Ty-Ty.« Er sprang vor, den Dolch ausgestreckt, und lachte wie eine hysterische Hyäne.

Blitzschnell rief ich zwei Wassersalven heran. Ich schleuderte sie seinen Kopien ins Gesicht. Sie rutschten über das Parkett. Eine einzige Abwehr genügte, um Helferkreaturen verschwinden zu lassen. Sie lösten sich auf. Im letzten Moment, bevor der Dolch des Gegners meine Brust erreichte, rollte ich zur Seite. Die Spitze seiner Waffe stach ins Parkett. Ich verband mich mit meiner Macht, suchte das Nervensystem des Düsteren und wanderte in rasanter Geschwindigkeit durch die einzelnen Muskelbahnen, bis ich seinen Kopf erreicht hatte. Ich verknüpfte mich mit seinem sympathischen Nervensystem und kappte die Sauerstoffzufuhr. Der Düstere schwankte.

»Reimen kann ich auch.« Er knickte ein. Ich lachte. »Dein Leben wird jetzt ausgemacht, halleluja, gute Nacht.«

Das Wesen erstickte und zerfiel zu Asche. Neben mir schnaubte jemand. Ich sah auf und entdeckte Coraël, die den hölzernen Boden in dieser Sekunde zu einem spitzen Pfahl verwandelte. Er durchstieß den Körper eines Gegners, der sich von hinten auf Ëmille stürzen wollte. Blut spritzte durch die Luft, und Cora sagte: »Deine Poesie ist verbesserungswürdig.«

Isobel wurde von drei Düsteren eingekesselt, während sie versuchte, eine Traube verängstigter Studierender zu beschützen. Die Psychokineten wollten sie mit Stühlen und Tischen treffen, doch Isobel war schnell. Sie entging den Angriffen, wand sich zwischen den am Boden kauernden Menschen und stob immer wieder Luft in die Richtung ihrer Gegner. In einer raschen Bewegung schnappte sich Isobel einen Stuhl, der neben ihr gelandet war, und rammte ihn in den Körper eines Gegners. Mit Wucht flog er gegen die Wand und sackte zu Boden. Doch als sie herumwirbeln wollte, stürzte sich einer der Psychokineten auf sie. Seine schorfigen Hände pressten sich auf Isobels Brust. Sie japste nach Luft. Er presste seinen Unterarm gegen ihre Kehle und zwang ihr seinen Blick auf.

»Weg von ihr, Bastard!« Ëmille machte eine ausladende Handbewegung. Eine Böe fegte durch den Saal. Er dirigierte sie in Isobels Richtung und machte eine schlagende Bewegung. Der Wind stieß den Düsteren von Isobels Körper. Diese nutzte den Moment, sprang auf die Beine und packte den Schopf ihres Gegners. Gewaltsam zerrte sie an ihm, als würde sie jemandem sein Genick darbieten, und machte eine schneidende Geste. Keine Sekunde später durchtrennte ein messerscharfer Luftzug seinen Hals, doch hinter Isobel warteten bereits ein Doppler und seine Helferkreatur. Sie fluchte.

Ich sprang über einen zusammengekauerten Jungen, um ihr und Ëmille zu Hilfe zu eilen, doch plötzlich wurde ich hart zurückgestoßen. Ein Düsterer warf sich auf mich. Er holte aus und bohrte mir seine dreckigen Krallen ins Gesicht. Warme Flüssigkeit benetzte meine Poren. Ich knurrte. Bevor ich jedoch in sein Nervensystem eindringen konnte, sprang ihm eine Katze auf den Rücken. Kamryn fauchte und kratzte. Aber unser Gegner war widerspenstig. Er wirbelte herum, packte Kamryn im Nacken und schleuderte sie brutal zu Boden. Die Sphynx-Katze jaulte auf.

»Dafür wirst du büßen, *monstrumor!*« Ich manipulierte sein Empfinden und sendete falsche Schmerzsignale durch die Nervenbahnen in sein Hirn. Der Düstere schrie, presste beide Hände an seinen Kopf und warf sich zu Boden. Ich wollte den Druck gerade intensivieren, als Sileas an mir vorbeirauschte. Sie packte meinen Arm und zwang mich, sie anzusehen.

»Geh, Tyrael!« Energisch deutete sie zur Tür. »Geh und such Helena!« Ihr Blick richtete sich auf den Angreifer. Feuer züngelte an ihren Fingern. »Ich kümmere mich um den Abschaum.«

Helena. Ihren Namen zu hören, war wie Kanonenfeuer, das die Stille durchbrach. »*Se ka zterak*«, rief ich über den zischenden Laut von Sileas' Flammen hinweg, die in dieser Sekunde durch die Luft flogen.

Angestrengt verzog sie das Gesicht. »*Se ka zterak,* Ty!«

Und ich rannte. Vorbei an meiner Schwester, die nur knapp einem Dopplerangriff entging, vorbei an Ëmille, der Isobel packte und grob beiseitestieß, bevor ein geworfener Dolch ihre Mitte durchbohren konnte. Stattdessen traf er Ëmille in den Oberschenkel. Dieser unterdrückte einen Schrei.

Ich sprang über einen Haufen Studierender, die ohnmächtig am Boden lagen, und sprengte die Holztür mit meiner Schulter. Meine Kraft war erschöpft. Es hatte Zeiten gegeben, in denen ich mich stundenlang mit meiner Macht hatte verbinden und kämpfen können, ohne zu ermüden. Jetzt reichten ein paar wenige Eingriffe in mein Chaos und ich war am Ende.

Atemlos schleifte ich meinen Körper durch die Gänge, suchte jeden Winkel ab, Korridor für Korridor, Etage für Etage. Als ich die große Treppe ins Foyer hinunterlief, klammerte ich mich an das wuchtige Geländer, damit meine wackligen Beine nicht nachgaben. Schweiß perlte mir von der Stirn und vermischte sich mit den Schürfwunden. Es brannte.

Wenn Baba Greer bei Helena ist, kann ihr nichts passieren.

»*Bljersk,* Iversen, wo steckst du?« Ich spitzte die Ohren, lauschte in die Stille hinein. Aus der Ferne schallte die Geräuschkulisse des Kampfes zu mir herüber. Doch plötzlich – *da!* – ein Schrei, so hoch, so angsterfüllt, dass er eiskalt über die Wände schlich.

»Helena!« Ich ignorierte meine bleischweren Muskeln und nahm meine letzte Kraft zusammen, um loszustürmen. Sie kreischte erneut. Der spitze Ton führte mich zum Gobelin, dessen geknüpftes Bild die Schlacht bei Culloden zeigte. Achtlos riss ich ihn beiseite und rannte in den düsteren Gang. Die feindliche Magie schwebte wie schweres Gift in der Luft. Und der Gestank … Ich wusste sofort, dass mich ein Doppler erwartete.

»Nein!«, hörte ich Helena schreien. »Weg von mir! Weg!«

Ich presste die Zähne zusammen und beschleunigte, bis sich unscharfe Schemen bemerkbar machten. Schnell tastete ich nach meiner Macht, wollte das Nervensystem des Düsteren ausfindig machen, aber mein Chaos sträubte sich. Es wehrte mich ab, und dieser Moment, dieser plötzliche Kontrollverlust, er … er schnürte mir die Luft ab. Zum ersten Mal seit langer Zeit bekam ich es mit der Angst zu tun. Fassungslosigkeit brach über mich herein. Ich probierte es ein zweites Mal – nichts.

Ich erreichte Helena, doch eine lähmende Taubheit sickerte in meine Venen. Meine Atmung ging schneller. Helena lag rücklings auf dem Boden und trat mit den Beinen um sich, im Handteller ihre winzige Flamme, die sie wie einen Schutzschild vor sich hielt. Wäre ich nicht befallen gewesen von der Demütigung meines Scheiterns, hätte ich bei diesem Anblick laut aufgelacht.

»Du wirst sie nicht anrühren!«, rief ich.

Der Doppler wirbelte herum. Neben ihm lauerte eine Kreatur aus dem Jenseits, die dümmlich vor sich hin grinste und auf einen Befehl wartete. »*Ohhh.* Heute muss mein Glückstag sein!« Der Doppler tänzelte. »Tyrael Burnett? Trügen mich meine Augen?«

»Kann ich dir sagen, nachdem ich sie dir rausgerissen habe.« Ich zückte den schweren Dolch, den ich im Lederband an meiner Hüfte verstaut hatte. *Dann wird es heute wohl ein Nahkampf werden.* Es war verdammtes Glück, dass ich bloß einem Doppler gegenüberstand. Sie waren die einzigen Wesen der Anderwelt, die – bis auf das Rufen ihrer Helferkreaturen – über keine besondere Macht verfügten.

Hinter ihm kroch Helena rückwärts, bis ihr Rücken gegen die Wand drückte. Sie atmete schnell und hektisch. Der Doppler griff in die Luft. Keine Sekunde später materialisierte sich das glitzernde Eisen eines Säbels. Er spitzte die Lippen und flüsterte: »Versuchs doch.«

Er sprang vor, doch ich wich mühelos aus. Sein Säbel traf ins Leere, woraufhin der Doppler strauchelte. Ich nutzte den Moment, wirbelte herum und zielte auf seinen Rücken, aber bevor ich traf, rollte er sich weg. Ich wollte nachsetzen, kam jedoch nicht dazu. Der

Doppler befahl seinem toten Leibgardisten etwas in mir fremder Sprache, woraufhin dieser sich auf mich stürzte. Seine Finger schlossen sich um meine Kehle, doch etwas war merkwürdig. Seine Haut fühlte sich sonderbar an. Viel weicher. Als hätte ich sie ihm in einem Stück vom Fleisch ziehen können. Ich packte seine Handgelenke und musste nicht viel Kraft aufwenden, um ihn von mir zu stoßen. Aber es brauchte den Angriff meiner Macht oder einen Stoß ins Herz, um ihn vollends auszuschalten. Ich stürzte vor.

»Tyrael!«, rief Helena.

Ich fuhr herum. Der Doppler hatte sich über ihr aufgebaut, hob seinen Säbel, lachte, während mein Herz stolperte, und …

… eine Flamme aus Helenas Hand stob. Als hätte jemand sie mit Benzin begossen, verwandelte sich ihr winziges Feuer in einen gewaltigen Tornado. Unbändige Hitze schlug mir entgegen. Ich strauchelte rückwärts. Helenas Gesicht glühte vor Anstrengung. Der Schweiß auf ihren Wangen glänzte im feurigen Licht. Sie rang nach Atem. »Bleib weg von mir!«

Der Doppler blinzelte überrascht. »Du nutzt deine mächtige Kraft der Natur, um dich von mir *abzuschirmen?*« Dann fing er gellend zu lachen an. »Und du sollst diese wertvolle Azlata sein, die der Boss in die Finger kriegen will? Dass ich nicht lache!«

»Helena«, rief ich durch den flimmernden Druck ihrer Macht, »befehlige dein Element! Sag dem Feuer, was es tun muss!«

Doch Helena reagierte nicht. Hinter der Flammenwand erkannte ich, wie ihr panischer Blick zwischen mir und dem Toten hin und her wanderte. Was war los mit ihr? Lähmte sie der Anblick der Leiche?

Der Doppler lachte noch immer. Langsam reichte es mir. Das hier war eine wertlose Kreatur Dagdas, und ich war Tyrael Burnett. Fluch hin oder her. Ich drehte den Dolch in meinen Fingern, fokussierte den Toten, holte aus und …

»Nein!«, schrie Helena. Ich hielt inne. Das Lachen des Dopplers erstarb. Die Flammen erzitterten, doch es gelang ihr, die Macht zu halten. Ihr angsterfüllter Blick bohrte sich in meinen. Er mischte sich mit Verzweiflung. »Bitte … nicht.«

Ich wollte sie schütteln. »Helena, das sind unsere Gegner!«

»Die Kleine will einen Toten retten!« Der Doppler wieherte vor Belustigung. »Sie sieht ihrem Daddy in die Augen und will nicht glauben, dass Daddy nicht mehr lieb ist!« Er schnitt eine groteske Fratze in Helenas Richtung. »Sag mir, Kleine, soll er dir ein Schlaflied singen? Ich kann ihm das befehlen, weißt du?«

Helena wimmerte und ich verstand. Fluchend wischte ich mir den Schweißfilm vom Gesicht und erhaschte einen Blick auf ihre schmerzverzerrten Züge. »Helena.« Ich erschrak über den einfühlsamen Ton in meiner Stimme. »Der Mann ist eine Illusion. Eine Kopie.« Ich hatte beide Hände ausgestreckt, eine in Richtung der Leiche, eine zum Doppler, um sie auf Abstand zu halten. »Diese Leiche kennt dich nicht. Sie will nur, dass du tot bist.«

»Glaub ihm kein Wort«, höhnte der Doppler, tänzelte freudig auf der Stelle und kicherte. Ihre Qual bereitete ihm sichtliches Vergnügen. »Dein Daddy lebt – und wenn du willst, kann er bleiben. Ja, so bin ich. Gütig, nicht wahr? Vielleicht ist es an der Zeit, dass du überdenkst, wer die wahren Feinde sind.«

Helena schluchzte auf. Ihre Hände zitterten. Einen Augenaufschlag später erlosch ihre schützende Feuerwand. Ihre Muskeln zitterten. Sie stieß einen unterdrückten Laut aus und versuchte, das Feuer erneut zu rufen, doch erfolglos. Ich nutzte den Moment, in dem der Doppler von der plötzlichen Leere des Feuers abgelenkt war, und stürzte mich auf ihn.

Er wirbelte herum, seine Augen schockgeweitet, während er die Spitze des Dolchs auf sich zukommen sah. Doch plötzlich packte mich eine Hand an der Schulter und riss mich grob beiseite. Ich krachte gegen die Wand und stöhnte auf. Einzelnes Geröll ging zu Boden. Helenas Vater trat nach mir. Ich packte sein Bein, sodass er stürzte, gerade als ich erkannte, wie der Doppler mit seinem Säbel auf Helena losging. Sie schrie.

Und dann geschah etwas Unerwartetes. Der Klang ihrer Schallwellen baute sich zwischen Helena und ihrem Gegner auf und schützte sie, während … während *etwas aus ihr herausbrach.* So etwas hatte ich noch nie gesehen. Sie bäumte sich auf, streckte die Arme von sich. Seltsame Substanzen stoben aus ihren Fingerspitzen in die Luft. Wie kleine Tintenflecken.

»Bei den Göttern«, murmelte ich. Doch plötzlich blieb mir die Luft weg. Ein letzter keuchender Laut entfuhr mir, bevor ich gegen eine stahlharte Wand atmete. Schwindel brach über mich herein und in meiner Brust breitete sich ein schwerer Druck aus. Es war, als würde mein Herz zerquetscht, und ich … ich bekam Angst. Gewaltige Panik, die ich so nicht kannte.

Der Doppler gurgelte. Seine schwarzen Augen wölbten sich aus den Höhlen. Er war der Erste, der zu Boden ging. Sein Körper verglühte, zurück blieben nur die Reste feiner Asche. Ich rang nach Luft, doch vergebens. Helena heulte auf, als der leblose Körper ihres Vaters krampfte. Sekunden später verschwand auch er. Ohne die Macht seines Meisters konnte er nicht existieren.

»Nein«, wimmerte Helena. Verzweifelt blickte sie auf ihre Hände, aus denen die Tintenflecken kamen. »Was passiert mit mir?« Sie schluchzte. »Aufhören! Ich will das nicht. Ich …« Ihr Körper vibrierte. Helena würgte. »Nein!« Aber es hörte nicht auf. Ihr Blick suchte meinen. Helenas Augen schwammen in Tränen. »*Es tut mir so leid, Ty.*«

Ihre Stimme zitterte vor Qualen. Ich konnte nichts entgegnen. Ich konnte nicht einmal atmen. Stattdessen nickte ich. Es war keine Überraschung, dass ich irgendwann sterben würde. Der Fluch hatte mich schon eine ganze Weile schlimmer geschwächt als sonst. Und im Zuge des Erwachens ihrer Macht zu sterben, erschien mir wertvoll. Mein Tod war Teil eines Nutzens. Der Beginn einer neuen Hoffnung.

Ich schloss die Augen und wartete auf die Totengöttin. Ich erwartete den Pfad nach Tír na nÓg und den Gang über die goldene Brücke, obwohl ich meine Zweifel hatte, dass Morrigan mich an diesen Ort schicken würde. Doch … sie kam nicht. Und plötzlich strömte Sauerstoff in meine Lungen.

Gierig sog ich die Luft ein, riss die Augen auf und sah in Helenas fassungsloses Gesicht, die auf ihre bloßen Hände starrte. Ihr Körper löste sich auf. Der letzte Rest ihres Gesichts hob den Blick. Tränen schimmerten in ihren großen Augen.

»Tyrael«, flüsterte sie.

Und verschwand.

DIDRE

✧

Im Schlosskeller der Burnetts herrschten Minustemperaturen. Eine Kältewolke entstand vor meinem Mund, wenn ich meinen zitternden Atem ausstieß. Eine meiner Hände lag auf den kalten Gemäuern, in der anderen warf mein Sonnenstein gleißendes Licht in die Kerker.

Meine Knie waren weich, während ich eine Treppenstufe nach der anderen hinabstieg und meine Wanderschuhe schließlich mit einem dumpf widerhallenden Geräusch auf dem Steinboden auftrafen. Über mir wölbte sich die Decke in hohen Bögen. Weiter hinten, akkurat aufgereiht, strahlte das polierte Holz der Särge.

Zögerlich näherte ich mich ihnen. Wieder einmal vernahm ich das unruhige Wispern, das sich in meine Ohren stahl. Ich schloss die Augen und ließ den Kopf kreisen. Dann schritt ich die Reihe der Särge entlang. Am Fußteil eines jeden war der Name der verstorbenen Person in goldenen Lettern eingelassen. Als ich an dem Sarg meines Vaters ankam, hielt ich inne. *Athelstan Burnett.* Das Innere war leer. Er diente nur seiner Ehre. Die Düsteren hatten seine Leiche verschwinden lassen.

»*Vale dulcis anima.*« Vor der Brust malte ich ein Kreuz. *Lebe wohl, liebe Seele.*

Ich gewährte mir einen Moment der Ruhe, ehe ich den Schritt zum nächsten Sarg wagte. Dieser Anblick war weitaus schlimmer. Die Buchstaben des eingravierten Namens glitzerten im Licht meines Sonnensteins. *Alana Greenblood.*

Ich rieb mir über die Brust, während die Sicht vor meinen Augen verschwamm. Alles in mir sträubte sich dagegen, die Klappe des Sarges anzuheben, doch ich hatte keine Zeit. Tief holte ich Luft. »Es tut mir leid, Mom. Es tut mir so leid.«

Ich wusste nicht, was ich erwartet hatte. Vielleicht einen Blockadezauber oder ein Wesen, das mir entgegensprang und das Gesicht zerkratzte. Doch nichts geschah. Der Sargdeckel ließ sich lautlos anheben. Ich hielt die Luft an, um dem säuerlichen Geruch der Leiche nicht zu begegnen, doch schon in der nächsten Sekunde scheiterte das Vorhaben.

Der Anblick meiner toten Mutter ließ mich nach Luft schnappen. Übelkeit stieg in mir auf. Ich presste mir die Hand auf den Mund. Erstickte Tränen rannen mir über das Gesicht. Von diesem Moment an würde Alana Greenblood nie wieder die strahlende Frau aus meinen Kindheitserinnerungen sein, sondern nur noch die leblose Hülle eines halb verdorrten Körpers.

Fahrig tastete ich nach meiner Manteltasche. Als meine Finger das schlanke Holz der Pfeife ertasteten, wimmerte ich vor Erleichterung. Ich hätte sie schon viel früher gebrauchen sollen. *Wie dumm,* dachte ich, *zu glauben, ich wäre stark genug für diese Begegnung.* Baba Greer würde mich schelten, sobald sie bemerkte, dass etwas von ihrem Krähenkadavervorrat fehlte. Sie war in der Lage, mittels ihrer Kräfte Diebesspuren aufzuspüren. Aber ich hatte keine Wahl. Und jetzt war es nicht an der Zeit, an Greer zu denken.

Tief sog ich an der Pfeife. Der Dunst der Droge füllte meine Lungen, sickerte in meine Venen. Wie eine Verdurstende nuckelte ich an der Spitze. Als ich sie schließlich zurück in meine Tasche gleiten ließ, war mir bereits alles egal. Ein befreiendes Gefühl erreichte meine Glieder. Wohlige Wärme breitete sich in mir aus und vertrieb die Gänsehaut, die gerade noch über meine Haut geronnen war. Ich schenkte meiner toten Mutter ein dümmliches Lächeln. Unmöglich zu sagen, wie lang ich sie angaffte, aber ich schwankte. Irgendwann zückte ich den pechschwarzen Dolch aus dem Lederbund an meiner Hüfte.

»Keine Sorge«, trällerte ich. »Wird nicht schlimm. Du spürst es gar nicht. Natürlich nicht.« Ich kicherte. »Bist ja schon tot, hihi.«

Die Droge stimulierte meine Amygdala. Statt Angst spürte ich kindliche Leichtigkeit. Ich schob die Zungenspitze zwischen meine Zähne und gelangte in einen aufgeregten Zustand, als ich die Dolchspitze auf den Unterleib der Leiche setzte. Langsam ritzte ich ihre Haut auf. Benebelt hob ich den Hautlappen an und erhaschte einen Blick auf die darunterliegende Gebärmutter. Sie war längst tot. Ein Überbleibsel der Instandhaltung der Burnetts.

»Ach, ach, ach.« Ein Speicheltropfen sickerte mir über die Lippen und landete auf dem samtroten Inlett. Vage registrierte ich, dass ich schielte. »Immer schelte ich Tyrael als *kazu*, aber jetzt bin ich der Schmutzfink.« Ich wackelte mit dem Finger in der Luft. »Du, du, du«, schimpfte ich. »Böse Didre!« Ich kicherte erneut. »Böse, böse, böse!« Dann tauchte meine Hand in den Unterleib der Leiche ein.

Die Gebärmutter fühlte sich glibberig an, wie ein Fleischklumpen. Die Gedärme hingen schlaff hinab und benetzten meine Hand mit einer schleimigen Substanz. Ich hätte gedacht, es würde mir schwerfallen, berauscht in meine Macht hinabzutauchen, doch …

Es war ein Kinderspiel. Mein Geist wusste sofort, was er zu tun hatte, und mein Chaos gehorchte. »*Quaer*«, befahl ich. *Suche.* »*Creatio mi ego!*« *Die Zeugung meines Wesens.* Die Verbindung zu meiner Macht war glasklar. Als sähe ich, wie mein Geist durch die Sphären der Energien strömte und den schwarzen Wirbelsturm erreichte, der in meinem Inneren erwachte. Ich zeigte ihm die Richtung. Die Schlieren der Macht waberten in rasanter Geschwindigkeit durch meine Adern und tauchten in das Organ meiner Mutter ein wie eine Biene in den Saft einer Blüte.

»*Explor!*« *Erkunde.*

Ein Kreischen erfüllte meinen Körper, laut wie Katzenjammer und schmerzhaft wie Schallwellen. Ich hatte die Grenzen überschritten. Meine Macht wollte mir entgleiten, doch die Droge in mir verstärkte den Fokus. Entschieden lenkte ich sie in die Bahn der universellen Energien der Vergangenheit. Wie Fische im schnellen Strom des Meers brandete mein dunkler Wirbelsturm durch Raum und Zeit. Und dann sah ich ihn.

Mir blieb wenig Zeit, das von der schwarzen Magie verzerrte Gesicht zu betrachten. Ich erkannte einen schiefen Mund, versetzte Augen und eine Nase, die dem krummen Schnabel eines Seeadlers glich. Ein verzerrtes Bild meines Vaters. Athelstan Burnett. Die Götter wollten mich für diesen Eingriff bestrafen und in die Irre leiten. Doch es reichte, um mir Gewissheit zu schaffen. *Aber wieso ist er verändert?* Das ergab keinen Sinn. *Was soll das?*

In der nächsten Sekunde riss etwas brutal an meinem Geist. Als stampfte mir jemand das Hirn aus dem Kopf. Das grollende Missfallen der Götter vibrierte in mir, und die Kraft der reinen Sphären des Universums sammelte sich und verpasste meiner Macht einen grauenhaften Hieb. Ich klammerte mich an sie, um sie nicht zu verlieren, doch es war zwecklos.

Mit barbarischer Härte wurde mein Chaos zurück in mein Inneres geschleudert. Als mein Geist wieder in meinen Kopf trat, stieß ich einen markerschütternden Schrei aus. Die Qualen zwangen mich in die Knie. In meinen Händen lag das feine Pulver der Überreste des Organs. Mein Kopf drohte zu bersten. Augenblicklich war jede Wirkung der Droge verloren. In dieser Sekunde wurde mir bewusst, dass ich sterben würde.

Ich brach zusammen. Das Licht vor meinen Augen erlosch. Ich zählte drei langsame Herzschläge, bevor ich das Bewusstsein verlor.

Mein letzter Gedanke galt Archibald Burnett.

HELENA

Ich war wieder eine Krähe.

Endlose Weiten saftigen Grüns zierten den Boden, eine strahlende Sonne den Himmel. Überall blühten Blumen in den buntesten Farben. Der Luftzug führte mich zu einem gemauerten Haus. Mit Schrecken erkannte ich, dass es sich um mein Elternhaus handelte. Weit und breit war kein anderes Zuhause zu sehen.

Ich schob meinen kleinen Körper durch die Tür. Im Inneren war es dämmrig. Ich hüpfte die steile Treppe hinauf, betrachtete wehmütig den Raum, der vor längst vergangenen Zeiten einmal mein Reich gewesen war. Als ich das Schlafzimmer meiner Eltern betrat und das Bett erblickte, in dem mein Vater ertrunken war, erfüllte mich Traurigkeit. Und Angst. *Was für eine Macht wohnt in mir, so zerstörerisch, dass sie meinem Vater das Leben genommen hat?*

Das Bett war mit der Lieblingsbettwäsche meiner Mutter bezogen. Sie war übersät mit echten Disteln. Schwarze Federn stoben durch den Raum, als ich mich erhob und auf der Matratze niederließ. Ich pikte nach einer Distel, doch sobald ich sie berührte, löste sie sich auf. Ich probierte es ein weiteres Mal – vergebens.

»Eine Illusion lässt sich nicht materialisieren, Helena.«

Ich fuhr herum. Vor mir stand eine Frau in einem dunklen Umhang. Ein Wispern drang aus dem Stoff, und eine Kapuze verhüllte ihre Haare, doch auf ihr Gesicht hatte ich freie Sicht. Und ich wusste sofort, wer sie war.

Die Totengöttin Morrigan war beides: atemberaubend schön und unmenschlich entstellt. Die rechte Hälfte ihres Gesichts glich einer makellosen Puppe. Porenfreie Haut, ein wunderschönes, mandelförmiges Auge mit einer stechend blauen Iris. *Die gleiche Farbe wie meine*, stellte ich mit erschreckender Gewissheit fest. Doch die andere Hälfte …

Morrigan lächelte. »Schaurig, nicht wahr?« Mit der Hand fuhr sie über die verätzte Haut, über den mit groben Nähten verschlossenen Schlund. Ihr Auge, das nichts weiter als eine weiße Kugel mit roten Adern darstellte. Die Nasenhälfte war ein bloßer Schlitz. »Aber wir sind uns gar nicht so unähnlich, Helena.« Ihr Blick streifte meinen Vogelkopf, die Stelle, an dem kein Gefieder wuchs. »Wo Charakter ist, wird Hässlichkeit zur Schönheit.«

»Wo bin ich?« Aus meinem Schnabel brachen nur fiepende Laute hervor. Aber Morrigan schien zu verstehen.

»In meinem Reich. Avalon, der Anderwelt. Genauer gesagt: Avalon ist in mehrere Reiche unterteilt. Jetzt gerade befindest du dich im Tal der ewigen Jugend. In Tír na nÓg. Cruachain ist auf der anderen Seite.« Sie neigte den Kopf, als wäre sie stolz auf diesen Ort. »Dorthin haben wir die Düsteren verbannt. Sie leben gemeinsam mit den Grausamen, die ich über die goldene Brücke geführt habe.« Sie hob die Hand und ließ sie schweifen. »Hier jedoch ruhen die reinen Seelen.«

Unwillkürlich wollte ich meine Arme um den Körper schlingen, bis ich bemerkte, dass meine Flügel dazu nicht in der Lage waren. »Warum bin ich hier? Und warum in diesem Haus?«

»Nun«, Morrigan musterte die Blumentapete an den Wänden, »es muss deiner Vorstellung von Glück entsprechen. Der Ort führt seine Gäste in friedliche Atmosphären.«

»Aber *warum* bin ich in Tír na nÓg?«

»Weil du darum gebeten hast.«

Ich erinnerte mich. Als ich gesehen hatte, wie sehr Tyrael litt, als ich gespürt hatte, wie etwas in mir sein Herz hatte ermüden lassen, hatte ich um das Ende gebeten.

Der Blick ihres schönen Auges wanderte zu meinem Hals. »Mit dem Blut in dir, das aus meinen Adern stammt, verbindet uns eine Energie, die durch die Sphären hindurchweht. Deshalb kannst du zur Krähe werden. Deshalb konntest du Cruachain betreten. Und deshalb besitzt du das Düstere Zeichen: weil du die Anderwelt betreten hast.«

Plötzlich ergab alles Sinn. Und dennoch … »Wenn ich mich in Tír na nÓg befinde … Bin ich … tot?«

»Nein.« Eine Weile betrachtete sie mich. Der Ausdruck in ihrem Gesicht war unmöglich zu deuten. »Du bist mein Gast. Verlassene Seelen erreichen mein Reich körperlos. Lebendigen Herzen wird nur in Form der Krähen Einlass gewährt. Eine Ausnahme, die ich für das Gefängnis der Düsteren in Kauf nehmen musste.«

»Ich bin eine von ihnen, nicht wahr?«

»Eine der Düsteren?«

Ich nickte.

Morrigan lachte. Es klang einerseits glockenklar, andererseits grauenvoll. Sie war die wahre Göttin der Toten und das konnte nicht einmal das Universum leugnen. »Nein, Helena. Nicht wirklich.«

»Nicht wirklich?« Mein Puls raste. »Also bin ich böse?«

Die Totengöttin sah mich lange an. »Das kann ich dir nicht beantworten.«

»Warum nicht?«

»Weil ich es nicht weiß. Es liegt an dir, das herauszufinden.«

Ich schwieg eine ganze Weile. Morrigan nahm nicht ein Mal den Blick von mir. Sie regte sich auch nicht. Die Göttin stand einfach da und betrachtete mich. Ich blickte hinab auf die Disteln. »Wenn hier die reinen Seelen weilen … ruht meine Mutter auch hier?«

»Interessant«, murmelte Morrigan. Als sie meinem fragenden Blick begegnete, setzte ihre schöne Gesichtshälfte ein sanftes Lächeln auf. Diese Geste brachte das schaurige Gegenstück dazu, sich grotesk zu verzerren. »Die Knochenkinder haben dir erzählt, warum deine Mutter sterben musste. Dennoch gehst du davon aus, sie weile unter den guten Seelen.«

»Also stimmt es?« Ich spürte einen groben Schmerz in meinem Herzen. »Sie musste sterben, weil sie eine Betrügerin war?«

»Ich unterliege dem Gesetz des Universums, Helena. Meine Aufgabe ist es, die Toten zu holen und ihr Gesicht zu wahren.« Aus dem

Ärmel ihres Umhangs stahl sich ein knochiger Zeigefinger. Sie deutete auf ihre zusammengenähte Mundhälfte. »Ich spreche nicht über die Gründe ihres Dahinscheidens.«

»Kannst du eine Ausnahme machen?« Ich klang verzweifelt.

Morrigans schöne Gesichtshälfte lächelte matt. »Nein.«

Eine feine Träne stahl sich aus meinem Augenwinkel und tropfte auf die Rosenbettwäsche. Sie brannte ein Loch in den Stoff.

»Dein Verlust ist kein Grund zu weinen, Helena.« Morrigan malte eine Linie durch die Luft und einen Moment später entstand eine pastellfarbene Schliere an der Stelle. Innerhalb der Farben erkannte ich einen feinen Dunst, der Tyrael darstellte. Er saß vor mir in der Bibliothek und strahlte, weil ich ihm ein Lächeln geschenkt hatte. Neben ihm Isobel, die herzhaft darüber lachte, wie ich über einen herabgefallenen Ast auf dem Campus gestolpert war. Sileas, die sich einen Spaß mit ihrer Zwillingsschwester erlaubte und ihr immer wieder Apfelstücke stahl.

Ich sah Greer. Sie saß neben Tyrael, beugte sich dicht zu ihm und sagte: *»Ich bin Greer Burnett, Junge, und ich werde den Teufel tun, dieses Kind in die Hände der Oberen zu geben.«* Und dann Coraël, die mir über die Reling aufs Festland half. Ihre Faust, die Merlins Gesicht traf. Nathaniel, der mir nachts die Bettdecke wieder über die Beine legte und das Fenster schloss. Schließlich erlosch der bunte Nebel.

»Jeder Verlust bedeutet auch gleichzeitig einen Gewinn. Durch den Tod deiner Mutter hast du deine Existenz gefunden.«

»Aber was *ist* meine Existenz?«

Morrigan machte einen Schritt auf mich zu. Der Saum ihres Umhangs glitt über das Parkett. Sie ließ die Hand von oben nach unten gleiten. Eine schwarze, spitz zulaufende Linie entstand. *»Ego tu suma.«* Die Göttin malte einen horizontalen Strich oberhalb der ersten Linie. *»Tu es ego.«* Ihre Finger bewegten sich in einer Schlangenlinie um das Kreuz herum; schraffierte Federn entstanden, bis sich der Schemen einer Krähe über der horizontalen Linie erhob. Das Zeichen des Düsteren Volkes. *»Uni animi sumus.«* Das

Mal an meinem Hals brannte. »Ich bin du, du bist ich, wir sind eine Seele.«

»Soll das heißen …«

»Deine Macht sehnt sich nach der Verbindung zu der verendenden Energie. In deiner Entscheidung liegt es, die Erde einer Seele zu berauben, die Energie ruheloser Geister zu deiner zu machen und in Sphären einzutauchen, die dir zu gehorchen gewillt sind. Aber Vorsicht!« Ihr kohlrabenschwarzes Auge auf der linken Seite glühte, und die Fäden ihres zugenähten Schlunds tränkten sich mit Blut, als hätte sie versucht, ihn aufzureißen. *Sie verrät bereits zu viel,* dachte ich. »Gerätst du in einen grausamen Wahn, wird deine eigene Macht sich dazu hinreißen lassen, dir deine Lebensenergie zu entziehen. Der Tod ist eine faszinierende Macht. Sie verleitet dazu, die Ebenen außerhalb der Grenzen erkunden zu wollen. Doch raubst du jemandem ohne Einverständnis des Universums das Leben, nutzt du deine Macht aus reinem Eigenwillen, zahlst du einen hohen Preis.«

»Mit meinem eigenen Leben«, flüsterte ich. »Aber wie soll ich lernen, dieses Chaos zu kontrollieren? Es befehligt *mich.*«

Die Göttin schwieg. Als sie das Wort ergriff, hatte ihre Antwort nichts mit meiner Frage gemein. »Sag Tyrael, dass sein Vorhaben scheitern wird. Er ist auf dem falschen Weg. Wenn er finden will, wonach er sich sehnt, so muss er das Lied seines tiefsten Schmerzes im Ganzen betrachten. In jeder grausamen Melodie versteckt sich eine liebliche Note, die nicht zu der Düsternis passen mag. Er kennt diesen reinen Ton, Helena. Die Grausamkeit des Lebens zwang ihn, sie auszublenden, doch es ist unerlässlich, dass er sich ihrer Schönheit wieder gewahr wird.«

Ich verstand kein Wort. »Wonach sucht er?«

»Die Tiefen seines Herzens sind keine Orte, die ich gewillt bin weiterzutragen. Sie gehören ihm und ihm allein.« Sie hob die Hand. »Ich werde dich nun zurückschicken.«

»Warte!« Sie wollte verschwinden. Ihr Schemen wurde unscharf. Panisch hüpfte ich vor. »Was ist mit Baba Greer? Habe ich … habe ich sie getötet?«

Die Totengöttin neigte den Kopf. »Es kommt drauf an.«

»Worauf?«

»Willst du, dass sie tot ist?«

»Was?« Ich plusterte mein Gefieder auf. »Natürlich nicht!«

»Dann wird sie nun wiederkehren.«

»Von *wo* wiederkehren?«

»Aus dem Reich von Da und Fort. Dem Strudel der Panik, in den du sie gesandt hast.«

Dem Strudel der Panik?

Doch es kam keine Antwort mehr. Im nächsten Moment erlosch das Haus um mich herum. Ein brutaler Windzug riss mich mit sich. Ich erkannte eine goldene Brücke über einem tosenden Meer, einen Baum mit riesigen, endlosen Ästen.

Dann wurde alles schwarz.

ËMILLE

✧

»Herein!«

Die First Ministerin wartete bereits auf mich. Auf der feinen Seidenbettwäsche ihres Betts aus schwarzem Edelholz rekelte sich ihr üppiger Körper in aufreizender Lingerie. Das kurze schwarze Haar stand wild von ihrem Kopf ab.

»Ëmille«, sagte sie. »Komm rein, mein Schöner.« Als ich die Tür hinter mir schloss, fügte sie hinzu: »Du bist spät.«

»Verzeihung. Ein Freund brauchte meine Hilfe.«

»Ach.« Die First Ministerin legte sich auf die Seite und fuhr in erregender Langsamkeit ihren nackten Oberschenkel hinauf. »Verzögerungen steigern bloß den Reiz. Doch nun bleibt nicht viel Zeit, bevor mein Mann von seinem auswärtigen Termin zurückkommt.«

Ich entledigte mich meines Anzugs. »Sag mir, was du willst, und du bekommst es.« Ich schenkte ihr einen lasziven Blick. »Schnell und hart wiegt meines Erachtens betörender als romantisch.«

Die First Ministerin lachte. »Oh, du!«

Ich spürte eine gewisse Abneigung, als ich ins Bett stieg und mich über sie beugte. Das dämmrige Licht einer Wandlampe betonte die silberne Marmorierung in dem schwarzen Tropfstein ihrer Halskette. Falten gruben sich in das Dekolleté der First Ministerin. Ich legte meine Lippen auf ihre und dachte an Isobel. Immer nur an Isobel.

Die First Ministerin verlangte mit lustvoller Stimme, dass ich sie von hinten nehmen sollte. Sie wollte, dass ich sie ausfüllte und mit groben Stößen zum Orgasmus führte. Und als sie ihn schließlich erreicht hatte, war ich erleichtert, mich ihr entziehen zu können. Ich war nicht einmal hart geworden. Es bedurfte meiner Kräfte, meinem Gehirn zu befehligen, Blut in die unteren Gefilde zu transportieren. Das hier war ein Job, nichts weiter.

Mit einem erschöpften Laut breitete die First Ministerin die Arme aus und senkte sich in die vielen Kissen. »Das war perfekt. Vollkommen perfekt.«

Ich hauchte ihr einen sanften Kuss auf die Schulter. »Es freut mich, wenn ich dir Lust verschaffen kann.«

Sie kicherte. »Ich werde mich frisch machen. Am besten, du verschwindest. Colin müsste jeden Moment wiederkommen.«

Die First Ministerin schälte sich aus den Laken und verschwand im angrenzenden Bad. Ich nutzte den Augenblick, um mich im Zimmer umzusehen. Schnell durchkämmte ich jeden Winkel ihres Regals, durchsuchte sogar die Schubladen ihres Pults, doch ich fand nichts, das auch nur ansatzweise zu dem Herrn der Unendlichen Macht passen wollte.

»*Bljersk!*« Gerade wollte ich durch das Fenster fliehen, als etwas meine Aufmerksamkeit erregte. Mit der Hand fuhr ich über eine Erhöhung in der Wand unter der weinroten Tapete. Ich schloss die Augen und murmelte ein paar Worte zur Aufspürung von Magie. Die Antwort kam prompt. Ein warmes Prickeln sickerte in meine Glieder. Kurz blickte ich zur Badezimmertür, hinter der die Ministerin verschwunden war. Ich hörte die Dusche rauschen. Vielleicht reichten ein paar Minuten.

Schnell zwang ich meine Magie, die einseitige Bahn der Empathenfähigkeit zu verlassen und nach der Basismagie zu tasten, derer wir alle fähig waren. Ausgeführte Magie konnte geknackt werden. Wenn ich dieses Versteck öffnen wollte, musste ich den Zauber umkehren. Ich drang vor, fand die Moleküle, die Vibration. Sie wurde stärker, je näher ich dem Ursprung kam, und –

»Jaja, danke, Mike, ich richte es ihr aus. Wir reden später.« Die Stimme kam vom Flur. Schwere Schritte näherten sich. »Ich muss Schluss machen. Meine Frau wartet. Ich war tagelang weg und bin auf … gewissem Entzug, wenn du verstehst …« Er lachte.

Ruckartig ließ ich den Fokus fallen und wandte mich von der Wand ab. Die Tür öffnete sich. In letzter Sekunde zog ich mich auf den Schrank, legte mich auf den Rücken und starrte an die Decke.

Der Mann der Ministerin betrat das Zimmer. Er legte seinen Reisemantel ab, entledigte sich seiner Rolex und fuhr sich mit der Hand über das schüttere Haar.

»Elide?«

»Ich bin hier«, rief die Ministerin.

Auf Colins Gesicht schlich sich ein verschmitztes Grinsen, ehe er die Tür zum Bad öffnete. Ich erkannte, wie er die Dessous auf dem Fliesenboden musterte. Sein Lächeln wurde breiter. »Wie ich sehe, hast du mich mit freudiger Erregung erwartet, hm?«

»Was?« Sie stellte das Wasser ab und öffnete die Duschtür. »Oh, das. Nein. Mir war bloß danach, mich schön zu fühlen.«

Colins Lächeln verrutschte. »Ich habe es dir vor einer Ewigkeit geschenkt und heute trägst du es nicht, um mich zu betören?«

»Verzeih, Liebling. Ich bin müde. Gleich erzählst du mir bei einer Tasse Tee von deinem Termin, in Ordnung?«

Ich nutzte den letzten Moment, bevor Colin die Tür schließen würde und ich womöglich hier gefangen wäre. Lautlos hüpfte ich vom Schrank, schlich wie ein Schatten hinter ihm entlang und verschwand aus dem Fenster, nur Sekunden bevor sich sein enttäuschtes Gesicht von seiner Frau abwandte.

Er würde niemals herausfinden, dass ihre Lust einem Dieb galt, der nicht nur seine Frau verführt, sondern soeben auch die in Gold eingefasste Rolex aus seinem Mantel hatte mitgehen lassen.

Es sah so aus, als würde unser Abendessen in den nächsten Wochen einmal nicht aus billigem Fisch und Stullen bestehen.

HELENA

✧

Ich erwachte in einem düsteren Raum. Ein Messingleuchter hing von der Decke. Seine entzündeten Kerzenstumpen warfen spärliches Licht auf die weinrote Tapete. Mit zittrigen Fingern strich ich die Bettdecke von meinen Beinen. Noch immer trug ich mein Kleid. An einigen Stellen wies es Brandlöcher auf. In der Luft hing der Geruch nach antiken Möbeln, und als ich mich aufrichtete, nahm ich benommen wahr, dass ich in einem Himmelbett aus schwerem Mahagoniholz saß.

»Du bist wach.« Tyrael trat ins Licht. Als ich die Augen weitete, lächelte er. »Nicht so schlimm, wie es aussieht.«

Es *war* schlimm. Und ich nahm ihm nicht eine Sekunde ab, dass die tiefen Kratzer, die sich von seiner Stirn bis über seinen Mund zogen, nicht schmerzten.

»Wer war das?«

»Ein Doppler. Auf dem Collegefest.«

»Da waren noch mehr?«

»Eine ganze Horde. Die Empathen hatten reichlich Arbeit, die Gedächtnisse der Studierenden zu verändern.« Er näherte sich mir und deutete mit der Hand auf die Bettkante. »Darf ich?« Ich nickte und Tyrael setzte sich. Seine Haare waren feucht und er roch nach frischer Seife. »Ich hatte Angst um dich.«

Die Worte trafen mich unvorbereitet. »Wirklich?«

Er nickte.

»Aber … wieso?«

Er stieß ein leises Lachen aus. Das Geräusch kroch bis in meine tiefsten Nerven und brachte sie zum Kribbeln. »Weil du dich vor meinen Augen aufgelöst hast, Helena. Oh, nicht zu vergessen, dass du mich vorher beinahe gekillt hättest.«

»Ja …« Stirnrunzelnd strich ich mir eine lose Strähne hinters Ohr. Eigentlich wollte ich Tyrael fragen, weshalb es ihn überhaupt besorgte, wenn ich verschwand. Ich wollte ihn fragen, wann er angefangen hatte, andere Emotionen als Abneigung und Hass mit mir zu verbinden, aber ich wusste nicht, wie. »Ich war in der Anderwelt. Ich … Ty, ich bin Morrigan begegnet.«

Eine steile Falte legte sich zwischen seine Brauen. »Was?«

»Der Totengöttin.«

»Ich *weiß*, wer Morrigan ist.« Er zog die Brauen noch dichter zusammen. Abwesend schob er sich die Ärmel seines Pullovers über die Ellbogen. »Aber ich denke, du hast geträumt, Helena. Der Totengöttin zu begegnen, ist …«

»Ich soll dir etwas ausrichten«, unterbrach ich ihn, denn ich wusste, dass ich ihn nur so überzeugen konnte. Tyrael betrachtete mich mit einem zweifelnden Ausdruck im Gesicht. Jetzt oder nie. Ich holte tief Luft. »Dein Vorhaben wird scheitern. Du bist auf dem falschen Weg. Wenn du finden willst, wonach du dich sehnst, so musst du …« Ich verengte die Augen, um mich an den Wortlaut der Göttin zu erinnern. »Du musst das Lied deines tiefsten Schmerzes im Ganzen betrachten. In jeder, äh, Melodie versteckt sich eine schöne Note, die nicht zum Rest passt. Oder so. Morrigan sagte, du würdest diesen Ton seit Jahren kennen, aber die dunklen Seiten des Lebens hätten dich gezwungen, ihn, äh, zu verdrängen.« Ich rieb mir mit den Knöcheln über die Schläfen. »Ja, ich glaube, das wars.«

Tyrael öffnete den Mund – und schloss ihn wieder. Er machte den Eindruck, als hätte ich ihm eine Ohrfeige verpasst. Für einen Augenblick senkte er den Blick. Ich erwischte mein Herz dabei, wie es einen Satz machte, während ich ihn musterte.

Langsam hob Tyrael den Blick. Und dann … nickte er. Die Worte der Göttin hatten womöglich ins Schwarze getroffen, denn er schien mir zu glauben. Auch wenn ich keinen Schimmer hatte, was sie bedeuteten. »Hat Morrigan … hat sie etwas über deine Macht gesagt?«

Ich zögerte. Erst wollte ich ihm die Wahrheit sagen, aber … was, wenn er mich verurteilte? Wenn er mich verstieß, weil er der Meinung war, ich gehörte nicht zum Lichten Volk?

Ich schüttelte den Kopf. »Ist Baba Greer zurück?«

Er runzelte die Stirn. »War sie weg?«

»Ja.« Schuldbewusst blickte ich zu den olivgrünen Samtvorhängen vor den geöffneten Fenstern. Der Saum tanzte im sachten Wind.

»Nun«, sagte Tyrael nach einer Weile, »meine Großmutter ist wohlauf und verrückt wie eh und je.« Er zögerte, doch plötzlich rutschte er näher zu mir heran. Nur einen Moment später spürte ich seinen Zeigefinger an meinem Kinn. Mein Magen machte einen Satz. Unwillkürlich hielt ich den Atem an, ehe er mein Gesicht drehte, damit er mich ansehen konnte. »Hör zu, Hel …«

Hel. Er hatte mich Hel genannt. Irgendetwas machte das mit mir. Es fühlte sich … vertraut an.

Er löste den Finger von meinem Kinn und strich stattdessen mit seinen Fingerspitzen über meine. Die Berührung war wie eine Explosion an überreizten Nerven in meinem Körper. Leise schnappte ich nach Luft. Mein Herz klopfte so schnell, dass ich fürchtete, es würde mir aus der Brust springen. Doch das brauchte es gar nicht, um mich zu verraten. Natürlich nicht. Meine flatternden Nerven mussten sich Tyrael förmlich aufdrängen, denn sein plötzliches schiefes Grinsen war offensichtlich.

»Mache ich dich nervös?«

»Nein.«

Sein Grinsen wurde breiter. Langsam drehte er meine Hand und malte eine Acht auf die empfindliche Haut der Innenfläche. Es fühlte sich so intensiv, so *mächtig* an, auf diese Weise von Tyrael berührt zu werden, dass ich nur die Luft anhalten und seinen ruhigen Atemzügen lauschen konnte. »Lügnerin.«

Ich biss mir auf die Unterlippe. »Was wird das, Tyrael?«

»Nichts.«

»N…nichts?«

Er ließ meine Hand los. Ich spürte die prickelnde Acht noch immer. Stattdessen widmete er sich nun meinem Schlüsselbein. Er malte die Linie des Knochens nach, als wollte er ihn studieren. In mir reagierten sämtliche Nerven auf ihn. Doch plötzlich schüttelte er den Kopf. »Nein. Nichts.« Er zog den Finger zurück.

Ich spürte Enttäuschung in mir aufbranden, versuchte aber, sie so gut wie möglich zu verbergen.

Tyraels Miene wurde ernst. »Wegen der Leiche des Dopplers … deinem Vater … es war nicht wirklich er.«

»Ich weiß.« Ich seufzte. »Aber es war schlimm.«

»Ja.« Tyrael musterte mich eindringlich. Plötzlich schob er mir meine geöffneten Haare über die Schulter auf den Rücken. Seine Fingerkuppe berührte das Düstere Zeichen an meinem Hals. Sanft malte er die Linien nach. Mir entfuhr ein kehliger Laut, für den ich mich innerlich verfluchte. »Wir müssen es abdecken.«

»Man sieht es?«

»Ja. Warte.« Tyrael erhob sich, ging zu der Frisierkommode und zog die Schubladen auf. »Das Zimmer gehörte meiner Cousine Ghislaine, bevor sie Théo geheiratet hat und zu ihm gezogen ist. Ich habe dich hergebracht, nachdem du in diesem Gang wiederaufgetaucht bist. Irgendwo müsste … ah, hier.« Er hielt eine Tube Make-up in die Höhe, als wäre sie eine Trophäe.

Ich konnte nur daran denken, dass er im Dienstbotengang gewartet hatte, bis ich zurückgekommen war. Er hätte auch gehen können. Ich hätte ihm egal sein können. Aber er hatte gewartet.

Tyrael schraubte den Deckel auf und begann, das Make-up auf meinem Hals zu verteilen. Jede Berührung war wie ein kleiner Stromstoß. Ich war bis aufs Äußerste angespannt. Mein Verstand war wie benebelt. Ich konnte nicht aufhören, seine Lippen zu betrachten. Die perfekt geschwungene Form. Seine halb gesenkten Lider. Ich schauderte, als sein ruhiger Atem die Haut an meinem Hals benetzte.

»Fertig.« Er legte das Make-up beiseite. Die Haut seiner rechten Hand hob sich nun in einem orangen Ton von seinem blassen Teint ab. Und, Himmel, seine Augen! Sie waren mir so nah, dass ich jeden einzelnen Tupfer darin erkennen konnte, und trotz des schummrigen Lichts leuchteten sie wie die untergehende Sonne.

»Hier, den hast du verloren, als du zurückgekommen bist.« Er griff in seine Hosentasche und reichte mir etwas. Ich erkannte meinen Drachenstein. Mein Herz machte einen Hüpfer, und als sich unsere Finger berührten, zuckten wir beide zusammen. Es war ein merkwürdiges Gefühl. Als hätte er mir eine elektrisch geladene Stromleitung übergeben.

Tyraels Lippen teilten sich. Ein Ausdruck des Verlangens glitt über seine Züge. »Ich wollte dir noch sagen, wie mutig du warst.« Ich hielt den Atem an. »Wie ich es dir gesagt hatte …« Er zögerte. Doch plötzlich kam er näher. Tyrael neigte den Kopf. Sein Atem wurde zu meinem. Ich konnte nicht mehr klar denken. Impulsive Vorfreude flutete meinen Körper.

»*Sei mutig, Hel.*« Er schloss die Augen, kam näher, bis unsere Stirnen sich berührten. Er schob das Kinn vor, mein Herz warf sich verzweifelt gegen meine Brust, ich konnte nicht mehr atmen, und …

… die Tür wurde aufgestoßen. Schlagartig riss Tyrael sich von mir los. Im Bruchteil einer Sekunde stand er schwer atmend vor dem Schrank, während ich noch immer seinen betörenden Atem auf meinen Lippen spürte. Ich hatte nicht einmal geblinzelt, so schnell war der Moment vorbei gewesen.

»Oh, den Göttern sei Dank, du bist wach!« Eine dunkelhaarige Frau in einem pinken Jogginganzug stürmte in den Raum. Ihr Gesicht war stark geschminkt, es sah fabelhaft aus. Sie warf sich förmlich aufs Bett, streckte die Arme aus und umfasste meine Schultern. »Wie geht es dir? Soll ich dich heilen? Irgendwelche Schmerzen?«

Perplex schüttelte ich den Kopf. Meine Gedanken waren nicht an diesen Moment gekoppelt. Ich dachte noch immer an Tyraels Lippen, über die er sich in dieser Sekunde mit der Handfläche fuhr, als würde er die Spuren unserer fast entstandenen Berührung beseitigen. In den dunklen Augen der Frau sah ich Erleichterung aufflammen. Ich hatte längst vergessen, worüber wir geredet hatten.

»Gut. Wir müssen nämlich los.« Sie erhob sich und durchschritt in ihren bunten Sneakers den Raum. »Weg da, Ty, wir habens eilig.« Achtlos schob sie Tyrael beiseite – und, noch verwunderlicher, *er ließ es geschehen!* –, ehe sie die Türen des Schranks öffnete und mir weiße Dessous in Form eines spitzenbesetzten Slips plus Korsett und einen elfenbeinfarbenen Seidenumhang auf das Bett legte. Hektisch klatschte sie in die Hände. »Los, los. Niemand von uns will die Oberen verärgern.«

Ich starrte sie an. »Die Oberen?«

»Ghislaine …«, begann Tyrael, doch seine Cousine schnitt ihm mit einem Schnalzen das Wort ab.

»Wir haben keine Zeit, Ty! Sie muss sich umziehen. Die Zeremonie beginnt gleich!«

Ich riss die Augen auf. »Die Zeremonie?!« Perplex blickte ich zu Tyrael. »Wie lange habe ich geschlafen?«

Ghislaine wirbelte zu Tyrael herum. Sie warf die Arme in die Luft. »Du hast es ihr nicht gesagt?« Als er den Kopf schüttelte, stöhnte sie entnervt auf. »Du hattest *eine* Aufgabe, Tyrael, *eine einzige, Bljersk!*« Sie fuhr sich mit den Händen in ihr langes Haar, ehe sie sich mir zuwandte. »Nun, dein Verschwinden ist über einen Tag her.« Sie nahm die Dessous in die Hand und hielt sie mir drängend entgegen. »Komm schon, Helena! Die Oberen dulden keinen Aufschub.«

Ich blinzelte. »Was ist mit Nathaniel? Wo ist er? Ich muss zu ihm.« Ich wollte das Bett verlassen, doch Ghislaine versperrte mir den Weg, indem sie mir die weiße Wäsche an den Körper drückte.

»Nathaniel *weiß*, dass Tyrael dich nach dem Angriff hergebracht hat. Er ist längst in der Arena.« Ein unruhiger Ausdruck huschte über ihre Züge. »Wie die meisten anderen. Bitte zieh dich an.«

Fahrig griff ich nach den Sachen. Ich war so überrumpelt, dass ich den Reißverschluss meines Kleides öffnete und es mir unbedacht über den Kopf zog. Als ich aufsah, blickte ich geradewegs in Tyraels große Augen. Er stand noch immer vor dem Schrank und starrte mich an. Tyrael schluckte hart, doch er sah auch nicht weg. Sein Blick wanderte über meinen BH weiter zu meinem Slip. Seine Brust hob und senkte sich rasch.

»Raus hier, du Geier!« Ghislaine schnappte sich den Wasserkrug auf meinem Nachttisch und warf ihn nach ihm. Tyrael wich mühelos aus und der Krug zersprang am Schrank, aber es reichte, um ihn wach zu rütteln. Er wirbelte herum und verließ den Raum in Windeseile, doch mir entgingen seine geröteten Ohren nicht.

Als er die Tür hinter sich geschlossen hatte, seufzte Ghislaine und verdrehte die Augen. »Typisch Ty. Er denkt, ihm gehöre die Welt. Komm, ich helfe dir mit dem Korsett.«

Während Ghislaine die Bänder schnürte, hatte ich nur einen einzigen Gedanken. Und das war keineswegs die Zeremonie, sondern Tyrael, dessen Lippen fast die meinen berührt hätten. Der Gedanke daran ließ mein Herz auch dann noch in wildem Tempo schlagen, als ich das Gefühl hatte, Ghislaines enge Schnürung raubte mir jeden Atem. Es raste und ich wusste, jetzt konnte ich es nicht länger ignorieren. Ich war verliebt in Tyrael Burnett. Doch ich war mir nicht sicher, ob mich diese Erkenntnis retten oder in den Abgrund stürzen würde.

HELENA

✧

Es war früher Nachmittag. Die Oberen konnten nur dann etliche Azlata versammeln, wenn die Zeremonie außerhalb der Jagdzeit stattfand. Tyrael hatte mir für den Flug nach Ardnamurchan seine Ersatzlederjacke geliehen. Exodias ledrige Flügel hoben sich in stetem Rhythmus, unter uns erstreckte sich die Westküste Schottlands. Ardnamurchan war der Inbegriff der puren Highlands: endlose Weiten saftigen Grüns erstreckten sich unter dem wuchtigen Körper des Fledermausdrachen, gewaltige Hügel, glitzernde Seen und verlassene Strände. Einmal entdeckte ich eine kleine Herde von Schafen und flauschigen Highland-Rindern. Wir flogen über eine Bucht mit weißem Sandstrand und türkisem Wasser.

»Wow!«

»Sanna Bay«, rief Tyrael über den rauschenden Wind hinweg. Er setzte sich aufrecht hin und verlagerte das Gewicht nach hinten. »Brrrr, Exodia. Nein, heute gibts kein Bad.« Er schnalzte mit der Zunge und trieb sie mit den Hacken an. »Weiter!«

Exodia gab ein enttäuschtes Brummen von sich. Mein Körper vibrierte unter dem Laut. Schließlich schlug Tyraels Heralchiro die entgegengesetzte Richtung ein, rauschte an einem Leuchtturm vorbei und landete mit einem Krachen auf einem hohen Hügel. Mein Herz raste, als ich die Arena vor uns entdeckte, doch ich wusste nicht, ob es an ihrem Anblick lag. Vermutlich eher daran, dass ich Tyraels Lippen dicht an meinem Ohr spürte.

»Alles in Ordnung?«

Ich nickte.

»Keine Angst. Wenn dir jemand den Kopf abreißen will«, ich spürte sein Grinsen an meiner Ohrmuschel, »melde ich mich als Erster.«

»Ich könnte jederzeit dein Herz ausschalten, Burnett.«

Sein Lachen verschaffte mir eine Gänsehaut. »Nicht so übermütig, Iversen.« Er verstärkte den Druck um meinen Oberkörper und rutschte mit mir am Körper seiner Heralchiro herunter. Sein schwarzer Kapuzenumhang wehte leicht im Wind, genauso wie das dunkle Haar, das ihm chaotisch vom Kopf stand. Er grinste auf mich herab. »Bei deiner Anmut könnte ich mir eine rote Zielscheibe auf die Brust kleben und deine Macht würde mich trotzdem meilenweit verfehlen.«

Ich trat nach ihm. Er wich mühelos aus und lachte. »Pass auf, Iversen. Wenn dein Umhang dreckig wird, bin ich mir nicht mehr sicher, ob ich dein Exekutor sein darf. Myrah wird sich auf dich stürzen.« Er zog eine Schnute. »Und das wäre so ein Jammer.«

Schnell rappelte ich mich auf. Das Herz schlug mir bis zum Hals, als ich zur Arena sah. »Wie viele werden anwesend sein?«

Tyrael zuckte die Achseln. »Nicht viele. Die meisten interessieren sich nicht für die Zeremonie.«

Kurz schloss ich die Augen. »Bringen wir es hinter uns.«

Tyrael lief voran. Wir passierten den Rundbogentunnel aus Sandstein. Aufgeregtes Gemurmel drang zu mir herüber. Ich schluckte. Das klang ganz und gar nicht, als wären *nicht viele* anwesend. In mir regte sich mein Unterbewusstsein und vermittelte mir eine böse Vorahnung. Und als wir das Innere der Arena erreichten, sackte mir die Kinnlade hinab. Mein Herz fiel und verlor sich irgendwo in den Tiefen meiner Kniekehlen.

»Ups«, murmelte Tyrael.

Ups traf es nicht annähernd. Die Arena war *überflutet* mit Personen, alle in schwarze Kapuzenumhänge gehüllt. Sie drängten sich dicht an dicht auf den Tribünen vor den Boxen der Heralchiros und reckten die Hälse, um einen Blick auf mich zu erhaschen. Im Zentrum der Arena, dort, wo Tyrael mich wochenlang zu trainieren versucht hatte, warteten die drei Oberen. Sie waren die einzigen Anwesenden, die paillettenverzierte Umhänge in der Farbe flüssigen Golds trugen. Neben jeder von ihnen steckte eine flackernde Fackel im Sand.

Weit hinter ihnen, am Rand der Arena, erkannte ich eine Horde kleiner nackter Wesen. Sie hatten große Hängeohren, die über den Boden schleiften, eine dicke Knollennase und keine Haare. Sie erinnerten mich an Kartoffeln, mit dem bloßen Unterschied, dass Kartoffeln nicht in der Lage dazu waren, mit wildem Enthusiasmus eine Bongo zu bearbeiten. Die Melodie hatte etwas Kriegerisches.

»Gnome«, raunte mir Tyrael ins Ohr. »Erdwesen. Egoistische Heuchler, aber für die Musik würden sie ihr letztes Hemd geben.«

»Sie sind nackt«, entgegnete ich trocken.

»Touché.«

»O Gott, o Gott.« Ich holte tief Luft und sah mich in der großen Arena um. »Das ist verrückt. Vollkommen verrückt. Ich –«

»Helena Iversen«, ertönte da eine zischende Stimme. Ich zuckte zusammen, doch zeitgleich nahm ich wahr, dass ich sie nur in meinem Kopf hörte. Tyrael hatte mir erzählt, dass Myrah eine mächtige Neuralgikerin war, während Kikki als Formwandlerin zur Schlange werden und Baba Greenblood mittels ihrer Empathenfähigkeit jeden Geist in den Wahnsinn treiben konnte. Also ging ich davon aus, dass es Baba Greenbloods Stimme war. »Tritt näher, Mädchen. Burnett, verschwinde in die Ränge.«

Tyrael sah mich einen Moment an, als erwöge er, bei mir zu bleiben. Doch schließlich wandte er den Blick ab, drehte sich um und entfernte sich von mir.

In der Arena war es still. Ich stieß die angehaltene Luft aus. Die Muskeln in meinen Beinen waren weich, während ich mich den Oberen näherte. Als uns bloß noch ein paar Meter trennten, hielt ich mit wild klopfendem Herzen inne und schluckte. Doch ich erinnerte mich an Tyraels Worte, die er mir so oft während des Trainings gesagt hatte.

Egal, was passiert, du musst Haltung bewahren, Helena. Zeig ihnen keine Schwäche, sonst haben sie gewonnen. Für immer.

Ich reckte das Kinn und sagte mit dem klarsten Ton, zu dem ich imstande war, die Worte, die Tyrael mich für diesen Moment gelehrt hatte: »*Ave sanctas.*« *Seid gegrüßt, Obere.*

Die linke von ihnen zog ihre Kapuze herunter. Sie hatte langes weißes Haar wie Baba Greer und eine ledrige Haut, in die sich viele Falten gruben. Doch als ihr Blick sich in meinen bohrte, erschrak ich. Ihre Iriden waren weiß. Ein glänzender, elfenbeinfarbener Ring um eine stecknadelkopfgroße Pupille.

»Willkommen, Tochter der Syphrah, Enkelin der Morrigan.« Sie neigte den Kopf, ließ mich jedoch nicht aus den Augen. »Ich bin Myrah. Meine Gefährtinnen«, sie wies mit einem Finger auf die Personen neben sich, woraufhin die Obere in der Mitte ihre Kapuze herunterzog, »Kikki«, nur eine Sekunde später entblößte auch die Azlata ganz rechts ihr Gesicht, »und Baba Greenblood.«

Ich musterte die Oberen. Baba Greenblood hatte feuerrotes Haar, das sich in üppigen Locken um ihre Hüften legte, und ein Gesicht, das mich an eine Puppe erinnerte. Es war grotesk, denn diese Frau war alt, *uralt,* doch sie wirkte sonderbar frisch. Ihre Lippen formten eine schmale Linie und auf ihrer feinen Stupsnase bildeten sich nur wenige Falten, als sie das Gesicht verzog. Im Gegensatz zu Myrah war sie schlank und groß gewachsen. Ihr attraktives Äußeres jagte mir einen Furcht einflößenden Schauer über den Körper.

Und zwischen den beiden, von ihren Schwestern flankiert, betrachtete Kikki mich mit einem breiten Grinsen. Ihre Eckzähne glitzerten in sattem Gold. Die Formwandlerin der Oberen trug das Haar in zwei Zöpfen, geteilt durch einen gezackten Scheitel. Die rechte Seite war blau gefärbt, die andere grün, und die blonden Ponyfransen, die ihre Stirn verdeckten, hoben sich kaum von ihrer bleichen Haut ab.

Jede von ihnen besaß diese sonderbaren weißen Iriden.

»Nun«, fuhr Myrah fort. Die Art, in der sie das Gespräch an sich riss, ließ eindeutig erkennen, dass sie gern die Kontrolle besaß. »Du bist heute hier, um der Gemeinschaft des Lichten Volkes beizuwohnen. Gehe ich recht in dieser Annahme?«

»Ja.«

»Und fühlst du dich dieser Art von Leben gewachsen?«

»Ich … Ja.«

Baba Greenblood neigte den Kopf. Ihre Augen nahmen einen irren Ausdruck an. »Warum so zögerlich?«, hörte ich ihre Stimme in meinem Kopf. »Versuchst du, den Göttern zu trotzen?«

»Was?« Meine Stimme erklang laut in der Stille. Ich fragte mich, ob die Zuschauer Baba Greenblood ebenfalls wahrnehmen konnten. Ihre Hand fuhr durch die Luft. Keine Sekunde später spürte ich einen reißenden Luftzug, der mir durchs Gesicht fuhr. Ich keuchte. Auf meiner Wange sammelte sich ein warmes Gefühl, ehe ich spürte, wie ein Tropfen mein Gesicht hinunterrann.

»Es heißt: *Wie bitte, Ma'am?*«

Der brennende Schmerz wurde stärker, doch ich wagte es nicht, das Blut fortzuwischen. Ich schluckte, kniff kurz die Augen zusammen und nickte. »Wie bitte, Ma'am?«

»Die Götter wollen dich nicht haben, Helena«, zischte ihre Stimme in meinen Gedanken. »Sie halten dich für unwürdig. Für schwach. Das weißt du, nicht wahr? Du weißt, dass du unserer Gemeinschaft nichts nützt. Wie jämmerlich. Dieselbe Enttäuschung wie deine Mutter, auch wenn sie ihre Macht nutzen konnte. Wenn auch nur auf hinterhältige, betrügerische Weise.«

Ich schnappte nach Luft. Tief in mir pulsierte etwas, das drängte, freigelassen zu werden. Die offensichtliche Verbindung zu meinem Chaos erschreckte mich. Ich wusste, würde ich der Bitte nachgeben, könnte ich Baba Greenbloods Inneres erreichen. Aber wozu? Ich war keine Mörderin. Doch dieser tiefe Drang in mir, das Böse auf sie loszulassen, bereitete mir Sorge. Was, wenn ich es eines Tages nicht mehr unter Kontrolle hatte? Was, wenn ich mich zu einem Monster verwandelte?

Ich schluckte und schob den Stein in meinem Magen beiseite. »Ich bin würdig.« Meine feste Stimme füllte die Stille. »Und ich werde es beweisen.« Ich sah Baba Greenblood tief in die Augen. »Wenn Ihr mich lasst, *Ma'am.*«

Tyrael hatte mich gewarnt, dass sie nicht freundlich waren. *In regiment mits pakis.* Das Regiment quält, damit du überlebst. Die Oberen waren der festen Überzeugung, dass Härte zu Stärke führte, über die ihr Volk verfügen musste. Sie fügten ihnen von klein auf Schmerzen zu, um sie abzuhärten.

»Nun«, erhob jetzt Kikki das Wort, »dann wollen wir mit deinem Test beginnen, nicht wahr?«

Ich sah der Oberen mit dem bunten Krausehaar in die Augen und nickte.

Kikki öffnete den Mund. Ein schlangenartiges Zischen erfüllte die Arena. Ihre goldenen Schneidezähne blitzten grell. »Entledige dich der Monturjacke, *Helena Iversen.*«

Mir war längst entgangen, dass ich noch immer Tyraels Jacke trug. Die Wärme war zu meiner eigenen geworden. Der Lederstoff fiel zu Boden. Sand wirbelte auf. Plötzlich fühlte ich mich leer und verlassen. Ich widerstand dem Drang, die Arme um meinen Körper zu schlingen. Als der feine Seidenstoff des Umhangs meine nackten Arme streifte, rannte eine Gänsehaut über meinen Körper.

»Helena Iversen«, sagte Myrah nach einem Moment. »Wie lauten die festen Gesetze der letzten azlatekschen Kinder?«

Ich holte Luft. Die Gesetze waren mit roter Tinte auf weißem Papier in der Bibel der Azlata gedruckt. Es hieß, sie waren mit dem Blut der Götter geschrieben worden. Ich hatte sie gelernt.

»Eins: Schweige über dein Blut. Zwei: Erweise Gnade – töte keine Schwestern und Brüder deines Lichts. Drei: Achte das menschliche Herz – du sollst nicht töten die schutzwürdigen Humanoiden. Vier: Kommuniziere keine Unwahrheiten – du sollst nicht lügen. Fünf …«

Ich schluckte den Kloß herunter, der sich in meinem Hals gebildet hatte, und versuchte, das Zittern in meiner Stimme so gut es ging zu verbergen. »Ahnde die Dunkelheit – du … du sollst keinen Kontakt zu dem Düsteren Volk haben. Dein Licht ist dein Licht, die Götter scheinen für dich. Ehre dies durch Treue deinem Volk gegenüber.« Für einen kurzen Moment biss ich die Zähne zusammen und verbot mir jeden Gedanken, aus Furcht, dass Baba Greenblood mir in den Kopf blicken würde. »Sechs: Zeige Respekt – ehre die Älteren. Sieben: Taufe dein Chaos als beherrschbare Macht – achte die Regeln der Magie. Acht: Eliminiere jegliche Art von Furcht – zeige keine Angst. Neun: Riskiere dein Leben für den Frieden der Welt.«

»Weiter«, drängte Myrah.

»Zehn: Allegorisiere kein Azlatek – jede Art von Übersetzung ist verboten.«

Baba Greenbloods schallendes Lachen bohrte sich in meinen Kopf. »Als ob du je unsere heilige Sprache lernen könntest.«

Ich ignorierte ihre Beleidigung, obwohl sie einen Nerv getroffen hatte. »Und das letzte Gesetz: Kümmere dich um Leidende – ignoriere nicht die Not.«

Myrah neigte den Kopf. Mit dem Finger fuhr sie über die diamantenbesetzte Brosche, die ihren Umgang zusammenhielt. »Und was bedeutet das, Helena?«

»Wie bitte?« Ich blinzelte, ehe ich rasch hinzufügte: »Ma'am?«

Kikki kicherte. Plötzlich begann ihr Körper zu pulsieren. Die Haut in ihrem Gesicht dehnte und verzerrte sich, ihre Glieder waberten. Sie schrumpfte. Ihr goldener Umhang ging zu Boden. Wie gebannt starrte ich auf die verschwundene Obere, bis plötzlich …

Mir entfuhr ein angsterfüllter Laut. Unwillkürlich taumelte ich einige Schritte zurück. Aus der Kapuze des goldenen Umhangs glitt eine pralle gelbe Schlange. Manche Muster auf ihrem langen Körper waren blau oder grün wie Kikkis Haare. Ihre gespaltene Zunge kroch aus ihrem Mund. Zischend kam sie auf mich zu. Die Furcht in mir zwang mich einen weiteren Schritt zurück, doch mit einem Mal erlahmten meine Beine.

Schockiert blickte ich auf und begegnete dem starren Fokus Myrahs, die nun den Kopf neigte und zufrieden grinste. Sie hatte meine Beine betäubt. Die Schlange erreichte meine Füße. Mir entfuhr ein kaum merkliches Wimmern, doch es reichte, um Baba Greenbloods Stimme erneut einen Grund zu geben, in mich einzudringen.

»Angsthase«, trällerte sie. »Kleiner, unwürdiger Angsthaaase. Ich sollte dich bestrafen.«

Ich schüttelte den Kopf, um die Stimme loszuwerden, doch sie blieb. Kikki umschmeichelte meine Knöchel. Ihre glatte Haut schmiegte sich kühl an meine, bis sie sich mehrmals um mich herumgeschlängelt hatte. Ich unterlag ihrem Klammergriff.

»Der Leitsatz der Azlata«, drängte Myrah. »Wie lautet er?«

»Die … die göttlichen Artefakte dürfen nicht gesucht werden?«

Stille. Pure, vollkommene Stille. Es war, als hielten sogar die Heralchiros in ihren Bewegungen inne. Nur einen Augenaufschlag später spürte ich einen festen Luftdruck, der sich um meine Kehle legte. Der letzte Atemzug blieb mir im Hals stecken. Panisch sah ich zu Baba Greenblood.

»Ein kleiner Vorgeschmack darauf, was mit dir passiert, solltest du es deiner Mutter nachmachen, Iversen junior.« Diesmal schwang kein amüsierter Ton in ihrer Stimme mit. Sie klang rau und kalt wie der Tod in seinen stärksten Momenten. »Niemand wird Gnade walten lassen. Und niemand wird dafür sorgen, dass es schnell vorbeigeht. Du wirst leiden. Eine Folter, deren Erinnerungen sich angenehm in mein Herz schleichen werden.«

Baba Greenblood intensivierte den Druck. Mir wurde schwindlig. Schwarze Punkte erschienen vor meinen Augen und flackerten. Nur vage nahm ich wahr, wie Myrah eine Hand hob. »Genug, Zweite.«

Der Druck verschwand. Gierig japste ich nach Luft, presste mir die Hände auf die Lunge. Die Punkte verschwanden nur langsam.

»Das meinte ich nicht«, wandte sich Myrah an mich. Auch sie wirkte kühl, aber nicht so hasserfüllt wie Baba Greenblood. Ihr langes weißes Haar wehte sachte im Wind und umspielte ihren markanten, weit vorstehenden Kiefer. »Ich spreche von dem Leitspruch. Unser Motto in einem Kampf.«

»Ich …« Meine Lunge lechzte verzweifelt nach jedem bisschen Sauerstoff. »Ich weiß es nicht.«

An meinen Knöcheln zischte Kikki ungehalten. Sie riss das Maul auf und entblößte ihre Giftzähne. Zwei von ihnen waren golden. Die Spitzen strichen wie eine bittersüße Warnung über meine Haut.

»Nun.« In Myrahs Ton erkannte ich sofort, dass sie nichts anderes erwartet hatte. »Ich will heute gütig sein und gewähre dir einen

Hinweis. Nimm den Anfangsbuchstaben eines jeden Gesetzes, und du wirst der Antwort mächtig sein.«

Ich dachte nach. Es war so gut wie unmöglich, mich zu konzentrieren. Vor allem wegen der Schlange, die mich nicht in Frieden ließ. Doch schließlich schloss ich die Augen und ging jedes Gesetz im Stillen durch. Langsam bekam ich auch wieder genug Sauerstoff ab. Meine Gedanken wurden klarer.

»S E A K A Z T E R A K.« Sie mussten ein azlateksches Wort bilden. In meinem Kopf probierte ich einige Variationen aus, bis es mir wie Schuppen von den Augen fiel. Tyrael hatte mir von dieser Redewendung erzählt. Sie bedeutete *Ich bin stark* und musste von jedem ausgesprochen werden, bevor ein Jagdpartner allein gelassen wurde.

»*Sea ka zterak.*«

Die Menge gab anerkennende Laute von sich. Myrah neigte zufrieden den Kopf. Kikki hob ihren Reptilienschädel und riss den Mund auf, als schenkte sie mir ein schaurig schönes Lächeln. Doch Baba Greenblood schnalzte mit der Zunge.

»Was für ein mächtiger Satz aus deinem unwürdigen Mund. Du bist nicht stark. Schwächer noch als meine enttäuschende Enkelin.« Sie riss den Kopf in den Nacken und gab ein schallendes Lachen von sich, das durch die komplette Arena tönte. Ein Raunen ging durch die schwarz verhüllte Menge. Dann hörte ich in meinem Kopf: »Das achte Gesetz hast du damit bereits gebrochen. Oooh, zu gern würde ich dich kreischen hören, Iversen junior, und herausfinden, ob du genauso verzweifelt klingst wie deine vermaledeite –«

»Halt den Mund!«, schoss es aus mir heraus. Die Menge schnappte schockiert nach Luft. Dann wurde es totenstill. Myrah starrte mich an. Baba Greenblood grinste. Doch es war mir egal. In mir brodelte es. Meine Atmung ging flach und schnell und ich spürte einen immensen Druck hinter meinen Schläfen, der sich weiter aufbaute. Die Ränder meines Sichtfelds begannen zu verschwimmen. Es war, als flimmerte die Luft.

Übelkeit stieg in mir hoch, aber das war nichts, *nichts*, im Gegensatz zu der Wut, die ich in mir spürte. Ich wollte mich auf Baba Greenblood stürzen und sie mit meinen bloßen Händen töten. Ich wollte ihr die Kehle aufschlitzen und darüber so grässlich lachen, wie sie es gerade getan hatte. Und noch während ich diesen Gedanken formte, flutete mich eine Eiseskälte. Es war wie in dem Dienstbotengang, bevor … bevor die dunkelblauen Flecken aus meinen Fingern geschossen waren. Ich zitterte am ganzen Körper.

Und dann – *plötzlich!* – spürte ich es. Das Gefühl, wie durch ein Vakuum gesaugt zu werden, obwohl ich mich keinen Millimeter bewegen konnte. Als träte mein Geist aus mir heraus und würde durch einen winzigen Schlauch gezwängt werden, ehe ich mich durch Gewebe wühlte. Ich befand mich im Inneren Baba Greenbloods. Und es war grauenvoll. Eine pure Schwärze, ganz anders, als es bei Tyrael gewesen war, nachdem ich sein Herz gefühlt hatte. Seine Aura war golden. Baba Greenblood bestand aus dunkelroter Schwärze.

Ich stieß gegen etwas, das ich als lebenswichtig erspürte, obwohl ich nicht wusste, was es war. Ihre Niere? Ihre Leber? Ihr Herz? Alles war das reinste Chaos und ich hatte nicht den geringsten Schimmer, was ich tun musste.

Gib ihr Angst, zischte eine Stimme. *Gib ihr Panik, die sie verenden lässt.*

Ich zuckte zusammen. Doch bevor ich einen klaren Gedanken fassen konnte, wurde mein Geist von groben Klauen gepackt und aus ihrem Inneren herausgeschleudert. Die Wucht meiner außer Kontrolle geratenen Macht traf mich mit solcher Heftigkeit, dass ich keuchend die Augen aufriss und hintenüberfiel. Kikki umklammerte meine tauben Beine noch immer. Ich landete auf meinem Hintern. Ein schmerzhafter Stich zog durch mein Steißbein.

»Test bestanden«, murmelte Baba Greenblood, neigte den Kopf und verengte die weißen Augen zu schmalen Schlitzen. »Oder auch nicht. *Was* bist du, Gör?«

Ich krallte die zitternden Finger in meinen weißen Umhang und hielt die Luft an. Panisch sah ich mich nach Tyrael um. Doch jeder

der schwarz Vermummten ähnelte seinem Nachbarn. Ich rang nach Atem, doch der Sauerstoff erreichte meine Lungen nicht.

»N…Neuralgikerin«, log ich.

Baba Greenblood knurrte. Das Geräusch ließ mir die Haare zu Berge stehen. Die Obere hatte gespürt, wie ich in ihrem Körper herumgewühlt hatte. Aber es sah auch nicht so aus, als wäre sie sich sicher genug, mir zu widersprechen. Ich zuckte zusammen, als Kikkis gespaltene Zunge über meinen Knöchel glitt.

»Nun gut.« Myrah machte eine ruckartige Bewegung mit ihrer Hand, woraufhin eine grüne Flamme über der Kuppe ihres Zeigefingers aufloderte. Als sie sich mir näherte, spürte ich, wie die unangenehme Welle eines Luftdrucks ihr voranging. Warm und fest drückte sich ihre Aura gegen mich. »Entkleide dich.«

Ich starrte die alte Frau an. »Was?« Baba Greenblood zischte, woraufhin ich zusammenfuhr und verbesserte: »Wie bitte, Ma'am?«

»Deinen Umhang.« Myrah spuckte mir vor die Füße. Es war nicht die Art feierlicher Einführung in ihre Gesellschaft, die ich mir vorgestellt hatte. Das hier war eine Demütigung. »Weg damit!«

Darüber hatte Ghislaine nicht ein Wort verloren. Ich hatte gedacht, die Dessous wären der Zeremonie angemessen. Aber dass ich mich vor versammelter Mannschaft würde entblößen müssen … Niemals.

»Nein.«

Die Menge schnappte nach Luft. Einige tuschelten. Kikki reckte den Reptilienschädel in die Höhe und zischte. Vage registrierte ich ein Kribbeln in meinen Beinen und kurz darauf sickerte Gefühl zurück in meine Glieder. Mir blieb kaum eine Sekunde, um darüber nachzudenken, weshalb Myrah mich erlöst hatte, denn plötzlich spürte ich brutale Schmerzen in meinem Mund. Als hätte man mir alle Zähne auf einmal gezogen, ohne Betäubung, und Dreck in die offenen Wunden gestopft.

Mir entfuhr ein schmerzhafter Schrei. Ich wollte in die Knie gehen, doch Kikki pirschte sich in rasanter Geschwindigkeit hoch und veränderte ihre Position, bis ihr Maul nah an meiner Hüfte ruhte.

Tränen strömten mir über das Gesicht, während ich mir die Hand auf den Mund presste.

»Ja.« Myrahs Stimme war beinahe liebevoll. Sie strich mit einem ihrer Stummelfinger an meinem Kiefer entlang. »Schmerzhaft, nicht wahr?« Ich wimmerte. Myrah schnalzte mit der Zunge. »Und dabei wäre es gar nicht nötig gewesen, meine Liebe. Eine Tragödie, dich so zu sehen. Aber wer unseren Anweisungen keinen Respekt zollt, muss ihn gewaltsam lernen. Das verstehst du sicher, oder?«

Ich kniff die Augen zusammen und gab mir große Mühe, die Übelkeit zu vertreiben, die der Schmerz hervorrief.

»Schauen wir mal, ob du draus gelernt hast.« Myrah positionierte ihre flache Hand vor meinem Mund, ehe sie sie zur Faust ballte und nach hinten zog, als wollte sie mir etwas entziehen. Schlagartig verschwanden die Schmerzen. Ich atmete hektisch, wischte mir die schweißnassen Hände an dem Umhang ab und schluckte, um die Galle in meiner Kehle loszuwerden. Schwarze Punkte tanzten vor meinen Augen.

Myrah neigte den Kopf und musterte mich mit einem Ausdruck, den ich als mitfühlend interpretiert hätte, wäre sie nicht diejenige gewesen, die mich gerade gefoltert hatte. »Entkleide dich.«

Meine Finger zitterten, als ich sie zu den feinen silbernen Schnallen führte, die den Umhang an meiner Brust und meinem Hals zusammenhielten. Es brauchte zwei Versuche, bis es mir gelang. Beinahe lautlos fiel das dünne Stück Stoff zu Boden. Kühler Wind küsste meine entblößte Haut. Ich stand in nichts als einem spitzenverzierten Slip, einem Korsett, das meine Brüste herausquetschte, und feinen Seidenstrümpfen mit einer dünnen Sohle in der Mitte einer Arena und ließ zu, dass sämtliche Blicke auf mir ruhten. Die Scham trieb mir die Tränen in die Augen. Aus dem Augenwinkel erkannte ich, wie Baba Greenblood grinste.

»Schön, schön«, sagte Myrah in einem furchtbaren Singsang, »was für eine Ehre, unserer Gemeinschaft beizuwohnen, nicht wahr?« Sie senkte ihren Finger auf eine Stelle unter meinem Schlüsselbein. Ihre grüne Flamme knisterte. Ich zog scharf die Luft ein. Myrah begegnete meinem Blick. »Letzte Chance, es dir anders zu überlegen, Iversen junior. Mir scheint, du bist nicht so bereit für diesen Weg, wie du zu sein vorgibst.« Sie fletschte die Zähne. »Und ich hasse Heuchler. Ich würde sie zum Frühstück verspeisen, wenn man mich ließe.«

Baba Greenblood lachte auf.

Ich dachte nach. Die Erste der Oberen hatte recht. Ich *war* nicht bereit. Wie hätte ich es auch sein können? Bis vor Kurzem hatte ich angenommen, meine Mutter wäre eine normale Frau gewesen. Ich hatte geglaubt, herzukommen, um den Wurzeln ihrer Vergangenheit nachzuspüren und dabei Glück zu empfinden. Stattdessen war ich mit der unfassbaren Geschichte konfrontiert worden, meine Mutter sei eine Hexe gewesen. Wie ich. Genauso wenig konnte erwartet werden, dass ich gefasst hinnehmen konnte, zu was ich imstande war. Meine Zukunft würde sich nicht mehr um die banalen Sorgen des Studiums und des Heranwachsens drehen, sondern darum, wie ich erfolgreich an einer Jagd gegen missgestaltete Wesen einer Parallelwelt teilnehmen konnte, ohne zu sterben.

Jeden. Verdammten. Tag.

Aber ich war genauso wenig bereit, jetzt umzukehren. Mit dem Wissen über die Menschen, die unsere Hilfe brauchten. Mit dem Wissen, dass Personen starben, wenn wir sie nicht beschützten, konnte ich kein normales Leben mehr führen. Ich konnte nicht verschwinden und so tun, als wäre Silent Creek nie passiert. Als wäre *Tyrael* nie passiert.

Ich atmete tief ein, stieß den zitternden Atem wieder aus und nickte. »Ich bin bereit.«

In Myrahs Blick blitzte etwas auf. Die Flammen, die an ihrer Fingerkuppe leckten, spiegelten sich in der glatten Oberfläche ihrer weißen Augen. »Denk dran, Iversen: Gesetz Nummer acht. Zeige keine Schwäche.« Myrah grinste vor freudiger Erregung. Der Ausdruck ging mir bis ins Mark. Was hatte sie vor?

Einen Augenaufschlag später wusste ich es, als die knisternde Flamme die Haut unter meinem Schlüsselbein versengte. Ich schrie. Es wäre unmöglich gewesen, es nicht zu tun. Ich wollte die Arme in die Luft reißen und Myrah von mir stoßen, doch Kikki schlängelte sich in rasanter Geschwindigkeit um meinen Oberkörper und hinderte mich daran.

Gellende Schreie erfüllten die Arena. Sie versetzten die Heralchiros in ihren Boxen in Unruhe. Immer wieder stießen sie mit ihren Schwänzen gegen den festen Sandstein und gaben nervöse Laute von sich. Keiner beachtete sie.

Myrahs Feuerfinger malte akkurate Linien auf meiner Haut, die sich tief in meine Seele gruben. Es waren höllische Qualen. Mit jeder Sekunde, die verging, rechnete ich mit der Ohnmacht. Doch plötzlich verebbte die knisternde Flamme und Myrah trat einen Schritt zurück. Sie musterte meine Brust. Ihre Züge nahmen einen gierigen Ausdruck an. »Vollkommen.«

Die Haut über meiner Brust brannte, als stünde mein ganzer Körper in Flammen. Keuchend blickte ich an mir hinab …

… und erschrak so sehr, dass der spitze Ton, der meiner Kehle entkam, sich in den schottischen Highlands der Westküste verlor.

Myrah hatte mich gebrandmarkt. Blut troff über das Korsett und färbte den weißen Stoff rot. Ich war kaum imstande, die Linien darunter zu erkennen, bis sie plötzlich in der Farbe des grünen Feuers aufflammten wie ein Licht in dunkler Nacht. Jetzt gab es keinen Zweifel mehr, was auf meiner Haut stand.

SEA KA ZTERAK.

Die grünen Flammen schienen zu pulsieren, als arbeitete in ihnen ein Puls. Kikkis Griff um meine Arme lockerte sich. Der glatte Körper der Schlange glitt hinab und landete auf dem Boden, ehe sie sich zu Baba Greenblood schlängelte. Wie gebannt starrte ich auf den blutigen Schriftzug. Langsam hob ich die Finger der rechten Hand und fuhr über die wulstigen Narben.

»*In regime mits pakis!*«, rief eine tiefe Stimme aus den oberen Rängen, woraufhin einige andere einstimmten. Applaus brandete auf. Ich hob den Kopf und sah mich um. Die in schwarz gehüllten Azlata hatten die Arme in die Luft gerissen und riefen immer wieder ein und denselben Satz. »*In regime mits pakis!*«

Die Sprache ähnelte Latein und darin war ich immer gut gewesen. *Das Regiment quält, damit du überlebst.*

»Was ist das?« Baba Greenbloods Stimme erklang laut in meinem Kopf. Sie übertönte den Schlachtruf.

Ich zuckte zusammen und blickte in ihre Richtung. Die rothaarige Schönheit mit den scharf geschnittenen Gesichtszügen reckte das Kinn, ehe sie durch die Arena auf mich zu stolzierte.

Sie hob den Arm. »Beiseite, Myrah!«

Myrah tat, was ihre Gefährtin verlangte. »Sprich, Zweite.«

Baba Greenblood kam vor mir zum Stehen. Inzwischen war der Menge aufgefallen, dass etwas nicht stimmte. Ihre Rufe verebbten. Sie senkten die Arme. Baba Greenblood blickte mit ihren großen Augen und dem irren Zug um ihre Lippen auf mich hinab. Mein Herz überschlug sich unter ihrer Musterung. Ich bekam keinen klaren Gedanken mehr zustande. Die Furcht durchfuhr mich wie ein messerscharfes Schwert. Baba Greenblood umgab eine dunkle Aura, die sich wie ein düsterer Nebel schwer und unheimlich an mich schmiegte.

Plötzlich riss sie mit brutaler Härte an meinen Haaren. Ich stieß einen erstickten Schmerzensschrei aus. Mit einem ihrer schwarzen Klauennägel fuhr sie über die sensible Haut unter meinem Ohr. Mir schwante Böses. Mein schockierter Verstand nahm den brennenden Schmerz ihrer Berührung kaum wahr, obwohl ich spürte, dass ein Blutstropfen meinen Hals hinabrann.

Baba Greenblood schnüffelte an ihrer Klaue. Sie schob die Zungenspitze zwischen ihre Lippen und … leckte den schwarzen Nagel ab. Dann rümpfte sie die Nase.

»Make-up.« Ich hielt den Atem an. Mein Puls raste. *Bitte nicht,* dachte ich. *Bitte, bitte, bitte nicht.* In der nächsten Sekunde schnipste Baba Greenblood mit den Fingern. »Kikki!«

Die Schlange reagierte sofort. Sie zischte und einen Augenaufschlag später verwandelte sie sich zu der jungen Frau mit den bunten Haaren zurück. Ihre Zöpfe wackelten, als sie einen Flickflack über den Sand machte.

»Ja?« Sie nahm ein Bein in die Hand, streckte es und legte es sich auf die Schulter. Ich hatte keine Ahnung, weshalb, aber es war mir egal. Baba Greenblood zog noch immer an meinen Haaren und selbst *das* war mir egal. Die Furcht nahm jeden Zentimeter meines Körpers ein. Baba Greenblood richtete nicht eine Sekunde den Blick von mir, als sie sagte: »Wasser.«

Kikki nickte. Sie machte eine schnelle Bewegung mit ihrer Hand, woraufhin in der Box eines Heralchiros ein Krug umfiel. Der Fledermausdrache schnaubte verärgert, als ihm eine Salve Wasser ins Gesicht spritzte. Nur wenige Augenblicke später spürte ich es an meinem Hals. Es rann hinab in das Korsett. Baba Greenblood streckte die Hand aus, wischte mir grob über die Haut und …

Sie stockte. Das war, bei allen Göttern, kein gutes Zeichen.

»Das Düstere Mal.« Dann, nur eine Sekunde später, brüllte sie durch die Arena: »IVERSEN BESITZT DAS MAL DER DÜSTEREN!«

Die Menge schnappte nach Luft. Einige kreischten. Ich hörte, wie jemand »Tötet die Missgeburt!« rief. Manche flüchteten. Ein Aufruhr brach aus.

»Nein«, murmelte ich, während sich in mir eine schlimme Benommenheit breitmachte. »Nein, ich …«

Myrah preschte vor und schnitt mir das Wort ab, indem sie ihre Stummelfinger um meine Kehle legte. Ihr Gesicht kam meinem viel zu nah. Sie fauchte. »Wer hat dich geschickt, *monstrumor?*«

»Bring sie um«, gurrte Baba Greenblood. »Na los, Myrah. Schlitz ihr die Kehle auf!«

»NEIN!« Eine Person trat aus der Reihe der Verhüllten hervor. Sie riss sich die Kapuze herunter und ich erkannte meinen Großvater. »Wenn ihr sie anrührt, töte ich euch!« Nathaniels Ausdruck war hassverzerrt, als er die Oberen musterte. »Hat euch meine Tochter nicht gereicht?«

Baba Greenblood schnalzte ungeduldig mit der Zunge. »Halt den Mund, Vollpfosten von Iversen.« Sie machte eine rasche Bewegung mit ihrer Hand. In der nächsten Sekunde verstummten seine Rufe.

Mit der Eleganz eines Raubtiers, das kurz vor einem Angriff war, schritt sie auf mich zu. Sie hob die Arme wie zu einem Schlag, ich schnappte nach Luft und erwartete, dass das nächste Bild, das ich sehen würde, Tír na nÓg werden würde, doch …

»Warte!«

Ich riss die Augen auf. Myrah hatte einen Arm ausgestreckt und Baba Greenblood aufgehalten. Ihre Ungeduld war nicht zu übersehen, doch Myrah war die Erste. Sie hatte das letzte Wort. Sie setzte sich in Bewegung und schritt wie eine Löwin um mich herum. Zweimal fuhr ihr Finger über das Düstere Zeichen an meinem Hals, bis sie schließlich sagte: »Wir werden sie foltern, bis das Mädchen mit der Sprache rausrückt, wer sie geschickt hat.«

»Niemand«, wimmerte ich. »Mich hat … n-niemand geschickt!«

»Sei still!« Baba Greenblood hatte ausgeholt. Ich zuckte zusammen, als mich ihre Böe an der Schulter traf. Sie blickte zu ihrer Gefährtin. »Feuerpeitsche, Myrah!«

Myrah nickte. Und ich bekam keine Luft mehr. Feuerpeitsche? Was hatte das zu bedeuten? Doch schon im nächsten Moment erhellte eine Flammenspur die Luft und ich wusste es.

Das war der Moment, in dem ich aufgab. Das würde ich nicht überleben. Wenn mir die Götter wohlgesonnen waren, würde Morrigan mich holen kommen, bevor ich zu sehr litt. Vielleicht würde ich meinen Eltern in Avalon begegnen. Und Finlay. Es waren die einzigen tröstlichen Gedanken, zu denen ich in der Lage war. Doch immer wieder schweiften meine Gedanken zu Tyrael. Ich spürte einen tiefgehenden, alles überwältigenden Schmerz darüber, ihn zurückzulassen.

Der erste Hieb traf meinen Rücken. Meine Knie gaben nach. Sie gruben sich in den harten Sand. Ich heulte auf.

Der zweite meinen Oberschenkel. Die Haut platzte auf. Ich kippte vornüber, schmeckte Sand, und wartete auf den dritten Hieb. Ich fragte mich, wie viele es werden würden, bis ich aufgab. Schwarze Punkte vernebelten mir die Sicht. Ich spürte, wie mein Geist wegknickte, doch ich zwang mich, bei Sinnen zu bleiben. Irgendetwas in mir wollte es ihnen nicht so leicht machen. Ich wollte beweisen, dass ich stark wie meine Mutter war. Ich wollte ihnen zeigen, dass sie nicht die Macht über mich besaßen, von der sie ausgingen.

Die Peitsche surrte durch die Luft, mein Körper spannte sich an, und dann …

»Stopp!«

Ich schnappte nach Luft. Sand geriet in meine Lunge. Ich hustete. Dennoch vernahm ich Tyraels Stimme, so deutlich wie immer, so wunderschön wie Sternenstaub in dunkler Nacht, als er hinzufügte: »Ich fordere die Anerkennung meines göttlichen Ursprungs und bitte um eine Unterredung, Myrah. Die Göttin Anu gewährt sie mir aufgrund der Gabe ihrer Knochen für mein Leben, über das zu hüten du gewillt bist.«

Benommen nahm ich wahr, dass die Peitsche den Boden statt meines Körpers traf. Meine Lider wurden schwer. Nur mit größter Mühe gelang es mir, sie offen zu halten. Ich wollte nicht aufgeben. Nicht so schnell. Ich wollte den Oberen zeigen, dass sie nicht gewonnen hatten. Dass ich stärker war, als sie dachten. Und vor allem wollte ich meiner Mutter gerecht werden.

Myrah schnalzte mit der Zunge. »Schön, Burnett. Auf ein Wort.«

Tyraels schwarze Stiefel erschienen in meinem Sichtfeld. Mein ganzer Körper brannte, doch es waren nicht die Striemen, die am meisten schmerzten. Nein. Es waren die frischen Narben auf meiner Brust. Sie schienen mich zu verhöhnen. SEA KA ZTERAK. Ich war dem Schwur nicht einen Trag treu geblieben. SEA KA ZTERAK. Ich hatte versagt und die Götter enttäuscht. SEA KA ZTERAK. Ganz egal, was Tyrael vorhatte, es würde nicht reichen. Er konnte mich nicht mehr retten. Er würde es nie wieder müssen. SEA KA ZTERAK.

Und während meine Augen zufielen, dachte ich darüber nach, ob ihn diese Tatsache wohl erfüllen würde. Das letzte Bild, das ich sah, war Tyraels absurd schönes Profil, das im Licht der Götter zu scheinen schien.

Ich entschied, dass es genug für den Rest meiner Ewigkeit war, und ging.

TYRAEL

✧

Tiefe Töne krochen mir über die nackten Unterarme. Sie verteilten ihre Melancholie in der Luft, schwebten zwischen den feinen Staubkörnern, die im Licht des hellen Mondscheins tanzten. Die vergangenen Stunden bis Mitternacht hatten ihren Tribut gefordert. Nach einer Zeremonie noch zur Jagd aufzubrechen, wäre in der Vergangenheit kein Problem für mich gewesen, doch Helena … Sie hatte meinem Kopf keine ruhige Sekunde vergönnt. Nicht nachdem ich ihr bei dieser verfluchten Zeremonie das Leben gerettet hatte. Aus völlig eigennützigen Gründen.

Es war Stunden her, seit Myrah Helenas Schutz angeordnet und sie gehen gelassen hatte. Zur Überraschung aller. Jeder hatte gedacht, sie würde getötet werden, und jeder … nun ja, hätte sie nun gern tot gesehen. Es war ein Wunder, dass ich Myrah hatte umstimmen können, mit dem ich selbst nicht gerechnet hatte.

Während ich nach der Zeremonie an Ëmilles Seite gegen die Düsteren gekämpft hatte, hatte ich an ihre vollen, tiefroten Lippen gedacht, die leicht geöffnet gewesen waren, nachdem sie durch das Kranichpulver in einen tiefen Schlaf gefallen war. Ich hatte an ihre Brandnarbe gedacht, die meinen Blick angezogen hatte wie das Gegenstück eines Magnets. Wie sanft sich die vernarbte Haut angefühlt hatte, als mein Finger sie ertastet hatte.

Ich war müde und ausgelaugt, meine Knochen schmerzten. Der Fluch zehrte an mir. Ich hätte darüber nachdenken sollen, wie ich den Fluch aufhalten konnte. Ich hätte auf der Suche nach der Unendlichen Macht sein sollen, hätte Lachlan aufsuchen sollen, hätte … alles tun sollen, um meinen Tod aufzuhalten, und dennoch konnte ich bloß an Helena denken, wie sie in dem Bett des Schlosszimmers schlief und sich von der Zeremonie erholte.

Meine Finger flogen über die elfenbeinfarbenen Tasten, erwischten hauptsächlich Moll-Akkorde, während ich es genoss, meine Gedanken in Melodien zu verwandeln. Es war befreiend. Eine willkommene Abwechslung, nicht über das nachzudenken, was vor wenigen Stunden geschehen war. Nicht daran zu denken, dass Helena den Zorn der Oberen – und auch aller anderen – auf sich gezogen hatte, und dass ausgerechnet *ich* derjenige war, der ihren Schmerz nicht hatte ertragen können.

Ich spielte einen c-Moll-Akkord und unterstrich ihn mit einer harten Tonfolge. Der düstere Klang schmeckte nach Heilung. Ich spielte mit geschlossenen Augen. Für gewöhnlich mochte ich den Anblick des malerisch verzierten Flügels, ich fühlte mich wohl in dem flackernden Kerzenschein des Dreimasters neben den Samtvorhängen und auch in dem schummrigen, knisternden Licht des Kamins, dessen Flammen ihre Wärme bis auf meine unterkühlte Haut sandten. Aber heute war es anders. Heute sah ich die tränenverschleierte Leere in Helenas Augen, sobald ich die Lider aufschlug.

Ich hatte in ihr vernarbtes Gesicht geblickt, das so viel Schmerz erfahren hatte, und mich für ihre Gebrochenheit verantwortlich gemacht. Nicht Myrah, die sie ausgepeitscht hatte. Nicht Baba Greenblood, die ihre Gedanken misshandelt hatte. Nur *mich.*

Mein Akkord rutschte in einen unschönen Ton, bei dem sich mir die Nackenhaare aufrichteten. Meine Finger verharrten auf den Tasten, als ich den Kopf hob und zur Tür blickte. »Hallo, Coraël.«

Meine Schwester lächelte. »Du hast mich gehört.«

»Natürlich habe ich dich gehört.«

»Ich dachte nur, weil …« Sie schüttelte den Kopf. »Nicht so wichtig.« Cora machte eine Geste in den Raum hinein. Sie trug ein schwarzes Nachthemd mit Spitzenkragen, der ihren Hals umschloss. Ihre dunklen Haarfransen kitzelten ihr Kinn. »Darf ich?«

»Nur zu.«

Sie schloss die Tür hinter sich. Beinahe lautlos glitt sie durch den Raum, ihre nackten Füße weiß wie der Mond, der zwischen den Vorhängen durch die hohen Fenster schien. Coraël streckte die Hand aus, tippelte mit Zeige- und Mittelfinger über den goldenen Rand des Flügels. »Was hast du getan, Tyrael?«

»Nichts.«

»Du warst schon immer ein bemerkenswerter Lügner.« Coraël sah aus dem Fenster. Der schummrige Schein der flackernden Kerzen barg ihr Profil in rötlichem Licht. Kurz blitzte ihr Septum auf. »Ich frage mich nur, ob ich damit rechnen muss, dich zu verlieren.«

»Was?«

»Wenn es so sein sollte, will ich darauf vorbereitet sein, meine zweite Seele zu verlieren.« Erst jetzt sah sie mich an. Ihre neutrale Maske verrutschte. »Denn das bist du, Tyrael. Immer gewesen. Ich bin, wer ich bin, weil du da warst, mich in deine Arme genommen hast, mich *geliebt* hast. Ich hatte immer angenommen, zu lieben sei eine Krankheit, aber wenn dem so ist, so habe ich durch dich gelernt, dass die Liebe eine äußerst angenehme Herzkrankheit darstellt.« Sie machte eine Pause und atmete tief durch. »Ich will also wissen: War sie es wert?«

Zwischen uns schien die Zeit stillzustehen. Ich hörte mein eigenes Herz. Es beschleunigte seine Schläge und warf sich gegen meine Brust. Ich trug noch immer mein schwarzes Hemd und die dunkle Leinenhose. Die Klamotten stanken nach dem Mist der Heralchiros und dem Blut der Düsteren, die ich bei der Jagd kaltherzig und bestialisch abgeschlachtet hatte.

Coraëls Fingernägel kratzten über das Holz des Flügels, als sie die Hand zu einer Faust formte. »Jeder Azlata mutmaßt, was passiert sein könnte. Die Gerüchte verbreiten sich wie ein Lauffeuer, Tyrael. Einige glauben sogar, du hättest vorgeschlagen, Helena den Göttern am Neumond als Opfergabe zu schenken.« Sie sah mich eindringlich an. »Was hast du Myrah dafür geboten, dass sie Helena gehen ließ?«

Die Holzbeine kratzten über das Parkett, als ich den Stuhl zurückschob und mich erhob. Mit der Hand fuhr ich mir durchs Haar. Ich riss an den kurzen Strähnen, bis meine Kopfhaut brannte und mich von diesem nicht enden wollenden Gefühl in meiner Magengegend ablenkte. Unter meinen Schritten knarrten die Dielen. Ich starrte ins Feuer. Die Flammen leckten an den schweren Holzscheiten.

»Ich habe ihr Eintritt in die Nervenbahnen meiner Amygdala gewährt.«

Stille. Dann: »In welche Nervenbahnen genau, Tyrael?«

»Jene, die meine Gefühle regulieren.«

»Warum?«

»Es war die einzige Möglichkeit.«

»*Bljersk,* Tyrael!« Meine Schwester holte aus und schlug mit der Hand auf die Klaviertasten. Das Kreischen einer schaurigen Tonfolge erfüllte den Saal. »Die einzige Möglichkeit *wofür?*«

»Dass sie Helena verschont.«

»Ich denke, ich verstehe nicht.«

»Doch, das tust du.« Mein Mundwinkel zuckte, als ich mich zu meiner Schwester drehte und sie ansah. »Du bist mit einer Intelligenz gesegnet, die ich gefördert habe, *und* du bist mit der einzigartigen Fähigkeit gesegnet, mich zu verstehen, Cora. Du weißt ganz genau, was passiert ist.«

Sie zögerte. »Du empfindest etwas für Helena.« Ich entgegnete nichts. »Du empfindest etwas für sie und das hast du Myrah sehen lassen. Eine Schmach, die du nicht einmal ertragen hättest, um deinen eigenen Tod abzuwenden, es sei denn …« Ihre Stirn legte sich in tiefe Falten und plötzlich schnappte meine Schwester nach Luft. Mit geweiteten Augen sah sie mich an. »Du hast Myrahs Gier nach Leid zu deinen Zwecken genutzt!«

Coraël stieß sich vom Klavier ab. Binnen Sekunden war sie neben mir. Meine Schwester umfasste meine Schulter und drehte mich zu sich. »Tyrael Burnett«, zischte sie zwischen zusammengebissenen Zähnen, »sag mir, dass du das nicht getan hast!«

»Was soll ich nicht getan haben?«

Sie knurrte. Noch etwas, das sie sich von mir abgeguckt hatte. »Hast du Helenas grausames Schicksal hinausgezögert, weil du ein egoistischer Idiot bist, der nicht ertragen konnte, sie so schnell gehen zu lassen?«

Ich biss die Zähne zusammen. »Nein. Die Wahrheit ist schlimmer. Und ich denke nicht, dass du sie wissen willst.«

Coraël nahm ihre Hand von meiner Schulter und ballte die Hände zu Fäusten. Das Feuer spiegelte sich in ihren Augen. »Du hast Myrah offenbart, dass du etwas für Helena empfindest. Aber nicht, weil du auf Myrahs Gnade gehofft hast.« Sie schnaubte. »Natürlich nicht. Was interessiert es die Erste der Oberen schon? Für sie ist Liebe nichts weiter als eine drastische Schwäche, derer wir uns enthalten sollten. Nein, Myrah ging es um etwas *ganz* anderes, und das wusstest du.«

Ich knirschte mit den Zähnen. »Und das wäre?«

»Sich an deinem Leid zu ergötzen, weil du ihr vorgeschlagen hast, Helena zu beseitigen!« Als ich nichts entgegnete, weitete sie kurz die Augen, dann trat sie fassungslos einen Schritt zurück. »Wofür, Tyrael? Bei den Göttern, *wofür?*«

Ich versuchte, gegen den Kopfschmerz anzukämpfen, der sich zu dem schwindligen Gefühl gesellte. Der Fluch zehrte an mir. Der Fluch, der mir meine Kräfte raubte. Und für den Helena verantwortlich war.

»Du hast der Ersten Oberen ein Angebot gemacht und das bedeutet, du hast einen Schwur geleistet! Um sie zu beseitigen! *Bljersk,* Ty.«

»Es geht dich nichts an, was ich treibe, Cora.« Den Schwur an eine Obere konnte man nicht brechen. Tat man es doch, würde die Göttermutter oder der Göttervater des eigenen Zirkels mit unbändigem Zorn reagieren. Es hieß, Schmerz war kein Ausdruck für das, was einem bevorstand. »Ich werde den Schwur nicht brechen.«

Coraël starrte mich an. »Du wirst Helena töten?«

»Nicht töten.« Die Flamme verschwamm vor meinen Augen, während der Schwindel an Intensität gewann. »Ich muss sie in die Anderwelt verbannen.«

Coraël keuchte. »Und das ist besser, Ty? Dass du sie heute retten konntest, um noch ein wenig mehr Zeit mit ihr zu verbringen, bis dann schließlich *du* derjenige sein wirst, der sie verstößt? *Das* ist *wirklich* besser?«

Meine Schwester sah mich lange an. Eine ganze Weile entgegnete ich nichts, doch als sie sich mit einem Zischen abwandte, sagte ich: »Ich habe nicht gesagt, dass es besser ist, und ich tue es nicht für ihr Wohlbefinden. Ich bin egoistisch, Cora. Und ich sage dir immer wieder, dass ich kein Heiliger bin, der die Welt verbessert.«

»Du willst dich rächen.« Cora keuchte, als sie verstand. »Wegen dem, was sie dir angetan hat.«

Grimmig blickte ich ins Feuer. »Das ist nichts, worüber ich nun nachdenken will. Es gibt wichtigere Dinge als Helena.«

»Und die wären?«

»Die Unendliche Macht zu finden.«

Es verging eine Ewigkeit, in der sich keiner ihrer Züge rührte. Irgendwann öffnete sie den Mund, nur um ihn wieder zu schließen. Doch dann sagte sie: »Ich glaube, du verlierst langsam den Verstand, Ty.«

»Nein, hör zu.« Ich griff nach ihrem Handgelenk, um sie vom Gehen abzuhalten. »Ich bin schon länger auf der Suche nach Major Thomas Weir. In seinem früheren Haus habe ich etwas in seiner Magie gespürt, das … das mich beflügelt hat. Es war, als begegnete ich einer riesigen Macht, verstehst du?«

»Nein.«

»Ich habe mich gefühlt, als stünde ich vor der Krone.«

»Ty, was …«

»Und dann hat Helena mir etwas gezeigt, in einem Geschichtsbuch. In einem Abschnitt stand etwas von einer möglichen Verbindung zwischen Thomas Weir und Maria Stuart. Das passt alles, und ich glaube, dem richtigen Weg auf der Spur zu sein und –«

»Du hast etwas Königliches gespürt und glaubst deshalb, Major Thomas Weir würde sich mit Maria Stuarts Geist begnügen?« Coraël verzog besorgt das Gesicht. »Vielleicht sollte ich dir einen Heiler beschaffen, Bruder.«

»Ich bin nicht verrückt!« Mit der Faust stieß ich gegen den

steinernen Kaminsims. Cora zuckte zusammen. »Es gibt eine Verbindung. Und ich brauche die Unendliche Macht. Mir bleibt keine andere Wahl, wenn ich … wenn mein Leben …«

»Du wirst sterben«, hauchte sie. Schock nahm ihre Züge ein. Das bisschen Farbe, das ihren Wangenknochen einen rötlichen Schimmer verlieh, schwand. »Wenn du die Unendliche Macht nicht findest, wirst du sterben.«

Langsam nickte ich. Coras Kinn begann zu zittern.

»Hey.« Ich griff nach ihrer Hand und strich beruhigend über ihre Finger. »Es wird alles gut, Schwesterchen. Ich bin Tyrael Burnett, schon vergessen? Es gibt nichts, das mir nicht gelingt.«

Sie rang sich ein schwaches Lächeln ab. Es erreichte ihre Augen nicht. »Manche Dinge sind auch für dich zu groß, Bruder.«

»Ich werde die Unendliche Macht finden«, beharrte ich.

»Und dann?« Coraëls Stimme brach. In ihren Augen schwammen Tränen. »Denkst du, es wird den Oberen verborgen bleiben? Hat Syphrah Iversens Schicksal dir nicht verdeutlicht, was mit jenen passiert, die dem Willen der Götter trotzen?«

»Ich –«

»Hör auf.«

»Was?«

Sie kniff die Augen zusammen. »Ich kann es mir nicht anhören. Deine Leichtsinnigkeit ist ein Teil von dir, natürlich, aber dieses eine Mal gehst du zu weit, Ty. Du opferst Helena, eine von uns, damit du dich besser fühlst! Damit du dich rächen kannst, obwohl sie nicht einmal mehr weiß, was damals geschehen ist! Und du willst die Unendliche Macht stehlen. Was, zur Hölle, ist aus dir geworden?«

Ich schwieg. Mit jedem Atemzug, der verging, betrachtete ich sie. In den letzten Jahren war sie erwachsen geworden. Coraël hatte lernen müssen, ihre Emotionen unter Kontrolle zu halten. Doch unter der Fassade war sie meine kleine Schwester, die ich bei einem Gewitter in den Schlaf wiegte.

»Lass uns spielen«, sagte ich.

Meine Schwester öffnete die Augen. »Was?«

»Musik.« Ich drehte mich um und ging zum Piano. Coraël zögerte, doch schließlich setzte sie sich in Bewegung. Sie griff nach der polierten Geige aus schwarzem Ebenholz. Unsere Blicke trafen sich, als sie ihr Kinn auf das Instrument bettete. Unsere Melodien vereinten sich. Sie enthielten all jene Worte, die wir nicht bereit waren auszusprechen.

Wir spielten uns die Seele aus dem Leib, um uns für wenige Minuten von einem Schmerz zu lösen, der wie ein Geburtsrecht in uns steckte. Bei jeder Bewegung meiner Hände tanzten die schwarzen Tattoos auf meinen Unterarmen. Die kahlen Äste wölbten sich, Krähen flogen hoch und runter. Unsere Melodien waren der Klang unterdrückter Gefühle, von denen jeder glaubte, sie wären tot. Das feine Streichen auf Coras Geige vermischte sich mit den zarten Klängen meines Pianos, wechselte zu einem festen Stakkato und gab schließlich eine schnelle, harte Tonfolge von sich, als …

Die Tür knarrte. Sofort verstummten die Klavierklänge, als ich herumwirbelte. Cora reagierte nur eine Millisekunde zeitverzögert. Mein Herz übersprang einen Takt, als sich Hels Profil im Türspalt zeigte. Sie blinzelte und als ihr bewusst wurde, dass wir sie bemerkt hatten, senkte sie beschämt den Blick. Sie trug lediglich einen Morgenmantel aus weißer Seide. Ich vermutete, dass sie unter diesem Stoff noch immer das blutige Korsett samt Spitzenhöschen trug. Keiner von uns hatte es ihr ausgezogen, nachdem ihre Verletzungen und die Überlastung von Ghislaine geheilt worden waren. Ihre weißblonden Haare hingen wie ein langer edler Vorhang zu beiden Seiten ihres Gesichts herab.

Sie sah aus wie ein gebrochener Engel.

»Entschuldigt, dass ich störe«, murmelte Helena. Ihre nackten Füße betraten den Raum. Mit den Fingerspitzen strich sie über ihren Morgenmantel. »Die Musik hat mich geweckt und ich –«

»Das war unser Fehler.« Ich erhob mich. »Wir hätten nicht …« Kurz glitt mein Blick zu Coraël, dann wieder zu Helena. Sie sah mich immer noch nicht an. »Du solltest dich ausruhen. Es war rücksichtslos von uns. Wir werden –«

»Das ist es nicht.« Sie kniff die Lippen zusammen und runzelte die Stirn, doch ihr Blick wirkte auf eine einzigartige Weise sanft. »Es war wunderschön. So … traurig, aber doch schön. Nur …« Sie atmete tief durch. Dann hob sie den Kopf und sah mir in die Augen. Mein Magen zog sich zusammen, als ich ihr in die eisblauen Iriden blickte. Es war, als wüchsen meinem Herzen Flügel, und das war alles andere als gut. Herzen hatten keine Flügel. Herzen schlugen und dann starben sie. Es war ihnen nicht bestimmt, zu fliegen. Und ganz besonders nicht meinem.

Helena schluckte. »Ich muss mit dir reden, Tyrael.«

DIDRE

✧

Da war ein Rauschen. Ich wusste nicht, ob es in meinem Kopf herrschte oder aus der Ferne zu mir herüberwehte. Vor meinen Augen waberte pure Schwärze. Hatte Morrigan mich bereits nach Tír na nÓg geholt? War ich blind? Wäre das nun meine gerechte Strafe – für immer im Hier und Jetzt zu weilen und den Zorn der Götter auf mir zu spüren, indem ich mich weder bewegen noch etwas sehen konnte?

»Sie atmet. Théo, hol Arch. Er wollte sich ausruhen. Sag ihm, dass sie atmet!«

Moment, was? Sprachen sie von mir? Es fiel mir schwer, mein Gedächtnis anzustrengen. Der Versuch, eins und eins zusammenzusetzen, kam mir vor wie das Wagnis, ein Flugzeug durch eine stürmische Nacht zu leiten. Alles wackelte und vibrierte, kein Gedanke wollte sich klären. Aber langsam bewegten sich die Puzzleteile. Théo war Ghislaines Mann. Ein Heiler der Ansgars. Doch die Stimme, die ich gehört hatte, war nicht Ghislaines. Sie war nicht ansatzweise so harsch wie der Ton der dynamischen Burnett-Tochter. Nein, die Sanftheit gehörte zu Raven Ansgar. Wenn man den Geschichten Glauben schenkte, die begabteste Heilerin ihres Alters in ganz Schottland.

Schritte entfernten sich. Eine kühle Hand legte sich auf meine Stirn. Das musste heißen, ich war nicht in Avalon. Morrigan hatte mich verschont. »*Ego do ti forte.*« Ravens Stimme klang leise und harmonisch. Sie klang nach Frieden, und ihr süßer Geruch nach Melisse und Lavendel schenkte mir Beruhigung. Mit den Fingern strich sie über meine Stirn, wobei sie eine feuchte Paste über meine Haut rieb. Dem Geruch und der Schärfe nach zu urteilen Knoblauch und Ingwer, die sie mit ihrer Macht durchsetzte. »*Ego do ti forte*«, wiederholte sie. *Ich schenke dir Kraft.* »*Aper ti ocules.*« *Öffne deine Augen.*

Und wie auf Befehl öffneten sich meine Augen. Ich blickte in tiefviolette, riesengroße Iriden. Raven neigt den Kopf. Ihre Schultern sackten hinab. Sie stieß ein erleichtertes Seufzen aus. »Den Göttern sei Dank.« Kurz schloss sie die Augen, ehe sie sie wieder öffnete und sich einen feinen Schweißfilm von den Wangen strich. »Oh, Didre, du ahnst nicht, wie besorgt wir waren!«

Meine Glieder waren bleischwer. Träge drehte ich den Kopf. Ich befand mich in meinem eigenen Zimmer. Die karmesinroten Vorhänge waren geschlossen, gelbes Licht strahlte vom Gaslüster auf uns herab und die kahlen Wände wurden mit Silhouetten verziert, wenn die Flammen ihre Schatten tanzen ließen.

»Mein Hals«, krächzte ich. »Er –«

»Natürlich! Wasser!« Raven wirbelte herum. Dabei stieß sie die Blumenvase auf meinem Nachttisch um. Sie fiel zu Boden und zerbrach. Das Scheppern hallte durch den Raum. »Oh, verflucht! Tut mir leid. Ich erledige das.« Sie nahm ein Handtuch aus der hölzernen Kommode und legte es auf das Wasser, kehrte die Scherben beiseite und legte die Blumen auf den Nachttisch. Dann reichte sie mir ein Glas Wasser und half mir, indem sie ihre Hand in meinen Nacken legte und mich stützte.

Die kühle Flüssigkeit rann meine Kehle hinab und fühlte sich wie ein Segen in der Dürre an. Als Raven das Glas zurückstellte, fragte ich: »Was ist passiert?«

Raven zögerte. Sie mied meinen Blick und spielte mit ihren Fingern. Ihre Reaktion behagte mir nicht.

»Raven?«

»Ich weiß es nicht«, sagte sie, während sie hektisch Arzneimittel zusammensuchte und in ihren Koffer warf. »Archie, er … er hat dich gefunden, aber er will mir nicht sagen, wo, und auch nicht, was die Ursache für deinen Schwebezustand gewesen sein könnte. Aber es ist …« Sie warf den Deckel ihres Koffers zu, ließ die Schnallen einschnappen und schüttelte den Kopf. »Ich habe gespürt, was in dir gewütet hat, Didre.«

»Was meinst du?«

Plötzlich fuhr ihr Kopf hoch. »Sag mir, macht es euch Spaß, mit eurem wertvollen Leben zu spielen? Es zu riskieren, obwohl die Götter sich für euch geopfert haben?«

»Raven, ich verstehe nicht …«

»Ihr alle versteht nur zu gut!« Sie erhob sich und fuhr sich durch das braun-silberne Haar, das sich in einem frechen Kurzhaarschnitt um ihre Ohren legte. »Erst Tyrael, dann Ëmille, jetzt du … Was treibt ihr für ein Spiel?«

»W…was?«

»Ständig zieht ihr los, nur die Götter wissen, was ihr vorhabt, und ich bin diejenige, die eure Geheimnisse vor den Oberen hüten muss, die wieder und wieder dafür sorgen muss, dass eure Verletzungen geheilt werden, bevor sie jemandem auffallen, weil eure Wunden vor schwarzer Magie triefen, *bljersk!*« Sie schnaubte. »Oh, sieh mich nicht so an, Didre, ich bin nicht dumm. Ich spüre, was in euch wütet, wenn ich eure Zellen stimuliere!«

»Raven, ich –«

»Ist euch eigentlich in den Sinn gekommen, dass ich des Hochverrats angeklagt werde, wenn herauskommt, dass ich euch geholfen habe? Und dabei weiß ich nicht einmal, was für stupide Abenteuer euch derzeit immer wieder in solche Gefahren bringen! Aber ich sage dir was.« Sie hob einen Finger und kam auf mich zu. »Ihr begebt euch in unerlaubtes Territorium. Ihr verstoßt gegen das Gesetz. Und ich heile euch einzig und allein deshalb, weil ich dem Gott Belenus meine neutrale Treue geschworen habe.«

»Ich habe keine Ahnung, was Tyrael und Ëmille treiben, Raven!« Mein Kinn zitterte, weil meine Unsicherheit Wellen schlug. »Es tut mir leid. Es tut mir leid, wenn ich dich in Gefahr gebracht habe, und es tut mir leid, egal was, einfach alles, weil ich dumm bin und nutzlos und … und …« Tränen stiegen mir in die Augen. Ich atmete geräuschvoll ein und hob verzweifelt die Hände, nur um sie wieder sinken zu lassen. »Ich bin eine Enttäuschung.«

Raven neigte den Kopf und zog die Brauen zusammen. Sie stellte ihren Koffer ab, gab ein schweres Seufzen von sich und ließ sich auf der Bettkante nieder. Sanft nahm sie meine kühle Hand in ihre warme. »Das stimmt nicht, Didre. Du besitzt weitaus wertvollere Eigenschaften als Stärke und Unerschrockenheit. Wie sagt man? *Der Mittler zwischen Gott und Mensch ist ein reines Herz.*« Sie lächelte, doch es erreichte ihre Augen nicht. »Du solltest nur eines nicht vergessen, Di: Wenn die Natur dir ein reines Herz schenkt, musst du es auch rein zurückbringen.«

Raven strich mir eine feuchte Locke aus dem Gesicht. »Ich will nicht wissen, was für Pläne ihr verfolgt. Ëmille kam mit einer schlimmen Schnittwunde zu mir und sagte, sie wäre von einem Korrigan.« Sie verdrehte die Augen. »Wenn dem so ist, dann frage ich mich, weshalb dunkle Energien in ihm waberten. Die zwergenhafte Spukgestalt ist höchstens in der Lage, dich in einem ungünstigen Moment mit seiner Klaue zu erwischen, bevor einer von euch das winzige Geschöpf dem Tode weiht.

Oh, und *Tyrael!*« Sie schnaubte. »Ich weiß nicht einmal, wo ich anfangen soll! Wann erscheint er nicht bei mir? Eine Wunde hier, eine Wunde da … ›Ich war unterwegs, Raven. Ich war auf der Jagd, Raven. Es war ein Hinterhalt, Raven.‹ Natürlich. Und deshalb stinkst du auch aus jeder Pore nach schwarzer Magie. Ich bin diese ganzen Lügen leid. Ihr müsst mir nicht sagen, was los ist, aber bevor ihr es wagt, eure Heilerin anzulügen, schweigt lieber.«

»Ich …« In meinem Hals steckte ein dicker Kloß. »Es tut mir leid, Raven. Aber ich … würde ich dir sagen, was ich getan habe, würdest du mich hassen.«

»Ich hasse nicht, Didre.« Sie verengte die Augen und blickte ins Feuer. »Hass und Krieg bringen niemals Glück.«

Ihre Worte trafen mich auf ungeahnte Weise, denn … Raven hatte recht. Schlichtweg recht. Es gab so viel Unrecht und Leid auf dieser Welt, und wofür? Für nichts als tote Seelen und zerstörte Herzen.

Eine Weile schwiegen wir, in der ich meinen Gedanken nachhing. Gerade öffnete ich den Mund, um mich in aller Form für Ëmille und Tyrael zu entschuldigen, weil ich wusste, dass sie es niemals tun würden, als sich die Tür öffnete.

Théo steckte den Kopf herein. Sein Gesicht war außergewöhnlich hübsch. Die grünen Augen stachen hell hervor, die dunkelbraune Haut schimmerte edel im Licht des Gaslüsters. Er war stets ruhig und besonnen. Es wunderte mich, wie er mit einer dynamischen Frau wie Ghislaine zurechtkam. »Archie will dich sehen, Di.«

»Archie?« Ich blickte zu Raven. »Er … er ist hier?«

Sie lächelte. »Er war nie weg.«

»Was?«

»Nun …« Sie erhob sich und verbarg den Ausdruck in ihrem Gesicht, der viel zu wissend schien. »Er blieb von der ersten Sekunde an in deiner Nähe und weigerte sich zu gehen. Es war beinahe lästig.« Sie schmunzelte. »Aber ich denke, jetzt, wo du wohlauf bist, spricht nichts dagegen.« Sie nahm ihren Koffer in die Hand und schritt zur Tür hinaus. Bevor sie verschwand, warf sie noch einen Blick über die Schulter. »Passt auf euch auf.«

Dann trat sie beiseite und an ihr vorbei schob sich Archibald. Mein Herz machte einen wilden Hüpfer. Ich krallte meine Finger in das Laken und setzte mich aufrechter. Unauffällig versuchte ich, meine wilden Locken zu bändigen.

Archibald wirkte mitgenommen. Seine Haare waren ungekämmt und sogar seine Klamotten sahen verknittert aus. Er trug den Geruch von Schweiß und Blut mit sich, als hätte er seit Tagen in demselben Pullover geschlafen und gekämpft.

Ich lächelte, aber Archibald erwiderte es nicht. Erschöpft ließ er sich auf dem Messingstuhl nieder und faltete die Hände im Schoß. »Du schuldest mir eine Erklärung, Di.«

Ja, das tat ich. Ich kniff die Lippen zusammen und fokussierte einen Punkt auf dem geknüpften Wandteppich, um die Tränen zu unterdrücken. »Arch …«

»Du hast mich angelogen.« Er ließ den Kopf in seine Hände sinken und schüttelte ihn. »An dem Tag in den Toten Wäldern. Du sagtest, dich hätte jemand mit Kranichpulver betäubt. Aber das war gelogen, nicht wahr? Du hattest etwas vor. Etwas, das dir nicht gelungen ist. Das du in unserem Keller wiederholt hast.«

Ich schluckte. »Ja.«

Es entstand eine lange Pause, in der mein Herz raste, bis er leise sagte: »Du wärst tot, wenn ich dich nicht durch einen dummen Zufall gefunden hätte.«

Ich versuchte mich an einem schwachen Lächeln. »Scheint so, als hätte das Schicksal dich als meinen Retter auserkoren.«

»Das ist nicht lustig.« Er hob den Kopf und sah mich an. In seinen Augen erkannte ich unbändige Sorge. »Mom und Dad – deine Tante und Onkel – haben sich Vorwürfe gemacht. Sie glaubten, du wärest dort unten gewesen, um deinen Eltern näher zu sein, und konnten zwei Tage lang nicht schlafen vor Schmerz, weil sie der Meinung waren, dir zu wenig von ihnen in Erinnerung gerufen zu haben. Gestern hast du Helenas Zeremonie verpasst. Es war … so viel los, und ich konnte nur an dich denken, und … und …« Er seufzte. »Tyrael und Cora waren *schweigsam*, Di, und das passiert genauso oft, wie ich vergesse, meine Haarlotion aufzutragen. Es war gruselig. Und ich …« Er schluckte, kniff die Augen zusammen.

»Es tut mir leid«, flüsterte ich. »Es tut mir *so* leid, Archie.«

»Wenn ich dich verloren hätte …« Seine Stimme brach. Mein Herz auch. Er atmete tief durch und setzte neu an. »Wenn ich dich verloren hätte, wäre das, als hätte man einem Schmetterling die Flügel entrissen. Vielleicht könnte er ohne sie leben, aber fortan wäre es nichts weiter als eine bittere Strafe für ihn.«

Ich schnappte nach Luft. Und als hätte er meine Gedanken belauscht, erhob er sich plötzlich und kam auf mich zu. Mein Puls gewann an Geschwindigkeit. Ich schluckte, aber meine Kehle war staubtrocken. Ich nahm jede seiner Bewegungen überdeutlich wahr. Auf seiner Wange erkannte ich Ruß über einer Schnittwunde. Ich streckte die Hand aus, langsam, bedacht, wartete darauf, dass er mir ein Zeichen gab, ob diese Geste für ihn in Ordnung war. Als er nichts tat, bloß mit großen Augen und geöffneten Lippen meinen Finger betrachtete, fuhr ich sanft über die Wunde. Er zuckte nicht zurück. Er bewegte sich keinen Millimeter.

»Ich will ehrlich zu dir sein«, sagte ich leise. »Nicht, weil ich denke, dass du es verdient hast, sondern weil ich dir vertraue, Arch.« Er wartete mit ruhigem Atem. Ich holte tief Luft. »Ich versuche herauszufinden, wer mein Vater war.«

Er runzelte die Stirn. »Athelstan Burnett.«

Ich zog meinen Finger zurück und betrachtete das Acrylgemälde meiner Eltern an der Wand. »Ich wollte dem auf den Grund gehen.«

»Wieso?«

»Weil …« Ich biss mir auf die Unterlippe. »Ich glaube, ich bin anders, Arch.«

»Weil du nicht kämpfst?«

Ich schüttelte den Kopf. Meine Locken peitschten über das weiße Kissen wie züngelnde Flammen. »Ich spüre eine Macht in mir, die … die *dunkel* ist.«

»Aber du besitzt keine Macht.« Archibald starrte mich an. »Deine Zeremonie schlug fehl.«

»Weil ich es so wollte.«

»Wie bitte?«

Ich hielt die Luft an, bevor ich ihm erzählte, was ich seit meiner Kindheit vor allen verbarg. »Ich habe die Oberen hintergangen, weil ich Angst vor dem hatte, was in mir wütet.«

Er blinzelte. »Du hast … die Oberen hintergangen?«

»Ich weiß, was du denkst, aber ich bitte dich, mir zuzuhören, Archie.« Verzweifelt sah ich ihn an. »Bitte.«

Er knirschte mit den Zähnen. Ich erkannte unbändige Wut in seinen mandelförmigen Augen, aber auch Neugier. Er nickte knapp und ich fuhr fort.

»Dad war ein Neuralgiker. Mom eine Empathin. Die gesamte Linie der Greenbloods bestand aus Empathen. Aber während der Entwicklung unserer Kräfte, während jeder Geist von euch automatisch erkannte, zu was ihr eine Verbindung aufbauen konntet, war es … für mich war es anders. Ständig hörte ich wispernde Stimmen, sah Schatten, die eine Aura umgab. Manchmal spürte ich eine Druckwelle um mich herum und jedes Geräusch wurde gedämpft, während ich das Gefühl hatte, zwischen den Welten zu stehen. Ich kann es nicht beschreiben. Aber ich hatte *solche* Angst, Archie. Habe ich immer noch. Mit mir stimmt etwas nicht. Und ich wollte herausfinden, was.«

Archibald sagte sehr lange kein einziges Wort. Die Stille drohte mich zu ersticken. Mit jeder schweigsamen Sekunde, die verging, wuchs die Panik in mir. Schließlich wandte Archie den Kopf ab. »Die Oberen hätten es verstanden.« Er schnaubte und schüttelte den Kopf. »Sie wären für dich da gewesen, so wie sie für uns alle da sind, Di.«

Ich hatte gewusst, er würde so reagieren. Die ganze Zeit über hatte ich es gewusst. Und dennoch … ein winziger Teil hatte gehofft, er würde zu mir stehen. Würde *mich* über die Oberen stellen.

»Das weißt du nicht«, flüsterte ich. »Sie sind zu grausamen Taten fähig, Archibald. Sie –«

»Genug!« Er hatte sich erhoben und atmete hektisch. Unter dem Kragen seines Pullovers erschienen rote Flecken. »Ich werde nicht dulden, dass ein Mitglied meiner Familie in meiner Anwesenheit schlecht über die Oberen spricht. Auch nicht, wenn es sich hierbei um dich handelt, Didi.«

»Arch …« Ich nutzte all meine Kraft, um mich an dem Pfosten aus dem Himmelbett zu ziehen. Meine Beine waren wacklig, dennoch gelang es mir, auf ihn zuzugehen. Aber als er plötzlich so nah war, wusste ich nicht mehr, was ich sagen wollte.

Ich verlor mich in seinen dunklen Sommersprossen, in der feinen Nase und den ebenmäßigen Zügen. Ich verlor mich in der Schönheit meines Cousins und vergaß, dass diese Art von Verlangen für uns verboten war. Seine Augen waren dunkle Smaragde. Als betrachtete ich die Schönheit der Nacht, kurz bevor ein Sturm losbrach, von dem ich wusste, dass er nicht abzuwenden war. Aber es war mir egal. In diesem Moment war mir alles egal. Ich umfasste sein Gesicht und drückte meine Lippen auf seine.

Archibald schnappte nach Luft. Ich spürte seine Überraschung. Doch ich spürte auch, wie er sich mir hingab. Ein Vibrieren ging durch seinen Körper. Meine Macht nahm es überdeutlich wahr. Ich spürte Erleichterung. Ein leiser Laut entkam ihm. Es klang wie ein zufriedenes Seufzen. Der Kuss dauerte zwei Herzschläge. Zwei wunderbare, paralysierende Sekunden, die mich durch ungeahnte Sphären treiben ließen. Es waren die schönsten Sekunden meines zweiundzwanzigjährigen Lebens.

Bis Archie mich von sich stieß. Ich taumelte. Seine Augen waren geweitet. Wie in Trance fasste er sich an die Lippen. Ich konnte nur dastehen und ansehen, wie sich der Schock in seine atemberaubenden Züge fraß. Zu wissen, dass er mir galt, zerstörte einen Teil seiner Schönheit. Einen Teil unserer Schönheit.

»Was soll das, Di?« Seine Stimme war nur ein Hauch. »Warum …«

»Du spürst es auch, Archie.« Ich atmete schnell. »Sag mir, dass ich mich nicht geirrt habe. Sag mir, dass ich richtiglag in der Annahme, dein Verlangen in meiner Nähe gespürt zu haben. Dass ich mich nicht zu einem Narren gemacht habe, indem ich … indem ich …« Mit jedem Wort, das ich gesprochen hatte, war sein Schock Zorn gewichen. Ich schluckte. »A…Archie?«

»Du hast dich geirrt.« Seine Stimme war hart. »Da ist nichts zwischen uns. War es nie. Bei den Göttern, du bist meine Cousine, Didre, und das hier«, er zeigte mit dem Finger zwischen sich und mich, während seine Lippen sich abwertend verzogen, *»ist widerlich.«*

In mir zerbrach etwas Wertvolles. Haltsuchend griff ich nach der Kette, die er mir geschenkt hatte. »Archie …«

»Du solltest dich von mir fernhalten.« Er machte einige Schritte rückwärts. »Ich werde den Oberen nichts von deinem Verrat sagen, weil du Teil meiner Familie bist. Und ich werde auch über deine verbotenen Gefühle schweigen. Aber du solltest …« Er stieß gegen meinen Frisiertisch. Rote Flecken krochen auf seine Wangen. Immer wieder fuhr er sich durchs Haar. Zittriger Atem entwich ihm. »Komm mir nicht mehr nahe. Ich werde zu den Göttern beten, dir den Teufel auszutreiben, Di.«

Ich schnappte nach Luft, weil ich das Gefühl hatte, den Boden unter den Füßen zu verlieren. Seine Worte waren wie ein rostiges Schwert, das sich unbarmherzig durch meine Brust bohrte. Mir blieb keine Zeit, etwas zu erwidern, denn Archibald machte auf dem Absatz kehrt und verschwand. Die Tür fiel ins Schloss, bevor ich richtig begreifen konnte, was ich in den letzten Minuten verloren hatte.

In diesem Moment wurde mir alles egal. Beinahe spürte ich, wie ein Licht in meinen Augen erlosch. Die Welt war ungerecht. Seit ich geboren worden war, bestrafte mich das Leben. Es war an der Zeit, mich an ihm zu rächen. Ich würde herausfinden, wer ich war, und wenn es das Letzte war, das ich in diesem Leben tat. Ich war Didre Greenblood und von jetzt an sollte keiner mehr die Kontrolle über mein Leben haben.

Und jeden, der mir in die Quere kam, würde ich das Fürchten lehren.

HELENA

✧

Die Burnett-Geschwister sahen mich an. Sie hätten Zwillinge sein können. Ich bemerkte, wie mir ein Schauer über den Rücken kroch, je länger Tyrael mich musterte. Aber es war merkwürdigerweise ein angenehmes Gefühl. Ich spürte ein Kribbeln in meiner Magengegend. Trotz der Strapazen und der Folter während der Zeremonie fühlte ich mich … gut. Was war passiert? Tyraels Profil war das Letzte, das ich gesehen hatte, bevor ich in Ghislaines altem Schlafzimmer von den melancholischen Klängen ihrer Melodie geweckt worden war.

Coraël warf ihrem Bruder einen langen, eindringlichen Blick zu. Als wollte sie ihm etwas sagen. Oder, mehr noch: ihn vor etwas warnen. Aber wovor? Vor mir? Ich stellte wohl kaum eine Gefahr dar.

Schließlich setzte sie sich in Bewegung und verließ den Saal. Als sie an mir vorbeikam, formten sich ihre Lippen zu einem minimalen Lächeln, doch es erreichte ihre Augen nicht. Es wirkte traurig.

Stille kehrte ein, nur unterbrochen vom Knistern des Feuers im Kamin.

»Hey.« Tyraels Stimme klang rau. Wie immer. Es war bloß ein einziges Wort, doch plötzlich breitete sich ein warmes Gefühl in meiner Mitte aus und ich spürte, wie mir Hitze in die Wangen kroch. Er saß auf seinem Klavierhocker, die dreckverkrustete Leinenhose an den Knöcheln hochgekrempelt. An den Füßen trug er seine schwarzen Stiefel mit der festen, hohen Sohle. Die Schnürsenkel waren geöffnet, genauso wie die oberen Knöpfe seines Hemds. Unter dem Stoff erkannte ich den Schriftzug seiner eigenen Narbe, die nun auch unter meinem Schlüsselbein prangte. SEA KA ZTERAK. *Ich bin stark.*

»Bei der Menge an Kranichpulver, die ich dir gegeben habe, hätte ich gedacht, du schläfst bis zum Mittag.«

Ich runzelte die Stirn. »Kranichpulver?«

»Schlafmittel.«

»Ah. Tja, ich bin wohl einfach seltsam …« Ich ging ein paar Schritte in den Raum hinein, musterte den verzierten, edlen Flügel, um das lästige Ziehen in meinem Magen zu vertreiben. »Nathaniel war bei mir.«

»Und er hat dich einfach so gehen lassen?«

»Er hat geschlafen.«

»Er wollte nicht, dass wir hier auf dich achtgeben. Dein Großvater wollte dich mit nach Hause nehmen.«

Ich hob eine Braue und inspizierte ein malerisches Ornament am Klavier. »Aber er hat es akzeptiert.«

»Ja.« Tyrael gab ein leises Lachen von sich. »Für gewöhnlich kriege ich, was ich will.«

Ich verdrehte die Augen, lächelte aber. Dann sah ich ihn an. »Was ist passiert? Nach der … als du …«

»Ich habe mit Myrah gesprochen«, sagte er. »Also hat sie dich gehen lassen.«

»Einfach so?«

»Einfach so.«

»Das glaube ich nicht. Wieso sollte sie?«

Tyrael hob einen Mundwinkel zu einem schiefen Grinsen. »Für gewöhnlich kriege ich, was ich will.«

»Tyrael …« Mit den Fingern spielte ich an dem Band meines Morgenmantels. Mein Blick ruhte auf seinen sehnigen Unterarmen. Ich erkannte jeden Muskelstrang unter der schwarzen Tinte seiner Tattoos, die fast die gesamte Hautfarbe überdeckten. »Sie haben das Zeichen gesehen. Sie …« Ich schluckte kurz, als ich mich an den Moment erinnerte. »Baba Greenblood war außer sich. Myrah folterte mich. Und du willst mir sagen, dass sie mich einfach gehen ließen, weil *du* es so wolltest?«

Eine Weile entgegnete er nichts. Unter seinen Augen lagen tiefviolette Schatten und auch sein Gesicht schien ausgehöhlt. Die Wangenknochen traten markant hervor. Nur die goldenen Augen wirkten, als wäre noch genügend Licht in ihm. *Woran erinnern sie mich bloß?*

»Myrah schuldete mir etwas. Ich konnte diese Schuld im Namen der Götter einfordern. Du verstehst das nicht, Helena. Du bist nicht vertraut mit unseren Sitten.«

»Und was schuldete –«

»Frag nicht«, unterbrach er mich. »Ich werde nicht darüber sprechen. Du wirst dich damit begnügen müssen, dass du lebst.« Er lächelte träge. »Das ist genug, oder?«

»Ja.« In meinem Kopf spürte ich immer noch ein benebeltes Summen. »Vermutlich.« Ich wusste nicht, ob es von der Heilung rührte oder der Nachhall Myrahs Folter war. Ich wusste nur, dass Tyrael jeden meiner klaren Gedanken ins Chaos stürzte. Mein Herz schlug in rasantem Tempo, während ich ihn ansah. »Es gibt da etwas, das ich dir sagen muss.«

»Schon gut. Ich weiß längst, dass ich atemberaubend bin.«

»Tyrael.«

»Okay, ich bin ernst. Erzähl, kleine Iversen.«

»Als ich Morrigan begegnet bin, da sagte sie mir …«

»Dass ich der Auserwählte sei und die Welt retten werde. Ich weiß. Ist schon okay, wenn dich das überfordert. Meine Nähe kann sehr aufregend sein und –«

»Kannst du niemals deinen Mund halten?«

»Nein. Ich fürchte, du wirst ihn mir zuhalten müssen, Helena.«

Hatte er das gerade wirklich gesagt? Ja. Ja, hatte er. Oh, Götter. Jetzt konnte ich nichts anderes tun, als ihm auf diese wunderschönen, verflucht vollen Lippen zu starren, während mein Herz einen heimlichen Abgang machte.

Er grinste. »Aber dafür bist du zu schüchtern, nicht wahr?«

»Ich bin nicht schüchtern.«

Er lehnte sich vor. In seinen Augen blitzte etwas Schalkhaftes auf, ehe er flüsterte: »Beweise es.«

Mein Puls beschleunigte sich. Alles in mir drängte danach, einen Schritt nach vorne zu machen und ihm die Hand auf den Mund zu legen. Ich wollte, dass seine Lippen die feine Haut meiner Handinnenfläche berührten. Allein der Gedankte trieb mich in erregende Sphären, die ich so noch nicht kannte.

»Warte, ich helfe dir.« Tyrael schnappte nach meiner Hand, und plötzlich saß ich auf seinem Schoß. Breitbeinig. Ich keuchte. Sein Gesicht war direkt vor meinem. Ich roch seinen frischen Duft nach Tannen und Zimt, aber auch etwas anderes. Etwas, das mich an die Arena erinnerte. Und an den bitteren Eisengeruch von Blut. Es war eine seltsame Mischung, aber sie passte zu ihm. Sie passte zu einhundert Prozent.

»Jetzt bist du dran«, raunte er.

Kurze, abgehackte Atemstöße verließen meinen Mund. Ich saß unbeholfen auf ihm, die Hände auf seinen Schultern, und war nicht in der Lage, meine Emotionen zu ordnen. Überhaupt war ich zu äußerst wenig in der Lage, vor allem nicht zu einem klaren Gedanken, solange seine … überaus harte Beule gegen meinen Slip drückte. Und er war sich sehr genau bewusst, was er da tat. Ich erkannte die schnelle Schlagader an seinem Hals. Ich sah die Röte, die ihm in die bleichen Wangen kroch.

»Los, kleine Iversen«, murmelte Tyrael. Er hob die Hand. Er … er schob sie in die Öffnung des Morgenmantels. Einen kurzen Moment später strich seine Fingerkuppe über meinen Bauch und sandte Wellen der Lust durch meinen Körper. Er sah mich an, als bäte er um Erlaubnis. Mein verschleierter Blick war Antwort genug. Und auch der lustvolle Laut, der mir über die Lippen kam.

Tyraels Atem strich über mein Ohr. »Bring mich zum Schweigen.«

»Was … was tust du da?«

Sein Finger fuhr am Korsett entlang. Es war Lust und Folter zugleich, denn ich *wollte,* dass er tiefer ging. Meine sensible Haut erkundete.

»Dich berühren.« Er gab ein leises Lachen von sich, das über meine Haut strich. »Offensichtlich.«

»Aber warum?«

»Warum denn nicht?« Er bewegte sich minimal, aber diese Bewegung reichte, um den Druck seines besten Stücks an meiner empfindlichsten Stelle zu intensivieren. Ich biss mir auf die Innenseite meiner Wange, um ein Stöhnen zu unterdrücken.

»Soll ich dir die Sache mit der Lust erklären, kleine Iversen?«

»Ich sollte dir wirklich den Mund verbieten.«

Er grinste. »Ich warte.«

Ich holte tief Luft, hob meine Hand und … legte sie ihm auf den Mund. Mein Herz warf sich gegen meine Brust, als ich die Wärme seiner Lippen spürte. Und plötzlich … seine Zungenspitze, die meine Haut benetzte. Meine Augen weiteten sich, aber ich bewegte meine Hand keinen Millimeter. Ich wollte, dass er es noch einmal tat. Bei den Göttern, *und wie* ich es wollte.

»Hast du mich gerade *angeleckt,* Tyrael?«

»Tatsächlich habe ich das.«

»Findest du das nicht *eklig?*«

»Tatsächlich nein. Wie war das noch?« Seine Zungenspitze wiederholte die Bewegung. Ich wurde fast wahnsinnig. »Habs angeleckt, gehört mir?«

»Ich bin kein Objekt, das jemandem gehören könnte.«

»Fürwahr nicht.«

Instinktiv presste ich meine Schenkel fester an seine, erhöhte den Druck unserer Berührungen. Er drückte sich gegen meinen Slip. Meine Mitte pulsierte, und ich spürte, wie ich feucht wurde. *Sehr* feucht. Das entging auch Tyrael nicht. An meiner Haut verzogen sich seine Lippen zu einem Lächeln. Er umfasste meinen Arm und löste meine Hand von seinem Mund.

»Ganz schön kalt, deine Hand.« Er führte meine Finger unter den Stoff seines Hemds und legte sie auf seine festen, warmen Bauchmuskeln. »Aber auch kein Wunder.«

»Wieso?«, fragte ich atemlos.

»Weil deine ganze Wärme sich auf diesen Teil deines Körpers konzentriert.« Und dann rieb er sich an … meiner Öffnung. Und grinste. Er grinste *tatsächlich,* während ich die Kontrolle über meinen Verstand verlor. Ich krallte meine Fingernägel in seine Haut und stöhnte auf.

»Ach was.« Er klang amüsiert. Aber auch atemlos. »War ich das? Warte. Ich probiere es noch mal.«

Wieder rieb er sich an mir. Für einen Moment schloss ich die Augen, umfasste seine Hüften und presste mich fester an ihn. Und wieder stöhnte ich. Diesmal sogar lauter. Tyrael reagierte mit einem lustvollen Laut, der mir alle Sinne raubte. Diesmal rieb ich mich an ihm, wobei mir sehr wohl bewusst war, dass mein Slip durch die Bewegung beiseiterutschte. Es war mir egal. Ehrlich gesagt sehnte ich es sogar herbei.

»Wie feucht du bist«, flüsterte er.

Bei den Göttern, warum machten mich seine Wörter bloß so an?

»Bin ich nicht«, entgegnete ich leise, ohne zu wissen, weshalb. »Das hier ist … nichts.«

Er lachte. Es ging mir bis ins Mark. Oder bis ins Herz. »Das hier ist *alles,* Helena.«

»Pscht.«

Sein Gesicht beugte sich vor. Und plötzlich berührte seine Zungenspitze meine Unterlippe. Ich kratzte ihm über die Haut an seiner Hüfte und bewegte mich schneller auf ihm. Seine Beule drückte nun direkt gegen meine Öffnung. Ich schnappte nach Luft. Tyraels Augen weiteten sich vor Lust.

»Wenn du willst, dass ich den Mund halte, solltest du –«

Ich küsste ihn. Und, verdammt, er hatte recht. Es war *alles.* Tyraels Berührung war sanft. Er war zärtlich und er war intensiv. Er berührte mich, als wäre ich kostbar. Als wäre ich eine Feder in seinen Händen, die er beschützen wollte.

Meine Finger wanderten seine muskulöse Brust hinauf, während seine mein Gesicht umfassten. Ich konnte keinen klaren Gedanken fassen. Nur fühlen. Ich bewegte meine Lippen langsam, weil ich jede Berührung kosten wollte, damit ich sie nie wieder vergaß. Aber die Lust stieg in ungeahnte Höhen und plötzlich hielt ich es nicht mehr aus.

Ich neigte den Kopf und intensivierte den Kuss. Und Tyrael reagierte sofort, als hätte er nur darauf gewartet. Er stöhnte leise und rau an meinen Lippen. Ich genoss, wie das pulsierende Verlangen in meiner Mitte anschwoll. Er hatte recht. Ich *war* feucht. Mehr als das. Ich stand kurz vor dem Höhepunkt, und das nur, weil wir uns *küssten.* Heilige Maria.

»Helena«, murmelte er zwischen zwei Berührungen, und dieses Wort, dieser Klang meines Namens aus seinem Mund, er raubte mir jeden Atem.

Ich legte eine Hand in seinen Nacken und steigerte den Druck unserer Küsse, rieb mich weiter an ihm. Bei den Göttern, ich konnte nicht anders. Und Tyrael genauso wenig. Er drückte seine Erektion in stetem Rhythmus gegen mich, passte sich meinen Bewegungen an, fuhr über jede Stelle meines Körpers und verharrte etwas länger an meiner frischen Narbe über der Brust. Er schob seine Zunge zwischen meine Lippen und ich wimmerte vor Lust, fuhr mit meinen Nägeln über seinen Nacken und wurde von Gefühlen überwältigt, die ich so noch nie gespürt hatte. Nicht einmal ansatzweise. Und als seine Härte sich erneut gegen mich presste, zog sich plötzlich alles in mir zusammen.

Ich krallte meine Finger in seine Schultern, küsste ihn, stieß Laute aus, die im hohen Saal widerhallten, und presste meine Stirn gegen seine, als ich es nicht mehr aushielt. Auch Tyrael klammerte sich an mir fest. Wir sahen uns an mit geweiteten Augen und offenen Herzen, und ich wusste, ich *wusste,* er war genauso überwältigt wie ich, genauso überrascht wie ich, als die Lust in uns die Kontrolle übernahm.

Er küsste mich erneut, voller Leidenschaft und Intensität, voller Wärme und Verlangen, während ich ihn an mir spürte, und da schwappte die Welle in mir über. Ich erreichte den Höhepunkt, warf den Kopf in den Nacken und stöhnte.

Tyrael verteilte Küsse auf meinem Hals, schneller, chaotischer. Und plötzlich biss er mir sanft in die Haut über meiner Schulter, als auch er sich an mir festkrallte und in der Bewegung innehielt, während er … bei den Göttern, er kam! Tyrael gab ein raues Stöhnen von sich, und ich … ich spürte an der freigelegten Stelle unter meinem Slip, wie der Stoff seiner Leinenhose feucht wurde.

Er war in seiner Hose gekommen. Wegen … wegen mir. Wegen dem, was wir gerade getan hatten. Und ich konnte nicht einmal darüber nachdenken, was das zu bedeuten hatte, denn in mir waberte ein schwerer Nebel als Nachhall meines eigenen Höhepunkts.

Ich lehnte meinen Kopf gegen ihn und bemerkte, dass mein Atem sich den schnellen und hektischen Bewegungen seiner Brust anpasste. Ich hatte gerade Sex gehabt, ohne Sex gehabt zu haben. Mit Tyrael! Himmel.

Der nächste Moment passierte so schnell, dass ich ihn kaum realisieren konnte. Tyrael packte mich an der Hüfte, setzte mich auf dem Boden ab und kam selbst auf die Beine.

»Das hätte nicht passieren dürfen.«

»Was?« Ich blinzelte. »Warum nicht?«

Aufgebracht fuhr er sich durchs Haar. Bis es wild zu Berge stand. »Wir können nicht … das … Es würde alles nur komplizierter machen.«

»Was würde *was genau* komplizierter machen?«

»Das mit uns.« Er schluckte. Sah mich eindringlich an. »Ich bin niemand, den man lieben sollte, Helena. Ich bin derjenige, der Seelen zerstört.« Ich sah, wie hektisch er atmete. »Sobald du mir dein Herz öffnest, machst du dich verwundbar. Du wärst mir schutzlos ausgeliefert. Und glaub mir, kleine Iversen: Das willst du nicht sein.«

Er wollte schon gehen, als ich sagte: »Und wenn doch?«

Langsam drehte Tyrael sich um. Sein Gesichtsausdruck wirkte schmerzhaft verzerrt. »Tu das nicht. Bitte.«

»Was?«

»Etwas Gutes in mir sehen.« Er schluckte. »Denn das bin ich nicht. Ich würde dich zerstören. Ich habe …« Er fluchte. »Ich hätte diese Nähe schon früher aufhalten müssen. Du bist nicht gut für mich, und ich bin genauso wenig gut für dich.«

»Ich bin nicht …? Was für ein Schwachsinn!« Meine Stimme

hallte durch den Saal. An meinen Fingern loderten Flammen auf, die ich aufgebracht abschüttelte. »Hat sich das gerade nicht gut angefühlt, Tyrael?«

»Das tut nichts zur Sache.«

»Und ob es das tut!« Ich ging auf ihn zu. Er wich zurück. »O nein, Burnett, du siehst mich jetzt an!« Ich fasste ihn am Hemdkragen und sah zu ihm auf. »Du sagst, wir wären nicht gut füreinander. Warum? Wie kannst du so etwas sagen, wenn alles, was wir gemeinsam erleben, sich gut anfühlt? Wenn deine Nähe sich gut anfühlt, wenn deine … unsere Berührungen …«

»Hör auf.«

»Aber –«

»Nein.« Tyrael umfasste meine Handgelenke und löste meine Finger von seinem Hemd. Seine Berührung war wesentlich sanfter als seine harten Gesichtszüge. »Ich bin nicht dafür gemacht zu lieben. Ich würde dich in den Abgrund stürzen.« Er machte eine Pause. »Ich bin längst dabei, es zu tun.«

»Was meinst du damit?«

Er blähte die Nasenflügel. Der Bereich unter seinen Augen bekam einen rötlichen Schimmer, genauso wie die Haut rund um seine Lippen. Als würde er weinen, ohne zu weinen. »Cora hatte recht. Ich hätte es nicht tun dürfen. Es war dumm.«

»*Was* war dumm, Tyrael?«

»Alles.« Er spannte die Kiefer an, machte einen Schritt vor und blickte auf mich hinab. Seine immense Schönheit erschlug mich. »Du darfst. Dich nicht. In mich verlieben.« Er holte zitternd Luft. »Versprich es mir, Helena.«

Ich reagierte nicht.

Er wiederholte: »Versprich es mir!«

Ich zuckte zusammen. »Ich … ich würde dir die Welt versprechen, Ty.« Tränen glitzerten in meinen Augen. Ich betrachtete seine goldenen Augen, den dichten, schwarzen Wimpernkranz, und spürte unendliche Traurigkeit in mir. »Alles. Aber … nicht das.«

Über sein Gesicht glitt ein Schatten. »Warum nicht?«

Ich zögerte. Dann griff ich nach seinen Fingern und beugte mich vor. Meine Lippen strichen samtweich über seine. Er schreckte nicht zurück. Ich spürte, wie ein Schauder ihn durchfuhr. »Was, wenn ich mich längst für dich entschieden habe?«

Ein Raunen entkam ihm. Ich spürte seinen aufgewühlten Atem an meiner Haut. Langsam löste er seine Finger von meinen. »Dann«, sagte er, ganz leise, fast bedrohlich, »hast du die falsche Entscheidung getroffen, Helena Iversen.«

Er ging und ließ mich zurück, mit nichts als meinen leeren Gedanken und dem tauben Gefühl in meinem Herzen, das sich geöffnet hatte und dafür rücksichtslos getreten wurde.

Und ich hatte ihm noch immer nichts von meiner Macht erzählt.

ËMILLE

✧

Der Regen prasselte gegen die Fensterscheibe. Ich lag unbekleidet neben der First Ministerin, strich ihr über die Taille und lauschte ihren ruhigen Atemzügen. Ihre Hand lag auf meinem Bauch, mit dem Finger fuhr sie über die festen Linien meiner definierten Muskeln.

»Woran denkst du?«, fragte sie.

An einen rothaarigen Engel mit langen Beinen und einem Puppengesicht ohne jegliche Poren, mit großen grünen Augen und einem Temperament, das für zehn männliche Krieger reicht.

Isobel war bei mir zu Hause. Sie passte auf Aleen auf, weil Didre keine Zeit hatte. Was mich beunruhigte, ehrlich gesagt. Didre hatte immer Zeit. In den letzten fünf Jahren war kein Tag vergangen, an dem sie nicht auf Aleen aufgepasst hatte. Und ich fühlte mich wie ein Arschloch, weil ich Didre verklickert hatte, ich müsste etwas Dringendes erledigen, und sie daraufhin Isobel zu mir beordert hatte. Wenn sie gewusst hätte, dass ich abgehauen war, um eine Frau um den Verstand zu vögeln, die wesentlich älter war als sie, hätte Izzy mich enthauptet. Ziemlich sicher.

»An etwas, das ich in deiner Bibliothek gelesen habe.« Ich drehte mich auf die Seite, um ihr einen sanften Kuss zu geben.

»Du warst dort?« Sie hob die Augenbrauen. »Wann?«

»Neulich, auf deiner Feier. Ein blöder Zufall. Ich habe die Toiletten gesucht, und als ich erst einmal dort war, konnte ich unmöglich wieder gehen.« Ich schenkte ihr ein entwaffnendes Lächeln. »Deine Büchersammlung ist beeindruckend.«

»An welches Buch denkst du genau?«

Mein Blick glitt zu dem schwarzen Obsidian an ihrem Hals. Irgendetwas stimmte nicht mit diesem Stein. Von dem Mineral ging eine seltsame Aura aus, die wie feine Härchen auf meiner Haut kitzelte. Oder eher wie winzige Nadelstiche pikte.

»An Major Thomas Weirs Geschichte.« Ich hob einen Mundwinkel zu einem schiefen Grinsen. »Interessierst du dich etwa für dieses schottische Ammenmärchen?«

Die First Ministerin reagierte nicht. Ihre Lippen bildeten eine schmale Linie und zwischen ihren Brauen entstand eine steile Falte. Ihr Finger hielt über meinem Bauchnabel inne. »Ich wüsste nicht, was dich das angeht, Ëmille.«

»Gar nichts«, sagte ich. »Es ist nur … mich fasziniert seine Geschichte schon eine ganze Weile, aber niemand scheint diese Begeisterung mit mir zu teilen. Als ich das Buch entdeckte, überkam mich eine gewisse Freude, in dir endlich jemanden gefunden zu haben, der es ähnlich sieht.« Ich strich ihr zärtlich eine Strähne aus der Stirn. »Du gefällst mir immer mehr, Elide.«

Sie seufzte. »Na schön. Ich denke, ich kann dir vertrauen.«

»Gewiss.«

Die First Ministerin befeuchtete ihre Lippen mit der Zungenspitze und wog ihre nächsten Worte ab. »Mir sind Gerüchte zu Ohren gekommen, dass der Major noch immer unter uns weilen könnte. Und ich war schon immer neugieriger, als mir guttut. Ich bin die Herrscherin dieses Landes und will wissen, wer sein Unwesen über meinen Ländereien treibt. Ob Geist oder nicht.« Sie wedelte mit der Hand durch die Luft. »Vielleicht mag dir das lächerlich vorkommen, aber nur ein Narr würde annehmen, Menschen seien die einzigen Wesen, die auf diesem Planeten weilen.«

Mein inneres Chaos machte sich bemerkbar. Ich hatte es trainiert wie ein Reiter ein Dressurpferd auf Spitzenniveau. Es wusste, wann es was zu tun hatte. Und jetzt gerade erspürte meine Empathenfähigkeit Elides Lüge innerhalb von Sekunden. Oder eher ihre Halbwahrheit. Es stimmte, was sie sagte, aber es fehlte ein wichtiger Teil.

Ich musste mich zwingen, nicht zu der verborgenen Tür hinter der Holzverkleidung zu linsen. Die Magie, die hinter der Tapete pulsierte, hatte sich mir schon den ganzen Abend entgegengedrängt. Und die Art, wie sie auf meine Kehle drückte, verriet mir, dass es keine Lichte Magie war. Was hatten dunkle Mächte im Schlafzimmer der First Ministerin von Schottland zu suchen?

»Da stimme ich dir zu«, sagte ich.

Sie lächelte. Ich nutzte den Moment, um in ihren Geist einzudringen. Vor meinem inneren Auge dachte ich an ihren Yorkshire Terrier Quentin, der sich im Garten mit dem Postboten anlegte. Ich stellte mir sein hohes Bellen vor, so wie es geklungen hatte, als ich neulich das Haus betreten hatte. Zufrieden registrierte ich, wie die Züge der Ministerin erschlafften. Sie begann zu schielen. Ich verstärkte meinen Gedanken, indem ich mir vorstellte, wie der Postbote nach dem Hund schlug, woraufhin er aufjaulte. Ein Kribbeln jagte durch meine Schläfen, als ich der First Ministerin diesen Gedanken in die Hirnrinde pflanzte. Dann trennte ich die Verbindung.

Abrupt richtete sie sich auf. »Hast du das gehört?«

»Ja.« Ich setzte eine theatralisch schockierte Miene auf. »Dein Hund, nehme ich an.«

Die First Ministerin wühlte sich aus den Laken, zog ihre Unterwäsche über und schlüpfte in einen Morgenmantel. Ihre pedikürten Füße verschwanden in hochwertigen Schlappen, ehe sie mir einen gehetzten Blick zuwarf. »Mein armer Quentin! Der Postbote holt gerne mal mit der Zeitung aus.«

»Dann solltest du dich beeilen, bevor dein blutrünstiger Hund seine Zähne in ihm vergräbt.« Ich schenkte ihr mein schiefes Grinsen. »Der *Daily Star* würde keinen Tag warten, den Skandal in seinem Klatschblatt loszutreten.«

»Oh, der *Daily Star.*« Elide schnaubte und verdrehte die Augen. »Wenn ich die in die Finger kriege …« Sie bedachte mich mit einem schnellen Blick. »Warte hier. Ich bin gleich wieder da.«

»Wie könnte ich auch nicht auf dich warten?«

»Oh, du.« Sie grinste. »Wenn ich zurück bin, will ich, dass du bereit bist für die nächste Runde.«

»Mir gefällt deine herrische Art.«

Mit einem Kichern schlüpfte sie aus dem Raum. In Sekundenschnelle zog ich mir meine Klamotten über und hechtete zur gegenüberliegenden Wand. Es war eine Wohltat, der Magie nachzugeben. Ich öffnete mich und drang in den Verschlüsselungszauber ein. Es war leichter als beim ersten Mal, weil die Magie der Azlata sich an jede Ausführung erinnerte. Jeder Zauber war wie das Glied einer Kette, das sich an das nächste reihte. Er verschwand nicht mehr aus den Erinnerungen.

Der Zauber, der auf der verborgenen Wand lag, war mächtig, aber nicht überdimensional. Wäre er von Major Thomas Weir gewesen, hätte ich es nicht mit ihm aufnehmen können. Aber dieser hier wies Lücken auf. Er war schludrig ausgeführt worden, wie von einem Anfänger, der nur wenig Ahnung von Magie hatte. Wie Tyrael und ich als Kinder während der Ausbildung der Oberen.

Ich durchbrach die Vibration, fand den Kern und entschlüsselte ihn, um den Zauber umzukehren. Und da! Die Tür pulsierte. Sie ratterte im Holz. Keine Sekunde später riss die rote Tapete, als die quadratische Öffnung mit einem Knarren aufsprang.

Ich grinste. »Geht doch.« Ich nahm meinen Sonnenstein aus der Hosentasche. »*Ox solaris.*« Sofort brandete gleißendes Licht auf. Die Strahlen fluteten das Versteck.

Ich runzelte die Stirn. Ich wusste nicht, was ich erwartet hatte, aber ganz bestimmt kein eingerolltes Stück Pergament. Als ich genauer hinsah, stutzte ich. In der hintersten Ecke lag eine Handvoll eben jener Steine, wie ihn auch die First Ministerin an ihrem Hals trug. Was hatte das zu bedeuten? Mir blieb nicht viel Zeit, um der Sache auf den Grund zu gehen. Ich musste handeln, und zwar sofort.

Schnell griff ich nach der Pergamentrolle. Sie war versiegelt. Ich *wusste*, ich sollte sie einpacken, meinen Heralchiro rufen und verschwinden. Aber wie das so war mit den vernünftigen Entscheidungen, überging ich sie geflissentlich. *Bljersk*, ich war zu neugierig. Schnell öffnete ich das Siegel aus rotem Kerzenwachs, entrollte das edle Papier und las. Bereits die ersten Zeilen fühlten sich an wie eine eiserne Faust, die sich mir ins Fleisch bohrte und meine Innereien zerquetschte. Meine Gesichtszüge entgleisten. Das Papier in meinen Händen begann zu zittern. Das konnte unmöglich wahr sein. Es …

Die Tür öffnete sich. Elide trat ein. Ich erstarrte. Ihr Blick glitt von mir zu dem Pergament und zurück. Und sie … grinste.

»Jetzt muss ich dich leider töten, weißt du?«

O Götter.

Ich handelte schnell. In dem Moment, als Elide eine Waffe aus der Schublade ihres Frisiertischs zückte, wirbelte ich herum, packte ihren Arm und riss ihn nieder. Sie heulte auf, als ihr Ellbogen auf die Kante der Schublade traf. Er brach.

»Du Bastard!« Sie schnappte sich die Waffe mit der anderen Hand und zielte auf mich. »Sie sind auf meiner Seite! Sie werden dich töten, wenn du mir etwas antust!«

»Oh, mich wird niemand töten, Elide.« Ich wollte in ihren Geist vordringen, aber der Fokus war zu gefährlich, solange sie den Lauf einer Waffe auf mich richtete. »Und auch du nicht. Sei ehrlich zu dir: Das willst du nicht. Von ständigen Albträumen geplagt zu werden, in denen du meine Schreie hörst, weil du diejenige warst, die mein Leben beendet hat. Ich war gut zu dir, Elide. Ich habe dich glücklich gemacht. Das würdest du nicht vergessen. Du würdest zugrunde gehen an den Schuldgefühlen. Du –«

»Sei still!« Die Waffe in ihrer Hand zitterte. Es war ein surreales Bild, wie sie in ihrem Morgenrock und den Schlappen vor mir stand, eine Glock in beiden Händen. Ihr Gesicht war verzerrt. »Es geht nicht anders. Du darfst nichts von den Plänen wissen!«

Mir war übel. Wenn sie abdrückte und mich tatsächlich tötete, würde keiner je die Wahrheit erfahren. Ich bewegte meine Finger, sammelte die Moleküle der Luft, um sie zu verdichten.

»Du sagtest, du vertraust mir«, sprach ich weiter. »Wenn es stimmt, was dort steht … Was sollte ich schon mit den Informationen anfangen? Wieso sollte ich sie glauben?«

Elide gab ein hysterisches Lachen von sich. »Du weißt genau, dass es stimmt. Du bist nicht normal, Ëmille. Du bist genau wie sie! Ansonsten wärst du nie an das Dokument gelangt.«

Touché. Die Luft umgab mich wie ein schützender Wall, während ich sie unter meine Kontrolle brachte. Meine Finger arbeiteten unaufhörlich. Es war schwierig, mich auf Elide zu konzentrieren und gleichzeitig meine Macht zu befehligen.

»Ich bin nicht wie sie«, sagte ich. »Ich bin besser.«

»Oh, natürlich.« Sie schnaubte. Ich erkannte, wie die Schlagader an ihrem Hals in rasantem Tempo schlug. »Überheblich wie eh und je. Aber ich weiß, was ihr seid, Ëmille. Und jeder von euch ist ein und dasselbe dreckige Monster!«

»Ein dreckiges Monster, das dich gerade besinnungslos gevögelt hat.« Ich führte die Hände hinter meinem Rücken zusammen, um die Luft zu einer Masse zu bündeln, und grinste. Ihre Lippen bebten vor Zorn. »Wenn dem so ist, warum willst du dann sein wie wir?«

»Weil es nicht gerecht ist!« Sie kreischte wie eine Furie. Spucketröpfchen flogen durch die Luft. »Ich bin die Macht Schottlands! *Mir* sollten all jene Kräfte zu eigen sein, und nicht solch unwürdigen Kreaturen, wie ihr es seid!«

Und Elide … sie drückte ab. Ich riss den Arm in die Höhe, befehligte mein Element und schlug den Luftzug mit aller Kraft zu ihr. Und ich traf. Die Böe schleuderte die Kugel in die entgegengesetzte Richtung. Es verging bloß der Bruchteil einer Sekunde, in der Elide vor Schock die Augen aufriss, ehe die Patrone sich in ihren Hals bohrte.

Die First Ministerin war auf der Stelle tot. Ihr Blut tränkte den hellen Morgenmantel in rote Farbe. Es sickerte in einer großen Lache um ihren Körper, den ich noch Minuten zuvor zu einem Höhepunkt getrieben hatte.

Mir wurde schlecht. Ich hatte gegen das Gesetz verstoßen. Einen Menschen getötet. Wenn die Oberen dahinterkämen, würde ich mit meinem Leben bezahlen.

Rufe gellten zu mir herauf. Eilige Schritte näherten sich. Mir blieb keine Zeit. Ich bückte mich, riss der toten Frau die Kette vom Hals und griff nach den anderen Steinen, die im Versteck lagen. Dann stieß ich einen Luftzug in Richtung Fenster. Es zerbarst in tausend Teile. Ich pfiff nach Windschneider, doch als ich auf den Sims springen wollte, hielt ich inne. Ich konnte Elide nicht hierlassen. Wir hatten miteinander geschlafen. Bei einer Obduktion wären meine Spuren in ihr zu finden. Was bedeutete … Oh, bei den Göttern.

Ich ignorierte die Galle, die in mir aufstieg, als ich Elides Körper an mich riss. Sie war noch warm. Flügelschläge trieben schwere Luftstöße in das Schlafzimmer, als mein Heralchiro vor dem Fenster auftauchte. Ich presste die First Ministerin an meine Brust und hüpfte auf den Sims.

Die Tür sprang auf. Gebrüll wehte durchs Zimmer. Ich drehte mich nicht um. In dem Moment, als ich mich auf meinen Fledermausdrachen schwang, hörte ich den Schuss. Windschneider flog davon. Doch es war zu spät. Im nächsten Augenblick umgab Dunkelheit meine Gedanken und ich sackte auf meinem Flugwesen zusammen.

Ich war getroffen worden.

TYRAEL

✧

»Du siehst aus, als hätte dir ein Düsterer ins Gesicht geschissen.«

Ich blickte auf. Sileas setzte sich mir gegenüber und legte ihr Tablett auf dem Esstisch ab. Ihr Haar glänzte durch das Licht der riesigen Gaslüster, die von der Decke hingen, um die Dunkelheit des trüben Wetters von draußen auszugleichen. Kamryn folgte ihr mit gesenktem Blick und ein paar Meter weiter balancierte Isobel ihr Tablett auf Helenas Tisch zu. Ich beobachtete schon eine Weile, wie sie in ihren Spaghetti stocherte.

»Müde.«

»Ach, komm. Wir sind Azlata«, sagte Sileas. »Wir wurden darauf trainiert, mit wenig Schlaf auszukommen. Erzähl keinen Scheiß.«

»Ich wundere mich immer wieder über deine Umgangssprache, wo uns doch der klassische Ton anerzogen wurde, Sileas.«

»Ich verbringe zu viel Zeit mit Irdischen.«

»Vor allem mit männlichen Irdischen«, murmelte Kamryn.

Sileas grinste. »Du würdest dich wundern, was für ein Spaß sie mit sich bringen. Vielleicht solltest du es endlich probieren, Kam.« Sie lüpfte die Augenbrauen und deutete mit dem Kinn auf einen einsamen Jungen am Nachbartisch, dessen fettige Haare ihm in die Stirn fielen und dessen Wangen eitrige Krater zierten. »Mir entgeht nicht, wie du Harold seit gefühlten Ewigkeiten anstarrst. Er interessiert dich sogar mehr als deine merkwürdigen Walnüsse.«

Kamryn wurde hochrot. »Das ist nicht wahr.«

»Ich bin dein Zwilling, Kam. Du kannst nichts vor mir verheimlichen.« Sileas stopfte sich in einer sehr unfeinen Geste eine Pastete in den Mund. »Genauso wenig wie ich vor dir.«

»Was ist mit Isobel?« Ich lehnte mich auf meinem Stuhl zurück und verengte die Augen. »Sie wirkt betrübt.«

Die Zwillinge drehten die Köpfe. »Sie macht sich Sorgen um Em.«

»Was ist mit ihm?« Mein Herz machte einen unangenehmen Satz. »Ist etwas vorgefallen?«

»Nicht direkt«, nuschelte Kamryn. »Aber er ist von seinem gestrigen Ausflug nicht wiederaufgetaucht.«

»Was?«

»Isobel hat auf Aleen aufgepasst. Er wollte noch in der Nacht zurückkommen, aber …« Sie zuckte die Achseln. »Kam er nicht. Didre hat in der Früh übernommen.«

Ich entspannte mich. »Das ist nicht ungewöhnlich für ihn. Er bleibt häufiger länger weg.«

Sileas nickte. »Schon. Nur macht sich Isobel große Sorgen.«

»Isobel macht sich immer Sorgen, wenn es um ihn geht.«

Kamryn seufzte. »Sie tut mir leid.«

»Mir auch«, murmelte Sileas. »Ich verstehe ihn nicht. Isobel ist … *Izzy*. Sie ist der Wahnsinn.«

»Manchmal überwiegen andere Gründe.« Mein Blick war auf Helena gerichtet. Sie beugte sich über ein Stück Papier, das ich als unsere Ausarbeitung vermutete. Wir hatten sie heute zurückbekommen. Zu unserer Überraschung hatte Professor Robertson sie sogar benotet. Mit der Bestnote. Natürlich.

»Sprichst du noch von Isobel oder von dir, Ty? Ich habe mich schon gewundert, was du im Speisesaal verloren hast.«

»Meine Belange sind nicht wichtig.«

»Oh, Ty.« Sileas seufzte. »Seit Jahren opferst du dich für jeden auf. Du kämpfst, als wäre es dir egal, ob du dabei draufgehst. Und alle ehren dich dafür. Ich frage mich nur …«

»Du fragst dich was?«

»Na ja …« Sie schob sich eine Traube in den Mund. »Wann fängst du an, zu verstehen, dass auch du mehr bist als eine Tötungsmaschine? Tief in dir besitzt du ein Herz, das danach verlangt, zu lieben und geliebt zu werden.«

»Ich habe geliebt«, sagte ich. »Jaime. Bevor ein Düsterer sie tötete.«

»Ich glaube nicht, dass du Jaime geliebt hast«, flüsterte Kamryn. Kurz darauf schreckte sie zusammen, als hätte sie etwas Falsches gesagt. Als sie meinem Blick begegnete, verzog sie den Mund. »Tut mir leid! Es ist nur … die Bindung an sie war ein Zauber. Und als sie starb, verflog er. Nicht wahr? Hättest du sie tatsächlich geliebt, würdest du es noch immer tun. Wahre Gefühle überwiegen sogar Jahrzehnte der Trennung.«

Der letzte Satz war wie ein schmerzhafter Hieb in meine Magenkuhle. Härter als jeder Schlag eines Düsteren es jemals gekonnt hätte. Ich starrte Kamryn an. Wusste sie etwa …?

»Hast du von der First Ministerin gehört?«, fragte Sileas. »Dem *Daily Star* nach zu urteilen ist sie verschwunden.«

»Der *Daily Star* ist nichts weiter als ein Klatschblatt.«

»Ein Zeuge will einen Schuss im Charlotte Square gehört haben.«

»Der *Daily Star* kann –« Der Rest meines Satzes blieb mir im Hals stecken, als der nächste Moment mich traf wie ein einschlagender Blitz. Mein Schock sandte warnende Magie aus, die auch die anderen erreichte. Isobel, Kamryn, Sileas, Coraël und ich hoben abrupt die Köpfe. Merlin, der am Buffet stand, ließ sein Tablett fallen. Die Sekunden vergingen in Zeitlupe. Sogar Helena spürte, dass etwas nicht stimmte. Sie blickte sich unwohl um und rieb sich über die Arme, als wäre ihr kalt.

»Was ist?«, fragte Sileas.

Ich blickte zum Fenster. »Etwas stimmt nicht.«

Cora erreichte unseren Tisch. »Die Düsteren können unmöglich hier sein. Warum warnst du uns, Ty?«

»Spürt ihr es nicht?«

Sie schüttelten die Köpfe. Mein Herz machte einen Satz. »Irgendetwas geht vor sich. Ich spüre …« Ich fasste mir ans Herz und verzog das Gesicht. »Es ist der Fluch.«

»Welcher Fluch?«, fragte Kamryn.

Ich schwieg. Kaum einer wusste von den Kräften, die sich an mir gütlich taten. Aber in diesem Moment spürte ich mehr als deutlich, dass meine Kraft *verwendet* wurde. Die Muskeln meines Herzens verkrampften. In der Luft materialisierten sich Partikel zu einer spürbaren Aura, wie eine Fährte, die aus dem Speisesaal hinausführte.

»Kommt mit.« Ich erhob mich und durchquerte den Raum in schnellen Schritten. Nur vage registrierte ich, wie nicht nur Kamryn und Sileas mir folgten, sondern auch die anderen.

Regen prasselte auf uns nieder. Binnen Sekunden klebten uns die Haare im Gesicht und die Uniform an der Haut. Je näher wir der Macht kamen, desto drückender wurde sie. Irgendwann fühlte sich jeder Schritt an, als würden wir Gewichte hinter uns herziehen.

»Tyrael«, murmelte Cora nach einer ganzen Weile des Schweigens, »mir ist nicht wohl dabei. Wir sollten die Oberen rufen. Oder die anderen.«

Ich ignorierte sie. Die Oberen waren die Letzten, die ich in diesem Moment sehen wollte. Außerdem wollte ich keine Zeit verlieren. Die Aura führte uns zu den Toten Wäldern. Als das alte Karussell mit den ramponierten Tieren in Sichtweite kam, überwältigte mich der Schmerz.

»Tyrael«, sagte Isobel. »Ist alles in Ordnung?«

Ich presste die Zähne zusammen und nickte. »Helena!« Ich drehte mich zu ihr um. »Komm her!«

Helena blieb, wo sie war. Sie hatte die Hände in den Taschen ihres Blazers vergraben und runzelte die Stirn.

Ich knurrte. »Deine Kräfte sind unberechenbar. Bleib an meiner Seite, damit ich dich schützen kann.« Als sie sich noch immer nicht regte, rief ich: »Sofort!«

Endlich stolperte sie vorwärts über das Laub und kam an meine Seite. Ich streckte meine Hand aus. Helena weitete die Augen. Sie sah auf meine Finger hinab, dann wieder zu mir. Schließlich verschränkte sie ihre Finger mit meinen. Mich durchfuhr ein Ziehen, das sich für einen Moment anfühlte, als würde ich den Boden unter den Füßen verlieren.

»Was ist da los?«, hörte ich Merlins Stimme hinter uns. »Was ist das für ein … Gefühl?«

»Eine Macht, die wir nicht kennen«, entgegnete Isobel.

Sileas machte einen Schritt vor. »Von wo kommt sie?«

Niemand sagte etwas. Doch plötzlich zischte Kamryn: »Dort!« Sie zeigte mit dem Finger auf eine winzige Silhouette neben dem Karussell. Der Nebel verschluckte sie beinahe gänzlich. Ich runzelte die Stirn. »Ist das …«

»Aleen!« Isobel machte einen Schritt vor. Das kleine Mädchen hockte auf allen vieren neben dem Karussell und inspizierte den Bauch eines Rehs. Als sie Isobels Stimme hörte, fuhr sie herum.

»Bei den Göttern!«, stieß Coraël aus. Auch die anderen zogen scharf die Luft ein. Helenas Hand zuckte in meiner.

Kamryn keuchte. »Was ist mit ihren Augen?«

Sie waren kohlrabenschwarz. Und als ihr Blick sich in meinen bohrte, war es, als *spürte* ich die Angst des kleinen Mädchens in meinen eigenen Gliedern. Sie wusste nicht, was mit ihr geschah. Und ich wusste es genauso wenig. Ich wusste nur, dass es nicht normal war. Nicht einmal für uns Azlata.

Aleen öffnete den Mund. Mit jeder Sekunde, die verging, ein Stück weiter, bis er gänzlich aufgerissen war. Ihre Eckzähne waren messerscharf.

Merlin fluchte. »Was zum …«

Und dann stieß Aleen einen Schrei aus, der nicht von dieser Welt war. So hoch, so spitz, dass er mir in den Ohren gellte. Die Kraft der Schallwellen zwang uns alle in die Knie. Es war unmöglich, ihnen standzuhalten. Unter uns begann der Boden zu vibrieren. Ich hielt Helenas Hand fest umklammert, konzentrierte mich einzig und allein darauf, sie nicht loszulassen.

»Tyrael!«, schrie sie, und als ich aufblickte, erkannte ich den Grund: Aus dem Bauch des Rehs kroch ein riesiges, abnormales und pechschwarzes Wesen. Der Körper sah aus wie ein weißer Panzer kurz vorm Platzen, während der Kopf wesentlich kleiner und schwarz war. Das Ding hatte einen zackigen Rüssel.

»Bei den Göttern«, sagte Cora. »Ist das … eine Zecke?!«

»Ixod Veritas«, hauchte Kamryn.

Helena zitterte. »Bitte was?«

»Erinnerst du dich nicht? Die Zecke der Wahrheit«, kam ich Kamryn zuvor, ohne den Blick von dem fetten Wesen zu nehmen, das noch immer aus dem Inneren des Rehs kletterte. »Ein Wesen aus Cruachain.«

Auf Helenas Zügen zeichneten sich plötzliche Erkenntnis und Panik gleichermaßen ab.

»Aber ... wie ist das möglich?« Merlins Stimme zitterte kaum merklich. »Laut unserem Geschichtsbuch kriechen die Wesen nur durch Knotenpunkte des Baumes Avalons.«

»Dieser Baum, dessen Äste sich über alle Welten ausstrecken?«, fragte Helena.

Ich nickte.

»Und der ist hier?« Helena sah sich um. »Wo?«

Aleen schrie noch immer. Ich presste mir die Hände auf die Ohren. »Ein Knotenpunkt! Aleen ... muss ihn geöffnet haben!«

»Nur höhere Wesen und Götter können sie öffnen!«, rief Sileas über den Lärm hinweg. »Was *passiert* hier?«

Für weitere Mutmaßungen blieb keine Zeit, denn in diesem Moment krachte der komplette Körper der Riesenzecke auf den Boden. Die Wucht ließ Aleen zu Boden stürzen. Ihr Schrei erstarb, doch die Zecke ... Aleen fokussierte sie, als wäre das Mädchen ihre Herrscherin.

Cora keuchte. »Was jetzt?«

»*Jetzt*«, sagte ich, und meine Beine waren schwer wie Blei, als ich mich erhob, »greifen wir an.«

DIDRE

✧

Der Jasmin verwelkte in meinen Händen. Ich brauchte die Duftnoten, um sie im Cottage zu verteilen. Raven hatte nicht viele entbehren können, und ich wollte sie nicht nach mehr drängen, nachdem sie während der Heilung kaum ein Wort gesprochen hatte. Im Kamin zehrte das Feuer an den letzten Resten des menschlichen Körpers, dessen Glieder ich eigenhändig abgetrennt und verbrannt hatte. Meine fehlenden Emotionen hierbei hatten mir mehr Angst eingejagt als die Tat an sich. Auf eine abartige Weise hatte mich der Akt befriedigt.

Die Blüten ließen ihre Köpfe hängen, während ich ihre inneren Duftstoffe heraussaugte. Ich hob meine Nase und schnüffelte, doch noch immer war der beißende Geruch der Leiche zu vernehmen. Ich wollte mich gerade der letzten Blüte widmen, als sich der schlaffe Körper auf dem provisorischen Sofa regte. Sofort war ich bei ihm.

»Ëmille?« Ich drückte seine Hand. »Kannst du mich hören?«

Der attraktive Empath blinzelte. Träge öffnete er die Lider.

»Didre?« Seine Stimme war rau. »Was … was ist passiert?«

Ich schluckte. »Du warst … es war knapp, Ëm.«

Er runzelte die Stirn. Mit einem Ächzen richtete er sich auf und blickte auf seinen nackten Oberkörper hinab, um den eine feste Bandage gewickelt war. »Raven war da?«

Ich nickte. »Windschneider hat dich und die First Ministerin vor deinem Cottage abgelegt und seinen Schwanz derart gegen die Tür gedonnert, dass sie beinahe aus den Angeln geflogen wäre.«

Er grinste schwach. »Das ist mein Baby.«

»Jedenfalls habe ich euch gefunden. Ich … habe die Ministerin versteckt und Raven gerufen.«

»O nein.« Er stöhnte. »Ich glaube, sie hasst mich.«

»Sie hasst uns alle.«

Ungläubig hob er eine Braue. »Dich auch?«

»Mich ganz besonders.«

»Was hast du …«

»Ich frage dich nicht nach deinen Gründen und du solltest auch mich nicht nach meinen fragen, Ëm.«

Eine Weile musterte er mich. Doch schließlich zuckte er die Achseln und sah sich in seinem Haus um. »Wo ist sie?«

»Die Ministerin?« Er nickte. »Ich habe sie verbrannt.«

Sein Kopf fuhr so schnell herum, dass ich fürchtete, ich würde Raven gleich noch einmal rufen müssen. »*Was?*«

»Sie war tot, Ëmille. Du wirst deine Gründe gehabt haben und ich vertraue dir. Sie musste beseitigt werden.«

Er starrte mich an. »Wer bist du und was hast du mit Didre angestellt?«

Ich überging seine Frage und erhob mich, um ihm Tee zu bringen. »Ich hoffe für dich, was auch immer du getan hast, hat sich gelohnt. Und dass du keine Spuren hinterlassen hast.«

»Das hat es. Ich …« Plötzlich fuhr er zusammen und begann, die Decken, die ich um ihn geschlungen hatte, zu zerwühlen.

»Suchst du die hier?« Ich nahm die Pergamentrolle vom Esstisch und hielt sie in die Höhe. »Du hast Glück, dass Windschneider sie im Maul hatte. Sie ist ein bisschen eingeseibert, aber sonst …«

Ëmille weitete die Augen. »Hast du sie gelesen?«

»Natürlich habe ich das.« Ich nahm den alten Lehmkrug, ging zurück zum Sofa und drückte ihm den Tee in die Hand. »Und ich will wissen, was das, zum Teufel noch mal, zu bedeuten hat.«

»Zum Teufel noch mal?« Seine Mundwinkel zuckten. »Draufgängerisch.« Er lüpfte die Brauen. »Gefällt mir.«

»Sei still und rede, Woodward. Stimmt es, was dort steht?«

Er wirkte erschöpft. »Leider ja.«

»Das Düstere Volk ist einen Vertrag mit der First Ministerin eingegangen?« Er nickte. Ich konnte es nicht fassen. Meine Hand zitterte, als ich das Pergament in die Höhe hielt. »Darin steht, sie versprächen ihr Unsterblichkeit, wenn sie die Hilfe der schottischen Regierung bekämen, um Spar Cave zu besiedeln.«

»Tja, sie haben gelogen. Offensichtlich. Der sehnlichste Wunsch der Menschen ist das ewige Leben. Die Düsteren brauchten bloß ihre Kräfte offenbaren und schon glaubte die First Ministerin ihnen, dass sie zu so etwas in der Lage wären.«

»Das erklärt zumindest, weshalb die Ministerin sich seit Ewigkeiten sträubte, Militär in den Städten Aberdeenshires zu positionieren. Sie wusste von den Düsteren und *gestattete* ihnen sogar, die Menschen niederzumetzeln.« Nachdenklich biss ich mir auf die Unterlippe. »Aber was ist mit Spar Cave? Was befindet sich in der Höhle? Und wozu brauchten sie die Regierung?«

Ëmille nippte an seinem Tee. Immer wieder warf er schnelle Blicke zum Feuer und rümpfte die Nase, als der beißende Geruch der Leiche durch die Luft wehte. Seine besondere Verbindung zu dem Element musste es ihm schwieriger machen als mir, dem Duft zu entgehen. »Ich vermute, sie verstecken dort etwas. Die Düsteren befinden sich nur nach der Dämmerung in unserer Welt. Vielleicht brauchen sie jemanden, der tagsüber die Stellung hält.«

Ich nickte langsam. »Was erklären würde, weshalb die Jagd in letzter Zeit ruhiger geworden ist. Es treiben wesentlich weniger von ihnen in Silent Creek ihr Unwesen und auch in ganz Aberdeenshire hat die Jagd an Gegnern abgebaut.«

»Richtig.« Er nahm noch einen großen Schluck und fuhr sich durchs Haar. Sein breiter Bizeps spannte sich an. Ich konnte verstehen, warum Isobel ihm verfallen war. Und vermutlich hatte Ëmille in dieser Sekunde in meinen Gedanken gestöbert, denn er verzog das Gesicht. »Hat sie etwas hiervon mitbekommen?«

»Isobel?«

Er nickte.

Ich schüttelte den Kopf. »Ich habe sie abgelöst, bevor Windschneider dich gebracht hat. Als sie später wiederkam, meinte ich, du wärst noch nicht zurück.«

»Gut.« Seine Schultern entspannten sich. »Das ist … gut.«

»Ja.« Ich legte die Pergamentrolle beiseite. »Sie hat geweint.«

»Was?«

»Als ich sie abgelöst habe. Ich habe gespürt, dass sie etwas bedrückte, und als ich sie drauf angesprochen habe, war es, als würde ein Damm in ihr brechen.«

»Warum?«

»Ist das nicht offensichtlich?«

Sofort wurden seine Züge hart. Er verkroch sich unter einer festen Maske, wie jedes Mal, wenn ich versuchte, mit ihm über dieses Thema zu sprechen. »Sie weiß, wie es um uns steht.«

»Ja, das weiß sie«, entgegnete ich. »Und ich denke, gestern ist der Moment gekommen, in dem sie es endlich akzeptiert hat.«

»Wie meinst du das?«

»Na ja … Sie sagte, sie könne das nicht mehr. Dieses ewige Hoffen. Sie wolle weitermachen. Und ich verstehe das.«

Ëmille starrte in seinen Schoß. Seine grauen Augen wurden seltsam dunkel und irgendwie … leer. »Ja. Das sollte sie.«

»Ëm.« Ich legte eine Hand auf seinen Arm. »Wenn du etwas für sie empfindest, solltest du –«

»Nein.« Der leere Ausdruck in seinen Augen verschwand. Er wühlte sich aus den Decken, erhob sich und schlüpfte in Hose und Pullover. »Isobel hat die richtige Entscheidung getroffen. Sie sollte sich jemanden suchen, der ihrer würdig ist.«

»Du *bist* ihrer würdig, Ëm! Wenn nicht du, wer dann?«

Doch bevor er zu einer Antwort ansetzen konnte, erfüllte mich ein eisiges, machtgetriebenes Druckgefühl. Es schnürte mir die Luft ab. Ëmille sah mich an.

»Was … was ist das?«, fragte ich.

»Was?«

»Dieses … Gefühl.«

Er wirkte verwirrt. Doch dann …

»Didre.« Mit schockgeweiteten Augen sah er mich an. »Wo ist Aleen?«

»Ich … ich habe sie zu den Everstones gebracht. Tara wollte auf sie aufpassen. Was –«

Doch weiter kam ich nicht, denn Ëmille rannte bereits los.

»*Bljersk!*« Ich riss seine Monturjacke vom Haken, warf sie mir in einer schnellen Bewegung über und folgte ihm hinaus in den bitteren Sturm.

Es donnerte. Die Natur schrie.

TYRAEL

✧

Es war das erste Mal, dass ich einer Ixod Veritas begegnete. Auf den Skizzen unserer Geschichtsbücher sahen sie nicht annähernd so widerlich aus wie in der Realität. Aus ihren Panzern troff das schwarze Blut der Düsteren, an deren Körpern sie sich gütlich taten. Die dunklen Knopfaugen inspizierten die Umgebung. Doch im Gegensatz zu den anderen war ich nicht schockiert über ihren Anblick, sondern freudig erregt. Dieses Ding war die Lösung all meiner Probleme. Die Zecken des Baumes Avalons waren dafür bekannt, ihrem Bezwinger eine Wahrheit zu genehmigen. Egal, um was es ging, sie würden antworten.

Helena keuchte. »Wir müssen die Kleine da wegbekommen!«

»*Die Kleine*«, sagte ich und gab ein freudloses Lachen von mir, »steuert dieses Ding, Hel.«

Sie stieß einen unterdrückten Fluch aus. In diesem Moment griff die Zecke an. Hinter mir knurrte Sileas. Ich spürte einen starken Luftdruck. Keine Sekunde später preschte der Komodowaran vor. Sileas riss das Maul auf und wollte ihre Zähne in den fetten Körper graben, doch die Zecke war schneller. Sie sprang auf Sileas' Kopf. Erneut gab Aleen einen ihrer gellenden Schallwellen-Schreie von sich. Kamryn fauchte. Katzen hörten wesentlich besser als wir. Sileas hingegen war eine Echse. Ihr Hörorgan filterte hohe Töne. Sie nutzte den Moment, schüttelte die Zecke ab und peitschte Aleen mit ihrem Schwanz beiseite. Das kleine Mädchen schrie, als plötzlich glühende Energiekugeln aus ihren Händen herausbrachen. Sie schleuderte sie wild um sich.

»Was zum …?!« Ich verband mich mit meinem Element, genauso wie Kamryn, die sich zurückverwandelt hatte, und Isobel. In Sekundenschnelle fanden wir die Moleküle des niederprasselnden

Regens. Wir bündelten die einzelnen Tropfen und eine gigantische Wassersalve flog durch die Luft. Die Energiekugeln erloschen, bevor sie jemanden treffen konnten. Doch die Ablenkung hatte ihren Zweck erfüllt: Die Zecke baute sich über Kamryn auf, öffnete ihr schleimiges Maul und –

»Fass sie nicht an, du Mistvieh!« Merlin holte aus und schleuderte einen Feuerball in den Schlund des Wesens. Es jaulte auf und fiel hintenüber.

Ich nutzte die Gelegenheit, um Helena hinter einen Baum zu stoßen. »Bleib da! Beweg dich nicht, bis es vorbei ist!«

Sie klammerte sich an den rauen Stamm, nickte mit großen Augen und geöffneten Lippen und wirkte wie erstarrt. Während ich rannte, drehte ich meine Hand in rasantem Tempo, bis ich in der Ferne erkannte, wie sich der Regen zu einem wilden Strudel formte. Kurz bevor ich die Zecke erreichte, befehligte ich das Wasser in meine Richtung. Es schoss auf uns zu wie ein Hurrikan, riss Steine und Äste mit sich und ergoss sich über das Vieh. Es schnappte nach Luft und gluckerte.

Ich grinste. »Ertrink, Missgeburt.«

»Tyrael!«, schrie Isobel. »Pass auf!«

Blitzschnell wirbelte ich herum. Ein gleißend helles Licht blendete mich. Aleens Energieball glühte. Mit jeder Sekunde, in der ihr Schrei spitzer wurde, schwoll er an. Meine Augen weiteten sich, doch bevor ich einen klaren Gedanken fassen konnte, ließ der Wasserhurrikan von der Zecke ab und ertränkte die fliegende Sonne. Neben mir keuchte Kamryn, ihre Hände hoch erhoben.

Ich hob eine Braue. »Das hätte ich dir gar nicht zugetraut.«

»Gern geschehen.«

»Badass, Kam.« Auch Sileas war wieder in ihrer wahren Gestalt. Sie lachte. Doch es blieb ihr im Hals stecken, als die Zecke sich auf sie stürzte.

»Sileas!«, rief Cora. Sie holte aus, trat mit dem Schuh gegen das Pferd des Karussells und schnappte sich die Kordelstange. Meine Schwester sprang über einen gestürzten Baumstamm. Der Regen ergoss sich über ihren Körper, die Strähnen ihres schwarzen Bobs klebten ihr in der Stirn und an den Wangen. Sie hob ihre Waffe und stach zu. Doch der weiße Panzer der Zecke war wie Gummi. Der wabbelige Druck zwang Cora zurück.

Unter dem schleimigen Körper des Monsters kämpfte Sileas mit Händen und Füßen. Hin und wieder blitzte ihr Gesicht auf, wenn sie schnappartig Luft holte. Coraël knurrte, ließ die Kordelstange fallen und bewegte die Arme. Unter uns begann die Erde zu vibrieren. Aleen verlor das Gleichgewicht und stürzte. Dabei stieß sie mit dem Kopf gegen das Karussell. Auch ich hatte Schwierigkeiten, mich auf den Beinen zu halten.

Merlin stützte seine Schwester, Kamryn verwandelte sich wieder zur Katze und stürzte sich auf den Körper der Zecke. Sie fauchte wie ein wildes Raubtier und hieb ihre Krallen in den Panzer. Ich versuchte, durch den starken Regen Helena auszumachen. Mühsam kämpfte ich mich über den bebenden Boden, bis ich die hohe Eiche erreichte. Doch sie war nicht mehr da.

»*Bljersk!*« Diese Frau konnte nicht ein Mal tun, was man ihr sagte. »Hel!«

Mein Ruf ging in einem ohrenbetäubenden Dröhnen unter, als die Erde unter Coraëls Bewegungen aufriss. Eine Schlammlawine rollte auf die Zecke zu. Aber …

»Sileas!«, schrie Merlin. »Sie ist noch unter dem Ding!«

Meine Schwester presste die Zähne aufeinander. »Weg da, Kam!«

Die Katze sah auf. Als sie die Erdlawine entdeckte, weiteten sich ihre grünen Augen. Sie sprang von dem Panzer herunter. In letzter Sekunde riss Cora die Arme hoch. Die gelöste Erde hob vom Boden ab. Wie ein riesiger Matschball sauste sie auf die Zecke zu und traf ihren Körper zielgerichtet an der Seite, ohne über Sileas hereinzubrechen. Die Zecke rollte von dem Körper der Formwandlerin und landete auf ihrem eigenen Rücken. Erbärmlich wackelte sie mit den haarigen Beinen in der Luft. Sileas keuchte.

»Das«, sagte sie, spuckte auf den Boden und wischte sich über den

Mund, »war widerlicher als der Sex mit George Newton, der sabberte, während er kam.«

Ich sah mich um. Wo, zum Teufel steckte, Hel? Die aufgerissene Wolkendecke am Himmel sandte den Regen auf die Erde wie zu Beginn eines Monsuns. Ich wischte mir über das Gesicht und versuchte, zwei eisblaue Augen auszumachen, aber … nichts.

Im nächsten Moment passierten sehr viele Dinge gleichzeitig. Aleen rappelte sich auf. Der Schrei, der durch den Regen brach, war lauter und schriller als ihre vorherigen Ausbrüche. Jeder von uns presste sich ruckartig die Hände auf die Ohren. Der Ton zwang die Sphynx-Katze neben mir zu Boden. In Aleens Händen bildete sich ein Sonnenball, der pulsierte und von zuckenden Blitzen durchzogen war. Als er die Größe eines Heuballens erreicht hatte, hörte ich jemanden brüllen.

»NEIN!« Ëmille. Er rannte am Silent River entlang auf uns zu. Schlamm spritzte auf. Hinter ihm erkannte ich eine fülligere Silhouette. Nur einen Moment später peitschten ihre roten Locken durch die Luft. Didre. »Komm zu dir, Aleen! Du weißt, wer du bist! Du willst das nicht! DU WILLST DAS NICHT!«

Aber Aleen reagierte nicht. Ihre schwarzen Augen hefteten sich auf die wachsende Sonne in ihren Händen. Die Zeit schien stillzustehen. Donner grollte über uns hinweg. In der Ferne zuckte ein Blitz und erhellte den Süden Silent Creeks.

Plötzlich stürzte Merlin vor. Er warf Isobel beiseite, rannte an der Zecke vorbei, sprang über den gefallenen Baumstamm, hüpfte auf das Karussell und schnappte sich ein großes Teil des von Cora zersplitterten Pferdes. Sein Gesichtsausdruck wirkte entschlossen, als er auf das kleine Mädchen zurannte.

»NEIN!« Ëmille erreichte uns in dem Moment, als Merlin seine Waffe hob und auf Aleen niedersausen ließ. Doch bevor er ihren Kopf traf, zersplitterte die scharfe Waffe im Nichts. Merlin konnte nicht einmal blinzeln, bevor eine Druckwelle ihn mit einer Wucht von dem Mädchen fortschleuderte, zu der niemand von uns fähig gewesen wäre. Sein Rücken stieß gegen das Karussell und er sank zu

Boden. Unser aller Augen wanderten zu Ëmille, der mit gehobenen Händen und einem irren Gesichtsausdruck auf Merlin hinabblickte. Seine Brust hob und senkte sich in schnellen Zügen. Doch dann …

Aleen feuerte ihren riesigen Sonnenball ab. Die Hitze war unerträglich. Meine Haut versengte. Das hier war das Ende. So würde ich sterben. Ich, Tyrael Burnett, mächtigster Azlata seines Alters, getötet von einem fünfjährigen Mädchen. Gerade, als ich daran dachte, ob in Avalon wohl ein friedlicheres Schicksal auf Helena und mich wartete, verschluckte uns die Finsternis.

Stille.

»Bin ich tot?«, hörte ich Sileas' Stimme durch die Dunkelheit wehen. »Wenn ja, wäre das ziemlich scheiße. Ich hätte mir Avalon wenigstens bunter vorgestellt.«

»Ich glaube nicht«, murmelte Isobel. »Die … die Schwärze verschwindet. Seht ihr? Da sind Schlieren.«

»Und es regnet.« Kamryn. »In Avalon gibt es keinen Regen. Weder in Tír na nÓg noch in Cruachain.«

»Ich sehe die Schlieren auch«, sagte ich. Es war, als würden feine schwarze Schwaden durch die Luft wabern. Mit jeder Sekunde, die verging, lösten sie sich mehr auf. Nach einem weiteren Moment erkannte ich Didre. Und erschrak. Mein Atem stockte. Ich starrte meine Cousine an. Schwarze Adern durchzogen ihr durch Akne vernarbtes Gesicht. Von ihrem rechten Mundwinkel troff ein teerartiger Tropfen.

»Didre«, hauchte ich, meine Augen geweitet, »was …«

Mein Satz ging in einem unterdrückten Keuchen unter, als ein schweres, stinkendes Ding sich von hinten auf mich stürzte.

Coraël schrie. »Tyrael!«

Ich presste die Hände in den haarigen Unterleib der Zecke, doch ihr Maul war nur Millimeter von meinem Kopf entfernt. Lange schwarze Sabberfäden tropften auf mich herab, während sie mit ihren Fangzähnen nach mir schnappte. Ich konnte ihre Nerven nicht erreichen, denn die Wesen Cruachains besaßen keine. Sie bestanden vollständig aus dunkler Magie. Ich versuchte, mich mit meinem Element zu verbinden, doch meine Kraft reichte nicht. Der Fluch zehrte mehr denn je an mir. Meine Arme knickten ein. Ich konnte die Zecke nicht länger halten. Ich war zu schwach.

Ihre Zähne gruben sich in meine Schulter. Ich schrie. Das Brennen, das meinen Körper erfüllte, war nicht auszuhalten. Ich spürte, wie das Gift meine Venen flutete. Sie wurden verätzt.

Plötzlich durchschnitt ein Geräusch die Luft. Nur eine Sekunde später spritzte dunkles Blut auf mich hinab, als sich ein gespitzter Ast in den runden Kopf der Zecke bohrte. Ich blickte auf und traute meinen Augen nicht.

»Bist du gerade … von einem Baum gesprungen, Helena?«

Sie zog den Ast aus dem Kopf der Zecke. Ihre vom schwarzen Blut verschmierten Mundwinkel verzogen sich zu einem animalischen Grinsen. Bei den Göttern. Es war das Attraktivste, das ich je gesehen hatte.

»Schätze, die *kleine Iversen* hat dem *großen Tyrael* gerade das Leben gerettet, was?«

Ein hysterisches Lachen brach aus mir hervor. Aber jetzt war es nicht an der Zeit für eine Unterhaltung. Die Zecke lebte noch. Ich spürte ihren Herzschlag unter der haarigen Schicht ihres Unterleibs. Mit der Hand tastete ich über den Boden, *weiter, komm schon, los jetzt, los, und – da!* Meine Finger fanden eines der zersplitterten Pferdeteile. Ich stach es in die pulsierende Stelle der Zecke. Ein Kreischen erfüllte die Luft.

Ich krabbelte unter ihr hervor. Aus dem Augenwinkel nahm ich wahr, wie sich Ëmille über den zusammengesackten Körper Aleens beugte. Mein Inneres brannte lichterloh. Das Gift der Zecke breitete sich aus. Auf Knien krabbelte ich zu dem Panzer der Zecke und rüttelte sie. »Ich bin dein Bezwinger!« Der Regen ertränkte mich. Ein Blitz erhellte den Himmel. »Gewähre mir eine Wahrheit, Ixod Veritas!«

Sekunden vergingen, in denen nichts geschah. Mein Herz klopfte, während ich wartete. Ich bekam kaum mit, dass sich eine Hand auf meine verletzte Schulter legte. Leise Worte hüllten mich ein. Ich wandte den Blick ab und erkannte Didres rote Locken, die wassergetränkt an ihr herabhingen. Je intensiver ihre Worte wurden, desto mehr flaute das Brennen ab. Was zur Hölle tat sie da?

Plötzlich bäumte sich die Zecke auf. Didre ließ von mir ab. Das Wesen vibrierte und riss den Mund auf. Schwallartige Salven einer teerartigen Flüssigkeit ergossen sich auf den Boden.

»Mein Gott!« Helena stolperte rückwärts und stieß gegen das ramponierte Karussell, als die Zecke in einer abnormalen Geschwindigkeit durch die Luft sauste. »Was zur …«

Für einen Moment nahm ich bloß eine dunkle Schliere wahr, bis …

Cora schrie. Die Zecke hatte ihr Ziel gefunden. Aber nicht auf dem Boden, sondern …

Auf dem Rücken meiner Schwester. Die haarigen Beine klammerten sich um ihren dünnen Leib.

»Tyrael!« Isobel rannte durch den Matsch auf mich zu, umfasste den Kragen meiner Uniform und schüttelte mich. »Bist du von allen guten Geistern verlassen? Wie konntest du das tun? Wie konntest du die Zecke um eine Wahrheit bitten?«

»Was …«

»›Bitte mich um eine Wahrheit, so gewähre ich sie dir, doch sei gewiss, der Preis ist hoch, deine Liebe nehme ich mir.‹ Sie nutzt Coras Seele, um zu dir zu sprechen! Wie konntest du das vergessen, verflucht noch mal?«

Ihre Worte raubten mir die Luft zum Atmen. Schwindel brach über mich herein. Ich hatte gewusst, was die Zecke fordern würde. Die ganzen Jahre über hatte ich es gewusst. Aber in dem Moment eben, als die Gier mich überkommen hatte, waren meine Gedanken leer gewesen. Ich hatte nur an eines gedacht: die Unendliche Macht.

Kamryn legte eine Hand auf Isobels Arm und zog sie sanft beiseite. Sie sah mich an. Ich erkannte tiefe Traurigkeit in ihrem Blick. »Du musst deine Wahrheit fordern, Tyrael.« Sie senkte die Lider. »Sonst wird deine Schwester sterben.«

Sonst wird deine Schwester sterben. Nein. Niemals. Cora …

»Und was passiert mit ihr, wenn ich … meine Frage stelle?«

Merlin wandte den Blick ab. Er wollte mir nicht antworten. Von Sileas' Gesicht tropfte Schlamm. Isobel schluchzte auf.

»Das weiß keiner.« Ëmille hatte die bewusstlose Aleen auf seinen Schoß gehoben und strich ihr das Haar aus dem sommersprossigen Gesicht. »Es ist nicht überliefert.«

Eine Antwort blieb mir erspart, denn in diesem Moment riss meine Schwester den Mund auf. Doch die Stimme, die durch die Luft wehte, war nicht die ihre. »Stelle deine Frage, Narr!«

Ich schluckte. Taubheit lähmte meine Gedanken. Meine Gefühle. Hinter mir erklangen Schritte. Zarte Finger schlossen sich um meine. Helena drückte meine Hand. Ich wusste nicht, ob die feuchte Spur, die mir über die Wange rann, vom Regen oder von meinen Tränen rührte. Ich sah meiner Schwester in die leeren Augen. In den Tiefen des Nichts erkannte ich ihr Kinderlachen.

Und dann stellte ich sie. Die Frage, die seit Wochen meine schlaflosen Nächte dominierte.

»Wo finde ich die Unendliche Macht?«

Stille. Sogar der Regen wurde lautlos. Jeder hielt den Atem an. Alle Augenpaare waren auf mich gerichtet.

»Tyrael«, sagte Isobel leise. »Was …«

»Das ist nicht dein Ernst«, stieß Sileas aus. »Du –«

Ihr Satz ging in dem unmenschlichen Fauchen meiner Schwester unter. Mein Herz warf sich wild gegen meine Brust. Wenn ich die Unendliche Macht erst einmal besäße, würde ich alles wiedergutmachen. Ich könnte ein normaler Mann sein. Der Fluch wäre vergessen.

»Die Unendliche Macht«, zischte Cora, während die Zecke an ihr saugte, »sie pulsiert in dem goldenen Amulett des blinden Mädchens, dessen Herz kraftlos in den Katakomben der Spar Cave vegetiert.«

»Spar Cave?«

Die Zecke fauchte. »Meine Arbeit ist hiermit getan!«

Ëmille und Didre schnappten zeitgleich nach Luft. Sie sahen sich an. Ich fokussierte ihn. »Was wisst ihr?«

Didre zögerte. Doch Ëmille begegnete meinem Blick und sagte:

»Die First Ministerin steckte mit den Düsteren unter einer Decke. Sie ist einen Pakt mit ihnen eingegangen, etwas … etwas in Spar Cave zu bewachen.«

»Was?« Sileas erstarrte. »Woher, zum Teufel, weißt du das?«

»Leute, das ist absurd!« Isobel streckte den Finger aus und deutete auf die Zecke. »Dieses Wesen *verschlingt* Coraël! Die Zecke ist bösartig! Und ihr wisst, was in den Geschichtsbüchern geschrieben steht. Sie gewährt uns eine Wahrheit, aber die Ixod Veritas beugt diese zu ihren Zwecken, bereit, ihren Bezwinger in die Irre zu führen!«

»Das ist nicht von Belang.« Ich presste die Zähne aufeinander und drückte Helenas Hand. »Eine Wahrheit ist eine Wahrheit.«

»Du brichst das Gesetz, Tyrael!« Merlins Blick war angriffslustig. »Und *wofür?* Damit du uns alle *umbringst*?«

Ich fokussierte die Zecke. »Gib mir meine Schwester wieder!«

Stille. Doch plötzlich warf Cora den Kopf in den Nacken und … lachte. Meine Nackenhaare stellten sich auf. Helena keuchte. Dann erstarb das Geräusch.

Cora begegnete meinem Blick mit einem irren Grinsen. »Auf Wiedersehen, *Bruder*.«

»Was …« Ich erstarrte. »Cora, nein …« Ich stolperte vorwärts. »NEIN!«

Die Zecke erhob sich und schwebte in die Luft. Ich rannte. Helena versuchte mitzuhalten, doch ich riss mich los. Aber bevor ich meine Schwester auch nur ansatzweise erreicht hatte, wurde die Zecke wieder zu ihrer rasanten Schliere. Mit einem schneidenden Geräusch durchbrach sie den prasselnden Regen und verschwand in dem Bauch des Rehs, aus dem sie gekommen war.

»NEIN!« Ich fiel auf die Knie, schlug mit den flachen Händen auf den nassen Boden. Schlamm spritzte mir ins Gesicht. »Cora! Co… Co…« Meine Stimme brach. »CORAËL!«

Weiche Arme umschlangen mich. Der vertraute Rosenblütenduft stieg mir in die Nase, vermischt mit dem erdigen Ton der Schlacht. Helena drückte mich an sich. »Wir werden sie finden«, sagte sie. Immer wieder. »Es wird alles gut, Ty, alles wird gut. Wir finden sie. Und wenn es das Letzte ist, was wir tun. Wir –«

Ich machte mich los. Helena fiel zu Boden, aber ich konnte nicht auf sie achten. Nicht jetzt. Ich stürmte zu dem Reh, riss es mit meinen bloßen Händen aus der Kordelstange und zertrat es mit den Füßen. Es blieb nichts zurück außer dem ramponierten Kunststoff. Erneut fiel ich auf die Knie. Die Splitter bohrten sich in meine Haut. Diesmal war ich mir sicher, dass es Tränen waren, die meine Wangen überströmten. Meine Schultern bebten. Niemand sagte ein Wort. Der Donner, der am Himmel grollte, war laut wie mein eigener Zorn. Als ich mich zu den anderen drehte, pulsierte hasserfüllter Wahn in mir.

»Wir brechen auf!«, brüllte ich. »Zur Spar Cave. Sofort!«

»Tyrael …« Sileas zitterte. »Wir sind ausgelaugt. Wir …«

Ich sah einen nach dem anderen an. Merlin blickte zu Boden. Isobel wirkte hin- und hergerissen, aber auch sie war atemlos. Helena sah zu mir auf. Obwohl sie noch keine kontrollierbaren Kräfte besaß, wirkte sie entschlossen, und das war … es war verrückt. Wo nahm diese Frau den Mut her?

Didre trat vor. »Ich komme mit.«

»Ich auch«, sagte Ëmille sofort. Er kam auf die Beine, die schlaffe Aleen in den Armen. »Kamryn.« Sein Blick glitt zu dem ausgezehrten Mädchen, das sich soeben wieder verwandelt hatte. »Würdest du … würdest du sie zu Raven bringen?«

»Bist du *irre?!*« Merlin verzog das Gesicht. »Wir töten sie!«

Ëmille knurrte. »Wenn du ihr ein Haar krümmst, werde ich dafür sorgen, dass du nie wieder das Tageslicht siehst, Drecksack.«

»Spinnst du?« Freudlos lachte er auf. »Dieses Kind hätte uns beinahe alle umgebracht!«

»Ich kümmere mich darum«, sagte Ëmille. Niemand entgegnete etwas. Wir alle wussten, dass das Wahnsinn war. Aber das Mädchen gehörte zu Ëmille. Und wenn er um unser Vertrauen bat, waren wir bereit, es ihm zu gewähren.

»Wir werden dir Zeit geben, weil wir eine Familie sind, Ëm.«

Unter meinem Stiefel knackte ein Ast. »Aber ich werde nicht die Sicherheit unseres Volkes aufs Spiel setzen. Solltest du es nicht in den Griff kriegen, dieses … was auch immer es ist, was in deiner Tochter lebt, unter Kontrolle zu bringen …«

»Werde ich«, sagte Ëmille. An seinem Kiefer zuckte ein Muskel. Der entschlossene Ausdruck in seinen grauen Augen durchbrach den Regen. Er blickte zu Kamryn. »Bitte, Kam. Bring sie zu Raven.«

Die Formwandlerin nickte. Unter ihren Schritten schmatzte der Schlamm. Sie drückte das Mädchen an sich und schritt in Richtung der Hohen Türme davon.

Merlin machte einen Schritt zurück und hob die Hände. »Ich bin raus. Was auch immer in der Spar Cave lauert … ich will nichts damit zu tun haben.«

Niemand sagte ein Wort, als auch Merlin verschwand.

»Und die anderen?«, fragte ich. »Jeder soll frei entscheiden.«

Keiner regte sich. Sileas reckte entschlossen das Kinn, Isobel verschränkte die Arme vor der Brust. Doch wer mich überraschte, war Didre. Sie machte einen Schritt nach vorne. »Wir sollten Krähenfüße essen, bevor wir aufbrechen.« Ihre Haare umgaben ihr Gesicht wie die wilde Mähne einer Löwin. »Wie schon gesagt: Ich werde kämpfen.«

Ich runzelte die Stirn. »Aber wie, Di?«

Sie ballte die Hände zu Fäusten. »Ihr wisst wenig über mich.«

Isobels Lippen teilten sich überrascht. Sileas pfiff durch die Zähne. Und ich … ich wusste, dass jetzt nicht die Zeit war, über ihre Offenbarung nachzudenken. Ich nickte und wandte mich an Hel. »Du bleibst hier.«

Sie schüttelte den Kopf. »Auf keinen Fall.«

»Hel …«

»Ich komme mit.« Ihre Stimme war fest. »Ich kann helfen.«

»Dein Mut in allen Ehren, aber das ist lebensmüde. Und ich werde nicht die Zeit haben, dich zu schützen, wenn es zu einem Kampf kommt.«

»Ich schütze mich selbst.«

»Du bleibst hier.«

»Nein.«

Ich verzog das Gesicht. »Warum bist du nur so stur?«

»Weil ich helfen kann.« Der Regen prasselte ihr unbarmherzig ins Gesicht. In der Ferne schlug ein Blitz ein und erhellte ihre Brandnarbe. Helena sah aus wie eine verfluchte Kriegerin. »In der Not hat meine Kraft schon einmal die Kontrolle übernommen, Ty. Das weißt du. Und eben habe ich sie wieder gespürt. Ich kann das.«

»Nie im Leben. Du wirst –«

»Lass sie mitkommen«, sagte Didre. »Unter meinem Schutz.«

»Und unter meinem«, sagte Isobel. »Sie ist jetzt eine von uns, Ty.«

Mir war bewusst, dass sie recht hatten. Aber ich war nicht bereit. Nicht bereit, noch eine Person zu verlieren, die mir etwas bedeutete.

Helena reckte das Kinn. »Du kannst nicht über meinen Willen entscheiden.«

»Schön.« Ich wandte Helena den Rücken zu. Der Schmerz, der mich überwältigte, wenn ich sie ansah, war zu präsent. Und das konnte ich jetzt nicht gebrauchen.

Ich sah zu den anderen, steckte zwei Finger in den Mund und beobachtete, wie sie es mir gleichtaten. Beim nächsten Augenaufschlag gellten unsere schrillen Pfiffe durch die Luft. Es würde nicht lange dauern, bis die kräftigen Flügelschläge unserer Fledermausdrachen die Luft zerschnitten.

Wir würden aufbrechen.

HELENA

✧

Wir hatten kaum Zeit verloren. Sileas hatte mir eine ihrer Jagdmonturen geliehen und ich hatte mich gehütet, Nathaniel irgendetwas zu verraten. Er hätte sich vermutlich auf mich gestürzt, um mich daran zu hindern aufzubrechen.

Während des gesamten stürmischen Flugs durch den peitschenden Regen fragte ich mich, weshalb Tyrael nach dem Götterartefakt suchte. *Wofür, Tyrael?*

Der Flug war der kälteste meines Lebens. Trotz der Feueruniform schlotterte ich am ganzen Körper. Meine Haut war durchweicht, die Haare klebten mir im Gesicht. Tyrael lenkte Exodia durch den zerrenden Wind. Seine Arme hielten mich fest umschlungen. Der Weg bis zur Isle of Skye kam mir wie eine verdammte Ewigkeit vor. Gerade als ich dachte, meine Finger würden vereisen, setzten wir zum Sinkflug an. Der Pfad unter uns in der Bucht der Westküste war schmal. Exodias Krallenfüße landeten auf dem Schotter und wir stiegen hastig ab, damit die anderen folgen konnten.

»Wir haben Glück, dass Niedrigwasser ist«, sagte Sileas. »Sonst hätten wir schwimmen müssen.«

»Oder an den Wänden entlangklettern«, meinte Ëmille.

»Wir haben nicht viel Zeit.« Isobel schob sich einen Krähenfuß in den Mund. »Bis zur Dämmerung dauert es nicht mehr lang.«

Ich blickte den Pfad bis zur schmalen Öffnung der Meereshöhle entlang und runzelte die Stirn. »Ich habe gelesen, diese Höhle sei aufgrund eines ungewöhnlichen Luftdrucks gesperrt.«

»Kein Luftdruck.« Tyrael hob die Hand. Langsam näherte er sich einem scheinbaren Nichts, bis er plötzlich innehielt. Seine Hand vibrierte. Die Luft flimmerte. »Magie.« Er sah über die Schulter hinweg zu den anderen. »Ein Verschlüsselungszauber.«

Sileas, Isobel und Ëmille näherten sich der Wand. Mein Magen rumorte. Vielleicht hatte Tyrael recht. Ich war noch nicht so weit. Verdammt! Ich wusste nicht einmal, was für eine Macht ich besaß. Aber jetzt war es zu spät. In einem synchronen Singsang murmelten die anderen mir fremde Worte. Vor ihren Mündern entstand ein feiner Dunst, der sich nur langsam verdichtete. Er wirkte wie trüber Nebel. Tyrael verzog schmerzhaft das Gesicht.

Didre wartete neben mir. Sanft fasste sie mich am Ellbogen. »Keine Sorge. Ich fühle mich wie du.«

»Aber du scheinst deine Macht immerhin gefunden zu haben.« Mein Blick ruhte auf Tyrael. »Und kannst sie anwenden.«

»Der Weg ist das Ziel, Helena.« Sie schenkte mir ein schwaches Lächeln. »Wir lernen Tag für Tag dazu, nicht wahr? Niemand ist von Anfang an vollkommen. Und niemand wird es je sein.«

Ich schluckte. »Was meinst du, was uns dort drin erwartet?«

Didre fokussierte die schmale Höhlenwand hinter der flimmernden Luft, in die sich nun dunkle Risse einzeichneten. »Nichts Schönes.«

Ich wandte mich ab und blickte zum Meer. Das Rauschen verursachte mir Übelkeit. Schnell sah ich wieder weg.

»Die Verschlüsselung fordert eine Bezahlung«, sagte Isobel.

Ëmille nickte. »Ich habe es auch gespürt.«

»Ja, aber was?«, fragte Sileas. »Da war nichts –«

»Macht«, unterbrach Tyrael sie. Finster blickte er auf die rissige Mauer. »Sie verlangt, dass einer von uns für den Eintritt seine Macht entbehrt.«

Sileas starrte ihn an, als wäre er verrückt geworden. »Das wäre ein absolutes Selbstmordkommando, Ty.«

»Sie hat recht.« Isobel krümmte die Finger. »Es geht nicht.«

Langsam nickte Tyrael. Ëmille runzelte die Stirn.

»Ich mache es«, sagte ich. Alle wandten sich mir zu. Unter meinen Stiefeln knirschte das Geröll, als ich mich ihnen näherte. »Wirklich. Ich will … ich will einfach helfen.«

Tyrael schüttelte den Kopf. »Du wirst nicht mit dieser Magie in

Berührung gebracht, Helena.« Seine Hand fuhr prüfend über die flimmernde Luft. »Es ist zu gefährlich.«

»Aber –«

»Nein.«

Stille kehrte ein, bis Ëmille plötzlich die Luft ausstieß. »Ich widerspreche dir nur ungern, aber Helena könnte helfen. Sie wäre im Kampf keine gute Partnerin.« Er sah mich an. »Nichts für ungut, Helena.« Ich lächelte. Er fügte hinzu: »Und eine andere Möglichkeit bleibt uns nicht, wenn wir aus dieser Sache lebend wieder rauskommen wollen.«

»Ty.« Didre klang so einfühlsam, dass ich das Gefühl bekam, ihr Ton würde meine Haut streicheln. »Es ist nur ein Verschlüsselungszauber. Niemand kann ihr dadurch etwas anhaben.«

Es verging eine gefühlte Ewigkeit, bis Tyrael die Schultern sinken ließ und einknickte. Didre schenkte mir ein ermutigendes Lächeln.

Ich atmete tief durch, ballte die Hände zu Fäusten und trat an die Wand heran. »Was muss ich tun?«

»Lass eine Flamme entstehen«, sagte Isobel.

Ich schloss die Augen und konzentrierte mich. Einen Augenblick später schoss eine hohe Flamme an meiner Hand empor.

Sileas pfiff. »Du lernst dazu, girl.«

»Ich bin immer noch neidisch, dass ihr Feuerbändiger das Element aus dem Nichts aufrufen könnt«, murmelte Isobel.

Tyrael streckte seine Hand aus. »Darf ich?« Ich nickte. Er legte seine Finger um meinen umgedrehten Handrücken. Ein Ziehen durchfuhr mich. Es war so stark, dass ich das Gefühl hatte, für den Bruchteil einer Sekunde von den Beinen gehoben zu werden. »*Flamare accepta*«, murmelte er. »*Flamare di Helena Iversen.*«

Die Stichflamme brandete auf, als hätte jemand Öl über sie gegossen. Ich keuchte und wollte erschrocken zurückweichen, doch Tyrael hielt mein Handgelenk fest umschlossen.

»Keine Angst«, flüsterte er. »Ich bin bei dir.«

Und tatsächlich: Mein Herzschlag beruhigte sich. Doch schon im nächsten Moment unterbrach das krachende Geräusch der flimmernden Luft unseren Blickkontakt. Die dunklen Risse breiteten sich aus. Ein silberner Nieselregen fiel auf uns herab. Ich wischte mir mit dem Handrücken über die Wange. Silbrige Farbe schimmerte an meinen Knöcheln.

Prüfend fasste Tyrael in die Luft. »Wir können reingehen.«

»Egal, was wir da drin vorfinden«, sagte Ëmille, »vergesst unser Ziel nicht.«

Isobel nickte. »Das blinde Mädchen mit der Halskette.«

»Du bleibst bei mir.« Tyrael nahm meine Hand. Die anderen gingen an uns vorbei, doch er hielt inne, um mich eindringlich anzusehen. Das Ziehen in meiner Magengegend wurde stärker. »Versprich es mir, Hel.« Ich nickte. »Du sollst es sagen.«

»Ich verspreche es.« Meine Stimme war fest.

»Es gibt zwei Eingänge«, hörte ich Sileas sagen. Ich beneidete sie um ihre aufrechte Haltung und vor allem um den riesigen Säbel, den sie mit sich trug. »Welcher ist der richtige?«

»Der linke«, sagte Didre neben mir.

Wir zwängten uns in den schmalen Eingang zwischen den mit Algen bewachsenen Steinwänden. Der Boden war schlammig, unsere Stiefel schmatzten bei jedem Schritt, und es war eiskalt. Ich versuchte, mit der Lautlosigkeit der anderen mitzuhalten, rutschte jedoch häufiger an einem Stein ab oder verlor das Gleichgewicht im Schlick. Es wurde finsterer.

Ich hörte, wie Didre in ihrer Tasche wühlte. »*Ox solaris!*«

Gleißendes Licht flutete die Höhle. Die Wände waren weiß. Manchmal schimmerten sie grau wie edler Marmor. Tyrael folgte meinem Blick. »Abgelagertes Kalziumkarbonat. Mineralablagerungen. Eine der letzten Tropfsteinhöhlen, die nicht für Touristenzwecke in Beschlag genommen wurde. Die Wände glänzen wie Eis, weil das Meereswasser bei Flut darüberfließt. Sieh mal nach oben.«

Ich hob den Blick. Von der Decke hingen glitzernde Stalaktiten. »Warst du schon einmal hier?«

»Ein Mal.« Tyraels Blick lag auf der steilen Sintertreppe vor uns. »Aber das ist ewig her.«

Wir setzten uns wieder in Bewegung. Doch gerade als wir die Felstreppe vor uns erreichten, erklang ein schepperndes Geräusch aus der Ferne. Ich fuhr zusammen. Tyraels Kopf fuhr hoch. Sein Blick verfinsterte sich.

»Was war das?«, fragte Isobel. Sie war bereits einige Meter vor uns und stützte sich mit einer Hand an der Höhlenwand ab.

»Ich weiß nicht«, murmelte Sileas. »Es klang wie …«

Es schepperte ein zweites Mal, gefolgt von einem tiefen Klageschrei.

Meine Knie wurden weich. »War das …«

»Ja«, sagte Didre. Über ihr Gesicht glitt ein dunkler Schatten, obwohl sie den Sonnenstein hielt. »Wir sind keineswegs allein in dieser Höhle.«

Ich fuhr mir über das Gesicht. »O Götter.«

»Ich bin bei dir.« Tyraels Nähe sandte Wärme aus. »Solange deine Hand in meiner liegt, wird dir nichts passieren.«

Die Klageschreie nahmen zu, während wir die Sintertreppe emporkletterten. Ëmille und Isobel gingen voran, gefolgt von mir und Ty. Das Schlusslicht bildeten Sileas und Didre. Doch als Ëmille den Absatz erreicht hatte, erkannte ich sofort, *sofort*, dass etwas nicht in Ordnung war. Im ersten Moment huschte blanker Schock über ihre beiden Gesichter. Isobels Lippen teilten sich und in ihren Augen glitzerten Tränen. Doch schon in der nächsten Sekunde sank sie auf die Knie und gab einen lauten Schrei von sich. Ëmille wirbelte zu ihr herum.

»Isobel!« Er bückte sich und legte seine Hände auf ihre Schultern. »Was ist denn?«

Doch sie schrie nur weiter. Tyrael rannte los und zog mich mit sich. Als ich sah, was sich vor uns erstreckte, blieb mir das Herz stehen. Sogar Isobel geriet in den Hintergrund. Dort, in den Wänden über dem tiefschwarzen See am Grund, klafften tiefe Löcher. Dicke Eisenstreben bildeten Gitter vor ihnen, und auf dem Boden dieser Zellen …

»Bei den Göttern«, hauchte Sileas, die in diesem Moment zu uns gestoßen war. »Sind das *Menschen?*«

»Nein«, murmelte Tyrael. »Azlata. Ich spüre ihre Magie.«

»Warum –« Doch mein Satz blieb mir im Hals stecken, als mich ein unbeschreiblicher Schmerz durchfuhr. Genau wie Isobel sackte ich in die Knie. Mein Kopf wollte bersten. Ich presste mir die Hände auf die Schläfen. Mein Schrei echote in der dunklen Grotte.

»Helena!« Tyrael umfasste mein Gesicht, doch ich konnte ihn nicht ansehen. Jede Bewegung schmerzte. Ich krümmte mich, kratzte mit den Fingern über den felsigen Boden. Meine Nägel brachen. Kräfte zogen an meinen Gliedern. Und nur Sekunden später sackten auch Sileas, Tyrael und Didre zusammen. Die Höhle wurde erfüllt von unseren keuchenden Lauten und Schreien. Nur Ëmille stand reglos da und starrte mit schockverzerrten Zügen und verwirrter Miene auf uns herab.

»Was …« Doch plötzlich erreichte eine Erkenntnis seine Augen. Er wühlte in seiner Monturtasche. Einen Moment später blitzten schwarze Steine in seiner Hand auf. Er drückte jedem von uns einen in die Hand. Die Schmerzen hörten sofort auf.

Atemlos rang ich nach Luft, als hätte meine Lunge seit Jahrzehnten keinen Sauerstoff mehr kosten dürfen. Die anderen taten es mir gleich. Schweiß rann mir die unterkühlte Haut hinab. Tyrael kam wacklig auf die Beine.

»Himmel.« Mein Blick huschte über den Stein in meiner Hand. Mit dem Daumen strich ich über die glatte Oberfläche. »Was *war* das?«

»Ich habe so eine Vermutung.« Tyrael deutete auf die Gitterstäbe. Er atmete schwer. »Seht ihr die weiße Schicht auf den Eisenstreben?«

Mein Blick folgte seinem. Ich kniff die Augen zusammen, erkannte in dieser Entfernung aber kaum etwas. Didre machte einen Schritt vor. Das Geräusch verklang an den hohen Wänden der Höhle. »Okkultes Pulver.« Isobel und Sileas schnappten zeitgleich nach Luft, während Didre hinzufügte: »Ich dachte, das wäre ein Mythos?«

»Offensichtlich nicht«, sagte Ëmille.

»Was ist das?«, fragte ich.

»Okkultes Pulver ist eine Essenz, die bei den Einsamen Schwestern hergestellt wird.« Didres dunkle Augen glühten im Licht ihres Sonnensteins. Ihr Haar loderte wie wütendes Feuer. »Einem azlatekschen Reich der Forschung. Es wird aus den Kräften der Nekromanten gewonnen. Die bloße Anwesenheit des Pulvers bewirkt, dass uns die Lebensenergie Stück für Stück und auf sehr qualvolle Art und Weise entzogen wird. Unsere Kräfte werden blockiert.«

Neben mir schauderte Tyrael. Auch mir wurde eiskalt. Ich blickte auf die zusammengesunkenen Körper in den Zellen und spürte einen heftigen Stich in meinem Herzen. Wie lange lagen diese Azlata schon dort? Wie lange mussten sie sich diesem Schmerz hingegeben haben, dass ihre Körper ihn nun akzeptierten und sie lethargisch vor sich hin vegetierten?

»Diese Steine …« Ëmille ließ seinen eigenen zwischen den Fingern hin und her gleiten. »Sie müssen vor der Essenz schützen. Ich habe sie bei der First Ministerin gefunden.«

Sileas neigte feixend den Kopf. »Wollen wir wissen, was du bei der First Ministerin getrieben hast, Ëm?«

Er antwortete nicht.

»Das heißt, sie war hier«, sagte Tyrael. »Sie hat das Leid mit angesehen und nichts dagegen unternommen.«

»Sie *wollte* das Leid«, entgegnete Ëmille. »In ihrer Vereinbarung mit dem Düsteren Volk hieß es, sie würde das Gerücht des Luftdrucks aufgrund wissenschaftlicher Ungereimtheiten erhärten und jegliche Forschungsangebote ablehnen, um dem Düsteren Volk den Raum zu bieten, das Lichte Volk auszulöschen.«

»Bei den Göttern.« Sileas stieß die Luft aus. »Wenn ich diese Frau in die Finger kriege …«

»Ich fürchte, ich kam dir zuvor«, sagte Ëmille.

»Lasst uns das Mädchen suchen.« Tyrael blickte in den Abgrund. Der pechschwarze See schimmerte zwischen den glitzernden Höhlenwänden. »Und so viele Azlata wie möglich retten.« Er sah zu Sileas. »Geh zurück und mach die Heralchiros bereit.«

Sileas nickte, dann wandte sie sich mir zu. »Hier. Ich sehe schon die ganze Zeit, wie heiß du darauf bist.« Sie drückte mir ihren Säbel in die Hand, ehe sie umkehrte und überraschend elegant die Sintertreppe hinabschlitterte. Ich hielt die schwere Waffe in den Händen und war überfordert. Womöglich würde ich mir im Gefecht noch selbst den Hals durchtrennen, weil ich nicht wusste, wie ich das Ding schwingen musste. Tyrael schien ähnlich zu denken, denn er blickte misstrauisch von mir zum Säbel und zurück.

»Wir müssen uns beeilen.« Isobel band sich das Haar zu einem schnellen Zopf. »Wenn die Dämmerung einbricht, sollten wir uns nicht hier aufhalten.«

»Aber wie wollen wir an sie herankommen?«, fragte ich. Von der Decke rieselte Geröll und landete mit einem leisen Plätschern in dem tiefen See. »Wir können diese Gitter unmöglich zerstören.«

»Wir nicht.« Ein herausforderndes Grinsen umspielte Tyraels Mundwinkel. »Aber wozu habe ich Sileas rausgeschickt?«

In diesem Moment erbebte die Höhle. Ich blickte zurück und erkannte Exodias riesige Kugelaugen. Neugierig blickte sie sich um. Bei jedem Schritt, den Sileas das Tier mit einem Schnalzen ihrer Zunge vorwärtstrieb, stießen ihre Flügel gegen die Wände.

»Es ist verdammt eng für sie!« Sileas fluchte. »Ich weiß nicht, ob jeder Heralchiro hier reinpasst!«

»Einer nach dem anderen«, sagte Ëmille. »Windschneider ist enge Passagen gewohnt.«

Isobel nickte. »Magda auch. Wir brauchen so viele wie möglich, wenn wir die Azlata hier rausschaffen wollen.«

Besorgt blickte Didre zu den Zellen. »Es sind *Hunderte!*«

»Wir kriegen mindestens sieben auf einen Drachen. Einer fliegt voran und holt Verstärkung.« Tyrael blickte in die Runde. »Allein schaffen wir es nicht. Verstanden?«

»Das wird nicht nötig sein!«

Mir rutschte das Herz in die Hose. Die Stimme, die vom Eingang hereinklang, war mir nur zu vertraut. Dort, gleich hinter Sileas, rutschte Nathaniel von einem gescheckten Fledermausdrachen. Mein Großvater funkelte mich an. Ich hatte noch nie so viel Klarheit in seinem Gesicht erkannt wie in diesem Moment. »Denkst du, ich passe nicht auf dich auf, Helena?«

Ich blinzelte. »Aber woher …«

In diesem Moment flog ein großer Adler in die Höhle. In einer flügelschlagenden Bewegung verwandelte er sich. Nur eine Sekunde später stolperte ein kleiner Junge hinter Nathaniels Rücken hervor.

Sileas wirbelte herum und riss die Augen auf. »*Max?*«

Der Junge neigte den Kopf und zuckte die Achseln, als wollte er sagen: »*Was hätte ich sonst tun sollen?*«

Sileas verengte die Augen. »O Götter. Dein Vater wird dich umbringen, Cousin.«

»Der Kleine hat vermutlich gerade viele Leben dieser Azlata gerettet, die wir hätten zurücklassen müssen«, sagte Ëmille.

Tyraels Blick huschte über Nathaniel und den kleinen Jungen hinweg. Ich folgte ihm und erkannte die Schemen etlicher Azlata, die von ihren Heralchiros stiegen. Da waren Tyraels Eltern und sein Bruder Archibald, eine hochgewachsene Frau, die Isobel erschreckend ähnlich sah, sowie Ghislaine in ihrem pinken Jogginganzug und Sorrel, Ravens Mutter. Sie stürmten die Höhle wie Rebellen eine Festung.

»Stopp!«, rief Ëmille, bevor sie die Sintertreppe erreicht hatten. Er hob eine Hand in die Höhe. »Ihr könnt nicht rein!«

»Willst du mich verarschen?« Ghislaine schüttelte das volle schwarze Haar zurück und breitete die Arme aus. »Ich bin gerade durch einen verdammten Monsun geflogen, also werde ich jetzt –«

»Die Höhle ist erfüllt von Okkultem Pulver.« Tyrael blickte finster drein. Seine Stimme war wie ein Schalter. Die Gesichtszüge der anderen veränderten sich sofort.

»*Was?*« Elsbeth streckte den Arm aus, um ihren unruhigen Heralchiro zurückzuhalten. »Wie könnt ihr dann dort sein?«

Zögerlich hob ich meinen Stein. »Hiermit.«

»Was ist das?« Die rothaarige Frau verengte die Augen. »Isobel, hast du auch so einen?«

»Ja. Die Dinger scheinen das Pulver abzustoßen und –«

»Gib mir deinen!« Ihre Mutter war schon dabei, sich an Exodia vorbeizuschieben und die Sintertreppe emporzuklettern.

Isobels Züge wurden eisern. »Nein, Mutter.«

»Wie bitte?«

Isobel verschränkte die Arme vor dem Körper. »Das hier ist mein Kampf. Die Götter wollen, dass ich ihn ausführe.«

»Das ist lächerlich.« Ihre Mutter starrte sie an. »Du bist ein Kind!«

»Ich bin erwachsen!« In diesem aufgebrachten Ton hatte ich Isobel bisher nicht sprechen gehört. Ein leichtes Zittern begleitete ihre Silben. »Und ich werde das hier durchziehen, Mutter.« Daraufhin kehrte sie ihr den Rücken zu und ging bis zum Ende der Klippe.

Sileas wandte sich an die anderen. »Ihr wartet, wir bringen euch die Gefangenen und ihr schafft so viele es geht fort.«

Isobels Mutter zischte. Die meisten anderen nickten, doch Nathaniel presste die Lippen aufeinander und trat vor. In seiner Montur sah er viel furchteinflößender und mächtiger aus als in seinem schäbigen Pullunder. »Meinetwegen. Aber Helena wird mit mir tauschen.« Sein Blick bohrte sich in meinen. »Du hast zu wenig Erfahrung.«

»Er hat recht.« Sanft drückte Didre meinen Arm. »Geh.«

Ich schluckte. Mir war bewusst, dass sie recht hatten, aber *alles* in mir wollte helfen. Ich hatte das Gefühl, so vieles kaputt gemacht zu haben, weil meine Mutter … weil sie geflüchtet war. Weil alle sie beschuldigten. Weil ich sie nicht hatte retten können.

Da spürte ich plötzlich Tyraels Finger unter meinem Kinn. Er hob es an und sah mir tief in die Augen. Mein Magen machte einen Satz. »Für gewöhnlich sind Nathaniel und ich nicht einer Meinung. Aber diesmal muss ich ihm zustimmen: Er hat recht, kleine Iversen.«

Langsam nickte ich. Ich biss mir auf die Unterlippe und sog jeden Zentimeter seines Gesichts in mich auf, aus Angst, es vielleicht nicht wiederzusehen. Die markanten Wangenknochen. Das schwarze Haar. Die blutroten Lippen und, bei den Göttern, diese verdammten Augen. »Versprich mir, dass du auf dich aufpasst.«

Er lachte rau. »Dafür bin ich nicht gemacht, Helena.«

»Ja«, murmelte ich. »Das dachte ich mir.«

Er lachte noch einmal, ganz leise, ganz sanft, und es fühlte sich an, als würde mein Herz vibrieren. Dann gab er mir einen Stups und im nächsten Moment stolperte ich die Felstreppe hinunter. Aus großen Nüstern blies mir Exodia ihren warmen Atem entgegen.

Ich erreichte Nathaniel. Er schob mich zu Elsbeth, die noch immer mit ihrem Heralchiro zu kämpfen hatte. Unruhig stampfte das riesige Tier auf, ehe es rückwärtslief wie ein verängstigtes Pferd. Elsbeth fluchte. Als ich mich umdrehte, war Nathaniel bereits die Treppe hinaufgeklettert und nahm einen Stein von Ëmille entgegen. Tyrael hüpfte auf Exodia. Die Mitte der Höhle war gerade breit genug für die ausgestreckten Flügel des Wesens.

Ich umschlang meinen Körper mit beiden Armen und verfolgte den Moment mit angehaltenem Atem. Exodia baute sich vor dem ersten Gitter auf. Tyrael gab einen Laut von sich, woraufhin Exodia das Maul teilte und die Gitterstäbe umfasste. Im nächsten Moment trieb er ihr die Hacken in die Seiten. Die Heralchiro machte einen großen Satz zur Seite. Mit Wucht riss sie das Gitter aus der Höhlenwand. Es landete im schwarzen See.

»Bei den Göttern«, hörte ich Archibald flüstern. Er machte einen taumelnden Schritt vor. »All diese Azlata …«

Und er hatte recht. Sie lagen aufeinander wie in einem Massengrab. Es war der schlimmste Anblick, den ich je vor Augen gehabt hatte. Ihre Lider waren halb gesenkt und diese dürren Leiber … Ein Gefühl wie Eiswasser flutete meine Adern. Ich schmeckte Galle in meiner Kehle. Unwillkürlich rieb ich mir über die Arme.

Inzwischen war Tyrael in die Zelle gehüpft und hievte die ersten schlaffen Körper auf seinen Drachen. Als Exodias Rücken keinen weiteren mehr tragen konnte, zog er sich schwungvoll wieder hinauf und flog über den Schlund zurück. Das Flugwesen landete mit einem Krachen und schob sich an Windschneider vorbei. Jetzt war Ëmille an der Reihe. Sie arbeiteten wie am Fließband. Ein Heralchiro löste den anderen ab, um die kraftlosen Opfer den anderen zu übergeben.

Nervös blickte ich in Richtung Ausgang. Die Dämmerung würde bald einbrechen und wir hatten nicht einmal die Hälfte der Gefangenen herausbefördert. Als Tyrael ein weiteres Mal von Exodia rutschte, bemerkte ich, dass etwas nicht stimmte. Tyrael taumelte. Seine Schritte erinnerten mehr an ein Schlurfen als an alles andere.

»Ty.« Ich musste sprinten, so weit war ich von ihm entfernt. Meine Beine brannten, doch ich erreichte ihn gerade noch rechtzeitig. Er fiel auf meine Schulter. »Was ist los?«

»Nichts.« Er keuchte. »Es ist … nichts.« Mühevoll stützte er sich an mir ab, um wieder aufrecht zu stehen. Doch er strauchelte.

Panisch griff ich nach Tyraels Arm, als er drohte das Gleichgewicht zu verlieren. Ich lehnte seinen Körper gegen die Wand und nahm seine Hände. Tyraels Lider senkten sich. »Ty …« Ich stockte. »Ty, *was ist los?*«

Archibald hielt inne. Die Azlata hingen schlaff und bleich über dem Rücken seines schiefergrauen Tieres. »Bruder!« Innerhalb eines Augenaufschlags war Archibald bei uns. Er stützte Tyrael am Arm. »Bruder, was ist? Was hast du?«

»Nichts.« Tyrael nuschelte. Seine Haut glänzte vor Schweiß. Er sah aus, als hätte er einen Fiebertraum. »Geht gleich wieder.« Seine Hand zitterte, als er sie in seine Monturtasche gleiten ließ und sich einen Moment später eine Handvoll Krähenfüße in den Mund schob. Ich machte mir ernsthafte Sorgen. Doch bevor er zu einer Antwort ansetzen konnte, hallte Ëmilles klare Stimme durch die Höhle.

»Ich hab sie! Ich hab das Mädchen, Ty!«

Es war, als hätten diese Worte Tyrael neues Leben eingehaucht. Seine Lider fuhren hoch. Er presste die Lippen aufeinander und ballte die Hände zu Fäusten. Sein entschlossener Blick glitt zu mir. »Bleib hier.« Dann nahm er seine ganze Kraft zusammen, stieß sich von der glitzernden Höhlenwand ab und krabbelte auf Exodia.

Ich zögerte nicht eine Sekunde. Auf keinen Fall würde ich zulassen, dass Tyrael von diesem Fledermausdrachen in den mystischen See stürzte. Ich rannte los, nur um im nächsten Augenblick von einer festen Hand zurückgehalten zu werden. Überrascht wirbelte ich herum. Archibalds Finger umfassten mein Handgelenk.

»Lass mich los!«

Doch Archibald antwortete nicht. Er beachtete mich nicht einmal. Sein Blick wanderte über meine Schulter hinweg, während seine Augen riesig wurden. »*Bljersk!*«

Ich folgte seinem Blick. Und was ich sah, ließ mein Herz einen Schlag überspringen. Überall in der Höhle waberten dunkle Schlieren, die sich … zu Düsteren manifestierten. Ihre ausgehöhlten Fratzen wirkten freudig erregt. Die Zeit schien stillzustehen.

Panisch sah ich mich um. Außer Sileas, Isobel, Ëmille, Tyrael und mir waren von den Azlata, die uns zu Hilfe gekommen waren, bloß noch Archibald und Nathaniel übrig. Letzterer befand sich bereits von Düsteren eingekesselt in einer Zelle. Einer von ihnen erschien direkt hinter Didre.

Archibald keuchte. »Di, pass auf!«

Der Griff, in dem die rothaarige Kriegerin den schlaffen Körper eines Azlata hielt, lockerte sich. Sie wirbelte herum, doch nicht schnell genug. Der Düstere mit den aschblonden Haarfransen vergrub seine schorfige Hand in ihrem üppigen Haar und riss ihren Kopf zurück. Er hatte einen Dolch gezückt. Die schwarze Klinge blitzte im Licht ihres Sonnensteins auf, als er sie an ihre Kehle drückte. Neben mir hielt Archibald den Atem an.

Ich tat das Einzige, das mir in diesem Moment sinnvoll erschien: Ich wirbelte zu Max herum, fuchtelte mit dem Finger in die Richtung von Archibalds mit Opfern beladenem Heralchiro und rief: »Bring sie weg!«

Der kleine Junge zögerte nur eine Sekunde. Schon in der nächsten wurde seine Stupsnase zu einem gebogenen Schnabel, seine blassblauen Augen zu winzigen Knöpfchen. In seiner Adlerform trieb er den riesigen Fledermausdrachen in die Luft und schwebte dabei selbst dicht über den Körpern der Bewusstlosen, um achtzugeben, dass sie nicht fielen. Ein Hauch minimaler Erleichterung überkam mich, als sich der Adler und das Flugwesen entfernten. Doch dieser winzige Bruchteil wurde im Keim erstickt, als ich mich wieder umdrehte.

Der Düstere hinter Didre lachte wie eine irre Hyäne. »Das wird ein Spaß!«

TYRAEL

✧

Das hier würde ein Gemetzel werden. Es war mir von Anfang an klar. Wir waren zu siebt, plus Helena, die in einem Kampf nicht viel ausrichten konnte. Sie waren zu … ich wusste es nicht. *Hundert?*

Die Krähenfüße, die ich geschluckt hatte, entfalteten ihre Wirkung. Doch die Energie würde nicht von Dauer sein. Der Fluch war zu stark.

Eilig sah ich mich um. Ich befand mich auf Exodia über der Schlucht. Nathaniel nahm es mit einem Doppler und seinen zwei Helferkreaturen auf, Sileas war eine einzige umherwirbelnde Feuergestalt inmitten dreier Düsterer, Isobel verteidigte sich im Nahkampf gegen einen weiteren, während sie fünf andere mittels des schwarzen Sees, dessen Wasser sie befehligt hatte, auf Abstand hielt.

»Du rührst sie nicht an, Drecksack!« Es war die Stimme meines Bruders, der die Sintertreppe heraufrannte. Seine Stiefel rutschten ab, doch er war ein trainierter Azlata. Mühelos hielt er das Gleichgewicht. Noch nie hatte ich Archibald derart außer Kontrolle erlebt.

Hinter ihm hielt Helena ihren Säbel hoch erhoben. Immer wieder warf sie panische Blicke in jede Richtung. Alles in mir schrie danach, zu ihr zu gelangen. Wenn nicht, und dessen war ich mir sicher, würde sie sterben. Da brachte ihr der Säbel auch nichts mehr.

Ich wandte den Blick ab, um zu erkennen, auf wen es mein Bruder abgesehen hatte. Da sah ich den Düsteren hinter Didre. Er drückte ihr genüsslich einen schwarzen Dolch in das rosige Fleisch ihrer Kehle. Doch bevor ich etwas tun konnte, wurde ich mit einem Tritt in die Magengrube belohnt.

Ein Düsterer hatte sich über mir materialisiert. Seine stahlharten Füße trafen meinen Solarplexus. Mit einem unterdrückten Keuchen fiel ich hintenüber. Die Luft wich mir aus der Lunge, als ich auf dem

Rücken aufkam. Für einen Moment stand die Welt auf dem Kopf. Im nächsten Augenblick stürzte ich in die Tiefe. Der Düstere gackerte. Das Geräusch erweckte in mir den Wunsch, ihm die verdammte Bauchdecke aufzuschlitzen. Exodia reagierte blitzschnell. Das riesige Tier setzte zu einem wendigen Sturzflug an. Nur einen Moment später landete ich auf ihrem Rücken.

Ich tätschelte ihre raue Haut. »Das ist mein Baby.« Exodia gurrte. Ich verzog das Gesicht. »Wie oft habe ich dir gesagt, du bist keine verdammte Katze, Ex?« Dann sprang ich auf die Beine, fand mein Gleichgewicht und fokussierte dieses Arschgesicht eines Düsteren.

Er hielt sich auf einem winzigen Höhlenvorsprung, hatte den Kopf in den Nacken geworfen und lachte schallend. Bei den Göttern, waren diese Wesen *dumm*. In einer schnellen Geistesbewegung drang ich in seine Nerven ein. Mein Chaos suchte nach den Strängen, die sich wie ein breites Netz unter dem Schädel sammelten. Ein teuflisches Grinsen schlich sich auf meine Lippen. »Sag ›tschüss, mein König‹.«

Der Düstere hörte auf zu gackern und starrte mich an. »Hmm … Wenn du mir den Schwanz lutschst, vielleicht.«

Ich blähte die Nasenflügel. »Das hättest du nicht sagen sollen.« Meine Macht grub sich in die Schädelnerven und begann quälend langsam, sie zu zerschneiden. Der Düstere schrie. »Wenn du willst, dass es endet, sag ›tschüss, mein König‹.«

Er röchelte, ehe er die rasiermesserscharfen Zähne bleckte. »Friss meine Scheiße, Wichser!«

»Na, na.« Ich schnalzte mit der Zunge. »Heute nicht.« Mit einer mörderischen Schnelligkeit durchtrennte ich seine Nerven. Schock zeichnete sich auf seinen hässlichen Zügen ab. Er fiel vornüber und landete mit einem lauten Platschen im schwarzen See.

Als ich herumfuhr, erkannte ich gerade noch, wie der Düstere hinter Didre in die Knie ging. Sein Schlund war aufgerissen. Er schrie. Mein Blick glitt zu Archie, der am Rande der Klippe balancierte und ihn mit starren Augen fokussierte. Dann fiel der Düstere mit dem Schädel voran auf den felsigen Boden. Didres Brust hob und senkte sich rasch, während sie auf ihn hinabsah. Plötzlich verzog sie das Gesicht, hob den Fuß und …

Bei den Göttern. Didre hatte ihm den Schädel *zertrümmert!* Mir fiel die Kinnlade hinab. Genauso wie meinem Bruder, der unsere Cousine perplex anstarrte. Didre erwiderte seinen Blick. Und in ihren Augen erkannte ich … Nein. Nein, das war nicht möglich. Mein ausgelaugter Verstand spielte mir Streiche. Aber ich hatte auch keine Möglichkeit, länger darüber nachzudenken, denn in diesem Moment entdeckte ich Helena. Die Helferkreatur eines Düsteren schlich sich von hinten an sie heran.

»Helena!« Ich rief über den Kampflärm hinweg. »Pass auf!«

Erschrocken fuhr ihr Kopf hoch. Sie begegnete meinen schockverzerrten Zügen, fuhr herum und … wurde kreidebleich. Die Leiche grinste dümmlich. Abwehrend hob sie den Säbel. Helena holte aus und schwang ihre Waffe vor. Die Klinge landete sauber in seinem aufgeweichten Schädel. Helena schloss die Augen, als Blut ihr Gesicht sprenkelte. Das war ihr Fehler. Die zweite Helferkreatur stürzte sich auf ihren zierlichen Körper und riss sie zu Boden.

»Exodia!«, brüllte ich und trieb ihr die Hacken in die Seiten. »Los!«

Sie preschte durch die Höhle. Die Wucht ihrer ledrigen Flügel riss einige Düstere aus den Höhlen mit. Ein paar von ihnen landeten unbeschadet im Wasser, die anderen brachen sich an den scharfkantigen Felsen das Genick. Ich sprang von ihrem Körper, vorbei an Archie, der es mit einem Doppler aufnahm, vergrub meine Finger in dem Schopf der Leiche und riss sie von Helenas Körper herunter. Mit Wucht stieß ich die Helferkreatur gegen die Höhlenwand, zückte mein Messer und rammte es ihr ins Herz.

Die Leiche löste sich auf. Helena röchelte. Ihr Körper krümmte sich. Sie spuckte Blut. Die rote Farbe leckte an der Felswand.

»Wo hat er dich getroffen?« Schock flutete meine Venen wie pures Gift. »Hel, sieh mich an.« Ihre Augen richteten sich schwerfällig auf mich. Ich schluckte. »Wo?«

Sie stöhnte. Ihr Blick senkte sich auf ihre Hand, die sie sich an den Bauch presste. Das weiße Hemd ihrer Collegeuniform war blutgetränkt.

»Oh, scheiße.« Alles in mir gefror zu Eis. »Scheiße, scheiße, scheiße!«

»*Bljersk*, Ty!« Ëmilles Schrei gellte durch die Grotte. Mein Kopf fuhr hoch. Er befand sich allein in einer der Höhlen und kämpfte gegen drei Düstere auf einmal. Sein Gesicht war verzerrt. »Wir müssen das Mädchen nehmen und verschwinden!«

Ich ließ den Blick schweifen. Nathaniel war noch immer eingekesselt von seinen Gegnern. In einer Hand schwang er seinen Dolch, mit der anderen zog er Flammen durch ihre Gesichter. Sileas hatte sich verwandelt. Der Komodowaran pirschte durch den dunklen See, grub seine Zähne in die Körper unserer Angreifer und zerfetzte sie wie eine warme Mahlzeit. Archie kämpfte dicht neben mir, während Isobel auf Windschneider balancierte und das Wasser unter ihr befehligte, damit sie Gegner aus der Ferne ertränken konnte. Niemand war frei, um Helena zu übernehmen.

»Es … tut mir leid«, sagte sie.

Ich wurde panisch. »Was?«

»Ich hätte nicht … mitkommen sollen. Du … du hattest recht. Ich bin …« Sie machte eine lange Pause. »Schwach.«

»Nein. O nein, das bist du nicht, kleine Iversen. Du wirst das hier überstehen, hast du verstanden?«

Sie lächelte.

Ich verzog das Gesicht. »Nein. Hör auf. Sieh mich nicht so an.«

»Wie … denn?«

»Als hättest du abgeschlossen!«

»Tyrael …« Ihre Atemzüge gingen langsam. Ein Keuchen verließ ihren Mund, als sie alle Kraft sammelte, um die Hand von der Wunde zu nehmen. Zittrig legte sie die Finger an meine Wange. Der Geruch nach Eisen drang mir in die Nase. »Du bist … alles.«

»Was?«

»Für mich.«

Ich erstarrte. Ihre Hand rutschte von meiner Wange. Zum ersten Mal seit langer Zeit spürte ich Panik.

»Bleib wach.« Ich umfasste ihre Schultern und blickte ihr eindringlich in die Augen. »Wach bleiben, Helena. Hörst du? Wir holen das Mädchen und verschwinden von hier. Schlaf … schlaf einfach nicht ein.«

Ich hievte ihren Körper auf meine Arme und rannte los. Am Ende der Klippe sprang ich ins Leere. Exodia reagierte sofort. Sie stürzte vor und fing mich ab. Einen Moment geriet ich ins Straucheln. Erschöpfung legte sich wie ein schweres Gewicht auf meine Glieder. Doch ich durfte nicht schlappmachen. Nicht jetzt. Helenas Wange lag an meiner Brust. Blut rann aus ihrer Wunde. Ich presste die Zähne aufeinander. Verzweiflung überkam mich. »Wach bleiben, Hel.«

Exodia pirschte an Ëmilles Zelle vorbei. Ich sprang ab. Die Wucht ließ mich einige Schritte in die Einbuchtung straucheln. Schwindel breitete sich in mir aus. Ich taumelte. Kurz schloss ich die Augen und lehnte mich mit der Schulter gegen die Wand.

»Ty.« Ëmille kickte seinen letzten leblosen Gegner in die Tiefe und stürzte zu mir. »Ist alles in Ordnung?«

»Mit mir ja.« Träge öffnete ich die Augen. Mein Sichtfeld flimmerte noch immer. »Aber Helena …«

»*Bljersk.*« Er verzog das Gesicht. »Das sieht nicht gut aus.«

»Nein.« Ich keuchte. »Wir müssen sie hier wegbringen.«

Die Kammer war fast vollständig leer. Nur in der hinteren Ecke kauerte der magere Körper eines Mädchens. Ihre rostbraunen Haare klebten ihr fettig und platt an dem ausgehöhlten Schädel, ihre Wange hatte sie auf den eiskalten Boden gebettet. Um ihren Hals baumelte ein goldenes Amulett, und ihr linkes Auge … es war von hellblauer Blindheit erfüllt.

Vorsichtig legte ich Helena ab und humpelte vorwärts. Ich ging vor dem Mädchen in die Knie und legte ihr eine Hand auf die Schulter. »Kannst du mich hören?«

Sie reagierte nicht.

»Wir müssen abhauen«, sagte Ëmille. Sein Blick huschte unruhig zu dem Höhlengang, in dem Didre nun an Archies Seite kämpfte. Wir würden *so viele* Azlata in diesen Katakomben zurücklassen. »Sofort.«

Ich nickte. Wacklig kam ich auf die Beine. »Hilf mir.« Ich stolperte und verlor das Gleichgewicht. »Ich kann nicht –«

»Tyrael.«

Diese Stimme. Sie war wie Magie, die alles um mich herum ausblendete. Mein Kopf fuhr hoch und ich … ich blickte in die dunklen Augen meiner Schwester. Sie stand in der Höhlenecke, die Hälfte ihres Gesichts im Schatten. Vor Erleichterung entfuhr mir ein wimmernder Laut.

»Cora.« Ich humpelte auf sie zu und nahm ihre Hände in meine. Ihre Finger waren eiskalt. Vor plötzlichem Glück konnte ich kaum atmen. »Bei den Göttern. Geht es dir gut?«

»Ty«, drängte Ëmille. »Wir müssen …«

»Mir geht es gut.« Cora lächelte. Sie hob eine Hand, legte sie an meine Wange und hielt meinem Blick stand. »Sieh mich an, Bruder. Sieh mich einfach nur an.« Sie drückte meine Finger. »Ich bin so froh, dich zu sehen.« Coraël schritt rückwärts und führte mich mit sich, fort von dem Mädchen, bis ihr Rücken gegen die Höhlenwand stieß. Sie lächelte. Doch es war nicht das Lächeln meiner kleinen Schwester. Es war nicht das Lächeln, das sie mir geschenkt hatte, wenn sie über mich hergezogen war, und es war auch nicht das sanfte Lächeln, das auf ihren Lippen erschienen war, wenn ich sie als kleines Mädchen in den Schlaf gewiegt hatte. Es wirkte anders. Fremd. Und in diesem Moment … in diesem Moment durchfuhr mich die Wahrheit wie ein Blitz. Coraël hätte mich niemals von einem Kampf weggeführt.

Ein schauriges, verzerrtes Lachen ertönte hinter mir. Ich versteifte mich und meine Augen weiteten sich. Blitzschnell entriss ich mich dem Griff meiner Schwester und wirbelte herum. Da sah ich ihn.

Baal. Der Anführer des Düsteren Volkes. Groß gewachsen, seine helle, eingefallene Haut von schwarzen Adern durchzogen. Statt dunkler Augen waren seine … nicht existent. Da waren bloß zwei widerliche Löcher in seinem Schädel, und in ihnen lag offenes, rotes Fleisch, das in Fransen heraushing. Er hielt Helena im Arm.

Meine Helena.

»Tu ihr nichts.« Ich zitterte. »Bitte.«

Sein Lachen wurde lauter. Es grub sich tief in meine Venen und zerfraß mich. Ich wagte es nicht, den Blick abzuwenden. Coraël setzte sich in Bewegung und positionierte sich neben ihm. Mein Herz warf sich schmerzhaft gegen meine Brust. Die Angst drohte mich zu ersticken. *Was ist mit meiner Schwester geschehen? Was habe ich ihr angetan?*

»Tyrael Burnett *bittet* mich um etwas?« Baals Stimme war eiskalt. »Bin ich in der falschen Welt gelandet?«

»Baal«, hauchte Ëmille ehrfürchtig.

»Aber wenn du mich schon bittest …« Ich spürte seine glühende Aura pulsieren. Und dann ging alles sehr schnell.

Eine schwarze Schliere zischte an mir vorbei, grub einen tiefen Schnitt in meine Wange. Keuchend fuhr ich mit der Hand darüber und spürte warmes Blut, das mir über die Finger rann. Der dunkle Rauch materialisierte sich hinter dem blinden Mädchen, bis der Anführer der Düsteren wieder eine feste Gestalt war. Baal packte das Mädchen mit einer Hand, hob die andere in einer so unmenschlichen Schnelligkeit, dass ich es kaum sehen konnte, und stieß Ëmille und mich mit einem explosionsartigen Druck zurück.

Wir schlitterten über den Boden. Ëmille presste sich eine Hand auf die Schulter und verzog schmerzhaft das Gesicht. Ich rutschte über den Rand hinaus. Mein Magen machte einen unangenehmen Ruck. In letzter Sekunde gelang es mir, mich mit den Fingern über dem Abgrund zu halten.

Ich war schwach. Sehr schwach. Ich würde es nicht schaffen, mich hochzuziehen. Und auch nicht, meine Nerven zu befehligen, den Sturz abzufangen. Ich konnte nur hoffen, dass Exodia mich holte.

Meine Finger rutschten ab. Doch im letzten Augenblick spürte ich einen festen Griff, der sich um mein Handgelenk schloss. Ich sah auf und blickte in Ëmilles Gesicht. »Nicht heute, Ty.« Er zog mich hoch. »Nicht heute.«

Meine Muskeln zitterten, als ich mich auf die Arme stemmte. Ich wischte mir mit der Hand über die aufgeschürften Lippen und spuckte Blut. Hasserfüllt blickte ich zu Baal.

Der Düstere König hievte das Mädchen hoch. Sie hing schlaff in seinem Arm, doch Helena hatte er losgelassen. »Was ist los, Burnett?« Er lachte, als er meinem zornigen Blick begegnete. »Eifersüchtig?«

»Ich werde dich töten«, zischte ich.

Baal schnalzte mit der Zunge. »Na, na. Wie war das noch? Das vierte Gesetz: Du sollst nicht lügen?« Er grinste. »Wir wissen beide, dass du keine Chance gegen mich hast. Ich könnte dein Herz mit einem Schnipsen zerquetschen.« Baal nickte mit dem Kinn in meine Richtung. »Vor allem in deinem Zustand.«

Neben ihm kicherte Cora. Es brachte mich um.

»Er ist nicht allein.« Ëmille baute sich neben mir auf. Helenas Augen waren noch geöffnet. Das war mein einziger Hoffnungsschimmer. Sie rutschte an den Rand der Kammer, lehnte sich mit dem Rücken gegen die Felsen und presste sich keuchend eine Hand auf den Bauch. Baal hatte nur einen kurzen, ignoranten Blick für Ëmille übrig, als wäre er keiner Beachtung würdig. Leise rieb der Düstere seine spitzen Zähne aufeinander. Das Geräusch erinnerte an das Kratzen brüchiger Fingernägel auf einer rauen Tafel. Eine Gänsehaut breitete sich auf meinem Körper aus.

»Aber ich bin gütig«, sagte Baal. »Ich mache dir einen Vorschlag.« Mit einer schnellen Bewegung hievte der Düstere das blinde Mädchen höher über seinen Arm. Nun hing sie dort wie ein Teppich über einem Bock. »Aus irgendeinem Grund brauchst du dieses ausgelaugte Kind. Und ich muss sagen, das trifft sich ausgesprochen gut, denn ich brauche auch etwas von dir.«

»Und was?«, fragte ich.

Baals Schlund verzog sich in schrecklicher Langsamkeit zu einem grausamen Grinsen. Dann deutete er auf Helena. »Sie.«

Mein Herz blieb stehen. Das konnte er unmöglich gesagt haben. Wenn dieses … dieses mächtige Wesen *Hel* wollte …

Aber dann traf mich die Erkenntnis wie ein Schwert, das mir in die Brust gerammt wurde. Myrahs Stimme wehte zu mir heran.

»Du schwörst hiermit, Helena höchstpersönlich in die Anderwelt zu verbannen?«

»Ja.«

»Du schwörst, deinen Tod in Kauf zu nehmen, solltest du den Deal brechen, Tyrael Burnett?«

»Ja.«

Mir blieb keine Wahl. Und ich *wollte* auch keine andere Wahl. Seit ich Helena in Silent Creek zum ersten Mal begegnet war, hatte ich Rache gewollt. Ich durfte nicht zulassen, dass meine Emotionen mit mir spielten. Rache war das Einzige, das mich erfüllen würde. Das Einzige, das wiedergutmachen würde, was mir angetan worden war. Gefühle waren etwas für Schwache. Sich ihnen hinzugeben, etwas für Gescheiterte. Ich schloss die Augen. Atmete tief durch. Öffnete sie wieder. Und dann …

»In Ordnung.«

Ëmille keuchte. Ich ignorierte ihn.

Meine Augen fokussierten Baal. »Du kriegst sie.«

»Ty.« Ëmilles drohender Unterton kroch mir bis unter die Haut. »Hast du den Verstand verloren?«

Entschlossen presste ich die Kiefer aufeinander. Ich blickte lediglich zu Baal, auf dessen schauriges Gesicht sich abermals ein irres Grinsen legte.

»Nimm sie«, sagte ich. Die Sekunden verstrichen, doch es fühlte sich an, als wäre die Zeit stehen geblieben. In meinen Ohren dröhnte ein hoher Ton. Meine Kehle brannte.

Wie in Zeitlupe wandte Helena den Kopf. Tränen rannen ihr über das rußverschmierte Gesicht. »Ty«, hauchte sie mit schwacher, zittriger Stimme. »Ich habe … dir vertraut.«

Es war Folter. Qualvoller Schmerz. Das Brechen unserer Herzen. Aber das würde vergehen. Gefühle waren vergänglich. Meine Vergangenheit hingegen würde mich auf ewig foltern. Sie war der Auslöser für die Finsternis in mir und sie würde dafür büßen müssen.

Baal beugte sich vor. Er flüsterte: »Beweise es.«

Es verging ein weiterer Augenblick der Stille. Dann hob ich den Arm. Ich umfasste Helenas Handgelenk. Zog sie auf die Beine. Sie heulte auf. Mein Griff war fest und ich …

Ich stieß sie zu ihm. Hel taumelte. Sie stolperte über ihre eigenen Füße und fiel auf die Knie. Fassungslos starrte Ëmille mich an. Jede Sekunde, die verging, schlitzte mir die Seele auf. Baals Bewegungen glichen der Lichtgeschwindigkeit, so schnell pirschte er vor und riss Helena an sich. Der Körper des blinden Mädchens sackte schlaff zu Boden. Ich war fast genauso schnell bei ihr.

Helena wimmerte, als Baals Atem über ihre Wange strich. Mit seiner rauen Zunge leckte er über ihre Haut. Mir wurde übel. Mein Herz blutete aus. Tintenschwarzes Blut in tintenschwarzer Finsternis. Aber ich regte mich nicht. Ich sagte kein Wort. Das hier war, was ich wollte.

»Hast du ihr nicht noch etwas zu beichten, bevor ich sie mitnehme, Burnett?« Ich ignorierte ihn. Baal lachte. »Nicht? O Götter. Wie ich Lügner *hasse*. Und ihr Lichten Dreckschweine haltet euch für den Segen dieses Planeten.« Er neigte den Kopf, um einen Blick auf Helenas Profil werfen zu können. Sie zitterte. Baals Finger gruben sich in ihre Seite. »Augen auf, Prinzessin. Ich will sehen, wie das Glück in dir erlischt, wenn ich dir die Wahrheit über deinen hübschen Prinzen verrate.«

Hel schluchzte auf, dann öffnete sie die Augen. Sie bohrten sich direkt in meine. Ich starb. In diesem Moment starb ich tausendfach.

»Er kommt dir bekannt vor, nicht wahr?« Baal leckte sich mit der verfaulten Zunge über die spitzen Zähne. »Nun, wusstest du, dass Tyrael nur sein erster Vorname ist? Nein? Welch Überraschung. Sein zweiter Name, liebe Helena, lautet«, sein Gesicht näherte sich ihrem, sein Schlund strich über ihr Ohr, »Finlay.«

In mir zerbrach ein Herz aus Glas, das jahrelang versucht hatte zu überleben. Ich wusste nicht, ob ich noch atmete. Ich wusste nicht, ob ich noch existierte. Alles, was ich sah, war Helena. Ihr Kinn zitterte. Sie weinte. Die Tränen sammelten sich in diesen eisblauen Augen.

»Ist das wahr?«, fragte sie mit hauchzarter, schwacher Stimme. Sie klang nicht wie ihre. Sie klang tot. Als ich nichts entgegnete, presste sie sich die Hand auf ihre Wunde und sammelte ihre letzten Kräfte. »SPRICH, VERDAMMT NOCH MAL!«

Ich zuckte zusammen und sah sie an. Der gebrochene Ausdruck in ihrem Gesicht zerstörte meine Seele.

»Ist es wahr, Tyrael?«

Und dann nickte ich. Der Kummer, der über sie hereinfiel, nahm mir jedes Licht. Es war ein Schmerz, der nicht von dieser Welt war. So etwas hatte ich noch nie gefühlt. Baal lachte. Es war mir egal. Alles war egal. Mein Leben war nichts mehr wert. In diesem Moment wäre ich lieber gestorben.

»Tja, tja«, sagte der Düstere in einem schrecklichen Singsang. »Zum zweiten Mal lässt er dich im Stich, nicht wahr, Helena?« Sie blickte leer geradeaus. Er knabberte an ihrem Ohrläppchen und stöhnte. Sie regte sich nicht. Baals Hand schob sich unter ihre Jacke. Seine Krallen strichen über den Saum ihres Rocks. Ich sah, wie ihn eine unmenschliche Gier erfüllte. »Ich werde dir das nicht antun, Helena. Ich werde dich nie wieder gehen lassen. Ob du willst oder nicht.«

Meine Lippen bebten. Aber ich sagte nichts. Ich ließ all dies geschehen. Die Götter sollten mich töten. Auf der Stelle.

Mein Herz setzte einen Schlag aus und in dieser Leere beschloss es, die Finsternis willkommen zu heißen. Helena, Baal und meine Schwester lösten sich auf.

Mein Herz aus Glas ertrank in schwarzem Blut.

ENDE VON BAND 1

DANKSAGUNG

✧

Kaum zu fassen, dass ich in diesem Augenblick tatsächlich eine Danksagung unter das beendete Manuskript schreiben kann. Kaum zu fassen, dass dieses Projekt bald in euren Händen liegen wird. Kaum zu fassen, dass ihr Helena und die anderen kennengelernt habt, wenn ihr diese Worte lest.

Die Idee zu meinen Hexen kam mir zwischen Lektorat und Manuskript meiner Romance-Bücher – also so was von zum falschen Zeitpunkt, haha. Aber weil ich nicht anders konnte, musste ich die ersten zweihundert Seiten einfach runterschreiben und meiner Agentin schicken. Wie das ablief?

Meine Agentin: Hat noch Zeit, sehe ich mir in ein paar Wochen an.

Auch meine Agentin, ein paar Stunden später: Omg, habe durchgelesen! Wir bieten es sofort an!

Dafür, dass dieser Text also nun ein richtiges Buch ist, habe ich einigen Personen meinen größten Dank auszusprechen.

Natürlich gilt der erste meiner Agentin Kathrin (obviously), weil du dich, genau wie ich, sofort in Silent Creek und seine Bewohner verliebt hast. Danke für deinen Einsatz für diese düstere, kaputte, special Bande!

Weiter danke ich dem Carlsen Impress Team dafür, dass sie das besondere Etwas in diesem Text gesehen haben. Es sollte ganz klein anfangen und wurde durch euren Einsatz so, so, so groß! Ihr habt meinen Lebenstraum wahr gemacht, really. Dafür danke ich vor allem dir, Janina. Aber auch meiner wunderbaren, talentierten und scharfsinnigen Lektorin Larissa muss ich meinen größten Dank aussprechen. Ohne dich wären so viele Logikfehler und merkwürdige Satzbaukonstellationen durchgerutscht (und ich glaube, dank dir beherrsche ich den Konjunktiv nun sehr professionell, meine Deutschlehrerin wäre stolz auf mich).

Ich danke meiner Familie, die mich liebt und unterstützt und mir das Gefühl gibt, absolut richtig zu sein! Mein Herz blüht für jeden von euch.

Toni, Lara, Maike, Jenny: Danke für jedes Mal Seele auskotzen, fürs Tränentrocknen, fürs gemeinsame Brainstorming, virtuelle In-den-Arm-Nehmen, die vielen Word Wars, für jeden Zuspruch und einfach alles!

Ada und Antonio: für jeden schreibtechnischen Austausch und eure Freundschaft.

Lieber Wrenni, dir gilt besonderer Dank dafür, dass du dich für mein Buch eingesetzt hast, weil du an mich glaubst, obwohl ich fest davon überzeugt war, dass es im Keller nur kaltes Wasser gibt (anyway, ich warte noch auf deinen Beweis).

Und zuletzt danke ich meinen Lesern und Leserinnen: Ihr seid so großartig! Ich liebe jede Nachricht von euch, jeden Kommentar, jede Verlinkung und jede Begeisterung. Das hier ist alles nur für euch!